COLLECTION FOLIO

Léo Henry

# Hildegarde

Gallimard

Léo Henry naît à Strasbourg en 1979. Il publie son premier recueil, *Les cahiers du labyrinthe*, en 2003, avant de coécrire avec Jacques Mucchielli le cycle de nouvelles consacré à Yirminadingrad : *Yama Loka terminus* (2008), *Bara Yogoï* (2010) et *Tadjélé* (2012). « Les trois livres qu'Absalon Nathan n'écrira jamais », nouvelle parue dans l'anthologie *Retour sur l'horizon*, aux Éditions Denoël, a reçu le Grand Prix de l'Imaginaire en 2010. Son premier roman, *Rouge gueule de bois*, paraît en 2011 aux Éditions La Volte, qui ont également publié son recueil *Le Diable est au piano* (2013) et *Hildegarde* (2018). *L'autre côté* (2019) et *Héctor* (2023) sortent aux Éditions Rivages. *Le casse du continuum*, *La Panse* et *Thecel* ont paru respectivement en 2014, en 2017 et en 2020, directement en poche, dans la collection Folio SF des Éditions Gallimard.

*Pour Édith*

## *Cologne*

Voici Hélendrude.

On peut préférer l'appeler Elyndruda, ce qui sonne mieux, peut-être, à nos oreilles, et choisir en toute impunité de maquiller ses traits, de la décrire comme ceci ou comme cela, et reconstituer autour d'elle un monde bâti de matériaux imaginaires, ombres de pierres, ombres d'eaux et de carpes énormes, ombre de l'ombre des arbres centenaires. Hélendrude est une moniale. Elle vit en dehors du siècle, dans un temps cyclique rythmé par les cent cinquante psaumes de l'Ancien Testament et le passage des astres. Comme son monde de reflets, elle avance en cercles de plus en plus larges, tendant aux rivages ternes de la fin des temps, cette grève où, tous, nous patientons en stase, dans l'attente d'un verdict à nul autre pareil.

Hélendrude aime les chiens, les lévriers gris du couvent de planches claires, et la terre nue sous ses pieds nus. Au printemps, vêtues de blanc, elle et ses sœurs avancent vers les bois hirsutes poussés des marécages, et y coupent, du jour à la nuit, les brassées de joncs à épandre sur les pierres. Elle n'est pas très habile de ses mains, ni très pieuse, et son latin achoppe aux termes les plus communs. Ses vertus sont surtout des manquements : elle est discrète parce que peu vive, elle est obéissante et simple. Elle vit dans un monde clos, gros comme un poing fermé, sans vraie curiosité pour là d'où viennent les oiseaux du ciel, où file le cours du fleuve, et ce qui pousse sur l'autre rive. Hélendrude se nourrit de l'affection de ses sœurs et vieillit doucement. On peine à lui distinguer des ascendants. On la dépeint seule, au milieu du tableau, agenouillée au sol, paupières et lèvres closes, front bas, humilité.

Une fois, elle vit une chienne mettre bas une portée de chiots mort-nés, pas tout à fait formés, dans un charivari de chairs tièdes qu'elle prit d'abord pour des entrailles. Choses trop menues pour vivre, trop indécises, et pourtant, ici un œil, ici une patte embryonnaire, et la mère se lapant elle-même en geignant pour ne rien laisser perdre de son propre sang. Une fois, aussi, mais c'était par les yeux du dedans et comme en rêve, un de ces songes qui laissent le dormeur pantelant, elle vit une vierge splendide, ouverte du con à la gorge. Une jeune fille aux yeux bruns, aux cheveux roux, à la robe verte, couchée dans l'herbe, et qui parlait.

La morte dit qui elle était et ce qu'elle attendait de Hélendrude, et la nonnette à la mémoire peu sûre, mal douée pour les travaux d'aiguille, inapte aux tâches de force, piètre chanteuse, grosse dormeuse, répéta sa vision à la mère supérieure qui la redit à l'abbé, et elle dut recommencer avec d'autres encore, répéter à des gens très savants les mots mêmes de cette femme éventrée pour la plus grande gloire de Dieu, jusqu'à ce que son nom à elle, Hélendrude, Elyndruda, soit à son tour gravé en qualité de témoin dans le grand livre de la mémoire des hommes, à côté de celui de la sainte Cordula, dont le martyre est célébré depuis ce jour le vingt-deux du mois d'octobre, la préservant ainsi de l'oubli complet, lui interdisant à jamais le repos de l'ignorance.

Mais pour ce qui est de son histoire nous sommes déjà au terme.

Voici Cordula.

On la voit, sur plusieurs panneaux de la cathédrale de Cologne, en portraits apocryphes. Elle est au milieu de ses sœurs, foule de belles femmes qui toutes vont, semblables, sur le Rhin. Elle a les cheveux dénoués, tenus en arrière par un bandeau serti de pierres, une posture retenue, un sac pendu à l'avant-bras gauche. On lui devine une robe de velours. Ses joues très roses dénoncent une nature émotive. On la retrouve nue, quelques images plus loin, plongée jusqu'à la taille dans un vaste baquet baptismal, tandis que le pape Cyriaque, à Rome, la bénit en même temps que les mille et mille compagnes de son dernier voyage. Elle est la seule à ne pas cacher ses seins, mains jointes en acceptation. Pas plus que les autres, elle ne voit le mystère, visage noir cadré de noir, qui flotte au-dessus de la scène.

Cordula n'est pas sur le panneau vingt et un, le dernier, celui de la tuerie aux portes de Cologne. Dissimulée dans les cales de l'un des navires, elle est la seule à échapper à ces massacres, qui virent périr tant de femmes irréprochables, et quelques hommes selon certains, et quelques enfants d'après d'autres. Noire nuit de fond de soute. Le bateau est à l'amarre, roulé par le fleuve. Planchers humides. Parfums de sang qui caille. Comment croire que tous moururent sur le coup ? que la nuée des flèches, les chocs des masses et des massues, les poignards, les glaives sont venus à bout en une demi-journée des milliers de chrétiens de cette expédition ? que toutes les âmes ont quitté tous les corps ? que Cordula, seule, respire encore l'air de ce monde, sent encore le froid de ses nuits, et ses douleurs partout où son corps appuie comme au-dedans d'elle-même, dans les images fluctuantes, instables, qu'elle ne peut s'empêcher d'invoquer ?

Personne ne geint alentour. Personne ne pleurniche ni ne réclame à boire, ne demande que l'on mette un terme aux souffrances, qu'on rende son petit, que l'on prie pour le salut de son âme, une éternité en Enfer, ce n'est pas imaginable. Cordula n'a, pour lui tenir compagnie, que le bruit de son cœur, celui de ses poumons, de ses dents qu'elle cherche à empêcher de claquer. L'eau sous la coque. Les conversations des veilleurs, sur la berge, auprès de leur grand feu et de la masse endormie de leurs pairs en boucherie. Cordula ne dort pas, ni ne rêve, elle ne rêvera plus. Elle aimerait sentir les flammes, leur chaleur, et peut-être comprendre ce qu'était cette face étrange, obscure, qui planait au-dessus d'elles toutes au moment de leur baptême.

Au matin elle se décide. Elle se déplie et se redresse, se lève à grand-peine, s'extirpe de son réduit, de sa cachette de poutres. Les morts sont débraillés et livides. Elle voudrait ne pas les reconnaître, être incapable de leur donner des noms. Elle monte les quelques barreaux, surprise par la douceur de l'air qui passe par la trappe, par la clarté du jour. Le pont est jonché de cadavres. Près de la berge, une brume bleuâtre monte du Rhin, et Cologne au-delà, pas si loin, ses murs antiques tout couverts de lierre, ses portes closes dont personne n'a jailli pour stopper la tuerie. Les barbares ont dressé des tentes. Cordula regarde autant qu'elle peut, les toiles, les bêtes, les machines de siège, les mouvements pataudes des armées au réveil, pour ne pas voir le reste, ne pas penser, malgré l'odeur.

On connaît ces amas gris, les morceaux de corps morts, bouts d'humains débités, fascinants, absurdes. Des décimés flottent, coincés par les coques. D'autres en tas. D'autres brûlés un peu. Des assis, pliés sur une ou plusieurs flèches. Et puis des têtes. Des fragments de têtes. Des démembrés pour le plaisir des vivants. Milliers de cadavres blanchis par la nuit, par la gravité qui tire vers la terre la masse d'un sang redevenu inerte. On n'a pas eu le temps, encore, de jouer avec ou de s'en débarrasser. Un soldat venu au bord pour se débarbouiller crache sur un prêtre qui flotte et tourne dans son trou d'eau, exorbité d'un seul œil. Il aperçoit Cordula en relevant la tête. L'homme est barbu, mal attifé. Il sourit. Cordula descend à terre, ignorant le frôlement froid des peaux contre ses jambes nues.

Quand les voix du Ciel ont prononcé mon nom pour le martyre, j'ai bouché mes oreilles. Je suis partie me cacher. Voir tout ceci aura été ma punition.

Cordula, c'est vraisemblable, parle une langue incompréhensible au barbare, un patois de Cornouailles ou d'une autre contrée lointaine. Et lui, sans doute, au lendemain de tant de sang, ne voit que la vie dans cette fille en habit vert, aux cheveux roux et aux yeux bruns, aux beaux tétins, à la peau pâle, modèle pour peintre délicat. Il a laissé son épée au camp mais garde dans sa botte, tenu par un bout de tissu, un couteau à lame courbe offert par le père de son père, là-bas, dans son pays des collines, un bout d'acier tranchant de la longueur de la main ouverte. Personne d'autre que lui n'a aperçu la fille encore. Premiers éclats de voix dans le matin, un rire, le brame d'une corne. Cordula avance, les bras ouverts, l'œil dessillé. Elle regarde au-delà, vers la lumière d'or, vers les colombes, vers les volutes de l'encens qui brûle. Le soldat dénoue son arme. Le chemin est long jusqu'à la sainteté et Cordula aura besoin de chacun des mots de Hélendrude.

Le couteau sur la berge embrumée. Le sang comme des pétales de rose. La souffrance. La nécessaire cruauté. L'amour. Qui sait ? Le crâne de Cordula est conservé à Cologne, dans la chambre d'or de la cathédrale. Son corps gît dans l'église des jésuites. Pucelle éventrée qui fuit la scène pour mieux en témoigner, elle n'est qu'un personnage périphérique de la légende de sainte Ursule et de ses onze mille vierges, une héroïne de peu de mots dont arrive, déjà, la fin de l'histoire.

Voici Ursule.

Jeune. Blonde. Blanche. Du miel et de la porcelaine, un éclat de verre à l'eau parfaite. Un réceptacle pour la lumière céleste. Ursule a quatorze ans, son père est roi, sa mère est reine. Elle vit dans un palais aux plafonds hauts, au cœur d'un pays de culture et de foi. Il est difficile d'aimer Ursule, qui est bien trop parfaite et qui en cela seul se montre un peu attachante ; Ursule est un idéal, une tension irrésolue vers l'absolu, une fonction de récit. C'est une bille de cristal dans laquelle les plus hautes aspirations viennent se mirer. Un récipient. Un masque.

Le roi des Pictes se fait annoncer. La réputation d'Ursule a dépassé les frontières du royaume : il la veut pour son fils. En Bretagne, la grande, celle d'Hadrien, les Pictes ont mauvaise réputation, nus et peints, furieux, chevelus, cannibales, sacrifiant à d'horribles cultes sans dieux, à des dieux sans morale. Le père d'Ursule, à qui l'émissaire promet trésors, gibier, merveilles et magie noire, rechigne à livrer à ces sauvages la pureté de son unique enfant. Alors l'ambassadeur, un nain aux membres contrefaits, à la face grotesque, doté d'une voix jamais entendue par oreilles humaines, profère des menaces qui sonnent et reviennent sous les plafonds de craie.

Si vous ne laissez pas notre Conan marier votre Ursule, les forêts, devant les Pictes, se mettront en marche. Les ruisseaux enfleront et balaieront tout. Les hordes jailliront de terre et piétineront les couvées. Les chiens dévoreront leurs maîtres. Le nain se retire. Le roi, seul, se tord de peur et d'indécision. La guerre ? La soumission ?

Ne craignez rien, mon père. J'ai fait un rêve. Dans la salle du conseil, au crépuscule, Ursule est une apparition. On a assez dit, déjà, qu'elle était belle. C'est le premier pas vers la sainteté. Vous ferez venir Conan, continue-t-elle, et sa famille, et la nôtre, vous élirez dix vierges de la plus haute naissance pour me tenir compagnie. À chacune de nous onze, vous donnerez mille vierges comme servantes, et vous ferez des nefs capables d'accueillir toutes ces femmes et tout leur équipage. Pendant trois ans nous vivrons sur les bateaux, le temps que mon promis découvre les Écritures et se convertisse à notre foi. Au terme de ce délai, enfin, je pourrai l'épouser.

Ursule tremble un peu, oiseau sorti de l'œuf à peine, instrument de musique joué par des mains étrangères. Elle ne dit pas la fin de sa vision : la promesse que lui a faite l'ange dans ce demi-sommeil orange, paradoxal, de fin d'après-midi. Nous prendrons soin de toi, a-t-il assuré. Tu recevras les palmes du martyre. Ursule connaît les chrétiens dévorés par les fauves. Les tortures itératives. Le feu qui brûle et refuse de consumer. L'élection éternelle. Elle a quatorze ans et sa vie, par avance, est écrite.

On ne sait rien des entrevues à la cour entre les deux lignées, des accords scellés, des compromis et des amitiés, peut-être, qui naissent entre citadins policés et coureurs de landes aux ongles noirs. Ce que l'on admire surtout, c'est la construction des onze nefs dans l'arsenal et l'ornementation de chacune, les dorures des bois, les teintures des voiles, les sculptures des rames et des bancs. Des navires à nul autre pareils, arbres coupés, traînés, élagués, tournés en poutres, toiles tissées, cordes filées, tressées. Les chevaux de trait peinent à suivre. Les arches gigantesques s'érigent dans les pupilles d'enfants morveux. Le fracas des coups de marteau, les crachats du menuisier en nage depuis les toits de l'entrepôt.

À la cour, c'est une ruée de filles, de coiffures et d'habits, de dents frottées à la poudre de seiche, de paupières fardées mi-closes. On prendra des pucelles à travers tout le royaume et jusque bien au-delà, de la fine et de la plantureuse, de la sauvage, de l'anémiée, de la bien née et de la gueuse, de l'ignorante, de la rouée. Ursule et ses dix compagnes accueillent à bras ouverts leurs mille et mille suivantes, bruissantes, ferventes, et les habillent et les peignent, les lavent et les parfument, et quand les nefs sont prêtes, les embarquent dans leurs bateaux sans homme pour trois années de cabotage.

Du rivage, chaque jour, le peuple les admire. Capuchon à la main, sourcil froncé : onze vaisseaux identiques dans les rais de soleil bas, sur les flots comme sur une terre ferme où aller cheminant, ces femmes recluses et innocentes, remises aux mains de Dieu. Tous les jours pendant mille jours, Ursule et ses compagnes jouent du vent et des rames et s'aguerrissent à la navigation. Chacun des bateaux est un monde clos et harmonieux. Leur ronde est une danse de parfait amour, la manifestation d'une plus vaste harmonie. Dans le port on plisse les yeux, encore, pour distinguer les mâts, les coques, de plus en plus lointains. Heureusement, bientôt, toutes reviendront à terre.

Ursule fait un nouveau rêve. Le même ange, ou bien un autre, vient essuyer ses larmes. Sois sans peur, redit-il, nous avons entendu tes prières. Tu n'auras pas à te plier à la loi des hommes, car c'est un mariage céleste qui t'attend au-delà de ces mers. Tu as été choisie, n'en doute jamais. Rouvre les yeux, maintenant. Ursule s'éveille. La nuit durant, le vent a soufflé, poussé les navires vers des côtes nouvelles. Des tuiles de couleur sur des toits pointus, des pêcheurs aux coiffes vermillon, le fracas de mille cloches, l'haleine d'une ville étrangère dans le petit matin. Les vierges accostent à Tiel, aux Pays-Bas. Ramènent les voiles. De la poupe du premier bateau, Ursule rassure ses sœurs. Nous allons remonter le fleuve, assure-t-elle, nous irons sur le Rhin jusqu'à Cologne. Personne ne pourra nous en empêcher. Nous sommes libres, parce que aucune d'entre nous ne reviendra de ce voyage, parce que ce que nous deviendrons est inscrit dans ce que nous sommes. Rendons grâce ! Et les vierges chantent et prient et donnent de la rame.

De nautonier en colporteur, leur réputation les

précède sur le Rhin, et Cologne, pour leur arrivée, prépare une fête sous les remparts, dresse des tréteaux, bâtit des fours à pain, des rôtissoires. Les onze navires en procession contrent le courant de leurs onze mille rames, ambassade du crépuscule. On allume des torches. Des brassées de fleurs sont jetées dans les flots. Il y a des fifres, des tambours, des grelots. Des fanions piqués sur les hampes et des curieux perchés dans les arbres pour accueillir les voyageuses, les vierges de Cologne. Les fées blanches apparaissent et jettent des cordages aux jouvenceaux, qui s'essoufflent à tracter les navires jusqu'à leurs pontons. Puis l'on jointe les passerelles et les belles, une à une, descendent sur la grande prairie, révérence, et se mêlent à la fête.

Ursule est la dernière à mettre pied à terre. Le soleil a fini de disparaître. Des points blancs, à la nue, dessinent des mondes étrangers. L'ange qui l'attend sur la rive passe un bras autour de sa taille. Tu savais que je serais là, dit-il, et je suis là. Que va-t-il se passer ? demande Ursule. Tu continueras jusqu'à Bâle où tu laisseras les bateaux. Tu marcheras jusqu'à Rome où l'on te consacrera. Puis, accompagnée de la foule de ceux qui souhaiteront te rejoindre, tu reviendras ici. Ici même. Milliers de vierges sous une lune fine comme un cil. Les prés sont verts et gras, la nuit joyeuse. La viande, à grosses gouttes, suinte dans les braises et siffle, les miches passent, le vin, la musique. Toutes vont mourir. L'ange part. Ursule, seule, en reflet, songe.

Dans le port de Bâle on hale les bateaux à sec, les

hisse sur des cales. L'évêque fournit des ânes, des guides et des gens d'armes. Lui-même aimerait suivre, Ursule le décourage. Lorsque nous reviendrons, alors vous pourrez nous accompagner si vous le souhaitez encore. Priez en attendant, et purifiez-vous. Les femmes, seules avec leurs bêtes, passent les montagnes, les glaciers, longent les à-pics et redescendent, à la queue leu leu, vers ces pays de lacs et de douces collines, jusqu'à croiser les pavés ronds de la voie antique. Cyriaque, pape de Rome, reçoit les pèlerines. Leur baptême est une apothéose. On dit que le Saint-Père renonça ensuite à ses fonctions et accepta de voir son nom retiré de la liste des suivants de Pierre. Que c'est en chrétien anonyme qu'il se vit accorder le privilège de repartir pour Cologne avec les onze mille vierges et, avec elles, de marcher au martyre.

Au retour, la colonne se fait foule. Viennent s'y joindre la reine de Sicile et la fille du roi de Constantinople, Jacques d'Antioche et le cardinal Vincent, Florentia princesse nègre et le grand Pantalus, et l'évêque de Bâle au crâne rasé, qui a passé l'absence d'Ursule dans le jeûne et l'adoration. On dit que les jeunes filles, ointes désormais par la Sainte Église, se faisaient plus belles, plus légères à chaque nouveau pas, et que leur arrivée était précédée de coïncidences joyeuses, de parfums suaves, de soupirs de contentement. Les navires sont remis à flot. Il n'y a qu'à se laisser descendre sur l'onde. Les Huns pillent le pays germain, mais les bruits de leur guerre se brisent au bord de l'eau. Les paysans debout, en appui sur leurs bêches, regardent passer l'étonnant équipage, ces bateaux à la file tout bruissants de cantiques.

À Mayence les attend le promis, aîné du roi des Pictes, en compagnie de Cordula, la mère d'Ursule, de Deonatus, son père, et de Papunius et Barachius, ses oncles, frères de son père. L'évêque de la ville baptise Conan dans la vraie foi et, lui donnant Etherius pour nom chrétien, verse l'eau sur sa tête. Alors tous les gens de la cité, et bien d'autres encore, se mêlent au cortège des milliers de mille, qui enfle à mesure qu'il approche du champ du dernier sacrifice, foule fervente des adorateurs du Christ. Et à Cologne, où ils parviennent par un midi sans vent, les Huns ont mis le siège, et il n'y a dans leur cœur aucune place pour la merci. À peine les navires sont-ils à portée de leurs armes, qu'ils entreprennent de massacrer d'un cœur inhumain l'assemblée innocente.

Chantent-elles encore, ces belles âmes fauchées dans le plein jour de la vie, aussitôt accueillies par des anges de lumière venus les réconforter, les guider dans l'éternité ? Une chronique recense près de dix mille des noms de ces voyageurs martyrs, s'émerveillant de la survie d'enfants, nés en chemin et nourris par le Seigneur à défaut de trouver assez de lait au sein de leurs mères, tétant leurs propres doigts. La même histoire dépeint en société bénie ce monde forclos, à la dérive, ordonné par des femmes et délivré des désirs comme des peurs, mais non des passions ordinaires. Un lieu de discussions et de chamailleries, où vivre en philosophes le peu de temps qui sépare de la mort.

Le pré de la fête est celui de la tuerie. On meurt près de l'eau, sous les murs de Cologne. On se pousse et se presse, impatient de passer par le fil ou d'être sagitté. Les impies ne faiblissent pas, leur démence est bestiale. Puis Ursule paraît et un cri fige tous les gestes. Attila, roi des Huns, suspend les armes, en un instant subjugué. La vierge brille. Elle brûle. Nimbée de vertus, elle illumine. Le barbare, à grands pas, s'approche. Les bourreaux se retiennent de grogner, les mourants de saigner quand Attila se jette aux pieds de la jeune fille. Il rampe comme un vieux chien devant sa maîtresse et supplie, il tremble : de grâce. Soyez ma femme.

Voilà : c'est le temps figé. L'instant d'Ursule. L'ange, à ses côtés, lui caresse la joue. Pour lui seul, la vierge sourit. Aux yeux du monde, elle reste sans ciller. Les morts alentour, les oiseaux cloués dans leur vol, Attila nez dans la boue et n'osant pas frôler l'ourlet. Voilà : cela durera toujours.

D'un bout de pied, Ursule repousse le barbare et la flèche, aussitôt, vient transpercer son cœur. Le sang jaillit. La sainte s'effondre. Des milliers d'innocents, jusqu'à la nuit, la suivront au-delà.

Quelques semaines plus tard, paraît-il, les assassins sont assaillis en pleine nuit par onze mille fantômes et fuient dans un grand désordre, mettant un terme au siège de Cologne. Les habitants rendent grâce de ce miracle puis enterrent chrétiennement les martyrs à qui ils doivent la vie sauve. Clématius, venu d'Orient, fait bâtir une basilique tout à côté, mais le passage des générations finit par effacer l'emplacement de la nécropole jusqu'au temps de l'empereur Henri IV, jusqu'aux travaux de la nouvelle enceinte et aux visions très éclairantes d'une sœur de l'abbaye de Schönau, dont l'histoire commence à présent, juste à la suite de celle d'Ursule.

Voici Élisabeth.

On ne connaît d'elle que les échos d'une voix. Personne encore ne l'a peinte ou décrite. Personne n'a pris la peine de circonscrire son corps creux, voué à l'absence et aux infinis intérieurs. Élisabeth meurt de privations, d'un ascétisme poussé au-delà de toute raison, et de châtiments corporels qu'elle s'inflige elle-même. Elle est la magistra de l'abbaye de Schönau et l'une des visionnaires les plus réputées de la vallée du Rhin. Ses livres connaissent, au fil du temps, trois à quatre fois plus d'audience que ceux de son aînée et conseillère du monastère de Bingen. Élisabeth périt à l'âge de trente-cinq ans. On peine à imaginer un temps de son existence qui n'ait été voué à la douleur ou à l'angoisse, dans les vallées obscures et les brumes, dans le froid des nuits de cauchemars ou dans la folle ferveur des fièvres, dans les reflets infinis de miroirs face à face.

Elle entre dans les ordres à douze ans, pubère, grande pour son âge et fine, déjà, avec de longs membres osseux, une poitrine et des hanches plates, un visage calme aux lèvres pleines, aux yeux doux, au front blanc et large. Sa vie d'avant est citadine ou noble petitement. Elle a appris un peu de latin, sait quelques psaumes. Eckbert, son grand frère, est théologien : il étudie à Paris les fruits paradoxaux de toutes les vertus divines. C'est Élisabeth elle-même qui choisit le voile. Cela convient à sa famille, suffisamment dévote et fortunée pour lui permettre de suivre la voie du salut par la règle. Peut-être la jeune fille, la petite fille, est-elle sincèrement appelée par les mystères de ce monde clos, reflet de la cité céleste, où hommes et femmes vivent selon les codes d'un ordre transcendant. Harmonie opaque, vertueuse, qui seule prépare à l'existence éternelle dans l'au-delà. Peut-être y a-t-elle été poussée par une injonction puissante, un message à elle seule audible, peut-être que la vision d'un ange, c'est courant, a décidé de son avenir. Vingt ans au service d'hommes incrédules, et les insupportables punitions de la chair pour apaiser les maux de l'âme, et sa mort en grâce, abbesse malingre, ses belles joues creusées et bleues, les yeux fous, les mains en serres ne crochetant que le vide, et puis la salvation. Sans doute, simplement, est-elle terrifiée par ce qu'elle devine, ce dont elle se sent capable.

Au couvent, pendant des années, dix au moins, certainement plus, elle ne parle pas de ce que son corps lui fait. Elle passe pour étourdie, maladive, émotive, susceptible, hautaine parfois. Elle semble rêvasser. Elle pose des questions incongrues, où suis-je, quel est le prochain office, sommes-nous bien en hiver ? Des larmes roulent sur ses joues. La nuit, ses compagnes de cellule l'entendent parler, crier parfois, sans parvenir à l'éveiller. Les visions qui la ravissent figent son corps et le tordent. Ses extases lui essorent les chairs, révulsent ses traits, écrasent ses os. Élisabeth est un jouet dans les mains des puissances. Elle ne sait pas brider ses dons.

Sous sa couche, bientôt, Élisabeth glisse un petit livre, feuillets vierges sur lesquels, dans le noir, elle note ce qu'elle apprend, lignes serrées pour conjurer la terreur et la solitude de sa condition. Car si elle voit et entend des saints, des ancêtres, des chérubins ou des séraphins, elle voit aussi et entend des bêtes, des démons, et Satan le grand prince, escorté à droite par Ponce Pilate, à gauche par Judas Iscariote. Dans sa cellule, pour elle seule, Élisabeth témoigne. Elle marque sa progression dans le temps, crée les repères de sa propre histoire pour sa seule consolation.

Elle n'a pas pu communier aujourd'hui parce qu'elle a ses règles, et ce malgré le besoin vital de renouveler son alliance avec le Christ. Elle demeure en retrait, courbée, à regarder passer les robes, les pieds de ses sœurs, allers-retours vers l'hostie consacrée, la voix de l'abbé, les douleurs abdominales, un léger tremblement des jambes, une chaleur au visage. Elle relève la tête. La lumière a changé, plus crue, ombres tranchantes, blancs aveuglants. Un homme au milieu du chœur, à quelques pas d'elle, tourne le dos. Il porte la bure, sa ceinture dénouée pend, grosse corde, le nœud frotte contre terre, et le frère s'agite, se dandine, se trémousse, gigue au milieu de la chapelle, danse devant l'autel. La salive vire à l'acide dans la bouche d'Élisabeth. Elle voudrait fermer les yeux, ne pas voir ce qui va se produire. Elle ne veut pas qu'il se retourne, le danseur obscur. Il se retourne. Est aussitôt contre elle. Visage couvert de poils. Haleine de merde. Je vais, dit-il, brandissant son sabot, je vais te briser les dents dans la bouche.

Élisabeth est au fond d'un vallon. Il fait nuit. La terre, de part en part, tremble et gronde. Trépidation de milliers, de millions de sabots. Élisabeth est nue, elle voudrait se cacher mais ses mains, ses bras ne dissimulent rien. Quelque chose approche. Quelque chose bouge dans l'obscurité et enfle. Le monde en mouvement, une masse épaisse et noire, un débordement. Elle distingue des yeux, des cornes et puis les chèvres la submergent, l'envahissent, elle crie. C'est la douleur qui la tire de ses transes, la panique ne suffit pas. Seule, dans sa cellule, baignée de sueur, la mâchoire encore crispée d'avoir serré les dents, Élisabeth note ses visions. Puis elle prie. Ensuite, avec ce qui lui reste de force, elle se frappe à l'intérieur des cuisses, sous les pieds, sur le dos. Le moine lubrique reviendra. Il reviendra jusqu'au bout, avec les chèvres, avec les mauvais parents.

Un ange, quelque temps plus tard, lui présente la balance où sont pesés le livre de ses bonnes actions et celui de ses fautes. Le plateau bas la voue à la damnation, mais un petit morceau de pain de l'autre côté suffit à ramener la balance à l'équilibre. Que dois-je faire pour qu'elle penche dans le bon sens ? demande Élisabeth au messager. Celui-ci sort de derrière son dos un long fouet, un de ceux dont on use pour forcer le bœuf au sillon, et la frappe à toutes forces une, deux, trois fois, et dit : c'est ainsi. Et il la fouette encore. La douleur est intolérable. C'est ainsi. C'est ainsi.

On commence à jaser autour de la moniale, si étrange, si prompte à se fustiger. Le sang séché macule ses habits, ses sabots. Elle s'évanouit dans le jardin aux simples et la neige la recouvre sans fondre, comme si elle était morte. On l'a entendue parler latin. Pour quel péché est-elle ainsi tourmentée ? se demandent ses sœurs en réclusion. Que doit-elle racheter par ces terribles crises ?

Dans la chapelle, agenouillée, Élisabeth prie, ceinte d'une foule d'apparitions. C'est le mois d'octobre, à la Sainte-Ursule, et toutes les vierges, et tous leurs compagnons ont envahi Schönau, délicats comme des figures de vitraux, miniatures sorties de leurs parchemins. Leurs plaies sont de simples traits rouges, les épanchements dessinent des entrelacs, les faces sourient et brillent de céleste lumière. La moniale reconnaît Ursule, bien sûr, et Cordula, et Verena, à ses côtés, compagne de la martyre dont les reliques protègent l'abbaye de Schönau. Élisabeth est pleine d'une joie brutale qui la subjugue comme une crue, et elle pleure, pleure encore. Elle voudrait rejoindre ses visions, se dissoudre dans leur lumière. Elle voudrait des bras, ici-bas, pour consoler son corps. Dans les ténèbres de sa cellule, sous la couverture de laine, la jeune femme écrit sans rien voir.

Au printemps suivant, l'ange castigateur revient la visiter, et le moine noir, et les taureaux à faces rouges et aux corps noueux. Les jours et les nuits se confondent. Rayons de soleil sur les pierres toujours froides. Mondes minuscules en suspension dans les airs. Élisabeth s'enfonce des pointes de fer dans le ventre et dans l'aine, dans les seins. Elle fouette, sur son dos, les peaux lacérées de la veille. L'ange vient, revient encore, lui dit : il faut que tu parles, Élisabeth. Que tu dises à tous ce que tu as appris de nous. La petite religieuse a aperçu la fin des temps, une créature à quatre têtes lui a révélé le jour du Jugement dernier, elle ne veut rien répéter. Écrit dans le silence. Tombe malade. Je suis la proie de démons, pense-t-elle. Et puis : personne ne me croira. Puis encore : quel orgueil de se croire prophétesse. L'ange tonne. Si tu te tais, tu mourras. Élisabeth ne se lève plus. Grise sur son lit, elle tremble. Le jaune de juillet, dans la lucarne, est frémissant et fiévreux. Elle sue, elle tremble. L'abbé Hildelin est à son chevet. Qu'y a-t-il, ma fille ? Parle ! hurle l'ange qui la tient aux cheveux, qui lui cogne la face aux murs de sa cellule. Tu dois manger, fait une sœur, essayant de forcer les lèvres closes avec une cuillère. Parle ou meurs !

Une semaine encore, puis elle fait revenir le bon père. Elle lui confie ses notes cachées sous l'oreiller. Tout est là. Elle ne dit rien de plus. Quelques heures plus tard, à peine, les dogues de Schönau entrent en jappant dans la chambre et lui font fête. Les chèvres de cauchemar restées sous le lit sont mises en déroute : elles fuient en geignant par portes et fenêtres. Élisabeth est libérée du chagrin. Elle se redresse. Amenez-moi un feuillet, répond-elle plus tard, quand on s'inquiète de ce qu'elle désire. Je dois écrire à mon frère pour lui conter ce qui est advenu.

Décembre, à nouveau. Eckbert arrivera, il fait de son mieux, le siècle le retient, une carrière ecclésiastique prometteuse, des avancées dans tous les domaines, la scolastique, la politique. Le grand frère tarde à tout abandonner pour se dédier à l'abbaye de Schönau, prendre la robe, ne plus exister que pour Élisabeth. Les visions et les affres reviennent par surprise. À l'étable, la nonne se prend à hurler ce que les voix intiment : pénitence ! Repentance ! à la stupeur des frères lais. À l'église où on la traîne, elle continue de tonner : la colère du Ciel est sur le monde, elle roule en nuée, pécheurs vous avez trop péché !

C'est une tempête qui balaie l'abbaye. Qui se répand dans les villages, le soir à la soupe, le matin au moulin, au lavoir, au four. La sœur qui voit les anges a prédit la fin des temps. Il faut quitter ce monde, s'apprêter au grand voyage, se purifier. Les sombres se recueillent tandis que les joyeux jasent. Ce n'est ni la première ni la dernière à se dire inspirée. Combien d'avertissements, déjà ? Le vin est en fût. L'étang gelé est bleu et chante sous les pas des enfants. La forêt craque sous les paquets de neige mais le redoux viendra. Les fâchés, par surcroît, s'indignent. Pour qui se prend-elle ? Depuis quand les vierges s'arrogent-elles le droit de prêcher ? Hildelin peut-il laisser ses filles, ainsi, attirer l'attention ? La notoriété d'Élisabeth, en peu de temps, déborde Schönau.

L'abbé la convoque. Qui vous inspire ? Le

Seigneur. Qui vous parle ? Un ange. Silence. Je vous en prie, mon père. Êtes-vous sûre que c'est bien le Seigneur ? que c'est bien un ange ? Je vous en supplie. J'ai répété vos paroles en chaire et devant les clercs de Worms. Devant l'évêque. Mon père, ce que j'endure. Il leur faut des preuves, ma fille. Cet ange, la prochaine fois qu'il vous parle, demandez-lui. Faites-lui face. Ce que vous requérez, mon père. Ce n'est pas une requête, Élisabeth. Hildelin est un très grand homme, large comme un bûcheron, il sait être et cesser d'être doux. Élisabeth, tordue en tous sens, pressée du dehors, du dedans.

De nombreuses semaines passent sans qu'elle ose questionner l'ange. Les sœurs chuchotent sur son passage, sifflent dans son dos. On la dit intempérante. On la dit possédée. Des curieux, aux lisières des champs abbatiaux, viennent voir les nonnes au travail, n'espérant apercevoir qu'elle. Fais-le, intime Eckbert dans sa dernière lettre. Prouve-leur ta bonne foi. J'arrive. L'ange au fléau est furieux de la question. Ses yeux, ses cheveux sont des flammes, il gronde : comment peux-tu douter, après tout ce que tu as vu, tout ce que tu as ressenti et souffert ? Regarde ce que nous t'offrons, et vois si je ne suis pas un envoyé du Ciel ! Et, dans une salle immense, Élisabeth découvre, assemblés, souriants avec bienveillance, les saints et les bienheureux, les morts vertueux, les prophétesses Hilda, Deborah, Judith et Jahel, et les évangélistes, et saint Jean le Baptiste, et la Vierge Marie, et saint Michel archange, et la voix du Seigneur dit : tu as vu, Je te le confirme.

Comment as-tu vu ? Tu as vu dans Mes secrets et au-delà de ce que voient les hommes. Et que t'ai-Je caché ? Rien.

Eckbert quitte Bonn pour Schönau. Ce grand frère, perdu de vue depuis l'enfance, est un homme fin, presque malingre, des lignes et des angles, des yeux fendus et une grande force intérieure, une foi semblable à de la colère. C'est un homme remarquable d'intelligence. À sa manière, il aime énormément sa sœur. Voit également ce qu'il peut retirer de son commerce. Eckbert connaît la société et a étudié à Paris les grandes questions de foi. Ses amitiés, ses dons lui ouvrent de nombreuses portes et le pouvoir temporel se tient derrière chacune d'elles. Il renonce à tout cela pour un bien plus ténu mais autrement précieux : la vérité. Devenu simple moine, délié des contraintes terrestres, il écarte sans peine Hildelin pour se poser en protecteur de sa cadette. Il a compris qu'Élisabeth, capable de questionner les anges, dialoguant en intime avec le Baptiste et la mère de Dieu, peut apporter des réponses indiscutables à des questions encore irrésolues.

Élisabeth a les pieds sur la terre et la tête dans les Cieux. Ses yeux révulsés voient les sphères au-delà. Sa faible voix chuchote les fondements des mystères. Eckbert se fait secrétaire de ces révélations. Il devient caution de la douleur, raison de la folie, logique du grand pourquoi. Et Élisabeth se renforce, elle se rassure. Son frère qui la protège la tient à l'écart des rumeurs, il la cajole, la terrifie tout ensemble. Entre ombre et lumière, cette femme semble toujours ne vivre que dans l'hésitation. Elle enquête. Aux fantômes de moniales qu'elle voit remonter le lit d'un ruisseau, elle demande d'intercéder pour elle auprès de la Vierge. Quelques questions, en échange de quelques douleurs.

Ainsi, Eckbert apprend que Marie est montée au Ciel avec sa chair et qu'elle avait quinze ans et six mois et demi lorsqu'elle accueillit le Verbe en son sein virginal. De Verena, la martyre de Cologne, il obtient de longues explications sur la présence d'ossements d'hommes et d'enfants parmi ceux des onze mille martyres, et d'une pierre tombale au nom d'Etherius, protecteur de l'abbaye de Deutz. Il peut faire inhumer Ermenricus et frère Gérard, moines de Schönau laissés sans sépulture depuis des siècles. Des anges emportent Élisabeth pardessus des abîmes pour lui permettre d'entendre à nouveau la voix du Seigneur. De ces transes, elle rapporte avec autorité des thèses anti-cathares, semblables point par point à celles développées par son frère. Les saints et les bienheureux donnent raison au théologien.

Bien sûr, il n'y a pas que ça. Les absences d'Élisabeth ne sont pas réductibles. L'eau ne se préoccupe pas de faire tourner le moulin, le vent change de sens par caprice et accident. Il n'y a que l'homme pour imaginer que cet incendie est né de cette foudre. Élisabeth perd la main qui la retient, la voix d'Eckbert se distord, s'efface. Elle voit leur oncle Theodoric brûlant dans une caverne de flammes. Leur cousine Helid, la bouche travaillée par la torture, mendiant avec des cris de bête le droit de lécher ses larmes et de les boire. Au milieu d'une mer chaude, une île délicieuse émerge où des âmes, impuissantes à l'atteindre, glissent dans des eaux asphyxiantes avec, à la traîne, des corps gris et labiles comme des étoffes mouillées.

Élisabeth se frotte pour retirer la crasse, le sang qui la recouvrent, geint de ne pouvoir communier et l'ange la roue de coups. Eckbert, de l'autre côté de la porte, attend que les cris cessent en lisant le psautier. Quand elle paraît aux offices, elle attire tous les regards. Élisabeth est seule. Elle n'a plus de sœur, dans la communauté. On la révère ou on la craint. On vient de tout le pays pour la consulter. Faites laver le corporal, crie-t-elle, interrompant la messe de Pâques. Le sang du Seigneur, ne voyez-vous donc rien ? On fait changer le drap immaculé. Élisabeth grince des dents. Elle a des fièvres. Refuse de manger. Elle pleure pendant des jours, sans pouvoir s'arrêter.

Jean-Baptiste l'emporte dans la cité du Seigneur souverain, les portes blanches sont éclaboussées de sang et les Enfers déserts depuis que le Christ est descendu les vider, le Paradis toujours en construction. Elle avance de quelques pas. C'est un monde de calme et d'abandon, luxuriant, harmonieux, des prairies et des bois clairs, des rivières aux cours étales, un ciel azur où des anges à la tâche dressent sans bruit, sans effort, les cathédrales immenses qui accueilleront l'humanité après la fin des temps. L'archange Michel dirige les travaux. Au dernier jour, dit-il à la visiteuse, le bas sera réuni avec le haut. Élisabeth reprend conscience sur sa couche, bras et jambes durcis de crampes, la bouche sèche et, sans bruit, elle rit, elle se rêvait en train de mourir, ce serait bon de finir ainsi, quitter la chair, s'abandonner, puis elle entend des pas derrière la porte, une chaise qui racle. Tout va continuer : la vie, les visions, la douleur.

Hildelin assure qu'elle a prédit le jour du Jugement. Hildegarde, abbesse du Saint-Rupert, envoie un courrier lui enjoignant de cesser ses pénitences. Les abstinences, les jeûnes, les châtiments auto-infligés sont autant de marques d'orgueil, écrit-elle. La condition de visionnaire réclame le retrait et la soumission, la discretio. C'est le diable qui pousse à l'ascétisme, pour assombrir les jours. Élisabeth opine. Elle aimerait pouvoir se soumettre et obéir, plier devant l'autorité de cette femme sage. Mais ses visions la transportent et l'épuisent, elles la drainent. Les morts, les saints, les vivants et les anges, les démons sont coprésents dans un temps unique et l'espace de ses perceptions. Élisabeth n'est pas maîtresse d'elle-même, femme débile, outil entre des mains violentes et malhabiles. Elle est un monde en perdition, un marais qui s'assèche. Elle meurt à toute vitesse. Elle a trente-cinq ans.

Au terme de ses jours, Élisabeth a gagné le respect de son entourage. Magistra de Schönau, elle accompagne, au chevet de sœurs mourantes, les âmes dans leur arrachement au monde. Elle sait quand le temps est venu et, penchée sur les visages clairs, trempés de sueur ou poncés par les peines, sur les bouches grandes ouvertes pour inspirer encore, elle balance et se berce, murmure les lèvres closes, ses paupières clignent, sa face se contracte, elle semble tout à fait hors d'elle, puis se redresse brusquement, lève les bras vers les plafonds tachés de noir de la cellule et, pour ceux qui sont là à l'entendre, articule : tout est accompli.

Élisabeth seconde son frère dans ses prêches. Au sein d'églises encore inachevées, couvertes d'échafaudages, paille mouillée, jour chiche, elle tonne en écho tout ce que l'ange murmure : l'erreur des cathares est de croire Dieu double, l'erreur des cathares est de Le penser absent, l'erreur des cathares est de vivre sans l'Église. Ils mentent. Persistent dans l'erreur. Égarent ceux qui les écoutent. J'ai vu ces gens, après leur mort, et je connais leur souffrance. Eckbert regarde sa sœur qui fustige, elle paraît immense dans le poudroiement gris des pierres, et sa voix transformée mêle à l'allemand des bouts de versets latins, elle est droite, debout devant l'autel comme un maître sur l'estrade, bouge très peu, ses yeux regardent ailleurs, vers la voûte où nichent les pigeons, au-delà des ogives de bois. Le moine a du mal à se souvenir d'elle petite, les bains dans le grand tonneau, les courses de lapin, le silence du grand lit quand les ronflements cessent et que la demeure entière siffle de l'absence de bruits dans la prison de neige. Ces hommes, ces femmes attentifs, mains ouvertes, casseront bientôt des portes, briseront des fermoirs pour traîner leurs voisins hérétiques dans les rues et leur mettre le feu.

Un coup, une absence, puis la douleur. Un coup, une absence, une autre douleur. Plus sourde. Plus lente à éclore. Le sang et le bras faiblissent. L'étroite voie d'Élisabeth se resserre encore. Les brumes épaississent, se font lumineuses, mouvantes. Les brouillards chantent. Les visions sont de trop, désormais. Élisabeth n'a plus besoin d'être ravie pour se dresser contre la simonie des prêtres, l'influence de l'antipape, les guerres de l'Empereur contre Rome, les errances du clergé, la vanité des peuples, l'ignorance des puissants. Il ne lui est plus nécessaire de requérir l'expertise des morts, des saints, des anges, des onze mille femmes équarries à Cologne pour comprendre la réalité de ce monde, sa déréliction inévitable, sa plongée dans l'obscurité des âges qui viennent. Le temps s'épuise. Eckbert ne questionne plus, il écrit des livres pour que tous sachent. Que ceux qui n'ont pu voir et entendre la visionnaire de Schönau mesurent par l'imagination l'ampleur de sa présence. Le grand frère, à son tour, devient l'instrument d'une autre volonté. À son tour, il témoigne d'une histoire.

La mort d'Élisabeth prend un temps incroyable. Elle s'étire, déborde, gagne sur chaque souvenir de ses années de vie. Couchée sans mouvement, les traits tirés, froide comme un caillou de rivière, la mère supérieure, si peu douée pour exister dans le monde, persiste à refuser tout aliment. Elle ne soupire ni ne pleure. Atone, elle parle peu. Certains disent la voir luire. D'autres sentir, dans son haleine, des bourgeons de printemps. D'autres encore l'entendre prédire la date de sa délivrance. Nous ne savons rien des visions qui accompagnent ses derniers jours mais espérons que les cauchemars en ont été absents. Que la faiblesse du corps l'empêchant de se mortifier, elle put aller vers l'au-delà sans sursaut ni torture. Eckbert est à son chevet, Hildelin peut-être aussi, s'il n'est pas décédé. Sous les murs de l'abbaye, dans la cour, les gens s'assemblent, ils viennent aux nouvelles et prier confusément sous le ciel pour la mère de Schönau, pour le salut de leur âme à eux, pour que leurs enfants poussent, pour le blé et pour le chant du rossignol. Élisabeth meurt. Elle n'en finit pas de mourir.

Dans les textes qui lui survivront, traduits en allemand, en français, en islandais, sur les livres de visions et de théologie mariale, sur son hagiographie d'Ursule que reprendra Voragine dans ses légendes dorées, on lui adjoint la qualité de sainte. Élisabeth, fêtée le dix-huit juin, n'est cependant jamais canonisée, et quatre siècles passent avant qu'elle ne soit reconnue martyre. Son héritage est longtemps plus vaste que celui de sa consœur de Bingen, qui n'a jamais connu d'extase et n'a jamais contemplé le Seigneur en majesté, ni l'humanité du Christ sous la forme d'une jeune femme. Les livres d'Élisabeth sont plus souvent copiés et bien mieux diffusés. De Hildegarde, on retiendra surtout les avertissements à sa jeune sœur. Que ceux qui désirent accomplir l'œuvre divine n'oublient jamais leur condition d'humain, écrit-elle. Qu'ils aient toujours à l'esprit ce qu'ils sont et ce qu'ils sont amenés à devenir. Qu'ils laissent les affaires célestes entre les mains des êtres célestes, car ils demeurent exilés et ignorants de ces sujets. Ils ne pourront jamais chanter les mystères divins qu'à la manière d'une trompette, qui produit des sons mais ne peut être jouée à moins que quelqu'un ne souffle au travers.

Des milliers de dépouilles de la colonia agrippina, sous les nouvelles murailles de Cologne, Élisabeth a fait autant de saintes reliques. Comment aurait-elle pu mentir ou inventer ? Elle repose au monastère Saint-Florin. Son histoire, ici, est terminée.

## *Trithème*

Il neige, il neige encore sur Sponheim, le Lettkaut effacé, les collines grises de gel, et noires. De gros flocons mous s'agrègent sur les bâches huilées, ils font un dais, effacent le jaunâtre, adoucissent les reliefs. Ça tombe du ciel comme émietté, ça s'accumule. Du talon, Trithème jauge l'épaisseur d'une flaque gelée qu'un âne étourdi pourlèche. Il n'est pas très attentif, n'entend qu'un petit craquement, le jeu du liquide sous la surface. Cesse son manège, relève la tête, regarde alentour sans vraiment regarder. Les animaux de bât, chargés, les charrettes bâchées, les serviteurs en silhouettes, courant encore deçà, delà, et le grand fourbi du monde, flouté par l'intempérie. Trithème pense à la nature du temps, celui qui passe, et à la tempête de neige qui l'a amené ici, il y a vingt-cinq ans. Les flocons étaient semblables, et le froid, et la morsure du vent. Son estomac, pourtant, ne le faisait pas tant souffrir. Il pouvait dormir plus de cinq heures chaque nuit. Un mulet, près de lui, s'ébroue, des larmes de glace pendent à ses cils. Trithème se demande ce que le bourrin tire dans sa carriole, quels ouvrages en quelle langue, des traités musicaux, qui sait, ou la vie d'Alexandre en dix volumes bilingues, les livres couverts, protégés, étiquetés, quittant leur bibliothèque par ordre alphabétique. Ils fuient l'abbaye Saint-Martin de Sponheim et les mouvements des soldats. Trithème, abbé, historien, bibliomane, magicien, les emporte à Bad Kreuznach. Il y reste cinq mois, le temps pour les troupes de Philippe et de Maximilien de dévaster les environs. Le temps, aussi, pour le prieur Nicolaus, de retourner les derniers moines fidèles au savant. Trithème part avec deux mille livres empaquetés, une somme, tout le savoir du monde, et c'est la fin de sa bibliothèque. Il ne la déballera plus jamais. Le temps coule, c'est bien connu, puis il se fige. Il se fragmente et le monde semble disparaître. Puis il fond, se change en flaque boueuse, sèche enfin et s'évapore. J'étais déjà ici, songe Trithème. Je suis déjà venu.

Son nom de naissance est Jean de Heidenberg. Celui de Trithème est peut-être une référence à son village natal, Trittenheim, dans l'électorat de Trèves. Il date peut-être aussi de son intronisation dans la Société littéraire rhénane, où l'on se surnommait volontiers Camerarius ou Agricola. Les rencontres du club ont lieu à Heidelberg, dans la maison de Jean de Dalberg. Réunion de jeunes gens avides, ambitieux, impatients. Des étudiants, encore, ou de frais lettrés sensibles aux trépidations de l'histoire. Ils sont au cœur du monde civilisé, à l'aube de leur carrière, à la naissance d'une nouvelle ère. Ils boivent de la bière tiède dans des bocks à couvercle, ils s'échauffent. Ceux qui ont voyagé parlent de leurs voyages. On introduit un juif, qui leur fait ânonner leurs premiers mots d'hébreu. On cite à tue-tête des traités sur l'anatomie des femmes. La nuit est bleue et jaune. Trithème évoque les travaux de Vigenère, de Pietro d'Abano. Plus personne ne se moque. On sort de conserve boire plus loin, manger quelque chose. De la rue montent des hurlements de rire, des cris de chiens. Au passage du turbulent équipage, les derniers passants s'écartent. On n'entend rien de ce qu'ils disent. Trithème et ses amis parlent en latin, en grec, une fille à vendre leur fait signe depuis l'autre côté de la salle. Jacques Wimpfeling renverse sa chope en voulant taper sur la table, il n'en démord pas, ce sont les anciens Égyptiens qui ont créé l'esprit-de-vin. Jean de Dalberg bâille, une main devant la bouche. Trithème, figé, regarde la bière couler dans les traces d'usure du bois. Il a le ventre lourd, la tête qui tourne, pas mangé un vrai repas depuis deux jours. Le débit de boissons empeste, il fait trop chaud. Trithème est parfaitement heureux. Pourquoi ne le serait-il pas ? Il a dix-neuf ans, des amis précieux et, pour le reste de ses jours, tous les livres du monde à découvrir.

Cela lui est venu d'un rêve, écrit-il en son vieil âge depuis l'abbaye de Wurtzbourg. Un des derniers ouvrages du prolifique abbé est une autobiographie : il a patienté quarante ans avant de commencer à parler de lui-même, de se faire le personnage de l'une de ses chroniques. Encore nourrisson, Trithème est orphelin de père. La belle Élisabeth, sa mère, porte le deuil sept années, pour ne pas troubler son fils unique. C'est en tout cas ce que rapporte l'enfant lui-même, désormais vieillard. Les vignes ne pouvant rester plus longtemps sans travail, Élisabeth se remarie. Porte cinq enfants, tous garçons, dont deux meurent à la naissance et deux ne passent pas le premier hiver. Seul le petit Jacques survit. Le beau-père a, de longtemps, pris Trithème en grippe. Le gamin a la tête dure, le regard buté, il se dérobe aux travaux dès qu'il le peut et disparaît jusqu'au soir, revient en mentant. Ni les torgnoles ni les coups de cuillère ne troublent sa mine insolente. Et puis : il parle. Il fait le docte. Reprend, du haut de ses dix ans, les adultes sur leurs accords fautifs, pointe les lacunes de leur vocabulaire. Trithème a l'esprit vif, il retient tout de ce qu'on lui dit et peut répéter sans erreur de longues tirades entendues une seule fois. Chez un voisin, clerc presque aveugle passionné de légendes, il déchiffre ses premiers mots : pater noster qui es in cælis, sanctificetur nomen tuum. Quelques nuits plus tard, il se réveille en sursaut. Le petit Jacques, entortillé dans la couverture, respire calmement. Un volet grince sous le vent d'octobre. Pas d'autre bruit dans la maison. L'adolescent se redresse. Il y a un homme au pied du lit, qui lui montre deux tablettes. Qu'est-ce que c'est ? demande Trithème. C'est un choix. Ici tu as le monde. Dans la main droite : un arbre, une couronne, une femme, un soleil. Ici tu as les lettres. Dans la main gauche : des caractères latins, grecs, arabes, inconnus. C'est l'un ou c'est l'autre. Ce que tu choisiras, tu l'auras à profusion. Trithème, de l'index droit, pointe la tablette de gauche. C'est ce qu'il nous rapporte, en tout cas, dans son *Nepiachus*. Qu'il a rêvé d'un ange et que l'ange lui a donné tous les signes, toutes les lettres, tous les livres et tous les savoirs. Il est vrai, également, que le monde tel qu'il est n'a jamais intéressé Trithème. De doctes ancêtres l'ont abondamment observé et décrit, et ce qu'ils en ont dit demeure infusé de leur conscience. Pourquoi se contenter de sa propre expérience lorsque l'on peut emprunter leur génie aux plus savants, aux plus sages et aux plus saints ?

Trithème apprend à lire la nuit, dans la chambre du voisin vieillissant : des bouts de Vulgate, une chronique des villages du pays, un peu de saint Augustin et quelques vers de Dante auxquels il ne comprend rien. Il a quinze ans quand son oncle lui envoie trois sous pour lui permettre de fuguer. Le jeune homme part pour Trèves, puis de là se rend aux Pays-Bas. Il a soif de tout connaître. C'est un désir insatiable, un trait de caractère, un défaut et une obsession qui confine au péché, convoitise, orgueil, l'adolescent ne tolère pas de se sentir ignorant. Il lit autant qu'il est possible. Apprend, retient. Entasse. Il n'a pas vingt ans mais est déjà un phénomène, une encyclopédie vivante, tout en vrac, avec des articles sur chaque sujet, des idées et des noms propres à en emplir dix têtes. De plus en plus, la conversation l'ennuie. Manger et dormir lui semblent des pertes de temps. Trithème peut rester seul des jours durant. Debout dans sa cellule, une heure avant l'aube, grelottant de froid, il lit le *De consideratione* et ses lèvres bougent sans bruit, il se balance légèrement, de sous son lit une souris l'observe. Il ne peut prétendre qu'aux écoles gratuites ou aux cours acceptant, contre travaux, les élèves indigents. Lent à la tâche, dur à l'étude, on finit toujours par le garder. Son manque de liant lui joue des tours. Trithème, mal disposé aux compromis, n'a aucun ami. Il peine à s'identifier aux autres et n'a pas le loisir de dépasser le désintérêt qu'ils lui inspirent d'abord. Les livres, autour de lui, s'épuisent. Il va lui falloir un monde plus riche, des rayons mieux fournis, des maîtres à sa mesure. À dix-sept ans, il part pour Heidelberg, ville aux façades grises, aux toits brillants, aux rues étroites. Le centre du savoir. Sur un simple entretien, il est admis à l'université. Son censeur, Jean de Dalberg, l'exonère des frais de scolarité, lui trouve à loger dans une maison de convers, l'introduit dans la société brillante des jeunes humanistes. Une soirée lui suffit à faire oublier son accent palatin et ses airs ahuris. La folie de connaissance de Trithème conquiert ses camarades. La Société littéraire rhénane est sa première vraie famille : cellule close, soudée, protégée du chaos et liée par des buts communs. Wimpfeling écrit un peu, l'incite à l'imiter. Nous ne sommes qu'au commencement, insiste Dalberg. Nous avons de nouveaux outils en main. Il ne tient qu'à nous de transformer le monde.

Si cette science était connue de tous, lit-on dans

la préface de la première édition officielle de la *Stéganographie*, l'ordre social en serait bouleversé. La bonne foi politique disparaîtrait, de même que tous les lettrés, et tous les documents, et tous les écrits avec elle. Tous les discours des hommes seraient tenus comme singulièrement suspects. Voilà où aboutissent les efforts de Trithème, pour qui le monde n'est qu'une affaire de signes, pour qui les caractères écrits contiennent la totalité de ce qui est. Corollaire à cette conception : mélangez les lettres et vous brouillerez le monde. Détruisez la cohérence du langage, et l'univers cessera de faire sens. Le temps n'est plus à décrire le réel, à le comprendre, à en tirer des lois ou des listes, et à tout consigner. Cela a déjà été fait, et amplement, au cours des siècles écoulés. Ce qu'il faut, désormais, c'est compiler, combiner et assembler les savoirs. Les passer au filtre de la comparaison, les faire dialoguer. Tirer une vérité plus grande de leur accumulation. Tendre au secret. Trithème lit tout, aime tout découvrir, les fables, les exemples, les traités, les digressions. Par-dessus, encore, il a le goût des mystères, des bribes de connaissances cryptées, des révélations à demi-mot sur la nature élémentaire, sur la génération humaine, sur les acides et les esprits, sur l'élixir, sur la pierre philosophale, la sexualité des femmes, les magiciens antiques, le cryptage, l'art de ressusciter les morts et celui de muter les vins, sur la magie naturelle, les métamorphoses, la kabbale hébraïque. Son acharnement à connaître, sa folie livresque, en font un archétype de son temps et de son lieu. Jean Trithème est le moine bibliomane de la *Nef des fous* de Brant. Il est le docteur Faust, sacrifiant sa vie terrestre et son âme immortelle dans l'espoir toujours déçu de pouvoir, un jour, comprendre. Il est l'incarnation de l'*Ars magna* de Lulle, le combinateur logique à même de produire toutes les vérités par interversion de toutes les prémisses. Il est le savant fou dont la folie est la science même. De son vivant, Trithème est accusé de magie, d'alchimie, de démonologie. Pour qui l'observe, pourtant, il se contente d'acquérir, de lire, d'écrire des livres.

C'est un tout petit monde dans lequel évoluent, à la fin du quinzième siècle, ces fins connaisseurs de toute chose réelle : le Rhin, Cologne, Mayence, Heidelberg, Strasbourg, Bâle. On pousse jusqu'à Paris ou Rome, Montpellier, Lyon, Rotterdam. Trithème, après vingt ans d'efforts, parvient à mettre Sponheim sur la carte de ces savants itinéraires. C'est toujours un hameau lointain, sans surprise ni distraction, enserré de collines et de forêt épaisse, observé de loin par la ruine du château comtal. Mais l'abbaye Saint-Martin tient portes ouvertes aux visiteurs désireux de consulter la bibliothèque. On vient y copier un ouvrage, en échange du prêt d'un livre neuf, que les moines s'empressent dans le même temps de reproduire. L'abbé Trithème fait les honneurs de sa table et de sa conversation le temps que cela dure. On boit du vin fruité et tout est prétexte à discussion. De nouveaux visiteurs s'annoncent, on les loge et les nourrit en attendant le retour du père ; le savant est en balade, il visite d'autres couvents, ses amis dans leurs gymnases ou bien des églises, aux sacristies pleines de tomes délaissés. Le moine lit et retient tout. Ses hôtes repartent, fascinés. Ceux qui le peuvent reviennent le voir.

Des voyages de prospection amènent à plusieurs reprises Trithème au Saint-Rupert, un monastère féminin à deux ou trois jours de marche de Sponheim, planté sur une berge raide en surplomb du Rhin gris. Les sœurs de Bingen n'ont pas une réputation de grande ouverture et gardent jalousement la tombe de leur sainte Hildegarde, ainsi que les manuscrits originaux de l'abbesse, qu'elles continuent de recopier à la main, dessins inclus, à la commande d'autres couvents. Trithème a vingt-cinq ans lors de sa première visite, il est occupé à réunir des informations pour une compilation sur les grands auteurs de l'Église. C'est à Sponheim qu'il entend parler pour la première fois de Hildegarde, parce qu'on s'y souvient de Jutta, la jeune femme qui fut, pour la sainte, une amie, une mère et une maîtresse. Jutta, rappellent les moines de Saint-Martin, vivait dans cette tour, là-bas, et depuis la faible hauteur où se hisse l'église, ils désignent les ruines d'un château à peine plus loin, tumulus de pierres rougeâtres désormais ensevelies sous les herbes et les arbrisseaux. De Jutta et de Hildegarde, de Sponheim et de Bingen, Trithème, père abbé depuis quatre ans, veut à présent tout connaître. Il se fascine pour son nouveau pays, son histoire, ses personnages et ses légendes. Grimpe depuis le bourg, tourne autour des moellons du donjon, essaie de deviner à quoi cela pouvait ressembler, quatre siècles auparavant, quand la jeune fille noble y habitait, joie de son seigneur et père, avant d'être consacrée à Dieu et enfermée dans une cellule close du Saint-Rupert. Trithème envoie un courrier, attend quelques mois une réponse qui ne vient pas, se rend sur place avec deux mules, du matériel de copie, un novice, un serviteur. La mère Adélaïde le reçoit, fait entrer les bêtes et monter les bagages puis, après un dîner tardif et deux heures de discussion, accepte d'ouvrir à l'abbé la réserve des livres.

À première vue, il n'y a pas grand-chose dans le réduit obscur. La nuit est là, on s'éclaire avec de mauvaises lanternes aux verres troubles. Trithème s'attendait, vu le crédit porté aux travaux de Hildegarde, à trouver les sources encyclopédiques de ses trésors d'érudition, manuels, textes rarissimes. Il ne découvre que les ouvrages de l'abbesse elle-même, recueils de visions ou de chants, correspondance. Il remercie. Va s'allonger. Un peu déçu, bien sûr, mais aussi curieux d'en savoir plus long. Pourquoi tant de soins autour de quelques livres pieux composés sous Barberousse ? Le savant est debout avant le jour. Les sœurs, sous la fenêtre, se pressent aux laudes, crissement de graviers sous les sandales. Trithème reste dix jours, cette première fois, à lire et à prendre note, et part en commandant deux copies : une des poèmes et des partitions, l'autre des vies de saint Rupert et de saint Disibod. Adélaïde est surprise. Pas le *Scivias* ? Aucun livre de visions ? Écrivez-moi lorsque vous en aurez terminé, répond Trithème. Je reviendrai. Et il donne à la mère supérieure, en entier et par avance, la valeur des ouvrages à copier. Trithème est riche, déjà, au nom de Saint-Martin de Sponheim. Il a de nombreux amis, dont certains très puissants. Vingt ans plus tard, deux d'entre eux se font la guerre, le contraignant à évacuer l'abbaye en catastrophe, tous ses livres sous bâche, protégés des intempéries. Dans le lot, se trouve l'intégralité des œuvres de Hildegarde, *Scivias* compris, ainsi qu'une copie particulière de la correspondance, payée par l'abbé sur ses propres deniers. Trithème abandonne plus tard les deux mille tomes de sa bibliothèque. Il ne conserve que les manuscrits de ses propres livres, ainsi que le petit recueil des lettres de l'abbesse. En vingt ans, il est revenu de nombreuses fois au Rupertsberg. Celui qui cherche sans cesse, toujours en mouvement, a trouvé là, juste sous ses yeux, une terre fertile à exploiter.

De Heidelberg, de ses années d'études et d'enthousiasme, de beuveries et de grands rêves, il a conservé d'infrangibles amitiés. Jean de Dalberg, son premier bienfaiteur, est l'artisan de sa fulgurante ascension dans la hiérarchie de Saint-Martin : en deux ans, Trithème est passé de visiteur à novice et de moine à abbé. C'est qu'entre-temps Dalberg, devenu évêque de Worms, a pu promouvoir l'abbé Kohlenhausen dans une congrégation lointaine, et libérer une place à la mesure des ambitions de son élève. Ainsi, à vingt-deux ans, Trithème est magister, et son indifférence à l'opinion d'autrui ne l'aide pas à se faire bien voir dans sa nouvelle fonction. La discipline, à Sponheim, durcit considérablement. La douce oisiveté de la vie hors du monde est, du jour au lendemain, troquée contre un labeur acharné. Chacun se voit forcé de contribuer à l'effort du nouveau père, tenu de le suivre dans sa grande folie. L'ignorance de ses ouailles l'afflige ? Il force les moines à la lecture, à l'étude et, plus important encore, à la copie. Leur vie d'avant, entre les offices, réclamait peu d'efforts. On laissait les affaires se faire, le blé mûrir, les myrtilles se replanter. On doit désormais s'échiner, cassé en deux sur les pupitres, le nez collé aux feuilles, et reproduire d'incompréhensibles exégèses en latin archaïque ou, pire encore, des pages et des pages de grec ou d'hébreu, que le nouvel abbé force à apprendre, puis à enseigner aux hôtes de passage. Les frères ne sont pas tous bons élèves. Certains se plaisent mieux aux tâches agraires ou pastorales, à la prière, au conseil de gens venus chercher à Saint-Martin une assise à leur foi. Trithème n'en a cure. Et même s'il prenait le temps d'y réfléchir, sans doute ne comprendrait-il pas. Il ne conçoit rien au-dessus des livres que Dieu, et sans doute Le conçoit-il Lui-même comme caché quelque part entre les pages d'un codex, dans la compilation de tous ceux qui décrivent une forme de vérité. Il n'est guère étonnant qu'au terme de vingt et un ans de ce régime, certains profitent de son éloignement prolongé de Sponheim pour reprendre le contrôle du monastère. Et ceci d'autant moins qu'en deux décennies, la notoriété croissante de l'abbaye s'est accompagnée de préjugés sulfureux à l'encontre du trop fameux abbé.

Jean de Dalberg est un ami, donc, tout comme Jacques Wimpfeling, autre membre de la Société littéraire de Heidelberg. Wimpfeling est un fervent de ce genre de cercles : à Strasbourg, plus tard, il fonde la Sodalitas Literaria Argentinensis en compagnie de Sébastien Brant, auteur de récits à succès, de Jean Geiler, prédicateur à la cathédrale, et de Mathias Schürer, imprimeur. Nous sommes à un tournant technologique. Le métier de faire des livres, de les presser comme on écrase le raisin, ne relève plus de la nouveauté. Soixante années se sont écoulées depuis l'invention de l'imprimerie, trente mille incunables ont été produits à travers l'Europe, et désormais les livres sont appelés, tout simplement, des livres. Cela désoblige Trithème, qui aime la lettre tracée, le mouvement de la main, et qui va jusqu'à composer un petit pamphlet contre la reproduction mécanique, la dévitalisation de cette fabrique du savoir. Son plaidoyer recueille quelques suffrages, il n'empêche, la transformation est en marche. Le geste d'écrire, peu à peu, est cantonné à l'intime, tandis que la diffusion des textes passe par la typographie. Les praticiens de ce nouvel art, de même que les savants, que les réformateurs de l'homme, de la science et de la foi et que les jeunes enthousiastes, grisés de mots nouveaux, se réunissent autour d'un poêle ou dans la salle d'un débit de vin, dans un cimetière pentu sous les tilleuls un soir d'été, et parlent de ce qui les inspire, rêvent de ce qu'ils entrevoient. On est allé en Italie. Untel est mort de fièvre quarte. Ce qui se peint aux Pays-Bas ! On passe, encore, le cruchon de terre vernie, cite des textes trouvés à Sélestat qu'il faudra diffuser, parle de voyage à nouveau, un qui part pour Norwich. L'urgence est à connaître, à faire savoir, l'imprimerie est un porte-voix et il y a tant à clamer. À Strasbourg, avec Mathias Schürer, l'autre éditeur se nomme Jean Schott. Schott est le petit-fils de Jean Mentelin, premier imprimeur de la ville, et il aime à faire croire que c'est son aïeul, et non Gutenberg, qui a inventé le caractère mobile. Mentelin et Gutenberg ont travaillé ensemble et Jean, revoit les deux techniciens alors qu'il était encore enfant battre l'eau dans de l'huile, fixer des dés d'étain sur des planchettes en bois. À quelques années d'intervalle, Jean Schott publie un livre de géomancie faussement attribué à Trithème, et un étrange livre de science naturelle écrit par Hildegarde. Schott est un imprimeur engagé, défenseur de la Réforme, éditeur de Luther. Cette *Physica* qu'il fait paraître n'est l'œuvre que d'une abbesse presque tout à fait oubliée. Seul l'héritage prophétique posthume de Hildegarde a laissé quelque trace au-delà de Bingen, encore a-t-il largement été réécrit par Gebeno d'Eberbach. La *Physica* est réimprimée, dix ans plus tard, accompagnée d'un texte inédit de Trotula de Salerne. Au sujet de cette dernière, Schott écrit qu'elle était une femme peu ordinaire, d'une grande érudition et expérience. Pas un mot, là encore, sur la sibylle du Rhin, l'étendue de sa science, le génie de son œuvre.

Trithème est au Saint-Rupert, pour retrouver les jeux du couchant dans la courbe du fleuve et l'odeur âcre des vélins dans le réduit où les sœurs conservent les manuscrits. Après son dictionnaire des écrivains de l'Église, c'est une recension des grands hommes de Germanie qui le ramène à Bingen. Toute femme que fut l'abbesse, elle a droit à sa citation en cette somme patriotique. Jacques Wimpfeling presse Trithème à l'ouvrage, et sans doute y a-t-il de belles gratifications à la clé, les florins de Philippe, électeur palatin, ou bien ceux de Maximilien, empereur, ces deux protecteurs qui se feront bientôt la guerre. Deux hommes généreux, deux bienfaiteurs ennemis. Le premier finance la *Stéganographie*. Pour le second, Trithème compose la *Polygraphie*. Des hommes d'État curieux et larges d'esprit, vraiment, on ne comprend pas comment ils ont pu causer la ruine de la bibliothèque de Sponheim, l'exil de leur protégé loin de son abbaye et la fin de ses grands travaux. Mais peut-être est-ce moins la politique que les rumeurs qui valent au savant la perte de ses livres. La légèreté avec laquelle il parle de magie, les codex d'enchantements qu'il s'acharne à collectionner, son attrait pour le bizarre. La place qu'il accepte de tenir dans la ronde des sorciers, entre Johann Faust et Cornelius Agrippa. Nous n'en sommes pas encore là. Trithème a trente-cinq ans. Il est, une fois de plus, en visite au Rupertsberg. Adélaïde et les sœurs le reçoivent et font jouer pour lui, pour les dix hommes qui l'accompagnent, quelques scènes de l'*Ordre des Vertus*, la pièce écrite par Hildegarde. Le prieur du couvent tient assez mal le rôle parlé du diable. Les nonnes chantent avec beaucoup de grâce les mélodies étranges, Trithème s'ennuie, se retient de bâiller, concentre sa pensée sur d'autres sujets. Absent à lui-même, il ne voit plus les actrices dans la nef, fait abstraction de leurs voix. Il a pourtant pris un plaisir incomparable, dix ans plus tôt, à lire et à relire les textes de cet *Ordo*, la prose exaltée d'une femme morte depuis trois siècles, ainsi que ce petit poème incompréhensible, comme codé, qu'est l'*O orzchis Ecclesia*, ô Église orzchis, tu es la caldemia des loifols éperdus. Trithème est ainsi fait qu'il préfère le mot à la chose, la partition à la mélodie. L'ange de son rêve d'enfance lui a offert un choix exclusif et il a tenu sa promesse. À ses côtés, les hommes ne sont guère plus attentifs. Certains entendent mal le latin, d'autres sont trop occupés à imaginer les filles sans robes ni scapulaires, d'autres enfin somnolent, assommés par le vin que l'abbaye prodigue en abondance. Le lendemain, au terme de la messe solennelle, à l'aide de pioches et de leviers de bois, ils descellent le tombeau où repose la sainte pour s'en arroger qui la langue prophétique, qui le bras et la main droite, celle-là même qui écrivit le *Scivias*, la *Physica*, et chaque mot inouï du lexique de l'ignota lingua. Adélaïde regarde faire. Une ouverture de sépulture prête à la solennité. Les ouvriers sont graves, leurs gestes banals prennent une dimension rituelle, entre sacré et sacrilège. La dalle épaisse glisse. Ça sent la terre, grasse et mouillée. Sans doute n'y a-t-il plus grand-chose à voir au fond de ce trou. Trithème a fait de Hildegarde un des grands hommes de l'empire. En manière de dédommagement, il emporte avec lui des bouts de son cadavre.

Alors que le trafic des reliques des vierges de Cologne est officiellement interdit depuis cent ans, la langue de Hildegarde remonte à l'archevêché. Albert de Brandebourg la conserve précieusement : un bout de cuir durci qui servit jadis à déglutir, à goûter, à parler. La trace de la langue se perd par la suite, et sans doute l'a-t-on jetée, la confondant par mégarde avec quelque déchet, ou bien a-t-elle été enterrée à nouveau, au fond d'un trou peu profond, au pied d'un grand platane où nichent les fauvettes. À Eibingen, un reliquaire contiendrait, dit-on, cette langue détournée, à côté du cœur de Hildegarde. L'histoire ne précise pas qui les aurait réunis, ni comment on a pu reconnaître, dans la foule des organes momifiés, le siège rabougri qui accueillit naguère son âme immortelle. Trithème ramène le bras droit à Sponheim, et ça ne vaut guère mieux, un hochet d'ossements jaunes. Il le reconstitue avec quelques agrafes de fer, soude les phalangettes, fige ce qui reste des doigts pour ne pas égarer le plus petit fragment. Posé sur sa table d'étude, le bras de la sainte fait bibelot et presse-papiers. Il arrive à Trithème, quand il cherche un mot, une idée, de le toucher, très doucement, comme on caresse les cordes d'un luth, sans réfléchir à ce qu'on fait. Le bras part à Bad Kreuznach en même temps que les volumes, il revient avec eux à Sponheim, son destin ensuite est mystérieux. Les moines, débarrassés de l'encombrant magister, l'ont peut-être vendu en même temps que certains de ses livres scabreux, le *De Venenis* de Pietro d'Abano, les Pseudo-Albert, le *Picatrix* en édition bilingue et les nombreuses versions des *Clavicules de Salomon.* Les os de Hildegarde aboutissent dans l'escarcelle d'un commerçant itinérant, puis le réduit d'un alchimiste, ou bien sont cloués au seuil d'une ferme en guise de porte-chance ; cette main désormais squelettique qui battit jadis, qui caressa, qui empoigna et qui donna, le premier outil de l'homme, vecteur de son intelligence et de sa sensibilité.

Trithème écrit. Sur les pupitres, plusieurs livres sont ouverts. Devant lui, la feuille pas tout à fait blanche, réglée de lignes charbonneuses pour guider le tracé. De l'encre, une plume. Il compose le premier volume de la *Stéganographie*. Des quatre tomes dont il a le projet, celui-ci est le plus simple. Il porte uniquement sur la magie naturelle, inattaquable combinaison de logique et de foi. Le premier aspect de ce nouvel art consiste à enseigner comment écrire secrètement, par le biais de mots simples. Mieux que la cryptographie, qui sait cacher un texte mais dont le produit dénonce l'aspect ésotérique, la stéganographie protège en même temps le message et son porteur. Pour qui ignore l'existence du sens dissimulé, les fragments encodés demeurent insoupçonnables. Art subtil qui dissimule sans trahir un premier sens au-dessous d'un second. Un avertissement derrière une oraison. Un jeu intellectuel dans une formule magique. L'avènement de cette technique a pour corollaire et peut-être pour origine un soupçon général. Car une fois le principe accepté, rien ne nous assure plus que ce que nous lisons dit bien ce que nous comprenons. Qu'il n'existe pas, derrière chaque message anodin, une formule cachée, un sens supérieur, une vérité occulte. Trithème vit un temps où l'enthousiasme intellectuel est tel que la ratio elle-même attrape le vertige. L'homme, conscient de son héritage, hissé sur les épaules des savants de naguère, entrevoit un dessin beaucoup plus vaste dans l'embrouillamini des signes. Il se persuade que lire un message, c'est toujours percer un sens. La stéganographie, ainsi, est le modus operandi de Dieu à l'usage des humains : le texte lu au travers d'un miroir, obscurément.

Dans un courrier à son collègue Bostius, Trithème esquisse le plan de sa future tétralogie. Après avoir enseigné à ceux qui le méritent l'art de cacher du sens au-delà du sens, il compte aborder les méthodes qui permettent de transformer les lecteurs à distance, d'influer sur leur être et leurs perceptions du monde, de charger les textes de vertus métamorphiques. Le troisième livre devra être consacré à une méthode d'enseignement de toutes les langues, le latin par exemple, qui permette à chacun de lire, écrire, comprendre et parler un idiome nouveau en deux heures seulement. Sur le dernier volume, enfin, l'abbé reste mystérieux, suggérant qu'il traitera de la communication sans support entre un maître et ses élèves, quelle que soit la distance qui les sépare. Les esprits de l'air seront mis à contribution, que l'on pourra convoquer afin d'accomplir nombre d'autres tâches. Cette missive enthousiaste, d'ordre privé, Bostius ne la reçoit jamais : il est décédé lorsque le pli arrive à son monastère, et le père abbé qui l'ouvre en son absence comprend aussitôt de quoi il retourne. La lettre est copiée, diffusée, commentée. On commence à murmurer qu'au village de Sponheim, un magister bibliophile est entré en commerce avec les forces démoniaques.

C'est Jean de Dalberg qui initie Trithème à la kabbale. Des exemplaires de l'Ancien Testament en hébreu sont arrivés jusqu'au Rhin, venus de Constantinople par Venise, et cette langue est, pour le savant, un viatique vers des terres inconnues. On engage des lettrés juifs pour l'enseigner, déchiffrer les originaux, comparer ces versions à la Vulgate latine. La mystique combinatoire ne peut que séduire ces érudits chrétiens, qui y projettent leurs propres obsessions. Né dans un autre culte, Trithème, le fou de textes, aurait fait un kabbaliste hors pair. La *Stéganographie*, comme son pendant moins polémique, la *Polygraphie*, porte la trace des techniques de guématrie. Deux ans après le passage de Dalberg, accompagné de Reuchlin et d'un jeune rabbin de Mayence, Trithème rêve de l'œuvre à venir, de ses quatre parties et de sa puissance potentiellement destructrice. Il écrit à Philippe, électeur palatin, pour quémander un financement. Ce livre sera une clé, lui promet-il, une porte sur le savoir, un outil de puissance contre tout ennemi. Philippe se laisse convaincre et presque chaque année, en petit équipage, il vient à Saint-Martin apprécier l'avancée des travaux. Les deux premières parties sont achevées avant que n'éclate la guerre contre Maximilien, avant que Trithème ne soit chassé de son abbaye et forcé de changer de protecteur. On dit que, lors de son dernier séjour, Philippe s'appropria les deux tomes de la *Stéganographie*, et qu'il les brûla à peine plus tard, convaincu de s'être rendu propriétaire de livres compromettant le salut de son âme. Sans doute n'a-t-il, en réalité, jamais possédé ces fameux volumes, Trithème emportant les autographes dans son exil. La lettre à Bostius et les calomnies de Charles de Bouelles ont définitivement compromis l'avenir public de la *Stéganographie*, dont le savant préfère garder les manuscrits cachés. Il n'a pas besoin de plus de mauvaise presse. Il lui reste trop de choses à accomplir.

Après Sponheim, l'abbé mène quelques années une vie agitée. L'abandon d'un monastère qu'il avait rebâti à grands efforts, la perte de ses livres, la rupture avec ses ouailles et avec ses vœux lui permettent d'accepter nombre de travaux de commande et autant d'invitations. Trithème a passé beaucoup de temps dans les cloîtres, les scriptoria, les échoppes d'imprimeurs. La vie dans le monde a pour lui quelque chose d'exotique et de grisant, la valorisation de ses mérites, des défis à relever. On le voit à Limbourg, où il aide un père dans ses travaux, à Spire chez le prince-électeur, à Mayence. Il rencontre l'Empereur à Cologne, suit Maximilien jusqu'à Linz. Si Trithème déteste toujours la conversation, il éprouve désormais un besoin urgent de s'exprimer. Délaissant la polémique en faveur du monologue, il se fait intarissable. On le trouve encombrant, brillant, drôle parfois. L'exilé tient, dans sa tête, l'essentiel de la bibliothèque abandonnée. À Gelnhausen, lors d'une soirée en compagnie de marchands locaux, d'échevins et d'une poignée d'étudiants, on le présente à l'homme long et taiseux, au regard doux, qui le fixe sans dire mot depuis plusieurs tournées. Aux pieds de cet inconnu, un grand chien noir surveille les chaussures des convives. C'est le docteur Georgius Sabellicus Faustus Junior, de Cracovie. Je vous connais de réputation, fait aussitôt l'abbé, on dit que vous parlez d'or. Maître Faust est capable de reproduire les miracles du Christ, affirme près de la porte le chirurgien du bourg, la bouche à demi pleine. On dit aussi, rebondit Trithème, que vous allez avec vos élèves comme l'homme avec la femme, et que c'est le seul biais que vous avez trouvé pour approcher les mondes démoniaques. L'autre ne répond rien. Il a les yeux très clairs, d'un bleu pâli. Sous la table, l'énorme dogue bâille avec bruit. Ce n'est pas un chien, poursuit le médecin, pâteux. C'est son serviteur. Il se métamorphose. Mais Trithème n'écoute déjà plus, il a tourné la tête de l'autre côté, et raconte, sans plus s'intéresser à son vis-à-vis, l'histoire du myrmécoléon, cette fourmi-lion du Livre de Job, née d'une erreur de traduction et transformée, par cette méprise, en chimère. Un an plus tard, l'orateur de taverne est à la tête de l'abbaye Saint-Jacques, à Wurtzbourg, qu'il dirige jusqu'à sa mort. Sa période d'errance a pris fin et, vers la même époque, Johann Faust, toujours en errance, se fait expulser de Bad Kreuznach, où on l'avait pourtant gratifié d'un poste de directeur d'école. Le savant est accusé de sodomie. Plus tard, encore, Trithème écrit quelques mots sur leur rencontre, dénonçant le fraudeur et le falsificateur. Il ignore que Faust a déjà déteint sur lui, et lui sur Faust, mêlant leurs réputations, confondant les rumeurs qui les suivent. C'est à Trithème que le *Docteur Faustus* de Marlowe doit sa soif de savoir, bien plus qu'au savant polonais, mort dans une explosion de son laboratoire à cause d'une expérience mal préparée. Contre son gré, à cause d'une curiosité folle, qui finit de changer l'ange aux tablettes en avatar de Méphistophélès, Trithème devient voisin de Faust dans la ronde des nécromants. Ils s'y tiennent par la main, par-delà l'abîme des siècles, dansent de livre en livre la farandole infinie des magiciens noirs.

Et s'il est entraîné par Faust, c'est Heinrich Cornelius qu'il tire à son tour, jeune clerc natif de Cologne et fameux par-delà la mort sous le pseudonyme de Cornelius Agrippa. Trois ans après l'arrivée de Trithème à Wurtzbourg, Agrippa rend visite au savant vieillissant. La lettre à Bostius, les bruits répandus à Paris par Charles de Bouelles, la nouvelle de son éviction de Sponheim ont consacré le magister en spécialiste des mondes secrets. Agrippa a vingt-trois ans, Trithème quarante-sept. L'abbé lui ouvre ses portes et l'installe à demeure, le temps pour lui de lire le gros volume que son jeune admirateur vient soumettre à son jugement : un catalogue critique des philosophies occultes. Pendant que le maître annote cette somme de littérature secrète, l'élève obtient l'exorbitant privilège de parcourir les tomes rédigés d'une *Stéganographie* en friche depuis une décennie. Agrippa ne lui en demande pas l'autorisation car il sait qu'on la lui refusera : profitant de la confiance accordée par Trithème, il recopie en cachette, aussi vite qu'il le peut, les passages clés de cette œuvre secrète. Le dernier jour est passé en échanges de vœux cordiaux. Agrippa repart avec sa *Philosophie occulte* amendée, pouvant se vanter du soutien intellectuel de Trithème. Dans le second sac, sur des liasses de papier hâtivement griffonnées, il sort de Saint-Martin l'essentiel de la *Stéganographie.* Douze années plus tard, à Lyon, Agrippa publie ces deux textes conjointement, dans deux in-octavo, suivis de l'*Heptaméron* du Pseudo-Pietro d'Abano. L'éditeur, se souvenant de la réputation de mystère attachée à la *Stéganographie* et du décès de son auteur cinq années plus tôt, s'inquiète de savoir comment Cornelius a pu obtenir ce texte. Mon maître me l'a transmis par la pensée dans les semaines qui ont précédé sa mort, s'entend-il répondre. Il craignait que son œuvre ne se perde, et a chargé les puissances de l'air de replanter les mots de son esprit jusque dans le mien. On ignore si d'Abano, enterré depuis deux siècles quand Agrippa fait imprimer un ouvrage inédit signé de son nom, a usé du même procédé magique. L'édition lyonnaise de la *Stéganographie* demeure plus que confidentielle. Il faut attendre encore un siècle pour qu'une version mieux diffusée voie le jour. Ce livre-ci, fidèle en tout point au manuscrit original, imprimé à Francfort, est mis à l'index au bout de trois ans. La *Stéganographie* reste un livre noir. Il est l'offrande de Trithème aux forces occultes, son laissez-passer pour la danse des sorciers, en compagnie de Paracelse, de Geber l'alchimiste, de Pietro d'Abano, d'Arnaud de Villeneuve, d'Albert le Grand.

Moins polémique est sa *Polygraphie*, qu'il compose à Wurtzbourg en une dizaine de mois, et qu'il dédie à Maximilien, son empereur, protecteur et mécène. Le monarque s'est laissé convaincre par le prolixe abbé. Lui aussi veut tout savoir. Il paie en florins d'argent pour des méthodes d'encodage et de décodage, à condition que Trithème se cantonne à la magie naturelle, qu'il ne franchisse jamais plus la ligne qui sépare le merveilleux du démoniaque. Au dessein purement occulte de la *Stéganographie* succède la logique dissimulatrice. Plus de noms d'ange en tête de chapitre, plus de fausses invocations contenant de vrais avertissements, plus de mots inutiles pour dérouter l'Ennemi, Pamersiel et Bosramoth. Aucune promesse de révélation, mais un simple manuel, une somme autour de l'écriture codée. Moins de dix ans après avoir rendu le livre à Maximilien, Trithème est inhumé dans la crypte de Saint-Jacques. Tilman Riemenschneider sculpte la pierre tombale d'un portrait en pied. Petit homme aux joues tombantes, aux sourcils relevés par l'étonnement, le savant pourrit sous la dalle grise, nu, impuissant, tandis que son portrait continue de fixer les vivants, grande crosse, haute tiare, robe sacerdotale. Lorsque le livre de cryptographie est publié à Bâle deux ans après, personne ne se soucie de le censurer. L'histoire trie les textes de Trithème : ceux à interdire, ceux à étudier, ceux à oublier. On croirait lire trois auteurs différents. Le nécromant affolé d'hybris, le scientifique précis et méthodique et l'humaniste farfelu, n'hésitant pas à mêler sources invérifiables, citations bibliques et légendes locales. Mais peut-être est-ce le temps écoulé qui nous empêche de distinguer l'unité de ce travail. Trithème n'est sans doute que le représentant de son époque, un réceptacle des possibles et des désirs de son âge, de son lieu de vie, cette vallée du Rhin perpétuellement semblable, où l'histoire ne cesse de descendre et de remonter le fil du fleuve, pour s'égarer un instant en faible tourbillon contre la pile d'un pont de pierre ou dans un creux de berge, où des canetons nés du printemps barbotent en attendant leur mère.

Il neige sur Sponheim. On peine à distinguer le village, à moins d'une heure de marche. Les flocons s'engouffrent par les trouées des arbres et s'entassent sur le sol caillouteux. Ils se posent sur les pelisses et se figent dans le vent froid, transformant les deux Jean, celui de Heidenberg et Jean Damy, en statues ambulantes, ou en ces automates que, dit-on, Albert le Grand construisit et que Thomas d'Aquin réduisit en morceaux au nom du deuxième commandement. Damy marche devant. Le sentier est raide et étroit, et la tempête souffle de face. Il n'est pas loin de midi mais on ne distingue rien, le jour est avalé par des nuages impénétrables. Un éboulis de roches obstrue la maigre voie, entre un surplomb et un pierrier. Faisons demi-tour, finit par souffler Damy. Le jeune Trithème arrive à son niveau, se casse en deux, mains aux genoux, pour reprendre son souffle et abriter son visage des bourrasques. Le vent porte un son de cloche, c'est sexte frappée à Sponheim, ou bien à Bockenau, ou alors un cri de bête, un bruit de rocher transformé par le vent et le désir d'abri. Cela fait trois semaines que les amis sont sur la route, partis de Heidelberg au lendemain de Noël par une superbe journée d'hiver. À la porte de la ville, dans le canal, des hérons les toisent, satisfaits de retrouver l'eau claire, dégelée par le redoux. Ils passent leur première nuit dans la réserve d'une ferme en bord de route, sous d'épaisses couvertures, dans des odeurs de laine, de pomme et d'oignon. Pissant sous les étoiles qui paraissent s'être multipliées comme fleurs au printemps, Trithème croit entrevoir ce que sera sa vie : un retour triomphal à la maison, la reconnaissance de ses mérites, l'éviction du beau-père, une brillante carrière politique, des voyages dans toute l'Europe et un mariage au-dessus de sa condition. L'urine crépite contre les mottes gelées, le ciel est d'une pureté de source, le mois prochain il aura vingt ans. Le gros temps rattrape les voyageurs du côté de Bad Kreuznach. Damy veut s'arrêter, il a un peu de sous, on trouvera une pension et on passera quelques jours à se réchauffer, à manger solide et à fréquenter les bordels. Trithème, lui, n'a pas un rond. Le lendemain les retrouve sur la route. La température a baissé de dix degrés. Les compères toussent, reniflent. La neige se remet à tomber. Les étapes raccourcissent. Ils passent de longues heures sous des abris de fortune, granges, écuries, ruines envahies de ronces. Sous un pont, pendant toute une matinée, ils jettent des cailloux vers l'autre berge, faisant durer la dernière mesure de vin. Dans certaines maisons, on leur permet de se reposer un temps, ou toute une nuit, parfois pour rien, en échange de compagnie et de quelques nouvelles. Plus souvent, les écoliers sont invités à résoudre un problème. En échange de lait cru et de jambon fumé, ils se font astrologues, médecins, herboristes ou voyants. Trithème confectionne, pour un éleveur de chevaux, une amulette garantissant fertilité, plaisir et endurance dans les rapports avec son épouse : deux versets copiés sur un coin de table, collés en paquet avec de la cire à cacheter.

Quand les voyageurs arrivent au village en fin d'après-midi, le vingt-cinq janvier, le froid est tellement vif que leurs orteils, leurs doigts, leur visage ont cessé de les faire souffrir. Sponheim est minuscule et pauvre. Les portes barbouillées de signes à la craie restent closes. Ce n'est pas une nuit à passer au-dehors. Une lumière brûle, en haut de la faible éminence, les bougies de l'église Saint-Martin, derrière les vitraux louches. Allons voir, pointe Trithème. Damy dodeline. Il aurait préféré la salle commune d'un débit de vin ou la tablée d'un maraîcher, des filles roses pour retourner ses regards. Il neige sur Sponheim, encore, encore, et les deux Jean montent au monastère pour demander asile. Pour la première fois, Trithème franchit le seuil de ce qui sera, vingt-cinq ans durant, son unique maison. L'église est trop grande pour la poignée de villageois grelottants, les quelques moines disant l'office. Les voyageurs s'asseyent au fond et Damy s'endort aussitôt, épuisé par la route.

Trithème regarde sans le voir, dans le chœur, le rituel de dévotion. Ça sent le bois humide et l'encens, la sueur de jeunes gens épuisés. Quand il a quitté Heidelberg pour revenir chez lui, Dalberg l'a averti : sois attentif sur le chemin. Tu es à l'âge où ta voie se dessine. Il se peut que tu trouves, sans chercher, ce dont tu as besoin. Un grand calme règne dans la nef trop sombre. Ici on n'est nulle part, songe Trithème. Un monastère en déshérence, loin des routes, enserré de collines. Il donne à son ami une bourrade dans les côtes, Damy cesse de ronfler, s'ébroue comme un animal, regarde alentour sans comprendre, gémit. Quoi ? Qu'est-ce qu'il y a ? Ici je pourrais travailler, fait Trithème, un sourire aux lèvres. Le père abbé est en voyage et c'est le frère prieur qui les accueille, leur prête une cellule à partager pour la nuit. Le lendemain, les deux garçons reprennent la route de Kohlenhausen sous une neige délicate, qui ne fait que forcir à mesure qu'ils progressent dans la forêt. À trois reprises, nous dit la légende, Trithème tente de vaincre les éléments et de passer outre, de fuir Sponheim. À trois reprises, le gros temps, la montagne le repoussent. Il est de retour à Saint-Martin avant la nuit. Une semaine plus tard, le jour de son anniversaire, il prend l'habit. Damy profite d'un redoux pour poursuivre, après avoir visité le cloître broussailleux, les salles humides aux plafonds noirs, les réserves mal équipées. C'est austère, dit-il à son ami, c'est perdu et ça manque de femmes. Je suis sûr que tu y seras très bien. Il n'y a pas de livres à Sponheim. Pendant toute la première année, Trithème n'a que la prière, la Bible et ses souvenirs.

Rêves et prémonitions, signes de destinée magique. Un ange au pied du lit, la neige sur les routes de Sponheim, un songe kabbalistique présidant à la conception d'œuvres noires, de livres monstres à demi existants et plus qu'à moitié opaques. La voix de l'histoire souffle dans les faîtes des pins : c'est la voix de toutes les histoires. Quand Heinrich Cornelius, rejeton de la colonie agrippine, cette ville bénie où d'antiques fosses communes se sont emplies des os de milliers de martyrs, vient à Wurtzbourg, c'est un nouveau nœud qui se lie. Échange d'un livre contre un autre. Production de conseils. Agrippa est poursuivi par la foudre : toujours en déplacement, il n'a de cesse de provoquer les autorités. Il aurait dû finir cent fois sur le bûcher. Ses éphémères protecteurs sont chaque fois forcés de le désavouer. Partout où il s'installe, il professe des théories hétérodoxes, et est forcé à nouveau de fuir. Tandis que Trithème garde profil bas, se contentant d'écrire, d'étudier, d'amasser, Cornelius monte au créneau, il dénonce, il dérange. Il arrive à Saint-Martin avec, dans ses sacoches, un livre de complaisance dédié à Marguerite, la fille de l'empereur Maximilien. Quelques détails manquent, il s'en ouvre au sage abbé. Mêlant analyses bibliques, exemples antiques et sciences naturelles, cet opuscule a pour propos de démontrer la supériorité de la femme sur l'homme. Trithème n'a que peu de goût pour le sujet, mais c'est un érudit authentique, que toutes les compilations intriguent.

La femme, c'est attesté par l'expérience, n'est pas éblouie. Elle ne connaît pas le vertige et tombe toujours sur le dos. La femme peine à se noyer et laisse propre l'eau de son bain. Elle n'a pas à tenir son sexe pour uriner. La femme enceinte est capable de s'alimenter de terre, de glaise, de limons, de métaux, et de certains poisons. La femme peut concevoir sans apport de l'homme : certains grands vents la fécondent parfois. La femme est loquace. Ses menstrues font fuir les démons. Elle a don de prophétie. Suit une ribambelle de pythonisses, la liste s'ouvre sur Cassandre et se clôt sur Hrotsvita. Tu oublies Hildegarde, commente alors Trithème, l'abbesse du Rupertsberg, la sibylle du Rhin. Celle qui a annoncé la fin du monde ? Elle ne l'a jamais fait. Cette lecture de son œuvre par Gebeno d'Eberbach est parcellaire et fautive. Hildegarde a, par contre, ouvert la voie de nos recherches. Elle a observé et classé les choses de la nature, les a décrites en latin et en allemand. Elle a inventé un alphabet codé et une langue secrète. Laisse-moi te montrer.

Dans les papiers de Trithème, copies de manuscrits réalisées par les sœurs de Bingen, Cornelius découvre des dessins mystérieux, hommes pris dans des orbes violets, alphabets magiques, mondes déconstruits, colonnes de feu liquide. Hildegarde est la dernière des grandes prophétesses, insiste l'abbé, la voix géniale de notre race et l'orgueil éternel de son sexe. Poliment, Agrippa rajoute son nom à l'énumération. Trithème copie les ignotæ litteræ dans sa *Polygraphie*. Jean Schott publie la *Physica* à

Strasbourg. Trois siècles plus tard, le linguiste Jacob Grimm se rend à Wiesbaden pour consulter le *Riesencodex*. Il a lu que ce recueil géant des œuvres de l'abbesse contenait, entre autres, le glossaire d'une langue inconnue, magique peut-être, ainsi que des centaines de mots en moyen haut-allemand. Grimm est le premier scientifique moderne à se pencher sur l'énigme. Choqué par certains termes choisis par la religieuse, il conclut que le texte est, sinon un faux, du moins une divagation sans valeur. La première transcription intégrale du lexique de cette ignota lingua, l'idiome inouï de Hildegarde, est due à un certain Ferdinand Wilhelm Emil Roth. Il la tire du même codex, consulté trente ans après la visite des frères Grimm. Roth est un obscur des sciences historiques allemandes, copiste minutieux, collateur maniaque. On ne sait presque rien de lui, sinon qu'il était autodidacte et qu'il mourut seul, dans un hôpital psychiatrique, incapable de vivre en société pendant ses poussées paranoïaques. Le *Livre des subtilités* et la *Langue inconnue* sont les deux seuls ouvrages qui mêlent au latin la langue maternelle de Hildegarde. Pour Trithème et pour Agrippa, c'est déjà remarquable. Mais à ces deux langues un lexique ajoute par surcroît des mots inconnus, n'appartenant à aucun peuple terrestre, à aucune culture. Ce sont les mots des anges, peut-être, ou ceux de peuples adamiques antérieurs au foudroiement de Babel. Nulle part Hildegarde n'est citée dans la *Stéganographie* et, dans la *Polygraphie*, Trithème se contente de reprendre les caractères de l'alphabet inconnu en omettant d'en spécifier la provenance. Il a pourtant lu le livre entier, et entendu chanter l'*O orzchis Ecclesia*, percé de mots qui n'existent pas en ce monde, qui n'ont de sens que celui véhiculé par leur sonorité, leur contexte. Peut-être l'abbé ne croit-il pas que la liste trilingue, latin, allemand, langue inconnue, ait une valeur quelconque. Sans doute, malgré son admiration, ne parvient-il pas à prêter à Hildegarde, indocta mulier, femme inculte, les capacités magiques permettant de recréer tout l'univers par la réinvention des mots qui servent à le décrire.

Ô Église orzchis, armée de bras divins, tout ornée de jacinthes, tu es la caldemia des loifols éperdus. Capitale des savoirs ! Ô comme tu es crizanta aux échos élevés ; tu es gemme chorzta !

Au milieu d'une nuit de juillet, Trithème descend dans la salle de Saint-Martin, vaste grotte emplie d'ombres marines. Il tient à la main une chandelle de lecture. Un papillon poudroie au-dessus de sa tête. Est-il bien éveillé ? Il allait aux latrines et le voilà errant et excité. Le monastère dort, vanné par le labeur du jour et la promesse des travaux du lendemain, mais l'abbé reste à écouter de lointains grillons, exultant dans les nuits d'après Saint-Jean, criant leur désir d'amour. Ainsi qu'un automate, Trithème prend le chemin de sa bibliothèque, la porte toujours ouverte donne sur d'autres portes, étagères, boîtes, coffres, et sur les milliers de livres, et sur les clés de toutes tailles qui en contrôlent les accès. Les ouvrages les plus précieux ou anciens, les originaux fragiles, les vélins en lambeaux, ont été remisés avec soin dans un placard à étages, un seul livre par planche. Derrière encore, l'abbé cache quelques opuscules sulfureux et deux volumes, très petits, de romans de voyage : un *Parzival* et un *Tristan.* Rares sont les moines qui ont accès au meuble clos et, parmi eux, aucun pour soupçonner l'existence de cette cache, derrière les derniers codex des archives de Hirsau et la boîte contenant les fragments tironiens négociés à Strasbourg. Trithème achète ces mauvais livres à un colporteur de la Forêt-Noire pour une somme coquette. L'homme sourit sous son large chapeau, il a les traits tirés et d'énormes bacchantes, des mains usées de travailleur de force, bûcheron ou charbonnier. Comme je vous comprends, mon père, fait-il, escamotant les pièces dans une poche de son manteau. N'est-elle pas belle, Iseult ? Et la blanche dame qui se baigne au lac ? J'ai lu ces livres adolescent, répond le savant, comme si ça justifiait cette acquisition. Tristan, blessé, bondit par-dessus la farine qui encercle le lit d'Iseult, si habile qu'il n'en dérange aucun grain. Il se glisse dans la couche de la reine pour connaître son aimée. L'obscurité est totale. Ni l'un ni l'autre n'ont réalisé que, d'une plaie mal fermée, un peu de sang a coulé, gouttes carmin sur le blanc cru du blé. L'aube point. Le roi va s'éveiller. Tristan doit fuir. Avant de sauter à nouveau, il se retourne. Iseult est encore belle dans le fouillis des draps. Pâle tout à fait, blonde, aimable. La porte joue. Trithème lève la tête en sursaut. Ce n'est qu'un courant d'air, un peu de vent de nuit qui froisse la flamme jaune et qui tord, sur l'in-douze, les lignes manuscrites.

Il est presque adulte, en vérité, lorsqu'il découvre ce roman. Sébastien, le clerc qui lui enseigne la lecture, n'a qu'une poignée de manuels à sa disposition, les usuels, le Donat et la Vulgate, dont il ne montre aucun des passages pouvant échauffer l'esprit d'un jeune homme, filles de Loth, dernière nuit de Sodome. Le professeur n'est pas vieux mais il décline rapidement. Des larmes rondes, grosses comme des perles, pendent à ses cils. La surface de son œil prend l'aspect du lait caillé. Et puis, il est essoufflé tout le temps, prononce en deux fois les mots les plus longs. Trithème a, pour lui seul, une patience angélique : l'ancien commis aux écritures est son guide vers le pays du savoir. Il trace un chemin jusque-là presque indiscernable. Pour cela, le grand savant lui reste pour toujours reconnaissant et passe outre, dans ses souvenirs, l'haleine fétide trop près de son visage et les atermoiements, certains soirs, les monologues hachés sur la dureté des hommes, sur l'horreur de ce temps, sur la vanité de la vie. Va-t'en, dit-il à son élève, venu lui annoncer son départ pour la ville. Disparais. Oublie-moi. Personne ne m'a jamais aimé. Trithème, deux ans plus tard, apprend que son professeur s'est noyé. Que la communauté a hésité à l'accepter au cimetière, craignant qu'il ne se soit ôté la vie. Le cadavre avait sous le bras une tumeur de la taille d'un poing. L'étudiant se rend sur la tombe et, bien sûr, il n'y a rien à y voir. Il passe moins d'une semaine à Trittenheim. Repart pour Heidelberg. Il a changé, depuis son premier départ. La barbe lui est venue, son regard est plus franc. On lui apprend qu'Emma s'est mariée, qu'elle a quitté le village. De l'autre côté de la table, le beau-père le regarde, ruminant de ses mauvaises dents un bout de ragoût gras. Le jeune frère, Jacques, peine à rester assis. Allons au bois, fait-il, il faut que tu voies le barrage. Calme-toi, soupire leur mère. Laisse notre Jean manger. Élisabeth de Longwy est la plus belle femme du monde. Trithème a du mal à la fixer. Il aime tout, chez elle, tout ce qu'elle présente de sa physionomie, sa peau très mate, son regard noir, ses cheveux presque blancs mais fins pourtant, et la façon qu'elle a de pincer ses lèvres lorsqu'elle réfléchit. Il faut qu'il s'en aille, il ne supporte pas d'être en sa présence et plus loin d'elle à chaque semaine qui passe, à chaque mois, chaque nouveau livre. Les premières fois, quand il revient de ses leçons secrètes, il raconte tout, les lettres qu'il apprend, les mots, les noms magiques et Élisabeth ébouriffe ses cheveux, se penche pour murmurer : tais-toi, petit Jean. Je ne veux rien savoir. Ce que tu me dis, je le lui répéterai et il te battra encore. Vis ta vie, mais ne me dis pas ce que tu en fais. Il aime la forme de son nez, le duvet sur sa lèvre, le nævus presque noir juste sous sa mâchoire.

À Trèves, dans une chambre qui n'est guère plus qu'un placard, partagée un jour sur deux avec un nautonier, Trithème lit les histoires d'amour tragiques et les féeries grivoises. Ce sont les seuls ouvrages qui arrêtent sa pensée. Qui ne fixent pas, dans son esprit, quelque information dans un schéma supérieur. Qui ne placent pas chaque nouvelle idée dans un prisme de reflets, de concordances et d'échos. Les femmes de papier ne sont ni ignorantes ni vulgaires, elles sont pures de tout compromis, de toute lâcheté, elles se tiennent au-dessus, au-delà du réel. Cela convient au jeune Trithème, qui ne sait parler pour séduire et craint mêmement, en lecteur de Boniface, le commerce des femmes publiques. Il est vierge, ou quasi, quand il arrive à l'université. Les quelques expériences ultérieures sont le fait de ses camarades de la Société littéraire rhénane, et le confortent dans sa perception du sexe. Clé du mystère alchimique, matrice du monde futur, oracle de ce qui est caché, la femme réelle n'existe pas. Seule compte pour Trithème la femme écrite. Entrer en religion et respecter les vœux n'est en rien contraignant. Cela le délie plutôt de l'injonction au mariage, lui laisse plus de temps pour le commerce des livres. Le jour blanchit dans les carreaux et trouve l'abbé à son pupitre. Les romans, laissés ouverts sur la table de lecture, attendent de revenir dans leur cachette. Le père abbé a repris son travail sur l'histoire de la ville de Sponheim. Il ne ressent aucune fatigue, aucune nostalgie. Assise sur le billot de son père, la robe troussée, Emma lui montre son sexe, l'entrejambe fendu, si étrange dans la chaleur de l'appentis, en haut de jambes roses aux mollets griffés de ronces. Il voudrait détourner le regard, son visage le brûle. Mon père, fait un novice, tirant Trithème de sa songerie. Va-t'en, tais-toi, je travaille. Il replonge sa plume. La porte se referme. Il fait maintenant tout à fait jour.

Saint-Jacques de Wurtzbourg est une abbaye ouverte, lumineuse et bien tenue, sans comparaison avec le chantier austère que demeure un quart de siècle Saint-Martin de Sponheim. Le célèbre magister, libéré par le frère Joachim des tâches imparties à sa fonction, se sait dans une retraite idéale, aux bons soins de l'Empereur. Cela le laisse sans doute indifférent. La cinquantaine venue, il n'y a plus grand-chose qui parvienne à l'échauffer : le travail sur ses chers livres et le soleil dans les pruniers, jaunis par des gelées précoces. Il remonte le verger d'un pas de pénitent. Ses jambes sont faibles. Il dort mal. Son estomac le tue, le tuera dans une poignée d'années. Cornelius Agrippa marche un pas en retrait et se force à ne pas aller plus vite pour ne pas dépasser le maître, risquer de le vexer, même s'il doute que le bonhomme s'en formalise, ou même s'en aperçoive. Tu es très malin, brode l'abbé, sur un thème qu'il développe depuis le déjeuner, tu sais des choses en très grand nombre et tu t'acharnes sur tout ce qu'il t'est le plus difficile à discerner. Tu as l'esprit de fronde, le souci de la vérité, et tout cela t'honore. Mais n'oublie pas que les mots intelligents doivent être gardés pour les gens intelligents. Livrer ta science aux ignares, aux incultes, aux bornés ou aux insuffisants, est une erreur et un danger. Sois savant parmi les savants mais bête en compagnie des porcs. Tu t'éviteras des ennuis et tu vivras plus longtemps. Le sorcier ne commente pas. Il a déjà entendu cette tirade et n'a aucune envie d'en débattre. Au fond, il se fout de l'avis du vieux compilateur, il n'a besoin que de son savoir, de ses livres, de son génie. Vu par les yeux d'Agrippa, Trithème appartient déjà à un monde révolu, un univers de lutrins et de poussière, de doigts tachés, d'offices ânonnés au milieu de la nuit. Agrippa est poussé dans le dos par le vent de la transformation, la réforme des mœurs, des règles, des lois et des âmes. Un coup de pied dans le train de ce monde figé, l'ascension de la montagne du temps, l'humain au sommet du podium. L'homme tel qu'en lui-même, faillible, arrogant, éclatant et mortel. Arrivé en haut de la petite pente, l'abbé grogne. Les flammes des bûchers montent dans le sillage de Cornelius Agrippa. Les écoles ferment, les complices tombent. Des sociétés secrètes et des conspirations s'organisent. Les gardiens du temple fulminent. Trithème pressent le garçon jeté à fond de cachot, sa langue tranchée, son œuvre mise à l'index. Crois-moi, répète-t-il, ne te montre jamais si rusé que tu es. Tu ne gagneras rien à pendre au bout d'une corde. Un merle chante tout à côté de leur tête. Pas plus que l'oiseau, l'étudiant ne s'effraie. Il continue de clamer sa vérité, de braver les interdits, d'exprimer nettement ce que les autres dissimulent.

Au sortir de Saint-Martin, Agrippa reprend la route, parcourt l'Europe, participe à des guerres, se marie plusieurs fois, voit grandir ses enfants, donne des leçons publiques, fuit, fait imprimer des livres, enseigne. On le voit ici, puis là, ou bien ici et là en même temps, cependant qu'à Wurtzbourg, plié en deux sur ses grandes feuilles, Trithème rédige son énorme histoire du royaume et de la race des Francs, dévoré du dedans par les ulcères qui finiront par lui fendre la panse, concentré sur son fatras documentaire, soucieux de ne rien inventer qui ne lui semble parfaitement crédible. Les faits dessinent de petites figures sur un horizon infini. De l'un à l'autre, l'historien brode. Il invente et imagine, trace des axes, emplit des vides. Il y a du mythe, dans sa somme historique, des souvenirs faussés, des références à des lectures à demi oubliées, des contrevérités, des inventions de toutes pièces. Il n'a plus besoin, à son âge, de revenir constamment aux notes. L'autorité liée à sa signature lui offre cette liberté. Trithème dégoise, il délire, il verse dans son livre tout à la fois ce qu'il sait s'être produit et ce qu'il aimerait qu'il fût advenu. Au fond, sa vie et son œuvre se résument à cela : un dialogue entre réalité plate des faits et profondeur de leur représentation. L'invisible du monde et le concret du langage. Ce que l'on dit et ce qu'il convient de taire.

Bien sûr, la *Stéganographie* est le cœur de son œuvre, et ni Agrippa, ni les frères Grimm, ni F. W. E. Roth ne s'y sont trompés. Les livres reconstitués de cet opus magnum donnent à l'humanité l'accès à une langue nouvelle, complexe, impénétrable, un code à la mesure du réel. Ils permettent, en même temps, de cacher du sens au-delà du sens et de décrypter tous les contenus secrets de toutes les formes de messages. Ils ouvrent sur un monde radicalement neuf, dans lequel le vrai et le faux deviennent des notions creuses, un monde où tout est transparent, riche, intelligible, où rien n'est futile, où personne n'est ignorant. La *Stéganographie* est une utopie. Elle naît de Trithème et de ses ombres, de son temps, des caractères mobiles de Gutenberg que Mentelin manipule et lime, qu'il ponce pour un parfait rendu, et de documents techniques vieux de cinq mille ans, de recherches de scribes dont le nom même a été oublié, de la langue démoniaque de Dante, de la légende de Babel et de l'ignota lingua de Hildegarde de Bingen. L'homme qui lui apprend à lire y est pour quelque chose, aussi, comme ses amis de Heidelberg, comme sa mère. La branche de pin, brandie par le beau-père, vient se briser sur sa clavicule, le paysan est ivre de colère et de frustration. Les yeux du fils de sa femme le fixent sans ciller. Il n'a plus que ses mains pour réduire l'insolent. On en revient toujours là, ou peu s'en faut. Sa vie durant, Jean Trithème correspond avec son demi-frère Jacques, qui est devenu médecin. Ils parlent du fil des jours, de la politique de l'empire et de leur santé, de leurs lectures, de leur maman. Le beau-père du savant n'est jamais évoqué. On ignore comment celui-ci meurt. Peut-être vit-il même encore lorsque son fils adoptif, l'abbé de Wurtzbourg, célèbre de Zurich jusqu'à Rotterdam, est mis à gésir sous le haut-relief à son effigie. Assis devant sa porte sur un tabouret, comme Naboth, le vieillard surveille ses vignes et les saisonniers à la vendange. Il se souvient des bons moments qu'il a passés avec Jean, du son de sa voix d'enfant, et regrette qu'aucun des deux garçons n'ait repris son exploitation. Son esprit vagabonde. Il va faire froid, c'est sûr, le vin de glace sera précoce, et comme la terre était dure, ces deux hivers où il avait fallu creuser les tombes de ses enfants pas encore sevrés. Le soleil descend, le vent tourne. L'homme a passé dans ce monde et ce monde a changé. Qui peut prouver que l'un a procédé de l'autre ? Dans la tombe de Trithème, il fait toujours nuit.

C'est un rêve, nous dit-il, un rêve fait à dix ans, qui préside à son entrée dans l'univers des lettres. Un autre songe, dix-huit années plus tard, lui laisse entrevoir ce que sera son œuvre capitale. Tobias Stimmer fait son portrait à cette époque, petit bonhomme barbu, lippu, coiffé d'un bonnet de laine, les yeux prêts à sourire. Trithème fait plus vieux que sa vingtaine, et moins austère que ce que sa réputation laisse imaginer. Il raconte au graveur une anecdote cocasse au sujet de l'abbaye, où les moines fainéants et les souffre-douleur ne manquent pas. Plus tard, il ôte son chapeau et sa robe, se rince le visage, les aisselles, l'entrejambe et les pieds, il enfile une camisole sèche et se glisse dans son lit. La tête posée sur le bras, les yeux fermés, il réfléchit un moment à des anagrammes hébreux, autour du Mane, Mane, Thecel, Phares du prophète Daniel. Des petits points jaunes filent dans l'obscurité de son crâne. S'endormir est comme une chute inexorable et lente. Après un temps, le fameux temps des rêves, dans le passage duquel certains croient deviner les prémices de la mort, Jean de Heidenberg, dit Trithème, se trouve assis à une table de pierre, sous les branches ployées de hêtres, dans une clairière de conte antique, au cœur d'une forêt verte et bleue. En face de lui, dans une robe blanche nouée à la taille par une corde à trois nœuds, blanc, noir et rouge, Hildegarde pèle une pomme de son couteau à lame courte. Elle ressemble aux enluminures marginales du *Riesencodex*, que le savant est allé étudier quelques mois plus tôt au Saint-Rupert : une nonne en quelques traits, belle dans sa simplicité, visage délicat, mains d'oiselle. Les sons se propagent bizarrement dans le bois irréel, les lumières font des taches mouvantes, Trithème regarde les feuilles en silhouettes qui tremblent sur ses mains. Il a peur que, d'un instant à l'autre, une gerbe de flammes ne jaillisse de la voûte pour consumer la sainte : il l'a vu plusieurs fois et sur plusieurs dessins. Hildegarde parle, il s'en rend compte maintenant, depuis déjà longtemps. Ses lèvres restent scellées, pourtant, et ses traits impassibles. Les mots qu'elle dit s'échappent, glissent sur la table avec des tintements d'épingles. Ils coulent et s'enfuient, prennent leur essor, volent sous les branches comme des moineaux apeurés. Aucun d'eux n'existe. Aucun d'eux n'a été prononcé dans ce monde depuis la Chute. Ma sœur, s'entend dire le rêveur, qu'est-ce que la langue ignorée et à quoi vous sert-elle ? Un rai de lumière. Le bruit lointain de l'eau. Un animal, peut-être, qui remue sous la table. Cette femme, songe Trithème au cœur de son songe, a une face de statue. Ses paroles inaudibles, sublimes, ne cessent de bourdonner, elles jaillissent de sa personne, vibrent un instant, puis s'éteignent. C'est très beau, se dit encore le rêveur, je voudrais. Et puis la voûte haute des arbres tout à coup se déchire, la lumière du savoir se pose sur chaque chose, Trithème prend feu, tombe en cendres, la voix est celle du diable dans l'*Ordre des Vertus*, l'abbé s'éveille dans un rêve nouveau et demain il ne restera aucune image, seulement l'injonction, le devoir de se rendre à l'étude, de commencer le travail. L'ignota lingua n'a pas de sens, elle ne code rien, ne cherche pas à dissimuler quoi que ce soit. Elle est sa propre fin. Elle est plaisir, poésie et vie. Elle est un monde, enfin.

On ne comprend pas, on n'a jamais compris, comment la sainte abbesse du Rupertsberg, Hildegarde de Bingen, a pu consacrer tant de temps à inventer le millier de termes obscurs de son lexique imaginaire. Et si elle l'a fait pour la plus grande gloire des puissances célestes, pourquoi n'avoir consacré qu'une vingtaine de mots aux choses du Ciel et s'être souciée d'abord des essences des arbres, des noms des objets usuels et des métiers, des espèces d'oiseaux et des parties du corps humain ? L'ignota lingua est présente dans toutes les compilations réalisées de son vivant, aux côtés des textes poétiques conçus pour être chantés, précieuse aux yeux de l'abbesse à l'égal du *Scivias* ou du *Livre des mérites de la vie*. Mais les exégètes ne veulent pas de cette part-là de la sainte : se colleter à l'impossible travail de clarification, de décryptage de cet idiome artificiel, sans rapport avec aucun monde, ni celui des saisons ni celui d'au-delà du temps. Les caractères de l'alphabet ignoré, qui ne servent pas à écrire cette langue, sont plus évidents : ils forment un code, un système de cryptage comme il en existe depuis des siècles, depuis Plutarque, depuis César. Mais le lexique ne semble se prêter à aucun usage. Adapté aux réalités quotidiennes, il est si incomplet qu'il ne paraît pas capable de traduire quoi que ce soit. Tous les verbes manquent et presque tous les adjectifs. Le seul fruit connu de quelques-uns de ces mots est l'*O orzchis Ecclesia*, une chanson en latin enrichie de termes imaginaires, dont la plupart ne figurent même pas dans la liste de l'abbesse. Volmar, le confident, le mentor et le double de Hildegarde, lui écrit à ce propos à la fin de leur vie. La lettre fait partie de la correspondance canonique, recueillie dans les mêmes sommes que l'ignota lingua, Trithème l'a lue aussi. Où pourrons-nous entendre tes mélodies inouïes ? demande le moine, anticipant ce que la mort effacera de la réalité de Hildegarde. Où résonnera ta langue inconnue ? Mieux que des savants plus tardifs, moins fascinés que lui par ce que le passé dissimule, Trithème tire profit de ce catalogue poétique. Il comprend que cette langue est Hildegarde elle-même, tout comme la stéganographie est une facette éternelle et sombre de sa propre personnalité. L'une et l'autre œuvres, prétendant dire le monde et le contenir, restent bien sûr inachevées. Mais ce n'est pas l'essentiel. Ce jour, comme tous les jours, voyez : Trithème travaille. Là est toute la réalité de sa vie.

L'*Antipalus Maleficiorum*, publié à Ingolstadt en quatre livres in-quarto, paraît sous sa signature et ce livre a sans doute été compilé à Sponheim, au cours de la période faste de Saint-Martin, alors que de nouveaux livres arrivent chaque jour, requérant le travail à temps plein d'un moine pour les cataloguer et les ranger à la bonne place. L'*Antipalus* se veut collection de maléfices et d'enchantements, un recueil de sortilèges visant à dénoncer ses auteurs et se prémunir du mal par la connaissance de ses biais. Trithème résume dans ce livre quatre œuvres occultes qu'il se charge d'interpréter : les *Clavicules de Salomon*, le *Picatrix*, les travaux d'Arnaud de Villeneuve et ceux de Geber. Le premier ouvrage est une invention de Flavius Josèphe. Après avoir affirmé que Salomon a laissé derrière lui nombre d'ouvrages magiques, l'historien se charge de les rédiger à sa place. On y trouve les recettes habituelles du sorcier au quotidien : potion d'invisibilité, punition d'ennemis à distance, philtre d'amour. Cornelius Agrippa a décrit les *Clavicules* comme un livre en cinq parties, que personne d'autre que lui n'a vu jusque-là. Un demi-siècle plus tard, un ouvrage correspondant à sa description est retrouvé à Londres, comme par magie. Plus solidement fondé, le *Picatrix* ne vaut guère mieux. Il est la traduction en latin d'un ouvrage arabe de Maslama al-Mayriti, lui-même compilation de calculs astrologiques, de techniques de confection de talismans et de néoplatonisme. Ce sont ses traducteurs, payés par Alphonse X, roi de Castille, qui inventent le terme de nigromancia : pour la première fois, un ouvrage pseudo-scientifique prétend révéler ce qui est caché, donner accès aux mondes du non-dit et au pouvoir de l'occulte. Plus étonnantes sont les destinées d'Arnaud de Villeneuve et de Geber. Le premier, authentique homme de raison, est médecin et théologien. Il est l'inventeur de l'essence de térébenthine et du vin muté à l'eau-de-vie. Influencé par Joachim de Flore, il prédit la fin des temps soixante-dix années après sa mort, c'est là son seul écart dans le maquis de l'invérifié. Le reste de ce qu'on lui prête, traité magique sur les venins, sel sacerdotal contre la stérilité, conception d'homoncules en mêlant semence et drogues au sein de citrouilles creuses, est apocryphe. Pseudo-Vilanova, comme Pseudo-Albert, comme Pseudo-Trithème, est bien plus prolixe que son illustre homonyme. Geber, enfin, est un rêve oriental, un savant irakien de Koufa aux ordres de Jafar, légendaire vizir du calife Harun al-Rachid. Ce scientifique des nuits arabes compile ses résultats d'expériences dans des textes codés, recettes de la plupart des acides et de l'eau royale, ainsi que des avancées dans la quête de la quinte essence et de la pierre philosophale. Six cents ans après sa mort, des livres continuent d'être écrits en son nom, sans que leurs auteurs se préoccupent d'apprendre sa langue maternelle. C'est de bonne guerre, au fond, Geber lui-même s'étant permis de réinventer des textes lorsqu'il s'était agi de traduire en arabe la *Table d'émeraude*. La ronde passe. Elle saute les siècles et les pays et semble ne pas devoir connaître de fin. Dans le jeu des visages et des couvertures de livres, on est surpris de voir se mêler autant de scientifiques véritables à toute cette sorcellerie, et à quel point les élèves les plus respectueux n'en finissent pas de barbouiller les statues de leurs maîtres.

Il neige sur Sponheim. L'abbaye neuve, sur la petite colline, surplombe le bourg. Le clocher pointu disparaît dans les brumes basses. Les volets et les portes du village sont clos, depuis six mois la guerre ravage la région. Un œil inquiet dans le losange ajouré observe le passage des visiteurs. Trois cavaliers portant les couleurs de l'Empereur, deux gens d'armes à l'air frais, un prélat en cape de fourrure. Ils montent à Saint-Martin sans même pousser au trot. Les bêtes et les enfants restent confinés à l'abri des murs des maisons basses. On dit que les combats s'apaisent. Serait-ce que Maximilien l'a emporté sur Philippe ? Et l'abbé qui ne revient pas, et l'hiver qui refuse de passer la main. Carême tourne vers le monde son visage creux et sa main d'os. Les vieux toussent dans leur sommeil, tassés au coin de l'âtre. Comment croire qu'un jour le vert reviendra dans les arbres, que l'eau coulera vive aux pales du moulin ? Les chevaux martèlent la voie de boue gelée, ils contournent l'église, pilent sous la traction des rênes devant l'huis du couvent. Le frère portier est trop rose. Le vent le cueille dans l'embrasure et fait pleurer ses yeux. Que nous vaut cet honneur ? grelotte-t-il, nez en l'air, à l'adresse des visiteurs restés perchés en selle. Nous cherchons le père Trithème, est-il à Saint-Martin ? L'abbé est à Bad Kreuznach depuis la mi-novembre. Mais venez. Entrez donc et mettez-vous au sec. Nous venons de la ville, rétorque le prélat, nonce impérial à grosse tête et petite voix. Qui dirige ces lieux en l'absence de l'abbé ? Frère Nicolas. Nicolas de Remich ? La neige continue de tomber. Les trois sont immobiles. L'haleine des bêtes fume. Lui-même. La vacance du père Trithème se prolongeait. Nous n'avions pas de nouvelles. Il a fallu prendre des décisions. Et les livres, interrompt son interlocuteur, vous sont-ils revenus ? En grande partie, monseigneur, mais ils n'ont pas encore été rangés. Pour l'heure nous ne recommanderions pas. Vous voyez, la bibliothèque. Revenez, si vous le pouvez. Dans quelques mois. Nouvelle interruption : lorsque vous aurez des nouvelles de votre doux père, placé à la tête de cette abbaye par l'autorité de l'archevêque de Worms, lui-même suivant la volonté de Rome, faites savoir que l'empereur Maximilien le souhaite à sa cour pour une affaire de la plus haute importance. Les soldats n'attendent pas la fin de la tirade du nonce, font tourner leurs chevaux. Le portier opine. Puis, doutant que le visiteur puisse le voir, ajoute : il sera fait ainsi que vous l'ordonnez. Le nonce n'a toujours pas bougé. L'attente se prolonge. Les flocons se posent avec des bruits infimes. Puis son cheval s'ébroue et se détourne au pas. Et ces trois-là s'en vont comme ils sont arrivés. Le moine les regarde redescendre. Les hommes de l'Empereur n'ont rien pu deviner de l'ordre neuf qui règne à l'abbaye. Saint-Martin n'a jamais été si riche. Trois cents volumes, vendus en Italie et aux Pays-Bas, sont partis la semaine précédente. Les réserves de vin local ont été mises en perce. On achètera, à la saison, des bordeaux pour la messe, troqués contre quelques poignées de chiffons couverts de mots indéchiffrables.

Quinze jours plus tard, les envoyés de Maximilien rattrapent Trithème à Spire. Le savant voyage en petit équipage : un valet, une dizaine de livres. Ses propres textes, pour l'essentiel. Et Trithème, sous l'injonction du nonce, poursuit jusqu'à la cour. On dit que tu es mage, commence le monarque. Il est superbe et couronné, barbu, couvert de brocarts, posé sur un trône d'or. Fais quelque chose pour moi. Ce qu'il vous plaira, Sire, je suis votre obligé. Trithème se fend d'une courbette. L'Empereur ordonne à tous de s'en aller, chambellan excepté, et fait clore les rideaux. J'aimais ma défunte épouse plus que toute chose au monde. Je ne peux me résoudre à ne plus la voir en cette vie. Sorcier, fais-la-moi paraître ! Le régent incontesté de tout le Saint Empire a la voix qui chevrote. Vous ordonnez et nous obéissons, susurre le savant dans une nouvelle courbette. Que l'on souffle les cierges à l'exception du plus court. Que l'on retienne son souffle. Une fois l'obscurité faite, demeurez en silence. Chut ! fait Trithème plus tard au factotum prêt à crier. Restez calme, poursuit-il, pour l'Empereur. Une nuée bleuâtre s'est formée entre les trois témoins. Simple halo d'abord, elle prend mine humaine, figure cotonneuse. Des traits se dessinent, une cheville, une mèche sur la nuque, l'ourlé d'une lèvre. Marie ! souffle Maximilien. Ma douce ! Reine de mon cœur ! L'apparition se fige, tourne la tête, l'Empereur est pris de terreur. Qu'est-ce qui me prouve que c'est là mon épouse ? A-t-elle un signe qui la distingue et que vous seul sauriez ? Sur la nuque, commence le monarque. Sans en dire plus long il se lève. S'approche de la femme. Écarte, du doigt, le col ectoplasmique. Il pleure maintenant pour de bon, voudrait étreindre la femme morte, ses bras restent ballants. C'en est trop, fait-il. Fais cesser l'illusion. Rallume les lumières. Mon cœur ne s'en remettrait pas. Et, tandis que Trithème éclipse la présence de quelque passe magique, le jour revient dans la chambre impériale. Ma reconnaissance contre ton silence, promet Maximilien. Voilà pour la légende.

Marie de Bourgogne décède, en réalité, vingt-cinq années avant la rencontre de Trithème et de l'Empereur. À cette époque, le savant ne s'appelle que Jean, il étudie à Heidelberg, personne ne sait rien de lui. Histoires de fantômes et de voleurs statufiés, de démons qu'on invoque, de prédictions toujours vérifiées : l'incompréhensible parcours de Trithème n'en finit pas d'engendrer des fadaises, des contes plus brillants et plus vrais, à maints égards, que les quelques miettes factuelles qu'il a laissées derrière lui. On le voudrait magique, puissant et merveilleux. Il suffit de le bien regarder. Voilà. Il le devient.

À Strasbourg, Jean Mentelin et Jean Gutenberg ont installé leur atelier, qui est un laboratoire, dans le dernier étage et les combles d'un immeuble au faîte aigu, en bord de rivière. Des commis montent les outils, les métaux, le charbon nécessaire à chauffer les creusets. Dans un coin de la pièce, un enfant de deux ans joue avec les ébarbures d'étain.

Gutenberg fait les comptes, les dettes s'accumulent, il pense déjà à partir sous d'autres cieux. À Mayence il pourra obtenir un soutien financier et ses créanciers alsaciens s'agiteront en vain. Le gamin, nez collé au parquet, entouré des formes immenses, sombres, inutilement bruyantes des adultes, grandit sans oublier. Le grand-père, Gutenberg, les expériences. Devenu Jean Schott, demeuré à Strasbourg, il décide de faire presser sous ses planches à caractères mobiles, suivant les conseils de Cornelius Agrippa, de Reuchlin et de Wimpfeling, la *Physica* de Hildegarde de Bingen. C'est lui qui choisit le nouveau titre. Plus compact, plus compréhensible que l'original : *Livre des subtilités des créatures divines*. La *Physica* parle de plantes et d'animaux, des vertus des fleuves et de celles des pierres. Son propos est basé sur l'observation du monde et sur des savoirs oraux que se transmettent les femmes : la corrélation de l'œil et de l'âme, et la place de chacune de ces parties dans le tout de la Création. Le livre dépeint un monde d'intention, de correspondances et de bienveillance divine. Dans le même temps, Schott fait paraître les textes de Luther, il diffuse la pensée et la verve du moine excommunié, il creuse le sillon de la Réforme. Trithème n'est son aîné que de vingt ans, abbé fameux, réformateur au sens étroit de la vie monacale de Saint-Martin, savant lié aux humanistes. Trithème, qui sait le grec et l'hébreu, recommande lui aussi de revenir au texte. De ne pas se laisser mettre à distance par l'exégèse ou par le filtre d'une autorité temporelle, de ne pas se perdre dans la complexité involontaire des traductions. Dans ses *Tischreden*, Luther raconte, une fois encore, l'anecdote du tour de passe-passe auprès de Maximilien, l'invocation du fantôme de Marie de Bourgogne. En trois lignes, il disqualifie le sorcier, il fait taire le nécromant.

C'est à Strasbourg encore, en des temps intermédiaires, que le nouvel abbé de Sponheim, féru de textes rares et bibliomane itinérant, déniche dans une échoppe derrière les hospices municipaux un fragment des notes tironiennes. Trois pages brunies, presque noires par endroits, sèches et cassantes comme des feuilles mortes, enfermées dans un porte-documents fait de deux planchettes de buis tenues par un ruban. Le prix demandé est exorbitant. Trithème prend le temps de réfléchir. Il s'assied sur la mauvaise chaise que le marchand lui tire. Par la porte restée ouverte, le jour pénètre un peu, réchauffe le bric-à-brac de la pièce à moitié souterraine. Empilement de babioles sans valeur, de curiosités exotiques, monnaies anciennes, portraits minuscules, enseignes de pèlerinage, distinctions étudiantes, et puis des chopes gravées, un couteau d'exorcisme hébraïque, une fleur minérale cueillie dans le désert par un pèlerin de Terre sainte. Trithème expose les feuillets convoités à la lumière. Il aime leur texture, le tracé pâle de l'encre, la tache dans le coin en bas à droite. Autant de marques du temps écoulé depuis leur rédaction. Autant de preuves de leur authenticité. La rue, au-dehors, pue et assourdit. Le monde braille et défèque, il glousse, se fait la cour pour mieux se reproduire, les hommes pas meilleurs que les bêtes et, dans la succession de douleurs et d'inconforts qu'est la vie, un patient hurle quelques mètres plus haut. Les lignes, sous les yeux du savant, n'ont pas bronché. Le vendeur dodeline. Il a vu son client sourire et sait qu'il le paiera. Une fortune contre trois bouts de parchemin.

À la base de la *Stéganographie*, il y a un rêve. Il y a la rencontre, à Bingen, avec la langue inconnue de Hildegarde. Il y a le jeune juif que Reuchlin amène à Sponheim et qui leur enseigne des rudiments de la kabbale. Il y a les codes, enfin, le système inventé par Tiron qui permet de retranscrire la parole à mesure qu'elle est dite. Ne rien perdre des mots. Tiron est un esclave de Cicéron, affranchi pour loyauté. C'est lui qui développe la technique : un index de signes, propres à saisir les discours au rythme de leur production. Dans l'analyse des plaidoiries adverses, ce système vient pallier la mémoire. Il préserve, dans le temps, le génie d'un orateur et, conservant ses phrases, voue le locuteur à l'immortalité. Le Christ, dit-on, n'a écrit que quelques symboles dans le sable, d'un bout de bâton, avant de les effacer aussitôt. Il était, avant tout, parole. Qu'auraient pu les apôtres dotés des outils de Tiron ? Trithème soupire, pris de vertige. Que saurions-nous, aujourd'hui, en présence des mots vivants du Verbe incarné ? Le marchand de Strasbourg, en ce matin d'avril, ignore la vraie valeur de ces fragments. Il les croit précieux, ne sait pas à quel point. Trithème repose lentement celui qu'il manipulait, scelle par-dessus le rectangle de bois, noue le ruban. Je reviens dans une heure avec ce que je vous dois. C'est un document très rare, insiste le vendeur. L'abbé n'écoute pas. Il remonte les quelques marches, sort au grand jour, trousse sa robe pour ne pas frôler la flaque débordée d'une buse d'écoulement. Il y a la flèche de Notre-Dame en surplomb des toits raides, des bateliers sur l'Ill, les chariots à bras tonitruants. Trithème a le pas leste. Ignorant de ses semblables, il pense encore aux livres, aux mots, au pouvoir que ceux-ci apportent, à la jouissance orgueilleuse de se savoir savant. L'hôtel où il est descendu n'est qu'à deux pas, ses compagnons de route veillent sur les florins donnés à Saint-Martin par le comte palatin. Il fait beau. L'abbé s'attarde un instant sur le port, regarde le ballet des employés de douane, cette activité, cette ferveur, et l'eau verte qui coule au-dessous, qui coulait avant qu'il y ait une ville, qui coulera encore bien après qu'elle aura disparu.

Feuillets pleins de symboles occultes. Vocabulaire abscons. Idiomes ignorés. Codes secrets. Langues impénétrables. Ce sont à des pages et des pages incompréhensibles que nous sommes confrontés. On dirait, parfois, des paysages. Des coquillages, dispersés à marée basse. Des châtaignes tombées sur l'herbe d'un sous-bois. De tout petits nuages, un instant arrêtés. Ce sont des ouvertures, des points de départ à nos récits et à nos exégèses. Au bas de la dernière page de l'ignota lingua, sous les lettres magiques permettant de coder, dans un but inconnu, chaque lettre de l'alphabet latin, a été tracé le sigle suivant :

K<br>A P H<br>D

C'est un sceau, peut-être, un symbole, un jeu. Il y a quelque chose de magique dans l'arbitraire de ces cinq lettres. On ne peut s'empêcher d'y chercher un sens. De décrypter une intention derrière ces quelques traits, ce si peu d'encre sur fond blanc. Kyrium presbyter derisit, ascendat pœnitens homo : de haut en bas puis de gauche à droite. Le prêtre s'est moqué du Seigneur, qu'il se lève et se repente. Avertissement divin à un prêtre de Rutesheim à qui le message apparut, imprimé de main non humaine sur un linge sacramentel. Saillie de Hildegarde contre la simonie et le blasphème. Sceau de protection, préservant la langue inconnue et son alphabet secret d'être mal interprétés ou utilisés à des fins néfastes. Véritable écrit magique, comme l'abracadabra des gnostiques. Tout est dans l'œil de celui qui regarde, et dans ses rêves, dans ce qu'il désire croire. De Trithème, il ne reste, un demi-millénaire après sa mort, que des signes épars, souvent copies de copies, bribes de récits oraux, une pierre tombale de plusieurs centaines de kilos, des incunables qu'il a peut-être touchés de ses mains, des sels minéraux qui ont, depuis longtemps, nourri des arbres et des animaux morts à leur tour, détruits une fois de plus, et rebâtis. Une vie entière consacrée à tisser des liens entre des mots laissés par de plus morts que nous. L'intuition irrationnelle qu'il existe un système, qu'il est possible, par le travail, de mettre au jour une vérité sans contredit. Toucher le terme, l'homme, l'ordre du cosmos. Embrasser l'histoire, toutes les histoires et apercevoir, enfin, Dieu. Pour cela, et pour cela seulement, Trithème reste un sorcier, un magicien noir, un savant fou.

Dans la Bagdad de Harun al-Rachid, capitale du savoir, théâtre de mille et une légendes des nuits d'Orient, le fils du monarque fait un rêve. Il y rencontre le Grec Aristote, élève de Platon et maître d'Alexandre, qui le supplie, pour le bien de son peuple et la gloire de l'humanité, de traduire ses livres en arabe. Al-Ma'mûn est un érudit et un sage, il croit aux pouvoirs de certains songes. Entouré de quatorze spécialistes, délaissant sept années durant les fastes de la capitale, les fontaines de son palais de Shiraz, les danseuses des bords du Tigre, il se retire dans le désert de Lout et s'acquitte de cette tâche. Le matin, après la prière de l'aube véritable, le très noble prince marche, depuis sa retraite, jusqu'à un bosquet de dattiers. Une ombre mauve le précède, mouvante sur les dunes safran. Al-Ma'mûn est à l'origine de l'aristotélisme arabe. Il engendre de nouvelles pensées, il fertilise le monde. Au même moment, à Koufa, Jâbir ibn Hayyân traduit et réinvente la *Table d'émeraude*, texte déjà falsifié de longue date. À l'origine de ces travaux : des rêves au sein d'une légende. Al-Ma'mûn est un personnage de roman. Son entreprise transforme l'histoire du monde. À Saint-Martin, Trithème finit de recopier un long extrait de l'œuvre de Jâbir ibn Hayyân, dit Geber : le passage sur la magnésie de la *Summa perfectionis*. L'érudit arabe n'a jamais rien su de cet ouvrage qui lui est attribué, composé quatre siècles après sa mort, dans les Pouilles, par Paul de Tarente. Mais, là encore, ce n'est qu'une supposition. Peut-être le livre que l'on croit rédigé par l'abbé de Sponheim a-t-il été, en réalité, composé par un anonyme indélicat, empruntant son nom et sa renommée ; le compilateur jésuite Busée, par exemple, ou bien le nécromant Paracelse, qui se revendique de son héritage, ou bien Cornelius Agrippa, disciple peu scrupuleux, et pourquoi pas Johann Faust, troquant une fois encore sa personnalité controversée contre celle du religieux ? Le vent souffle, les sangliers dispersent les bogues, la marée remonte. De nouveaux signes jetés là, de nouvelles histoires à inventer.

Comme Raymond Lulle, Trithème rêve d'une combinatoire universelle. D'un nombre de permutations immense mais non infini de propositions. Celui qui les parcourrait toutes aurait accès à la connaissance exhaustive. Mieux : celui qui en formaliserait le fonctionnement, sans être le plus savant, aurait sous son empire les savoirs dans leur totalité. Tout comprendre, tout tenir dans sa main gauche, comme l'ange de Trittenheim, une nuit de ses dix ans. L'envoyé du Ciel a repris sa route. Il tire la farandole des savants, alchimistes, linguistes, théologiens, paranoïaques, main dans la main. Ils bondissent, filent par-delà les monts, les fleuves, les âges, les catastrophes, ils sont des milliers, des millions à voyager ensemble, à danser sans s'arrêter, ni s'émerveiller d'être si nombreux, ni douter qu'un jour, enfin, ils parviendront quelque part.

Du fond de son âme, Trithème déteste cette colline, sa double bosse et son sol dur, criblé de cailloux aux arêtes vives, et les rangs parallèles des pieds de vigne, peignée verte qui gravit la côte. Il hait les midis de septembre aveuglants, le vent glacé qui vous surprend quand vous dépassez la maigre crête, la petitesse du monde vu de là-haut, les carrés des champs enclos, les dés des fermes, l'église tassée, croulant sous le poids d'un clocher de biais. Il a douze ans. Son corps est épuisé et son esprit saturé de colère. Contre la charrette et la mule borgne qui renâcle, contre les manouvriers égrillards, contre son petit frère qui caracole dans les sarments et ne cesse de parler, contre son beau-père et le labeur physique qui l'empêche de répéter ses leçons de la nuit. Jean trébuche, s'écrase un orteil, jure. Monter la pente est épuisant, la descendre pire encore, le dos arc-bouté, les reins noués, une inattention et la charge retenue vous roule dessus le corps, il y en a, au village, cassés par le chariot, que leur vieille nourrit à la cuillère. Le garçon n'aime pas le vin, il regarde sans comprendre les marchands qui, venus de Trèves, s'arrêtent chez eux pour en charger des barges pleines. La face réjouie du propriétaire, sa main pleine de sable, dans l'autre la sangle de hotte pour fouetter au visage les cueilleurs maladroits. Le petit Jacques, sur une jambe, imite le héron. Il veut aller au ru effrayer les castors, éclabousser, patauger dans le fond d'eau glacée, imite son frère aîné en inventant des mots. Que fais-tu ? Je parle ton latin.

Un bois étroit serré par les cultures et d'épais buissons de ronces leur sert d'abri et de terre d'aventure, Jean toujours un peu en retrait, mains dans le dos, regard vague, et Jacques vibrionnant, se parlant seul, dévalant les talus puis arrêté soudain, une brindille à la main, manipulant les tripes grises d'un crapaud éventré. Tu vas bientôt partir ? demande le petit, au milieu de la nuit, quand Jean se glisse dans le lit, de retour des leçons, tiré d'un songe, peut-être, peut-être aussi tenu en éveil par la crainte de ne jamais voir son frère revenir. Pas tout de suite, pas encore. Dors. Je dors, ment l'enfant, à peine après, et le grand ne répond rien.

À Saint-Martin, vingt années plus tard, Trithème se tourne, se retourne sur sa couche. Le sommeil est en balade. Taquin, il fait grincer les portes, siffler le vent. Mon estomac me tue, songe le savant, et il le tue en effet, avec une lenteur exaspérante. Il ressasse les mots lus, l'enseignement de chaque jour, les connaissances formant des filaments qui, entre eux, se tissent en toile, en réseau suspendu dans le vide. L'œil s'éloigne et ce qui paraissait noué devient flou, la trame se fond dans le tissu, la grille se change en un voile qui escamote le monde. Le Hudekin, esprit follet, court dans les cloîtres de Sponheim. Les mages véritables voyagent par les airs. Les morts nous parlent au-delà du temps. Trithème, tripes nouées, se tourne dans son lit. Nous sortons à reculons, à pas feutrés. Le cadre de la porte fait tableau. C'est un vieil homme qui dort au centre, gras et glabre, bras plié pour tout coussin, un peu de bave au coude. Il est très agité. Peu pressé, à cinquante-quatre ans, de connaître enfin le repos. Cela fait bientôt un mois qu'il peine à s'alimenter, qu'à la selle il ne produit que du sang et des glaires. Voici déjà le terme du chemin. Reculons encore un peu. Voilà les murs de Saint-Jacques de Wurtzbourg, le lierre roussi sur les pierres blanches, l'ombre de frère Joachim dessinée par la lune, la statue de la Vierge, immobile dans sa niche, les pruniers du verger, un hérisson placide reniflant la nuit d'août. Trithème a fini, depuis quelques mois, de réviser son *Nepiachus*, le livre autobiographique. Il a collationné ses lettres privées. Mis à jour une dernière fois ses chroniques du village de Hirsau. Relu, dans *Tristan*, l'histoire de Guron, que chante Iseult pour séduire son amant : comment le comte, par ruse, fait manger à l'épouse adultère le cœur de son amant. Il a mis ses affaires en ordre, enfin, espérant que tout se passera bien dans l'au-delà de la douleur. Que l'ange reviendra à lui, et lui demandera : alors ? Il ne lui sera pas nécessaire de répondre vraiment. Offrir ses mains nues suffira, et rendre le regard. J'ai fait ce que j'ai pu, songe Trithème. Je suis allé aussi loin qu'il était possible. L'ange ne réagit pas. Ou bien ?

Les siècles passent. Trithème est sous une pierre que personne ne vient profaner, pas même pour s'arroger un bout de son cadavre, célébrer une messe noire, narguer le kabbaliste en clamant le secret. Des livres continuent de circuler, de se lire, de s'écrire. Les frères Grimm sont à Sponheim, en route pour Eibingen. F. W. E. Roth fait ouvrir les réserves de ce qui fut la plus grande bibliothèque magique de l'empire. Odeur de cave, de terre humide. Les volumes moisis se sont recroquevillés comme des animaux morts. Le visiteur balance sa lampe à pétrole, espérant contre toute raison faire surgir un trésor de ce théâtre d'ombres. Chaque bouquin de valeur a été dépecé et vendu à la feuille. Ce qui demeure ici ne vaut plus rien depuis longtemps. Cela fait penser aux derniers bredouillis d'un vieux devenu sénile, aux lallations des médiums de salon qui officient désormais à Londres, à Pétersbourg, prétendant imiter ainsi les voix des chers défunts. Il fait très froid, dans les caves de Saint-Martin. C'est qu'au-dehors, sans bruit, la neige sur Sponheim a recommencé de tomber.

## *Jérusalem*

Regarde là-dedans, dit son père, déliant les cordons de la bourse, regarde ce que j'ai rapporté et émerveille-toi. La scène se passe au château de Wynendaele et, dans la mémoire de Philippe, tout y est gris, imprégné d'humidité, pluvieux et délayé, c'est le vieux pays après tout, ce sont les Flandres. Le futur comte a six ou sept ans, son père, Thierry, est une présence gigantesque, une ombre vaste qui sent le cuir, le cheval et la sueur. L'enfant n'a pas souvenir d'avoir jamais, auparavant, été seul en présence du comte, encore moins que celui-ci lui ait adressé la parole. Le lacet joue entre les doigts épais, le velours noir s'entrouvre, Philippe retient son souffle, le joyau apparaît. Le trésor vient d'Orient, c'est certain. L'avant-veille cent trente hommes campaient sous la muraille, on les attendait depuis Pâques. Les nouvelles étaient de plus en plus proches, les familles arrivaient à pied, chaque jour, avec l'espoir de revoir les vivants ou d'être entretenues des morts. Thierry d'Alsace et ses soldats reviennent de Jérusalem. Le flacon est d'un verre épais à l'eau douteuse. Le croisé le fait jouer dans la clarté louche du soir flamand. Il y a un dépôt brun sombre, presque noir, tout à fait sec. L'œil de Thierry brille de ferveur, Philippe ne comprend pas. Le sang de notre Seigneur, dit son père. Le sang du Christ. L'enfant plisse les yeux. C'est bien du sang, oui, il le reconnaît maintenant. Quelques gouttes à peine, irrémédiablement séchées. Viens là, entend-il, le comte l'attirant à lui, l'accueillant dans le halo tiède de sa puanteur. Viens près de moi, je vais te raconter.

C'est ainsi. Philippe d'Alsace, comte de Flandre et du Vermandois, petit-fils de Foulques Ier de Jérusalem et cousin de Baudouin IV, régent pour quelques mois du royaume de France, n'a jamais cessé d'être l'enfant de ce jour-là, effrayé et curieux, anxieux de connaître le fin mot de l'histoire. Devenu adulte et souverain, il aura deux passions : le pouvoir et les récits. Son amour pour les chants, les contes et les chroniques le fera plusieurs fois sortir de son chemin et compromettre de grandes entreprises militaires. À la fin de sa vie, alors qu'il mène dans les Ardennes une guerre sans espoir contre Philippe Auguste, son ancien protégé, il multiplie les efforts pour attirer à sa cour le poète favori de Marie de Champagne dont il admire le talent. Vous connaissez cet homme, qui signe ses chansons du nom de Chrétien de Troyes. Philippe mène une bataille pour le seul bénéfice de devenir son protecteur, le mécène de son ultime chef-d'œuvre. Et *Perceval*, finalement, lui est dédié. À travers une Europe de brumes, comme à tâtons, un chevalier part pour la première fois en quête du Saint Graal, le calice qui aurait recueilli le sang de la Passion. Telle est la puissance des histoires : cristalliser pour toujours le fragment d'une vie d'homme, la faire ressurgir de la nuit de l'oubli, l'emprisonner dans une bouteille minuscule pour lui donner un éclat vif, chaque fois renouvelé.

Thierry raconte. Cela se passe à Naplouse, au nord de la Ville sainte, où l'on se rend pour cueillir les palmes et faire ses dévotions. Le climat est plus doux, l'air plus léger sur les collines et l'on peut, dans la fraîcheur des oliviers, oublier un temps la guerre, les mois de marche, les galères byzantines prises dans la tempête, les pluies de flèches sarrasines. À Jérusalem comme ailleurs, les barons intriguent. Le patriarche et le roi complotent, des alliances se nouent et les pèlerins pour qui la ville, prétend-on, a été reconquise, reçoivent un accueil proportionnel à leur influence politique ou à leur puissance militaire. Moins d'un demi-siècle a passé depuis que Godefroy de Bouillon a franchi ses remparts, défait les occupants turcs et libéré le Saint-Sépulcre. L'Orient est devenu une annexe de l'Europe, une terre à partager et à défendre. Une source de puissance. Thierry, partout, reçoit bon accueil. C'est un homme d'armes redoutable et il est lié par alliance à Mélisande de Tripoli, la régente du royaume depuis la mort de Foulques. Thierry prend ses quartiers dans la vallée de Naplouse, choisit pour lui et ses capitaines les meilleures maisons, s'y fait porter du vin, des viandes, des fruits. Chaque matin, il part seul dans les collines à la rencontre d'un homme saint qui y vit en ermite, puis se laisse guider par lui sur les sentiers, à parler de la vie de notre Seigneur, de Ses miracles, des traces qu'Il a laissées parmi nous. À sexte, le comte descend retrouver ses hommes, recevoir les messagers, résoudre les problèmes d'intendance, répondre aux requêtes diplomatiques. La fin du jour est passée en entraînements, repos, prières et pèlerinages. C'est un temps heureux. On découvre les dattes et les abricots. Un matin, conversant avec le nommé Benoît, chrétien maronite ayant vécu plus de la moitié de sa vie dans des pays gouvernés par les infidèles, il apprend l'existence d'Orlando Chuchotant, guerrier de valeur légendaire qui aurait, aux côtés du roi Tafur, pénétré dans le Saint-Sépulcre juste libéré des Sarrasins. Retiré du monde, l'homme demeure dans une des pauvres maisons du quartier juif. Il est très maigre, vêtu d'habits simples. Ses yeux sont presque transparents, à peine verts, comme la surface d'un lac gelé, ses cheveux ras. Thierry s'assied sur le tabouret que son hôte lui indique. Orlando est usé, bronzé, tassé, mais n'a rien d'un ancêtre. J'aurai soixante ans à la Pentecôte, murmure-t-il. Le comte fronce les sourcils. Il fait frais dans la demeure du vétéran, et nulle part on ne voit de quoi se distraire, rien que le nécessaire pour survivre. C'est impossible, répond Thierry. Orlando hoche la tête. J'avais huit ans quand j'ai rejoint la croisade, au bord du Rhin, en la septième année du pontificat d'Urbain II. Thierry d'Alsace cesse de raconter. Et ensuite ? ose demander Philippe, encore enfant. C'est grâce à Orlando que j'ai obtenu cette relique. Pour cela, et pour la dévotion dont il a toujours fait preuve à l'égard de notre Seigneur, son histoire ne doit jamais être oubliée.

Philippe a quatorze ans quand il commence à régner sur les Flandres. Petit à petit, le père a passé la main au fils. Le vieux croisé l'a marié à Élisabeth, fille du comte de Vermandois, en faveur de qui son frère Raoul II, atteint de la lèpre, a abdiqué. Quand Thierry meurt quinze années plus tard, Philippe règne sur un des comtés les plus vastes et les plus riches d'Europe. Son influence remonte le Rhin, s'étend sur la France et, au-delà des mers, jusqu'à Byzance, jusqu'à l'Orient. Jamais son père ne l'a plus entretenu en tête à tête, malgré sa curiosité, son désir de connaître la suite de l'histoire. Jamais Philippe n'a osé se lever pour le questionner. Le Saint Sang du Christ repose à Bruges. Orlando Chuchotant, le roi Tafur, l'ermite de Naplouse demeurent à l'état de mystères, noms magiques d'une légende attendant d'être déroulée. Philippe se forme aux armes, à la diplomatie, apprend les généalogies et les rapports, comprend tôt que, pour accroître son pouvoir, un mariage judicieux est plus efficace qu'une campagne guerrière, et beaucoup plus rapide. Il administre et punit, renforce ses positions, transforme en cités fortes de vagues points sur les cartes, met en déroute les pirates qui assaillent ses côtes, s'entoure de chevaliers, se plaît en compagnie de ses vassaux. Il est souvent le dernier, la nuit, à écouter les chansons tandis que ses pairs épuisés dorment la tête sur la table, le nez noyé dans des flaques de vin de Moselle.

Philippe n'a qu'un ami : le brun Robert d'Aire, un stratège taiseux et peu aimé. On craint ses sautes d'humeur, la violence de ses déclarations, le manque de proportion de ses réactions. Il est, avec son suzerain, d'une douceur extrême et d'une patience d'ange. Les deux voyagent de conserve à travers leurs terres et jusqu'en ambassade. Philippe parle, Robert feint d'écouter. Le comte blond sur son cheval noir, le conseiller noir sur sa jument pie. La neige sur les deux, les falaises de la Manche. Le seigneur des Flandres n'est pas mauvais parleur, il ne lui manque qu'un peu d'imagination. Très rarement, quand le silence se fait entre eux, Robert d'Aire se permet un mot. Il va être temps pour vous de partir pour la Terre sainte, fait-il, retenant sa monture qu'un paquet d'embruns fouette au nez. Votre cousin, le roi de Jérusalem, est très malade. Il peut mourir d'un jour à l'autre. Ce voyage serait un signal à Conrad d'Allemagne, un geste vers le clergé, une accolade au peuple. Et puis : les seigneurs orientaux, malgré leurs guerres, prospèrent. Philippe sourit au vent. L'escorte est derrière eux, devant il n'y a que la mer, son petit jardin, le terrain de jeu du comte de Flandre. Deux cents voiles, dit-il, mille chevaux et mille hommes. Marseille, la Sicile, Chypre, Antioche résonneront de nos voix, du cliquetis de nos armes. Allons-y, Robert. Je me croiserai.

Philippe d'Alsace a trente et un ans quand il coud, à Noël, la marque sur son habit. Il prétend partir au printemps et envoie chercher ses guerriers les plus braves. Mais la politique n'a que faire des pieux engagements. Robert d'Aire est retrouvé mort, nuque brisée, sur la route de Gand. Philippe retarde son voyage le temps de se venger. Cinq fuyards rattrapés sont pendus. Il s'apprête à affréter les bateaux quand Pierre, son jeune frère, meurt à son tour, empoisonné. Philippe reprend les armes pour châtier, sinon les coupables, du moins des suspects vraisemblables. Ses terres sont trop étendues pour ne pas susciter d'envie. Au terme de chacun de ces assauts sanguinaires, le comte répète la même chose : je pars pour Jérusalem, joignez-vous à moi, le Seigneur sera notre guide de par le monde immense. En tout, deux années s'écoulent avant que le voyage ne s'organise enfin. Les nouvelles de Terre sainte se font des plus pressantes. Baudouin II appelle le cousin avec insistance. Les Sarrasins sont aux portes de Jérusalem, les vassaux d'Antioche et de Tripoli gagnent en indépendance, la santé du souverain vacille, le tombeau du Christ est menacé. Reste la nouvelle décisive : Renaud de Châtillon pourrait, à terme, prétendre à la couronne. Philippe a souvent entendu parler de ce chevalier, peint par les vétérans des armées de son père comme un arriviste cruel, médiocre et orgueilleux. Renaud est un ennemi de la famille, son triomphe serait inconcevable. La flotte flamande s'en va enfin, quelques jours après Pâques, et parvient sans encombre en Terre sainte quatre mois et demi plus tard.

Depuis des semaines, le climat a changé, comme les couleurs du ciel et de la mer. Mais c'est l'odeur qui frappe Philippe en premier, tandis qu'approchent les murailles sur les hauteurs de la baie d'Acre. Le parfum vif de la poussière et des feuilles sèches, du soleil sur les murs chaulés. C'est le monde dont il rêve depuis qu'il est enfant, le pays de la Bible, foulé par les pieds d'Abraham, de Moïse et du Christ. Dans le port, les croisés sont accueillis en sauveurs. À peine descendu du canot, le comte tombe à genoux. Un instant plus tard, son équipage entier l'imite. L'envoyé de Baudouin attend la fin des prières pour approcher avec des rafraîchissements et des paroles de bienvenue. Avant de quitter ses terres, Philippe a mis toutes les chances de son côté. Il a dirigé le procès de Gautier de Fontaine, qu'il a condamné à être enfermé dans un sac et tué à coups de massue, avant d'être laissé à pendre au gibet, tête en bas. Le jeune homme était trop proche de sa femme à son goût, et Philippe ne pouvait courir le risque de donner au Vermandois un héritier qui ne fût de son sang. Autre précaution, le comte a pris le temps de questionner par lettre l'une des plus hautes autorités religieuses de son temps, pour savoir si son destin était de demeurer en Orient et d'y établir un nouveau fief. Depuis le monastère Saint-Rupert de Bingen, la visionnaire Hildegarde a répondu : pour tous les manquements, les péchés et les jugements injustes dont tu t'es rendu coupable, réfugie-toi auprès du Dieu vivant. Il est la Vérité et la Vie et te dit : Je ne veux pas de la mort du pécheur, mais plutôt qu'il se convertisse et qu'il vive.

Jérusalem est en effervescence. Tout y est, aux yeux de Philippe, étrangement semblable : les louvoiements, les intrigues, les sollicitations. Exotique et cependant banal. Il n'a le temps de rien. L'émerveillement, chaque jour, est remis au lendemain. Les Flamands sont logés et nourris, lavés, promenés d'audience en audience. C'est une cour et une fourmilière, le monde entier semble se presser dans les ruelles, des Grecs viennent présenter leurs hommages, le roi requiert des entrevues qu'il annule aussitôt. Philippe regarde, par les percées florales de sa fenêtre en bois, le ciel tout à fait blanc. De grosses mouches viennent boire sa sueur dès qu'il cherche à dormir. Jérusalem, ce sont les intrigues de l'Europe dans les mille langues de Babel. Baudouin, le cousin lépreux, offre à Philippe la régence de son royaume. La Terre sainte, comme satellite des Flandres. Où est le piège ? s'enquiert le comte. Je cours à ma mort, plaide le roi. Où est le piège ? répète l'autre, qui regrette une fois encore de ne plus avoir à ses côtés le subtil Robert d'Aire. Ce sera un pouvoir partagé. À toi l'administration des terres. Pour mener les armées, le commandement sera laissé à Renaud de Châtillon. Philippe s'offusque. Refuse, évidemment. Il ne croise l'homme d'armes que quelques jours plus tard, entre deux portes. Bâti comme un aurochs, mais usé. La mine furieuse, les yeux brûlants. Difficile de ne pas détourner le regard. Difficile aussi, pour Philippe, de ne pas percevoir en lui un écho de son père. Douze ans passés dans les geôles sarrasines. Une vie au service du royaume du Ciel. Décidément, non, ce Renaud est bien trop dangereux. Baudouin offre alors à son cousin de prendre la tête de la campagne pour l'Égypte, où Saladin s'est replié. Constantinople vient de signer une alliance et soixante-dix galères byzantines portant six cents chameaux bâtés sont en approche. Baudouin offre le soutien de ses propres armées et l'on pourra compter sur un appui du Temple. Tout annonce une marche triomphale, épique à travers le Sinaï, les Turcs en déroute, la Ville sainte à l'abri des attaques pour de longues années. Et Renaud ? s'inquiète Philippe. Il marchera à tes côtés. Le comte hésite. Ses conseillers ont tous un avis différent. Un jour passe, puis un autre. Philippe ne peut rester hors de ses appartements sans être sollicité. Ses rares excursions sont trop brèves, la foule se presse autour de lui. Alors ? veut savoir le roi. Irez-vous ? Contre des garanties. Lesquelles ? Si je triomphe en Égypte, je serai le seigneur de toutes les terres conquises. Un royaume flamand aux portes de la Terre sainte ? La requête scandalise. Mais le refus ne décourage pas Philippe, qui exige en ce cas la célébration de noces d'alliances. Avec lui voyage Robert de Béthune. La sœur de Baudouin est enceinte et veuve depuis peu. Un mariage scellerait l'héritage. Sans trop en laisser paraître, les Hiérosolymitains s'étranglent. L'étranger ne doute vraiment de rien ! Quelle impudence !

Encore de longues journées de palabres, de négociations feutrées, de fontaines à l'ombre des hauts murs. Philippe est pris de fièvre, le diagnostic est bénin : une insolation. Il garde le lit. Rêve de collines douces, de lacs pleins de poissons, de cavalcades sur le sol nu. Un conseiller le réveille, il se croit en pleine nuit, il est midi. La flotte byzantine est arrivée au port. On n'attend qu'un signal pour le départ des armées. Renaud de Châtillon a réuni les troupes et prétend mener la guerre avec ses propres alliés, ses propres forces, sans mendier le soutien des visiteurs européens. Philippe se rue, bouscule, secoue Baudouin, fait cesser les préparatifs. De quoi aurais-je l'air ? crie-t-il. Que retiendra-t-on de ce voyage où je ne fais que passer pour un lâche ? Je viens ! Je suis votre homme. Donnez-moi quinze jours. Les diplomates byzantins de Manuel Comnène se laissent apaiser par le roi, qui les convainc à demi que tout va bien se passer. Sont-ce là les manières de mener les alliances dans l'empire d'Occident ? Pourra-t-on s'entretenir avec ce seigneur incapable d'arrêter un avis ? On ne le pourra pas. Philippe, aussitôt son répit obtenu, est parti pour Naplouse.

Et que la route semble belle, au comte libéré, filant avec une poignée d'hommes ! C'est celle du retour au monde, celle qui mène à Dieu. Le seigneur des Flandres met ses pas dans ceux de son père et ceux des patriarches. Il peut, enfin, profiter de ce pays, de ses lumières et ses visages. Dans les chapelles des petites villes, il prie pour le salut de ses parents et celui de son âme propre. Il vit en pèlerin, boit l'eau, mange les fruits. Cherche, à Naplouse, l'ermite Benoît dont lui a parlé Thierry, apprend que Benoît est mort. Renvoie les messagers qui accourent chaque jour de Jérusalem avec de nouvelles requêtes. Il faut prendre le temps, répond-il. Réunir les vivres pour la campagne. Attendre la décrue des fleuves. Philippe feint d'ignorer que ces affronts répétés tournent à l'insulte. S'engagera-t-il par écrit à prendre la tête des troupes ? Donnera-t-il une date pour le départ ? Un atermoiement de plus, celui de trop pour les Byzantins. Baudouin s'est décrédibilisé par son acharnement à défendre un proche inconstant. Les armées grecques repartent. Le comte de Flandre ne revient pas. Ses journées sont passées en grandes promenades, en compagnie d'autochtones de basse condition. Il apprend les échecs, se fait dire l'avenir. Il est en Terre sainte depuis un mois, jour pour jour, quand son vassal Robert de Béthune vient le trouver avec la bonne nouvelle, la seule, au fond, qu'il ait réellement espéré recevoir : Orlando Chuchotant est toujours en vie. Le Tafur se souvient de Thierry d'Alsace et semble d'accord pour raconter à son fils, une fois encore, le tout de son histoire.

Orlando est vieux comme le siècle. Ne reste plus de lui qu'un crâne tendu de cuir usé, la béance d'une bouche sans dents et les trous jumeaux de grands yeux aqueux. Orlando est un vieillard susurrant. Une présence tassée dans un lit de toile, servi par un couple de Coptes eux-mêmes vieillissants. Philippe se plie à toutes les requêtes du petit monstre. Il limite ses visites aux désirs de son hôte, accepte de demeurer seul en sa présence, de ne jamais interrompre le récit, de ne rien questionner. Il jure, enfin, d'écouter jusqu'au bout, de tout entendre, et que sa mort seule, ou bien celle de son hôte, pourra le délier de ce serment. Le comte vient le matin. Il laisse quelques cadeaux aux serviteurs, qui les acceptent sans signe de reconnaissance. Traverse la cour à pas lents pour profiter de la fraîcheur du petit jour et du soleil qui tache le sable sale. Puis passe, derrière le rideau, dans la pièce basse et étroite où si peu de lumière pénètre. Orlando est là qui l'attend. On dirait un hibou. Une bête de cathédrale ou de légende. Une gargouille. Une goule. Orlando raconte.

Je suis né à Odernheim, une bourgade sur le Glan, dans l'électorat de Mayence. Il y avait des moulins. Le blé montait à la poitrine. Je me souviens des vaches, aussi, bêtes énormes aux ventres toujours gonflés. Je vivais avec mes frères et mes sœurs, plus nombreux que les deux mains ne peuvent en dénombrer, et des parents, des cousins laissés sans père ni mère par les épidémies. C'était une maison vaste. Je me souviens de l'odeur de la paille, l'hiver, et de nos couchages les uns contre les autres, à ne plus respirer, serrés pour ne pas geler. Un jour je vis des corbeaux tourner, tourner encore au-dessus des champs, ils étaient tout à fait blancs, on aurait dit une tempête, un tourbillon de neige lente. C'était la cinquième année du pontificat d'Urbain II, Conrad régnait depuis sept ans sur notre Saint Empire. Je racontai ma vision à ma mère qui me frappa. L'été suivant, elle tomba très malade. Elle criait des mots qui n'avaient pas de sens, ruait, se roulait dans la poussière. Je suis emplie de braise, le feu me dévore. Un médecin la vida de son sang. Elle survécut. Nous supportâmes de nouveaux cris. L'homme de science mourut avant elle. Il succomba le vendredi, et le dimanche, quand ma mère cessa à son tour de s'agiter, la maison entière était gagnée par le mal, et toute la région. Je m'enfermai dans l'étable et laissai passer les jours. Il plut beaucoup. Aucun bruit, réel ou imaginaire, ne put me faire sortir. Je me nourris de lait. Chantai les quelques psaumes que je connaissais, répétai les prières. Je ne répondais pas à ceux qui me cherchaient, continuais de me cacher. La bouse et le crottin s'accumulèrent. Je pissai dans leurs flaques. La pluie cessa, l'eau de l'abreuvoir prit une odeur affreuse et je finis par revenir au monde.

Tout était très silencieux dans le domaine. Je croisai d'abord un chiot, l'œil brûlant, puis tombai sur un enfant à moitié dévoré que les bêtes avaient traîné jusqu'au-dehors. Je n'appelai pas. Je savais que tout le monde était mort. Le mal des ardents avait frappé déjà, quelque temps avant ma naissance. On en parlait le soir, les vieux disaient les noms de ceux qui en avaient péri, et les tas de cailloux sur la route de Lettweiler rappelaient leur mémoire sous le soleil. J'étais petit encore mais savais écouter et retenir. Je sortis de la cour et passai le pont, je marchai jusqu'à l'église. Il n'y avait, de vivants, que quelques animaux. Des nuages d'orage s'accumulaient par-dessus les collines. Je montai sur la plus haute d'entre elles, celle qui surplombait la rivière, et me dirigeai à l'odeur jusqu'aux feux de camp. Il y avait quelques dizaines d'humains, là-haut, venus du village et des environs, des enfants surtout. Le plus vieux était un pêcheur d'aval, un type à moitié fou qu'on surnommait Trois Doigts. Il ne survécut pas aux semaines suivantes. On fit des cabanes, récupéra des bêtes, tua celles que l'on pouvait manger. Lukas devint notre chef, un petit paysan de treize ou quatorze ans. On surveillait les maisons de loin. Des soldats passèrent, des moines en procession, des bandits. Il y eut des incendies et, à l'automne, il ne restait rien du village. Le Disibodenberg devint notre demeure. Les plus faibles moururent aux premières gelées, quand tout devint froid et brumeux. Lukas se prit d'affection pour moi, m'apprit à frapper et à mordre, à manier le bâton, à saigner les porcs pour boire leur sang sans les tuer, à pêcher d'une seule main, à tuer les oiseaux avec des pierres. Nous vivions parmi les arbres, à deux pas du baptistère déserté, et fuyions toute présence. Quand les moines revinrent, Lukas vint me trouver et me dit : on s'en va. Les autres dormaient, il avait pris des couvertures, des outils, je demandai : et eux ? On s'en va, toi et moi. Tu me guideras.

Depuis les corbeaux blancs, j'avais vu d'autres choses, éveillé et dans mes rêves, et comme Lukas s'y intéressait, je faisais mon possible pour toujours les lui rapporter. Il y avait la femme aux oies, immense, coiffant les arbres, qui menait son troupeau de monstres vers le levant en fouettant l'air de sa badine de jonc : les bestiaux enfonçaient les forêts comme on balaie les herbes hautes, leurs becs jaunes luisaient. Il y avait le diable, aussi, à califourchon sur un âne pelé, beau et hideux, les mains percées de stigmates suppurants, un serpent lui grimpant dans le dos comme une échine gluante. Il y avait les monceaux de corps nus, assemblés et comme collés, qui frissonnaient dans le vent et murmuraient sans bouche. Il y avait enfin, seule vision rassurante, le palais de glace bleue et étincelante dont j'explorais les galeries translucides et que j'observais, en même temps, du dedans et du dehors. C'était une pierre qui flottait dans les airs, une brique nimbée de lumière, un abri, un réconfort, le monde d'après le monde, façonné pour nous par Dieu le Père. Je ramassai mon surcot et mon bâton et pris la main de Lukas. Des torches approchaient à travers les arbres. Suis-moi, lui ai-je dit. Je sais où il faut aller.

De Trèves à Worms, de Cologne à Mayence, l'empire se mettait en marche. Ce fut un bruissement, d'abord, un froissement, comme une pluie de printemps qui crible les branches hautes et mouille les feuilles naissantes. Et puis le bruit enfla, l'eau s'infiltra sous les frondaisons et roula sur la terre. Il y eut une véritable averse humaine. Le monde crevait comme un nuage noir et s'épanchait en tempête. Nous ne savions pas qu'il existait autant de visages, autant de corps et de poings dressés vers le ciel, ni autant de gueules sans dents, criant un même mot, le nom toujours répété de leur unique destination : Jérusalem. Avec Lukas, nous regardions passer ces pèlerins devenus fous, enfants au sein, vieillards tanguant sur deux cannes, ribambelles de gamins crasseux, et tout un barda tassé en désordre sur la charrette attelée à un bœuf de labour. Nous attendions, dans les sous-bois, le passage d'un équipage plus riche et plus restreint pour exercer nos nouvelles pratiques. Chaque jour renouvelait le spectacle des déments, leur transhumance, et on se disait, au feu de camp, que ce défilé aberrant se tarirait bientôt, que la chrétienté ne contenait pas assez d'hommes et de femmes pour alimenter encore ce ruisseau devenu rivière. Nous nous trompions, bien sûr. Avec l'avancée de la saison, les convois gagnèrent en nombre et en consistance. Les familles s'assemblaient, les gens d'armes et les prédicateurs, les vauriens, les clercs s'y mêlaient, des chefs sortaient du rang. C'était par vingt, par cent que ces troupes allaient désormais, venues de plus en plus loin, parlant des dialectes étranges, chantant ou babillant, et le seul mot que l'on entendait était toujours celui-là : Jérusalem. Jérusalem reste pour moi l'image de ces marcheurs dans la vallée du Rhin, à quelques jours, quelques semaines seulement de leurs maisons désertées, de leurs champs laissés en friche, de leurs richesses abandonnées. Jérusalem est le nom magique du printemps de mes huit ans, avant d'être celui de la Ville sainte où nous avons pénétré, trois longues années plus tard, couverts de sang des pieds jusqu'à la tête et précédés des flammes des chevaliers normands.

Nous volions les voyageurs, à la tombée du jour ou au petit matin, dans les chemins encore déserts. Nous les suivions pour nous couler dans leur ombre. L'homme est un animal plus balourd encore que le sanglier, et qui voyage avec sa nourriture. Si nous nous faisions prendre, nous frappions de pierres ou de bâtons. Je me fis rosser, une fois, et on me laissa pour mort dans un bouquet de genêts. Lukas manqua de se faire trancher la main. Nous nous en sortions, pourtant, et si rien ne venait, si la chance tournait ou si mes rêves laissaient présager un malheur, nous quittions les routes pour vivre dans la forêt comme des bêtes sauvages, de ce que nous trouvions à notre portée. Je n'ai jamais su le nom de ce hameau où nous avons été rattrapés. Trois bicoques désertes, pillées et repillées. Du blé intact derrière le blé pourri. Un petit feu dans l'âtre calciné. C'était un soir d'été clément et bleu mais nous avions décidé de profiter de tout et de nous abriter, ce n'était pas si souvent. Je me suis endormi avec le crépuscule et quand je me suis réveillé, Lukas suppliait à mi-voix. Prenez l'autre. Ce n'est pas un humain, ça ne sera pas grave. Laissez-moi et prenez Orlando. Il ne disait pas Orlando, en réalité, mais le nom que je portais alors, mais c'était moi tout de même qu'il désignait aux hommes immenses qui l'avaient coincé sur sa paillasse, déculotté, empêché de se détourner. Un autre me fixait, pointant en ma direction le fer noirci de son épée. L'arme était longue, paraissait lourde, j'ai pensé à saint Michel archange. Le soldat était trapu, les mains couvertes de poils et les sourcils énormes, il a grogné : qu'est-ce que t'en dis ? Tu veux le remplacer ? Et moi, bien que m'éveillant juste, je compris aussitôt, et vis le chemin se dessiner. La poussière. Le sang épandu. La lumière bleue, emprisonnée dans les murs de mes rêves. Lukas m'avait trahi, je méritais un nouveau maître. Faites ce que vous voulez de moi, ai-je dit, mais laissez-moi vivre. Je dois parler à votre chef. Les soldats ont ri. Celui à l'épée a continué : nous vous enculerons puis vous tuerons tous deux. Et moi : Lukas est à vous, mais vous ne me toucherez pas avant de m'avoir mené à celui qui vous guide. Quand je me suis levé, personne ne m'a retenu. Je suis sorti pour ne pas entendre et quand ils sont venus me rejoindre ils ne disaient plus un mot. Nous avons atteint leur camp avant le jour.

La bande comptait plusieurs centaines d'hommes, petite armée de gueux qui se disaient croisés. Un dénommé Emich, comte de Leiningen, les dirigeait. On me parqua avec les cochons en attendant de le prévenir, et ne me permit pas de le voir avant qu'il ait terminé sa harangue matinale. Je me hissai sur une traverse de l'enclos et le regardai passer. C'était un roi, défilant sur le champ boueux comme sur le parvis d'une cathédrale, et bien mis. Il était blond, mince, rose comme la paume. Il exhortait ses soldats infâmes à l'action. Dieu le veut ! criait-il. Nous libérerons le monde du joug des infidèles. Ismaéliens et Israéliens ont profané la tombe de notre Seigneur. Chaque cité où ils règnent sera notre Jérusalem. Vous attendiez Charlemagne, Dieu vous envoie Saül. Justice ! Emich ne m'accorda son attention qu'en fin de journée. Me demanda si je savais me battre. De la dent et du poing, ai-je répondu. Je tue à coups de cailloux. Il ordonna que l'on me tire de la bauge et dit : nous nous reverrons. Le lendemain, nous nous mettions en route. Trois jours plus tard nous étions aux portes de Mayence. C'était la première fois que je voyais une ville, mais je compris en un instant que ce lieu dont je rêvais était une cité semblable, existant hors de ce monde, taillée dans une pierre immense, et capable de contenir le temps en entier, de son début jusqu'à sa fin.

Nous avons à peine ralenti aux portes de Mayence. La troupe en passant piétina les gens d'armes gisants. Nous sommes entrés dans la ville comme l'entêtant vent de nuit, comme un fleuve qui déborde, et l'avons traversée jusqu'aux quartiers où vivaient les juifs. Des soldats gardaient les rues pour nous canaliser. Les citadins vêtus d'habits étranges huaient et acclamaient depuis leurs surplombs. Il y avait de la fumée dans l'air, déjà, et des tonneaux renversés. Mayence était ma première ville, ma première bataille. Je ne comprenais rien. Tout m'émerveillait. Le parement des volets, les visages creusés dans le bois des linteaux, les flèches des églises qui montaient jusqu'au ciel, les lavoirs immenses où coulaient des ruisseaux, les ruelles plus serrées que des sentiers étroits. J'avais rejoint un groupe d'enfants qui parlaient mon patois, le gros Gueule-Bec à la mâchoire démise, Anne Oiselle qui louchait joliment, et puis Roric, et puis Arnould, et d'autres encore dont j'ai oublié les noms et qui sont morts dans les mois qui ont suivi, à Spire sous les lames des soldats de l'évêque, à Cologne, à Wieselburg en Hongrie, et aucun d'entre eux n'avait dix ans, et moi qui ai survécu je suis seul, avec le Seigneur, à me souvenir de leurs noms et à pouvoir revoir leur visage en imagination. Mayence nous a livré ses juifs réfugiés dans quelques palais, quelques rues, et cela a suffi à Emich. Cela faisait assez d'argent à prendre, d'hommes à humilier, de femmes à violenter.

On arracha les barbes et brûla les habits. Un bébé mort passa de main en main. On mangea les salaisons d'hiver dont on jeta la moitié, on chahuta dans les braises. Il n'y avait là rien d'original, rien d'extravagant, mais c'était la première fois que je voyais ce jeu, la première fois que j'y participais, et cela m'impressionna, je crois, plus vivement que d'autres pillages, plus violents et tardifs. Mayence nous avait été donnée : nos chairs ne craignaient rien, les coups que nous portions étaient gratuits. Je repensais aux nuits de veille au bord des talus, à attendre le chevreuil, immobile, tandis qu'un froid humide me figeait jusqu'à l'os. Il y avait, me semblait-il, plus de mérite à abattre une grive à coups de canne qu'à cueillir ces ballots de victuailles apportés par une fille terrifiée, la face déjà bleue de coups. Je pris le sac de ses mains, hésitai à lui dire quelques mots pour la rassurer sur son destin, lui rappeler que nous ne resterions pas, que la meute, comme l'hiver, passerait, qu'elle vivrait encore et connaîtrait la joie, lorsque j'aperçus Emich, droit sur son cheval bai, tête nue, qui me regardait. Passe ça, dit-il en me tendant la main, et je lui donnai ma prise, deux pains, peut-être, à la cannelle et au gingembre. Tu la veux ? fit-il ensuite, désignant du menton la gamine qui n'osait plus trembler. Elle est à toi. Il te suffit de vouloir. Et il tira de sa ceinture un couteau à manche d'os, qu'il tendit pointe vers moi. Emich de Leiningen était étrangement beau. Il avait un visage d'ange peint et des dents nettes, toutes semblables. Sa monture était la plus rapide de l'empire, on disait qu'il la nourrissait de viande. Mayence était ma première ville et je pris le couteau que mon maître tendait. La petite juive, trop tard, s'était mise à courir. Je ne dis rien de ce qu'ont fait Roric et Gueule-Bec, et d'autres ce jour-là. Leurs corps sont morts, leurs âmes attendent le Jugement, dans ma mémoire seuls persistent leurs noms et leurs traits. Quant au couteau, je l'ai perdu des mois plus tard, dans le désert d'Orient. Tout ce temps, pourtant, je l'ai gardé bien propre, frotté à la cendre et emballé dans un pan de ma chemise.

Ensuite il y eut Worms. Ensuite il y eut Trèves. Nous marchions sous la pluie. Les villageois nous guettaient sur la route, troquant leur nourriture contre un passage au large, loin des champs et des greniers. Des bandits nous rejoignirent et, le soir dans les camps, leurs chefs prêtaient allégeance au nôtre. Le comte se battit avec l'un d'eux sans que je sache pourquoi et défit son adversaire en lui crevant les yeux avec ses pouces. Ils étaient torse nu, l'autre avait les épaules massives, un kyste sur la nuque. Dans les palpitations des flammes, j'ai vu la croix brune et mouvante sur la poitrine d'Emich, le stigmate taillé jadis pour marquer son élection, son destin surnaturel. Il n'acheva pas le brigand énucléé, se contentant de le pousser vers le foyer, de réclamer à boire. Nous étions plus de deux mille en arrivant à Spire. Avions par deux fois rencontré des émissaires de leur évêché, que notre chef avait reçus puis éconduits. Jean de Spire préfère l'or juif au salut de son âme, nous assurait-il. Il trahit notre Maître en se portant du côté des déicides. Il menace, si nous entrons dans sa ville, de trancher toutes nos mains. Osera-t-il ? En est-il seulement capable ? Emich répéta une deuxième fois, plus doucement : osera-t-il ?, désignant sa paume droite, dans laquelle un trou profond, fraîchement percé, laissait dégoutter du sang. Nous avons marché sur Spire le lendemain, et comme tous les juifs en étaient partis, nous avons pillé et brûlé au hasard, et pour chacun de nos hommes tombés nous avons égorgé un soldat de ville ou trois bourgeois. Ensuite nous avons suivi les fuyards sur la route de Cologne, et la troupe s'est dispersée à travers champs, et ce que nous avons pu saisir nous l'avons pris, et ce que nous avons pu briser nous l'avons détruit. Quelques jours plus tard nous étions près du Rhin, des milliers de vagabonds, de mercenaires, de femmes libres ou captives, d'étrangers, tous sous les ordres du plus grand assassin de ce temps, et nous avons écouté son nouvel appel. Prague est aux mains des juifs, disait Emich. Nous ne libérerons Jérusalem que lorsque nos terres seront libérées des infidèles. Les promesses de victoire et le vin, la nourriture en abondance, la belle mise et le beau parler de notre maître mirent avec nous, dans les semaines qui suivirent, mille et mille nouvelles têtes, et des poings serrés, et des désirs ardents. Le printemps était là. Je quittai pour toujours les terres de mon enfance.

Vous savez, tout comme moi et mieux peut-être, de quoi est fait le monde : ses fleuves noirs sous la lune et ses forêts bleues que l'aube voit fumer. En suivant l'appel du sang que le comte de Leiningen avait fait retentir, nous n'avions pas idée de la grandeur de ce qui nous attendait, de la longueur du chemin à parcourir. Nous avons chanté, des semaines durant, nos hymnes et nos refrains de route. Avons laissé la plaine du Rhin pour suivre le Danube, marchant la moitié de chaque jour et, pour le reste, œuvrant au camp et jouant. J'appris, en quelques semaines, à tenir sur un poulain, à jurer et blaguer en latin, à distinguer les laisses du cerf et de la biche et à tirer, d'un geste, la lame de mon sein pour l'appuyer sans trembler contre une gorge ou contre un cœur. Nous étions le gros des armées d'Emich et nous ne faisions plus la guerre. Tous les dix jours, les guerriers de l'avant-garde revenaient vers nous, saouls de leurs exactions, les barbes peintes en pourpre et chargés de victuailles. Il faisait de plus en plus chaud. Nous marchions sous le couvert de nuages lourds d'orages. Je me souviens, un soir, être allé errer seul dans de grandes flaques en marge du cours du fleuve. Il y avait des roseaux et des poules d'eau dont les petits à la file barbotaient, encore patauds. Je m'armai d'un galet et retins mon souffle. De minuscules insectes se collaient à mon front, à mes bras, le soleil étincelait sur les surfaces orange. Nous avions, de longtemps, laissé derrière nous les chemins familiers. Des bandits hongrois avaient rejoint la troupe avec leurs arcs et leurs harnachements brodés. Personne, sinon le diable, ne pouvait plus nous arrêter. J'ai attendu que les oisillons montent sur la berge, deux puis trois, et allais pour leur briser l'échine quand un cri sauvage les a dispersés. C'est ainsi que j'ai rencontré Arda, qui était folle et sans parent, qui avait des cheveux bruns et se baignait nue dès qu'elle le pouvait. Elle disait avoir douze ans. Nous parlions surtout avec les doigts. Auprès d'elle, les rêves revinrent. Nous nous couchions un peu à l'écart, comme des enfants, et Arda blottie contre moi était tout à fait raide et osseuse, et son haleine brûlante. Dans mon sommeil, je voyais à nouveau la ville de verre suspendue au-dessus des eaux, et les flots du Danube devenir écarlates, la tête d'Emich posée sur le corps d'un bouc énorme. Quand nous reprîmes la route, la fille marchait à mes côtés. Personne ne posa de question. Le monde, alors, était plein de solitude, d'enfants abandonnés ; nous le savions mieux que quiconque, nous qui tuions les parents et incendions les fermes. Arda avait en elle assez de folie pour venir avec moi et assez de bon sens pour forcer mon destin.

Plusieurs fois, en Mésie, des armées nous encerclèrent, nous menacèrent, nous acculèrent. Notre chef, de plus en plus bruyant, exhortait à la patience. Je m'éveillais, la nuit, le visage trempé de larmes que je ne savais pas avoir pleurées. Un matin, sans prévenir les autres ni faire les adieux qu'il aurait convenu, Arda et moi volâmes de quoi survivre et, contournant les feux, nous enfonçâmes dans le bois voisin. Depuis un promontoire, je vis les gueux et les putains, la ribambelle grotesque du comte Emich s'éloigner loin de nous, sachant déjà ce que je saurais plus tard. Tous allaient mourir dans le piège que leur tendait Coloman, roi de Hongrie. La troupe comptait sept mille hommes quand cela se produisit, et les morts égorgés sur les rives du Danube en teintèrent l'eau pour une semaine entière. Emich, sur le cheval le plus rapide du monde, put s'enfuir et s'enfuit. Certains disent qu'à ce jour il est toujours en vie, et je sais que c'est vrai. Le comte de Leiningen rôde dans les plaines désolées, recrutant pour sa garde les guerriers morts sans confession. J'ai marché derrière cet homme et il m'a donné son couteau, mais il ne fut pas, et de loin, le plus terrible de mes maîtres.

Arda croyait aux signes et n'obéissait qu'à eux. J'étais, moi, envoûté par ses cris et ses courses éperdues, par la joie terrible des coups de dent dont elle trouait les prises que nous braconnions et cuisions. Elle me rendit attentif à mes intuitions. Elle m'emmena vers l'est. Nous dormions sur des lits d'aiguilles sèches et scrutions les étoiles. Évitant les routes et les villages, nous ne descendions que rarement dans les hameaux épargnés par les mouvements de guerre. Ma compagne parlait la langue des montagnes et sut, avant moi, que nous approchions d'un havre. La belle saison était là. Les nuits, dans les hauteurs, restaient fraîches et très claires. Je voyais, dans mes songes, un homme nu juché sur un baudet avec dans chaque main un poisson frétillant. Deux jours plus tard, nous entrions dans le cloître du monastère Saint-Isaac, où Arda nous trouva des places de serviteurs. Je ne sais quelle histoire elle leur conta, mais j'enterrai mes quelques biens en dehors de l'abbaye, sous une pierre lisse, et me pliai à tous les ordres, accomplissant les tâches que l'on nous ordonna en échange de nourriture et d'abri. J'aurais mieux aimé continuer de vivre au grand air, mais ma compagne m'avait fait savoir que nous devions être patients, et je ne parvins pas à lui faire clarifier ses raisons. Nous n'eûmes heureusement qu'un court temps à attendre. La vague qui avait soulevé mon pays roulait de ce côté de l'univers. Un mois après la Pentecôte, Pierre l'Ermite se faisait annoncer, requérant asile pour la nuit et hospitalité du monastère. À trois jours de marche, quinze mille pèlerins le suivaient, venus de toutes les parties du cosmos. Je me glissai jusqu'à la couche d'Arda, cette nuit-là. Tout était paisible, on entendait la source qui grêlait dans la vasque à l'autre bout de la cour. Mon amie avait les yeux ouverts, je lui touchai la joue et demandai : maintenant quoi ? Son sourire était de fureur et d'os et sa réponse tenait en un seul mot : Jérusalem.

Il est impossible, aujourd'hui, de se figurer la foule que cet homme emmenait, et j'ai entendu, au cours de ma vie, beaucoup de choses sur Pierre l'Ermite qui n'étaient ni belles ni vraies. Il était petit de taille et admirablement vigoureux. Son poil était blanc, ses yeux noirs, et ses traits si nets qu'ils paraissaient figés comme une sculpture. On sentait, derrière une bienveillante malice, quelque chose de fuyant et de trop intelligent. Pierre avait les mains brunes aux ongles ras qu'il arrachait avec ses dents. Ses pieds, surtout, attiraient l'attention : courts, anguleux, totalement noirs. Plusieurs orteils y manquaient et ceux qui lui restaient étaient tors, enfoncés les uns dans les autres. Ils n'avaient jamais connu de soulier, et les pierres, les boues, la neige, les rocs brûlants les avaient doublés d'une corne épaisse, striée de craquelures. Les pieds de Pierre étaient les témoins de son œuvre terrestre, et le père abbé les lui lava avec ferveur tandis que nous restions là, silencieux, dans la lumière du réfectoire. Arda me toucha la main sans détourner son regard de l'étrange spectacle. Ce n'était pas le même homme que celui de mes rêves mais je le reconnus aussi bien : il était celui que j'avais attendu, celui qui nous guiderait jusqu'au royaume de Dieu.

Les pèlerins de Pierre étaient précédés, une semaine avant leur arrivée, de rumeurs et de craintes, de bruits et de légendes. Ils mettaient deux jours pleins à passer et laissaient après eux une traînée d'ordures, d'herbes foulées, de branches brisées et de déjections animales. Les faces hébétées des autochtones, mâchoires béantes ou crispées de colère, accueillaient l'avant-garde, ce grouillement humain qui émergeait de nuées de poussière soulevée. On se remettait ensuite à l'œuvre, essayant d'ignorer la cacophonie des sabots, des bavardages et des chants. Les enfants du pays suivaient sur quelques lieues le fleuve humain qui roulait vers le sud et certaines familles, subjuguées, faisaient à leur tour leurs bagages. On cousait à gros points la croix sur le manteau et, sans refermer une porte qui battait en plein vent, on embarquait sur le long chemin. Il y avait des gens de tout âge et de toute condition, des chariots, du bétail, des instruments de musique, des armes, des drapeaux de tissu peint, des poules maigres et vives, des malades sur leurs civières, des bouches sans dents, des chapelets de coquilles, des cavaliers hautains, des damoiseaux beaux comme le jour, et ça sentait la peau tannée, la soupe froide, le pet, l'effort des bourrins et des corps au travail, le lin mouillé et, de temps en temps, un cri s'élevait, repris de place en place, mains levées vers le ciel, en franc ou en germain, en normand, en latin, Dieu le veut, Dieu le veut, et Dieu le voulait, certainement. Pierre était des mille premiers, allant au pas de son bâton ou juché sur son âne dont on adorait jusqu'aux poils. Il vivait entouré de femmes et choyé de fidèles qui quêtaient ses bons mots, ses sourires, quémandaient ses faveurs. Pendant de longs jours, je ne le vis pas de plus près que lors de son arrivée à Saint-Isaac. Il ignorait tout de mon existence, mais je n'avais pas besoin de sa proximité pour savoir qu'il était mon seigneur. Il me suffisait chaque jour, avec Arda, avec la foule immense des marcheurs, de mettre mes pas dans les siens. La Hongrie, malgré nos craintes, s'ouvrit à notre avance. Nous ne combattîmes pas. La progression se fit sans heurt et l'on prétendit arriver bientôt en pays grec, où nous devions rejoindre une colonne partie un mois plus tôt et menée par Gautier Sans-Avoir.

Nous la trouvâmes en effet ; ce qu'il en restait. À Semlin, cité forte du Danube, le roi Coloman avait encerclé les pèlerins. Les plus rapides avaient fui jusqu'à Belgrade, les autres séchaient contre les murailles, nus, liés aux créneaux et bouffés par des charognards venus en nuées plus épaisses qu'une fumée de bois mouillé. On me décrivit le spectacle d'abord, et je le vis ensuite, le lendemain, quand, en compagnie de soldats menés par Renaud de Bire et Godefroy Burel, nous entrâmes dans la cité dépendre les cadavres et venger leur sacrifice. Les combattants hongrois étaient repartis et la garnison locale ne tint pas longtemps. Les citadins, épuisés par des semaines d'affrontement, n'opposèrent eux aucune résistance. Arda et moi avancions côte à côte. Nous ne tuions pas, mais marchions dans les décombres et regardions tout, sa main dans la mienne. Le théâtre de la mort et de la terreur, du pouvoir, de la chair forcée. L'odeur du sang de l'homme, qui est la même que celle du sang du cochon. Je me souviens du pouls de mon amie, cognant dedans ma paume, et du cri de la femme quand on la jeta du toit. Nous quittâmes Semlin avant que Coloman ne revienne. Vingt jours plus tard nous retrouvâmes Gautier Sans-Avoir sur les berges du fleuve. Je ne participai pas avec lui au sac de Belgrade. Avec Arda, nous avions remonté la colonne et dormions à présent en compagnie des prostituées que Pierre l'Ermite avait mariées et qui constituaient sa garde rapprochée. Pour ces femmes, et pour la centaine de fidèles à portée de sa voix, il arrivait à l'ermite, le soir, de nous conter des histoires saintes. Tandis que Niketas, le général byzantin, venait à notre rencontre pour nous escorter jusqu'à Constantinople, notre guide prenait le temps de nous édifier et de nous instruire. Ce qu'il dit ce soir-là m'est resté en mémoire. Pierre l'Ermite raconte.

La nuit de la naissance de notre Seigneur Jésus-Christ, une étoile s'allume au mitan du ciel. Elle est plus vive que tout astre céleste et, en plein jour, continue de briller à côté du soleil. Elle ne suit pas non plus le cours des autres étoiles, qui tournent avec la voûte, mais au contraire persiste au même endroit, comme fixée au-dessus du centre de ce monde, indiquant à qui sait voir le chemin de Jérusalem, celui de Bethléem. Scrutée par l'œil exercé du savant, elle révèle au centre de son nimbe le visage rayonnant d'un ange, qui est celui d'un enfant au sourire bienveillant et qui annonce, par sa simple lumière, l'avènement du Christ-Roi.

Trois hommes voient la face brûler dans les cieux, trois rois que l'on dit mages, non parce qu'ils s'adonnent aux pratiques impies de la magie, mais parce qu'ils savent quantité de choses que vous et moi ignorons. Le premier est un homme jeune, il vit loin en Orient où il règne sur des peuples minuscules dans des pays où les arbres saignent : il a pour nom Galgalat. Les Grecs le nomment Appellius. Nous l'appelons Gaspard. Gaspard comprend que l'étoile annonce la naissance d'un maître et prend la route pour lui prêter allégeance, emportant avec lui l'encens à offrir en cadeau. Le deuxième roi est dans la force de l'âge, sa barbe est déjà grise, ses cheveux quittent son crâne. Il règne sur l'Arabie, par-delà les déserts, et il a la peau noire, sauf à l'intérieur des mains et sous les pieds. Il a connu, jadis, la reine de Saba, se baigne parmi les crocodiles et peut passer des jours sans rien boire ni manger. Le nom de ce monarque est Malgalat, mais les Grecs le connaissent sous le nom d'Amérius et nous sous celui de Balthazar. Ce qu'il porte au nouveau-né, au Seigneur couché dans la paille de l'étable, est la myrrhe, qui est un remède de son pays et assure à l'homme une bonne digestion. Le troisième de ces rois est à l'article de la mort. Il est en Perse, où il a vécu cent années, et appris tout ce qui se peut savoir, et fait régner la paix et l'équité parmi ses gens. Malgré cette vie pleine, l'amour de son peuple et la certitude que les fils poursuivront son œuvre, il ne peut se résoudre à mourir. Ce n'est qu'en voyant l'étoile et la face qui brûle au cœur du ciel qu'il comprend ce qu'il a, si longtemps, attendu. Sarathin se met alors en route, emportant avec lui l'or de son trésor personnel. Ce roi, que les Grecs nomment Damascus, est connu de vous tous sous le nom de Melchior.

Les trois monarques viennent des trois termes du monde, mais il ne leur faut que douze jours pour rallier Jérusalem, devant la porte de laquelle ils se rencontrent et se reconnaissent pour ce qu'ils sont. Certains disent que c'est grâce à l'étoile, qui les guide nuit et jour par le chemin le plus droit, leur épargnant tout obstacle, raccourcissant les distances. D'autres que leur célérité est due à leurs chameaux, qui sont des bêtes immenses qui vont à l'amble, en une journée, trois fois plus loin qu'un cheval au galop. Les mages entrent dans la Ville sainte, sur laquelle Hérode règne pour le compte de l'empereur Auguste. Après s'être présentés au roi juif, ils demandent où est le nouveau-né, afin qu'ils puissent s'agenouiller devant lui et l'adorer. Et comme Hérode l'ignore, c'est une fois encore l'étoile qui les guide jusqu'à Bethléem et la crèche où repose notre Seigneur. Là les mages s'agenouillent, là ils L'adorent et remettent leurs présents. L'or, signe de la royauté du Christ, soulagement de la pauvreté de la Vierge. L'encens, signe de Sa divinité, purificateur de l'étable où Il naquit. Et la myrrhe, signe de Son humanité, garante de santé du nouveau-né. Et l'enfant Jésus-Christ les accueille pour ce qu'ils sont, mages pour la sagesse et rois par l'élection, et les bénit et fait d'eux des saints, intercesseurs des hommes auprès de Dieu.

Plus tard, quand Hérode vient pour assassiner ce rival, par peur des théologiens juifs et des soldats romains, les mages indiquent chacun une direction différente, couvrant la fuite vers l'Égypte de Joseph, de Marie et de l'enfant Jésus. Beaucoup d'innocents meurent, mais le Christ demeure sauf. Après une dernière visite à Jérusalem, où les trois hommes s'émerveillent de tant de beautés et de promesses pour le salut des hommes, ils se séparent et retournent chacun en leur pays. Ils demeurent bons jusqu'à leur mort, bénis par le Christ lui-même, écoutés et suivis des hommes.

Ce n'est que bien des années plus tard que sainte Hélène, mère de l'empereur Constantin, parcourt la face de la terre pour retrouver les reliques de ces trois saints et les fait réunir dans une même châsse, afin de les conserver en un lieu unique, au cœur de la capitale nouvelle désirée par son fils. Et à Constantinople, ces reliques des Rois mages font, au cours des ans, d'innombrables miracles, jusqu'au jour où saint Eustorge en obtient la jouissance et les translate à Milan, où je les ai vues et touchées il y a de cela dix années. Et j'ai entendu, alors, la voix juvénile de Gaspard, la voix grave de Balthazar, la voix chevrotante de Melchior, et tous trois me disaient : Pierre, tu n'es pas roi, tu ne règnes sur aucune terre et n'as aucun serviteur, et pour cette raison tu devras aller à pied jusqu'à Jérusalem, mais tu es mage, pourtant, savant comme nous, et parce que Jésus le désire, tu iras jusqu'à la Ville sainte et la libéreras du joug des nouveaux Hérodes, suivi de mille hommes purs, de mille femmes croyantes et de mille enfants. N'en doute jamais, Pierre : tu es la croisade. Tu es la volonté de Dieu. L'étoile brille dans ta voix, dans ton ventre et dans tes yeux.

Notre maître se tut. Le feu crépitait dans les braises. L'été était partout autour de nous et l'armée de Pierre s'endormait sous la nue. Des soldats byzantins nous accompagnèrent à travers les collines, précédant notre marche, guidant nos pas. Ils veillaient à ce que notre troupe ne dévie pas ni ne s'arrête plus de trois jours près d'une ville, ils mettaient en place des points d'avitaillement. La terre était sèche, l'air d'une clarté douloureuse et plus rien, ni les arbres, ni les rochers, ni les oiseaux, n'était semblable à chez nous. Arda parlait avec un garçon d'armes du pays qui marchait à nos côtés, apprenait quelques mots, le questionnait sur

Jérusalem qui, nous le sentions, ne pouvait être loin.

J'écoutais les rumeurs qui circulaient chez les chevaliers de la troupe, leur défiance à l'égard de Byzance, de la duplicité des Grecs, de leur diplomatie qu'ils estimaient sœur de lâcheté. Dix mille survivants de la troupe de Gautier Sans-Avoir nous avaient rejoints, ainsi que les huit mille pèlerins qui suivaient Gautier de Teck, parmi lesquels de longues femmes aux visages exaltés et des ribambelles d'enfants aux cheveux roux. Le fleuve humain des pauvres de Dieu était le plus grand de ce monde et rien, à ce jour, ne l'a égalé : nous fûmes quarante mille derrière Pierre l'Ermite et ses alliés. Quarante mille cœurs débordant d'espoirs, quarante mille âmes marchant vers l'Orient pour délivrer la Ville sainte et entrer, de notre vivant, dans la lumière divine et le temps de l'éternité. Les Grecs nous firent ralentir à l'approche de la mer. Les journées se faisaient plus courtes tandis que nous ne cessions de traverser villages et camps de toile. Enfin, vers sexte, le jour de la Saint-Eusèbe, nous vîmes des murailles palpiter dans le jour brûlant, celles de Constantinople, seconde Rome et capitale de l'empire d'Orient. On nous arrêta à une demi-journée de marche de la ville et nous fit dresser notre camp bien avant les faubourgs. Pierre partit seul avec une escorte de femmes rencontrer Alexis Comnène, leur roi qu'ils nommaient basileus, afin d'obtenir des bateaux, passer le bras de mer et affronter enfin les armées turques. L'attente commença. Elle dura tout un mois.

Damianos et Arda se comprenaient, désormais, et me conviaient parfois à leurs échanges. Nous partagions nos vivres, le lait des vaches de notre colonne, les olives et le fromage sec de ses rations militaires. Je rapportais les nouvelles qu'échangeaient nos guerriers, la crainte de l'amollissement, l'impatience d'en découdre qui animait les nôtres, inactifs depuis des semaines. On médisait des Grecs, qui n'avaient appelé à l'aide leurs frères celtes que pour les parquer dans la tiédeur et l'oisiveté. Damianos nous rapportait les craintes des siens, celles de nous voir passer le Bosphore sans l'appui des armées régulières. Les comtés de Lorraine et de Provence, le duché de Normandie, le royaume de France s'étaient mis en marche à leur tour. Les quatre armées convergeaient vers Byzance et comptaient s'y retrouver avant Noël. Autant passer ici l'automne et poursuivre avec eux, unis sous une même bannière. Dix jours s'écoulèrent encore avant que de premiers incidents n'éclatent. Je ne participai à aucun pillage, à aucunes représailles. Non parce que je n'avais pas d'impatience ni de colère à l'encontre de mes hôtes, mais parce que Arda et Damianos me détournèrent de ce mouvement. Il y avait des querelles. Des citoyens bien mis nous insultaient jusqu'à ce que nous les frappions. La garde cherchait à s'interposer, le sang coulait. Le climat échauffait les sangs des chevaliers et les Grecs, qui avaient mendié notre soutien, nous haïssaient encore plus de se voir, dans nos yeux, lâches et efféminés. Mais, je l'ai dit, je ne brûlai aucun étal, je ne rossai aucun vieillard. Avec mes amis, un soir, nous quittâmes la colonne et, marchant toute la nuit, entrâmes en cachette dans la ville merveilleuse. Nous y passâmes une semaine entière. Damianos fut notre guide. Je n'ai rien oublié.

La cité de Constantin était la plus vaste de l'univers. On y trouvait tout, chaque variété des hommes du monde, et chaque chose s'y offrait ou s'y vendait, les plantes, les animaux, les paroles, les enchantements. J'y ai vu des peaux rouges, jaunes, bleues à force d'être noires, des cheveux teints, des habits de métal, et entendu des langues qui semblaient des chants ou des cris ou des prières d'enfants. Les maisons étaient plus hautes et belles que nulle part ailleurs, pavées de ce vert que l'on dit turquois. Il y avait des ponts suspendus dans les airs, un port à lui seul grand comme la ville de Cologne, un marché couvert, pourvu de plus de piliers qu'une forêt n'a de fûts et qui grondait d'un charivari de cris, empli d'odeurs étourdissantes, et personne, semblait-il, ne portait d'armes. On jouait dans les rues, sur des tables dressées devant les échoppes, aux dés, aux cartes et aux bâtons, et l'on marquait les points au couteau à même la chaux des murs, et Arda me tirait par le bras pour m'écarter du pas de chevaux parés d'or, tirant un char pourpre sur lequel voyageaient des patriciens habillés de violet et de bleu et, un soir, Damianos m'emmena dans le quartier des palais où une mendiante au visage plus mou et plus fripé qu'une pomme moisie me crocheta le bras et dit ces mots, dans l'ancienne langue : personne ne sait qui tu es et cela te sauvera trois fois. Garde ton secret et tu vivras pour voir ton récit triompher. Trahis-le et tu mourras. Tu as du courage mais le courage ne suffit pas. Il faut la prudence, aussi, et puis la chance.

Damianos nous logea chez un oncle apothicaire et chirurgien, qui arracha à Arda la dent qui la faisait souffrir et lui ordonna un baume d'écorce de saule pour apaiser la chair et atténuer la douleur. Le praticien vivait dans une montée raide et une maison étroite où il recevait ses amis, avec de nombreux escaliers, des pièces inutiles, des caves. C'est au cours d'une de ces réceptions que nous avons appris que le basileus Alexis avait donné à notre pèlerinage l'autorisation de passer le détroit et s'apprêtait à fournir les bateaux pour la traversée. Nous mangions des fruits mûrs, buvions du vin très sucré au goût de miel et de pinède, et un notable à la barbe épaisse et noire, à la voix tonnante, rapporta comment, en l'absence de Pierre venu parlementer en ville, un certain Renaud avait pris la tête de nos frères impatients. Nos compagnons avaient dévasté plusieurs villages de la région, ne respectant pas même les églises, et menaçaient de s'attaquer aux faubourgs de la capitale. Ce genre d'alliés, conclut le grand homme, mieux vaut les garder loin de nous. Qu'ils aillent à Nicée se frotter aux troupes de Qilidj Arslan. Il se resservit une coupe avant de tapoter la tête d'Arda, qui sourit avec veulerie, et ce que je n'avais pas compris de son intervention, Damianos me le traduisit ensuite et me l'expliqua. Ce même soir, notre ami grec m'emmena dans les derniers souterrains de la demeure, là où s'ouvrait une trappe, et me montra les degrés qui descendaient jusqu'au centre de la Terre, jusqu'aux eaux d'en bas sur lesquelles le Seigneur a bâti le monde. Il me fit descendre encore et rejoindre la barque qui flottait sur l'étendue sombre, me guidant sous la ville merveilleuse, me racontant comment Justinien avait fait bâtir ce réservoir pour alimenter la capitale en eau potable. Et plus tard, comme la lumière faiblissait, il ramena la rame courte, noua l'amarre à un pilier et se pencha vers moi pour me caresser. Je découvris alors que Damianos allait avec les garçons comme avec les filles. Je ne me souviens pas de mon retour dans la chambre, ni des rêves de cette nuit-là, mais le lendemain, à peine avant l'aube, regardant les premières clartés peindre le mur au-dessus de ma couche, je me résolus à quitter la ville des enchantements et à poursuivre avec mes pairs, dans les cris des porcs, les odeurs de merde et les prières lancées comme des injures.

La mer fut une vision terrible. Embarquer sur ses flots pire encore. Les va-et-vient durèrent des jours, que je passai avec Arda sans oser me mêler. Des centaines de barques tournaient comme des mouches autour des navires. Les paquetages mal fixés roulaient à la baille. Un poulain devenu fou fit tomber à la mer une famille entière. Une vieille dérivait amarrée à son chien. Quand enfin je montai dans un de leurs canots, je recommandai mon âme au Seigneur, et le contact de la terre me manqua jusqu'au lendemain soir. Debout sur le pont je scrutais l'horizon, y cherchant les traces d'un monde que je croyais quitter pour toujours. L'Orient, je le savais, était peuplé de serpents et de monstres. Les

Turcs y étaient omniprésents, qui ne respectaient aucune des choses sacrées. Les hommes autour de moi tombaient malades, d'autres se saoulaient et tout tanguait terriblement, la mer claquait contre la coque, les voiles se gonflaient avec des bruissements d'ailes. Arda se serrait contre moi. Nous étions des enfants. Tout paraissait si vaste.

Les Grecs nous laissèrent sur le rivage et repartirent chez eux. Attendez là, dirent-ils. Dans trois mois, ou dans six, les barons de la chrétienté vous rejoindront avec leurs soldats, et vous marcherez avec eux jusqu'à Jérusalem. Le dernier des bateaux avait à peine quitté le bord que nous nous remettions en chemin. Qu'aurions-nous pu faire d'autre ? Rester dans ce désert et attendre que les fléaux nous déciment un à un ? Trois jours plus tard, nous trouvâmes le camp fortifié. Un dénommé Romuald, commandant aux Normands d'Italie, prit l'initiative d'un assaut. Les défenses de la place furent si rapidement passées que les soldats n'eurent pas même le temps de se rendre. On prétendit plus tard que chaque habitant fut torturé avant d'être achevé, que l'on viola chaque femme, et que l'on mit en broche les enfants. Je n'ai rien vu de cela, seulement des ruines et de la fumée. Mais j'ai reconnu, d'après les tenues et les suppliques des agonisants, que ceux-ci n'étaient pas des Sarrasins, mais des colons grecs, chrétiens tout comme nous. Et je compris, dans le même temps, que pour une grande partie de nos troupes la différence n'avait aucune importance. Que nous autres, pauvres de Dieu, n'étions désormais plus faillibles : nous avancions vers la lumière, vers les Cieux, avec des chants de victoire et des cris d'allégresse.

Notre première bataille contre les troupes turques eut lieu à peine plus tard, à Xerigordon, et beaucoup d'entre nous périrent, les soldats surtout, et quelques centaines de femmes et enfants que l'ennemi encercla et tenta d'emmener en captivité. Les otages se montrèrent si agressifs et dangereux que les barbares les passèrent au fil de l'épée ou les firent piétiner par leurs montures. Les Turcs étaient fins et peu protégés, ne portant au mieux qu'une chemise de cuir. Ils reculaient souvent mais chacun de leurs assauts était redoutable, et il n'était pas rare que deux ou trois de leurs hommes s'allient pour défaire un unique guerrier franc. Xerigordon était défendu par cent à deux cents de ces guerriers, que nous exterminâmes, mais il nous fallut ensuite cinq jours pour creuser les fosses où inhumer nos propres morts, et le pays était si pauvre, et la cité que nous avions prise si vide de nourriture, que certains regrettaient déjà d'avoir quitté la paix de Constantinople pour cette aventure incertaine. Il y eut des discussions entre chevaliers, ceux qui voulaient passer l'hiver dans le nouveau camp, ceux qui souhaitaient poursuivre vers le sud, et les plus nombreux, qui brûlaient de traquer les mécréants et les défaire en la ville de Nicée, puis là où ils s'enfuiraient ensuite, et ainsi jusqu'aux portes de l'Enfer. J'avais fait couler le sang ennemi, tranché la gorge d'un cavalier maure que la hache d'un chrétien avait jeté à mes pieds. Je sentais la fébrilité de Pierre l'Ermite, débordé par un appel du sang trop longtemps contenu. Pour la première fois depuis que nous étions en route, la colonne se sépara. Et, tandis que la plupart des non-combattants s'installaient dans la cité capturée, je suivis avec Arda les guerriers en partance pour Nicée.

Il est difficile de se représenter ce qu'était notre armée alors, qui parlait dix langues, était de toutes origines, et n'avait pour guides que la foi en sa salvation et les cris contradictoires des chefs de bataille. Ayant refusé de servir d'écuyers ou de passe-armes à un soldat monté, Arda et moi combattions avec les autres enfants, sans autre protection que les habits que nous avions sur le dos et presque sans arme. Notre taille nous permettait de nous glisser entre les jambes des adultes à la lutte, de courir porter les nouvelles, de recueillir les objets tombés, et de nous glisser au-delà des défenses. Je m'étais fait une téméraire spécialité de me couler entre les sabots jusque sous le ventre des chevaux pour taillader leurs jambes avec ma lame. Les bêtes ruaient ou s'effondraient en hennissant, l'ennemi démonté roulait dans la poussière. Le danger était terrible mais je n'éprouvais aucune peur. Vous savez ce que c'est : la guerre ne vous prend jamais qu'une seule fois. Depuis Mayence, je marchais avec elle. Mais pour Arda, Nicée fut un sanglant baptême. Voyez : la ville est nue et blanche, entourée des ruines des villages voisins détruits par les batailles. Les Turcs ont comblé les failles qu'ils avaient eux-mêmes ouvertes dans les fortifications et sur chaque promontoire campent des archers inatteignables. L'ennemi nous regarde venir depuis le matin. Nos troupes sont lentes. Il nous attend. Le soleil presque à son zénith étincelle sur les cottes, les casques, les fers des épées et des lances. La sueur perle aux crins des montures. Voyez les prédicateurs aux joues creuses, armés de faux, et les bâtards francs, caparaçonnés jusqu'au bleu des yeux. Voyez les Normands aux jambes nues, aux cheveux longs, aux dents gâtées, voyez les bandits hongrois aux lames courbes, et les arbalétriers de Navarre, toujours par deux, lourds, impitoyables. Voyez les prostituées de Pierre, équipées comme des hommes et plus dénuées de compassion qu'aucun d'entre eux. Voyez les dogues de bataille. Voyez les pauvres de Dieu, portés en Orient par le souffle de l'inspiration, de la misère, et la promesse d'un monde meilleur. Rien n'est préparé, rien n'est pesé, mais tous nous croyons encore que l'issue d'une guerre est affaire de justice, d'enthousiasme et de foi.

Nous n'étions pas à mi-chemin des murs qu'un tiers des nôtres étaient déjà à terre, décimés par les volées de flèches et le harcèlement d'une cavalerie agile, surgissant de point en point, se dispersant, se reformant sur un simple cri. Nous ne parvînmes aux remparts qu'en escaladant les tas de corps. Des injonctions folles se perdaient dans le fracas des coups, jetés les uns contre les autres. Je filai, plongeai, taillai ce qui passait à portée, sans m'attarder pour compter mes victimes. Rien ne se déroulait selon nos vœux mais il était trop tard pour espérer faire retraite. Quant à se rendre, c'eût été plus fou encore : les Turcs savaient déjà nos façons et achevaient sur-le-champ, quand ils le pouvaient, ceux des nôtres qu'ils avaient vaincus. Je parvins à la porte occidentale de Nicée, presque seul de tout mon camp, et vis les blocs massifs des fortifications, le bois neuf du linteau, tandis que derrière moi nos frères croisés se faisaient exterminer. Il n'y avait rien à faire qu'essayer de vivre encore, aussi fis-je demi-tour, me mêlant une seconde fois aux rangs des ennemis, pour rejoindre l'armée des vaincus, retrouver Arda, avertir Pierre l'Ermite de la tragédie qui venait de se jouer. Je la retrouvai sous un Sarrasin à l'agonie, dont les dents brillaient dans le trou d'une joue arrachée. Je parvins à relever un petit cheval gris et à charger mon amie en croupe, elle cria à peine lorsque sa jambe brisée plia dans l'autre sens. Arda était d'une pâleur de neige et ses yeux noirs refusaient de cligner, écarquillés sur quelque spectacle d'épouvante. Je poussai la bête harassée au trot, espérant prendre assez d'avance pour échapper à une poursuite. Le soleil était haut dans le ciel, none à peine passée ; tout s'était déroulé si vite.

Je rejoignis un groupe de survivants où je dus, couteau en main, défendre ma place et celle d'Arda contre un Byzantin à demi mort, dont la monture tombait d'épuisement. Nous chevauchâmes jusqu'au soir, à travers ce pays pierreux et affolant, la tête emplie de ténèbres. Arda gémissait. Les gardiens de Xerigordon refusèrent d'abord de nous laisser entrer, tant nous semblions loin d'être des humains, spectres de soldats revenus les hanter. Nous trouvâmes trop peu à boire, dans le camp, et plus rien à manger. Nous tombions de fatigue. Je laissai Arda aux mains de vieillards de son pays et m'effondrai dans un dortoir, incapable de desserrer les doigts crispés autour de mon arme. Les Turcs, sur nos talons, chevauchèrent toute la nuit. Nous avions raté de peu les armées de Qilidj Arslan, qui venaient nous affronter à Nicée. Frustrées du combat, ces troupes neuves déferlèrent sur nous à l'aube du lendemain. La plupart des combattants de Pierre étaient déjà morts, mais les mécréants l'ignoraient et ne firent aucun quartier. Vous le savez, vous qui avez lu les chroniques : Xerigordon fut notre enfer.

Nous étions une ville entière, tout un monde de pèlerins en armes. Nous étions femmes, enfants, vieillards. Nous étions les pauvres de Dieu. De tout cela il ne resta que des cadavres. Personne ne nous défendit, personne ne nous guida. Nous cherchâmes Pierre : il était parti la veille supplier Byzance d'engager son armée. Gautier Sans-Avoir était mort à Nicée, tout comme Renaud de Bire, tout comme le comte de Tübingen. Ceux qui tentèrent de résister moururent. Ceux qui se rendirent moururent. Ceux qui fuirent également. Les guerriers turcs étaient frais, bien nourris, superbes sur leurs destriers. Leurs piétons entassaient les victimes le long des murs pour garder une voie dégagée. Ceux qui se cachèrent dans les caves furent ensevelis vivants. Ceux qui cherchèrent l'asile d'un lieu sacré brûlèrent avec la basilique. J'avais été tiré du sommeil par les premiers cris. Un instant, rêve et éveil demeurèrent confondus et je crus émerger dans l'océan de ténèbres qui clapote sous le monde et la cité de Byzance. Puis je sus ce qui se passait, et me forçai contre le désir de retrouver Arda. Sa jambe était brisée, elle n'avait plus de force, Arda était morte. Je n'avais devant moi aucun temps pour lui faire des adieux et bien trop peur que ses yeux voient, à cette heure, les miens. Je montai sur le toit de la maison jauger mes chances de survie et laissai, sans broncher, entrer les armées dans Xerigordon. Lorsque je sentis sur mon visage le frisson froid du vent, je reconnus le signe et, sans courir, mais marchant aussi vite que je le pouvais, je sortis, traversai des rues en proie au chaos, passai les faubourgs jonchés de tués et franchis les lignes ennemies. Je volai alors un cheval qui s'avéra boiteux, et fuis vers le désert. Ce n'est qu'à la tombée de ce jour que je me rendis compte que j'avais pleuré depuis l'aube et que mes oreilles sonnaient de l'écho de mille cris inouïs, quoique le silence autour de moi fût désormais parfait.

J'étais seul au monde. Le pays se fit terne et lumineux, invariant. Les heures perdirent leur sens. Je restai dans le désert assez longtemps pour me croire mort, traversant les plaines de l'après-vie, torturé par la faim, la peur, l'épuisement et le dessèchement. Je délirais. Parlais, au travers des portes de la grange où je m'étais caché pour échapper à l'épidémie, à mon père agonisant, à ma mère tout à fait folle. Je sentais la lourde pluie de mon pays rouler sur mes lèvres, cherchais à la goûter, mais ma langue avait trop gonflé pour que je la meuve. Je ne montais plus le cheval, affaibli par la marche et les saignées que je m'autorisais pour me nourrir. Il tomba un soir et je dormis contre lui jusqu'à ce qu'il cesse de respirer, bus encore un peu de son sang, et puis le laissai là. Les arbres étaient desséchés et nus. Aucun oiseau pour manger les serpents couleur d'ardoise, fins comme des lacets, que je cherchais des yeux pour ne pas me faire mordre. J'avançais sans but, m'entretenant avec moi-même sans articuler le premier mot. Et puis un jour je me retrouvai deux. Mon compagnon était un colosse muet, plus grand que le plus grand des hommes jamais vus. Il avait la tête ronde, le visage aplati, les cheveux et la barbe confondus, il allait torse nu et ses mamelles poilues pendaient comme celles d'une femme. Il avait un peu d'eau qu'il partagea et me montra la direction qu'il fallait suivre pour sortir du désert. Je n'avais aucune confiance en lui et lui dissimulais mon arme. Nous fîmes route ensemble, attentifs l'un pour l'autre aux obstacles, aux dangers de la désolation. Le géant me protégeait et me hantait. Je voyais dans son regard la pitié se mêler à l'envie, la faim à la compassion. Il essaya une seule fois de me prendre, pour abuser de moi ou pour me dévorer, et je plantai alors sous ses côtes la lame maudite offerte par Emich de Leiningen. Mon compagnon recula, essaya de retirer le couteau qui lui sortait du ventre, mais s'effondra en grondant, bouche ouverte, les deux mains tendues vers moi. Il faisait nuit, le monde était empli de chants invisibles, pâle sous les étoiles lointaines, et je ne pris pas le risque d'aller chercher mon arme.

Plusieurs jours plus tard, des bergers grecs me trouvèrent sur le chemin de leur troupeau et me portèrent à leur foyer. À l'aide des quelques mots que m'avait enseignés Arda, eux-mêmes appris auprès de Damianos, je leur fis comprendre qui j'étais, pèlerin et soldat du Christ, enfançon égaré, vainqueur de l'ogre, rejeton du Saint Empire de Rome. Les pâtres étaient très pieux, ils me gardèrent parmi eux. Je partageais leurs repas, leurs prières, plus tard les tâches de leurs femmes, le cardage de la laine, le barattage du lait et la cuisson du pain. Il y avait trois hommes dans deux maisons, des frères et des beaux-frères, et deux femmes, trois vieux, six enfants, une vingtaine de bêtes. Tous installés là, à l'écart des routes et du rivage, à plusieurs jours du plus proche groupement humain. S'ils n'avaient jamais été en contact avec les armées turques, la nouvelle du massacre de Xerigordon était parvenue jusqu'à eux. Kyra, la plus âgée des femmes, me prit en affection. Elle m'enseigna sa langue avec des moyens simples, et les prières que tous faisaient au même Dieu que le nôtre. Le soir, après avoir mangé, elle ravivait le feu de sarments pour donner un peu de lumière et nous réunissait pour raconter, à sa façon, des récits édifiants. Kyra parlait lentement d'abord, puis elle s'échauffait, s'emballait. Ses mains dessinaient le récit, les mots cavalaient hors de sa bouche, entrecoupés de grognements de joie, de grimaces d'extase. Près d'un siècle a passé. Je n'ai rien oublié. Kyra la bergère raconte.

Où est la Sainte Croix ? demande l'enfant à la

nuit, et la nuit lui répond : elle est à Jérusalem. Elle est à Constantinople. Elle est à Rome. Où est la Vraie Croix ? demande encore l'enfant. Et il s'entend répondre : elle est tout près d'ici, protégée des païens, enfouie sous le mont du Crâne, attendant d'être mise au jour. Depuis cent ans que les Fatimides tiennent le Saint-Sépulcre, elle repose dans la terre, comme elle se cachait jadis, avant la venue de sainte Hélène. Tapie dans le sein du monde, attendant que la lumière revienne.

Alors l'enfant demande : qui est sainte Hélène et comment a-t-elle trouvé la Croix ? Et la nuit dit : Hélène est la mère de Constantin, femme belle et pieuse qui, sur son vieil âge, vient à Jérusalem visiter les lieux de la Passion. Elle trouve, sur la colline où le Christ a été mis à mort, un temple à Vénus bâti sous Hadrien qu'elle ordonne que l'on détruise. Dans les excavations du chantier elle découvre trois croix, celle de notre Seigneur avec celles des larrons. Distinguant la sainte des profanes, elle la fait extraire du trou. Puis, en ce lieu même, elle fait bâtir le Saint-Sépulcre. Hélène prend un bout de la Croix pour l'emporter à Rome, en envoie un autre jusqu'à Constantinople, et garde les quatre clous pour apaiser les mers, les airs, fertiliser le monde et calmer les tempêtes. Elle fait consacrer la basilique, dans laquelle demeure le reste de la Croix jusqu'à la prise de Jérusalem par les Perses. Les Perses l'emportent à Babylone. Elle est reprise par les chrétiens en même temps que la ville et leur accorde la victoire à Ninive. Aujourd'hui hors d'atteinte, tenue par les Turcs dans Jérusalem, la Croix attend une nouvelle délivrance.

La nuit se tait. L'enfant songe puis demande : comment Hélène a-t-elle discerné la croix du Christ parmi les trois qu'elle découvrit ? Par l'inscription, répond la nuit, ces lettres peintes de la main de Pilate sur le panneau de bois. Jésus de Nazareth, roi des Juifs. On dit que lorsque les israélites voient le panneau ils s'indignent. Cet homme, disent-ils, est mis à mort pour blasphème. Vous auriez dû inscrire plutôt : Jésus de Nazareth, qui se prétendait roi des Juifs. Mais Pilate, en colère, leur répond : ce qui est écrit est écrit, rien ne sera ajouté. Et par ces mots, bien plus tard, Hélène identifie la Vraie Croix.

De quelle essence est cette Croix ? veut savoir l'enfant dans la nuit. On dit que c'est du palmier ou du cèdre, du cyprès ou de l'olivier. Son bois remonte, en réalité, à des temps plus anciens que ceux de la Passion du Seigneur. Au soir de Son arrestation, la poutre surgit des fonds du lac probatique, près du jardin des Oliviers. La voyant flotter là, les Juifs, saisis par un pressentiment, la prennent pour en faire la croix de la Passion. Elle était demeurée enterrée profondément en cet endroit, depuis les temps du roi Salomon. C'est le monarque lui-même qui l'avait enfouie, après avoir entendu prophétiser qu'à cette poutre encore brute serait un jour attaché l'homme qui mettrait fin au royaume des Juifs.

L'enfant hoche la tête, il attend en silence, et comme la nuit a cessé de parler, il finit par lui demander : et cette poutre, alors, sur quel arbre a-t-elle poussé ? Qui l'a taillée ? Qui a prédit ce qu'elle deviendrait ? Et la nuit, en réponse, explique : c'est la reine de Saba, venue du pays des Éthiopiens pour rencontrer Salomon, qui reconnaît cette poutre, au milieu du pont de Siloé. Elle fait stopper son escorte, s'agenouille et dit : je ne marcherai pas sur cette latte, car le destin du monde lui est lié. Et le roi, entendant ce récit, prend peur et la fait retirer du pont et ensevelir aussi bien qu'il le peut. Salomon a lui-même fait fabriquer ce linteau, pour servir à la construction du temple, tant il trouvait l'arbre impressionnant. Hadoniram, l'architecte mage, a taillé la poutre sans parvenir à la disposer en aucun point de l'édifice. Elle semblait chaque fois trop courte, ou trop longue, ou trop large, et c'est ainsi que l'on s'est résolu à l'utiliser pour le tablier du grand pont. Quant à l'arbre lui-même, il était immense et vénérable, vieux de cent générations. Avant que Salomon ne le fasse couper, il étirait ses branches vers la nue, et ses racines plongeaient au plus profond de la colline du Golgotha, celle où le Christ est crucifié. La nuit est silencieuse, à nouveau. C'est le repos de la terre.

Mais l'enfant ne veut pas dormir, il dit : ne te fais pas prier. Ne me force pas à poser plus de questions. Dis-moi ce qu'était cet arbre et qui en a planté la graine. Alors la nuit raconte : c'est Seth, fils d'Adam, qui fait pousser l'arbre à partir d'un simple rameau. Adam est mourant. Seth le veille et le soigne. Il accompagne les derniers jours du tout premier des hommes. Adam souffre, il se lamente, et Seth pour le distraire lui raconte des histoires, lui chante des chansons, le questionne sur Éden où il vécut, jadis, seul avec Ève. Adam lui dit les bêtes, les plantes, les arbres au centre du jardin. Son agonie est si longue, si pénible, que Seth se résout à quitter son chevet pour quérir, dans le paradis terrestre, un remède à même de le soulager. Arrivé aux portes d'Éden, gardées par les archanges aux épées de feu, il plaide la cause des hommes auprès de saint Michel. Et celui-ci lui tend le rameau unique, cueilli dans le jardin. Un peu de l'arbre de vie, explique-t-il, une promesse de salvation pour tous les hommes. Mais quand Seth revient à la caverne pour administrer son remède, Adam est mort depuis trois jours, dans la solitude et la douleur, les poings serrés, la bouche ouverte. Alors Seth et sa famille pleurent le patriarche, l'inhument au sommet de la colline et, dans sa bouche emplie de terre, plantent la branche de l'arbre de vie, qui bourgeonne et qui croît, s'enracine, monte vers le ciel et tend ses branches pour donner au monde la paix de son ombre.

La nuit s'amenuise. Les étoiles pâlissent. En silence, une première lueur point à l'orient. L'enfant, dans sa tête, redescend le chemin, d'Éden à la Chute, d'Adam à Seth, du temple de Salomon au pont de Siloé, du lac probatique à la Croix du calvaire, d'Hélène à Babylone, de Ninive au Saint-Sépulcre, et l'histoire, tout comme l'arbre, s'étire à la fois vers le haut et vers le bas. La nuit cède la place au jour. La Croix perdue sera retrouvée. L'enfant peut s'endormir en paix.

Il se passa des mois. Je recouvrais la santé. Le

grec m'était devenu familier, ainsi que des dizaines d'histoires saintes. J'avais fait miens les goûts de ce pays. Je portais les habits de mes hôtes, mangeais leurs mets, priais selon leurs rites. Mais je ne pouvais rester chez eux et ne cessais de questionner les plus grands de leurs fils, qui menaient les troupeaux au-delà des collines, sur les bruits de la guerre, les mouvements des Sarrasins, les projets de Byzance. Je sus avant eux que les armées latines étaient là, par l'accroissement des rumeurs et la fébrilité qui gagnait Constantinople à l'idée d'être assiégée et prise par les mille et mille guerriers qui arrivaient de toutes les parties du monde. Notre pieux déferlement n'avait été qu'une avant-garde : la chrétienté romaine était toute sur nos pas. J'attendis deux semaines encore, jusqu'au retour du rêve, et lorsque je revis la cité bleue, toute de verre et de reflets, je m'éveillai en sursaut au cœur de la nuit et m'en fus du havre sans un remerciement ni un adieu. Je pris avec moi deux chèvres et un ânon sur lequel je chargeai des outres d'eau, et partis à travers le désert pour rejoindre les miens et le seul moyen que j'ai connu d'accomplir mon destin : voir Jérusalem, toucher ses pierres translucides et baigner dans sa lumière qui n'est pas de ce monde. On ne me poursuivit pas et trois jours me suffirent pour retrouver la colonne en armes, marchant sur Nicée. Les troupes s'étiraient sous le soleil, étincelantes et superbes, hérissées de fers et d'enseignes, grondantes du pas des destriers et semant derrière elles des camps de toiles multicolores. Du promontoire où je me tenais, je pouvais tendre les mains d'un horizon à l'autre sans les embrasser toutes. Je descendis en courant les rejoindre et calai mon pas sur le leur, laissant mes bêtes libérées se mêler à la foule éclatante des faces rougies par le soleil.

Je revis Nicée peu de jours après, ses remparts que je n'avais pu approcher que seul. La ville était cette fois cernée de toutes parts, et des pavillons grecs flottaient dans le campement à la même hauteur que les armes des Lorrains, des Normands, des Provençaux, des Flamands et des Francs. La croisade des barons était mieux organisée que celle des vagabonds et des bandits de Pierre l'Ermite, et ordonnée par mérite. Les chevaliers allaient avec leurs familles, leurs écuyers, leurs valets. Les archers restaient entre eux, de même que les techniciens de siège, les sapeurs, les charpentiers en charge des machines. Les fantassins formaient un groupe particulier, où l'on se mélangeait de race à race, y compris avec les sombres mercenaires petchenègues qui épaulaient les armées grecques. Quant à moi, j'étais à nouveau enfant aux yeux du monde, et à ce titre relégué en compagnie des orphelins mendiants et des gamins de piétaille, qui formaient des groupes parasites et jouaient à la guerre en marge des batailles. Je ne pouvais porter d'arme ou prétendre m'entretenir avec des adultes, mais n'attirai en retour qu'indifférence, ce qui, dans la foule de l'armée, me rendait presque invisible. C'est ainsi que, pendant les longues semaines que dura ce premier siège, je pus circuler en toute liberté, jusque dans les abris de pourpre et d'or de Raimond de Saint-Gilles, doyen des rois croisés, qui arrivait de sa lointaine Espagne. Je m'approchai à le toucher du premier commandeur des troupes, l'évêque Adhémar, à l'autorité duquel les seigneurs étaient censés se plier. J'aperçus même le nouveau conseiller de cet homme d'Église, à peine changé par les mois qui venaient de s'écouler, mais métamorphosé dans mon regard par les épreuves que j'avais traversées. Pierre l'Ermite était plus ridé, plus charmeur et plus dépouillé que jamais, courtisé encore par des centaines de fidèles. Et bien que je fusse sûr qu'il n'aurait pu me reconnaître, je ne sortis pas de l'ombre pour l'approcher. Je n'avais plus rien à lui offrir, ni à lui demander. J'étais à nouveau sans maître et ne cessais d'apprendre et de grandir.

Quelques heures avant que les Latins ne forcent les portes de Nicée avec leurs béliers à tête d'acier, avant qu'ils n'envahissent la ville pour la réduire et la piller, le sultan qui la défendait fit hisser l'étendard byzantin en signe de reddition à nos alliés. La garnison capitulait. À l'affrontement de nos guerriers, la cité préférait la négociation avec nos alliés grecs. Cette manœuvre était l'œuvre de Tatikios, le général venu nous prêter main-forte. Les barons prirent acte de cette victoire tout en accusant le basileus de trahison. Dans le charivari de cette bataille avortée, je retrouvai Damianos, qui s'était porté volontaire pour la guerre en Orient après avoir vu grandir autour de sa cité la formidable armée latine. Il s'émerveilla de me retrouver vivant et de m'entendre parler sa langue, me rapporta les nouvelles de Constantinople, me demanda où était

Arda. Durant les trois jours qui suivirent, je marchai à ses côtés, parmi les siens, en tête de la troupe. Tatikios ouvrait la voie à travers la Phrygie, vers les forteresses des montagnes, vers la Syrie et la Terre sainte. Au matin du troisième jour, nous tombâmes dans une embuscade.

Les armées sarrasines avaient évité le nœud de Nicée pour nous affronter en terrain découvert : ils attaquèrent en rase campagne, à quelques lieues de la cité de Dorylée. Si les Grecs se lancèrent dans la bataille avec leur circonspection habituelle, le reste de notre troupe se battit dans le désordre le plus complet, rendue soudain stupide par les vagues d'ennemis légers, mobiles, organisés, et l'idée d'enfin faire couler le sang des adversaires du Christ. Vous connaissez cet épisode, il est à l'origine de toutes les légendes en Orient sur la chevalerie franque. Qilidj Arslan croyait avoir massacré des soldats à Xerigordon. À Dorylée, il découvrit stupéfait que les guerriers latins étaient faits d'acier, invincibles aux flèches, insensibles à la peur et capables d'ouvrir un ennemi en deux d'un seul coup, du sommet du crâne à la selle de son cheval. Malgré la surprise, malgré la supériorité de leur nombre, la débandade des Turcs fut complète, les assaillants allant jusqu'à abandonner dans leur fuite leurs butins de guerre. Les croisés rugirent de joie. Ils n'étaient plus en terre étrangère mais maîtres chez eux, légitimes propriétaires de pays conquis par les armes et, de tout temps, offerts à eux par l'histoire et les prophéties. Si les Grecs s'inquiétèrent un peu de cet enthousiasme neuf et délirant, c'est unie par le ciment de la victoire que la colonne alliée partit pour le désert et, de là, à l'assaut des montagnes.

La marche dura quatre mois, à travers des pays jaunes et beiges où nous ne voyions, ne respirions, ne mâchions que de la poussière. L'été avait recroquevillé herbes et arbustes, tari les sources, vidé les rivières de leur eau. Nous progressions en cliquetant dans des paysages taillés pour des géants et l'ennemi que nous attendions, que nous craignions derrière chaque colline, n'était en vue nulle part. Il devint évident que les Turcs reculaient à notre approche, qu'ils cédaient cités et places fortes les unes après les autres, nous précédant à reculons. De chaque position qu'il abandonnait, l'ennemi prenait soin d'emporter ou souiller toute nourriture, de combler les puits ou d'y jeter des charognes afin de les polluer. L'armée croisée s'enfonçait dans le vide, dans l'ascèse et le manque. Nos réserves se tarirent, englouties par les milliers d'hommes affamés, les femmes et les enfants. Toutes tentatives pour rationner le vin et l'eau tournèrent court et on en vint bientôt aux mains pour quelques lampées, s'agressa pour une gourde. Il n'y eut très vite plus rien à convoiter chez autrui ; riches et pauvres logèrent à la même enseigne. Nous marchions sous un soleil abrupt, un pas, puis un autre, du matin jusqu'au soir, et rêvions debout, obsédés par les démons de nos songes éveillés, sans jamais parler, de crainte de faire entrer la poussière entre nos dents. Les animaux commencèrent à mourir, puis les humains malades et faibles, que nous laissions sans sépulture au bord des chemins, à la merci des bêtes sauvages, ou aux soins de proches désemparés qui finissaient par se laisser distancer. Nos joues se creusèrent, nos yeux s'enfoncèrent dans nos orbites. Nous arborions tous des têtes de crânes, défilé de squelettes en armes, parés pour affronter d'invisibles chimères, la soif, l'absence, la folie, et perdant successivement chacune de ces batailles.

Je n'avais aucune crainte pour ma vie, mais n'en souffrais pas moins. Les rêves et les signes promettaient que j'étais destiné à voir Jérusalem et à participer à sa délivrance, tant que mon secret demeurait gardé. Je savais que je n'étais pas appelé à périr dans les plaines arides, les collines devenues plateaux. Je quittai cependant ma place dans l'avant-garde grecque, convaincant Damianos que nous serions plus à l'aise en retrait. Je le vêtis des couleurs qu'un Lorrain avait laissées à sécher sur un poteau de tente, et nous nous mêlâmes à une autre partie de la colonne, avant que la colère contre nos guides n'ait pris trop grande ampleur. Tatikios et ses mercenaires étaient en charge de l'itinéraire et, en l'absence de guerrier à affronter, chaque nouvelle déconvenue leur était imputée. Si les seigneurs se prétendaient liés au basileus par des serments d'allégeance, la foule de leurs vassaux n'avait oublié ni les escarmouches près de Constantinople, ni la fourberie des Grecs lors du siège de Nicée. Sur chaque forteresse prise le drapeau byzantin était hissé : la reconquête croisée semblait ne profiter qu'à Alexis. Aussi, chaque soir et pour le moindre prétexte, l'exaspération éclatait en échauffourées. Seuls la peur d'une attaque sarrasine et le risque, bien réel, de se perdre, retenaient les Celtes de rompre définitivement leur alliance.

Ensuite nous entrâmes dans les Taurus, et chacun devint trop préoccupé de sa propre survie pour alimenter ces querelles. Les montagnes surgirent du désert comme la crête d'un monstre fabuleux, et nous entreprîmes de les gravir avec une crainte superstitieuse. Les sentes se firent vertigineuses. Les monts étincelaient de neige et dessinaient autour de nous les donjons d'une citadelle inimaginable. Nous avancions à la file, les sentiers d'altitude laissant à peine la place pour poser quatre sabots. Ceux qui tombaient entraînaient avec eux de longues cascades de pierres avant de disparaître sous la roche d'un surplomb. De grands rapaces noirs nous suivaient jour après jour. Le matin nous trouvait bleuis de givre et nous restions transis, grelottant, jusqu'à la venue de la nuit suivante. Nous étions défaits sans combattre. La victoire de Dorylée s'effaçait des mémoires. Nous bûmes l'eau verte des lacs d'altitude et nos dents éclatèrent sous le froid. Nous campâmes deux jours dans une forteresse désertée qui touchait les nuages, le temps pour Bohémond et Tatikios de trancher une dispute au sujet de la propriété de cette caserne fantomatique.

Les efforts consentis par les Latins étaient trop élevés pour si maigre récompense, aussi personne ne fut-il surpris quand Tancrède et Baudouin annoncèrent qu'ils poursuivaient de leur côté. À la tête de leurs troupes et guidés par des indigènes, ces deux barons s'affranchirent de l'alliance avec Byzance pour prendre le chemin d'Édesse et du pays des Arméniens. J'hésitai moi-même à les suivre, à entraîner Damianos dans cette nouvelle aventure, mais un songe brutal m'en empêcha. C'était notre dernière nuit dans les hauteurs. Je dormais serré entre deux hommes, entièrement couvert pour me protéger du vent, et m'éveillai quand je sentis une main me presser la poitrine. C'était celle d'une ombre immense, déchirure noire aux yeux de feu, qui me disait : je suis ton dernier maître, celui que les histoires t'ont promis, que les visions t'ont annoncé. Mon nom est Guerre. Mon nom est Victoire. Je suis la clé de Jérusalem. Je suis ta destinée. Ensuite je passai dans un autre rêve et, le lendemain, nous aperçûmes des arbres verts sur l'adret et entrâmes dans une forêt vivace. Plus tard, nous arrivâmes dans la province de Cilicie où vivent les chrétiens grégoriens, qui nous accueillirent en libérateurs, nous nourrirent et nous soignèrent. Les tensions s'apaisèrent entre Latins et Grecs, et Damianos rejoignit son corps d'armes pour ne pas être compté au nombre des déserteurs, et je le laissai partir, attentif désormais à tout signe qui pourrait me conduire à mon dernier guide. Je comprenais qu'Emich et que Pierre avaient été des étapes nécessaires, mais qu'après eux m'attendait un maître d'une autre trempe, capable de m'orienter sur le chemin double de la violence et de la piété jusqu'au cœur même de la cité céleste.

J'attendis de longs mois, encore. Je grandissais si vite que mes couvertures ne protégeaient plus qu'imparfaitement mon corps asséché, brûlé par la route. Nous arrivâmes devant Antioche et nous installâmes tout autour. Notre armée assiégeait la ville, créant un double de la cité au pied de ses remparts, un camp voulu provisoire mais qui s'installa dans le temps long. La muraille d'Antioche était neuve et parfaitement jointoyée, elle comptait trois lieues de tour et quatre cents points de garde. Notre seule voie d'approvisionnement était le port de Saint-Siméon que contrôlaient les Byzantins. Antioche était isolée côté ouest par un fleuve immense, l'Oronte, sur lequel nous bâtissions des ponts que les Turcs abattaient, jetions des cordes, passions des machines chargées sur des radeaux. Au nord, les terres étaient marécageuses et impraticables, infestées d'insectes et d'humeurs. Derrière nous était Harin, une place forte des montagnes quasi inexpugnable, mais depuis laquelle l'ennemi nous harcelait. Les barons et le basileus voulaient que tombe Antioche. La croisade s'arrêta. Pendant ce même temps, Baudouin et Tancrède se taillaient, à Édesse, des fiefs à leur mesure, et les autres seigneurs celtes commençaient de les envier avec force. Le tombeau du Christ devenait une perspective de plus en plus lointaine. Nous arrivâmes devant Antioche à l'automne. Nous y étions encore à la Noël, à la Pâque qui suivirent. Ce fut un temps cruel d'incertitude et de complots, de vice, de trahison et de sourde violence. Nous étions figés là dans la boue et le froid, sous des tentes pourrissantes, à vivre de maigres rations gâtées par la pluie, l'humidité constante et les charançons, à cracher des glaires ensanglantées. Toutes sortes d'étrangers se joignirent à nous, désireux de marchander des biens, de commercer, de proposer monts et merveilles. Puis, aussitôt qu'on se lassa de leur exotisme, lorsqu'à nos yeux plus rien ne sembla nouveau, ils restèrent par crainte des Sarrasins, s'embauchant comme serviteurs, vendant leurs femmes ou leurs enfants, mendiant, gagnant leur pain aux dés.

Nous étions au siège depuis deux mois quand le gouverneur d'Antioche négocia une trêve, le temps d'expulser les chrétiens encore dans son enceinte, marchands syriens et arméniens, jacobites et coptes dépouillés de toute richesse mais soulagés d'être libres et vivants. Les réfugiés s'affligèrent de l'état de crasse et d'abandon dans lequel ils trouvèrent notre armée, et portaient de décourageantes nouvelles sur les capacités de résistance de la cité, ses ressources, ses réserves encore profondes. Il y eut, aussi, la visite du prince de Babylone, venu de sa lointaine Bagdad rencontrer nos rois, sans qu'aucune alliance puisse être conclue. Tancrède revint d'Édesse avec des chameaux, de l'or et de la nourriture. Une grande expédition turque pilla notre port d'avitaillement, en massacra les commerçants, en brûla les maisons. La pluie tomba sans discontinuer un mois entier, et la terre se trouva si gorgée d'eau que nous dûmes laisser nos morts en tas, cousus dans des draps épais pour étouffer leur puanteur. Pierre l'Ermite et Guillaume de Melun fuirent du camp en catimini, prétendant mendier à Alexis des troupes fraîches en renfort. Bohémond les rattrapa. L'alliance avec Byzance se défit et Tatikios s'en alla avec ses hommes, je regardais leurs colonnes s'éloigner dans l'averse, imaginant distinguer la svelte silhouette de mon ami Damianos. Curieusement, les barons se réjouirent de cette défection : le bénéfice de la guerre, désormais, ne serait plus à partager qu'entre eux. Il se trouva, malheureusement, que la guerre ne pouvait plus être menée. Les chefs s'enlisaient dans la boue, sous les murs d'Antioche, jouaient aux échecs, organisaient des courses de chevaux, couchaient avec des putes syriennes et se faisaient conter par des chanteurs mille aventures passées de mille contes imaginaires.

Je survivais parmi les orphelins, auprès desquels j'avais acquis à coups de poing une bonne réputation, et fréquentais les mercenaires petchenègues que tous méprisaient, parce que demeurés fidèles à la croisade malgré le départ des Grecs. De groupe en groupe, je me rendais selon l'humeur indispensable ou invisible, serviable ou bien retors, bon ou mauvais. Je mangeais à peu près à ma faim, apprenais des bribes de langues nouvelles et les façons de divers peuples, entendais nombre de récits, histoires saintes ou grivoises, et retins des secrets de menuiserie et des remèdes connus d'ordinaire seulement des femmes en retour d'âge. J'étais attentif à tout, cherchant un signe de la voie à suivre. Le chemin se manifesta à moi par un après-midi brumeux, alors que j'accompagnais un pâtre édenté dans sa tournée de prêche. Il s'arrêtait tous les dix pas pour fustiger les comportements livrés à son jugement, penchants luxurieux, paresse, jeu, manque de foi, et était plus souvent accueilli par des sarcasmes que par des marques de contrition. D'autres se plaisaient à l'irriter, le moquaient dans son dos. Je me contentai de le suivre et l'observer, cherchant la leçon, la vérité cachée derrière cette pantomime, lorsqu'un gros homme surgit devant moi. Il avait la peau brune, un sourire de serpent, l'œil droit à demi fermé, et allait presque nu malgré le froid et l'humidité. Tu te crois vertueux ? siffla-t-il. Viens avec moi. Et je lui obéis sans plus y réfléchir. Nous traversâmes le camp de part en part, jusqu'au désert, et cela prit des heures. Il allait devant, preste, infatigable, et moi je ne quittais pas son dos des yeux, peinant à courir à son allure. Derrière un bosquet de buissons piétinés fumait un feu maigre et étouffé. Une cinquantaine d'hommes et de femmes vivaient là sans tentes ni biens, sans animaux, sans couvertures. Je m'assis auprès d'eux, on me passa le bol commun sans mot dire et je bus. Enfin, le plus âgé du groupe se tourna vers moi et dit : tu ne trouveras rien ici, ni trésor, ni répit, ni joie. La mort de ta chair est tout ce que nous t'offrons et, chaque jour, des douleurs plus grandes que la veille. Tu seras en première ligne, sans cesse sous le regard du Christ, et ton comportement se devra d'être à chaque instant parfait. Nous te promettons le sang, la guerre, l'éternité. Nous rejoindras-tu ? Je n'eus pas besoin d'articuler de réponse, tout en moi n'était qu'assentiment. Alors le vieux pointa mon guide, le crapaud balourd que j'avais suivi jusque-là, et déclara : voilà ton nouveau roi. Nous l'avons élu pour prendre les décisions en notre nom, et c'est par nous qu'il règne sur la communauté. Tu fais partie de l'élite, désormais. Comme nous tu seras un être sans tache. De ce jour, et pour l'éternité, te voilà tafur.

Le siège se poursuivit, avec ses échauffourées, ses trahisons, ses affrontements périphériques. De petits détachements sarrasins harcelaient l'armée croisée et l'empêchaient de s'éloigner des murs pour chercher à manger. Les troupes de Yaghi Siyan sortirent à plusieurs reprises d'Antioche pour de brèves batailles, avant de se replier derrière les murs inexpugnables. La terre trembla comme une bête qui s'ébroue, ce qui, malgré les paroles rassurantes des habitants du pays, nous causa un effroi terrible. Les prédicateurs se multiplièrent, annonçant des malheurs, parlant de comètes, d'extases, de châtiments. Les barons firent proscrire les jeux d'argent et expulsèrent du camp cabaretiers et prostituées. Les rumeurs ne firent que s'amplifier avec le retour des beaux jours : après plusieurs tentatives, nos ennemis avaient fini de conclure un pacte militaire entre toutes leurs factions et, unis sous une unique bannière, ils marchaient à présent sur nous pour forcer la levée du siège. Fin mai, des villages entiers rejoignirent notre camp ; ils avaient vu étinceler les mille lances du prince de Mossoul, à dix jours de marche par les montagnes. Nos soldats affamés, épuisés, nostalgiques de leur terre, fourbissaient leurs armes en pleurant. Au cours des derniers mois, beaucoup avaient abandonné la croisade. Malgré cela, Antioche tomba avant que l'ennemi ne soit sur nous : par un tour de la Providence, c'est ce moment de profond désespoir que choisit un soldat de Yaghi Siyan pour trahir son maître. Du haut des remparts, il fit descendre une corde, et Bohémond de Tarente y monta, se glissa dans la ville et nous en ouvrit les portes. C'était par une nuit de lune noire, je me souviens de toutes ses étoiles. Le siège avait duré sept mois et le sac d'Antioche prit tout un jour, toute une nuit et un peu encore du jour d'après.

Devenir tafur était une évidence. Je l'étais depuis ma naissance, le resterai au-delà de ma mort. Je n'avais rien à abandonner, si ce n'était l'orgueil d'être moi. J'appris à marcher pieds nus sans regretter mes sandales, à partager toujours le même bol, à ne jamais utiliser d'outil. Je me perfectionnai à la lutte, à la griffe, à la dent, au caillou et au bâton, qui sont les cinq armes des Tafurs. Je me tus et écoutai, me tus et priai, me tus et m'endurcis. Nous ne participions à aucun marchandage, ne luttions pour aucun avantage. Nous refusions tout compromis. Nos souffrances et nos privations rendaient nos vertus éclatantes, et notre foi plus vive. Le nombre des Tafurs ne cessait de croître : chaque jour, de nouveaux volontaires se joignaient, recrutés par le roi, ou bien menés jusqu'à nos buissons par la rumeur, par l'inspiration. Nobles ou gueux, enfants, femmes, vieillards, brigands, bourgeois, seigneurs vivaient ensuite un même régime de dureté. Il n'y avait plus, comme dans l'armée d'Emich ou dans le troupeau de Pierre l'Ermite, de proches et de lointains, d'influents et de laissés-pour-compte. Aucun de nous n'était rien. Tous ensemble nous étions les Tafurs, main nue du Christ, fléau de Dieu. Nous ne connaissions que le ciel au-dessus de nous, la terre sous nos pieds, et quand les combats éclatèrent, lors de la prise d'Antioche, nous marchâmes au premier rang. Cailloux, bâtons, poings et guenilles. Les garnisons turques reculèrent en nous apercevant. Le fils de l'émir se replia dans la citadelle avec une poignée d'hommes. La croisade retourna la cité, cherchant les réserves de nourriture, mais les silos étaient vides, ou quasi, et nous comprîmes alors pourquoi Antioche avait cédé avec si peu de résistance. C'est à ce moment que les troupes annoncées, déferlant depuis Mossoul, parvinrent sous les murailles. Elles encerclèrent la ville. Nous étions entrés. Nous étions assiégés.

L'ennemi s'installa dans l'inconfort que nous avions connu avant lui. Mais la situation, à l'intérieur, était bien pire qu'aucune de celles que nous avions connues. Les barons se disputaient la cité et son fief, que Bohémond clamait pour sien. Il y eut un nouveau tremblement de terre, plus long et effrayant encore que le premier. La pestilence tomba sur la cité et Adhémar, le prélat en charge de nos âmes, prit le lit pour ne jamais se relever. Les Sarrasins étaient maigres, également, épuisés par leur traversée du monde. Du haut au bas des remparts, nous nous jaugions avec les mêmes yeux vides, la même hâte d'en finir et de pouvoir, chacun, reprendre notre route. Le roi Tafur nous installa dans plusieurs maisons pillées à nu. Nous jeûnions et priions, sourds aux clameurs de joie ou aux terreurs brusques de nos frères en occupation. Lorsque le soleil se couchait, les portes d'Antioche s'entrouvraient pour laisser fuir les déserteurs, chaque soir plus nombreux. Un miracle seul pouvait nous tirer de ce piège. Le miracle se produisit. Par une aube claire, le roi Tafur nous éveilla et dit : suivez-moi. Nous traversâmes Antioche assoupie, cette ville de cendres froides et de tombes fraîches, de portes brisées, de façades éclaboussées de sang sec, jusqu'à l'église Saint-Jacques, autour de laquelle des centaines de croisés avaient passé la nuit à veiller. Apercevant notre masse noire, silencieuse, l'assemblée s'ouvrit et nous laissa passer. Nous entrâmes dans la nef qu'éclairaient des torches de résine. Il y avait là Raimond de Saint-Gilles et, sur son brancard, Adhémar, évêque du Puy. Il y avait également un homme très mince, au visage d'enfançon, qui tenait à bout de bras le morceau de fer rouillé qu'il avait trouvé, quelques heures plus tôt, sous une des dalles fracassées du chœur. À genoux ! ordonna le roi Tafur et, dans un froissement de nos chiffons, nous nous jetâmes au sol, front contre terre. Cela n'avait duré qu'un instant, nous n'avions presque rien vu de l'objet et ne comprenions pas encore. Mais quelque chose en nous reconnaissait la puissance du fer exhumé en ce lieu. C'était la lance de Longin, l'arme qui avait percé le flanc du Christ. C'était le signe que nous avions attendu, la preuve de notre élection, la garantie de notre triomphe.

Nous ne sommes rien par nous-mêmes, prêcha le roi tandis que, du haut au bas de la ville, la nouvelle allait se propageant. Nous ne sommes que des flèches, jetées au travers de l'histoire, nous n'accomplissons jamais que ce qui doit se produire. Écoutez bien. Nous nous tenions assemblés en cercle, assis à même le sol. Nous tremblions de froid, la faim aiguisait notre attention. Le roi Tafur raconte.

Notre Seigneur Jésus-Christ agonise sur la Croix. À Sa droite, à Sa gauche, les larrons ont péri. À Ses pieds, Il peut voir les militaires romains, Sa mère la Sainte Vierge, et puis Jean, l'apôtre favori. Le ciel est empli de nuées d'orage, la terre s'ébroue. En plein jour, les ténèbres se font. Alors, disent les Écritures, afin que la prophétie se réalise, le Christ relève la tête et dit : J'ai soif. Alors l'homme appelé Stephaton approche de Sa bouche l'éponge, imbibée de vinaigre, plantée au bout d'un long bâton d'hysope, et le Christ y boit. Il laisse retomber Sa tête, dit : tout est accompli. Il ne bouge plus. Ses côtes ont cessé de se soulever. Ceux qui regardent Le croient mort. Le centurion chargé de l'exécution ne peut s'en rendre compte : une maladie des yeux tient ses paupières collées, ne laisse plus filtrer que des silhouettes et du gris. Ce soldat a pour nom Longinus, il parle fort pour se faire respecter malgré son infirmité. Mais s'il ne peut pas voir, il n'en entend pas moins les Juifs qui réclament. La fin du jour approche, disent-ils, avec la nuit commencera le sabbat. Convient-il de laisser les suppliciés en croix toute la journée sainte ? Il faut qu'on en finisse, qu'on en finisse maintenant ! Alors, pour éviter l'émeute, et parce qu'il était écrit que cela se passerait ainsi, Longinus ordonne qu'on s'assure de la mort des condamnés avant de les déposer. Les légionnaires se saisissent des masses qui ont planté les clous du supplice et, en deux fois trois endroits, brisent les jambes du mauvais larron, puis celles du bon. Quand ils s'apprêtent à faire subir le même sort à Jésus, le centurion les arrête. Avançant seul, à tâtons, Longinus plante sa lance dans le côté du Christ. Un geste, un coup. Et de la plaie ouverte, aussitôt, jaillissent le sang et l'eau. Aucun autre supplice n'est infligé à Son corps, réalisant ainsi les paroles de Salomon déclarant : aucun de Ses os ne sera rompu.

Le Christ a-t-Il succombé au supplice de la croix ? Est-ce le coup de lance qui L'a tué ? Je ne suis pas instruit de ces choses-là. Ce que je sais, cependant, c'est que du flanc du Seigneur le sang coule sur le fer, et de là sur la hampe, et de là sur les mains de Longinus qui, portant les doigts à ses paupières, se trouve aussitôt guéri. Le Romain recouvre la vue et s'exclame, assez fort pour être entendu de tous : c'était vraiment le Fils de Dieu ! Puis, le flot ne cessant de jaillir de la plaie béante, la Vierge Marie, mère du Seigneur, vient recueillir le Saint Sang pour le conserver jusqu'au jour de l'Assomption. Et ce sang est une des reliques les plus sacrées, conservée jusqu'à nos jours dans le Saint-Sépulcre de Jérusalem.

Quant au sens de ce qui s'est produit, voici : l'eau qui surgit du corps du Christ est la source que Moïse fait jaillir du rocher ; le sang est celui d'Ève, qui naquit du sein d'Adam. Le porte-éponge est à gauche de la Croix, du côté de la lune, du mauvais larron et de la synagogue : c'est le Juif endurci, celui qui refuse de voir et de comprendre. Le porte-lance se tient à droite du supplicié, au soleil, auprès du bon larron, il est du côté de l'Église : c'est le Juif converti, guéri de l'aveuglement et de l'ignorance. Longinus se proclame aussitôt chrétien, il abandonne le service des armes, laisse derrière lui l'outil avec lequel il a navré le Christ, s'en va à Césarée de Cappadoce pour se faire ermite et pousser à la conversion des centaines d'hommes et femmes. Le gouverneur de ce pays, ayant bientôt vent des actions de Longinus, lui fait arracher les dents et trancher la langue sans parvenir à l'empêcher de parler, ni de briser ses idoles païennes, d'où les démons jaillissent en hurlant. Le martyre de Longinus a lieu le quinze mars, qui le consacre saint, et que nous continuons de fêter dans le cadre du calendrier liturgique. Sa lance, à la pointe perpétuellement sanglante, réalise d'innombrables miracles à travers toute la Terre sainte. Elle est transportée à Constantinople, où nous pouvons aujourd'hui la voir. Elle est à Rome, également, et ici, à Antioche, où elle n'attendait plus que notre venue. La lance de Longinus se dresse vers les nues. Elle fend l'obscurité, tranche le doute. Elle porte terreur, justice et conversion. Il n'y a rien à questionner. Nous sortons de notre longue cécité et clamons : c'était vraiment le Fils de Dieu.

Notre jeûne se poursuivit. Plusieurs fois, le roi Tafur répéta ce récit, et ses mots étaient presque toujours identiques. Par petits groupes, nous nous rendions au palais occupé par les Provençaux pour adorer la Lance, confiée à la garde de Raimond de Saint-Gilles et de Pierre Barthélémy, l'inventeur de la relique. Ce simple croisé disait avoir été inspiré en rêve par saint André et par le Christ Lui-même. Je jaugeai avec curiosité son visage lisse, imberbe et aux traits naïfs, peinant à comprendre comment un homme pareil avait pu être élu et recevoir tel message, tandis que nous autres peinions au sein d'images confuses et de fausses visions. Le fer était simple et solide. Lorsque la croisade se réunit autour de l'arme pour sortir d'Antioche et affronter les armées de Karbouka, les Sarrasins reculèrent à son approche et finirent en débandade. Nous, les Tafurs, marchions à nouveau tout devant, sans crainte d'aucun piège, d'aucune feinte sournoise. Les mains et les pieds nus, endurcis par l'épreuve d'Antioche, exaltés par la présence de la Lance, nous épouvantâmes dix mille païens et les mîmes en déroute sans le premier coup férir.

La croisade avait mis le siège à Antioche et y avait été enfermée, elle en ressortait triomphante, déliée de toute obligation envers Byzance, guidée par une ferveur nouvelle. Si à ce moment-là nous avions marché jusqu'à Jérusalem, le chemin se serait dessiné devant nous comme un serpent de flammes brûlant, qui nous aurait menés droit au tombeau du Christ. Mais le doute et le désir de possession étaient toujours dans le cœur des barons. Le comte de Toulouse contesta aux Normands leur droit sur la cité vaincue. Godefroy de Bouillon partit à Édesse aider son frère dans la défense du comté. Adhémar du Puy mourut, au plus chaud de l'été, au terme de dix jours de fièvres et de visions, criant de terribles et confuses imprécations. Nous manquions de tout. Les épidémies et la chaleur, les démons de ces terres funestes, décimaient les enfants et les femmes. Un chevalier criait, du sang s'écoulait de son nez puis il tombait de selle, comme foudroyé. L'entente entre les races des chrétiens se défaisait. Les joutes amicales tournaient aux pugilats. Provençaux contre Bretons, Normands de Sicile contre Flamands. Nous, les Tafurs, étions de plus en plus nombreux. Nous apprîmes à digérer le fiel et les carcasses, à lécher l'humidité invisible qui ruisselait sur les murs. Des vieillards nous enseignèrent comment nous nourrir de racines, d'écorces, à sucer les eaux sales des boues les plus profondes. La croisade, disait-on, reprenait ses forces après l'épreuve d'Antioche. En réalité elle ne faisait que perdre la tête, tiraillée par les mille tentations du désert. La mise à sac du comté, désormais sous notre coupe, ne suffit pas à nourrir toutes les bouches. Et chaque seigneur, chaque petit vassal continuait de rêver de sa ville à soumettre, de sa citadelle à conquérir, de son fief à clamer en propre. La grande armée des Turcs avait fui les environs et les maigres garnisons cédaient au premier assaut. Les prétendus croisés se disputaient alors trois maisons, une grange, un tas de caillasses sous le soleil ardent. Dans le peuple des pèlerins, où la ferveur ne faiblissait pas, l'impatience de rejoindre Jérusalem ne faisait que croître. Nous restions au plus près de Pierre Barthélémy et de sa relique. En proie aux transes et aux rêves, Pierre émettait des avertissements et des menaces à l'encontre des barons. Il avait vu en songe le spectre d'Adhémar, qui attestait de l'authenticité de sa Lance. Il enjoignait aux chrétiens de reprendre la route de la Ville sainte. Malgré cela, les comtes hostiles à Raimond de Saint-Gilles, le suzerain de Barthélémy, donnèrent l'assaut à la dernière cité libre des environs.

Celle-ci avait pour nom Maarat et c'était une joie de ville aux murailles roses, aux vignes jaunes, célèbre dans tout le pays pour la pureté de son air et l'audace de ses poètes. Nous, les Tafurs, entrâmes cette fois parmi les derniers et marchâmes en silence dans ses rues pour constater le désordre affreux qu'engendrait chaque fois le désir de posséder. Les riches massacrés, les biens pillés, les femmes prises par des chevaliers saouls. Les soldats enturbannés de soie chiant dans les demeures et profanant les églises, boutant le feu aux habits des vivants. Tout ce qui pouvait se prendre avait été volé, ce qui pouvait être mangé consommé. Et les seigneurs, encore, se partageaient les rues, se disputaient les immeubles, négociaient avec les notables une lointaine possession, dix têtes de bétail à la campagne. Le roi Tafur nous mena jusqu'à la basilique, que les Turcs avaient changée en mosquée.

Les murs étaient couverts de suie et d'insultes en latin. Nous nous assîmes là, cent et cent encore, le cœur brûlant, les dents serrées, pour entendre tomber de la bouche du roi ces paroles terribles : les nobles se disputent Maarat parce qu'ils ignorent que Maarat n'existe plus. Allez. Qu'il ne reste pas une pierre à clamer ni un homme à soumettre. Que Maarat, pour les païens, devienne le nom de la terreur que nous leur inspirerons.

Tout ce que les rumeurs rapportent sur les dix jours qui suivirent est vrai, et le pire n'a jamais été décrit, parce que les mots, ici, font défaut. Nous avons abattu les murailles et incendié les maisons. Nous avons ouvert les hommes et les femmes pour les vider de leurs entrailles. Nous avons scié leurs membres et les avons rôtis. Nous avons mangé du Turc et de l'âne et du chien. Notre appétit s'avéra sans limite. Lorsque Raimond de Saint-Gilles fit mine de nous freiner, le roi Tafur sortit du rang et dit : Dieu le veut. Nous reprendrons Jérusalem. Et, derrière lui, se dressaient mille pauvres aux yeux brillants, aux mains et au visage barbouillés de sang. Alors Pierre Barthélémy mit le genou à terre en signe d'humilité et tous les soldats provençaux l'imitèrent, et nous le fîmes à notre tour pour que ne restent debout que notre maître et le comte de Toulouse. Raimond de Saint-Gilles finit par baisser la tête devant le roi Tafur, par ôter ses chaussures et ses habits puis, en chemise, une torche dans chaque main, il prit le commandement des incendiaires et finit de réduire Maarat en cendres. Les seigneurs mirent de longs jours, mais ils finirent par comprendre la leçon. Ils rassemblèrent les troupes et reprirent le chemin de la Ville sainte. Suite à cela, les Tafurs marchèrent toujours à l'avant du cortège aux côtés des Provençaux, brandissant la Lance, et les Sarrasins qui ne fuyaient pas à notre approche étaient vaincus sans difficulté, et chaque ville se rendit sans que nous ayons besoin de déchaîner à nouveau notre colère insane. Nous étions devenus ces monstres qui mangent les hommes. Nous étions à la démesure de la légende des Tafurs.

Il me faut encore dire comment notre roi entra en possession de la Lance. Lorrains, Francs et Normands continuaient de douter des visions de Pierre Barthélémy ainsi que de la nature véritable de la relique dont les Provençaux avaient la garde. Afin de dissiper tout doute, l'inventeur de la Lance ordonna que l'on fasse dresser un bûcher pour y subir l'ordalie par le feu, ce qui fut fait. À pas lents, Pierre traversa le brasier, enserrant des deux mains le fer sacré, et si ses habits se consumèrent, de même que ses cheveux et que tous ses poils, il ressortit de l'autre côté sans aucune blessure, démontrant par là son élection et la vérité de ses prophéties. Le peuple, alors, se jeta sur lui pour être béni d'un saint vivant, et l'accabla de tant de presse, s'appropriant autant de reliques qu'il le pouvait, qu'il réduisit le pauvre homme en pièces, lui accordant la palme du martyre. Quand Pierre Barthélémy succomba à ces assauts de ferveur, cela raviva le débat parmi les barons. Plusieurs d'entre eux prétendirent que la lance d'Antioche aurait dû le sauver, que ce ne pouvait être celle qui avait percé le flanc du Christ. Aussi, pour ne pas retarder encore notre départ, les Tafurs en requérirent la charge auprès de Raimond de Saint-Gilles et, l'ayant obtenue, portèrent la Lance en tête de la colonne des chrétiens. Notre réputation, déjà, dépassait le monde de la croisade. Bien que ne portant aucune arme et allant presque nus, nous étions les plus craints de tous les guerriers du monde. Le halo de notre pureté suffisait à faire reculer l'ennemi.

Mes rêves et mes visions reprirent. J'avais appris à ne pas en parler mais à rester dans le noir, sans bouger, pour me les répéter afin de n'en perdre aucune image. Les mages de l'Adoration me remettaient des présents maculés de sanies et me mettaient en garde. La Jérusalem de verre vibrait sur une note assourdissante, menaçant de se briser dans les airs. Le roi Tafur, visage porcin, le corps distordu comme celui d'un cadavre, me plaquait au sol pour me violer. Chaque nouveau matin voyait la croisade triomphante. Tous les seigneurs avaient ajourné leurs errances en Terre sainte et confessé leurs erreurs. Ils retrouvaient notre marche triomphante, droit vers la cité du Christ. Les habitants de Tripoli, plutôt que de nous affronter, offrirent à la croisade un tribut de chevaux et l'avertirent qu'une armée de Maures venait d'Égypte à notre rencontre. Nous accélérâmes vers notre but. Le ciel était éblouissant et le pays épuisé de chaleur, mais c'était celui de notre Seigneur, et tous nous avions souffert pour en arriver là, et tous nous exultions de nous sentir si proches de notre salut. Je me souviens avoir vu, deux jours avant les murs blancs de la Ville sainte, la bannière de Tancrède d'Hauteville flotter sur Bethléem. Sur le parvis de l'église de la Nativité gisaient des prêtres coptes, un festin de vers grouillait dans leurs crânes fracassés. Les Tafurs défilaient dans le plus grand silence. Nous attendions notre heure avec crainte et espérance. Et, enfin, nous y fûmes.

Ce n'était pas Byzance, ni même Budapest. Jérusalem, d'abord, me fit moins d'effet que la Mayence de mes huit ans. Une ville vénérable et basse, tassée, dominée par l'énorme citadelle de David, cernée de fossés, de murailles. Des cyprès, des oliviers, des dômes d'églises. Des villas chaulées sur le flanc des collines. Une ville de terre et de pierre, enfin, une ville de boue, qui tenait dans la main, qui s'agrippait au sol, une accumulation de murs et de vies, de mémoires d'humains réunis, sans rien qui annonçât la cité hors du temps, la porte des Cieux immenses, l'ombilic de l'univers. Nous regardions Jérusalem de loin, hébétés et incrédules. De moins pieux que nous riaient, criaient ou pleuraient. Nous fîmes taire notre peur face au dernier mystère. Les alentours étaient déserts et brûlés de chaleur. Les puits étaient comblés, une fois encore. Les environs vidés, une fois encore. C'était Antioche, Antioche pour toujours répétée, dans un paysage plus austère encore, une contrée sans issue. Les guetteurs, depuis les remparts, nous regardèrent nous déployer. Les Tafurs se mirent au siège avec les Provençaux, sous le mur ouest, sous la tour de David, et notre premier assaut, cinq jours plus tard, fut repoussé sans mal. Nous comprîmes que notre patience, une nouvelle fois, allait être mise à l'épreuve. Aucun ravitaillement. Un filet d'eau à Siloé. Dans la coulée de boue du Jourdain, Pierre l'Ermite purifiait ses derniers partisans. Des nouvelles nous parvenaient des troupes d'Égypte, qui traversaient le Sinaï pour venir nous exterminer. La chaleur nous tournait la tête.

Je vivais à l'écart et parlais seul. Les visions me venaient désormais en plein jour. Le roi Tafur vint me trouver : je me tournai, il était là, la tête ronde, le regard torve, la barbe miteuse et les mains mouillées. J'étais saisi de fièvre, de tremblements, je souffrais. Le roi tira la Sainte Lance de sa tunique et la jeta contre le sol. Il la foula aux pieds, cracha dessus puis, tirant un sexe gris du pan de son habit, l'éclaboussa d'urine. Suis-je maudit ? me demanda-t-il sans se recouvrir. Viens-je de commettre un sacrilège ? Je ne répondis rien mais sentis la peur monter en moi, une peur terrible, qui dispersais jusqu'aux brumes dans lesquelles je vivais. Cette ville, continua le roi, est-elle celle que nous sommes venus délivrer ? Était-il juste de tuer tous ces gens ? Sommes-nous réellement élus ? Il approcha de moi encore, et je sentis son odeur affreuse, celle de la route et de l'âge, celle des viscères torturés par la faim, la soif, la maladie. Dieu le veut, dit-il encore. Et qui d'autre, sinon ? Un haut-le-cœur me plia en deux, mais je n'avais rien à vomir. Le roi Tafur me regardait me tordre. Il me sembla qu'il riait. Tu voulais voir, fit-il encore, et tu verras, au-delà de toute espérance. Si tu survis, n'oublie rien de ce qui s'est passé. Ensuite la nuit fut là, puis le jour à nouveau, puis quelqu'un me donna à manger.

Les Génois avaient repris le port de Jaffa, de la nourriture nous parvenait enfin. Le camp se prit à bruire comme un village un soir de fête. On construisait des tours de guerre avec le bois de Samarie. Les Normands faisaient cuire les ingrédients puants de leurs bombes incendiaires. Les prédicateurs exhortaient les croisés à l'ultime purification. Je trouvai près de ma couche, à demi enfoui dans la poussière, le morceau de fer rouillé abandonné par mon roi et, quoiqu'il fût désormais souillé, je choisis de le porter contre ma peau. Qu'il ait ou non pénétré le corps du Christ n'avait plus d'importance : il avait libéré Antioche et offert à Pierre Barthélémy de siéger près de Dieu. Je gardai la Lance dissimulée pendant toutes les processions. Nous fîmes le tour de la ville, à pied et sans armes, à portée des flèches des défenseurs, chantant les Psaumes et priant le Seigneur. Les soldats maures et soudanais nous raillèrent, ils plantèrent sur leurs remparts les croix arrachées de nos églises et les profanèrent pour nous entendre crier. Nous, les Tafurs, ne disions rien. Je ruminais la leçon de mon roi. Les signes, bien plus que les armes, décident du sort des batailles. En excitant notre colère, la garnison de Jérusalem œuvrait à sa propre défaite. La Lance se faisait tiède contre mon ventre et je savais que sa chaleur n'était que la mienne. Jérusalem allait tomber.

Cela se passa un vendredi matin, au point du

jour. Nous avions profité de la couverture de nuages pour porter près de la muraille nos châteaux de bois, nos perches, nos échelles. Alors que le ciel rosissait derrière le mont des Oliviers, les premières clameurs nous parvinrent de la ville. Nous en étions à combler la douve pour permettre aux engins d'approcher quand un cavalier lorrain nous cria la nouvelle sans descendre de sa monture : les croisés sont entrés par le nord, Godefroy et Baudouin sont en ville, l'ennemi recule déjà, ou se rend. Nous nous signâmes, tombâmes à genoux. Je vis mes frères tafurs partir en courant vers le campement franc, tandis que les Provençaux reprenaient leurs manœuvres afin de ne pas être en reste. Les chevaliers autour de moi pestaient, bouillant d'impatience, de frustration. Vers sexte, la tour d'assaut s'enlisa dans le second fossé. Les mercenaires, la piétaille et le peuple abandonnèrent l'armée pour contourner la ville et entrer par-derrière. Les soldats pleuraient de rage. La garde d'Iftikhar, depuis la tour de David, nous faisait de grands signes. Elle finit par mander un messager, et Raimond de Saint-Gilles lut les doléances du gouverneur. Ils demandaient merci et escorte jusqu'à Jaffa, en échange de la reddition du donjon et de l'ouverture de la porte de l'Ouest. Ce retournement nous parut si soudain que l'on soupçonna une ruse grossière. C'est que nous étions toujours au-dehors et que nous n'avions aucune idée de ce qui se déroulait, depuis le matin, de l'autre côté des murs. Je n'avais, quant à moi, aucune impatience. Mon heure, je le voyais bien, finissait de venir.

J'étais isolé, ignoré. J'avais marché à travers les forêts, les montagnes et les mers. J'étais mort par trois fois. J'avais mangé mon ennemi et je portais la Lance. J'avais onze ans. J'étais tafur. Avant matines, le quinze juillet de l'an mil quatre-vingt-dix-neuf, l'huis occidental de Jérusalem s'ouvrit pour laisser sortir Iftikhar et ses hommes à la peau brune, à la peau noire et rouge, mains ouvertes en signe de contrition, sans arborer leurs couleurs. Certains gardaient le front baissé, les autres avaient le visage fermé, et dans leurs yeux à tous je ne vis que de la tristesse et de la terreur. Escortés par les chevaliers du comte de Toulouse, nos ennemis vaincus partirent sans mot dire vers la mer et laissèrent derrière eux les grandes portes béantes. Le dernier fantassin turc était à peine sorti que, sans que quiconque en eût donné l'ordre, les croisés restés au-dehors s'engouffrèrent dans la ville, découvrant enfin cette Jérusalem à laquelle ils avaient si violemment rêvé, et dont ils avaient crié le nom à en perdre la voix. Cela faisait une journée complète que les nôtres avaient pris pied dans ses rues. L'armée se dispersa dans la ville. De ce moment, il n'y a plus que moi.

Je monte une ruelle étroite, très raide. Des marches, parfois. Au loin : des cris, des clameurs. Aux fenêtres, des linges, comme des cœurs, palpitent. Mon souffle est court mais je ne ralentis que lorsque le sang, à mes oreilles, se met à cogner. Le matin vient sans provoquer le moindre mouvement, éveiller le premier cri d'oiseau. Entre les façades, j'aperçois d'autres fragments de ville. Murs clairs, toits plats. De la fumée qui monte en deux, en trois endroits. Un très vieil olivier à l'écorce griffée de noms d'amants. Je détourne le regard. Je veux tout ignorer. Un chien jaune vient me lécher les pieds. Il lui manque un œil. Sa langue glisse sur mes orteils en charpie, les plaies chaque jour rouvertes. Le chien lèche le filet de sang qui coule à l'intérieur de ma cuisse, le long de ma jambe. Les maisons sont faites de blocs de glace. Des milliers de corbeaux blancs tremblent dans le ciel presque rouge. Je ne peux trier ce que je vois de ce que j'imagine. Je marche derrière le chien qui m'attend, à chaque coin de rue, pour ne pas me perdre. Ce qui brûle ainsi, c'est une synagogue, avec ses fidèles enfermés au-dedans. Je suis une rigole, ce qui y coule est tiède, épais, et pue. Les caniveaux de Jérusalem débordent d'une mélasse rouge qui poisse la chaussée. Miracle, miracle, hurle une voix en latin. En grec, en arménien. Ville prise. Ville libérée. Vengeance. Pour le Christ. En allemand. En breton. Victoire. Jérusalem. Alléluia. Nos frères syriens en tas, avec les chrétiens jacobites, avec les maronites. Des filles à demi mortes besognées par des gueux. Des faux, des lances, des ciseaux. On patauge, pille, on beugle des cantiques. Tant de joie dans tant d'horreur. Autour de nous, l'univers entier vibre. Quelque chose est en train de se passer. Nous sommes infâmes, nous sommes sacrés. Jérusalem n'est pas de ce monde. Je remonte la foule, les enfants hurlent dans les flammes, les serpents jaillissent des poitrines défoncées. À genoux sur un cheval au visage arraché, le roi Tafur découpe les mains de ceux qui cherchent à le saisir. Alors ! crie-t-il à mon adresse, et sa voix est celle de ma mère démente, frappant à la porte de la grange, n'est-ce pas là tout ce que nous t'avions promis ? Un adulte me soulève de terre avant que je ne puisse répondre et je le mords, je le frappe sans force, il me plaque contre le sol, je reconnais son œil doré. Damianos. Je suis là, c'est moi. Ne bouge pas, tu es couvert de sang. Ce n'est pas le mien ! Ce n'est pas mon sang ! Je sais, dit-il, nous sommes autre part, il fait frais et sombre, je le sais bien, continue mon ami, calme-toi. Et ma respiration, peu à peu, s'apaise, les visions se dissipent, et j'entends encore Damianos me dire : ce n'est pas l'Enfer, Orlando, et ce n'est pas le Ciel. C'est le siècle. C'est le temps d'ici-bas, celui du labeur et des souffrances de l'enfantement. Je ne reprends connaissance qu'à la nuit. J'ai roulé dans une cave par l'ouverture d'un soupirail. À tâtons, je trouve le rebord d'une citerne, d'où je tire l'eau pour me nettoyer, nu des pieds à la tête, et rincer mes nippes que je remets pour sortir. Seul, toujours, mais cette fois je reconnais Jérusalem. C'est une ville comme les autres, une ville ravagée par notre guerre. Elle est sale et puante et, parce qu'elle souffre, je sais qu'elle survivra. Je marche encore, une nuit entière.

L'aube me trouva devant le Saint-Sépulcre, autour duquel les barons avaient dressé un camp. La puanteur était parfaite. Les seigneurs et leurs chevaliers, leurs valets, leurs gens, leurs écuyers, leurs prélats marchaient pieds nus dans le sang qui figeait. La chaleur du jour attirait les mouches sur les cadavres en vrac. On n'avait gardé propre qu'un chemin dont on embrassait les pierres : le trajet vers le Ciel, la trace des pas du Christ. Nous nous rêvions au seuil du Paradis, et c'est là que je demeurai une semaine entière, à surveiller les préparatifs de la cérémonie. Je mangeais avec les chiens domestiques et dormais dans une encoignure. Les nobles conversaient et priaient, négociaient, évoquaient des souvenirs. Partout ailleurs, le peuple traquait les survivants cachés dans les caves et les greniers. On écrasait les nouveau-nés, on achevait de souiller les temples hérétiques, on brûlait les milliers de dépouilles sur d'énormes bûchers. Des groupes entraient et sortaient du Sépulcre, exaltés et bruyants. Je vis Pierre l'Ermite et Raimond de Saint-Gilles, descendu de la tour de David où il s'était installé. Rien n'avait changé, rien n'était sacré. Comme après toute autre victoire, les princes se partageaient le monde. Il plut un peu et les eaux du ciel essorèrent la boue rouge de Jérusalem. La ville mouillée brilla comme une gemme. J'attendais encore sur mon pas de porte lorsque j'entendis appeler mon nom. Les Tafurs arrivaient tous ensemble en une masse sombre et disciplinée. Le temps de l'investiture était venu, et je me levai pour marcher parmi mes frères.

La basilique était plongée dans le noir presque complet. Quatre cierges seulement éclairaient les quatre niches dans le chœur. L'une d'elles était occupée par Bohémond de Tarente, une autre par Robert de Normandie, la troisième par Raymond de Toulouse et la dernière par Godefroy de Bouillon. Depuis les ténèbres, Pierre l'Ermite prit la parole. Il pria le Seigneur de désigner celui de ces barons qui, en tant que roi de Jérusalem, hériterait du pouvoir temporel en Terre sainte. Et à peine avait-il fini de parler qu'un coup de vent traversa l'église malgré les portes closes et souffla d'un seul coup les quatre flammes dansantes. Bravant sa peur, Pierre demanda une nouvelle fois s'il n'y avait réellement personne, ici, digne de régner sur la Jérusalem terrestre, d'administrer ses terres avec justice et avec cœur. Un temps passa, puis une étincelle surgit, rallumant un des cierges par miracle, et sa lumière révéla le visage transfiguré de Godefroy, duc de Lotharingie et libérateur de la ville. Alors celui-ci se leva et dit : je peux accepter la charge, mais récuse la gloire de son titre. Le Christ est roi de Jérusalem. Et l'on choisit alors de le désigner comme avoué du Saint-Sépulcre, et c'est le roi Tafur lui-même qui fut désigné pour le consacrer, déposant sur sa tête une couronne d'épines tressées, en imitation de l'humiliation jadis subie par le Christ.

Tous les barons lui prêtèrent allégeance, et Raimond de Saint-Gilles finit par céder la citadelle qu'il avait décrétée sienne, et l'on réorganisa la défense de la Ville sainte. Deux semaines plus tard, un pèlerin très pieux du nom d'Arnoulf inventa dans le Sépulcre la Vraie Croix de Jérusalem, qu'il remit à son maître Godefroy de Bouillon. L'armée, reconstituée autour de la relique et exaltée par la présence du Christ à ses côtés, sortit à la rencontre des troupes égyptiennes sur la route d'Ascalon. Les Tafurs, toujours sans armes, allaient encore une fois devant, et ce fut la dernière bataille de notre reconquête et elle se solda par un triomphe sans égal. Nous les assaillîmes de nuit, par surprise, frappant au cœur de leur campement. Nous acculâmes à la mer ceux qui faisaient retraite et les poussâmes à la noyade. Ceux qui se cachèrent dans la forêt de sycomores voisine brûlèrent en même temps que les arbres. Le vizir Al-Afdal embarqua sur un bateau pour fuir jusqu'à son pays, et la nouvelle cette fois se répandit dans le monde entier : les chrétiens avaient repris Jérusalem. Ils régnaient sur l'univers.

Certains de nos seigneurs rentrèrent chez eux, d'autres choisir de demeurer en Terre sainte. Les Tafurs furent dispersés. Les reliques furent apportées au pape et à l'empereur de Byzance. Seule la Croix resta à la garde de l'armée, afin d'être exhibée au cours de chaque bataille d'importance. Il y eut beaucoup d'autres guerres et de terribles massacres, mais aucun qui fasse partie de la présente histoire. Je suis resté dans la ville de Jérusalem vingt années durant, puis je m'en fus voyager. Je servis de guide, de traducteur, j'enseignai les histoires et les légendes, certaines que j'ai répétées, d'autres dont je me souvenais partiellement, d'autres, enfin, que j'inventais de toutes pièces. Le récit que vous vouliez entendre est maintenant terminé.

Je sais, reprend Orlando après un long silence. Il reste trois questions auxquelles je n'ai pas répondu. Votre père me les a posées en son temps, mais les réponses que je lui ai données ne sont pas celles que je vais vous faire aujourd'hui. Les unes et les autres n'en sont pas moins vraies. En premier lieu :

qu'est devenue la Sainte Lance ? Je l'ai perdue au cours des premières heures passées dans Jérusalem. Cela semble impossible et sacrilège, et pourtant c'est ainsi. Le fer d'Antioche, porté par Pierre Barthélémy et par le roi Tafur, est tombé quelque part dans une ruelle du quartier arménien et, indistinct des autres rebuts, a disparu à nouveau, attendant d'être réinventé. La deuxième question est : comment suis-je entré en possession du Saint Sang ? Et à celle-ci je réponds que je n'ai jamais été qu'un intercesseur, qu'un maillon dans la longue chaîne. Mon héritage est celui de la Vierge Marie, exprimant le sang du Christ de l'éponge de Stephaton, pour le recueillir dans une coupe taillée par Joseph d'Arimathie. Mon héritage est celui d'Ève et du péché originel, qui condamne l'humanité à la mortalité, à la souffrance et à l'exil. Nous vivons dans les ombres de la lumière divine, égarés au milieu de reflets, d'apparences, d'énigmes et de symboles, entre lesquels nous avançons en aveugles. Le Saint Sang dont votre famille a la garde témoigne de cette histoire dans ses replis et ses contradictions. Il est une preuve, une part de vérité. Vous avez, de cette façon, la réponse à votre troisième question, et si ce n'est pas le cas cela n'a pas d'importance. Mon secret demeurera, car ni Damianos, ni Arda, ni le roi Tafur ne sont plus de ce monde pour le trahir. Je ne vous dirai plus rien désormais, à ce sujet ni à aucun autre. J'ai près de quatre-vingt-dix ans aujourd'hui. Il n'est pas un mot à ajouter qui ait le pouvoir de modifier le cours de cette histoire.

Il fait toujours sombre dans la chambre d'Orlando. Le murmure de son récit s'essouffle, s'éteint parmi les ombres. Philippe est aussi attentif qu'on peut l'être, auditeur passionné. À plusieurs reprises, pourtant, il a perdu le fil. N'a plus perçu que le chuintement de la voix, que des sons privés de sens. Il se lève sans comprendre, pour la dernière fois, et quitte le guerrier à demi mort sans un adieu ni un merci. La cour, le vestibule, la lumière du jour. Les serviteurs coptes le saluent sans oser croiser son regard. C'est que, depuis le début des visites, les combattants se pressent à Naplouse. Le comte de Flandre a accepté l'invitation de Raymond III à se joindre au siège de Harin, en Syrie du Nord. En plus de ses propres guerriers, le comte de Tripoli a fait venir avec lui la chevalerie de Jérusalem et le plus gros des serviteurs du Temple. Philippe désire une geste à lui, son nom accolé à celui de grandes cités d'Orient, comme Baudouin à Édesse, Bohémond à Antioche, Godefroy à Jérusalem. Il veut lire Philippe d'Alsace en lettres ornées dans une histoire de la Terre sainte, il veut l'oubli pour Renaud de Châtillon, dont il débauche les hommes tandis que Saladin sort du désert pour venger la profanation de la mosquée al-Aqsa. L'histoire d'Orlando est terminée. Philippe, pourtant, ne cesse d'y repenser.

Sur la route du nord, le comte de Flandre cherche à reconnaître les lieux décrits, les noms prononcés. Il questionne des colons qui en savent moins que lui, des ermites et des mendiants prêts à inventer par complaisance toutes sortes de coïncidences. Harin n'intéresse pas vraiment Philippe : la guerre en Orient ne diffère en rien de celles qu'il mène chez lui. Dès qu'il le peut, le comte déserte un siège dont il ne saisit pas les enjeux pour jouir des charmes d'Antioche. La ville est tenue par Bohémond III qui l'accueille en paix et le laisse vaquer. Philippe visite, boit avec ses hommes dans d'immenses jardins. Il joue aux cartes et fréquente les bordels. Passe une nuit dans la solitude et l'église Saint-Jacques, à veiller dans l'attente d'un signe, d'une vision. Il croit reconnaître la dalle sous laquelle Pierre Barthélémy a découvert la Sainte Lance, puis à nouveau quelques mètres plus loin. Comparé aux légendes, le réel est terne et confus. Harin refuse de céder. Les troupes chrétiennes sous les murs manquent de discipline comme de désir de vaincre. Raymond et Bohémond finissent par se lasser et lever le siège. Philippe d'Alsace retourne lentement à Jérusalem. Puisqu'il ne semble pas vouloir s'engager en Terre sainte, il prend le temps de finir ses rogations avant de s'en retourner dans son fief, s'attarde un peu en chemin. C'est que, près de la cité, la guerre fait désormais rage. Pour pallier la défection des soldats partis dans le Nord, Renaud de Châtillon a dû armer les bourgeois de Jérusalem. Avec l'aide d'une poignée d'hospitaliers et du grand maître du Temple, le stratège a porté l'armée novice à la rencontre de Saladin : trois cents chrétiens contre cinq mille Turcs. La bataille de Montgisard est une victoire miraculeuse. Sous la protection de la Sainte Croix, de leur roi lépreux et de leur patriarche, les habitants de Jérusalem mettent en déroute la foule des mécréants. Le général des Turcs ne parvient à s'enfuir qu'au prix du sacrifice des cinquante mamelouks de sa garde rapprochée. Le royaume est sauf. Philippe y est pour moins que rien. Tandis que Renaud de Châtillon est fêté en héros véritable, le comte de Flandre finit discrètement ses hommages et affrète les bateaux du retour. Sa croisade a duré moins d'un an et il n'en a tiré aucun bénéfice. Ni terre ni alliance. Quelques souvenirs, au mieux, et des ragots, des récits balbutiés.

Son épouse Élisabeth l'attend à la cour, tout comme ses proches, tout comme ses ambitieux vassaux. Philippe reprend les affaires là où elles en étaient restées. Va à Bruges contempler la relique, la petite fiole avec son peu de sang séché, conservée désormais dans une châsse en or, et le trésor de Saint-Basile. Il relit la lettre de l'abbesse Hildegarde, qui lui semble plus lourde de menace qu'avant son départ pour la Palestine, hésite à solliciter une nouvelle fois la visionnaire. Le comte est sans héritier, il sent qu'il vieillit. Malgré ses succès militaires et la prospérité des domaines qu'il administre, le jeu politique commence à lui échapper. Pire encore, peut-être, l'avenir n'est plus à lui. C'est à cause de Robert d'Aire, se dit-il parfois. C'est à cause d'Orlando. L'année qui suit son retour, celle de la mort de Hildegarde au monastère Saint-Rupert de Bingen, Philippe de Flandre devient tuteur du petit roi des Francs, Philippe Auguste. Il se charge de le couronner, de le marier. Aimerait avoir confiance en cet enfant, placer en lui quelques-uns de ses rêves, de ses espoirs. Mais le garçon est trop roué pour être manœuvré. Une seule fois, Philippe essaie de l'intéresser aux récits du passé. Le prince feint de l'écouter mais son attention est ailleurs. Bientôt, entre eux deux, c'est la guerre. Le comte comprend de moins en moins que l'on s'enflamme autour de territoires et de richesses. Il faiblit, s'attriste de se voir mollir. Va jusqu'à faire preuve, parfois, de mansuétude. Les conflits s'enchaînent, Philippe chevauche un destrier sous les gonfanons claquant au vent, il ordonne des manœuvres, envoie des plis, esquive, revient. Le fer contre le fer. Les sabots piétinant le blé mûrissant. Une armée de veuves, une armée d'orphelins. Puis Élisabeth meurt et, sitôt mise en terre, sa famille réclame aux Flandres la restitution du Vermandois. Un nouveau front s'ouvre, des tractations encore et encore des défaites. À quarante-trois ans, Philippe se remarie à Mathilde de Portugal. Il prie pour, cette fois, en obtenir un héritier. Il a l'âge, désormais, qu'avait son père au retour de la croisade, et ses souvenirs prennent plus de place en lui que la somme de tous ses désirs. Il préfère désormais la compagnie des livres à celle de ses stratèges. Sacrifie nombre de guerriers de valeur pour attirer Chrétien de Troyes à sa cour. Les brumes stagnent autour de Wynendaele et le sein de Mathilde reste plat. Les temps aventureux s'achèvent, tandis que naît un monde nouveau.

Le royaume du Ciel, lui aussi, est à l'agonie. En Terre sainte, la trêve conclue avec Saladin est rompue par Renaud de Châtillon, qui attaque désormais jusqu'aux pèlerins se rendant à Médine. Les Turcs prennent Alep. Baudouin, aux portes de la mort, sauve une dernière fois ses terres, porté dans une civière au-devant de l'armée : le roi est tout à fait aveugle et dévoré par la lèpre, ses vassaux le méprisent mais la présence de son corps continue de galvaniser les troupes. Saladin se retire avec respect. Il peut se permettre d'attendre. Laisser la maladie achever son adversaire. Les nouvelles qui parviennent en Europe sont déformées, terrifiantes. On parle de tourbillons, de séismes en grand nombre. Signes et prédicateurs vont se multipliant. Quelque fin du monde, c'est certain, est en approche. Philippe rêve d'Orlando et se réveille sans se souvenir de ce qu'il lui chuchotait. Il sait que le vieux croisé est mort, désormais, et que son récit, jamais, ne sera plus amendé.

Perceval a perdu la mémoire, il erre dans les brouillards d'une Bretagne imaginaire. Philippe écoute Chrétien réciter et imagine. Son esprit vagabonde sur les flots ternes, la mer opaque et plate, ouverte en deux par l'étrave chuintante d'une antique galère. Les salons du palais flamand sont vastes, humides, gavés de pluies d'automne et de feux d'âtres anciens. Le poète répète les vers de son chef-d'œuvre, un récit d'aventure et de route, de batailles et de foi, d'amour aussi, bien sûr, que son mécène et patron ne se lasse pas d'entendre. C'est que Philippe croit deviner, dans cette folle histoire de quête du Graal, des réponses aux questions qui demeurent. Comme si Chrétien de Troyes pouvait combler les lacunes d'Orlando. Apporter la lumière dans les recoins obscurs, corriger les erreurs les plus manifestes dans une histoire, au fond, pas bien différente de celle de la vie de son propre père. Philippe en est persuadé, maintenant, il n'aura pas d'enfant. Sa vie contiendra la totalité de ce qu'il a accompli, et rien au-delà. Les villes qu'il a construites, les traités qu'il a signés, les livres qu'il a fait écrire. Ce n'est déjà pas si mal. Son fief, finalement, ne se sera pas agrandi. Son influence n'a crû que pour à nouveau diminuer. Philippe est au terme de la lignée, le dernier comte des Flandres féodales.

Tout est en train de changer, et le vieux seigneur n'est pas aveugle au point de confondre la fin du monde tel qu'il l'a connu avec la fin de tous les temps. Même les progrès de Saladin ne l'impressionnent pas. Que Jérusalem repasse aux mains des Maures, elle n'en demeurera pas moins Jérusalem. L'épée, à son côté, est devenue trop lourde et il lui est pénible d'aller longtemps en selle. Philippe regarde sa jeune épouse ternir à vue d'œil, s'étioler en sa compagnie. Il pense à toutes ces batailles qu'il faudrait mener pour être digne de son hérédité, de sa maison, présenter le meilleur des profils aux portraitistes de l'histoire. J'aurais pu régner en Terre sainte, se dit-il à voix basse, assis dans le grand lit, sans que quiconque puisse l'entendre. J'aurais pu conquérir Le Caire et Médine, La Mecque, Babylone et les cités des Indes. J'aurais pu être Alexandre et réconcilier les mondes sous ma bannière. Engendrer des dynasties de princes aux peaux cuivrées. Et puis quoi ? Ça n'aurait rien changé. Il rêve à Robert d'Aire, à Orlando encore, couché sur son sac tendu, deux fois vieux comme lui-même. Seigneur, est-il vraiment possible de vivre aussi longtemps ? La fente de la bouche édentée susurre des histoires de guerre et de folie, de miracles et d'horreur. Le comte essaie de se rappeler des souvenirs d'autrui, ces corps alors jeunes, les amours, les amis, Damianos et Arda, le roi Tafur, la petite juive de Mayence. Philippe d'Alsace est las. Il signe la paix avec ses voisins, ses rivaux, négocie encore un peu, par habitude, avant de tout concéder. Rien de tout cela n'a plus d'importance.

Frédéric de Hohenstaufen, dit Barberousse, empereur des Allemands, réunit ses alliés sur le Rhin. Tous les domaines chrétiens d'Orient courent à leur perte. Saladin a fini de circonvenir ses ennemis dans l'islam et les Turcs, unifiés, expurgent l'une après l'autre les dernières places fortes de la croisade. La mort de Baudouin IV, le roi lépreux, a encore accru le chaos. Il faut partir, tonne l'Empereur, superbe dans son âge mûr, fort de sa vie de guerrier, de son aura de diplomate qui a su réconcilier l'empire avec le pape. Barberousse reprend le rôle d'Urbain II prêchant à Clermont, cent ans plus tôt. Celui de saint Bernard à Spire, exhortant à l'action. Il rejoue Charlemagne, le blond roi d'Occident, le plus grand des mortels. Et son appel est entendu. Une fois de plus, les seigneurs s'assemblent pour le voyage, avec d'autant plus de ferveur que Constantinople et ses trésors ne sont plus protégés, cette fois, par la force d'une alliance. Ratisbonne. Paris. Des dizaines de milliers de guerriers convergent. Entre-temps, ce qui demeurait de l'armée de Terre sainte est balayé.

Hattin est sa dernière bataille. La Vraie Croix disparaît dès les premiers chocs, dès les premiers galops. La nuit tombe en plein jour. C'est la débandade, l'hécatombe de ceux qui refusent de se rendre. Saladin assiège Jérusalem et Jérusalem se rend en moins d'un mois. Le Saint-Sépulcre n'est pas resté chrétien un siècle. Les guerriers turcs, dans la ville, succèdent aux guerriers francs, le croissant vert à la croix rouge, et un sang toujours semblable éclabousse les mêmes pavés, les mêmes pierres.

Philippe d'Alsace repart pour l'Orient. Trente-sept bateaux quittent les Pays-Bas, pleins de jeunes guerriers commandés par Philippe d'Avesne. Ils accostent à Saint-Jean-d'Acre, un des derniers bastions chrétiens, pour tenter de contrer l'inexorable avancée de l'ennemi. Le comte de Flandre, lui, préfère rejoindre Paris par la terre et, de là, Marseille et un convoi de Normands de Sicile. Il n'a pas hâte de se trouver, une fois de plus, au milieu du chaos d'une bataille, de voir périr des hommes, d'en tuer de ses mains. C'est le chemin qui l'intéresse, la dernière aventure, l'occasion de retrouver peut-être des impressions d'un séjour précédent. Renouer avec celui qu'il fut quinze ans plus tôt, et celui qu'a été Thierry, son père, et celui qui fut le Tafur Orlando. Il remet tous pouvoirs entre les mains de son épouse, part pour la France sous escorte modeste, sans se faire annoncer. Ce n'est qu'à Paris, en la cathédrale Notre-Dame, qu'il demande à ses gens de lui apporter le fil et qu'il coud lui-même, en public, la croix au dos de son habit. L'Europe, une fois encore, marche vers le Levant, à la suite d'un Empereur riche de hauts faits, sans savoir ce qu'elle trouvera là-bas de tellement nécessaire. Et sur le passage des armées, une fois encore, des juifs, des Bulgares, des Grecs sont massacrés avant même que les troupes n'aient atteint les frontières des pays de la Bible. Chacun suit ses penchants, chacun obéit à une nécessité qui lui est propre. Pour Philippe d'Alsace, les histoires ont fini de l'emporter sur la guerre. Entouré de soldats roux aux cheveux tressés, sur le pont d'un navire étranger, il retrouve le soleil sur son visage, la palpitation d'un air transparent, et se sent rajeunir. Il voit de grands bancs de poissons, des crépuscules roses et verts, aimerait qu'un de ses poètes soit là pour retranscrire ce qu'il ressent. Que quelqu'un dise la constance de chaque chose et, pourtant, leur incessante variation. Philippe est ce voyageur, il est ce vieil homme. Voilà Acre, à nouveau, et si le port a changé, la nouvelle image, aussitôt, se superpose à celle du souvenir pour, avec elle, se confondre tout à fait. Le comte de Flandre descend à terre une dernière fois. Il s'agenouille dans le grand jour blanc, tend les bras, paumes offertes, bascule la tête en arrière, il rit. Personne ne le sait encore, mais la peste est en ville. Dans six mois, la moitié de ses habitants y aura succombé.

Il n'y aura plus de campagne pour Philippe d'Alsace, plus de manœuvres, plus de chevauchées au petit matin. Ptolémaïde est son dernier hôtel, le lieu de son agonie. De vous, écrivait-il à la magistra de Bingen, j'apprendrai s'il me faut rester en Terre sainte ou bien en revenir. Son corps est enterré sur place, en toute hâte, descendu dans la fosse par des pairs en contagion et recouvert de cinq coudées de poussière beige. Des mois plus tard, sa femme Mathilde fait exhumer les restes, qui repassent une dernière fois la mer, à fond de cale, et sont mis au repos à Clairvaux, dans la crypte de l'abbaye cistercienne, où ils demeurent pour le reste des temps. La fin de Philippe d'Alsace est brève. Son agonie, pour insupportable qu'elle soit, ne dure que quelques semaines. Il ne se débat pas contre la venue de la mort. C'est presque comme s'il trouvait dans la peste une réponse à ses questions. On le relègue dans le lazaret, uniquement entouré de malades et de corps morts, traité avec autant de déférence que le permet l'épidémie. Il prend le lit. Regarde le monde par les fentes d'une meurtrière. Écrit à peine, ne parle presque pas, juste ce qu'il faut pour relancer ses voisins de couche, et les pesteux payés pour lui prodiguer quelques soins. Toilette sommaire et drain de ses plaies. Philippe pousse les autres à se raconter, il écoute le bruissement de la vie, la rumeur du monde une dernière fois. C'est par ce biais qu'il apprend que, dans le plus grand bordel de Saint-Jean-d'Acre, officie une prostituée d'exception nommée Rainalda-qui-Chuchote. Elle serait si habile de la langue et des lèvres qu'elle ferait oublier à ses clients l'existence de toute autre façon de jouir. Elle parlerait peu, uniquement à voix basse. Convoitée d'Égypte à la Syrie, des princes auraient en vain demandé sa main. Rainalda, as-tu dit ? C'est là son nom de travail. Je veux la voir.

Le comte est peut-être puissant, il n'en est pas

moins consigné, et presque mort déjà. Aucun homme sain ne franchit les portes du quartier de la peste. Il a beau promettre, supplier, menacer, rien n'y fait. La réponse reste la même : Rainalda ne peut pas l'approcher. À quoi ressemble-t-elle ? Quel âge peut-elle avoir ? Orlando a-t-il eu, ici, une descendance ? On décrit au vieux seigneur les traits de la prostituée, ses yeux brûlants, ses joues pleines, ses cheveux courts et les voiles dont elle se pare. Les témoins ravis soupirent à force d'anecdotes. Lui se contente d'imaginer dans ses demi-sommeils, sans que rien ne se résolve.

Une nuit elle est là, au pied de sa couche, maquillée, parée comme une princesse. Le reste du dortoir est plongé dans le noir. Rainalda se tient dans une flaque de lune. Approche, dit Philippe. Je ne te toucherai pas, chuchote l'autre en avançant d'un pas. Elle a le regard curieux et les mains très longues, osseuses, la bouche brillante, peinte d'un rouge éclatant. Je ne veux pas que tu me touches. Je veux. Parle-moi. Assieds-toi ici et dis-moi qui tu es. Tout dort, alentour. Pas un geignement, pas un râle. La prostituée s'assied au chevet du comte de Flandre et raconte. L'enfance en Arménie, le meurtre de ses frères, sa captivité à Alep, puis en Perse, son rachat par un commerçant de Haïfa. Je suis vivante parce que je sais donner aux hommes ce qu'ils veulent. Tous les autres ont été tués depuis longtemps. Philippe écoute sans interrompre. C'est lui qui est couché, désormais, et c'est d'en haut que vient la voix murmurante. Il attend que le silence revienne, demande : pourquoi parler comme ça ?

Es-tu souffrante ? As-tu été blessée ? La fille fait non de la tête. Ce qui passe sur ses lèvres est peut-être un sourire. C'est un tour de magie, dit-elle enfin, défaisant l'agrafe qui tient fermée sa robe. Ce que le tissu peut dissimuler, ma voix risque de le trahir. Et Rainalda se lève alors, révélant un court instant, entre les pans entrouverts, le tout de sa nudité, la poitrine et le ventre plats, les hanches étroites, le pénis rose et doré. Vous savez, dit-elle ensuite, se rhabillant. Non, rit Philippe. Pas tout à fait. Mais ça n'a plus d'importance. Merci pour ta visite. Ne reste pas chez les morts plus longtemps. Et Rainalda s'en va, et quand le comte se réveille le lendemain, il ne reste aucun signe de sa visite, il a dormi jusqu'à sexte et se sent reposé et heureux, prêt à rendre l'âme. Ses derniers jours sont passés en prière. Il y parle à son père, à Élisabeth, l'épouse de jadis, à Robert d'Aire, au petit Philippe de France avant que celui-ci n'ait grandi. Il parle encore au Tafur de Naplouse, qui inventa le Saint Sang pour la famille d'Alsace, et qui survécut ainsi à l'oubli de l'histoire. Philippe meurt à quarante-huit ans, le jour de la Saint-Révérien, en la première année du pontificat de Célestin III, alors que les royaumes chrétiens d'Orient connaissent leur dernière heure.

L'armée de la troisième croisade, guidée par Frédéric Barberousse, épargne Constantinople. Elle traverse la Cilicie sans rencontrer d'obstacle. Derrière l'Empereur se sont ralliés le roi d'Angleterre Richard Cœur de Lion, et Philippe Auguste pour mener les Français, tous deux réconciliés le temps de cette entreprise. Barberousse a provoqué

Saladin en combat singulier. Une psychomachie en Égypte, l'affrontement du champion du bien contre celui du mal. Une date a été fixée et la chrétienté arrive. Le tombeau du Christ peut être libéré. Mais Barberousse part se baigner dans le Selif et se noie dans une brasse d'eau. Le blond Empereur est mort, l'escorte se dispute, se disperse. Personne ne s'estime digne de reprendre la place, d'affronter seul la totalité des Sarrasins. L'aventure est à son terme. Restent des échos de chansons sous la voûte. Des souvenirs de voix qui murmurent. La légende d'Emich de Leiningen et de ses cavaliers fantômes. Celle du bon Barberousse dans son château souterrain, attendant l'heure de ressurgir de terre. Restent les chroniques, les livres, et cette impression de réel qui naît de notre besoin d'y croire. Reste la magie. Le Saint Sang des comtes de Flandre repose à Bruges dans l'église Saint-Basile : quelques gouttes noires dans une ampoule sertie d'or, conservées dans un reliquaire et entourées de calme, de silence, de siècles de dévotion et de ferveur patiente.

## *Disibod & Rupert*

Sur l'enfant encore privé de parole, l'Esprit saint a soufflé. Sa tête tient dans une main et elle est tiède et rose, couverte de poils bruns qui tomberont bientôt. La peau est lisse, taches sombres, croûtes claires, une veine qui court. Les cartilages de l'oreille sont presque transparents. Au-dessous de l'arc délicat des sourcils, à demi cachés par des paupières enflées, les yeux semblent aveugles et privés de pupille. La bouche sourit, puis fronce, puis grimace, suite de mimiques sans signification. Les doigts aux ongles opaques froissent l'air à tâtons. Le nouveau-né ne sait rien faire et tous les mots lui sont étrangers. Il est élu, pourtant, promis à une bienheureuse destinée. Il n'est pas inhabituel pour Dieu de procéder ainsi.

Disibod a deux ans. Il babille et il marche. Ses yeux sont d'un bleu sombre et ses cheveux blond roux. Sa mère l'habille de vert, elle l'emmène en promenade malgré les commentaires qui fusent derrière eux. L'enfant a le front haut et la peau translucide, le menton en avant. Il ne sourit jamais.

Son père le trouve beau. Les autres le jugent bizarre. Il a quelque chose en trop ou bien en pas assez. Il n'est pas comme les autres, déjà, ne le sera jamais.

Disibod a huit ans. Il n'a aucun ami, mais des admirateurs par dizaines, et plus d'ennemis qu'il ne peut compter. Personne pour partager, d'égal à égal. L'enfant refuse l'injustice, le péché, l'amusement aux dépens d'autrui. Il ne connaît pas de jeu cruel. Il est exempt de tout vice. On ne l'entend pas rire. Un duvet blond pousse sur ses bras. C'est qu'il est débile, disent les uns, ni jugeote ni esprit, une coquille vide. Pas du tout, protestent d'autres. C'est un acteur, un prétentieux, un gamin à qui il a manqué, tout bonnement, sa ration de taloches. D'autres encore écoutent en silence, avec le rictus satisfait de ceux qu'on ne leurre pas. Quand enfin on leur demande leur avis, ils lâchent : une âme égarée. Ce petit s'illusionne. Ce n'est pas de cette façon qu'on approche des Cieux. Et, contre toutes ces charges, aucun argument n'est avancé. Même si certains enfin, enfants comme adultes, voient l'œuvre du petit et, sans la comprendre, s'en émerveillent. Pour eux seuls, à voix haute, ils demandent : quelle est cette tâche merveilleuse que Disibod accomplit ?

Des puissances étrangères envahissent le pays. Les nouveaux maîtres prétendent régner sur toutes choses et sur toutes personnes. Les parents de Disibod ne peuvent se résoudre à leur laisser prendre autorité sur leur fils de dix ans. La famille fuit à travers le pays. L'Irlande d'alors est vaste et toute cousue de murs. Ils en franchissent de nombreux et continuent encore, bien que se sachant hors de danger. Le petit garçon marche au rythme des grands. Il ne mange presque pas, boit peu, ne dort que quelques heures par nuit. Accroupi au bord des talus, il regarde les herbes qui ploient puis se redressent, ploient encore sous le vent. Un minuscule insecte remonte la tige d'un pissenlit. Une limace laisse sur la mousse un peu de bave argent. Un fleuve s'écoule hors du grand lac, une ville est bâtie là. Les exilés s'y installent. Disibod va à l'école.

Il a quinze ans et sa voix a mué. Il s'est formé dans les trois arts des mots et les quatre des nombres. S'est instruit, également, dans certains arts mécaniques. Il a grandi en taille, en carrure, en sainteté. Passe ses journées en prière. Il a trois suivants nommés Giliade, Clément et Saluste. Tous plus âgés que lui mais ayant reconnu la marque de son élection. Leur dévouement est absolu. Disibod a de longues mains aux doigts épais. Il ne porte que rarement les habits précieux que ses parents lui font confectionner. Va le plus clair du temps en chemise, à demi nu ou bien déguenillé. Dans la rue, il reste sourd à la voix des moqueurs. Il ne craint qu'une seule chose : sortir de la lumière du Seigneur.

Disibod a trente ans. Vœu après vœu, il est devenu prêtre. Il bine, derrière l'église, un carré de terre jusque-là infertile. Puis, à genoux, plante une à une les graines des herbes aromatiques, celles des herbes à pigment. Disibod récolte la myrrhe en même temps que l'épice. Ses cheveux, sa barbe couleur feu partent dans tous les sens. Il a quitté ses parents et ne leur rend plus de comptes. Il a quitté le monde des hommes et les préoccupations terrestres. Son corps, instrument de Dieu, devient outil de justice dans le supplice de la chair. Ceux qui le voient le craignent, le fuient ou le haïssent. Disibod est un miroir pour leurs péchés. Il vit comme s'il n'était pas humain, disent-ils, il nous accuse par ses gestes et par son apparence, prétend nous forcer à l'imiter. Comment l'écouter ? Comment croire ce qu'il prêche ? Certains, pourtant, perçoivent ce qui est à l'œuvre à travers lui et continuent de le défendre, de l'admirer.

Disibod a trente-trois ans lorsque l'évêque de ce pays meurt. Des sages viennent le chercher afin qu'il prenne sa place. Je n'en suis pas digne, se défend-il, vous vous trompez de personne. Des petites rides, au coin des yeux, approfondissent son regard océanique. Les fidèles insistent, quelques puissants se rallient à leur choix contre ses détracteurs, et il est forcé d'accepter la charge. Ainsi donc, j'irai, se résout Disibod, pour ne prêcher que la justice de Dieu et tout ce que l'Esprit saint, dès avant ma naissance, a versé en mon sein. Il devient un évêque adoré et haï. L'habit ne lui va pas, il refuse de chanter. Quand il monte en chaire auréolé de vertus, les pécheurs qui ne baissent pas les yeux doivent fuir, aveuglés. Il prêche, des heures durant, moulinant des deux bras, hurlant, crachant, possédé de fureur et de sainte excellence. Ses détracteurs se liguent dans l'ombre, œuvrent à le faire déchoir. Même ses suivants qui l'adulent craignent de lui parler.

Dix ans durant, Disibod reste évêque. Le blanc lui vient aux tempes, ses lèvres prennent un tour sévère. Insultes et coups bas se multiplient, dont ses proches, surtout, souffrent. Lui ne s'inquiète de rien, la haine sur lui passe et s'écoule comme de l'eau. Les intrigants s'allient aux chrétiens hérétiques, aux juifs, aux païens, aux praticiens cachés d'antiques rites bestiaux, à tous ceux qui partagent leur détestation du bienheureux évêque. Il leur est insupportable de constater que le pouvoir n'a aucune prise sur lui, qu'il poursuit dans sa voie avec une égale ardeur. Disibod n'a peur que de Dieu. Mais le harcèlement se fait tel qu'il finit par perdre patience. Dans sa cellule, il prie le Ciel de le délivrer de sa fonction. Ce n'est pas une vie, plaide-t-il. Je ne sers qu'à attiser la fureur de mes pairs. Que l'on me laisse partir et je servirai dans n'importe quelle paroisse moins endurcie par l'incroyance et la sauvagerie.

Disibod a quarante-trois ans. Il quitte l'Irlande avec ses trois amis pour parcourir le monde. Ils traversent des mers. Prêchent dans les collines rousses des Ardennes, les monts noirs des Vosges. Apprennent la mort de saint Benoît une fois en Allemagne, et la destruction de son monastère au mont Cassin. Giliade, Clément et Saluste, inspirés par ce haut modèle, fondent en chemin des communautés de frères appelés à vivre dans la prière. Dans ces contrées sombres et laborieuses, hébétées par le joug de croyances anciennes, les frères irlandais apportent une foi pure, réforment les âmes, allument partout des foyers qui jamais ne mourront. Dix années sont passées en mission. La peau de Disibod se hâle. Ses sourcils épaississent, sa barbe croît. Sa main, un peu, tremble.

En remontant le Rhin, là où le Glan se jette dans la Nahe, il y a une colline ; une éminence abrupte, finissant en falaise, couverte d'un bois d'aulnes, de peupliers, de chênes. Les voyageurs y montent et Disibod, lassé, s'allonge sous un arbre. Le soleil fait tache. Les feuilles tremblent dans le vent. Les oiseaux pépient, il fait doux. Disibod a cinquante-trois ans et se lève soudain. L'Esprit saint m'est apparu, dit-il à ses amis. Je n'irai pas plus loin. C'est là que je bâtirai le dernier de mes havres. Ce lieu est connu alors sous le nom de Studernheim, à cause du studim, la plante que l'on y cueille. Disibod érige une cabane sur le flanc oriental, juste au bord du ruisseau, pour y vivre en ermite. Ses compagnons s'éloignent les uns des autres pour expérimenter la solitude. Ils jeûnent et prient et vivent dans la sainteté sur leur montagne. Parfois, ils doivent se nourrir de racines.

Les chasseurs suivent les traces du gibier jusque dans la forêt. Les pêcheurs remontent les cours d'eau. Les paysans viennent collecter du bois mort pour leurs feux. À ceux qui le rencontrent et le questionnent, Disibod offre des mots de pardon et de vie. Il raconte son exil, répète les mots jusqu'à savoir assez de patois pour bien se faire entendre. Ceux à qui il offre sa bénédiction reviennent lui porter de la nourriture, qu'il partage avec ses frères en Jésus, et tous les pauvres qui lui en font la demande. Disibod a cinquante-cinq ans et n'ignore pas que c'est par la nourriture qu'Adam a été perdu. Gardant vives dans son cœur les destinées de saint Antoine, de saint Macaire, il se contente des plantes et mets les plus grossiers, refusant ces délicatesses de la bouche dans lesquelles le serpent vient loger. Aux malades qu'on lui porte, aux faibles et aux mourants, l'Esprit saint par son biais prodigue soulagement et guérison. Bien que Disibod fuie autant que possible la compagnie humaine, la nouvelle se répand que, sur le Studernheim, un ermite béni de Dieu accomplit des miracles.

Les villageois bâtissent une ferme dans la pente occidentale de la colline. Ils y cultivent des céréales et des légumes, y élèvent des bêtes à destination des étrangers qui se sont installés en haut. De l'autre côté du mont, ils érigent un oratoire, dans lequel Disibod peut prêcher la parole, accorder ses bénédictions. La forêt résonne du bruit des travaux, des voix des artisans, du fracas des arbres abattus. Les visiteurs sont chaque jour plus nombreux, venus de contrées fort lointaines rencontrer le saint homme. La voix de Disibod est à nouveau puissante, ses gestes impétueux. La langue nouvelle gronde et tonne dans sa bouche. Son dos est bien voûté mais tout en lui est force. Il accueille les nouveaux, les écoute, les soigne. Son ermitage, peu à peu, est envahi de gens qui le supplient de les aider. J'ai déjà fait cela, réplique-t-il. Je ne veux être maître de personne. Mais les voyageurs refusent de l'entendre. Alors Disibod prend son bâton, va visiter Giliade et Clément et Saluste, pour leur dire : fondez ici un monastère. Placez-le sous l'autorité de saint Benoît, pliez-vous à sa règle. Le Studernheim sera un asile, une communauté et un lieu de piété sur la face du monde.

Disibod a soixante ans quand l'abbaye est terminée. Cinquante frères y vivent dans le labeur, la solitude, la prière. Ils viennent des meilleures familles de la région et, chaque dimanche, écoutent la messe de l'Irlandais. L'ermite est presque chauve. Sa barbe descend à la poitrine. Il marche très courbé. Il est puissant encore, malgré les privations, et très vivant par le regard et par la voix. Disibod n'a jamais pris l'habit, il n'a jamais rejoint la communauté de ses frères. Il vit toujours derrière l'oratoire dans une cabane nue, sans confort ni distraction. Il sort pisser la nuit, au bord de la falaise, en toute saison. La Nahe et le Glan, sous les étoiles, mêlent leurs eaux. Parfois les nuages effacent presque le monde, mais certaines nuits de neige il semble que l'on y voie aussi bien qu'en plein jour. Toujours ces deux rivières, ce village, ce paysage. Un petit bout d'univers. Il semble alors à Disibod qu'il comprend pourquoi c'est ici qu'il demeure et nulle part ailleurs. La colline, pour le peuple, a déjà changé de nom. Au cours des fêtes, en procession, les enfants sur les épaules, les malades dans les brancards, c'est au Disibodenberg que l'on monte désormais.

Disibod a soixante-deux ans et guérit un muet. L'homme est venu de loin, boitant un peu, soutenu par un compagnon de route, ou rampant. Son corps ne lui obéit pas, sa langue reste immobile, il se fait comprendre par gestes ou grognements, agite la tête. Après trois jours passés en recueillement, il attend que l'ermite sorte de sa retraite. Disibod l'aperçoit, le prend dans ses bras. L'allonge sur sa couche et prie au-dessus de lui, jusqu'à se sentir investi de la grâce de Dieu. Alors, se souvenant de notre Seigneur, il met ses doigts dans les oreilles du malade, touche sa langue avec sa propre salive et déclare : au nom de Celui qui par le mot Effata rendit la parole au muet, j'ordonne au fardeau de faiblesse qui lie cet homme de libérer sa langue sur-le-champ et de ne plus revenir pour l'empêcher de parler. Aussitôt, le muet redevient loquace ; les premiers mots qu'il prononce sont pour remercier Dieu et le saint homme qui a intercédé en sa faveur.

Disibod a soixante-six ans et guérit une hydropique. Le corps de la femme est enflé, rouge et douloureux. Son mari et son frère sont contraints de la porter. L'ermite d'abord refuse, se déclare impuissant, incapable de procéder à pareille guérison. Mais les visiteurs ne partent pas. Ils restent simplement là, sans rien demander de plus. Le visage de la malade a quelque chose d'un masque ou d'une sculpture et Disibod finit par céder aux suppliques muettes. Après une nuit et une journée de prières au Tout-Puissant, il touche la femme de ses mains pour la bénir et, par la grâce de Dieu, la maladie peu à peu l'abandonne.

Disibod a soixante-neuf ans et guérit un lépreux. C'est un jeune homme, presque un enfant, à la peau affreusement distordue. Il crie à travers les bois et suit l'ermite dès qu'il sort. Il le menace avec un bâton et fait ses ablutions dans le ruisseau où Disibod puise son eau. La nuit, il tambourine sur les parois de l'abri. Je suis toujours là, dit-il. Je ne partirai pas tant que tu ne m'auras pas guéri. Au bout d'un mois, de guerre lasse et parce qu'il ne peut plus prier en paix, l'ermite prend le malade avec lui dans sa cabane. Il lui offre sa couche, sa maigre nourriture, le vêt de ses habits. Trois mois durant, on ne voit plus le saint homme. Il ne se rend plus à l'oratoire, n'assiste plus aux offices. Une foule de plus en plus importante se presse devant sa porte, attendant de le voir apparaître. Quand celle-ci s'ouvre enfin, c'est pour laisser sortir un jeune homme en pleine santé, beau, souriant. Dieu l'a soulagé de son mal grâce aux efforts de Disibod. Tout ceci s'est réellement passé. Que ceux qui ont vu ces choses parlent sans retenue pour l'édification des ignorants.

Disibod a soixante-douze ans. Il guérit des aveugles, des boiteux, des faibles. Il guérit des possédés, des aliénés que la foudre a frappés, d'autres bouleversés par les tempêtes ou les humeurs mauvaises. Jamais son corps ne connaît de repos, mais son cœur est en joie, parce que dans son labeur, par ses efforts constants, par ses privations, il rejoint le Christ dans la souffrance. Disibod tremble tant que ses mains lui sont devenues inutiles. Son dos est bloqué et il ne peut plus se redresser. Les pèlerins viennent chaque fois plus nombreux à l'abbaye, espérant l'apercevoir, entendre un mot de lui, recevoir sa bénédiction. Les dons ne cessent d'affluer. Des bâtiments supplémentaires sont construits, l'église est agrandie.

Disibod a quatre-vingts ans et fait un rêve. Il sort

le lendemain, son écuelle à la main, s'accroupit au bord du ruisseau pour boire deux gorgées d'eau, étancher calmement sa soif. Les cailloux gris, dans l'eau, brillent comme des pierres précieuses. Une feuille tombée tourne, coincée par des brindilles. Les yeux du vieil homme ont commencé à se ternir. Il est d'une maigreur épouvantable. Dans l'abbaye, pour ses frères réunis, et pour Saluste, le dernier de ses amis d'Irlande à ne pas avoir quitté ce monde, il redit ce que son rêve comportait de présages. L'abbaye ne sera pas toujours heureuse et prospère. Par notre travail, par notre vie de dévotion, nous avons attiré la fureur de l'Ennemi. Un temps de grand malheur est à venir. J'ai supplié le Seigneur de ne pas me laisser contempler ces tristes événements et j'ai confiance en Sa promesse. Rien ne se produira de mon vivant. Sachez cependant qu'après ma mort, qui ne saurait tarder beaucoup, et qu'après ces temps de souffrances annoncées, l'avenir sera plus riche que ce que vous avez connu jusqu'à ce jour. Sachez que vous, que votre postérité, jouirez de plus de biens matériels et de plus de ressources spirituelles que jamais de mon vivant. La voix de l'ermite, jadis puissante, jadis tonnante, chevrote, hésite. Et les moines, entendant tout cela, partent en lamentations, non sur leur sort, mais sur l'annonce détournée qu'a faite Disibod de sa fin.

Et le mot se répand dans les environs. Des centaines de personnes se mettent en chemin, convergent vers la colline, la montagne bénie, l'ermitage du saint vivant. On s'installe dans le bourg d'Odernheim et tout autour de la colline, on campe dans le bois, près des fermes, on loue à prix fort les cellules de l'abbaye. Seuls les moines sont autorisés à approcher de la cabane de Disibod. Chaque matin, chaque soir, ils viennent lui porter de quoi boire et manger. Le vieil homme n'y fait honneur que du bout des lèvres. Il fête son dernier anniversaire dans la douleur des membres, l'agonie des organes. Sa force est épuisée. Tout ce qui demeurait en lui de juvénile a disparu. Quelques semaines encore, il essaie d'échapper à la sollicitude de ses frères, fuit à leur approche, s'éloigne en boitant, reste dans la forêt le temps que les visiteurs repartent. Mais il doit bientôt s'aliter pour ne plus se relever.

Quelques jours avant sa mort, Disibod force les moines à se choisir un abbé. De son vivant, jamais la communauté n'avait accepté d'élire un magister. L'ermite était leur maître. Mais trente années ont passé et il leur faudra maintenant suivre le chemin tracé par un autre. Le mourant est sombre et brun, dur, rugueux comme une souche. Sa barbe est une mousse, un lichen qui colonise la mince couverture. Il n'a plus de dents, ses yeux sont vides. Il lève la main, bénit son successeur dont il ne peut distinguer qu'une vague silhouette, et dit : vous me mettrez en terre tout à côté de l'oratoire, juste là, sur la falaise. Autour de lui on pleure et se lamente. Qu'adviendra-t-il de nous quand nous vous aurons perdu, vous le défenseur, vous le réconfort de nos corps et de nos âmes ? Les moines sont comme le cerf assoiffé désirant l'eau du ruisseau, incapables de retenir dans leur cœur les joies jadis partagées.

Disibod est au bout de ses souffrances. Après bien des travaux et de grands désappointements, il accepte le terme de sa vie présente dans sa quatre-vingt-unième année, au huitième jour des ides de juin. Entouré de frères appelés à son chevet, il rend son esprit au Seigneur qu'il a servi avec dévotion. Aussitôt la cabane s'emplit d'une odeur puissante et suave, mêlant le baume, la myrrhe et l'encens. Les frères s'agenouillent avec respect pour rendre grâce, et les signes, alentour, se multiplient, attirant près du dernier lit de Disibod des centaines, des milliers de visiteurs. Ils sont à son enterrement. Le saint homme est déposé dans la fosse, à quelques pas du mur blanc de la chapelle. On entend le ruisseau auquel il s'est abreuvé durant ses trente années d'ermitage. On voit la Nahe et le Glan en contrebas, les maisons aux toits jaunes, le pavage des champs, le clocher du village, les chemins. Des insectes bourdonnent dans le sous-bois. De grands arbres gardent la foule dans la fraîcheur de leur ombre. Une fois la fosse comblée, l'odeur de sainteté continue de réjouir les cœurs des hommes trente jours après son décès.

Disibod est mort depuis un mois et des miracles se produisent. Après avoir touché sa tombe, sept possédés, trente boiteux, une grande quantité d'aveugles et de muets, ainsi qu'une foule de malades souffrant de maux divers sont guéris non par lui, mais par la grâce de Dieu. Les manifestations sont si nombreuses et les gens de ce temps si habitués aux merveilles, que la foule conçoit des espoirs déraisonnables. Ils disent : les signes divins sont plus nombreux désormais que du vivant du saint père. Par Disibod, nous serons délivrés de tout le mal et de tous les fardeaux. Et leurs manifestations de piété et de joie se font de plus en plus outrancières et bruyantes. L'Esprit saint, cependant, n'a que faire de miracles attribués à des individus. Toute louange doit s'adresser à Celui seul qui a le pouvoir de les accomplir. Aussi Dieu punit l'arrogance de la foule en faisant cesser tous les miracles. C'est parfois ce qui advient.

Disibod est mort depuis cinq ans et le père Saluste, pour la dernière fois, répète le prêche le plus célèbre de son maître, celui de l'ordre du monde. Dieu a rempli le cercle de l'univers avec toutes les bêtes qui volent, tous les reptiles et tous les animaux, de façon qu'aucun ne manque à l'appel, et à tous Il a ordonné de se reproduire. Ces bêtes irrationnelles, Il les a placées au service de l'homme, parce qu'au chef de la maison de ce monde, c'est-à-dire à l'humanité, elles ont le devoir d'apporter leur aide et leur soutien. C'est à l'humanité seule que Dieu a accordé la rationalité et l'âme vivante. De même que l'arbre ne manque jamais de branches, l'homme ne manque jamais de souffle, parce que Dieu a placé en lui la connaissance et l'esprit, qui permettent de mettre en idées ce que l'on pense, et l'usage de la voix et du mot, qui permet de multiplier l'information, tout comme la branche multiplie les feuilles. La créature irrationnelle n'a pas de pensée. Elle est limitée, impermanente. L'homme rationnel distingue, par l'esprit, ce qui est utile et il peut se l'approprier. Il sait ce qui est mauvais et nuisible, il le craint et s'en garde. Bien que la chair ait un terme et finisse par disparaître, l'âme humaine peut s'accomplir dans l'éternité grâce à Celui qui l'a forgée. Voyez l'âme face au trône de Dieu, présentant au chérubin l'ensemble de ses bonnes œuvres. Vers ces œuvres, Dieu tourne sa face. Il les contemple comme si elles étaient faites de l'or le plus pur, des pierres les plus rares. Une chanson nouvelle naît dans les harmonies célestes, car l'Esprit saint, sans cesse, crée de nouvelles merveilles. Ceux qui s'acharnent dans le mal chuteront loin de la gloire des Cieux, punis par leur persévérance dans l'erreur. Dieu a donné à l'homme l'esprit rationnel parce qu'Il le sait capable de vaincre le démon. Capable de distinguer le bien du mal, l'homme ne s'oriente vers le péché qu'en pleine connaissance. S'il le fait, il est aussi vaniteux que celui qui a quitté la lumière divine pour satisfaire ses sombres appétits. C'est pour punir cet orgueil qu'existent les tourments de la Géhenne.

Disibod est mort depuis vingt ans et son abbaye est attaquée. Les moines fortifient les bâtiments, prennent les armes contre l'agresseur. Certains fuient, d'autres meurent. Le monastère est détruit. Une poignée se cachent dans les environs et reviennent garder la tombe du saint. Les années passent. Les barbares repartent. Ceux qui vivent encore au Disibodenberg reconstruisent l'abbaye. De nouveaux miracles se produisent sur la tombe et la communauté, reformée, est à nouveau florissante.

Parmi les plus âgés, certains se souviennent avoir entendu le vieil ermite prophétiser l'ensemble de ces épisodes.

Disibod est mort depuis trois cents ans et la guerre reprend. D'importantes villes du Rhin sont détruites. L'abbaye est très riche et l'archevêque de Mayence accuse les moines du Disibodenberg de ne pas participer assez à l'effort. L'Empereur est sommé d'ouvrir une enquête, de faux documents sont avancés, prouvant que la communauté ne serait pas propriétaire de ses biens. Une conjuration de prélats est autorisée par décret à les réquisitionner. C'est un pillage véritable. L'abbaye est rasée. Les moines se dispersent à nouveau.

Disibod est mort depuis cinq cents ans. Un homme noble nommé Luithard visite la montagne désolée et, mû par une inspiration divine, envoie trois jeunes prêtres s'y établir. Quelques années plus tard, l'archevêque de Mayence, jouissant de la fortune jadis pillée à la communauté, vient s'agenouiller sur la tombe du saint préservée. Il ordonne la refondation de l'abbaye sur son ancien emplacement, restaurée dans sa splendeur passée. Il accorde à ce projet tous les moyens nécessaires, espérant qu'après tant de souffrances la communauté puisse se perpétuer dans le futur.

Disibod est mort depuis six cent cinquante ans et de nombreux bruits courent à propos de sa vie, de ses origines, des paroles qu'il aurait prononcées, des miracles qu'il aurait accomplis. Ces rumeurs, que nous nous garderons de répéter, sont autant de propos infamants qu'il convient d'ignorer. Les histoires fabuleuses, la vérité a pour devoir de les déconstruire. C'est le privilège de Dieu que de disperser le mensonge.

Après la chute d'Adam, Dieu a abreuvé l'humanité de lait, comme le nouveau-né. Après la venue du Fils de Dieu, Dieu a mis dans Sa bouche le pain de la justice, de même que le petit enfant est nourri à la becquée. Mais désormais que le Fils est monté au Ciel et qu'Il a empli les hommes de l'Esprit saint, l'humanité sait combattre le mal et s'engager sur le chemin du sacrifice. Elle est comme l'adulte, qui cherche et trouve lui-même sa propre nourriture.

Hildegarde a soixante et onze ans et finit de compiler la vie de saint Disibod. Quant à moi, écrit-elle, pauvre petite créature clouée à mon lit de maladie, j'ai vu et entendu tout cela, je me suis mise à écrire et j'ai terminé ; mais Dieu seul a le pouvoir, s'il Lui plaît, de me remettre debout. Amen.

Il est des saintetés passagères, des saintetés d'occasion que le temps se charge d'user, de réduire à l'état de trame, jusqu'à laisser, au travers, percer le jour. Leurs récits se défont, alors, et leurs héros, élevés par les circonstances au rang d'intercesseurs, redeviennent comme nous tous de simples noms, oubliés sitôt que prononcés. La sainteté véritable, à l'inverse, perdure malgré les hommes, car le regard de Dieu embrasse passé et avenir aussi bien que présent. Saint Rupert n'est pas oublié. C'est un garçon costaud à la large mâchoire. Sa mère, Berthe, marche à ses côtés. Tous deux descendent le cours du Rhin, et le soleil étincelle dans les carreaux fendus de l'église derrière eux. Le lieu de culte est à l'abandon, les vignes sont en friche, le pays désolé. De tout cela, qu'elle contemple en vision, Hildegarde peut attester. Elle rapporte aussi les mots que les anges ont chantés, ces louanges célestes tressées au jeune pèlerin. Voir, entendre. Se recueillir. Puis raconter.

Berthe naît riche, non loin d'ici, de noble souche lotharingienne. Son père possède des terres, des biens, des domaines en bord de fleuve, et son pouvoir s'exerce sur de nombreux villages, de Bingen jusqu'à Trèves. Il fait partie des plus grands, au temps de Charlemagne. C'est un catholique fervent, en une époque où nombreux sont encore ceux qui ignorent la vraie foi. La mère de Berthe vient de contrées plus reculées, fortunée elle aussi. Elle donne le jour à un enfant unique, une fille élevée dans la foi chrétienne mais tôt mariée à un seigneur païen du nom de Robolaus. Sa dot fait la taille d'un pays. Peut-être espère-t-on inciter le mari à se convertir. La noce a lieu sans que rien ne change : Robolaus continue de pécher par luxure et blasphème. Il épouse d'autres femmes. Berthe en conçoit de grandes souffrances. Dans son désespoir, elle se tourne vers Dieu. Prie : si l'on me délivre de cet homme, je jure de ne jamais me remarier, de consacrer ma vie aux oraisons et aux bonnes œuvres. Cette vie m'est une prison pour l'âme, une prison pour le corps. J'offre mon existence en sacrifice, contre la délivrance. Robolaus rentre de la chasse. Il revient de la guerre ou du lit d'une autre épouse. Saisit Berthe aux poignets : maintenant, soumets-toi à ton maître.

Un caillot de sang. Le souffle divin qui anime Adam. Puis l'écume insinuante du diable, qui tord souvent ce caillot, qui le prépare, dès la matrice, à l'amour du mal. Certains portent la malveillance dans la tendreté même de leurs chairs et naissent voués au diable. D'autres ne s'égarent que plus tard, déréglés par le goût des joies terrestres. D'autres, enfin, fuient à la fois l'attrait du mal et du plaisir, et se tournent, joyeux, vers la bonne connaissance. Ceux-là quittent le temps et le monde pour cheminer vers le Ciel, où des anges attendent de pouvoir les accueillir. Voyez le caillot qui croît. Il est de veines et de moelle douce. L'Esprit saint passe sur lui alors qu'il est encore malléable, l'aide à se former en homme. Notre corps terrestre est comparable aux terres cultivées. Certains arpents sont durs et ne donnent jamais rien. D'autres, si on en prend soin, finissent par porter des fruits. D'autres encore sont si fertiles que tout y pousse en abondance, sans distinction. À chaque homme sa part de viridité. Rien au monde, jamais, ne pousse par lui-même : Dieu seul peut arroser, Dieu seul peut faire fleurir. L'enfant qui vient au monde reçoit pour nom Rupert. L'Esprit saint l'accompagne dès ses tout premiers jours. De même qu'Il aima Jacob avant qu'il ne soit né, Dieu sait que l'enfant, cet homoncule aveugle, aspire à Le rejoindre.

Rupert ne pleure jamais, n'attire pas l'attention. Ceux qui voient le bébé ne peuvent que l'aimer. Il repose dans les langes dont on l'a fagoté, calme tout simplement, heureux et tiède. Le père se penche, il scrute, il manipule, pince sans résultat. Ce marmot est infirme, en déduit Robolaus. On en fera un autre. Berthe attend qu'il reparte pour poser son ouvrage, retourner au berceau, regarder le nouveau-né dormir. Rupert s'éveille, il mange. Il chie et se rendort. Chaque jour, Berthe prie le Seigneur. Rupert devient enfant. Il marche, il parle. Sa mère le regarde, le couve, l'emmène avec elle à l'office. Elle reconnaît son port de tête, son rire tonnant, sa façon de s'asseoir les genoux écartés. Le père, lui, ne voit que la douceur mièvre, les rêveries, les passions qu'il fait naître. Robolaus bat Rupert plus fort que de raison. Berthe se meurt de tristesse et de peur. Dès qu'elle est seule, elle supplie à genoux pour être délivrée. Au cours d'une escarmouche, un ennemi chrétien fend le crâne de son mari. Robolaus crache beaucoup de sang, meurt sans reprendre connaissance.

Berthe, veuve, quitte le château avec son fils et marche jusqu'au Rhin. Elle fait construire sur la berge une église pour remercier le Ciel, puis se défait de tout signe de ses origines, de sa richesse, de sa lignée. On ne la voit plus vêtue que des tenues les plus humbles, toiles rêches, ceinture de corde. Autour d'elle se réunissent quelques femmes aspirant à une vie parfaite et nombre de bonnes gens. Berthe jeûne, elle veille, fait l'aumône et sert Dieu chaque jour en prières. Une vie de communauté s'organise autour d'elle. Berthe serait parfaitement heureuse si Rupert n'était pas un garçon. Si, l'âge venant, il ne risquait de ressentir la tentation du monde. Aussi sa mère l'endurcit-elle dans le chemin de Dieu. Elle le suit, le garde et le discipline. La dame est noble, belle, immensément riche. Des prétendants arrivent de tous pays pour lui offrir d'incroyables noces. Des audiences sont accordées en présence de son fils, et Rupert peut la voir repousser chaque promesse, dénigrer chaque proposition avant d'éconduire les prétendants. Berthe étudie ensuite le visage du garçon. Elle y cherche son assentiment et la trace de dispositions élevées, l'aspiration à la vie éternelle.

De même que c'est en son sein que le caillot a pris forme, c'est Berthe qui façonne l'esprit de l'enfant. Rupert ne peut devenir clerc : il est l'héritier d'un vaste fief et le descendant d'une lignée qui remonte à l'aube de l'histoire. Il est né pour régner avec l'aide de Dieu, pour gouverner en bon chrétien, soutenir les églises, effacer des chroniques le souvenir du père. Berthe lui enseigne les lettres, les manières, la joute. L'enfant ne s'oppose pas. Il apprend, et grandit en vertu, aux yeux des hommes comme à ceux du Seigneur. Sa mère, pourtant, ne cesse de s'inquiéter. Quand il a douze ans, elle lui dit : il est temps de rendre grâce à Dieu pour les bontés qu'Il nous a accordées. Prenons une part de nos richesses et consacrons-la à l'érection d'un oratoire à Sa gloire et pour le salut de nos âmes. Ce à quoi, aussitôt, le grand garçon répond : non, ma mère, nous n'en ferons rien. Souvenez-vous de ce que dit l'Évangile : partage ton pain avec les affamés, accueille les vagabonds au sein de ta maison. Si tu rencontres un homme nu, couvre-le. Ne te détourne pas de ton semblable. Berthe est émerveillée. Rupert la fait asseoir et dit encore : j'ai fait un rêve.

La nuit dernière, je reposais dans mon lit lorsque l'Esprit saint est venu m'insuffler ses visions. J'ai vu un vieillard nu, debout dans le courant d'un ruisseau. Ses cheveux étaient de laine pure et son visage d'une parfaite beauté. Il me vit mais continua de s'occuper des enfants qui étaient avec lui et qu'il baignait dans l'eau claire, l'un à la suite de l'autre. Il les mena ensuite à une clairière merveilleuse où poussaient toutes sortes d'arbres et de fleurs, et leur passa des habits superbes. Ne pouvant me retenir de parler, je dis au vieil homme : comme j'aimerais demeurer ici pour toujours. À quoi il me répondit : je sais. Tu ne le peux pas pour l'heure. Il convient, pour atteindre le Ciel, de construire sa propre échelle. Ensuite, seulement, pourras-tu être le compagnon des anges. Éloigne-toi du monde, sois l'artisan de ton propre salut. Accueille les pauvres. Nourris-les. Berthe laisse passer un temps. Son fils a terminé. Qu'il lui semble grand, désormais. Elle étudie ses traits sans retrouver trace de celui qui fut le nouveau-né tremblant contre son ventre. Très bien, finit-elle par dire, sans savoir pourquoi elle se sent tellement triste. Nous ferons ce que tu as vu.

À côté de la chapelle, au bord du fleuve, Berthe et Rupert fondent un hôpital. Ils rallient à leur cause Wichbert, le prêtre du pays, et son énorme frère à demi demeuré. La maison est sommaire mais ouverte à chacun, emplie en peu de jours de pauvres et d'éclopés, de vagabonds à demi nus. À ces miséreux sont fournis des habits, l'abri et de quoi vivre. Rupert est le plus zélé des hôtes et, malgré son âge tendre, il lave les pieds des pauvres gens, les nourrit, les abreuve, souvent refait leurs lits. Il vit presque avec eux et n'a plus guère de temps à passer en leçons. Les gueux ne cessant d'affluer, les bâtiments sont vite trop exigus. Rupert engage des frais, recrute des ouvriers. Il creuse, porte et maçonne avec eux, avant de retourner à l'accueil des souffrants, au soin des plaies et aux prières. Le jeune homme dort peu, son corps s'endurcit. Sa voix mue, ses muscles se développent. À quinze ans, il est aussi grand que l'était son père, et plus large encore. La fortune familiale est utilisée avec soin, mais sans compter. Elle est si grande, pourtant, que rien ne semble l'entamer. Rupert est heureux dans l'effort. Sa seule distraction est d'écouter Wichbert raconter, dans les dortoirs, la vie des saints pour l'édification des âmes. Le garçon aime l'histoire d'Antoine dans le désert et celle de Blaise que l'on peigna à mort. Par-dessus tout il aime s'entendre dire le destin d'Alexis, ce patricien mendiant qui mourut sous l'escalier de sa propre maison.

Robolaus n'est plus là, mais son œuvre persiste. Des gens de sa maison, les cousins de Rupert, viennent jusqu'au Rhin pour causer au garçon. C'est à présent tout à fait un homme, et un riche héritier. Tout ici est à lui, qui n'en tire nul profit. Les visiteurs sont reçus courtoisement et s'étonnent des piètres conditions dans lesquelles le prince vit. N'est-il pas le seigneur des lieux ? N'a-t-il pas le devoir de régner sur ses gens ? On dîne tous ensemble. De l'autre côté du drap, des indigents se plaignent, ils toussent ou hurlent de douleur. La soupe est celle de la marmite commune, on la mange en silence. Berthe est un peu gênée. Il faut nous laisser inviter Rupert à notre tour, offrent les cousins quand le dîner est fini. Viens avec nous à

Cologne. Le jeune homme interroge sa mère du regard. Peut-être est-ce bon signe, songe-t-elle. Peut-être finira-t-il par accepter la charge pour laquelle il est né. Rupert repart avec ses camarades. Il reste absent dix jours et revient transformé. Sa face s'épanouit, ses yeux pétillent. Il a des gestes lestes et un début de barbe. Quel bel homme, songe sa mère. Seigneur, protégez-le. Rupert rit en sautant au bas de son cheval, rit en serrant Berthe un peu fort dans ses bras. Rit encore en bourrant de coups de poing amicaux les côtes du frère idiot du curé. Puis retourne au travail. Le soir, il est à nouveau taciturne.

Il n'y a rien que je puisse faire sans déchirement, déclare-t-il. Je suis noble, je suis riche. Pour autant mon existence doit être vouée aux œuvres du Seigneur. Si je suivais le biais de ma naissance et acceptais ma charge, je ne pourrais jamais être l'homme que je dois devenir. Le pouvoir, l'argent, le plaisir corrompent à tous coups ; des trois, en ce cas-là, j'aurais en abondance. Ma vanité n'est pas telle que je prétende savoir résister. Dans ce havre de foi, à l'inverse, jamais mon origine ne sera oubliée. Jamais ma fortune ne comblera les abîmes des souffrances d'autrui. Rupert est à genoux, ses yeux emplis de larmes. La scène se déroule dans la chapelle, au bord du fleuve, là où sa mère le retrouve finalement. Elle l'a cherché partout depuis le début du jour. Un rai de lumière court sur les dalles grises. Il faut me laisser partir, poursuit le fils. Je dois me faire pèlerin. Vivre seul, mendier sur la route. Laisser le monde faire de moi ce qui est attendu. Et Berthe, entendant ça, manque de s'évanouir. Mon enfant, songe-t-elle, mon bébé, mon trésor. Mon salut. Seul bien que j'aie en ce bas monde. Ne fais pas ça. Reste. Je te donne tout, supplie-t-elle. Distribue, soulage. Qu'y a-t-il de plus noble que de donner pour Dieu ? Tu ne m'as pas entendu, réplique Rupert, dont la voix sonne durement. Je ne veux rien de ce que tu peux me donner, hors une bénédiction au jour de mon départ. Berthe s'afflige. Rupert, apitoyé, retarde. Les cousins viennent à nouveau avec des chevaux frais, la promesse d'une virée sur les terres des ancêtres. Ne vois-tu pas qu'il est temps que je parte ? Eh bien, si tu le dois, prions qu'Il t'accompagne. Et reviens vite, mon fils. Surtout, reviens-moi sauf. Au beau milieu de la nuit, le garçon prend la route. Il n'emporte rien, que l'habit sur son dos, les sandales à ses pieds. Ainsi dépouillé, il marche jusqu'à Rome.

La route est longue, les aventures nombreuses. En chaque lieu, à chaque rencontre, Rupert se comporte avec grande bienveillance. Il accepte ce qu'on lui offre, partage ce qu'il possède. Sort de son chemin chaque fois que nécessaire pour aider son prochain. Et tous ceux qu'il rencontre, après son passage disent : quel homme noble que ce vagabond ! Comme son visage brille de bonté ! C'est l'Esprit saint, en lui, qui l'anime. Car, de même que les étoiles pétillent dans les cieux sans nuage, de même les mérites se lisent sur la face des hommes qui ont fait place en eux aux dons du Seigneur. Et le bienheureux Rupert parvient ainsi à la cité de Pierre et Paul, dédié chaque jour aux bonnes œuvres et à l'adoration de Dieu. Là, dans la ville immense, il cherche la compagnie d'hommes sages, versés dans la connaissance des Écritures et des règles, pour apprendre de leur bouche comment se comporter. On finit par lui indiquer la chapelle d'un prêtre connu pour sa sagesse, et Rupert dort plusieurs nuits tout à côté, dans une ruelle obscure, avant de l'apercevoir enfin. N'ayez crainte, dit-il, en surgissant de l'ombre. Je ne suis venu que demander conseil. Le prêtre considère Rupert, sa crasse, ses habits en lambeaux, sa carrure de soldat, son visage de barbare. Tu as longtemps cheminé pour venir jusqu'ici, finit par dire l'homme sage. J'ai marché vers vous depuis que je suis né, lui répond Rupert. On lui ouvre les portes du sanctuaire sans ajouter un mot et là, toute une nuit, le jeune homme se raconte.

Ils ressortent. L'air est doux, le petit matin bleu sur la ville capitale. Les oiseaux, seuls, sont déjà éveillés. Alors ? Que dois-je faire ? Tu seras vagabond, Rupert. C'est là ta destinée. Un pèlerin du Christ. Mais avant de pouvoir t'engager dans cette voie, tu dois te délivrer de tous tes biens. Tout laisser. Tout donner. Il n'y a pas d'autre biais pour échapper à la tentation du retour. Si tu veux être parfait, dit le Christ, va et vends ce que tu possèdes. Donne tout pour les pauvres et un trésor t'attendra dans le Ciel. Rupert ne répond rien mais sait que tout est vrai. Que ce sont là les mots qu'il est venu entendre. Alors il remercie et tourne les talons. Repart dans l'autre sens. Il rentre à la maison.

Rupert est de retour et les travaux reprennent.

Les terres en sa possession s'étendent depuis le cours de la Selsa et de l'Apfla jusqu'à la rivière Elra, par-delà la Nahe, et de là jusqu'au fleuve Simera, et jusqu'au bois de San où coule le Heienbach, qui est un affluent du Rhin. Avec toute sa fortune, ce n'est plus un hospice qu'il aspire à bâtir, mais une ville entière. Un pays consacré au soin de son prochain, au don de soi, à la piété. Les premiers bâtiments sont construits près du petit oratoire, fortifiés de remparts et de tours. Des milliers d'ouvriers s'activent sur le chantier, construisant sur la plaine et jusque sur les rives du Rhin. Au-delà de la Nahe, on agrandit le village de maisons pour les serviteurs, de cabanes pour les pêcheurs, d'écuries pour les chevaux, de greniers pour les réserves. On bâtit des moulins à grain, des pressoirs à raisin, des fours à pain. Et dans tous ces endroits neufs, les hommes accourent pour habiter, car il n'y a pas de lieu dans les environs qui soit plus accueillant ou plus prospère. La route qui passe par le pays est bientôt fréquentée par toutes sortes de commerçants. Derrière la petite église, Rupert et Berthe plantent des vignes.

L'argent s'épuise mais le pays qu'ils font naître est d'une richesse incomparable. Les habitants louent les mérites du bienheureux seigneur et de sa mère, dont les réputations vont croissant. Les nobles voisins envoient présents et gages d'amitié. Malgré la sobriété de l'accueil qui leur est toujours fait, certains d'entre eux s'enhardissent à leur payer une visite. On loue au retour leur sagesse et leur piété. Au commencement, Rupert a hâte de prendre à nouveau la route, mais sa mère le prie de demeurer encore. Et petit à petit, sans qu'il s'en rende bien compte, sa volonté fléchit. Il y a tant à faire dans le nouveau domaine. Régner ainsi n'est pas si déplaisant. Les cousins, une troisième fois, viennent payer leur hommage. Rupert a vingt ans. Il est, aux yeux de Dieu, un arbre en plein été.

Et Lui, qui voit les saisons toutes ensemble, sait qu'une branche, même couverte de fruits, peut se dessécher soudain et ne jamais refleurir. Il sait qu'un homme engagé sur la voie de la sainteté peut s'en détourner brusquement, dupé par les plaisirs du monde. Alors Dieu, qui perçoit le temps non comme une continuité mais comme une image unique aux détails infinis, rappelle Rupert à Lui.

Même l'homme le plus saint, chaque jour, est contraint de s'accommoder de la compagnie des pécheurs. Et ceux-ci disent et répètent : peut-être qu'aujourd'hui je succombe à la tentation, mais à l'avenir j'entends bien résister. Si ce que je fais ce jour n'est pas du goût de Dieu, demain je m'amenderai. Et sur tous ceux-là, nous portons un regard de sympathie. Et tous ceux-là, finalement, nous nous croyons permis de les imiter. C'est par ce biais que le diable nous séduit : convaincus de ne pécher que maintenant et de nous repentir plus tard, nous commettons plus de fautes dans un temps plus réduit. Mais dès que nous choisissons, ne serait-ce qu'une heure, notre plaisir plutôt que le Seigneur, nous inventons un démon. L'Esprit saint dit : les dieux des nations sont des démons, parce que les nations nomment dieux leurs créations. Elles transforment leurs désirs en dieux et font alors ce qui leur plaît. L'histoire du diable n'est pas différente de celle de ces pécheurs. Comme eux, il s'est convaincu de pouvoir vivre selon ses désirs. Lorsque Dieu lui démontra la vanité de ce chemin, il détesta Dieu. Il crut sa haine féconde tandis qu'elle restait impuissante. Comme l'homme, le diable reste aveugle à cette terrible vérité : personne ne peut engendrer plus de mal que ce que Dieu autorise. C'est ce même aveuglement qui empêche le diable de reconnaître le Christ. Du fond des Enfers où il est relégué, il peste et blasphème par ignorance. Car tous les désirs, tous les plaisirs de la chair humaine, Dieu les disperse comme des pailles dans le vent. Et tandis que l'âme monte au Ciel, que l'air s'échauffe et s'anime, tous les éléments fragiles qui la composent brûlent, volent et se dispersent. Rien de ce que l'homme a fait pour son propre compte n'existe plus. Sous le regard de Dieu, chacun reçoit sa récompense selon son travail.

Berthe fait un rêve dans lequel une de ses côtes lui échappe et tombe à terre. Il n'y a aucune blessure à son flanc et l'os qu'elle ramasse est tiède, tout à fait blanc, comme celui d'une charogne laissée en plein soleil pendant les mois d'été. Berthe se réveille toute secouée de pleurs. Peu de jours après, la fièvre tient son fils. Rupert est brûlant, il ne fait que dormir. Le médecin des pauvres renonce à le soigner. Ses jours sont comptés, dit-il. Il est entre les mains de Dieu. Rupert ne parle pas, il est écarlate. Ses lèvres gonflent. Ses périodes de veille sont peuplées de visions. Il voit à son chevet le vieil homme du songe de jadis, la barbe, les cheveux éclatants, le visage radieux. Une douce voix annonce : je suis l'Ancien des jours qui apparut au prophète Daniel. Je viens te répéter la victoire de l'infinie béatitude. La clairière est prête, que je t'ai montrée jadis, tu y seras accueilli pour la pureté des œuvres accomplies. Et Rupert ouvre les yeux, qu'il ne savait pas avoir fermés, et la pièce est déserte, plongée dans le noir. Il est tout seul, presque un enfant encore, terrifié par ce qu'il comprend enfin. Le vieillard qui est Dieu a annoncé sa mort. Il essaie de concevoir tout ce qu'il a vécu, tout ce qu'il ne vivra pas. N'en dit pas mot à Berthe, mais Berthe a déjà compris. Cette mère n'a que ce fils. Ce fils n'a que sa vie.

Rupert meurt. Il y a des pleurs et de la joie. Des pleurs pour le garçon, si beau là, à gésir. De la joie pour son âme et pour toute la région, illuminée soudain d'une clarté divine. Huit jours durant, par le biais du cadavre de cet homme qu'Il a tellement aimé, Dieu produit nombre de signes et de merveilles, soulage les malades, guérit les infirmes, libère les aliénés. Et tous ceux qui se rendent sur sa tombe en repartent libérés par l'action de la Grâce.

Pendant vingt-cinq années encore, Berthe mène une vie de contrition au service du Seigneur. Il n'y a plus qu'elle et Dieu, ses œuvres, ses mortifications. La vieillesse la rattrape. Son corps l'abandonne. Elle rend son âme à Dieu sans avoir fait un pas en dehors du chemin, bienheureuse Berthe, mère de saint Rupert. On la couche dans la terre aux côtés de son fils. Au-dessus d'eux : la chapelle.

Autour : la cité forte, consacrée au bien de chacun. Autour encore : les villages qui soutiennent l'hospice. Là-bas coulent des rivières et serpentent des chemins qui vont toujours plus loin, en pays de collines, de forêts, et par les champs de blé, les vergers, les vignobles. Le pays de Rupert connaît la paix quelques années encore. Le souvenir du saint reste vivant et loué. Les pèlerins se pressent, ils prient, ils redisent son histoire. Puis les Normands arrivent.

Par jugement divin, les barbares détruisent tout. Ils remontent le Rhin et dévastent les villes. Ils rasent Trèves. Ouvrent en deux les contrées. Parviennent à la ville où régnait Robolaus, le père de saint Rupert. Par le fer et le feu, ils l'effacent de la carte. Puis, comme la tempête s'apaise, comme la neige finit par fondre, les envahisseurs sont repoussés. Forcés à la retraite, ils retournent dans leurs pays. Et les habitants que la guerre a dispersés reviennent vivre dans les ruines. Rebâtissent leurs maisons, recréent des hameaux, des villages à l'abri de boucles du fleuve, protégés par les contreforts des montagnes. L'ancien site du monastère et des hôpitaux est laissé en l'état. Tout ce qui reste de bois, de tuiles, de pierres est pillé et réutilisé. Le temps achève le travail. Les plantes repoussent, effacent les sentiers. Les animaux s'affairent, nichent contre les moellons. Les terres incultes sont partagées, l'héritage de Rupert dispersé. La seule trace de son passage tient en quelques plants de vignes redevenues grimpantes et une chapelle effondrée non loin du cours du Rhin.

Tout cela, je l'ai vu, écrit Hildegarde, alors même que les travaux de la nouvelle abbaye ne sont pas achevés. Et lorsque nous sommes venues ici, nous avons trouvé sous le lieu de culte le caveau de Rupert. Le fils, la mère étaient enlacés là, dans l'éternité et la suave odeur de leur tombeau. Nous avons acheté ces terres à leurs propriétaires, à Herman, évêque de Hildesheim, et au frère de ce seigneur. Ici, au Rupertsberg, nous bâtissons légalement notre communauté en suivant l'exemple de ce saint, qui consacra son existence au bien d'autrui, et celui de sa mère, veuve parfaite et épouse du Christ. Les véritables saintetés ne peuvent être occultées durablement. Leur exemple perdure malgré l'oubli des hommes. J'ai connu chaque épisode de la vie de Rupert par des visions véritables, et j'ai entendu le chœur des anges qui entonnait les hymnes à sa gloire.

Ô délicate fleur des champs, chantaient-ils,
Ô noble vaisseau,
qui ne fut jamais souillé,
jamais dévoré
par les danses des anciens souterrains,
jamais affaibli par les plaies
du destructeur antique.
Ô Rupert,
viens-nous en aide,
à nous, tes serviteurs,
qui peinons dans l'exil !

## *Le Lapidaire*

Je crois que tout a poussé sans un bruit.

C'est au commencement du monde. Dieu a fait les astres et les pierres, la terre ferme, les éléments, les bêtes innombrables. Le sol humide et frais est gorgé de sève et de graines. Rien, pourtant, n'en a encore poussé. Les eaux du haut et les eaux du bas sont séparées et jamais il n'a plu. Dieu prend un peu de terre qu'il modèle, souffle dans les narines de la petite figure. L'homme vit. Dieu le repose au sol et le regarde, ému, qui fait ses premiers pas. Adam se retourne, observe derrière lui. Il cherche l'endroit d'où il provient. Il scrute les cieux, d'où Dieu s'est effacé. La nuit arrive. Alors, tout autour de l'homme, le jardin d'Éden se met à croître.

Les étoiles sont neuves dans la nuit bleue. La lune tire son premier croissant de derrière l'horizon, et se met à briller. Les fantômes de ses ombres s'étirent sur la plaine. Adam s'en émerveille. Il a marché un peu, couru, sauté. Il a tordu ses bras dans tous les sens et fait rouler sa tête. Il a respiré fort, il s'est jeté au sol, il a mesuré le gigantisme du monde à l'échelle de son propre corps. Quand la terre a commencé à se fendiller sous ses pas, quand les premières pousses sont apparues, presque blanches dans la clarté lunaire, Adam s'est assis sur ses talons et s'est contenté de regarder l'hallucinant ballet de vie.

Je peux revoir la scène par l'imagination. Tout y est silencieux.

Les brins d'herbe crèvent la croûte comme une barbe qu'on néglige : un fin picot d'abord, puis un tapis serré, et puis une mer de tiges souples penchées les unes vers les autres, distraites çà et là de fleurs minuscules et nées comme après coup. Des petits disques blancs, des corolles bleu pâle, des chiffons écarlates au bout de longues perches.

Des bouquets de feuilles basses, de feuilles grasses et épaisses, s'épanouissent au ras du sol, et tirent en tous sens racines, rhizomes, stolons. Puis des tiges, encore, recouvertes de poils, d'où tombent, paume après paume, des ailes de toile verte, des boutons gras aux bouts de nez fendus, des soleils squelettiques, des trompes multicolores, des bulbes, des antennes, des pédoncules poudrés.

Des buissons surgissent, se propagent dans la plaine comme un feu par grand vent, s'entremêlent aussitôt, se disputent le terrain. On dirait qu'ils se giflent, qu'ils s'étreignent, se griffent, qu'ils s'aiment comme homme et femme, et que cela engendre d'autres fourrés encore, des ronces sinueuses aux énormes piquants, des nœuds inextricables pleins de baies vénéneuses, des murailles de bras nus attirés par le ciel.

Les herbes aromatiques, par touffes, surgissent et embaument la nuit. Adam ne bouge pas. Il demeure assis là. Humant les parfums neufs, se grisant des mélanges. Toutes les vertus des sucs, des racines, des chatons flottent dans son jardin.

Et puis, il y a les arbres. Les plus petits jaillissent telles des sources, s'épanouissent dans l'instant, couverts de feuilles ou bien déjà fleuris, ou alourdis de fruits. Les plus gros sont des colosses qui se lèvent, se hissent sur un seul pied et s'étendent à leur aise. Le lierre leur croît dessus et le gui à pleines boules. Des titans s'arrachent, ici et là, dans un réel effort mais toujours sans un bruit, chacune de leurs branches de la taille d'un tronc, les feuilles lourdes qui plient, les ramées enlacées, et des pluies de grains ronds, lisses comme des dents, qui criblent le sous-bois. La forêt se déploie. Elle emplit l'horizon, elle occulte le ciel, et attire aussitôt les mille bêtes nocturnes créées pour y nicher.

La lune s'est effacée aux yeux du premier homme. D'étoiles, il n'en voit plus derrière la canopée. Dans un dernier baroud, des plantes surgissent encore, plus discrètes, plus fines. Il y a les mousses épaisses et douces comme des pelages, les lichens verts et gris, bleutés ou orangés, qui s'épanouissent en taches, en flaques, en mosaïques, et puis, dans les recoins, les nostocs grumeleux et baveux comme des morves, les moisissures spongieuses, les champignons filaires, les semis de boules jaunes, les gros pieds mous glaireux, les chapeaux hérissés, les colonies de trompes, de vesses et de phallus, cachés dans des plis du bois secret et sombre. Les lianes pendent et se nouent en grappes et paquets.

Le jardin d'Éden se ferme sur Adam. Ses yeux s'accommodent mal aux ténèbres nouvelles. Il n'est plus sûr de lui. Sent quelque chose enfler. Car de même que les plantes ont surgi sans un son, de même les bêtes vives ne tardent pas à se faire entendre. Ça commence par le souffle du vent dans les branchages. Enfle avec les crissements, les appels des insectes. Et bientôt ça s'emballe, ça se complexifie. Chacun des recoins de la forêt bruisse ou crie. Coassements et ronrons, appels d'oiseaux en chasse, pas des bêtes en marche. Les ramées grincent, les brindilles cassent. Une débandade invisible fait enfler un frou-frou. Et ça siffle, et ça piaille, s'effraie dans le sommeil, se chuchote des consignes, se déploie ou s'assemble.

Adam, lui, ne voit rien. Ce qui se cache dans l'ombre, il ne peut que le fantasmer. L'homme se remet debout, soudain un peu inquiet. Il croit que quelque chose cherche à s'approcher. À défaut de savoir, le voilà qui invente. Sa peau est nue, il se sent vulnérable. Ce qui l'entoure est étranger. Il comprend qu'il est seul. Alors

Alors ?

Tu n'as pas deviné ?

Si. Mais dis-le quand même.

Alors l'homme, dans le noir, se prend à chanter.

C'est la première fois qu'un son sort de sa bouche, et ce son n'est ni un mot ni un cri, mais une mélodie. Adam n'a personne avec qui partager un langage. Il ne connaît encore ni souffrance ni panique. Ce qui étreint son cœur, en cette première nuit d'Éden, est une forme de nostalgie. La découverte de sa petitesse, des limites de son corps, la crainte d'être perdu dans l'immensité de la création de Dieu. Il est comme l'enfant confronté aux ténèbres. Et, comme cet enfant, comme chacun de nous dans la même situation, il chante pour se rassurer. Sa propre voix est une présence. Il la découvre avec émerveillement, qui fait taire à son oreille bien des bruits inquiétants. Sa voix porte au loin. Elle passe les limites de ses bras, elle s'épanche hors de lui, meuble sa solitude.

Adam se met en marche et, au long du chemin, il poursuit sa chanson sans paroles. Adam joue avec sa voix, la module et la pousse. Il chuchote puis il beugle, fait sortir, entrer et sortir l'air, à nouveau. Il grogne comme un fauve, jappe, aboie, piaille comme les oiseaux, recommence à chanter. Il chante comme un homme, comme nous tous quand nous sommes joyeux et que nous voulons partager notre joie. Il chante pour peupler, à lui seul, la forêt de la nuit. Ça se passe avant Ève. Avant qu'ensemble ils n'inventent la langue et ne nomment chaque chose. Rien, dans l'univers, ne possède encore de nom et pourtant l'homme est là, affirmant sa présence. Je crois que ça a débuté comme ça : le silence parfait de la croissance d'Éden, puis le chœur du vivant, puis la chanson d'Adam.

C'est bien imaginé, mais tu te trompes. Bien sûr qu'il y avait quelque chose avant.

Et quoi donc, ma sœur ?

La chanson céleste.

Les anges, hors du temps, qui louent Dieu en un chœur parfait sans commencement ni terme. Une musique inimaginable, la plus belle qui soit. C'est vers ce chœur unique que nous aspirons à aller. C'est ce même chœur céleste que Satan a choisi d'abandonner. Pour combler la place vacante laissée par l'Ennemi dans l'harmonie de l'univers, Dieu a créé ce temps, Il a créé ce monde qu'Il a mis en mouvement. Le chant d'Adam n'est qu'une mélodie frêle dans la musique des sphères, qui n'est elle-même qu'un pupitre de l'harmonie céleste.

Que dire en ce cas du monocorde, qui ne vibre pas dans l'homme mais par sa manipulation ?

L'instrument vient plus tard, en même temps que l'outil, en même temps qu'Isaac porté au sacrifice. Il ne faut pas aller trop vite. Chaque temps porte son enseignement.

Ici s'arrête le mois de mars. Sa pierre est l'émeraude, qui naît à l'aube dans les prés couverts de rosée. L'émeraude est une eau pétrifiée, une rosée mercurielle. Elle est la clé des mystères.

C'est Ève qui parle la première.

Elle regarde l'homme nu endormi à ses pieds, couché sur le côté. Il repose sur un tapis herbeux. Sa bouche est entrouverte. Il respire lentement. À l'endroit où Dieu a retiré la côte demeure une marque blanche. Ève, debout à ses côtés, ne sait encore rien. Elle ignore tout du lieu, de l'époque et de ce corps qu'elle habite. Est-il beau, l'homme qui gît ? Elle s'accroupit. Étudie son visage, paisible et absent, l'insecte vert pâle qui va dans ses cheveux. Ève demande : où es-tu ? Où es-tu, compagnon ?, jusqu'à ce qu'Adam s'éveille. Que les yeux du premier homme découvrent ceux de la première femme. Celle que le Seigneur lui a promise. Celle pour laquelle chaque homme doit quitter ses parents. Je suis là, répond-il, un peu ensommeillé. Je suis ici, juste ici, auprès de toi.

Adam. Ève. Éden. L'histoire commence à peine.

L'histoire commence par ces mots qu'ils échangent. Puis par les noms qu'ils donnent à chaque chose qu'ils voient. Les paroles naissent de leurs bouches, s'épanouissent dans l'air et, aussitôt, s'effacent. L'histoire commence par ce dialogue de l'homme et de la femme. Par la musique de leurs voix. Adam et Ève voient le monde et le disent en même temps. Leur langue est celle d'Éden, où chaque mot qu'ils inventent se plaque sur une seule chose, pour devenir comme elle. Leurs échanges sont harmonieux, car tout ce qu'ils pensent s'exprime parfaitement, et tout ce qu'ils entendent est immédiatement clair. Ils marchent dans le monde la main dans la main. Leurs paroles s'entremêlent comme les fils d'un tissu, dessinent sans cesse de nouveaux motifs, s'enrichissent l'une l'autre. Et les bêtes font silence pour les écouter dire. Les oiseaux les plus fins taisent leurs pépiements. Le lion retient son souffle. L'homme est le terme de la création de Dieu et Son génie n'a pas de pareil. D'Adam et Ève, jaillit sans effort le beau. Leur chant est un babil, un souffle lent, une présence. Il est le monde d'avant le mal. Il est le bien dans son harmonie.

Le chant des hommes désespère l'Ennemi, qui vient les retrouver sous la forme du serpent. Un serpent sans sifflement, un serpent démoniaque, une vouivre, un dragon. Un serpent qui ne sait ni séduire ni chanter. Un serpent qui tempête et qui crie. Ève se laisse tromper par les promesses du diable, puis Adam, qui la suit à son tour dans l'erreur. Et Dieu les expulse d'Éden. Ainsi commence l'histoire des hommes : par la perte de la voix. Parce que Satan était jaloux de leur musique, il fait chuter Adam et Ève. Hors du jardin, l'homme n'arrive plus à chanter simplement. Il tâtonne, il cherche, fouille en lui et déploie des efforts. La langue d'Éden se perd et ses mots se confondent. La gorge se fatigue, la mélodie se brise. Les notes sont limitées et quand, avec Ève, il entonne un morceau, les dissonances se multiplient jusqu'à la cacophonie.

La viridité s'est enfouie dans le sein de la terre et il faut désormais la travailler pour qu'elle rende ses fruits. La fertilité n'est plus ce don interminable. L'homme connaît la femme pour engendrer la vie, et l'enfant vient au monde dans de grandes douleurs. Toute vie connaît un terme, tout ce qui naît meurt, et le cœur du savoir est effacé du monde. Éden se cache aux hommes, les portes gardées par des anges en armes. Plus rien n'est donné sans prix. Tout est à conquérir. Tout demeure à gagner.

Et tout reste à comprendre.

Bien sûr, ma sœur. À comprendre. À conserver puis à transmettre.

Les premiers hommes font l'amour. S'accouplent, se connaissent. Et Dieu découvre cette danse neuve dont dépend désormais l'engendrement de l'humanité.

Comment font-ils ?

Que demandes-tu ?

Quels sont leurs gestes ? Sont-ils tout à fait nus ? Est-ce Adam au-dessus, ou bien est-ce que c'est Ève ?

Eh bien

À moins qu'il ne la couvre par-derrière, comme le taureau la vache.

Ne me fais pas rire. Nous parlons de nos pères. Des plus anciens des hommes.

Mais n'es-tu pas curieux ?

Bien sûr que je le suis. Mais je ne sais s'il est correct de penser en ces termes.

Regarde plutôt. Voici leurs enfants. Il n'y en a pas, avant, sur la face de la terre, et leur voix est inouïe. Le premier cri qu'ils poussent puis leurs pleurs minuscules, leurs lallations, leurs geignements, leurs ronrons de plaisir. Ils s'appellent Caïn et Abel et, pour les endormir, pour leur donner confiance en ce monde sec et froid, et les accompagner dans les nuits de tempête, leurs parents les bercent de chansons. Ce ne sont que des bribes des mélodies d'Éden, des petits bouts de strophe, des fragments sauvegardés. Ce sont les plus belles choses qui demeurent en ce monde, et Caïn comme Abel roulent des yeux immenses et tètent l'air glacé pour manger la chanson. Ils sont les tout derniers à entendre ces sons. Ne les transmettront pas. Devenu un adulte, Caïn massacre Abel. Il est condamné à l'exil et jamais ne reparle du tout premier campement, de la première hutte et du premier troupeau. À aucun de ses fils il ne dit d'où il vient. Ève est si affligée de la perte des fils qu'elle cesse de chanter. Le dernier de la fratrie n'héritera jamais de cet art imparfait. Ève meurt. Adam meurt. La musique, pour toujours, se tait.

Pas pour toujours.

Sur cette terre, personne n'a plus chanté comme Adam ou comme Ève.

Si.

Le Christ, instrument de parfaite harmonie de Dieu. Le Christ venu racheter la Chute. Le Christ, seigneur de la danse. Tu as raison, ma sœur. Le Christ a dû chanter, certaines nuits, hors de portée d'oreille des apôtres. Il a dû faire sonner à nouveau ces mélodies triomphantes des tout premiers temps. Sa bouche a dû évoquer Éden et le dessiner fugitivement dans le ciel de Palestine, dans les désolations de ces terres, sous les murs de Jérusalem. Quand Il est revenu à la vie, Il a certainement entonné un hymne de triomphe que personne n'a ouï, mais dont nous ressentons encore la puissance et la jubilation. Tu as raison, ma sœur. Il y a le Christ. Mais pour nous autres

Pour nous autres il y a les poumons, la gorge, la langue, les dents.

Il y a le travail. La recherche. L'étude et l'inspiration. Il y a l'effort. Il y a la vie consacrée, qui est le chemin des choses bonnes. Il y a la morale, qui est la voie vers l'harmonie. La conscience que ce que nous chantons n'est qu'une toute petite chose dans la chanson du monde.

Redis-moi les quatre cercles.

Nous sommes dans le plus étroit avec nos mains et nos bouches. Par le toucher, par l'ingéniosité, la technique, nous créons des harmonies artificielles. Par le souffle et l'inspiration, nous produisons des harmonies naturelles. Ces deux musiques portent un seul nom, car elles ont la même origine et les mêmes limites : musica instrumentalis.

À la musica humana, nous n'avons aucun accès. C'est celle que produisent nos actes et nos pensées, nos comportements, nos peines, nos joies. Nos gestes de bienfaisance et nos péchés quotidiens. Cette musique est celle que produisent, en harmonie, nos âmes rationnelles et irrationnelles, et toutes deux avec nos corps. Il peut nous arriver, dans les moments d'extase ou dans la communion d'émotions intenses, de percevoir des bribes de cette harmonie surnaturelle et d'en demeurer, des jours durant, terriblement nostalgiques.

Au-dessus et tout autour, qui résonne avec ces sons en nous, il y a l'immense musique des sphères, la symphonie de la terre et des océans, du vent et des montagnes, la vibration des astres dans leur course, des saisons dans leur succession. Elle est le rugissement des cycles qui reviennent à l'identique et l'agencement parfaitement harmonieux de chaque objet au sein de la Création. Elle a pour nom musica mundana.

Enfin, il y a les anges. Il y a le chœur divin. Leur chant hors de tout espace et tout temps, qui n'a pas commencé, ne prendra jamais fin. Il est la source de laquelle toute musique découle et l'océan premier où toute musique aspire à retourner. On nomme ce chant musica celestis.

À quoi ressemble-t-il ?

Ne pose pas cette question.

Pourquoi ne le ferais-je pas ?

Tu sais que je n'y peux répondre.

Et est-ce une raison suffisante pour ne pas la poser ?

Ici s'arrête le mois d'avril. Sa pierre est l'alectoire, qui naît du ventricule du chapon castré depuis trois ans. L'alectoire mise en bouche excite aux choses de Vénus. Elle rend les femmes séduisantes.

D'Abraham viennent le couteau, le rhombe et la flûte.

C'est à coups de pierre que Caïn tue Abel ou à coups de bâton ou peut-être à mains nues. Les fils de Seth chantent, claquent des paumes, tapent du pied, font sonner les troncs creux sous les fémurs de bœuf. La musique des hommes est musique des choses. Elle reste naturelle, jusqu'à l'alliance avec Abraham.

Le patriarche vit au pays de Canaan, la terre que Dieu a promise à Sa postérité. Il n'a qu'un seul fils, Ismaël, âgé de treize ans, qu'il a eu de Hagar, sa concubine. Il est âgé de quatre-vingt-dix-neuf ans quand le Seigneur lui annonce : ton épouse Sara engendrera la multitude du peuple nouveau. Avec lui, Je nouerai une alliance, qui sera marquée dans la chair par la circoncision du prépuce à l'âge de huit jours. Tout mâle qui n'aura pas été circoncis sera exclu de Mon peuple. Et Dieu remet à Abraham le couteau avec lequel trancher, et le vieil homme se circoncit lui-même, avant de s'occuper d'Ismaël et de tous les gens de sa maison. Moins d'un an plus tard, Sara se trouve enceinte des œuvres d'Abraham. Elle engendre Isaac et, avant que celui-ci ne soit sevré, des dizaines de nouveaux outils ont été inventés dans la maison du patriarche.

Il y a les objets des soins domestiques comme le balai, et les objets pour les bêtes comme le mors. Il y a les premières aiguilles à coudre et les premières armes, les premiers ustensiles de cuisine. Il y a, également, les premiers instruments de musique, ceux que l'on fait vibrer dans l'air et ceux dans lesquels on souffle. À peine plus tard, Sara pousse Abraham à chasser Hagar et Ismaël. Ensuite, c'est Dieu qui intime au vieil homme de Lui offrir son fils en sacrifice.

Abraham assemble le bois pour le foyer de l'holocauste. Il glisse le couteau dans sa ceinture. Va réveiller Isaac. Allons-y, dit-il. Le temps est venu de faire un don au Seigneur. C'est à peine l'aube. L'enfant suit son père, mal réveillé. Ils montent vers le haut lieu sans prononcer un mot. À mi-chemin, Isaac s'inquiète : je vois le bois, dit-il. Je vois le couteau. Mais où est la bête pour le sacrifice ? Alors Abraham

Arrête.

Qu'y a-t-il ?

Tu sais que ça ne s'est pas passé comme ça. Tubal-Caïn, dans la ville de Hénoch, a inventé la forge de nombreuses générations avant le Déluge. Dans l'arche, avec Noé, il y a les animaux et les hommes, mais aussi les graines de toutes les plantes, et aussi les outils.

Est-ce de la crainte, ma sœur ? As-tu peur de la lame ?

Ces histoires de circoncision ne font trembler que toi. Un petit bout de peau.

C'est le père assassin, alors ? La menace qui pèse sur le petit enfant ?

Qu'il soit un père ou non, l'homme est tueur, toujours. Abraham ne fait qu'obéir et c'est pour ça, et pour ça uniquement, qu'Isaac a la vie sauve. Passons. Reviens à la musique.

Après Isaac, le monde entier résonne de l'habileté des hommes. En Canaan comme en chaque partie de l'univers, les instruments de musique deviennent omniprésents. Le sifflet du pâtre et ses pipeaux, les flûtes de joncs collés avec lesquelles on appelle ou révoque un troupeau, les chiens qui accompagnent, les bêtes à l'affût. Les bols, les tubes, les cruches, dans lesquels les voix sonnent et changent de timbre, l'air siffle ou gronde. Il y a les mille variétés des cordes que l'on tend, en fibres, en crins et en boyaux. Les vielles et les rebecs que l'on frotte avec des archets, qui savent imiter les cris des animaux et certaines voix humaines, saisir le cœur de ceux qui écoutent et évoquer pour tous le son de temps enfuis. Il y a les lyres et les harpes en carapaces de tortue ou en jeunes bois précieux, que l'on porte avec soi, que l'on conserve au creux du bras pour en toucher les cordes et construire, note à note, des chansons inédites. Il y a les luths et les psaltérions, pincés avec des plectres, et dont les sons nets sonnent, découpent le silence et s'élèvent vers Dieu. Il y a les tambours. Il y a les trompettes, dont le son terrasse les murs de Jéricho.

On joue comme au hasard, alors. On joue ce qu'on ressent et à défaut de dire. On imite le bruit des oiseaux sur le lac. On imite le bruit des vagues de la mer. Un ruisseau, une source. On joue le petit peu de ce qu'on retient d'un rêve. Les mélodies naissent et meurent tout ensemble. Il n'y a personne pour inscrire, personne pour se souvenir. Chaque note cherche sa place, le bon comportement. Comme l'homme qui veut faire le bien, le musicien cherche le beau. Toute harmonie est une morale, une habileté en art, mesure de ce qui est bon. Celui qui joue, alors, est homme pieux. Il le fait pour ses pairs et il le fait pour Dieu. Ajouter dans le monde une autre mélodie. Chercher à toute force à rester en accord.

Si ce que tu dis est vrai, alors il n'y a pas de danse. Il n'y a pas de transe. Il n'y a pas de vision.

Et pourquoi donc ? Les danseuses sont légion dans l'Égypte de Moïse. La cour de Pharaon regorge de ces magiciens ivres de drogues et de tambours.

Je ne parle pas de ça. Je parle de vision vraie. De musique au-delà. Je parle des autres cercles.

Éclaire-moi, en ce cas.

Tu n'es pas un enfant et je ne suis pas ta mère.

Dois-je vraiment t'instruire de ces choses ? Ne feins-tu pas l'ignorance ?

Parle-moi, ma sœur. Fais-moi connaître ce que tu sais.

Ces musiques que nous chantons ne sont humaines qu'en partie. Les offices, les liturgies, les messes. Ce que tu appelles harmonie, tu feins de croire qu'il s'agit d'une création humaine. Que l'on est capable de composer de belles musiques dès lors que l'on est soucieux de bien faire. C'est ignorer la place qu'elle tient toujours au sein de la Création. Aucune de nos nonnes ne chante juste parce que son âme est élevée. Certains chants de taverne sont beaux, comme ceux de certains guerriers partant combattre. Mais aucun de ceux-là n'est juste, parce que ceux qui les expriment ne sont pas, dans ces moments, les instruments de Dieu. La bonne musique s'accorde à celle des cercles supérieurs. La voix de la vierge qui s'élève pour se confondre avec la mélodie de son âme devient celle de l'univers.

Nous ne devons pas composer des chants qui soient le reflet d'une compétence. Nous ne devons pas chercher à être habiles. Le moins d'effort possible doit être engagé dans l'œuvre. Devenir des instruments. Être joué plutôt que jouer. Laisser Dieu, par nous, chanter.

Comme Élisée.

Comme Élisée. Comme les prophètes du Livre de Samuel.

J'aime quand tu parles de ces sujets et j'aime ce que tu en dis, qui me pousse à tout penser à nouveau. Pourquoi ne prends-tu pas plus souvent la parole ? Pourquoi chaque fois si peu de temps ? Tout doit-il demeurer caché et n'exister que là, entre nous, dans ces heures volées ? Tu es plus savante en ces matières que la plupart des doctes que j'ai rencontrés. Ce que tes filles chantent est plus beau que ce que font tous les autres chœurs que j'ai pu entendre. Ces morceaux que tu composes, ces mélodies, ces poèmes. Pense à ce qui adviendrait si tes méthodes se répandaient ? Ne serait-ce pas une chose merveilleuse pour notre monastère ? Pour le pays, pour toute la chrétienté ?

Tu es aimable et tes paroles me flattent. Mais tu fais erreur. Au bout du compte, ce n'est pas la beauté qui importe.

Et quoi d'autre, alors ?

La joie. La joie et la lumière.

Ça ne signifie rien. Me diras-tu, enfin, d'où te vient cette musique ? Comment tu la reçois, comment tu la transmets ?

J'en parlerai bientôt, continue ton histoire. Il faut maintenant savoir ce qu'ont fait les hommes avec leurs instruments. Il faut dire la danse, les rêves, les grandes visions. La musique pour les rois, les sons pour les prophètes.

Ici s'arrête le mois de mai. Sa pierre est l'onyx, qui naît du sol à l'aube. L'onyx est une pierre chaude, charriée hors d'Éden par les flots tumultueux du grand fleuve Pishon. Durant les songes, elle évoque lémures et tristesse.

Samuel chante, il danse, il est auprès de Dieu.

L'après-midi est chaud, il marche tête nue. Il

avance à grands pas. Le Seigneur lui a dit de se rendre à Thabor, à Béthel, à Guibea-Elohim. De recevoir là-bas divers dons, de suivre chacun des signes. Tout ce qui est prédit s'accomplit mot pour mot. Samuel est déjà à la dernière ville. Les murailles de Guibea se dessinent dans le lointain. Il sait qu'il y trouvera une garnison de Philistins. Qu'il rencontrera, sur le chemin du haut lieu, des musiciens en transe, des prophètes riches de visions. Il sait que la musique, à son tour, le ravira et qu'il prophétisera au nom du seul vrai Dieu, qu'il établira un roi à la tête d'Israël.

Du chemin qui descend de la poussière s'élève. L'air est lourd des odeurs de déchets du camp militaire. Le soleil, là-dedans, est jaune et comme voilé. Samuel va sans trêve depuis l'aube. Il a terriblement soif, ses pieds sont couverts d'ampoules. Il ne voit pas, d'abord, la bande des hommes saints, les six bonshommes hirsutes, ivres de viandes grasses, de fumées, de vins de sacrifice, emmaillotés de linges, titubant dans la descente. Il ne voit pas les dizaines de fidèles qui se pressent et qui giguent, tâchant de repêcher, dans la cacophonie des magiciens, quelques bribes véridiques sur les événements futurs. Quant aux quatre musiciens, il ne les voit que longtemps après les avoir entendus, les perçoit comme en songe. Un aigle joue du luth, un léopard du tambourin. Un ours est à la flûte, un monstre cornu à la harpe.

Sur la route de Guibea, la musique se saisit de Samuel. Ses membres ne lui appartiennent plus, ni ses poumons, ni sa gorge. L'esprit de Dieu le tient. Il devient un autre homme. Cela dure sept jours.

Cela dure toute une vie.

Ensuite, Samuel rassemble les hommes de toutes les tribus et désigne le futur roi d'Israël. Et Saül, celui qu'il pointe dans sa clairvoyance, chasse du pouvoir les Philistins pour régner sur les peuples. Et plus tard, à En-Dor, bien après la mort de Samuel, Saül fait réinvoquer son esprit pour qu'il le conseille dans ses guerres. Une magicienne chante, marmonne jusqu'à ce que le fantôme du prophète se manifeste pour de sinistres oracles. Et enfin, lorsque Saül meurt, le jeune David compose pour lui et pour son fils Jonathan le tout premier cantique, qui est un chant funéraire.

Comment, demande la chanson, de tels héros ont-ils pu succomber ? Comment leurs armes ont-elles pu être perdues ? Montagnes de Guilboa, qu'il n'y ait plus, pour vous, ni la rosée ni la pluie !

Des chansons que l'on rythme par le fracas des armes. Des épées heurtées contre des boucliers. Le sang qui bat aux oreilles une danse de combat.

L'hommage que David rend à ses frères d'armes est des plus émouvants.

Je ne suis pas d'accord. Bien d'autres de ses chansons sont plus tendres à l'oreille. Et plus vraies, plus authentiques. Celle qu'il compose à la mort de son fils : voilà la vérité de la vie telle qu'elle est.

Qu'en sais-tu, toi qui n'as pas perdu d'enfant ?

J'ai perdu nombre de sœurs.

Où en étais-je ?

Samuel à Guibea. La musique. La prophétie. La

vérité. Comment ces choses se tiennent, les unes suivant les autres.

C'est la musique qui élève Samuel. C'est le rythme et l'harmonie qui l'emportent au loin. Son corps capturé à mesure qu'il s'abandonne. Samuel est épuisé par la journée de marche, rompu par le climat torride, par la soif, par la faim, grisé par l'air putride des quartiers militaires. Samuel n'a plus de force en lui. Le premier bruit violent l'emporte tout à fait. Il cesse aussitôt d'entendre les instruments. Il ne respire plus, arrête de penser. Il n'est plus dans le monde. L'univers le traverse : Samuel devient musique.

Il danse.

Il danse comme un enfant qui tourne sur lui-même, qui tombe au sol et rit, et se relève pour tourner à nouveau. Il danse comme les anciens dansaient dans les grottes et dans les souterrains, en criant pour étouffer les cris de la terre. Il danse comme les villageois dansent autour des pierres, comme ils mènent leurs grandes rondes dans le secret de la nuit, tout autour des vieux arbres, tout autour des églises, et comme dansent en couples, dansent en lignes, les hommes grimés en femmes et les femmes mises en hommes. Samuel danse comme l'animal redevenu sauvage. Il danse comme celui qui a vu Dieu.

Comme celui qui imite la danse que danse Dieu.

Les musiciens l'entourent, l'encouragent, accélèrent les cadences, multiplient les prouesses. Les quatre créatures jouent pour le seul prophète et le prophète danse pour les quatre monstres. On ne sait distinguer qui mène qui, qui pousse qui, qui vient en premier du geste ou de la note, du cri ou bien du rythme, ou des paroles de vie qui jaillissent de la bouche de l'homme en proie aux spasmes vrais. Samuel joue les musiciens qui dansent Samuel. L'air épais amincit. Le soleil revient sur Guibea. Le front du prophète luit. Ses yeux révulsés brillent. Un sourire éclatant lui traverse la face. Il ne cesse, ne cesse de remuer. Le voir ainsi donne envie de rugir et crier avec lui. Il est superbe.

Il est terrible.

Quelle joie est la sienne.

Quelle affreuse douleur.

Voir Dieu.

Ne pas pouvoir Le dire.

Tu exagères. N'as-tu pas dit toi-même que la joie seule importe ?

La joie ne vient qu'après. Elle nécessite la conscience. Le repos. La réflexion.

Dis-moi alors ce qui t'emporte ? Ce que toi tu ressens ?

La solitude. Continue. Dis ce qui vient après.

Après il y a Saül et après lui David. Après David : Salomon. Ensuite, le royaume est divisé. Les rois d'Israël et de Juda deviennent des rivaux. Leurs prophètes font peu de cas les uns des autres. Élie part pour le Ciel dans un chariot de feu, Élisée lui succède, traverse le Jourdain à pied sec après en avoir fendu les flots. Il assainit la région, purifie les eaux en y jetant du sel, monte sur la colline de Béthel, où il invoque deux ourses femelles pour réduire en morceaux les enfants qui les houspillent.

Ce n'est pas ce que je veux savoir.

Vraiment ?

Tu es un conteur lamentable.

Très bien, je ne dirai plus rien.

Continue.

Élisée part pour le désert avec les rois de Juda, d'Israël et d'Édom. Les trois royaumes se sont alliés contre Moab, qu'ils comptent attaquer par surprise. Mais leurs armées se perdent. Une semaine passe dans la désolation. L'eau commence à manquer. Alors Josaphat, monarque d'Israël, fait mander Élisée pour entendre ses conseils. Après s'être fait prier, le successeur d'Élie déclare : amenez ici un joueur de harpe. Et dès l'instant que le harpiste commence à jouer, la main de l'Éternel se met sur Élisée.

La musique engendre la vision.

La vision engendre la musique. Comme pour toi.

Et que voit Élisée ?

Nul ne le sait. Mais quand il revient à lui, il dit à Josaphat : fais creuser de grandes fosses. Creuse-les par dizaines et tu seras vainqueur de Moab. Tu prendras ses citadelles, tu raseras ses forêts, tu pollueras ses puits et ruineras ses champs. Alors le roi ordonne que l'on fasse des trous dans le sol du désert. Et, ceci accompli, malgré la chaleur et l'absence de nuage, la pluie se met à tomber et emplit le pays d'eau.

Pendant le temps qu'il prophétisait, Élisée est resté assis dans la tente du roi. Rien de lui n'a bougé, pas même ses yeux, qui sont demeurés grands ouverts. La harpe, sous les doigts du musicien, répétait les mêmes notes. Quelques sons, toujours les mêmes, sur un rythme identique. La brèche dans le désert d'Édom est un trou qui traverse la Création et par lequel on peut entrevoir ce qui se passe au-delà. Élisée, ainsi, sauve les trois royaumes et donne à leurs monarques une grande victoire.

Ce prophète a mauvais caractère. Il est colérique et hautain. Pourquoi est-ce lui que Dieu a choisi pour révéler Ses mystères ?

Et pourquoi est-ce toi ?

Ici s'arrête le mois de juin. Sa pierre est le bétyle, qui naît du noir de la nuit et descend sur la terre dans les étoiles filantes. Le bétyle possède une vie propre, il bat comme un cœur ralenti. Il est le refuge des esprits.

Le premier des palais est une maison de cèdre.

David, à Jérusalem, demeure sous le toit de bois que Hiram, roi de Tyr, a fait construire pour lui. Le jeune homme vainc les Philistins, il se fait oindre roi. Assied sa position sur le nouveau pays. Les Juifs rentrent d'exode mais l'arche de Dieu est toujours à Baala. Une fois la paix signée, David réunit trente mille hommes. Il fait construire un char, convoque des musiciens, et part chercher l'arche sur laquelle a été prononcé le nom du Seigneur, pour la ramener avec lui dans la nouvelle capitale. Toute translation est un voyage sacré. Des milliers d'hommes s'ébattent, précédant le trésor. Des artistes, par centaines, s'épuisent sur leurs cithares, leurs harpes, leurs tambourins. Les sistres tintent. Les cymbales claquent. Les pèlerins se cabrent et se plient et bondissent. Le cortège avance dans un fracas terrible.

Combien de temps cela prend-il ?

Des jours. Des semaines. L'escorte va à petits pas. Dans chaque hameau traversé, les habitants se mêlent à la foule, se jettent dans la danse. Mains au ciel, ils crient et s'exaltent. Au village de Nakôn, l'enthousiasme est si violent que les danseurs bousculent les bœufs de trait. Les bêtes s'inquiètent, les chariots tanguent. Le mouvement se répercute, voilà l'arche qui penche, qui glisse sur son support, menace de basculer. Alors Ouzza, le prêtre chargé de sa sauvegarde, se précipite et, des deux mains, empêche le chargement de basculer au sol.

La musique cesse. Gestes suspendus, souffles coupés. Le ciel se fend et un éclair frappe Ouzza, qui meurt à l'instant même pour avoir, de ses mains, profané l'arche de l'alliance. Le silence se prolonge, jusqu'aux pleurs de David. Comment, dans ces conditions, faire venir l'arche jusqu'à ma maison ? Le voyage cesse trois mois, le chargement est confié à Obed-Édom, que David bénit.

Le roi revient plus tard avec de nouveaux musiciens, d'autres danseurs encore, pour le dernier trajet jusqu'à Jérusalem. Un espace vide est laissé tout autour du chariot. Les bœufs sont aveuglés et de la cire coulée dans les oreilles de leurs maîtres. Le cortège n'a pas quitté de six pas le domaine d'Obed-Édom que David offre au Seigneur un veau gras et un taureau en sacrifice. Puis les cors se remettent à tonner et, en tête de cortège, la maison d'Israël se dénude en entier, les hommes seulement vêtus de l'éphod de lin, tournoyant sur eux-mêmes, précèdent le cortège jusqu'à Jérusalem.

De la fenêtre de sa maison, Mikal, fille de Saül, voit ces agitations et les juge puériles. La nudité de David, ses bonds ridicules choquent, de même que la fragilité de la posture du roi. Mikal a connu le règne d'un monarque superbe, elle ne peut accepter que ce guerrier en sueur ait remplacé son père dans les faveurs du Seigneur. Alors, devant la foule réunie pour l'entrée de l'arche dans la tente, elle interpelle David : quel roi d'Israël se dénude ainsi devant les femmes ? Quel roi se montre nu devant ses esclaves ? Quel roi d'Israël s'ébat comme un enfant de six ans ? Quel roi rit sans raison, bave comme un dément, quel roi se roule au sol ? Dans le grand silence que la sortie de la princesse a provoqué au sein du peuple, David répond sans élever la voix : tu fais erreur, Mikal. Ce n'est pas devant les femmes ni devant les esclaves que je m'humilie et danse, c'est devant le Seigneur. Celui qui m'a choisi, m'a préféré à ton père pour régner, et pour Lui je danserai à nouveau et m'abaisserai autant qu'il le faudra. Et de ce fait, les femmes et les esclaves, loin de me mépriser, m'appelleront juste et m'honoreront.

David habite une maison de cèdre, l'arche une maison de toile. Car Nathan, le prophète de cour, l'a formulé ainsi : tant que David vivra, l'arche demeurera sous une tente, en voyage arrêté. Du jour où David aura rejoint ses pères, sa descendance royale se chargera de bâtir enfin la maison du Seigneur et, par ce geste, unifiera le royaume. Une dynastie, un temple, un Dieu. En attendant cette heure, de jour comme de nuit, les musiciens jouent tout autour de l'arche. Sa présence, en permanence, est ceinte d'un rempart de musique. De ce son incessant, de cette ferveur vibrante, naît finalement l'œuvre de Salomon. Les trompettes ont abattu les remparts de Jéricho, les harpes ont érigé les murs du temple de Jérusalem.

Qu'en dis-tu ?

Je trouve merveilleux que les habitants de ce temps aient pu passer des semaines entières à célébrer le Seigneur. Les paysans, les artisans, les vieilles à l'ouvrage, les femmes au champ ou en gésine, tous abandonnant leur labeur, tous marchant, tous chantant, dansant autour de l'arche. C'est une belle image.

En as-tu reconnu les protagonistes ?

Je reconnais la femme en moi dans Mikal, et son indignation, et m'émerveille de la réponse de David. Il sait qu'il a raison, parce qu'il a entendu son élection confirmée de la bouche même de Dieu. Lui seul peut ne pas douter de l'amour du Seigneur. Tout ce qu'en dit autrui ne pèse d'aucun poids sur ses décisions.

Il est comme toi, ma sœur. Comme toi quittant le Disibodenberg avec tes vingt moniales.

Elles ne sont que dix-huit.

Et vous n'avez pas l'arche.

J'ai la certitude de mes visions. Mes sœurs ont l'assise de leur foi.

Raconte-moi.

C'est l'été. Nous marchons tôt le matin et tard

l'après-midi. Nous cherchons la fraîcheur pour le camp du déjeuner. Nous ôtons nos sandales, nos sabots. Nous nous asseyons dans l'herbe. Les feuilles sont de toutes les nuances du vert, détaillées et distinctes dans la lumière d'avant tierce, l'éclat jaune d'après none. Les ombres tremblent sous les branches, se superposent, se font épaisses et douces, ou bien fragiles, fines, et percées de temps en temps, à mesure que l'astre tourne, par un rai de soleil droit. Nous sommes dix-neuf sœurs, dont douze vierges, qui voyageons sans homme pendant deux jours de temps. En marchant, nous chantons des cantiques, des psaumes, et des morceaux improvisés saisis au passage des villages. Nous longeons un verger. Les paysans se tournent sur leurs escabeaux, nous regardent passer. Au bout de leurs bras exténués, les seaux sont lourds de fruits. Sous nos pieds, la terre est légère. Nous allons jusqu'au fleuve, jusqu'à ce lieu découvert dans mes visions, ce havre où je serai, je le sais, amenée à m'installer. Nous allons jusqu'ici. Sortons de la forêt. Traversons les prés humides et piqués de fleurs mauves et sucrées. Le Rhin est d'un vert métallique. Les libellules ronronnent sous les pontons. Nous affrétons des barques avec l'aide de nautoniers. La traversée est longue. Au milieu, le courant est plus fort. Nos voix s'élèvent en chœur.

On dirait une gravure.

Ce sont mes souvenirs.

Tout se passe donc si bien, pour le premier voyage ?

Nous avons nos Mikals, tout au long du chemin. Braves gens et notables trouvant trop étonnante une telle compagnie. Marchands de village offrant escorte, protection, gîte en échange de prières. Les moines de Cunon, envoyés pour nous suivre, renoncent le premier soir. Et quand nous arrivons, ils sont nombreux encore à chercher à nous décourager !

Mais tu sais que Dieu t'approuve.

Je sais ce que Dieu veut. Il me l'a fait connaître. Il m'a montré le lieu et intimé d'y bâtir un cloître, d'y fonder un couvent.

Le Seigneur est à tes côtés : énorme privilège.

Il me plie. Il me broie. Depuis le temps, tu le sais bien.

Est-ce un si grand prix à payer contre la garantie de Son amour ?

J'ai passé dix mois dans les douleurs avant de pouvoir me lever de ma couche, parce que je n'avais pas eu le courage de suivre Ses injonctions. Si mon désir avait pu s'accomplir, je serais morte alors. Morte plutôt que d'affronter Cunon, plutôt que d'exiger du magister qu'il me laisse partir. Mais, de longtemps, je sais que rien n'est en mon pouvoir de décision. Je suis comme David qui assiste, impuissant, au foudroiement d'Ouzza. Incapable d'aller à l'encontre de ce qui est.

Mais tu as fondé le Saint-Rupert.

Nous avons bâti cette maison de nos mains. Un temple, une communauté, un chant.

Te souviens-tu des cérémonies de consécration ?

Ici s'arrête le mois de juillet. Sa pierre est le

saphir, qui pousse en plein midi, dans l'air obstrué de chaleur. Le saphir appelle la chasteté et guérit les ulcères. Il est bleu ciel lorsqu'il est mâle, bleu d'eau quand il est femelle.

L'univers tout entier passe sous ces fenêtres.

L'âme de l'homme est ainsi faite qu'elle ne peut jamais saisir la vie que dans l'instant présent. Je m'assieds dans ces vignes, juste là, à tes côtés, et regarde les toits des fermes, au bas de la côte, la route, les enceintes grises et les pontons des maisons des pêcheurs. Je regarde le fleuve, dont la couleur ne cesse de changer à mesure que les jours avancent, que les mois se succèdent. Je regarde la berge adverse et devine le clocher d'Eibingen, l'embarcadère, le chemin qui mène jusqu'au Saint-Gisilbert. Je m'allonge pour regarder, au-dessus de nous, les nuages plus larges et plus hauts que les murs de Cologne, suspendus sans attache dans la nue, dérivant, indolents. Vois comme ils sont blancs par en dessous et sombres dans leurs plis. Vois ces oiseaux qui s'assemblent et tournent au-dessus de nos champs. Ils sont noirs, comme taillés au ciseau dans la matière du ciel. Ma vue les fait trembler. Ont-ils vécu ailleurs ? Existeront-ils encore quand leurs ailes les auront portés derrière les faîtes du Rupertsberg ? Et nous-mêmes, ma sœur, avons-nous existé avant que d'être ici ?

Je me souviens de toi quand ton poil était brun et que tu avais encore des cheveux sur le crâne. Tu étais un garçon bruyant, impossible de l'oublier.

Et toi une fille peu aimable.

Comment oses-tu dire ça ?

Vous marchiez toujours seules, avec la petite Jutta. Vous teniez vos cheveux coiffés à l'identique, gardiez les yeux baissés. Vous faisiez peu de cas de la communauté des frères.

C'est à toi, pourtant, que j'ai parlé en premier.

Cela t'a pris des années.

Cela a pris bien plus longtemps avant que je n'évoque mes visions face au reste du monde.

Quelle vie aurait été la mienne si tu ne m'avais pas choisi comme confident ?

Et quelle vie la mienne si tu ne m'avais pas crue ?

Tu vois, ma sœur. Les choses sont comme elles sont, à chaque instant. Rien n'aurait pu se passer autrement. Les blés montent à la taille et le raisin mûrit. Les enfants que nous étions ont vu leur temps passer, jusqu'à devenir des vieillards.

À l'ombre des tilleuls, les vierges et les veuves tressent des couronnes de fleurs pour la représentation. Il faut près de deux ans pour que le cloître soit achevé. Que le nouveau couvent à côté de Bingen soit propre à être habité. À la vingtaine de moniales dépêchées du Rupertsberg se sont peu à peu jointes trente femmes de la région, appelées par la vie consacrée. Les cellules et les dortoirs sont pleins, et date a été prise avec l'archevêque de Mayence pour la consécration de la chapelle. C'est la première abbaye de femmes ne dépendant d'aucune communauté masculine. Tu en es la magistra et moi, ton secrétaire, le seul homme à la fréquenter jour après jour. J'en suis le confesseur et le prêtre. À ton service, depuis toujours.

Bien plus que ça, Volmar. Tu es ma main et mon latin. Tu es ma voix.

Ton instrument, tout au plus. Les visions qui te traversent, tu me les transmets et je t'aide à les faire résonner. Je suis la trompette dont tu joues, de même que tu dis être flûte entre les mains de Dieu.

Tu es à mes côtés.

Je suis à tes genoux.

Que font ces femmes qui tressent ? Dis-moi ce qu'elles préparent.

Elles mettent la dernière main à leurs parures, elles finissent leurs costumes. Avant la consécration du Saint-Rupert par l'archevêque, avant la messe dite pour vous toutes et pour les visiteurs accourus nombreux en ce grand jour de fête, les sœurs de Bingen offrent un spectacle musical. Une pièce édifiante que tu as composée pour elles. L'*Ordre des Vertus.* Pour la première fois, tes poèmes, tes mélodies sont exécutés en public. Non plus pour le bénéfice des moniales, mais pour celui du monde entier. Pour les nobles et les clercs et pour les hommes illustres venus te rendre hommage, prophétesse rhénane, maîtresse du nouveau couvent. Des paroles et des sons jusque-là inouïs. Toutes ces années de labeur, passées à retranscrire le contenu de visions. Les images et leur sens théologique rapportés dans le *Scivias.* Les mélodies et les danses retranscrites dans la *Symphonia.* Et, à la jonction des deux : ton *Ordo Virtutum.* Pas seulement des mots, pas seulement des sons, mais des corps, des actrices, des danses. Un espace et un temps dans lequel déployer le récit d'une lutte immémoriale : l'âme humaine, dégradée par la tentation du monde, puis sauvée par la danse des Vertus. Une histoire propre à exalter les cœurs. Les chants vibrent dans l'air et les corps de ceux qui écoutent. Nos chairs, nos os entrent en résonance. Les mots chantés alors pénètrent jusqu'à l'âme.

Étaient-ils attentifs ? Je ne me souviens que de la barbe, trouée par endroits, du prélat de Cologne. Des habits trop épais portés par l'archevêque, assis au centre, au premier rang. Des tribunes installées dans l'ombre des grands arbres. La scène est un carré de pelouse nue, l'estrade est par-derrière. C'est la fin de l'après-midi. Un drap tendu entre deux perches fait manière de coulisses et nous attendons là, écoutant celles qui chantent, imaginant dans le jeu des ombres sur le tissu les mouvements réels, la danse des Vertus.

Ma sœur, ils n'étaient pas attentifs : ils étaient subjugués.

Je suis seule, d'abord. Seule devant les hommes assis, parlant entre eux à voix basse, faisant passer la cruche de vin. Ils attendent un jeu, quelque scène biblique, un concert, un sermon. Alors j'ouvre la bouche et clame la vérité.

Au cours de ma quarante-troisième année, leur dis-je, dans une vision céleste et une immense terreur, j'ai été confrontée à la plus grande des splendeurs. Une voix tonnant d'en haut m'a donné cet ordre : humain pathétique, cendre de cendre, putréfaction des putréfactions, répète et note tout ce que tu verras et tout ce que tu entendras.

Tandis que je finis cette introduction, le chœur

des moniales, à la file, paraît de derrière le rideau et se place en ligne pour, à l'unisson, entonner l'antiphone, qui exalte le premier des chants, la première des paroles, celle de Dieu créant le monde, puis le trouble apporté par le péché d'Ève et sa persistance, intacte, au sein de chaque Vertu. Je ne vois pas mes sœurs, elles restent dans mon dos, mais j'entends leurs voix et sens leur foi qui vibre avec la mienne. Nos hôtes, je le crois, ont cessé de boire comme de parler. Les oiseaux même se sont tus. Le jeu des Vertus commence.

Je m'en souviens. Le silence. Votre beauté à toutes. Tu as gardé ta tenue de chaque jour, parce que toi seule joues ton propre rôle. Les autres interprètes semblent surgies d'un rêve. Les robes, parfaitement blanches, sont nouées à la taille par des cordons immaculés. Quand elles laissent aller leurs bras, les longues manches glissent et dessinent des ailes aux sœurs. Quand elles tournent sur elles-mêmes, les tissus gonflent et s'écartent en corolles de fleurs. Leurs visages sont blanchis, comme leurs mains, leurs pieds nus, et des guirlandes de fleurs pâles tombent des cous aux poitrines. Bouches et yeux grands ouverts, elles déclament : Tu es la matière radieuse par laquelle la Parole répand toute vertu, de même que la première des boues a engendré toutes les créatures.

Mes sœurs sont superbes.

Elles sont bien plus que ça. Transportées par le jeu. Magnifiées par les tenues.

On m'a souvent fait reproche de ces parures. Des bijoux, de la beauté de mes moniales.

Ceux qui critiquent n'ont pas assisté à cet *Ordre des Vertus.* Ils n'ont pas vu ce dont il s'agissait. Aucun des spectateurs, ce jour-là, n'a oublié ce qu'il a vécu.

Vient le temps des patriarches et des prophètes. Les Vertus sortent du chœur, forment une ronde. Immobiles, les hommes des temps antiques les regardent et s'émerveillent. Il y a Adam, Seth, Abraham. Il y a Moïse, Saül, David. Samuel et Élisée. Tous joués par des femmes. Nous sommes les racines, clament-ils. Et nous, nous sommes les branches, répondent les Vertus. Nous poussons à l'ombre de l'œil vivant. Les anciens sortent de scène, je m'en vais à leur suite. Hiltrude entre à ma place. La ronde des Vertus, autour d'elle, se referme. Elle est Anima, l'héroïne du jeu. Elle est l'enjeu du drame. L'âme humaine. Hiltrude était ma favorite.

Je ne te l'avais jamais entendu dire.

Tu sais pourtant que c'est vrai.

Bien sûr. Hiltrude était parfaite. Douée en tout, intelligente. Un beau visage et un front haut. Et cette voix.

Hiltrude était la vie.

Les hommes assis, l'âme debout, ses sœurs qui l'entourent. Anima est instruite, elle est sollicitée. Encouragée dans le chemin de la lumière. Elle souffre d'avoir été incarnée, âme éternelle liée à une chair mortelle. Elle dit : le vêtement de la vie pèse comme une charge douloureuse, et les spectateurs voient ce corps, prison passagère. Ils entendent le chant éternel sans commencement ni fin : sois ferme et jamais tu ne tomberas. Puis Hiltrude reprend : si c'est Dieu qui a créé ce monde, comment Lui ferais-je injure en me contentant d'en jouir ?

Tu te souviens des mots.

Je me souviens de ce moment-là, oui. Parce que je dois à mon tour apparaître sur scène. Le seul rôle masculin. Le seul qui ne soit pas chanté. Je bondis dans la ronde, disperse les Vertus, je gesticule et crie : abandonne tout effort ! Succombe à la tentation ! Il te suffit d'embrasser le monde pour que celui-ci t'adore !

Le chœur s'éloigne. Nous demeurons dans les hauteurs, disent les Vertus. Anima est seule et livrée à elle-même. Elle est livrée au diable.

Son habit est déchiré. Ses fleurs arrachées.

L'âme humaine mise à nu.

Plus rien ne cache le corps de Hiltrude. La peau de Hiltrude. Ses chairs pâles tremblent dans le soir tiède.

L'attention du public n'a jamais été si grande.

Ici s'arrête le mois d'août. Sa pierre est l'agate, qui naît de la terre humide. L'agate est d'air et d'eau. Elle donne un teint gracieux à celui qui la porte, et le rend aimable aux yeux du monde comme aux yeux de Dieu.

L'âme humaine est fragile, on la souffle comme une flamme.

Mais qu'il fait bon, ici. On sent le froid qui monte, l'humidité du fleuve. Vois le soleil descendre vers l'aval, les flots qui étincellent. Les sarments de nos vignes ont des ombres noueuses, on pourrait croire des griffes. On pourrait accréditer la légende de l'or englouti, roulé dans les profondeurs du Rhin et gardé par les esprits de la nature. Nos vieux os grincent, notre dos, nos hanches craquent. Nous sommes vieux, toi et moi, nous avons connu beaucoup de jours et beaucoup de labeurs. Pourtant, je me sens bien.

Tu es toujours heureux d'esquiver tes devoirs. Les sœurs doivent nous chercher.

Qu'elles continuent. Qu'elles nous cherchent encore. Cela me rappelle le temps de nos jeunes années. Les bois près d'Odernheim. Après tes longues maladies, je t'emmenais marcher. Bien campée sur tes jambes, affaiblie mais vaillante. Nous allions jusqu'à la rivière et attendions là, accroupis dans les herbes, de voir passer la hase. Je te posais mille questions que tu éludais l'une après l'autre. Ce qui te clouait au lit pour de si longues périodes, tu n'en parlais pas volontiers.

C'est que je ne voulais plus, en ces temps, y penser.

On voyait à tes yeux que le silence te coûtait.

C'est à toi, à toi que j'ai parlé en premier.

Parce que Jutta n'était plus là. Que tu n'arrivais plus à rien lui dire d'important. Tu ne m'aurais, sinon, pas accordé beaucoup plus qu'un regard.

Peut-être. Sans doute as-tu raison. Tu as été remarquablement patient.

Je n'ai pas grand mérite. Je n'avais rien d'autre à attendre.

Reprends le récit, je te prie. Anima est nue, livrée aux désirs de ce monde.

Hiltrude, oui. Au centre de la scène, au centre des regards. Le diable, c'est moi qui le joue, recule de quelques pas. Il ne quitte pas la scène, ne disparaît pas derrière le drap. En retrait, il observe. Hiltrude demeure exposée, embarrassée. Et les Vertus, qui se sont élevées, dansent très lentement sur l'estrade de bois. Elles sont à l'arrière-plan et semblent loin du jeu. Il n'y a qu'elles, pourtant, pour pouvoir sauver Anima. Les Vertus chantent, se présentent une à une. Il y a Charité, Obéissance et Foi. Il y a Crainte de Dieu, Espérance et Innocence. Il y a Rejet du monde et Amour céleste, Discipline, Prudence, Miséricorde, Patience. Il y a Humilité, la plus loquace de toutes. Et il y a Chasteté.

Adélaïde incarnait cette vertu. Tu te souviens comme elle était, fragile et décidée à la fois ?

Adélaïde était admirable. Elle avait une force d'homme.

Les Vertus chantent pour Anima. Que lui enseignent-elles ?

Elles ne professent aucune leçon. Elles s'ébattent entre elles, harmonieuses et célestes. Chantent, de leur voix parfaite, un chant qui rappelle les premiers temps. À l'inverse de Satan, qui incite et séduit, qui vainc en peu de mots, les Vertus se contentent de donner l'exemple de leur perfection. Anima, nue, ne peut entrer dans leur danse ni mêler sa voix à celles de ce chœur. Prostrée, cheveux déliés, elle écoute et se pâme. Elle apprend la leçon.

Hiltrude, si blanche, si blonde dans l'herbe rase. Le soleil décline à peine. Tout est jaune et luisant.

Anima se repent d'avoir voulu le monde. Les Vertus, l'une à la suite de l'autre, descendent près d'elle. Hélas, se lamentent-elles, la brebis s'est égarée, elle ne suit plus son maître. Je vous en supplie, chante Anima, laissez-moi en paix, ne venez pas m'accabler de votre perfection. J'ai péché et ne suis plus digne de vos mélodies. Reviens à nous, protestent les Vertus, et Dieu te guérira. J'ai besoin de cette protection, besoin de me sentir à nouveau digne. Il me faut une armure de lumière. Ce dont tu as besoin, plutôt, c'est de vraie humilité.

Sœur Clémence était Humilité.

Une voix très belle et très puissante. Voilà qu'elle sort du rang et pose sur le dos d'Anima une robe comme les leurs, en entonnant : vous toutes, Vertus, relevez cette pécheresse repentante, avec ses cicatrices qui rappellent les blessures du Christ. Remettez-la sur pied, menez-la jusqu'à moi. Le cercle se resserre, Hiltrude circule de main en main. On la rhabille, on la recoiffe, lui passe des baumes, la couvre de fleurs. Des larmes brillent dans ses yeux clairs tandis qu'autour d'elle on entonne : réjouis-toi, fille de Jérusalem, car Dieu te rend ce que tu as égaré, et voilà que tu brilles désormais d'une clarté plus grande que jamais auparavant.

Le diable, sans doute, aura son mot à dire.

Le tableau est parfait. Tout ce blanc, ces linges, ces odeurs de soleil. Anima relevée par l'Humilité, exaltée par les Vertus. Je sors d'un coup de ma réserve et, d'un cri, brise toute l'harmonie. Je suis le grand ennemi, la dissonance, la Chute. Gesticulant, je hurle : qui es-tu pour échapper à mon étreinte ? Je te combattrai et t'écraserai de ma victoire. Ce à quoi Anima, renforcée par la présence des Vertus à ses côtés, rétorque aussitôt : viens donc que je t'affronte face à face. Humilité est tout à côté. Lorsque je me rue sur Anima, elle ne recule pas d'un pouce. J'entends des cris dans le public. Le diable a bondi dans le chœur des sœurs immaculées. Il est noir, écumant.

Tu faisais un beau démon.

Humilité appelle Victoire à son secours et Victoire, avant que je ne puisse accaparer Anima, me jette contre terre. M'y tient plaqué, vient s'asseoir sur moi, bloque mes reins, appelle : venez vite, venez m'aider à vaincre le Trompeur. Et toutes les Vertus, bientôt, me piétinent et défont leurs ceintures pour m'enserrer de liens. Elles entravent mes jambes et me fixent les bras, de manière à ce que je ne puisse plus que me tordre, que ramper comme le serpent, que je sois forcé d'écouter Victoire entonner son air triomphal : réjouissez-vous, compagnes, car le monstre antique est ligoté. Et Chasteté de poursuivre : j'ai écrasé ta tête, Satan, et accompli un miracle en faisant naître le Fils de Dieu.

Il ne te reste, Volmar, plus qu'un cri à pousser.

Le dernier, le plus violent. Celui qui fait trembler Anima et reculer les Vertus. Celui qui touche, au-delà des personnages, ces femmes qui dansent et chantent dans le déclin d'un bel après-midi d'automne, ces veuves et ces vierges consacrées de la communauté du Saint-Rupert. Moi, seul homme sur la scène, jouant le diable vaincu, je me redresse et crache : tu ne sais rien de ce qui s'est produit. Ton ventre n'a jamais connu la forme de celui qui porte l'enfant. Tu transgresses la volonté de Dieu qui t'a créée pour le doux acte d'amour. Tu es une ignorante qui, par son refus de savoir, se complaît dans l'erreur.

Anima n'a rien à opposer à cet argument. Pas plus que Victoire, ou la foule des autres Vertus.

Mais Adélaïde réplique, prêtant sa voix à Chasteté : ces paroles, comment pourraient-elles m'affecter ? Elles ne font que te souiller plus encore. Car moi, Chasteté, j'ai engendré l'homme qui rassemble toute l'humanité contre toi, par sa naissance.

Le Christ est venu et a tout achevé.

C'est un très beau moment, ma sœur, que la fin de cet *Ordre des Vertus*. La brune Adélaïde a eu raison du diable. Victoire, Humilité et les autres Vertus enlacées, Anima au milieu. Comme d'un songe ou bien d'un enchantement le public se réveille. Les prélats se lèvent. Tu reviens pour conclure, diriger le dernier hymne. Sans que personne ne l'ait vu, à quatre pattes, je suis sorti de scène et il n'y a plus que vous, le couvent de Bingen, que tes filles en blanc et toi en gris. L'illusion du jeu se disperse et vous êtes à nouveau vous-mêmes, vingt femmes chantant à l'unisson, vingt âmes en résonance, vingt portes ouvrant sur la lumière céleste.

Au commencement

Au commencement la Création était verdoyante et les fleurs s'épanouissaient en son milieu.

Rappelle-toi
Rappelle-toi que la plénitude n'avait pas besoin de s'assécher.

Vois, Père,
Je te montre mes blessures.

Aussi maintenant, vous tous, humains, pliez genoux devant Dieu.

Et attendez Sa main tendue.

La messe qui suit est belle, de même que les paroles prononcées par l'archevêque, qui ne sont pas celles qu'il a préparées, mais celles que le spectacle des Vertus lui a inspirées. Les émissaires du Saint-Disibod, venus en retard, sont tancés d'importance. Cunon vient près de moi savoir ce qu'il a raté. Plusieurs dignitaires demandent que l'on fasse copier les chants et les mélodies pour leur propre jouissance. Les pierres neuves du couvent, les bancs encore rugueux paraissent aux yeux de tous rehaussés par le spectacle. C'est comme si la cérémonie avait ouvert un passage entre ce monde et l'autre, et que des rayons d'une lumière nouvelle baignaient depuis Bingen.

C'était un très beau soir.

Les arbres étaient jaunes. Les peignes des vignobles, sur les collines, descendaient jusqu'au fleuve. Il y avait de l'eau fraîche et des vins du Rhin à boire, de grosses miches à mie grise, des fromages encore frais, et des fruits. Les escortes s'égaillaient, certains faisaient un somme. D'autres, avec les sœurs converses, parlaient des miracles du monde, des guerres, du pape, des chevaliers croisés et de ces êtres minuscules qui vivent dans les herbes et se jouent des hommes sans jamais se faire voir. Le soleil disparut, on éclaira des torches, alluma des lanternes. La nuit était très claire et rien ne nous pressait. On irait sous la lune aussi bien qu'en plein jour. J'entends encore les rires, les chocs des bottes et des sabots sur les planches de bois. Les pieds nus des moniales, leurs voix claires de jeunes filles, gaies à n'en plus pouvoir. Je sens l'odeur de l'herbe, de la sève, de la feuille prête à choir, l'haleine pleine que les bois lointains nous portent au visage. Je suis là-bas, maintenant.

C'était il y a longtemps.

Comme si c'était hier. D'ailleurs, regarde.

Quoi donc, mon bon ami ?

Cette première étoile. Elle est restée la même.

Ici s'arrête le mois de septembre. Sa pierre est le jais, qui naît des terres noires de Lycie et de Bretagne. Le jais est pierre de virginité. Elle rend aux femmes leurs règles, éloigne les serpents et guérit le haut mal.

Poussez vers Dieu des cris de joie, vous tous, habitants de la terre !

Voilà l'automne et voilà les ténèbres. Voilà le temps du monde où le sommeil l'emporte sur la veille, la dureté sur la douceur, le silence sur le bruit. L'univers s'endeuille. Le ciel perd ses couleurs. Dans les dortoirs, les religieux toussent sans trouver le repos.

Tout est doré. Les daims changent de pelage. L'écureuil s'affaire pour emplir ses réserves. Les pluies sont plus fréquentes et l'eau des puits plus fraîche.

Le vent est chargé de miasmes. Tout pourrit dans les sous-bois.

Le raisin est pressé. Le vin nouveau pétille.

Nous allons vers la mort.

L'astre d'été brille à travers tous les temps.

Après l'*Ordo Virtutum*, nous nous mettons au travail sur ton livre de chants. Nous investissons une cellule minuscule du Rupertsberg, une pièce sombre et basse à côté de l'escalier qui descend au cellier. Je m'installe sous l'unique fenêtre avec le matériel d'écriture. Tu t'assieds sur un tabouret, contre la porte, empêchant celle-ci de s'ouvrir. De temps en temps tu te penches pour prendre le monocorde, en tirer les notes qui manquent à ta trame. Tu rejoues les séquences composées du temps du Saint-Disibod, les hymnes pour chaque heure, affinés à force de répétitions, les tropes sublimes et déliés. Pendant ces mois de rédaction, nous travaillons portés par la musique et les souvenirs qu'elle invoque. Tu fredonnes une mélodie, puis la chantes, et je nous revois sur la colline boisée au-dessus d'Odernheim, je revis une Toussaint, des années plus tôt, une Pâque en grande pompe où vous chantiez sur le parvis, vêtues de tuniques vertes, les cultes à sainte Ursule, la procession des flammes jusqu'au bord de la Nahe. Les souvenirs de ces mélodies, les mélodies elles-mêmes, les paroles des poèmes, ta voix qui emplit notre cellule de travail : tout cela j'essaie de le conserver, de le figer par l'encre sur le parchemin, de fixer autant de vie qu'il m'est possible pour ceux qui viendront après nous, les déjà vivants qui survivront à la mort de notre chair et ceux pas encore nés, que ces musiques pourront aussi ravir. Nous revivons l'histoire de toute notre communauté au travers de ces cantiques, composés, amendés avec les sœurs, pratique quotidienne de notre piété, de notre foi. O cruor sanguinis ! O viridissima virga ! Karitas habundat !

Il y a de belles choses. J'essaie de ne rien oublier dans l'inventaire. De composer un livre qui comprenne la totalité de mes œuvres d'abbesse et de maîtresse de chant.

Il est certain, pourtant, que des morceaux nous ont échappé.

Je revois, en jouant et en chantant les airs, telle moniale mise en avant par telle partie. Les visages des sœurs perdues et des sœurs défuntes reviennent à mon esprit. Leurs bouches ouvertes, leurs yeux qui cherchent. J'entends à nouveau le timbre de leur voix. Comme elles sont nombreuses ! Moi, la toute fragile, moi la grande malade, comment ai-je pu survivre à tellement d'entre elles ?

C'est à Jutta, surtout, qu'il me revient de penser.

Jutta, je ne l'imagine pas. Je ne vois plus ses traits depuis des décennies. Mais elle est là, tu as raison. Elle est dans chacune de mes compositions, depuis que j'ai osé créer des mélodies. Elle est dans chaque vers que j'ai inventé, inspiré de mes visions ou de mes énergies. Sans Jutta, je n'aurais jamais eu la musique. Sans Jutta, je ne serais pas celle que je suis.

De même que, sous ta dictée, j'ai écrit le *Scivias*, de même je rédige la *Symphonia*, le livre de tous tes chants. L'un et l'autre vont ensemble, ils s'illustrent et se complètent. Le recueil des visions et celui des musiques, les images et les sons des mondes d'au-delà. Nous avons presque terminé le travail. Je garde sur les genoux une couverture de laine. La peau, à la fenêtre, tremble dans le vent froid. On entend dans la cour les bûches que l'on fend et que l'on jette au sec. J'ai tracé les lignes rouges de la prochaine portée, j'attends que tu prennes l'instrument ou me dictes les paroles avant de les chanter. Mais ce qui sort de ta bouche, ce matin, n'a jamais été entendu sur terre.

O orzchis Ecclesia.

Le premier chant en langue inconnue.

Jusqu'alors, nous avions travaillé sur un livre d'archives. Tentative d'arrêter le temps, de conserver l'éphémère de sons traversant les airs. La *Symphonia* proposait de revivre notre passé recréé, figé dans une forme d'éternité. Mais cette ignota lingua qui surgit alors nous porte bien au-delà. Elle dit une vérité. Touche à quelque chose d'en dehors de tout temps.

Personne ne parle cette langue.

Mais on peut la chanter.

À la fin de notre travail de collation, sur les dernières pages de ta *Symphonia*, nous posons par écrit l'index et la graphie de cette langue nouvelle. Des traductions te viennent en latin ou en langue vulgaire, parfois les deux. Moi je reçois, je copie, je trace. J'essaie d'être le plus fidèle possible à tes prononciations, à tes intonations. Ce que tu nous donnes là est incompréhensible. Cela ressemble autant à une énigme qu'à une clé.

Ce sont des mots au-delà des mots. Une nouvelle manière de circonscrire l'univers.

Une langue pour les Parthes et pour les Mèdes, pour les Élamites, pour ceux qui vivent en Mésopotamie et en Judée, en Cappadoce, au Pont ou en Asie, en Phrygie et en Pamphylie, en Égypte, en Libye, pour ceux venus de Rome, pour les Juifs et pour les prosélytes, pour les Crétois et les Arabes.

Au jour de la Pentecôte, des langues de feu descendent du ciel et se posent sur chacun des apôtres. Emplis de l'Esprit saint, ils se mettent à parler en idiomes inconnus, et parce qu'ils sont capables de toucher le cœur de tous les hommes, tous les hommes entendent le message et tous se convertissent. Le Christ l'a annoncé, avant la Cène, Il a prédit la venue de l'Esprit. L'Esprit est une colombe et une flamme, Il est une parole qui passe de l'oreille à la bouche. Un chant intérieur, informulé, une musique dans l'âme humaine, qui sonne plus fort que la cymbale et fait plus de bruit que le tambour.

J'ai entendu des mots en des langues inouïes.

Les as-tu prononcés ?

Je ne l'ai jamais pu. Ce que nous avons fait, ce que tu m'as aidée à transcrire dans cette cellule du Rupertsberg où nous avons composé la *Symphonia*, était une première table. Un outil qui pourrait servir à dessiner cette langue. Une façon d'envisager le langage pour décrire non pas la matérialité du monde mais l'harmonie au-delà.

Préparer le monde d'après.

Le printemps suit l'hiver, sa promesse de verdissement, du rejaillissement de vie.

Les foules qui s'assemblent tout autour des apôtres les voient parler toutes les langues de la Création et, comme ils ne comprennent pas, comme pour eux ce ne sont pas des mots mais des sons, ils disent : ces hommes-là sont saouls. Et Pierre, dans leur propre idiome, les reprend aussitôt : il n'est pas encore tierce, nous sommes tout à fait sobres. Ce à quoi vous assistez a été prédit par le prophète Joël, qui répétait des paroles divines. Dans les derniers jours, a-t-Il déclaré, Je répandrai Mon Esprit sur vos chairs, et vos fils et vos filles prophétiseront, et vos vieillards auront des songes. Il y aura du sang, du feu, des vapeurs et des fumées, et Je ferai paraître des prodiges dans les cieux comme sur la terre.

L'Esprit est une musique. Il parle une langue que chacun reconnaît pour sienne.

Ta langue inconnue était parfaite, car personne, jamais, ne l'avait articulée.

Nous avons fini d'écrire ce livre. Nous l'avons mis à copier.

Et ensuite ?

Ensuite il y a eu d'autres visions, d'autres ouvrages. Des voyages, des sermons. De longues et belles heures ensemble. Je te soutenais quand tu avais du mal à marcher. Tu m'aidais à trouver les mots, corrigeais mes phrases latines. Ensemble nous allions au pays de nos souvenirs, faire revivre un instant, par la parole, ces gens que nous gardions vifs en mémoire. Tu as été mon ami, tu as été mon secrétaire.

Et ensuite ?

Tu es tombé et tu es mort.

Ici s'arrête le mois d'octobre. Sa pierre est la sarde rouge, qui naît de l'automne et des pluies sous les racines des lauriers fanés. La sarde vainc les mauvais rêves.

Nous avons joué de la flûte et vous n'avez pas dansé.

Nous avons chanté des complaintes et vous ne vous êtes pas lamentés. À quoi comparer votre génération ? Vous êtes comme des enfants qui jouent sur les chemins. Vous regardez cet homme qui ne mange ni ne boit, et dites : il ne peut être que possédé par le démon. Vous regardez cet homme qui mange et qui boit, et vous dites : c'est un jouisseur et un vulgaire, ami des gens de mauvaise vie. Vous ne jugez jamais qu'à la mesure de votre propre expérience. Vous croyez que l'homme est à l'échelle de l'homme.

C'est que vous refusez de regarder le monde. Que vous ignorez les abysses du sommeil et niez l'immortalité de l'âme.

Mais nous sommes ainsi faits, ma sœur. Nous demeurons toujours comme des enfants. Nous avons beau savoir que la mort est impermanente, beau espérer en un jugement dernier, tout ce que nous désirons, au fond, c'est vivre encore. Un mois, une semaine, un jour de plus. Une heure, même, s'il le faut, et si nous pouvons encore supporter la souffrance. Sentir sur le visage la morsure du vent froid. Le sang qui s'agite dans l'épaisseur des os. L'air qui entre, qui sort de la bouche et qui y entre encore, ce souffle de l'homme à l'unisson du souffle du monde. Le Christ a beau maudire toutes les villes de Galilée pour leur inconséquence, lorsque Lui-même est mis en croix, lorsque Lui-même connaît l'agonie et sent le toucher de la mort, Il ne peut empêcher un mouvement de recul. Une résistance insensée, un haut-le-cœur. Nous ne sommes pas, en ces matières, plus sages que le poisson qui se déchire à l'hameçon en cherchant à s'enfuir. Ni lui ni nous ne pouvons nous résoudre à abandonner la chair.

La chair est transitoire. Elle est faible et infiniment douloureuse.

Elle est tout ce que nous connaissons jusqu'à ce que l'âme la quitte.

J'ai vu des palais de pierres rares et entendu des chants sans commencement ni fin.

Je n'ai vu que des maisons nouvelles ou des maisons en ruine. Je n'ai connu que des cantiques dont la beauté même était d'être éphémères.

Tu m'as aidée à fixer mes visions, à rédiger mon œuvre et à la rendre immortelle.

Souvent, quand je te regarde, je devine le temps à l'œuvre. Je me souviens de l'enfant frêle, dans les semaines qui ont suivi ton arrivée au Disibodenberg, de tes bras osseux, de tes jambes maigrelettes. Je me souviens de la jeune fille aux yeux baissés et des rares mots qui franchirent tes lèvres pendant nombre d'années. Je me souviens de la femme blême, aux joues creuses, qui se relevait de longues convalescences, et de la femme rose, aux sourires radieux, qui parvenait à partager avec moi ses visions et ses rêves. Tous ces visages, et tous ceux de la maturité, tous ceux de la colère et de la concentration, tous ceux du doute, de l'abandon calme hors de la société, en ma compagnie, je peux les revoir superposés dans ta face de vieille femme, dans ces traits marqués, dans ce masque sans sexe. Tu es l'enfant et la vierge, la sponsa Christi, la magistra, la pythonisse, la prophétesse. Tu es la compagne de ma vie et la justification de mon travail, et je ne peux pas te penser autrement que comme un corps. Comme une présence, comme une chaleur. Mon amie.

Nous ne sommes pas séparés, Volmar. Nous nous reverrons, et le temps que nous passerons ensemble sera infini.

Sans doute. Mais ce temps n'aura pas la clarté des aubes d'hiver, lorsque nous descendions le coteau verglacé, bras dessus, bras dessous, en direction des fermes et des premières lanternes allumées aux fenêtres.

Ne parle pas comme ça. Ne parle pas de ça. Il nous reste un peu de temps ensemble et tu n'as pas fini l'histoire. Tu ne m'as pas dit ce qu'était devenue la musique. Au temps du Christ

Le temps du Christ est tout à fait semblable à ce temps-ci. Les rois cessent d'écouter les prophètes, ils font la guerre aux messagers de Dieu. Les instruments jouent pareillement aux sacrifices idolâtres et dans les temples du Seigneur. Tambours et trompettes précèdent l'ost sur les champs de bataille. On joue du luth et de la vielle dans les cours des monarques pour leur seule distraction. Les paysans chantent et jouent des refrains impies de leur composition. Le lien avec le Ciel est chaque jour plus lâche. La vérité perd pied face au mensonge, la piété face au péché. Couvents et monastères sont les derniers abris d'une vie vertueuse et de chants harmonieux.

Tu exagères. Tu parles, une fois encore, du point de vue des hommes. La musique instrumentale, parce qu'elle est humaine, peut être dévoyée et même corrompue. Mais crois-tu vraiment que cela influe à quelque échelle sur l'harmonie du monde ?

Regarde ce qui se passe dans le palais d'Hérode. Pour l'anniversaire de sa naissance, le monarque a fait venir au palais cent et un invités. Il leur sert des mets rares, des brocs de vins épais. Hérode est gras, puissant, doté d'appétits insatiables. Il a pris pour épouse Hérodiade, la femme de son frère, et adopté pour fille sa nièce Salomé. Pour cette vie de débauche, pour le massacre des nouveau-nés commis à la naissance du Christ, pour le rôle qu'il jouera dans la Crucifixion, Jean le Baptiste le fustige lors de sermons publics. Le roi fait arrêter le prophète et le jette au cachot. Inquiet de son influence, persuadé de l'authenticité de ses dons, il répugne pourtant à le faire tuer. Jean-Baptiste croupit dans sa cellule. Au-dessus de sa tête, Hérode fait entrer les musiciens, les desserts, les liqueurs, les femmes louées. Il ordonne que l'on s'égaie, lui-même quitte la table pour se mettre à danser. Porté par l'allégresse, il ne reconnaît pas la belle qui ondule sous les voiles. Il la mène tout autour de la salle, se laisse aller à des gestes sensuels, la serre contre lui, le chant de la flûte sinue dans l'air comme un aspic. Hérode choit sur les coussins tout contre la jeune femme, sa bouche poisseuse cherche une bouche, le jeune corps se cabre avec la mélodie, Hérode veut écarter les voiles, la belle a glissé plus loin. Le monarque éponge son front, halète, se relève, part en dansant à sa poursuite. Il crie, les convives l'entendent par-dessus les tambours : sois mienne et je t'offrirai tout ce que tu voudras, je te prendrai pour épouse, tu auras la moitié de tout ce que je possède. La danseuse, d'un geste, fait taire les instruments. Tout ce que je voudrais ? demande-t-elle. Tout ce que je serai en mesure de t'offrir. Elle a cessé de s'esquiver, Hérode saisit sa taille, les invités poussent des cris de joie. Salomé tombe le voile, et au père incestueux déclare : alors apporte-moi la tête du Baptiste.

C'est la beauté de sa belle-fille qui a perdu Hérode.

La beauté et la danse. L'alcool et la musique. Hérode se laisse séduire comme Adam avant lui. Le diable peut se tapir au sein d'une mélodie. Si on l'identifie parfois à quelque dissonance, il sait se faire plus fourbe, gracieux comme la vertu. Et tous tombent dans le piège. Le roi a juré devant cent invités, tous ont bien entendu la demande de Salomé. Qu'il le veuille ou non, il est contraint de s'y plier. On décapite le prisonnier, jette le corps dans un fossé. Les disciples de Jean recueillent sa dépouille, l'emportent pour la pleurer et pour l'ensevelir. Puis ils s'en vont porter la nouvelle à Jésus de Nazareth.

Celui-ci part pour Tibériade. La foule Le suit dans le désert. Il multiplie des pains. Il s'avance sur l'eau. Jésus est affligé. Il vient de perdre l'homme qui était comme Son frère. Jean annonçait la venue du Messie et cheminait à Ses côtés. La cruauté du châtiment que lui a fait subir Hérode est à l'origine de nouveaux troubles. L'influence de Jésus ne cesse alors de croître. Le roi, à raison, s'inquiète de la révolte dont Il est le porteur.

Arrête. Je vois où tu veux en venir. Mais ce n'est pas la musique qui a mené le Christ jusque sur le Golgotha.

Entends les olifants tonner à travers Jérusalem ! Entends ces cris poussés pour sauver Barabbas ! Entends ces enfants chanter : voilà le faux roi des Juifs que l'on traîne au calvaire !

Ici s'arrête le mois de novembre. Sa pierre est l'aimant, complice de l'adultère. Placé sur le front d'une femme endormie, il permet à tout homme de la connaître sans que celle-ci se réveille.

Hosanna au plus haut des Cieux !

Paix sur la terre aux hommes de bonne volonté.

La vie de Jésus est un chant continu, une mélodie céleste incarnée dans un corps d'homme. Le Christ est comme Orphée, descendu aux Enfers pour en tirer les morts : le chemin s'ouvre, les démons prennent peur parce qu'Il est précédé de la lumière du Père et qu'autour de Lui sonnent les accords purs de l'harmonie divine. Ce qu'entendent les apôtres et les milliers de fidèles dans les sermons et les paraboles du Christ, c'est une musique d'avant la Chute. Le chant édénique chanté par Adam. Une voix humaine accordée enfin à celle de l'univers. Qui dit au paralytique : lève-toi, prends ton brancard et marche. Qui dit à Lazare : sors de ce tombeau. Qui dit aux disciples : tout est accompli, et à Marie de Magdala : pourquoi chercher parmi les morts celui qui est vivant ? Cette voix semble un murmure dans la cacophonie du monde. Un ruisseau maigre dans l'océan d'insignifiance. Mais c'est un grand miracle qu'on la devine encore, qu'on puisse, prêtant l'oreille, la distinguer dans le brouhaha. Trompes de Rome, vielles des Juifs, cymbales de Simon le Mage, cris des barbares aux portes de Jérusalem. Transes d'hommes et de femmes nus sur les tapis de braises. Cris de marchands et cris de bêtes. Une voix nette, une seule, s'élève dans le chaos.

Un rai de lumière perçant l'obscurité.

Un ton grâce auquel s'accorder et, par lui, chanter juste. Une pureté qui survit à la déréliction, comme Noé sur son arche.

Le fruit qui dort dans l'arbre. L'arbre plié dans la graine. La graine de longs mois au sein du sol gelé.

On tasse la neige avec nos bottes. Les bêtes passent, repassent, aplatissent sous leurs sabots ce qui fut blanc et doux. La boue et le lisier, et le crottin mêlés en dégradés de brun. Nous ne prêtons aucune attention à cette terre que nous foulons aux pieds. La vie qui y repose est invisible à l'œil. Elle vibre pourtant, elle tremble au même rythme que tous ces arbres noirs, dépouillés, qui feignent, au bord des champs, d'être morts en attendant le redoux. Elle palpite et tremble, cette viridité enfouie. Patiente, impatiente. Indifférente aux allées et venues précipitées par les bourrasques de l'hiver. La vie percera assez tôt la peau dure de ce monde. Elle connaîtra le jour, la lumière, la chaleur de l'astre. Poussera, fleurira. Repeuplera le monde. Ainsi le nouveau-né et ainsi la jeunesse. Ainsi la génération renouvelée des hommes, chassant la précédente, ne retenant de ceux qui sont morts avant leur temps que quelques leçons, quelques noms, quelques récits. Elle chante à pleins poumons, la jeunesse, et son cri ne signifie jamais qu'une seule chose : notre tour est venu, c'est notre temps de vivre.

Des flammes dans le courant d'air.

Les mèches se tordent dans le suif fondu mais nous continuons d'allumer des lampes, de loin en loin, à travers le couvent. Les heures ont raccourci. Le jour s'est éclipsé, nous nous sommes faits ombres. Il faut chanter plus fort dans le chœur de l'église, chanter pour faire reculer les ténèbres et le froid. Nous peinons à nous distinguer les uns les autres.

Les voix témoignent encore de nos présences, elles prouvent notre accord.

Les seaux d'aisance, au matin, ont gelé. Les animaux, dans l'étable, dorment collés les uns contre les autres. Le froid tue les plus faibles. Là où personne ne s'aventure, la neige s'accumule, gèle à nouveau, adoucit toute forme. Les canards barbotent près des rives, indifférents au vent glacé, aux flocons qui tourbillonnent, se posent sur leurs plumes grasses.

Qu'étais-tu allé faire là-bas seul ?

Je ne m'en souviens pas. Mes pas m'ont emmené vers le fleuve. La lumière de ce jour était d'un gris de plomb. Je me suis approché pour regarder les bêtes, j'ai glissé. J'ai cru, quand les eaux se sont refermées sur moi, que c'était ça la mort. Ensuite, je me suis débattu. J'ai pris pied dans la vase. Mes habits étaient lourds et mes muscles las. Il m'a fallu plusieurs tentatives pour me hisser à nouveau sur la berge. J'arrachais les herbes mortes auxquelles je m'agrippais. Les oiseaux, affolés par mes gestes, avaient rejoint d'un coup d'aile un endroit abrité d'où ils me regardaient. J'étais trop loin, trop essoufflé pour appeler quelqu'un. L'eau glacée, autour de moi, continuait de couler. Je pensais aux morts que l'on descend en terre. Je n'avais pas peur, pas vraiment. Je reprenais mon souffle, immergé jusqu'au torse. Mes pieds, mes jambes s'engourdissaient, et je concentrais mon attention sur deux gros noisetiers, à la lisière des communaux, l'entrelacs des branches nues, les corbeaux perchés qui me scrutaient de loin, cette qualité de noir, cette qualité de blanc. Je savais à quoi je ressemblais à leurs yeux : un vieux moine empêtré dans une robe trempée, très bientôt épuisé, très bientôt emporté par le courant comme un bout de bois flotté. Je me suis jeté à nouveau en avant et j'ai planté mes doigts dans le sol dur, j'ai cassé mes ongles contre les pierres. Mes bras étaient brûlants et douloureux : ils ont tiré ma dépouille hors de l'eau avant que je ne perde connaissance.

C'est une enfant de Bingen qui t'a trouvé là. Avec ses frères, sur une charrette à bras, ils t'ont tracté jusqu'au couvent. Nous t'avons déshabillé et séché. Nous t'avons frictionné. Tu étais rouge et dur, et blessé ici et là, mais tu vivais encore.

Je ne le sais pas. Je n'avais aucune conscience de vivre.

Tu es resté ainsi dix jours sans boire ni manger. Dix jours sans ouvrir les yeux. Quelques gémissements. Nous t'avons veillé à tour de rôle. Je t'ai parlé.

Est-ce que j'entends ta voix ?

C'est Hiltrude qui dirige le chœur de la cérémonie de Noël. Il n'y a pas de messe cette année-là. Les frères du Disibodenberg promettent de nous envoyer un prieur, mais le temps est trop mauvais pour qu'un moine fasse la route. Tu manques à cette cérémonie. Tu manques à nos âmes. Je n'entends pas les chants qui s'élèvent dans la chapelle. Je suis à ton chevet, dans ce silence de ta cellule qui n'en est pas vraiment un. On entend le vent, au-dehors, et ta respiration siffle comme si ta gorge refusait de se desserrer. J'écoute, j'attends. Je somnole, espérant une fois encore ta voix. Que celle-ci me réveille en sursaut, que je rouvre les yeux pour découvrir les tiens ouverts, que tu me souries et dises : quel étrange cauchemar. Je pense, dans la nuit noire, aux pâtres des campagnes près de Bethléem, assoupis contre leurs crosses, et à la lumière soudaine, à cet ange immense qui emplit soudain leurs cieux.

Les bergers sont terrifiés.

Mais l'ange du Seigneur, aussitôt, les rassure. Ne craignez rien, dit-il, car je vous annonce une bonne nouvelle. Un Sauveur nous est né. Il est le Christ, votre Seigneur. Et voici à quoi vous Le reconnaîtrez : vous trouverez un enfant emmailloté et couché dans la crèche. Et tandis que les hommes se lèvent, interloqués, l'ange est rejoint dans la nue par la multitude des armées célestes et, tous ensemble, ils se mettent à chanter.

Gloire.

Gloire à Dieu dans les lieux très hauts.

Oui. Maintenant que tu le dis, j'ai peut-être entendu la musique. Peut-être ai-je perçu ta voix ou celle des messagers célestes.

Le ciel s'est refermé. Les anges ont disparu. Les bergers s'approchent les uns des autres, ils se parlent et décident : allons à Bethléem. Allons voir ce qui s'est produit, et qui est ce Seigneur à ainsi Se faire connaître. Ils marchent en toute hâte, l'air est glacial, la fatigue leur pèse, et la peur provoquée par la vision marche sur leurs talons. Il n'y a qu'une seule lumière, une lanterne qui brûle dans une crèche à l'entrée de la ville. Les bergers s'arrêtent sur le seuil, ils ôtent leur chapeau. L'Enfant est bien tel que l'ange l'a annoncé, emmailloté Il dort dans le foin d'une mangeoire. Le bœuf, l'âne, la Vierge parturiente. La vie, menue et blanche, réchauffée par la vie.

Un bourgeon sur un rameau ancien.

Ses racines s'enfoncent profondément et bien des branches maîtresses déjà sont mortes.

Mais le temps s'écoule et l'arbre demeure.

Tu as vécu trois jours encore après les fêtes de Noël.

Il m'a semblé voir ton visage.

Tu ne t'es pas réveillé.

Ici s'arrête le mois de décembre. Sa pierre est l'hyacinthe, que l'on trouve dans les sols éthiopiens. Elle est d'ambre laiteux quand elle est femelle, safran lorsqu'elle est mâle. Celui qui la porte est bien reçu dans tous les lieux.

L'âme est musique par essence.

Le corps est le vêtement de l'âme, la voix de l'âme est la vie. Il faut que le corps, avec l'âme, chante vivement les louanges de Dieu.

Nous le faisons pour toi, Volmar, avant et pendant que tu es mis au tombeau. L'air vibre de notre ferveur. Nous te portons en terre dans le carré du Saint-Rupert, là où reposent nombre de sœurs que tu as aimées d'un amour de dilection. Tes compagnons du Saint-Disibod viennent à leur tour se pencher sur la fosse. Il fait parfaitement froid, cet après-midi-là. L'abbé Cunon est écarlate. Vous devez m'envoyer un prêtre pour les offices, lui dis-je. J'aurai besoin au plus tôt d'un clerc lettré, détaché en ce lieu pour mon secrétariat. Cunon me dépasse d'une tête, me semble petit malgré tout. Derrière, il y a la grange, les pointes de glace qui pendent du toit, le verglas sur la façade, sculpté nuit après nuit par le vent qui serpente dans les gorges du Rhin. Je n'entends pas ce que dit l'abbé, s'il me répond. Ensuite je suis dans le réfectoire, à essayer de me réchauffer au grand feu qu'une sœur avive. Elle sort, me laissant seule auprès des flammes, des bûches crépitantes, du ronflement de l'air. Je crois sentir alors, juste à mes côtés, l'âcre odeur de ton corps, et ton haleine de vieil édenté. Je me tourne lentement.

Et que vois-tu ?

Rien, bien entendu, puisque tu n'es plus là.

Il te faut pourtant continuer à vivre.

Je suis trop avancée en âge pour arrêter maintenant. Trop de travail, trop de sollicitations. Les voyages, les prêches. Les exorcismes, les phylactères. La gestion de deux couvents sur les deux rives du Rhin. La compilation de mes œuvres, choisies et corrigées. Nous ne cessons de travailler. Nous ne cessons de nous réunir, de prier. Nous ne cessons de chanter. Et pourtant

Pourtant ?

Le silence gagne du terrain.

C'est le grand, le lourd silence qui suit les coups de tonnerre. Le silence délicat après la fin de la chanson. Lorsque le Christ remet Son âme entre les mains du Père, lorsque pour trois longs jours Sa voix s'efface de l'univers, l'absence est annoncée par un grondement terrible. Dernier coup de cymbales. Tremblement de toute la terre. Ceux qui étaient restés le long de l'agonie du Christ prennent leurs jambes à leur cou, dévalent le mont du Calvaire dans une folle débandade et, sous leurs pieds tordus contre les cailloux, la pente se défausse, le monde se convulse. Tout vibre, tout oscille. La Croix seule, au sommet, tient à la verticale. Puis l'agitation cesse.

La tête du crucifié retombe sur Sa poitrine. Les nues noires se rouvrent. L'oiseau reprend son vol. Pas un bruit. Pas un son. Les curieux, les badauds, les amis, les disciples, les légionnaires romains et les mercenaires juifs s'arrêtent de courir et tendent l'oreille. Ils s'interrogent du regard. Sont-ils devenus sourds ? Il faut que l'un d'entre eux se décide à parler pour que, très lentement, le doute se dissipe. Les bruits reviennent, l'un après l'autre, celui du sang dans les tempes, de la salive qu'on avale. Puis le vent dans les branches de l'olivier, le chant du criquet de jour, le bêlement des moutons dans la rocaille en contrebas. Le monde a hurlé et puis le monde s'est tu. Il reprend son babil, son doux bruit familier. Quelque chose, pourtant, a changé pour toujours. Quelque chose de subtil et de différent dans les sons de la terre.

C'est le silence du Christ.

Dieu sur terre parlait avec la voix d'Adam. La voix avant la Chute possédait la douceur, l'harmonie d'une musique. Il n'en demeure que des échos et que des souvenirs. La belle voix s'est tue et laisse dans l'air un creux, comme celui d'un corps qui déserte le lit. Nous cherchons à comprendre de quoi cette présence était faite. Nous scrutons les cieux et posons des questions.

Nous nous retrouvons entre sœurs pour unir nos voix.

Et c'est tout ce qui reste. Chanter ici-bas. Chanter toutes ensemble et en homophonie. Faire entrer l'air maigre, l'air silencieux et froid de la nef. Le réchauffer à nos viscères, le sculpter à la forge de notre cœur. Puis le laisser jaillir, vibrant, tiède, alourdi de sons admirables. Chanter notre joie et notre verdeur. Chanter à pleine force sous la voûte sonnante, pour entendre la vie revenir dans nos oreilles et témoigner de notre persistance. Prouver une fois encore l'existence de nos âmes, l'existence de nos corps. Faire entendre nos singularités au sein d'un même groupe et notre part active dans la communauté. Rendre visible ce lien qui nous unit aux mondes, aussi bien ceux que nous pouvons voir que ceux, invisibles, sur lesquels nous n'avons pas de prise. Ce grand pont vers le Ciel, le construire pierre à pierre. Ce lien de l'homme à Dieu, le tresser fil à fil. Ne jamais se laisser gagner par le silence. Ne jamais se lasser de fêter l'harmonie. Être nous-mêmes. Être puissantes.

Aussi, quel triste hiver que le dernier hiver.

Tu n'es plus là, Volmar. Cela fait cinq longues années que tu es dans la terre lorsque l'interdit est jeté.

Mais cette histoire, pourtant, est encore celle de la musique. Veux-tu bien me laisser la conter jusqu'au bout ?

Si tu veux. Je t'écoute.

Au Rupertsberg, dans les cimetières du couvent, on enterre des gens pieux, des gens riches du comté, pour qui y reposer est d'une grande importance. Ils gisent à mes côtés. Se boucanent, se décomposent. Persistent encore un peu, quelques os, quelques traces. Entendent, au-dessus d'eux, les pas légers des sœurs, la cloche qui bat les heures. Mais les prélats de Mayence, fâchés contre la communauté, ou renseignés à tort par quelque vieil ennemi, prétendent d'un de ces cadavres qu'il est d'un mécréant. D'un homme excommunié qui aurait prêté allégeance à l'antipape Alexandre III. Il vous est interdit de le garder en terre. Il faudrait l'exhumer, le rendre à sa famille, restituer les sommes de cette concession. Tu ne veux rien entendre, refuses avec vigueur. Lorsqu'on menace de venir au couvent le déterrer de force, tu fais ôter sa marque, effacer toute trace pointant sa sépulture. On rappelle alors ton frère Hugues, l'homme qui me remplaçait au Saint-Rupert, qui présidait aux messes et à la confession. L'interdit des offices est promulgué sur le couvent, vous privant de sacrement pour un temps illimité. Et la punition se triple, comme si ce n'était assez, d'un interdit à toutes, désormais, de chanter.

Et cela dure des semaines. Et cela dure des mois.

Tout le temps de l'hiver, presque jusqu'au printemps. Pour la première fois, votre communauté est privée de musique. Le fil des heures ne résonne plus que des mots sans timbre et au sens amputé. Ce n'est plus un chœur de voix célestes que tu diriges mais un rassemblement de femmes de tous âges. Vierges et veuves, novices, vieillardes, filles brunes aux veines maigres, blondes osseuses et fertiles. Tu n'indiques plus la note sur laquelle s'accorder. Tu ne donnes plus la mesure aux âmes dont tu es la gardienne. D'aussi loin que tu te souviennes, aucune période de ta vie n'a été aussi sèche. Dans ton enfance, auprès de la veuve Uda, les deux Jutta et toi répétiez et chantiez les cantiques de la messe. Tu étais impubère et savais déjà manier le monocorde, et tu as passé des décennies à composer pour toi seule, à chanter dans la solitude avec l'accord des sœurs. On t'a parfois demandé de baisser la voix, de remettre à plus tard. Mais jamais, pour quelque raison, n'a-t-on pu t'imposer ce type de silence. Tu es une femme vieille, prophétesse reconnue. Barberousse te protège et le pape lit tout de ce que tu écris. Mais voilà que l'on t'empêche, maintenant, de célébrer avec tes sœurs les noces du Ciel et de la terre.

Tu es folle de colère.

Il est hors de question de briser l'harmonie. La terre n'a pas le droit de rester silencieuse.

Tu écris des lettres et t'insurges. Tu demandes que l'on fasse casser le jugement. Tu refuses de céder à cette pression inique. Et tout cela te prend un temps précieux.

Puis l'interdit est levé.

Oui. Enfin. Le long hiver touche à sa fin.

Poussez vers Dieu des cris de joie, vous tous, habitants de la terre !

Ici s'arrête le mois de janvier. Sa pierre est la chélidoine, que l'on trouve dans le ventricule de l'hirondelle lorsque la lune est au croissant. La chélidoine guérit de la folie lunatique.

Saint, saint, saint le Seigneur, Dieu tout-puissant, Celui qui était, qui est et qui vient !

Le Christ nous dit : de deux femmes qui moudront à la meule, l'une sera prise, l'autre sera laissée. Cette meule, je le crois, représente le monde, qui tourne autour de la roue du temps et broie ceux qui s'attardent à s'éprendre de lui. Chantez au Très-Haut. Que votre ferveur abolisse l'espace, que votre joie perce le siècle ! Le Christ est venu sur la terre accomplir la prophétie. Préparez-vous, car le terme du monde est proche.

Le premier âge court de la Création au Déluge. Le deuxième de Noé à la sortie d'Égypte. Le troisième sépare le temps de Moïse de celui du Christ. Le quatrième va de l'Incarnation jusqu'au Jugement dernier. Nous voilà déjà à la fin du tout dernier segment.

Ils ont passé, déjà, les temps du cheval blanc et du cheval rouge. Nous gardons en mémoire celui du cheval noir, qui est l'âge des martyrs, et vivons désormais dans le quatrième et dans l'ultime, l'âge du cheval verdâtre, aussi nommé temps des calamités. Il est marqué par la faiblesse et par la corruption. C'est celui dans lequel, pour la honte des hommes, les femmes se voient dotées du don de prophétie. Six millénaires ont coulé dans les sabliers depuis la création du monde. Le septième sera le tout dernier.

Ainsi avancent les saisons à venir. Le printemps qui commence sera le temps du chien de feu. L'été celui du lion fauve. L'automne celui du cheval pâle, qui s'achèvera bientôt par la naissance de l'Antéchrist. L'hiver sera celui du porc noir et verra le triomphe du mal. Puis viendra le loup gris. Le laps qui nous est imparti est chaque jour plus court.

Tu as vécu longtemps, ma sœur. Tu as vu mourir la plupart de tes contemporains.

Je ne me plains pas du nombre de mes jours. L'urgence n'en demeure pas moins grande.

Les chants ont repris au Rupertsberg.

Et ils ne cesseront de résonner, se poursuivront après moi. La *Symphonie des harmonies célestes* est copiée à de nombreuses reprises. Je forme de jeunes sœurs à la direction musicale, multiplie les consignes et les indications. Je transmets mon savoir, collationné avec tant de peine, retranscrit si patiemment, découvert dans les douleurs de la lumière vivante.

Tes visions, tes connaissances, ta musique, ta langue inouïe persistent pour tous les hommes. Tu demeures une voix à travers les siècles, mêlée à celle du monde. Notre univers est un instrument de musique, et toi tu ne cesses d'y jouer ta mélodie unique.

Toi-même tu persistes, au-delà de la mort.

Comme une ombre, derrière la tienne. Une figure dessinée dans un coin de parchemin. Quelques mots, quelques lettres. Je suis la main invisible, le compagnon secret. Si je peux parler encore, c'est grâce à ton souffle et à lui seulement.

Alors mets ce don à profit et dis ce qui, ensuite, se produira. Ce qui adviendra de la musique des hommes, à compter de maintenant, jusqu'à la fin des temps.

Cela commence dans un jardin mais finit dans une ville. Jérusalem est descendue du Ciel avec ses hauts remparts, brillants comme le jaspe et comme le cristal. Ses murailles sont percées de douze portes, une pour chacun des apôtres et chacune des tribus d'Israël. La cité repose sur douze pierres ornementales, une par mois de l'année. Et à la fin du temps, chacun des hommes

Attends. Tu vas trop vite. Tu as oublié les sceaux, les trompettes, les coupes de la colère. Tu as oublié les châtiments qui ravagent la terre.

Lorsque l'Agneau brise le septième sceau, il se fait dans le ciel un silence d'une demi-heure. C'est à cet instant que prend fin la musica instrumentalis. Que le chant de l'homme, qui courait depuis Adam, qui a traversé toute sa postérité, se tait. Il n'y a plus d'humanité, il n'y a plus de récit. Les sept anges, autour du trône de Dieu, abouchent leurs trompettes et soufflent, l'un après l'autre. Les sons qui sortent ne sont pas de ce monde et le détruisent, tiers par tiers. La terre brûle avec ses plantes. La mer se change en sang. L'eau des fleuves en absinthe. Les astres, par paquets, s'éteignent. Puis des voix désincarnées hurlent ces mots terribles à travers tout l'espace : malheur aux habitants de la terre, car trois anges doivent encore sonner trois trompettes ! La cinquième sonne et une armée de sauterelles à face humaine, à cheveux de femmes, jaillit de l'abîme. La sixième sonne et deux cents millions de cavaliers infernaux surgissent de l'Euphrate pour régner sur la terre. Ceux des hommes qui ont survécu adorent ces démons, sacrifient aux faux dieux, commettent crimes et sortilèges sans connaître de remords.

Et la septième trompette

La septième sonne à son tour. Les voix sans corps crient à sa suite : le royaume du monde est à notre Seigneur ! Et sur la terre reviennent le dragon, la Bête, le faux prophète que les humains adorent. Les villes sont rasées, les marchands dispersés. En haut de la montagne, la voix du Ciel, qui est comme le bruit de l'océan, comme la musique d'une harpe immense, entonne un cantique nouveau que seuls ont pu entendre et apprendre les cent quarante-quatre mille hommes encore marqués du sceau de Dieu.

Ils ont reçu le don de la mélodie céleste. Ceux-là enfin chantent comme les anges.

Puis viennent les sept coupes, pleines à ras bord de la colère de Dieu. La grande prostituée sur la Bête écarlate. La chute de Babylone, dévastée en une heure. Les démons jaillissant des monstres terrassés comme des crapauds peureux. Vient le cavalier dont la bouche contient un glaive, qui enchaîne Satan pour mille ans. Vient le combat final lorsque Satan, libéré, est défait pour la dernière fois et jeté dans le lac de feu et de soufre. Vient la disparition, la fin de la Création. Tout ce qui fut, tout ce que Dieu a fait. Tout ce que l'homme a connu du monde, ce qu'il en a perçu, ce dont il s'est souvenu. Le premier ciel et la première terre ne sont qu'un songe dont l'âme, d'un coup, s'éveille. La mort n'est plus. Il n'y a pas de deuil, ni de cri, ni de souffrance.

Celui qui siège sur le trône dit : tout est accompli. Je suis l'alpha et l'oméga, Je suis le début et la fin.

Cette voix !

Je suis ton Dieu, poursuit-elle, et tu es Mon enfant. C'est ici qu'est Notre demeure. Ici Nous pouvons vivre ensemble.

Cette cité !

Du trône de Dieu et de l'Agneau coule le fleuve d'eau et de lumière qui baigne les remparts de la Jérusalem céleste. Et sur ses berges pousse l'arbre de vie, dont les branches portent des fruits douze fois par année.

Cette lumière !

Il n'est plus besoin de flambeau ni de bougie. Il n'est plus besoin de lune ni de soleil. La nuit a tout à fait disparu. Le Seigneur Dieu dispense sans compter Sa clarté infinie. Il règne et nous régnons avec Lui.

Et tout est racheté.

Tout est pardonné, oui. Rien de ce qui a eu lieu n'a plus d'importance. Les justes et les mauvais sont triés. L'harmonie récompensée. La faute punie. Heureux ceux qui lavent leurs robes afin d'avoir droit à l'arbre de vie et d'entrer par ses portes dans la cité du Ciel. L'Esprit et l'épouse disent : viens ! Que celui qui entend dise : viens ! Que celui qui a soif vienne, que celui qui le désire reçoive l'eau de vie gratuitement. Il n'y a plus de sphères et plus de repères, plus de dedans ni de dehors. Il ne subsiste aucune distance entre l'homme et le Seigneur. Il trône au centre de la ville et de tout point, à tout instant, Il nous est visible et connaissable.

Vivre dans Sa musique.

La devenir enfin.

Cette chanson, n'est-ce pas, ne cessera jamais.

Ici s'arrête le mois de février. Sa pierre est l'améthyste, qui naît des reflets du soleil dans l'eau glacée. L'améthyste ouvre une brèche vers le futur des mondes. Qui la porte sur soi devient un peu prophète.

## *Vita Hildegardis*

Guibert parle.

Quand j'entrepris de rejoindre le Rupertsberg afin de me mettre au service de Hildegarde, la prophétesse avait acquis une renommée universelle. Elle était également au terme de sa vie. Un an et demi avant mon départ, j'avais dépêché à son monastère une sœur pénitente de Gembloux. Ida rapporta la réponse que la sainte femme faisait à ma requête : elle était positive.

J'étais depuis longtemps familier du travail de Hildegarde et n'ignorais aucune de ses lacunes en matière d'écriture. Ses livres avaient été dictés à des hommes mieux formés qu'elle, qui avaient eu pour mission de transcrire ses paroles en un latin convenable. Les quelques exemples de textes directement de sa main étaient à même de convaincre le plus inculte des lecteurs du bien-fondé de ces réécritures. Quel qu'ait été, cependant, le talent des secrétaires successifs, il m'avait toujours semblé que j'aurais pu, à leur place, faire bien mieux, à la fois dans l'élégance de la langue et la profondeur des translations. Je suis un moine savant, coupable de nombreux péchés : celui d'orgueil, en premier lieu. Mon amour pour l'œuvre de Hildegarde était tel que je n'eus pas sitôt appris la mort de Volmar que je lui proposai mes services. Je savais la femme fort âgée, mais comptais sur le soutien du Seigneur pour lui permettre, avec mon assistance, de fixer par écrit ses dernières visions et d'établir ses ultimes prophéties.

L'hiver m'arrêta à Cologne, alors que j'avais déjà parcouru le plus long du chemin. Je n'étais plus moi-même un jeune homme, et les années passées à l'étude ou en copie m'avaient mal préparé à si longue aventure sur les routes de l'empire. Le temps, qui semblait clément lorsque je quittai mon abbaye, ne cessa de se dégrader au fil des jours. Il commença par beaucoup pleuvoir, puis les boues gelèrent et le vent souffla, enfin la neige commença de tomber. J'allais prudemment, d'étape en étape, peinant à me réchauffer la nuit dans des haltes sans confort. Les gelées précoces prenaient le monde de court. Les récoltes étaient gâchées. On craignait les loups.

Au bout de deux semaines de voyage, je fis un rêve dans lequel j'arrivais à destination pour découvrir un Saint-Rupert bleu de gel, serviteurs et moniales figés dans leurs mouvements, telles des statues. Hildegarde reposait sur un lit. Elle était jeune et désirable, plus dure que le marbre et parfaitement glacée. J'eus très peur, à mon réveil, qu'il ne se fût agi d'un songe prémonitoire. Que le terrible hiver n'ait eu raison de la santé de la vieille femme et que je ne m'efforçasse vers son couvent que pour y parvenir au lendemain de sa mort.

Mes orteils me faisaient atrocement souffrir lorsque je trouvai enfin une place sur un navire remontant le Rhin. Il nous débarqua deux jours plus tard, forçant ses passagers à reprendre leur marche. Le fleuve n'était plus navigable. Je poursuivis tant bien que mal jusqu'au dimanche suivant lorsque la fièvre me saisit. Mes compagnons de voyage me chargèrent sur une mule et me portèrent jusqu'à Cologne où ils m'abandonnèrent au lazaret. Les routes étaient bloquées, m'y apprit-on. Sur les hauts, les neiges accumulées faisaient des murs infranchissables. Je me retapai avec peine et résolus de rentrer à Gembloux. La mauvaise saison ne pouvait durer toujours, le printemps me serait plus clément.

Je ne parvins ainsi aux côtés de Hildegarde qu'au commencement de l'été de l'an mille cent soixante-dix-sept de l'Incarnation de notre Seigneur Jésus-Christ. Ma paresse et ma pusillanimité m'avaient retenu de reprendre plus vite le chemin du Saint-Rupert et, pour ma punition, j'arrivai trop tard pour convaincre l'abbesse de me confier quelque travail d'ampleur. Au lieu de la vierge parfaite imaginée dans mes rêves licencieux, je découvrais une vieillarde tassée, rabougrie et tordue comme un arbre poussé en plein vent. Depuis l'achèvement de son *Livre des œuvres divines,* elle avait renoncé à tout écrit visionnaire, se consacrant à la musique et à la mise au propre des plus importants de ses livres. Soutenue par Philippe de Heinsberg, l'évêque de

Cologne, elle ne projetait plus qu'un ultime écrit autobiographique, mêlant à des tableaux de vie monacale quelques enseignements théologiques. À cet ouvrage seraient adjointes des copies de ses échanges de lettres avec les grands de ce monde. C'est à cette tâche inachevée, déjà entreprise par deux fois, d'abord du temps de Volmar puis de celui de Gottfried, que je m'attelai.

Mon travail consista surtout à retrouver les sources, à recouper les informations auprès des rares témoins vivants et à exploiter les archives des deux couvents où Hildegarde avait vécu. Le reste me fut précisé de sa bouche même, quand sa santé lui permettait de s'entretenir assez longtemps avec moi, et sa mémoire ne lui faisait pas défaut.

L'expression de l'abbesse était hasardeuse. Sa langue, comme son esprit et son corps, s'était usée au métier de visionnaire. Elle mêlait dans ses discours le dialecte au latin, ainsi que des mots qui n'existaient dans aucune langue. Il fallait sans cesse délabyrinther ses phrases, éclaircir son propos. Les images auxquelles elle recourait étaient si imbriquées et complexes que je restais parfois stupide, peinant à saisir les contours de l'objet qu'elle prétendait dessiner. Mais lorsque je pouvais rester en sa compagnie suffisamment longtemps pour avancer, il n'y avait aucun lieu du monde où j'aurais mieux aimé être. Ces deux années que j'ai passées aux côtés de Hildegarde ont été les plus heureuses de ma vie.

Si j'avais pu venir plus tôt sur le Rupertsberg, qui sait les chefs-d'œuvre que nous aurions écrits ensemble ? Il nous faut cependant toujours nous contenter de ce monde, avec ses injustices et ses failles, en attendant l'éternité de gloire dans laquelle aucune contrariété n'aura plus droit de cité.

Ainsi parle Guibert, abbé du monastère de Gembloux en Brabant.

Frédéric parle.

J'ai connu nombre de sorciers et quantité de devins et magiciens. Au pays des Normands, je passai une nuit entière couché sous un tas de cailloux brûlants, à respirer les fumées des herbes divinatoires. Le matin arriva. Des officiants défirent la voûte de pierre pour me permettre de sortir, et c'était comme si cet abri était devenu une part de moi-même. Comme si j'étais l'oiseau qui, brisant sa coquille, venait au monde. J'ai vu de nombreuses choses, durant cette veille, et j'en ai entendu bien d'autres de la bouche de mages antiques, capables de distinguer toutes sortes de présages dans les cieux et les nues, dans le bruissement des forêts, les entrailles de bêtes chassées ou les fèces des malades. Ces savants avaient d'ordinaire des physiques remarquables. Ils étaient grands et velus, ou bien chétifs et cagneux, beaux enfants à la peau lisse ou vieux plus laids que culs de singes. Ils parlaient bien, ou alors ils grommelaient. Tous, même ceux qui paraissaient incultes, étaient très intelligents. On ne fait pas longtemps commerce de présages si l'on n'est pas capable d'inspirer la confiance. J'ai souvent pris avis auprès de ces gens, et toujours réservé de croire en leur parole. Plusieurs fois je me suis dit que tel ou tel de ces bateleurs aurait remplacé avec avantage la plupart de mes diplomates.

Le château d'Ingelheim n'était qu'à quelques lieues du Saint-Disibod, et j'avais envisagé de profiter d'un séjour pour y consulter Hildegarde la pythonisse. J'allais en Franconie, retrouver une ambassade partie pour l'Italie de longs mois plus tôt, revenant avec des renseignements importants. Ces informations devaient me permettre de préparer mon expédition jusqu'à Rome, où je comptais me faire sacrer empereur par le pape Adrien IV. La fronde était dans les cités italiennes, la ville clamait son indépendance, et je ne pouvais me passer du soutien pontifical pour asseoir mon pouvoir sur l'empire. J'arrivai au bord du Rhin en même temps que l'automne, pour découvrir que Renaud de Dassel n'y était pas encore. Quant à la visionnaire de Bermersheim, la femme inculte qui avait écrit le *Scivias*, elle avait quitté la berge du Glan pour s'installer sur le Rhin, à Bingen, plus près encore de ma résidence : je pris cela pour un signe et l'envoyai chercher.

Je l'attendis dix jours, dix jours elle s'excusa. Elle était trop faible, faisait-elle dire, ou bien trop occupée, ou encore sa présence s'avérait-elle soudain indispensable entre les murs de son couvent. Mes gens me conseillèrent de l'ignorer, de ne pas m'abaisser à insister encore. Mais au terme de ce temps, comme Renaud et ses hommes n'étaient encore qu'à Worms, je pris mon cheval et, sous maigre escorte, décidai de me rendre en personne jusqu'au Saint-Rupert, qui était un tout petit établissement à flanc de colline, entre rivière et vignoble. Sur la route de Bingen, nous croisâmes quatre femmes en habit, suivies d'un vieillard tirant un âne. N'allez pas plus loin, me dit l'une d'entre elles. Nous avons pris la route dès sexte pour vous venir visiter. Je suis Hildegarde.

Elle ne ressemblait à aucun de ces gens de science ou d'Église que j'ai consultés au cours de ma vie afin de connaître l'avenir. Hildegarde n'était ni belle ni charismatique. Sa voix ne portait pas. Elle parlait en patois et gardait les yeux baissés à chaque instant de notre entretien. Toutes les paroles qu'elle me dit ce jour-là, pourtant, me sont restées en mémoire. Elle les prononçait avec grande autorité. Si l'on a pu croire que Hildegarde annonçait la fin des temps, c'est qu'elle donnait à tout instant l'impression de savoir comment les choses s'achèvent et d'en avoir pris son parti. Elle mangea peu de la collation que j'avais fait préparer. Elle, ses sœurs et le prieur du Saint-Rupert me rejoignirent près de la cheminée. Je pars pour Rome, lui dis-je, pour m'y faire sacrer empereur et successeur de Conrad III. Avez-vous un conseil à me prodiguer pour le voyage ?

Le prince, répondit-elle sans un instant d'hésitation, doit être pour son peuple comme le berger pour ses moutons. Il doit le guider et le choyer avec d'autant plus de précaution qu'il paraîtra son responsable aux yeux de Dieu. Premier parmi les hommes, le prince doit Le servir de manière exemplaire. Il doit concilier les vues de l'empire avec celles de l'Église, faire cesser les guerres et apaiser les querelles. Le prince doit faire triompher la loi du Ciel et expulser le démon hors de ce monde. Il doit, à chaque instant, œuvrer à l'accomplissement de sa propre destinée. Et quelle est-elle ? Hildegarde n'eut pas le loisir de me répondre : Renaud de Dassel entrait dans la grande pièce. Il n'avait ôté ni sa cape ni ses bottes, et était encore couvert de la boue de la route. Il fondit sur moi sans remarquer mes hôtes qui s'éclipsèrent. Mais avant qu'elle ne parte, j'entendis encore l'abbesse m'avertir : prince, vous arrivez au terme de l'histoire. Le temps n'a jamais été si proche où le temps se termine. Soyez toujours certain d'accomplir votre destin. Il n'y a jamais de seconde chance.

Plusieurs fois, par la suite, la vieille femme me fit parvenir des lettres. Les relations entre l'empire et Rome se détérioraient et Hildegarde m'en tenait pour responsable. À la fin de sa vie, elle menaça même de me faire assassiner. Je ne retirai cependant jamais la protection dont j'avais gratifié son abbaye. De toutes les personnes qui prétendaient voir l'au-delà, elle fut celle dont les avis me furent les plus précieux.

Ainsi parle Frédéric de Hohenstaufen, dit Barberousse, empereur romain germanique.

Sigewise parle.

Je ne connaîtrai pas de paix tant que je n'aurai vu Hildegarde.

La place était noire de monde devant la cathédrale, et seuls les gens des premiers rangs entendaient ce que disait la sainte. On l'avait hissée sur une estrade, du haut de laquelle elle prêchait à la foule. À peine plus loin, soldats et gens du peuple finissaient d'arranger les branches pour le bûcher. La visionnaire de Bingen levait et abaissait ses bras en ponctuation de la harangue, le peuple de Cologne l'approuvait en grondant. Rien de ce qui sortait de sa bouche ne m'était audible, mais je sentais sa colère, son énergie et son emprise, qui faisaient de la foule un être unique, une créature à mille têtes et mille bras, stupide et fulminante. Des hurlements de douleur étouffèrent ensuite ses grondements, et un silence recueilli se fit. La fumée monta, blanche, vers le ciel. Le bois crépitait. Les cinq hérétiques sautaient follement dans leurs entraves pour tenter de se soustraire aux flammes. J'ai vu tout cela de mes yeux, et les gestes de Hildegarde, toujours perchée, semblaient à présent une danse diabolique, robe grise, cheveux blancs. J'ai pensé aux palpitations d'un oiseau, d'un insecte pris au piège. La fumée s'épaissit jusqu'à dissimuler les suppliciés.

Hildegarde, Ridegarde, charogne. Ordure, ordure et putritude. Dégoulinure, diarrhée. Seau de sanie. Hildegarde comme je te dégueule.

Quand le démon me tient, j'ai la force de dix hommes. Tout mon corps est saisi d'une fureur extrême, rien ne peut contenir mes mots ou mes mouvements. Je ne sais plus ce que je dis ni fais, puis quand l'esprit du mal me rend à la raison, je me découvre souvent blessée ou souillée. De nombreux hommes d'Église, des années durant, ont étudié mon cas et cherché à m'aider. Ils ont interrogé le démon, pratiqué des rituels, apposé des reliques. J'ai fait d'innombrables pèlerinages. Je me suis astreinte à des jeûnes, à des prières. Partout où je me rends, cependant, l'ombre me précède. Je demeure le vaisseau du Malin. Satan parle par ma bouche.

Six années se sont écoulées après l'autodafé de Cologne et les premières fumées, après les premiers brouillards. Par suite de l'immolation des cathares sur la grande place, les fièvres m'ont saisie une pleine dizaine. Le onzième jour, le démon a subjugué mon esprit. J'ai repris conscience le lendemain, assise sur une chaise, les membres entravés, poignets et chevilles mordus par des cordes épaisses. J'avais résisté sauvagement à mon mari et à ses gens. Le médecin n'avait pu effectuer de saignée tant je m'agitais. Je veux voir Hildegarde, avais-je dit alors. Avais-je répété.

Hildegarde, chienne noire. Maudite merde de putain flétrie. Tas de purin, laie par un bouc saillie. Pine-de-garde. Bite-de-garde. Je t'arrache les yeux et te bouffe la matrice.

Des amis m'ont accompagnée jusqu'à Brauweiler. C'est le douzième voyage que j'effectue depuis le début de ma possession. L'abbé de Saint-Nicolas connaît la magistra de Bingen. Il lui a écrit pour lui parler de moi. Le messager est revenu, porteur d'une lettre de sa main. La noble mère est très malade, disait ce courrier. Elle ne peut pas quitter son lit. Mais elle envoyait un protocole détaillé pour circonvenir le démon. L'abbé Gedolf, tout en lisant, grogne d'admiration et de fierté. Ses yeux brillent. Il tient entre ses mains un long courrier, à lui adressé par la visionnaire du Rhin. Cette femme qui conseille les rois, l'Empereur et les papes. Cette femme qui prétend que le démon ne me possède pas, mais m'égare seulement. Si le démon était entré en cette femme, écrit-elle, alors son corps aurait explosé sous la pression. Je me mords les lèvres pour ne pas rire, ne pas hurler.

Hildegarde, fente sale, tu ne vaux pas un pet à la gueule. Je t'encule, Hildegarde. Je te roue de coups de pied et te fouaille avec un bâton. Je suis ta mort et ton humiliation. Grouille sous les mouches, mère des immondices.

Les prêtres réunis m'ont vêtue d'une robe blanche et installée dans le chœur de l'église. Ils étaient sept et chacun d'eux avait pris le nom d'un grand personnage. Il y avait Abel et Noé, Abraham et Melchisédech, Jacob et Aaron. Gedolf tenait le rôle du Christ. Chacun portait un bâton et, l'un après l'autre, ils m'en ont frappée sans violence à la tête, au dos, aux seins, au ventre, aux reins, aux genoux et aux pieds, répétant : je suis sans commencement bien que tout procède de moi, je suis l'Ancien des jours et la lumière qui fait briller le soleil, je suis le verbe que personne n'articule, sans lequel rien ne peut être dit. J'ai créé mille miroirs dans lesquels contempler mon éternité, et des symphonies de prières en accord avec ma voix. Aussi, ô Satan, esprit maléfique qui oppresse et qui épuise les hommes, je t'ordonne de laisser cette femme en paix. Par le bâton et le pouvoir du commencement, par le pouvoir de Dieu Lui-même, je t'adjure de cesser ce harcèlement. Va-t'en, va-t'en, va-t'en, ô démon, ô esprit aérien. L'Éternel te l'ordonne, qui a libéré l'homme et l'a établi dans la vie éternelle. Le Tout-Puissant te l'ordonne, qui a créé cette femme, et ces membres, et cette âme.

Cela a duré plusieurs heures, chacun répétant la litanie et d'autres mots encore. Les coups répétés ont commencé à me meurtrir et je sentais en moi des choses se nouer et se tendre. Enfin, vers sexte, alors que les prêtres reprenaient une fois encore leur manège, le démon est sorti de moi dans un cri fantastique et ses rires et ses blasphèmes ont résonné dans la nef. Je suis restée au sol, tremblante. Les témoins se sont agenouillés, joyeux, ils ont chanté le Te Deum. Une demi-heure plus tard, j'étais à nouveau possédée. Pourquoi es-tu revenu ? a osé interroger Gedolf. Je n'avais nulle part où aller, a ricané Satan par ma voix. Maintenant, vous allez devoir m'obéir :

Je veux voir Hildegarde.

Ainsi parle Sigewise de Cologne, femme de haute noblesse possédée par le démon.

Roric parle.

J'ai découvert le couvent Saint-Rupert dans les premières années du règne de Frédéric Barberousse. À des lieues alentour, les religieux comme les laïcs ne cessaient de parler de cette communauté de femmes sans maître, installée au croisement des deux cours d'eau. Selon qui vous écoutiez, avis de pairs ou propos de taverne, vous les auriez crues bénies du Ciel aussi bien que sorcières, folles incontrôlables ou bienheureuses mandées par le pape pour établir en ces terres un sanctuaire de foi.

J'étais en route depuis plusieurs années et avais connu mon lot de malheurs en chemin. L'automne approchait. Haut sur la Nahe, j'ai construit une embarcation de planches et, m'aidant d'une gaffe, j'ai canoté jusqu'à l'endroit où les eaux de la rivière se jettent dans le grand fleuve. Le couvent était là où l'on m'avait dit. Il était neuf, encore en chantier par endroits, dressé sur une berge escarpée. La Nahe coulait entre lui et la ville de Bingen et, à cause de la largeur de la rivière, les Romains avaient bâti leur pont presque une lieue en amont. Pour aller au bourg ou en revenir, les sœurs étaient forcées à ce long détour par la route. C'est comme cela que je me suis proposé de servir de nautonier à la communauté. J'étais moine, après tout, et n'avais jamais eu peur de l'eau.

Il y avait vingt-trois sœurs au Saint-Rupert, qui dormaient dans le couvent même. La quinzaine de frères lais demeurait à Bingen, et traversait le matin à prime et le soir à vêpres pour passer la journée en travaux et en prières. On me fit une cellule tout au bord de la berge, dans un réduit qui servait jusqu'alors à entreposer les outils du chantier. J'ouvris moi-même une fenêtre dans le mur oriental, par laquelle je voyais les herbes de mon bord de rivière, la cime des hêtres et des bouleaux pleureurs, et les murs de la ville. En tournant la tête, j'apercevais le Rhin, noir et inhospitalier, et les douces collines sur la rive opposée. Mon asile était minuscule, mal fini. Dès le premier hiver, le mortier gelé s'effrita et des courants d'air s'insinuèrent entre les pierres grossières. Je tremblais sur ma couche, tantôt de froid, tantôt de fièvre. Le seul autre homme à résider entre les murs du Saint-Rupert était Volmar, le prieur de la communauté et le secrétaire de la magistra. Il était grand et mince, avec de bonnes dents et un caractère joyeux.

À la tête du Saint-Rupert était mère Hildegarde, dont la personne comme les actions alimentaient nombre de discussions à travers le pays. Avant de parvenir au couvent et de recevoir, de sa bouche, l'autorisation de m'y établir, j'avais entendu parler des miracles qu'elle accomplissait. Elle était capable, disait-on, de délivrer les possédés et de guérir les hydropiques. On mentionnait le cas d'une jeune fille atteinte de fièvres qui avait été soignée d'un geste et d'un mot de Hildegarde. J'aurais voulu croire tout ceci authentique, mais avais passé trop d'années sur la route en compagnie de toutes sortes de gens, et entendu trop d'histoires pour que mon cœur ne soit pas empli de doute.

La première fois que je l'ai vue, elle était seule dans le jardin et travaillait, agenouillée dans la boue. Elle m'a salué sans se relever et n'a eu à porter sur moi qu'un seul regard pour établir qui j'étais, d'où je provenais et ce que je souhaitais d'elle. Elle était déjà vieille femme, mais dotée d'une énergie telle qu'elle aurait pu tenir tête à n'importe quelle fille et à un certain nombre de garçons. Elle était petite de taille et solide de complexion, ses épaules et ses hanches étaient larges. Elle avait les cheveux bruns et gris, les yeux presque noirs. Les expressions passaient vivement sur son visage, et toutes étaient violentes et authentiques. J'ai vu, sur ses traits plus que sur ceux de quiconque, ce qu'étaient la joie et la douleur, la compassion, la sévérité.

Elle m'a accueilli dans la communauté et j'ai accepté avec gratitude toutes les tâches qui en découlaient. J'ai passé la Nahe sur diverses embarcations faites de ma main, des dizaines de fois chaque jour, qu'importât le climat. J'ai perdu une brebis, une fois où un bélier pris de folie a tant secoué ma barge qu'il nous a tous jetés à l'eau. J'ai canoté entre des blocs de glace et mené nombre de nonnes de l'autre côté du fleuve, à travers le Rhin, parfois même au-delà. Pendant les deux premières années, j'ai passé de longs temps alité, à claquer des dents, suer et délirer. Dans les marais où j'avais grandi, j'avais contracté dès l'enfance une fièvre tierce que rien ne pouvait guérir. Mais un jour que j'étais en proie à ces tourments, je m'éveillai d'un cauchemar en criant pour trouver la magistra à mon chevet.

Hildegarde me regarda avec commisération et dit : je souhaiterais que tu sois guéri. Puis elle fit sur mon front le signe de la croix. Je sombrai dans le sommeil peu de temps après et dormis plusieurs jours d'affilée. Quand je m'éveillai, le mal m'avait quitté et je me sentais rajeuni. La fièvre tierce, qui m'avait accompagné vingt années de ma vie, était chassée pour toujours. Je suis de ceux qui peuvent témoigner que Hildegarde accomplissait des miracles. Jusqu'au jour de sa mort, je suis resté au service de la communauté du Saint-Rupert, tout au bord de la Nahe.

Ainsi parle Roric, moine de petite naissance du royaume de Bourgogne.

Mechtilde parle.

Le couvent connaissait deux temps distincts, aussi différents que le jour peut l'être de la nuit. D'une part il y avait les heures où notre mère était présente parmi nous : de sa descente au débarcadère jusqu'à son retour sur le bateau, qu'elle se trouvât sur l'attelage montant au Saint-Gisilbert, dans la chapelle à diriger le chœur, dans les ateliers de copie ou dans les vignes du domaine, nous ne vivions que par elle. Nous observions ses gestes, recueillions ses bredouillements. Nous prévenions ses désirs et faisions notre possible pour ménager ses efforts. Mère Hildegarde était au-delà de la vieillesse : plus étrange, plus antique que les saints de bois sculptés du Saint-Rupert. D'autre part, il y avait les temps où elle n'était pas là. Notre communauté, alors, semblait s'éveiller d'un rêve. Chacune reprenait ses tâches banales, sans fébrilité ni crainte de commettre quelque mystérieux impair. Inquiète, seulement, du retour prochain de notre magistra.

Mère Hildegarde régnait sur les deux abbayes qu'elle avait fait bâtir, et sur quatre-vingts femmes consacrées, vierges, épouses et veuves de haute naissance, qui vivaient en observant la règle. Étaient également sous sa responsabilité les trente-six frères lais affiliés aux couvents, autant de serviteurs et de valets, et une centaine de paysans employés sur leurs terres. Elle était en correspondance avec l'Empereur, avec le pape de Rome, avec le comte de Flandre : chaque année, de prestigieux voyageurs traversaient le monde pour obtenir audience et des centaines de malades incurables, possédés, scrofuleux, campaient dans les bois dans l'attente d'une guérison miraculeuse. C'était comme si, dans toute la région d'Alzey, il n'existait qu'une seule femme d'importance. Comme si, en elle, étaient assemblées toutes les qualités de la Création, tous les attraits, tous les pouvoirs.

Au Saint-Rupert, elle consacrait l'essentiel de ses efforts à la compilation de textes, assistée de Guibert de Gembloux, son dernier secrétaire. Elle était dure avec lui, ne lui pardonnant aucune hésitation, aucune erreur. Jusqu'à la patience de Guibert, jusqu'à son souci de bien faire étaient pour elle sources d'irritation. Guibert n'était pas Gottfried et encore moins Volmar. Il avait tout à apprendre, tant sur le pays que sur la magistra et sur son œuvre, et mère Hildegarde n'avait le temps de rien lui enseigner.

Au Saint-Gisilbert, de ce côté de l'eau, c'était moi qu'elle avait choisie pour compagne et souffre-douleur. Je l'accompagnais dans ses marches à flanc de coteaux, lui servais de guide et de canne, la préservais des trous, des cailloux aigus. Depuis nos hauteurs on pouvait tout voir, le Rhin et la Nahe, les toits beiges de Rüdesheim, les îles boueuses, piquées de hêtres et grouillantes de castors, l'enceinte de rondins de la ville de Bingen, les terres du couvent du bas, gagnées sur la forêt, les vignes, et puis les collines, vers le sud, de moins en moins hautes, comme une vague qui vient mourir contre la berge. Un après-midi que nous marchions toutes deux, mère Hildegarde demanda : que vois-tu, par là-bas ? Et je lui répondis : je vois des bois de pins et de grosses corneilles, des nuages sans pluie, les fumées d'un four de charbonnier. Tes yeux ne me servent à rien, répliqua-t-elle. Là-bas, il y a une maison basse et bien bâtie. C'est celle où je suis née.

Elle avait alors quatre-vingts ans, dont trente ou quarante années passées dans des souffrances considérables, assise dans le noir et le silence, en jeûne, en pénitence, ou alitée sans pouvoir mettre un pied par terre. Mère Hildegarde n'était pas seulement vieille, elle était épuisée, et elle perdait la vue. C'est pour cette raison, je crois, qu'elle m'avait choisie comme compagne de ses dernières années. Parce que j'étais née aveugle, parce que j'avais grandi sans rien y voir, et qu'elle m'avait offert la guérison alors que j'étais âgée de trois ans, par un bain de mes yeux dans de l'eau du Rhin qu'elle venait de bénir.

Lors de nos promenades, qui pouvaient durer jusqu'à la tombée de la nuit, il me semblait comprendre qu'elle jalousait cette guérison. Qu'elle m'aurait volontiers replongée dans les ténèbres si cela avait pu lui rendre la vue. Je me demandais comment aurait été ma vie, enfant aveugle de Rüdesheim sur le Rhin, comment j'aurais péri sous le pas d'un animal de trait ou sous la roue d'une charrette, comment j'aurais grandi à la merci de toutes les violences et de toutes les malveillances. Mère Hildegarde avait la poigne forte et glaciale, elle m'appelait Richardis ou bien Hiltrude, et parfois même Jutta. Son esprit par moments était confus. À d'autres, je le soupçonne, elle ne mélangeait les prénoms que pour me contrarier. Me faire comprendre que je n'étais ni la première, ni la favorite. Mère Hildegarde souffrait de se savoir envieuse mais ne pouvait s'empêcher de désirer ce que je possédais : la jeunesse, le souffle, la vue, la vitalité. Cette viridité qui lui était si chère et qui, en elle, finissait de tarir. Elle entrait dans son hiver et il lui restait tant à apprendre, à voir et à transmettre.

Hildegarde s'impatientait sur le chemin, me tirait dans la pente, manquait de tomber, se raccrochait à moi. Ensuite, tremblante, des larmes roulant sans bruit sur ses joues, elle s'asseyait à grand-peine sur une pierre et essayait de reprendre contenance. Elle me déclara un jour : tous ces hommes de pouvoir qui sont venus me voir ne voulaient connaître qu'une seule chose, toujours la même. La date de la fin des temps. À tous ceux-là j'ai répété que ce jour ne m'était pas connu mais qu'il était proche, et qu'il leur était nécessaire de s'amender sans tarder, de quitter leurs mauvais comportements, de préparer leur âme pour le Jugement dernier. Aucun d'eux n'a été satisfait de cette réponse, aucun ne voulait demeurer ignorant. Mais ces gens qui désiraient savoir ne mesuraient aucunement ce que cette connaissance implique. Elle se tut et sa main, à tâtons, chercha la mienne. Moi j'ai vu ma mort, reprit-elle. Elle aura lieu dans moins de deux ans, le seizième jour précédant les ides d'octobre de l'année mille cent soixante-dix-neuf après l'Incarnation. Voilà ce que je sais. Et cette date que je ne voulais pas connaître, je suis incapable désormais de l'oublier.

Je me la suis, moi aussi, rappelée, et quand mère Hildegarde a rendu l'âme, j'ai prié pour que dans l'éternité elle retrouve un corps jeune et bien portant, et qu'elle ne soit jamais plus douée de présages ni de visions.

Ainsi parle Mechtilde, enfant miraculée et vierge consacrée du couvent Saint-Gisilbert d'Eibingen.

Hiltrude parle.

L'hiver de la mort de l'abbé Cunon, une semaine après le jeûne d'hiver, le ciel blanc s'ouvrit, le temps s'éclaircit et le soleil brilla trois jours durant. La neige fondit dans les pins derrière le couvent et tomba par paquets. Dans la cour, le verglas s'en fut, laissant des flaques et des ruisseaux boueux. Nous nous arrêtions dans le cloître pour sentir la chaleur sur les peaux de nos mains et de nos visages nus. Dans le carré planté autour du puits, des pousses minuscules cherchaient elles aussi la lumière. Notre mère Hildegarde était alitée depuis Noël, en proie aux grands tourments de sa maladie.

La maison où j'ai passé mon enfance était étroite et sombre, toujours tiède, toujours emplie de corps, ceux d'autres enfants, ceux des adultes, ma famille. Nous passions le plus clair de notre vie dehors, dans la grande clairière en pente où paissaient les chevaux de l'élevage. J'y faisais des lits d'herbes et de feuilles mortes pour regagner le sommeil qui me fuyait dans le dortoir. Je suis l'enfant d'une masse noire et grondante, d'un amas de corps abrutis de fatigue duquel s'élevaient, la nuit, les cris de terreur épisodiques de bébés en proie aux cauchemars. Yeux grands ouverts, je regardais la nuit sans comprendre ce que je faisais en ce monde.

Je suis née, réellement, en montant au Disibodenberg. L'abbé Cunon a prononcé les mots et m'a consacrée à la vie religieuse, mais c'est Hildegarde qui a posé le voile sur mes cheveux, qui m'a prise par le bras et m'a assise à la table des sœurs en disant : Hiltrude est avec nous, désormais, c'est une joie et c'est un privilège. Sa main était petite et froide, et elle me paraissait vieille. J'avais douze ans.

Quand nous sommes venues construire le nouveau couvent dans ce lieu sauvage près du Rhin, nous n'avons gardé de notre abbaye d'origine que les objets de haute valeur et de faible poids que nous pouvions porter. J'avais commencé à travailler au scriptorium sur des encrages et des enluminures. J'y œuvrais sous l'autorité de sœur Clémence qui, comme de nombreuses autres, choisit de ne pas nous suivre dans notre entreprise et de rejoindre à la place une autre communauté des environs. Au moment de partir, c'est à moi que Hildegarde confia la boîte de noyer contenant les instruments et les outils, les pinceaux, le cinabre, l'indigotine et la lazurite d'Orient, à charge d'en prendre soin et d'en faire usage pieux.

Je n'ai, de ce jour, cessé de travailler sur ses livres de visions, à dessiner des lignes, à peindre les images. Saisir le monde tel qu'il est pour l'amener à rencontrer ma pensée et, par elle, actionner ma main afin qu'elle trace et qu'elle peigne. Je reproduis les fleurs et les animaux, les nuages, les vagues, et parfois aussi des figures humaines, mes sœurs au travail, des frères lais, des villageois, ou encore les monstres grotesques qui naissent de mes rêveries et que j'invente pour amuser ou bien pour effrayer. Tous ces travaux servent ensuite aux grandes illustrations, celles des visions de Hildegarde que nous réalisons à trois ou quatre sœurs, sous la direction de notre mère et celle de Volmar. Le charbon et l'encre, les pigments, les couleurs ; j'aime peindre les étoiles, les flots, les flammes, les éléments naturels arrêtés dans le temps de l'image et vivants malgré tout. J'aime, par-dessus cela, un certain bleu, qui n'existe nulle part ailleurs que dans le godet où je le broie et sur la page où je l'applique avec mon pinceau.

Ce jour dont je parle, le soleil entrait à flots par la fenêtre ouverte, et la peinture séchait aussitôt appliquée. Je travaillai jusqu'à sexte, portée par l'enthousiasme du dessin, et quand mon ouvrage fut achevé, réalisai que j'étais seule dans l'atelier, seule à découvrir le travail accompli. Sans réfléchir, tenant le feuillet des deux mains, je me précipitai jusqu'à la cellule de Hildegarde afin de lui en soumettre le résultat. Je ne la vis pas à sa table de travail mais, découvrant le rideau du lit à demi ouvert, je l'écartai prudemment et appelai : mère, dormez-vous ? Tout en faisant ce geste, je savais que c'était une erreur.

Je ne compris pas, d'abord, ce que j'aperçus. C'était pâle et gris. Entortillé, tremblant. Puis ça leva la tête, et je compris que c'était elle, recroquevillée sur sa couche, de travers et emmêlée à sa toile, nue, couverte de sueur, et le cri qu'elle poussa me creva les oreilles. C'était un bruit stridulant et inhumain, qui ne voulait rien dire. Je m'enfuis.

Volmar me trouva après vêpres. Nous venions d'apprendre la mort du père abbé du Disibodenberg et de chanter en son honneur les séquences à saint Disibod. Certains croient que le mal dont souffre notre mère est le tribut de ses péchés, me dit le prieur. Qu'il est le prix à payer pour son orgueil. D'autres prétendent qu'il est au contraire le signe de son élection, la preuve de la vérité de ses visions. J'opinai sans pouvoir répondre, ma gorge était nouée par la honte et la peur de ce que j'avais aperçu. C'est ce que j'ai moi aussi longtemps pensé, reprit Volmar, mais je crois aujourd'hui que c'est bien autre chose. Que c'est la vie, tout simplement. La vie toute-puissante. La vie implacable.

J'aurais voulu lui dire ma peine et l'amour que je portais à cette femme, à ce corps noble, monstrueux et souffrant. Mais il s'est contenté de plisser les yeux, de hocher la tête. Il m'a dit, enfin : j'ai rapporté ta page à l'atelier. Ton ciel était le ciel ; je l'ai reconnu.

Ainsi parle Hiltrude, vierge consacrée du couvent Saint-Rupert de Bingen.

Eugène parle.

À la fin de l'an mille cent quarante-sept de l'Incarnation, nous demeurions à Trèves. L'empereur romain germanique Conrad III s'était croisé et marchait sur Constantinople. La concorde régnait entre le Vatican et l'empire. La réforme grégorienne finissait de transformer l'Église et d'en épurer les mœurs. Nous vivions à un âge charnière. Les moines avaient donné un formidable élan à cette réforme des us, et les prêtres, avec peine et lenteur, finissaient de s'y plier. Le clergé régulier vivait si près de Dieu qu'il percevait souvent les échos de Sa voix : dans les abbayes, on peinait à tenir le compte des visionnaires véritables. Mais ceux des nôtres qui vivaient dans le siècle renonçaient à regret à la perte d'une part de leur influence. Les évêques souhaitaient conserver leurs terres, leurs hommes et leurs armées. Aux injonctions de Rome, ils opposaient l'autorité des seigneurs, leurs alliés. Contre la théologie nouvelle, ils arguaient de traditions politiques. En ces conditions, tenir le Saint-Siège devenait affaire d'équilibriste. Pour notre compte, nous sentions que le changement ne pourrait passer que par un renouveau de la vie monastique. À Cîteaux, Bernard de Clairvaux avait fondé un ordre nouveau, et c'est en sa compagnie que nous avions établi nos quartiers d'hiver en Lotharingie, afin de mettre en ordre le plan de marche, de conférer entre abbés, archevêques et seigneurs germaniques.

Nous entendîmes parler pour la première fois de Hildegarde par la bouche même de Bernard. Il s'agissait d'une bénédictine, déjà avancée en âge, qui exerçait comme magistra dans un couvent mineur du sud de la Franconie. Clamant être sujette à des visions depuis l'enfance, elle avait, à ce sujet, écrit à l'abbé de Cîteaux. La réputation de Bernard s'étendait déjà jusqu'aux écoles de Paris, dont il n'hésitait pas à critiquer les enseignements. Au moment où certains de leurs professeurs, mus par des désirs politiques, s'alliaient contre lui, Bernard nous dit avoir perçu dans les mots de Hildegarde un accent de sincérité qu'il serait bon d'investiguer. Nous profitâmes donc de ce concile à Trèves pour envoyer deux hommes de confiance enquêter au Disibodenberg. Il s'agissait d'Albero, évêque de Verdun, et de son secrétaire Adalbert.

Nos clercs demeurèrent au Saint-Disibod deux semaines entières, au cours desquelles ils eurent l'occasion de longs et nombreux entretiens avec Hildegarde comme avec l'abbé Cunon, à la tête de la communauté. Réticente d'abord à confier à nos émissaires autre chose que le contenu de ses révélations, la moniale finit par leur faire un récit de sa vie. Comment ses visions lui venaient depuis l'enfance, avant même qu'elle n'ait su parler, et comment elle avait appris à les taire sous peine d'être traitée de menteuse ou de possédée. Comment son don s'accompagnait de maux terribles, de migraines, de douleurs articulaires, d'intolérance à la lumière et au bruit, qui faisaient que son entourage s'était habitué à la considérer comme souffrante. Comment, enfin, l'Esprit lui avait ordonné, dans la quarante-troisième année de sa vie, de porter à la connaissance du monde le contenu de ces visions. Elle avait entrepris de les coucher par écrit avec l'aide d'un moine, et entamé des correspondances à travers l'empire à ce sujet. En plus des explications, Albero et Adalbert revinrent chargés de plusieurs pages de manuscrit de l'ouvrage en cours.

Il s'agissait de la description fort détaillée de deux visions ainsi que de leur exégèse. La première était celle d'une montagne immense et grise, percée d'une multitude de fenêtres, sur laquelle trônait un homme crachant des étincelles. La seconde parlait d'un lac, d'où jaillissait une colonne de fumée noire montant sans le troubler dans un ciel empli d'étoiles. Ces deux visions parlaient de la puissance du royaume de Dieu, de sa stabilité et de l'amour inconditionnel des anges. Nous fîmes lecture des textes au lendemain des ides de février, et à peine avions-nous terminé de prononcer les derniers mots que Bernard de Clairvaux se leva pour prendre la parole. Une lampe s'est allumée au Disibodenberg, affirma-t-il. Une flamme nouvelle brûle dans les ténèbres. Il est de notre devoir que rien ne puisse la souffler.

Nous envoyâmes le lendemain un messager à l'abbaye, rapportant le manuscrit de Hildegarde, ainsi que deux lettres de notre main. La première s'adressait à l'abbé Cunon et aux frères de sa communauté, que l'on félicitait d'avoir su accueillir une femme de si grande valeur et de lui avoir laissé le loisir de s'exprimer librement. La seconde était pour la magistra elle-même, lui garantissant l'authentification papale de ses visions. Nous l'encouragions à continuer d'en communiquer le contenu et, autant que possible, à les porter par écrit dans des livres qui pourraient être copiés, diffusés et étudiés.

Dans les années qui suivirent, nous reçûmes plusieurs envois de sœur Hildegarde, chacun contenant cinq ou six visions nouvelles. Elles venaient accompagnées de dessins très bien réalisés, aux couleurs saisissantes. En lisant les commentaires, à la fois naïfs et inspirés, nous nous convainquîmes que ce que produisait cette femme était non seulement important pour les combats de l'Église en ce qu'elle parlait à l'âme des hommes, mais également et surtout essentiel à l'œil invisible de Dieu, qui ne pouvait y voir qu'une immense preuve d'amour et de dévotion humaine.

Ainsi parle le bienheureux pape Eugène III, Saint-Père de Rome.

Herman parle.

Je vivais au bord du fleuve depuis presque dix ans. J'avais abandonné le métier de faire la guerre et ma demeure était une cabane en bois, accolée aux vieux murs d'un lieu saint à l'abandon. Nous dormions tous au-dedans. Quand venait l'hiver, nous colmations les interstices avec de la glaise prise au bord de l'eau. Mon épouse a donné le jour à cinq fils et cinq filles, mais seuls deux garçons et trois filles ont survécu. J'aurais aimé que ma mère puisse les voir, les connaisse avant qu'elle ne périsse. Mais je ne pouvais plus la visiter, ni aucun membre de ma famille. Aucune personne de mon village ne se doutait que j'étais encore en vie. J'avais fui. Je ne voulais plus combattre.

Une femme m'avait sauvé la vie lors du siège de Weinsberg. Nous avions fui ensemble et je l'avais épousée en route. Nous n'avions jamais été d'accord sur rien, sauf sur ceci : jamais plus je ne porterais les armes.

Ma guerre s'est achevée au plus froid de l'hiver. Nous nous battions depuis des mois et reculions sans cesse. Nous passions plus de temps à courir et nous cacher qu'à nous défendre. Notre ennemi était l'Empereur, qui avait confisqué la Bavière au comte Welf, notre maître. Celui-ci croyait encore pouvoir mettre son frère Henri sur le trône, et Conrad, bien sûr, ne l'entendait pas ainsi. Il fit porter contre nous sa cavalerie et ses arbalétriers.

C'est là toute la réalité de ces grandes entreprises : des querelles de voisinage pour un coq trop bruyant, une pomme tombée du mauvais côté du mur. Et pour nous : les membres écrasés, la cervelle sur les cottes, les plaies noires et puantes. J'ai marché dans le dedans d'un homme sans d'abord m'en rendre compte. J'ai tué, j'ai violenté et maintenant je suis las. Plus jamais je ne ferai la guerre.

Nous avons été acculés dans le fort de Weinsberg, ceux d'entre nous qui avaient survécu. Entassés dans les salles, les malades geignaient. Il y avait aussi les vieillards, les enfants et toutes les femmes du bourg. Nous faisions des rondes pour surveiller le campement ennemi. Chaque nuit, de nouvelles maisons pillées étaient livrées aux flammes. Cela dura jusqu'à la veille de Noël, jusqu'à notre capitulation. Conrad III reçut notre émissaire et fit preuve, en ce jour de fête, de mansuétude chrétienne. Les femmes seront épargnées, déclara-t-il. Qu'elles sortent en emportant leurs biens, personne ne les touchera. Seuls les hommes seront tués.

Vous savez ce qui s'est passé. Vous connaissez l'histoire. Lorsque les femmes de Weinsberg sont sorties du fort, elles ne portaient rien, hormis leurs maris sur le dos.

Et pour ne pas faillir à sa parole, Conrad les laissa faire. On dit même qu'il en rit. Que son armée, avec lui, se gaussa des soldats sauvés par leurs épouses. La femme qui me porta hors du château était veuve et me prit sans condition, sans un mot, sans une question. Ma vie lui appartenait alors et lui appartient toujours. Son caractère est déplorable. Nous nous disputons sans cesse. Mais je l'ai épousée sitôt que je l'ai pu et nous sommes partis au plus loin des querelles et des batailles.

Il nous a fallu deux ans pour trouver ce refuge. Il y avait un bois clair, une ville non loin, des cours d'eau poissonneux et les ruines de cette église. La lumière était belle et il y avait beaucoup à accomplir. Comme notre enfant était malade et ma femme à nouveau enceinte, nous avons cessé de marcher et érigé ici notre camp. Trois jours plus tard, j'ai vu un jeune homme et sa mère marcher le long de l'eau. Leur corps ne projetait aucune ombre, leurs pas ne laissaient pas de trace. C'étaient saint Rupert et sainte Berthe. Je les vis plusieurs autres fois, et ces apparitions me confortèrent dans le choix de ce lieu pour établir notre maison. Leurs noms, je ne les ai connus que bien plus tard.

Nous avons passé sept années dans les ruines. Nous avons mis en terre des bébés à peine nés et des enfants en bas âge. Nous avons vécu de travaux de force, de coupe d'arbres, de chasse au piège. Nous avons évité autant que possible la ville et sa compagnie. Les gens de Bingen nous savaient dans leurs communaux mais n'en paraissaient pas gênés. Si le sort avait tourné, peut-être nous auraient-ils même laissés nous abriter derrière leurs murs.

Un soir d'été, des femmes vinrent ici en chantant. Elles n'arrivaient pas de la ville et n'eurent pas même un regard dans cette direction. Elles longeaient le fleuve et marchaient droit sur nous. Il y avait une vingtaine de nonnes en habit et un seul homme pour les accompagner. Pas un cheval, pas une arme. Elles étaient de tous les âges et la route semblait les avoir épuisées. Elles chantaient, pourtant.

Nous nous sommes avancés pour les accueillir. Nous nous sommes présentés. L'une des sœurs, petite, âgée, à l'apparence fragile et à la voix forte, a demandé : depuis quand êtes-vous ici et de quoi vivez-vous ? Sans savoir pourquoi, je ne lui dissimulai rien, et répondis : du jour où j'ai fui le monde de la guerre, je me cache pour que celle-ci ne me rattrape pas. Nous vivons de ce qu'apporte le jour. La femme approuva et dit : ainsi vous nous avez précédées. Nous sommes venues fonder en ce lieu un sanctuaire de paix. Aidez-nous à le bâtir et vous ne serez plus jamais obligés de vous cacher.

Hildegarde m'a appris qui étaient les saints que j'avais aperçus et m'a enseigné à les célébrer. Dès que la chapelle du couvent a été consacrée, nous avons déplacé les dépouilles de nos enfants morts dans le nouveau cimetière. Les femmes du Rupertsberg ont prié pour leur âme. Nous resterons ici.

Ainsi parle Herman, soldat déserteur et homme à tout faire du couvent Saint-Rupert de Bingen.

Irmengard parle.

Une nuit d'hiver, juste après Noël, Hildegarde s'en fut de la maison. Elle avait sept ans à peine. Je la suivis.

Notre mère nous avait avertis : les errances de notre sœur devaient être surveillées et contenues, mais pas interrompues. Son esprit divague, nous disait dame Mechtilde, il ne faut pas brusquer son corps. Elle pourrait ne jamais retrouver sa pleine conscience et demeurer pour toujours somnambule.

Hildegarde avait vêtu un châle et chaussé des sabots puis, sans refermer la porte, était partie dans le froid. Elle marchait d'un pas décidé, comme répondant à un appel silencieux. Le ciel était immense. Le vent était tombé et les étoiles semblaient plus proches et plus nombreuses qu'à l'habitude, dessinant un chemin crayeux jusque derrière la colline. Hildegarde par-devant, moi à sa suite, nous ne laissions qu'une série de traces dans la neige profonde.

Un grand héron gris nous doubla et son vol bas froissa la nuit.

Je marchais derrière ma sœur sans bruit et elle ne paraissait pas remarquer que j'étais là. À chaque ruisseau, chaque roche, chaque bourbier, je venais près d'elle, m'assurant de pouvoir la retenir au cas où elle glisserait. Mais elle n'avait pas besoin de moi. Ses pas étaient sûrs et rapides. Il y avait douze lieues de Bermersheim à Böckelheim : nous les parcourûmes en peu de temps, à grandes enjambées.

La ville entière dormait. Les guetteurs, à la porte, ronflaient tête contre tête. Les veaux bâillaient dans les étables. Les volets aux fenêtres étaient brillants de gel et la lune se levait dans un seau plein de glace. Nous doublâmes sans ralentir les puits, les clapiers, les tas de lisier figés par le froid. Parvînmes au donjon. Une veilleuse brillait au fond d'un soupirail. Hildegarde se dirigea droit vers l'huis principal, au vantail de bois sombre renforcé de métal, et le poussa sans effort. J'entrai à sa suite. Pas d'autre trace des gardiens que leur odeur de tissu moisi, de suif fondu. Toutes les grilles étaient ouvertes. Nous suivîmes la seule lumière et descendîmes jusqu'aux cachots.

C'était là que Henri IV, empereur des Romains, était tenu prisonnier par ordre de son fils. Sa cellule ne comptait que deux ouvertures : une meurtrière par laquelle entraient l'air et la lumière du dehors, et une chatière au niveau du sol, pour faire passer sa nourriture et les pots d'aisance. Sans hésiter, Hildegarde s'y glissa en rampant. Ne pouvant la suivre, je restai à côté et tendis l'oreille. Le prisonnier ne dormait pas. Il priait et sanglotait en attendant la venue de l'enfant.

Cesse de te lamenter, lui commanda ma sœur. Elle avait cette voix grave et forte qui sortait de son sein lorsqu'elle dormait et rêvait tout éveillée. Tes souffrances terrestres arrivent à leur terme et le temps est venu de te réconcilier avec la loi du Ciel.

J'ai tellement péché, répondit Henri sans s'étonner de la présence de Hildegarde. J'ai transgressé chaque interdit du Décalogue. Je me suis dressé contre l'Église et je lui ai fait la guerre. J'ai répudié mon épouse et l'ai livrée à mes chevaliers, à mes valets et à mes serfs. J'ai mis le feu au Saint-Siège. J'ai insulté les papes et, par trois fois, ai été excommunié par eux. J'ai fait de fausses pénitences et de faux témoignages. J'ai levé l'épée contre mes fils. Je suis au-delà de tout pardon.

Ce n'est pas à toi d'en décider, rétorqua ma sœur. Ne doute jamais que Dieu peut tout.

Qu'adviendra-t-il de moi ?

Tu quitteras ce royaume des troubles pour celui de la paix. Tu quitteras ce royaume du temps pour celui de l'éternité. Tu ne régneras plus sur terre, mais le joyau que tu arboreras au ciel, personne ne te le jalousera, et aucun héritier ne pourra te le reprendre.

J'ai été excommunié. Mon corps sera jeté aux corbeaux. Mon âme brûlera dans les flammes de la Géhenne.

Aie confiance, rétorqua ma sœur, et accepte ton terme. Dès demain, annonce que tu t'es résigné. Remets les insignes royaux à ton aîné et cède-lui le pouvoir. Laisse ton fils Henri se réconcilier avec Rome et obtenir ton absolution. Tu mourras excommunié, mais tu seras racheté peu de temps après, et tu pourras gésir auprès des tiens dans la cathédrale de Spire.

Tous mes crimes seront donc oubliés ?

Tous tes crimes resteront gravés dans les mémoires et les récits, parce qu'ils sont indissociables de ta vie. Mais les livres sont déjà emplis de la violence et de l'iniquité des monarques, et tu ne seras ni le dernier ni le pire d'entre eux tous. Cesse de pleurer et prie. Reconnais la mansuétude du Seigneur et implore Son pardon.

Il y eut un silence, puis Hildegarde repassa l'étroite ouverture et ressortit tout à côté de moi sans me voir. Dans la cellule, l'Empereur parlait seul et à voix basse. On l'aurait cru pris de démence. Ma sœur était déjà en train de remonter le colimaçon.

Nous rentrâmes plus vite encore que nous étions venues. Nos pas s'allongeaient, comme dans une course avec nos ombres, silhouettes peintes sur la neige par les rayons de lune. Nous filions comme une bourrasque, légères et soulagées. Une colline nous séparait encore des premiers clos de Bermersheim quand Hildegarde s'arrêta brusquement. Je manquai de la renverser.

Regarde, me dit-elle, comme si elle avait toujours su que j'étais là.

Elle glissa une main dans la mienne et, de l'autre, me désigna le ciel.

Je regardai sans voir. Nous attendîmes. Et j'allais repartir, j'allais la tirer avec moi, la ramener à notre maison, à notre lit, quand une comète apparut au levant, blafarde, crépitante, pour traverser la nue de part en part, ouvrant la nuit en deux dans un silence parfait.

Quand tout fut terminé, je me remis à respirer. Hildegarde, elle, souriait aux anges.

Ainsi parle Irmengard, sœur aînée de Hildegarde.

Thiemo parle.

Seize années durant, j'ai vécu dans l'attente craintive de la révélation. Du jour où les lettres sont apparues sur la nappe d'autel, j'ai su qu'elles portaient un avertissement pour moi et une sombre menace. J'étais dans la force de l'âge alors, et ce n'est que devenu vieillard que j'ai pu comprendre comment je devais vivre et amender mes voies. Grâce aux lumières que m'apporta la bienheureuse Hildegarde, mère des couvents Saint-Rupert et Saint-Gisilbert, j'ai quitté le monde du siècle et vis depuis dix ans en état de pénitence dans la communauté des frères d'Alpirsbach. Je n'envie en rien le temps de ma prêtrise et n'ai que le regret indélébile d'avoir persévéré dans l'erreur, faute d'avoir entendu à temps le message qui m'était adressé.

Les faits se produisirent sous le pontificat d'Innocent II, alors que j'occupais la charge de prêtre de l'église de Rutesheim, en Souabe. J'étais né et avais grandi à proximité de ce village, et résidais dans une petite masure à quelques pas seulement de l'église. Ma maisonnée était composée de quatre personnes : moi-même, le jeune Rudolf, qui était mon élève et aspirait à la vie consacrée, ainsi qu'une certaine femme nommée Mathilde et sa mère souffrante. Mathilde s'occupait de la tenue de notre foyer. Sans que nous soyons mariés, je m'acquittais auprès d'elle de toutes les obligations qu'un époux doit à sa femme. Notre situation était largement connue dans les environs et n'avait rien de scandaleux. Les revenus de ma charge étaient mis à profit pour nous faire vivre tous quatre, ou bien répartis en actes de charité, et je peux affirmer que vingt années de prêtrise ne m'ont pas enrichi d'un sou.

Le soir de l'apparition, Rudolf et moi sommes montés à la chapelle allumer la veilleuse à huile qui éclairait, la nuit, notre statue de bois représentant saint Thomas. C'était une longue soirée d'été, tout était calme dans les environs. Je suis entré le premier, m'attendant à trouver les lieux frais et sombres, et découvris à ma grande surprise deux cierges sur l'autel, brûlant d'un vif éclat. Je me tournai vers Rudolf pour lui demander si c'était lui qui les avait allumés et, comme il tardait à répondre, lui ordonnai de les éteindre avant qu'ils ne soient consumés. Rudolf marcha jusqu'à l'autel, puis cria : le Seigneur nous frappe de Son glaive. Puis il tomba à la renverse. Je me précipitai pour le secourir, craignant qu'il n'ait glissé et ne se soit assommé, mais Rudolf était tout à fait conscient et me dit encore : si nous lisons les lettres peintes sur le linge, nous ne mourrons pas. C'est alors seulement que je m'approchai de l'autel et découvris qu'une nappe avait été sortie et déroulée, et que cinq lettres y étaient tracées d'une main inhumaine. Ces lettres étaient, horizontalement, A.P.H. et verticalement K.P.D.

J'aidai Rudolf à se relever puis, ensemble, nous repliâmes avec soin le drap sacramentel. Je le remis à sa place tandis que mon élève soufflait la flamme des cierges, puis nous allumâmes la veilleuse et quittâmes l'église sans ajouter un mot. Je comprenais que le message m'était adressé, même s'il restait indéchiffrable, et savais qu'il contenait une forme d'avertissement, sinon de menace. J'écrivis à plusieurs autorités du diocèse, et jusqu'à mon évêque pour leur soumettre le problème. Il est heureux que j'aie pensé à copier les lettres et leur disposition, car quelques jours plus tard, lorsque le prêtre d'une municipalité voisine voulut voir de ses yeux les marques du linge, nous constatâmes en le dépliant que celles-ci avaient disparu. Des hommes savants firent le voyage. D'autres m'écrivirent pour me demander tel ou tel détail supplémentaire. Aucun ne put me dire ce que cette croix de lettres signifiait. La mère de Mathilde mourut. Rudolf nous quitta peu après, suivant les troupes de Conrad III qui partaient pour la croisade. Avec ma compagne, nous demeurâmes à Rutesheim, qui n'est ni le meilleur ni le pire endroit où vivre selon les préceptes du Seigneur.

Seize années passèrent encore avant que la vierge Hildegarde de Bingen ne se penche sur l'énigme et ne la résolve sans effort, comme Daniel déchiffrant les écrits sur le mur. Dans sa première explication, les lettres formaient un acrostiche. Kyrium presbyter derisit, ascendat pœnitens homo. Le religieux qui s'est joué de Dieu, qu'il se présente devant Lui et fasse pénitence. C'était, sans équivoque, une condamnation de ma vie domestique. Pour m'amender, il me fallait quitter ma maison et partir vivre dans une communauté selon la règle de saint Benoît. Le jour où je reçus cette explication de Hildegarde, Mathilde était déjà souffrante, et je me permis de retarder mon entrée dans les ordres de quelques mois, le temps d'accompagner les derniers jours de mon aimée et de veiller aux soins de sa dépouille. J'abandonnai ensuite Rutesheim et son église et cheminai jusqu'à la présente abbaye, où mes frères me reçurent sans me juger et où je vis désormais en paix avec eux.

La deuxième lecture que fit Hildegarde des cinq lettres m'accompagne toujours. Son sens reste énigmatique, mais de même que j'ai su, pendant seize années, que le message que m'envoyait le Ciel avait trait à mon comportement, je continue de croire que cette interprétation a une portée plus vaste, et que son sens complet ne me sera pas révélé en cette vie. Voici la lecture de la sibylle du Rhin : un prêtre manque au Seigneur. Il s'est d'abord moqué du Christ. Auprès du Christ, il s'est plaint de sa charge. Sur l'autel repose un calice. Lève-toi, ô mon élève et bois. Le prêtre est doté d'ailes.

Ainsi parle Thiemo, moine de l'abbaye d'Alpirsbach et ancien prêtre du village de Rutesheim.

Mechtilde parle.

Elle était la dixième et la dernière de mes enfants, mais ni la plus menue ni la plus facile à mettre au monde. Comme Roric avant elle, et comme Irmengard, elle naquit la tête toute recouverte de cheveux bruns. Ses deux poings fermés retenaient chacun un pouce. Elle passa ses premières heures en éveil, les yeux grands ouverts, à me regarder, à étudier le téton qu'Anna lui proposait. Elle était née vers tierce, le septième jour précédant les ides de septembre. Hildebert la découvrit à none, alors qu'elle venait de s'endormir après sa première tétée. Il se pencha sur elle jusqu'à ce que la barbe vînt à toucher sa joue et lui dit : ainsi donc te voilà, petite Hildegarde. Puis il vint me voir et s'enquit de ma propre santé.

Drutwin, notre fils aîné, avait déjà quinze ans : son père l'envoya auprès du comte de Sponheim pour qu'il lui prête main-forte dans la conduite des vendanges. Ainsi, Hildebert resta avec nous les quelques jours que je passai en couches. Le travail avait été violent et j'en étais sortie considérablement affaiblie. La sage-femme d'Alzey qu'il avait fallu faire venir au plus noir de la nuit doutait que je puisse jamais porter un autre enfant. Il me fallut plus tard apprendre cette nouvelle à mon époux et lui faire accepter de ne plus en prendre le risque. J'avais été treize fois enceinte depuis notre mariage, et avais donné naissance à dix héritiers viables. Hildebert n'était pas stupide : pour garder une mère à ses enfants, il accepta que Hildegarde soit la dernière d'entre eux.

Dès les premiers jours, elle s'accrocha à moi avec détermination. Elle repliait ses bras et ses jambes pour s'approcher encore, se nicher dans ma chaleur et n'en plus bouger. Laissée à elle-même, elle passait de longs temps éveillée sans produire le moindre son, à simplement fixer le monde. Ses yeux étaient très grands et vagues. De temps à autre, un pli soucieux barrait son front. Elle ne connut aucun de ces troubles dont souffrent parfois les enfants au sein. Elle grandit bien.

Quelques semaines après sa naissance, Hildegarde me réveilla par d'étranges geignements. Je me levai sans bruit et me penchai sur elle. Toute la chambrée dormait. Dietrich et Lutgard n'étaient jamais dérangés par leur sœur, et Hildebert ronflait avec régularité. Dans son berceau, ma fille semblait tout à fait éveillée. Elle agitait les mains au-dessus de son visage et, contemplant leurs silhouettes dans la pénombre, accompagnait leur danse de longs sons inarticulés. La lune était couchée. Je n'avais aucune idée du temps qui nous séparait de l'aube.

J'ai tiré Hildegarde de sa couche et l'ai prise dans mes bras. Elle était tiède et douce. Je l'ai serrée contre moi, essayant de me souvenir de la sensation que j'avais lorsqu'elle était dans mon ventre, à peine plus petite qu'alors. Nous respirions au même rythme. Je me suis glissée dans la salle commune, où les braises finissaient de mourir dans l'âtre. Le froid, partout, gagnait. Hildegarde, bouche pressée contre ma peau, continuait ses longues lallations. J'ai attrapé un châle, repoussé la clenche et, la toute petite dans les bras, je suis sortie sur le perron.

Tout le village dormait. Un chien grognait dans son sommeil. J'ai levé la tête pour étudier le ciel, et les bruits de Hildegarde ont gagné en puissance, et il m'a semblé que cette fois elle se mettait à chanter réellement. On ne voyait que peu d'étoiles mais, à travers ciel, d'un horizon à l'autre, par-dessus les collines, de grands voiles lumineux oscillaient faiblement.

On aurait dit la robe d'un saint de cathédrale, étirée à travers l'immensité des nues. C'était à la fois rose et mauve et bleu sur les franges. Le manteau de la Vierge. Et j'avais beau regarder, cela demeurait, sans disparaître. Ce n'était ni un songe, ni une tromperie. Ce que je voyais était là réellement. Hildegarde, elle aussi, paraissait admirer la draperie céleste. On aurait dit que mon enfant s'était réveillée pour elle, et que son chant lui était adressé.

J'hésitai à rentrer dans ma demeure, à éveiller mon mari, mes fils aînés, à déranger les voisins pour qu'ils soient témoins eux aussi de ce signe, de cette lumière miraculeuse au cœur même de la nuit. Je n'en fis rien. Hildegarde avait vingt jours. Jamais plus je ne serrerais un de mes enfants aussi petit contre moi. Nous sommes restées là, toutes les deux, jusqu'à ce qu'il fasse trop froid et que l'apparition s'efface, en même temps que poignait l'aube.

Ainsi parle Mechtilde de Bermersheim, mère de Hildegarde.

Gedolf parle.

Dame Sigewise de Cologne demeura parmi nous tout l'hiver, et ce fut le plus long que connut l'abbaye de Brauweiler. Si son mari, le plus souvent, était absent, une vingtaine d'hommes de la maison l'accompagnaient partout où elle se rendait et la contenaient lors de chacune de ses possessions. Le démon qui la manipulait proférait des monstruosités et attirait sur notre communauté l'attention des paysans des environs. Par piété ou par crainte, nombre d'entre eux venaient jusqu'à nos portes y déposer des offrandes. Ils affirmaient prier pour l'âme de la noble femme, qui leur hurlait dessus en retour et leur montrait ses parties intimes. Une seule requête intelligible franchissait ses dents : celle d'être confrontée à Hildegarde de Bingen.

J'avais envoyé des messages en ce sens au couvent du Rupertsberg et elle avait promis de venir dès que le temps le lui permettrait. Nous l'attendîmes des semaines durant. Nous peinions à comprendre comment le Seigneur pourrait lui accorder le pouvoir de libérer une possédée pour laquelle tant de prières avaient déjà été prononcées, tant de pèlerinages accomplis, tant de reliques fameuses mises à profit. Hildegarde et sa suite furent à notre porte le jour de la Purification de la Vierge.

Il faisait très sombre. Une bruine estompait le monde comme un brouillard. Les voyageurs étaient trempés. Nous les fîmes entrer aussitôt, les débarrassâmes de leurs manteaux, mîmes à l'écurie leurs animaux de bât. L'abbesse était une femme menue et voûtée. Elle parlait d'une voix claire et ses yeux passaient sur vous comme si vous n'étiez pas pleinement là. Où est-elle ? demanda-t-elle, alors que je lui proposais, ainsi qu'à son escorte, une collation près du feu. Pourquoi ne l'entendons-nous pas ? Je tendis l'oreille. Nous étions tellement habitués à entendre hurler notre pensionnaire que nous n'avions pas remarqué le silence qui avait précédé l'arrivée de Hildegarde. Je m'empressai de la conduire aux cellules des moniales allouées à Sigewise et ses gardiens et nous trouvâmes la noble femme assise sur le lit, tout habillée. Elle était désentravée et paraissait étonnamment calme. Laissez-nous seules, ordonna la vieille femme aux deux valets. Puis, à notre adresse à tous : vous aussi. Partez.

Sigewise et Hildegarde restèrent ensemble jusqu'à la tombée du jour. Nous passions devant la porte close et tendions l'oreille sans pouvoir deviner ce qui se passait au-dedans. Pas un bruit ne troubla nos offices. Au dîner, la mère de Bingen nous rejoignit enfin. Elle paraissait fatiguée et plus âgée encore qu'à son arrivée. Elle s'assit à mes côtés et, sans toucher aux mets qui lui étaient servis, me dit : le démon en elle a été frappé par trois fois. Il a été affaibli par la répétition des pèlerinages, blessé par les dons au bénéfice de l'abbaye et mis à la torture par l'exorcisme que vous avez pratiqué. Il vous faut poursuivre les efforts dans le jeûne, la prière et les pénitences. Le temps du Carême sera celui de la libération du mal.

Deux semaines plus tard, Sigewise circulait librement dans le cloître et les bâtiments de la communauté. Les frères, effrayés d'abord à l'idée d'être mis face à la possédée, apprirent à tolérer sa présence. Les éclats démoniaques s'étaient faits rares, et il arrivait même à la femme de proférer des paroles pleines de sens et de piété. Vers la fin du temps de pénitence, Hildegarde alla jusqu'à laisser Sigewise prêcher en chaire lors d'une messe publique. Quoique toujours dans l'ombre du Malin, elle y tint un discours qui impressionna fortement les fidèles et les conforta dans la foi. Elle y proclamait la valeur du baptême, le caractère sacré du corps du Christ, mit chacun en garde contre les dangers de l'excommunication, et la terrible destinée qui attendait les hérétiques au-delà de la mort. À ce moment, on put voir l'expression de la prédicatrice changer. Un rictus déforma son visage, sa bouche se tordit, ses yeux s'exorbitèrent, et il ne fit nul doute que le démon aurait profité de l'instant pour perturber l'assistance si Hildegarde, d'un geste, ne l'avait empêché de s'exprimer. Sigewise retomba alors sur son siège, la mâchoire serrée, les dents grinçant affreusement.

La libération eut lieu le samedi de Pâques, devant plus de trois mille témoins, et ce jour la réponse à mes interrogations m'apparut clairement : si le Seigneur permettait à Hildegarde de réussir là où tout autre échouait, c'était pour mieux en couronner le triomphe. Promouvoir, de son vivant, l'authenticité des dons de l'abbesse, et renforcer la valeur de Sa parole. Sous les yeux de la foule, Hildegarde mena la noble femme, tout habillée de blanc, jusque devant le baptistère. Dame Sigewise de Cologne tremblait affreusement, comme sous le coup d'une fièvre brûlante, et on pouvait voir, autour de sa tête, voler une nuée épaisse d'impalpables moucherons.

Quand l'eau bénite lui toucha le front et les épaules, une lumière descendit pour accompagner le geste de Hildegarde, et une voix terrible doubla en écho les paroles de l'abbesse : libère, ô Satan, le tabernacle du corps de cette femme, fais place en elle pour le retour de l'Esprit saint. Le rayon se fit plus vif, puis s'éteignit. Et l'esprit impur abandonna le corps de la femme d'une horrible façon, en s'écoulant par ses orifices intimes et s'épanchant sur la dalle dans un flot d'immondices.

Pas plus que Job, dont les vers venaient manger la chair à vif, Dieu n'avait abandonné Sigewise de Cologne. Parce qu'il existait en elle une place pour la rédemption, Hildegarde put la sauver. Et du jour où elle renouvela son baptême, cette dame ne fut plus jamais tourmentée.

Ainsi parle Gedolf, abbé de Brauweiler.

Uda parle.

Hildegarde était grande pour son âge, mais ce n'était pas une enfant remarquable. Sa peau était claire et marquait facilement. On pouvait la croire fragile, ce qu'elle était en partie. Mais je l'ai vue souvent endurer sans broncher toutes sortes de souffrances. Un jour qu'un taon la piquait, elle n'esquissa pas même un geste de recul. Plus tard, elle me dit qu'elle était absorbée dans la contemplation des ailes de l'insecte, transparentes et irisées. La plaie gonfla sur son bras et la grande Jutta vint y apposer un baiser pour la couvrir de salive. Cette dernière avait quinze ans, l'autre Jutta onze ou douze, Hildegarde neuf. C'était la première année du règne de Henri V, qui fut très bonne pour les vignes de Sponheim.

Les trois filles s'entendaient bien et j'étais mêmement douce et sévère envers chacune.

Quand il devenait nécessaire de les punir avec vigueur, je les menaçais d'appeler Thomas, notre homme de maison. La peur du châtiment était pire que sa réalisation. Je leur enseignai les psaumes, la lecture des livres saints, la tenue d'une maison et le soin d'elles-mêmes.

Jutta la grande était vive et intelligente. La noblesse de ses origines se lisait sur ses traits et sa piété n'avait d'égale que sa belle prestance. C'était de sa propre initiative, à l'âge nubile, qu'elle avait écarté toute offre de mariage et choisi de ne vivre que pour le salut. Elle rêvait d'une destinée de sainte et d'un sacrifice total. Le comte de Sponheim, son père, me l'avait confiée le temps qu'elle mûrisse ou amende cette résolution. L'énergie de la jeune femme était extraordinaire, tout comme son obstination et son amour de la vie. Elle chantait plus haut, courait plus vite, travaillait plus dur qu'aucune vierge de son âge. Et Jutta était incroyablement belle. Elle fascinait ses deux cadettes mais c'est à la plus jeune, à la petite Hildegarde, qu'elle réservait ses attentions particulières.

En confiant à ma garde la dernière de ses enfants, Mechtilde de Bermersheim m'avait avertie de son caractère étrange. Il lui arrive de dire ou de faire des choses hors du commun, m'avait-elle prévenue. Nous parlions latin devant sa fille et Hildegarde nous écoutait sans comprendre mais avec grande attention. Nous ignorons ce qu'il convient de faire d'elle, mais elle paraît déjà forte dans sa foi enfantine. Peut-être est-ce un don du ciel. Et, de fait, je constatai par la suite que la petite aimait les longues prières, les litanies, les chants sacrés, et qu'elle pouvait demeurer en contemplation des heures durant, jusqu'à en rater un repas ou une corvée.

Hildegarde était souvent la proie d'absences et, au cours de ses premières années à Sponheim, elle évoqua à plusieurs reprises des événements imaginaires. Elle mentionna des lieux ou des personnages issus du passé de la ville ainsi que certains faits véridiques dont elle ne pouvait avoir eu connaissance par un biais naturel. Entrer dans les détails l'embarrassait et j'appris peu à peu à ne pas relever ses déclarations les plus étranges. À la puberté elle cessa, pour ce que j'en sais, d'avoir aucune de ces visions.

La petite Jutta lui disputait l'attention de leur aînée. Elle était vive et formée, et partageait avec son homonyme les tâches et les jeux physiques. Mais par son étrangeté, son indifférence, son mélange de sagesse et d'étourderie, Hildegarde fascinait plus sûrement et plus durablement. Lorsqu'elle eut douze ans, la grande Jutta en avait dix-sept et elles décidèrent ensemble de prendre le voile dans le plus proche couvent. Le comte Stephan demanda que sa fille reste dans ma maison deux années supplémentaires. Sachant que son enfant ne changerait pas ses vues, il mit ce temps à profit pour faire bâtir une annexe pour les femmes à l'abbaye Saint-Disibod. Les trois filles dont j'avais la garde me quittèrent ensuite pour cette communauté religieuse, à l'automne de l'an mille cent douze de l'Incarnation. Nous avions passé ensemble un peu plus de six années et j'en étais venue à les chérir comme j'aurais aimé mes propres enfants.

Les années suivantes, j'allai les visiter à plusieurs reprises. Jutta de Sponheim avait été placée à la tête de la communauté des femmes. Elle y vivait recluse dans une cellule, jeûnant le plus souvent, entourée d'obscurité et de silence, se mortifiant dans sa chair. Je ne pus que l'apercevoir par une porte entrebâillée et préfère me rappeler d'elle du temps où elle vivait avec moi, soulevant Hildegarde dans ses bras ou dévalant le pré à la poursuite d'un chevreau pris de panique. La petite Jutta et Hildegarde menaient une vie réglée et apaisée.

Lors de ma dernière visite au Saint-Disibod, Hildegarde me remercia de lui avoir enseigné ce que je savais des notations musicales. Je me souvins alors d'un après-midi de ses dix ans où, l'enfant ne cessant de me questionner sur les marques et les portées, j'avais fini par lui confier mon matériel d'écriture et l'avais laissée œuvrer. Elle était fascinée par l'idée qu'on puisse fixer un chant sur un feuillet et le rendre ainsi silencieux, et pourtant musical, malgré l'absence de tout instrument et de tout organe. Il y a tant de choses qui nous échappent, me dit-elle. Nous ne sommes que des femmes, fragiles, incultes. On peut nous battre et nous manipuler, nous dépouiller de nos biens, nous mutiler, nous utiliser. Mais ce que nous avons appris, ce qui nous a été enseigné, personne ne pourra jamais nous le reprendre. Elle était toujours très douce, mais aussi très forte. Je suis heureuse et fière de l'avoir connue.

Ainsi parle Uda de Gölheim, veuve consacrée et femme remarquable de la ville de Sponheim.

Richardis parle.

Dans l'*Ordre des Vertus*, je devais jouer Chasteté. À la fin de la pièce, j'écrasais la tête de Satan et permettais à Anima, l'Âme humaine, de se libérer.

Nous avons écrit ce jeu ensemble, Hildegarde et moi. Volmar nous donnait la réplique et faisait des suggestions. Nous lisions et chantions, amendions certains passages, en modifiions d'autres. Mon latin était meilleur que le leur à tous deux. Hildegarde a fait les musiques mais les textes sont largement de ma main. Cela n'avait pas d'importance, à cette époque, nous ne nous préoccupions pas de savoir qui faisait quoi. Nos pensées étaient accordées, alors. Nos âmes jumelles.

Hildegarde était plus que ma magistra dans les couvents Saint-Disibod et Saint-Rupert. Plus que ma sœur dans la communauté de l'Église, plus que ma confidente et plus que mon amie. Plus, même, que ma sœur de sang, Adélaïde, qui me suivait comme une chienne. Il existe trois mots latins pour désigner l'attachement qu'une personne peut avoir pour une autre. Amor. Caritas. Dilectio. Ce que nous ressentions l'une pour l'autre était de ces trois ordres simultanément.

J'avais quinze ans lorsque ma famille m'envoya depuis la Saxe vivre à l'abbaye féminine du Disibodenberg. Mes goûts me portaient vers l'ascèse, la contemplation et le silence. Je croyais être savante et éduquée. Hildegarde me fit venir dans sa cellule. C'était une femme déjà âgée, éprouvée par la maladie. Elle n'avait jamais eu de grand professeur, n'avait pas fréquenté les écoles de la noblesse. Nous discutâmes jusqu'à l'office du soir. Elle me parla de ses visions, que le pape avait reconnues comme authentiques. Elle disserta de la société des pies, des vertus du chanvre et du houblon, de la nature du mal et de son origine, de la hiérarchie des pierres. Je compris aussitôt que je ne savais rien.

J'ai aimé Hildegarde et elle m'a aimée en retour. Nous étions toujours ensemble. Les femmes consacrées allaient égales à ses yeux, je sortais cependant du lot. J'étais pour elle comme Jean, fils de Zébédée, le disciple préféré du Christ. J'étais à ses côtés à l'heure d'aller au lit, et partageais sa couche lorsqu'elle avait des insomnies. J'étais avec elle dans le scriptorium, parfois seule, souvent avec Volmar, à retranscrire les visions et les exégèses, à planifier les dessins du grand livre qui l'occupa de longues années. Je l'accompagnais en promenades. J'introduisais ou renvoyais les visiteurs. Je transmettais ses demandes à l'abbé Cunon et négociais pour elle faveurs et libertés.

Lors d'une de ses longues crises, Hildegarde rêva d'un couvent où nous serions libres, elle et moi, et Volmar et les sœurs, de vivre ainsi que nous l'entendrions. Une communauté éloignée de celle des hommes, et pour laquelle des règles neuves seraient édictées. Nous célébrerions la beauté, alors, la noblesse du cœur et de l'âme. Nous pourrions nous y parer de beaux habits et de joyaux, et exalter la grandeur du monde dans la splendeur des corps. Hildegarde me confiait tout, alors, ses rêves, ses fantaisies, ses péchés. Non pour que je les absolve, comme l'aurait fait un prêtre, mais pour que je les reçoive, que je les commente et que je partage avec elle les errements de mon propre esprit. J'entendis son souhait de quitter le Disibodenberg et de vivre uniquement entourée de belles femmes.

J'écrivis à ma mère, la margravine, qui m'envoya de l'or pour acheter des terres. J'écrivis à mon frère, l'archevêque, qui fit pression sur Cunon pour qu'il défasse les liens nous liant au Saint-Disibod. Et, tandis que notre projet avançait, j'aidai Hildegarde et Volmar à achever la compilation du *Scivias.* Hiltrude nous peignit, tous les trois, dans une des miniatures de ce livre. Hildegarde dans le feu de l'inspiration divine. Volmar recopiant ses paroles. Et moi, par-derrière, en soutien moral et soutien spirituel.

Nous avons terminé le *Scivias*. Nous sommes parties au Rupertsberg. Nous avons composé l'*Ordre des Vertus* pour le jour de sa consécration.

Tout le monde pensait que Hildegarde avait perdu la mesure et certains m'accusèrent d'en être responsable. Très peu des femmes de notre premier couvent nous accompagnèrent. Nous fûmes dix-huit seulement, avec Volmar comme seul compagnon mâle, à partir à travers bois. À faire notre havre de vieilles ruines, dans ce lieu inconfortable et ensauvagé.

Mais nous étions ensemble. Nous étions libres.

Je ne découvris qu'alors que ma sœur Adélaïde

correspondait en secret avec ma famille. Ce qu'elle leur rapportait de ma vie consacrée, de ma relation avec Hildegarde, je ne peux que l'imaginer. Mais nous n'étions pas plus tôt arrivés dans la région de Bingen qu'un pli m'informait de ma promotion. La place de magistra avait été libérée pour moi dans le couvent de Bassum et ma sœur de sang avait vocation à m'y accompagner.

J'en ai informé Hildegarde et nous avons lutté ensemble, comme nous le pouvions, contre cette décision. Nous avons supplié mon frère aussi bien que l'archevêque de Mayence d'intercéder. Mon aimée s'est réclamée de l'autorité de Bernard de Clairvaux et de celle de l'empereur Conrad. Elle a invoqué ses visions et la colère de l'Esprit, qui parlait par sa bouche. Elle a écrit au pape de Rome.

Nous avons continué de répéter l'*Ordre des Vertus*. Ma voix n'a jamais été si pure. Mon émotion si vive.

Toutes nos requêtes ont été rejetées et j'ai dû partir pour le Nord.

De ce jour, mon cœur a cessé de battre.

Il n'est personne, sur terre, qui puisse s'arroger le droit de séparer deux âmes, deux esprits, deux corps liés si fermement par tous les sentiments les plus nobles. Notre amour n'était pas un événement pour la société des hommes, mais une part de perfection de la création de Dieu. Comme le cycle du soleil, comme l'œuf de la cane ou le cristal de roche.

Profaner cet amour était un sacrilège.

Ne priez pas pour ma consolation mais pour le

salut de mon âme : je n'entends pas survivre à cette perte.

Ainsi parle Richardis de Stade, abbesse du couvent de Bassum.

Volmar parle.

Pendant toutes ces axiles je n'ai connu que la peur, depuis le premier dilzio où je l'ai vue, peur qu'elle ne se blesse, peur qu'elle ne se brise, elle qui était si évidemment fragile, si menue, si incapable de se protéger des chocs, des violences du monde, et je ne lui avais pas encore parlé que je m'étais déjà juré de la protéger, de consacrer ma vie à la suivre, à l'accompagner, à l'assister quand elle en aurait besoin, à ôter de sa route les staurinz, à affermir son pas, à me rendre invisible quand elle voudrait que je le sois, et plus nous avons avancé en âge, plus nous avons vieilli, plus cette peur diffuse s'est concentrée sur des objets précis, j'ai craint les guerres et les épidémies, j'ai craint les jures hurlants pour lesquels elle prêchait et les caprices du Rhin sur lequel elle embarquait, les nourritures trop maigres, les gramizeles de notre clainzo, et les retours de ses crises, les longues, les interminables souffrances, les cris étouffés, les convulsions, la vrzial flasque dans la mienne, la suinz froide, j'ai craint qu'elle ne tombe prostrée, qu'elle ne s'abîme dans le silence, qu'elle ne se perde dans ces mondes de sons et d'images où Aigonz la transportait, j'ai craint de la voir enlevée au ciel par des aieganz, j'ai craint qu'Aigonz ne se manifeste au-dessus de son lit et ne brûle son âme pour l'avoir observé sans fard, j'ai appréhendé sa déchéance dans chaque maladie, dans chaque nouveau tiriszinthio, dans chaque crue du fleuve, j'ai imaginé ce que deviendrait le monzchia si elle venait à disparaître, comment nous pourrions vivre, ce que nous pourrions faire de ce qu'elle nous avait enseigné, et plus encore, j'ai souffert par avance de perdre une miskila, un double, un fidèle miroir de mon âme, de me voir amputé d'une moitié de moi-même et de ne plus tenir personne avec qui parler, de ne plus être entendu ni compris, parce que cette langue qu'elle avait inventée et que nous partagions, personne d'autre ne la connaissait, personne ne l'entendait, et qu'auraient-ils dit, ceux qui lui auraient succédé, quand je leur aurais parlé des schalmindibiz en fleur, de mes douleurs au rimziol, de la beauté de leur scolmiz, qu'auraient-ils saisi de ces mots inouïs, forgés pour si peu de gens, et seuls capables de dire ce que nous étions l'un pour l'autre, et tandis que je tremblais dans son ombre, à la garder des périls et des maux, je n'imaginais pas un instant être celui qui partirait, je n'avais pas pensé qu'un dilzio ça pourrait être moi, couché ici, hochziz et nosinz, privé de parole, immobile, dans un état semblable à celui de la mort, conscient seulement, à moins que ce ne soit encore qu'un rêve, de sa présence à mes côtés, de son attention, de ses prières, et je me sentais douloureusement coupable, coupable de l'abandonner, coupable d'être ce reflet abîmé d'elle-même, coupable surtout d'éprouver tant de soulagement, celui de ne plus vivre dans l'appréhension, celui d'avoir enfin compris que la peur ne m'avait servi à rien, qu'aussi vieille, aussi fragile que tu aies été, tu vivrais au-delà de moi, accomplirais d'incroyables miracles, connaîtrais des moments inimaginables, et que pour ne pas te retrouver seule, pour ne pas être la dernière, tu enseignerais notre langue à cent nouveaux locuteurs qui la feraient à leur tour rouler dans leur moniz et qui désignant telle chose diraient fuschalioz et telle autre anischitz, parce que ce seraient leurs noms véritables, leurs noms au-delà de tout pays et de toute race, et à présent que je me trouvais privé de tout, puisque mes sens m'avaient abandonné, mais qu'elle demeurait à mes côtés, puisque à l'intérieur de mon âme je jouissais toujours du don de la parole, je vécus encore un peu, je sortis de mon corps et retournai dans le monde que nous avions bâti tous les deux, bâti pour nous deux, ce lieu clos pour les hommes mais ouvert sur le Ciel, un univers uniquement de mots, et je franchis le tirix de ma gauschulitz, je traversai le monzchia, je sortis sur le pré pour contempler les arbres de diverses essences, hamischa, gruzimbuz, et le culmendiabuz où perchent les urchios, sur le chemin venaient des malkunz et des primischoles, les luschiæ glissaient sur la peau nue du fleuve et je voulais tout revoir, tout redire une fois dernière, faire l'inventaire total pour la seule beauté de ces sonorités, pour cette langue inconnue que je n'entendrais plus prononcée, ces mots que je ne dirais plus, zirumzibuz, schmischonz, pixel, et creueniz qui désigne les parties impudiques de l'homme, et fragizlanz qui dit celles de la femme, cela a été si beau de pouvoir entendre sa voix, si beau de pouvoir lui parler que je ne peux que prier pour nous, qui avons été si étroitement ensemble, et pour que le temps d'après ce monde, si Aigonz le veut, soit celui de notre réunion et du triomphe du verbe de Hildegarde.

Ainsi parle Volmar, prieur du couvent Saint-Rupert de Bingen, secrétaire et ami de Hildegarde.

Yehuda parle.

Je me rendis au Rupertsberg avec trois de mes élèves à la fin de l'an quatre mille neuf cent treize. Les temps étaient à la prospérité, la situation cordiale avec l'archevêché, aussi les Gentils de Cologne nous laissaient-ils en paix. L'Église semblait fort occupée de querelles intestines, et ses colères se déchaînaient plus volontiers sur les hérétiques qu'envers notre communauté. Les conversions au manichéisme étaient nombreuses chez les artisans des villes, l'influence cathare croissait. À Rome, le pape était entré en guerre contre sa propre cité et l'empire lui-même semblait à la merci d'ambitieux, seigneurs de guerre, prévôts, visionnaires, ou tout mélange de ces trois qualités. Les querelles de comtés se soldaient dans les Marches, en Sicile, à Constantinople ou en terre d'Israël. Dans ce grand désordre des temps, nos cités s'enrichissaient, pourtant. Elles étaient lieu de refuge et d'échange, de rencontre et de commerce. Malgré le mépris dans lequel notre communauté était tenue dès qu'il s'agissait de croyances et de coutumes, notre utilité nous assurait une paix relative dans les villes commerçantes. Mon école ne désemplissait pas. À notre échelle modeste, loin des centres du savoir, nous poursuivions les travaux entrepris par nos communautés de Saragosse et de Cordoue.

À plusieurs reprises, les hauts faits d'une religieuse savante étaient parvenus à mon oreille, une nommée Hildegarde qui vivait en amont sur le Rhin et dont les savoirs provenaient en droite ligne d'Adonaï. J'avais planifié un voyage jusqu'à son monastère, repoussé plusieurs fois par des tâches pressantes. Le jour où j'appris que la femme quittait son couvent pour en fonder un neuf, je m'entourai des plus sérieux de mes élèves et, à la fonte des neiges, partis pour la ville de Bingen près de laquelle elle demeurait.

Hildegarde était malade et on nous interdit de la voir deux jours durant. Lorsque je demandai à étudier sa bibliothèque en attendant, on me conduisit, après plusieurs refus, à un réduit de planches nues où la jeune communauté stockait des missels et des antiphonaires. À ma stupeur, j'appris que le couvent ne possédait, pour seuls ouvrages, que ces volumes musicaux, deux bibles reliées, et les livres écrits sous la dictée de l'abbesse. Ceux-ci étaient au nombre de trois, dont deux toujours en cours de rédaction. Le *Scivias*, le plus long et le plus fameux, recueillait les visions de Hildegarde, suivies de leur glose. Un des manuscrits en travaux était consacré à l'étude des pierres, des plantes, des fleuves et des éléments. L'autre était un recueil de chants et de poèmes.

L'absence de toute documentation me sembla si mystérieuse que je finis par questionner à ce sujet le seul homme de la communauté, un vieux prêtre du nom de Volmar. Hildegarde, m'apprit-il, était bien la femme inculte qu'elle affirmait être. Rien de ce qu'elle disait ou prêchait n'était le fait de son intelligence. Elle n'avait étudié d'autre ouvrage que la Sainte Bible et ne débattait jamais avec aucun savant. Tout ce qu'elle professait venait droit de l'Esprit, qui se saisissait d'elle et jouait de son âme comme d'un instrument de musique. Son mérite était d'endurer les terribles douleurs que cela nécessitait, et de ne jamais douter de la justesse de ce que l'Esprit, à travers elle, exprimait.

Il me sembla que Volmar avait répété cette explication à de trop nombreuses reprises pour qu'elle fût convaincante, aussi insistai-je pour rester dans la région le temps qu'il serait nécessaire à l'abbesse pour se remettre. J'allai à Bad Kreuznach, à Sponheim et au Disibodenberg, où un messager me prévint enfin que Hildegarde était prête à accueillir des visiteurs.

J'ai lu le *Scivias*, lui dis-je dès que j'en eus l'occasion, et j'ai entendu ce qu'en disait votre frère Volmar. Je ne crois pas que ce soit là toute la vérité. Vous n'êtes en rien une personne ignorante. Nous marchions sur des terres brûlées, les futurs vergers que le Saint-Rupert gagnait sur les forêts. Elle et moi au-devant, sans hâte, suivis de mes élèves à portée de voix, et de plusieurs sœurs de la communauté prêtes, au premier signe de faiblesse, à venir au secours de leur magistra. Hildegarde était encore mal assurée sur ses jambes, très fragile et bien plus vieille que je ne l'imaginais.

Vous êtes venu comprendre et c'est tout à votre

honneur, me répondit-elle. Mais c'est très orgueilleux d'entendre une vérité et de refuser de la croire. Vous avez cherché les livres et ne les avez pas trouvés. Vous vous êtes impatienté. Vous êtes parti plus loin satisfaire vos appétits de science, de conversations savantes, de débats de scriptorium, de connaissances minuscules. Vous avez cru avancer en emplissant ce temps, mais l'essentiel vous a échappé. Il n'est nul besoin d'autre ouvrage que celui qu'a écrit le Seigneur.

Tous les livres, abondai-je, ne sont que des exégèses d'un seul grand ouvrage. Le Talmud, cependant, est indispensable à la Torah, pour la quantité des éclaircissements qu'il lui apporte. Je ne parle pas de celui-là, me coupa Hildegarde, mais de celui-ci. Et, de sa petite main, elle désigna autour d'elle la terre calcinée, les cendres fumantes, la rosée sur les herbes au-delà, le bousier sous la feuille, l'écorce fendue du merisier, le dogue brun à l'affût, les guêpes, les fleurs en bouton, la lame noire du fleuve, le vol en triangle des oiseaux, les falaises, les nuages. Et je vis tout cela, sans rien dire, avant d'en venir à sa main de vieille femme, sa paume marquée de sillons nets, ce réseau incompréhensible qui est une autre forme d'écriture, et je pensai aux mots imprononcés et inconnus, seuls capables d'exprimer ce texte omniprésent dans une langue qui soit audible par l'homme. Hildegarde hocha la tête. Il est des choses plus faciles à saisir, conclut-elle, lorsqu'on ne sait presque rien et que tout reste à comprendre.

Ainsi parle Yehuda, savant juif de la ville de Cologne.

Bertha parle.

Les deux couvents fondés par mère Hildegarde étaient des îles autant que des forteresses : elle ne pouvait y oublier sa condition ni ses responsabilités. Elle était abbesse et magistra. Les quatre-vingts sœurs et la centaine de laïcs qui vivaient sur les terres du Saint-Rupert comme du Saint-Gisilbert dépendaient de son ouvrage. Elle était visionnaire et guérisseuse. Le peuple de Bingen et des environs, les savants des monastères voisins comptaient sur la poursuite de son travail. Elle était chef de chœur et botaniste. Elle était femme fort âgée, qui avait travaillé sans relâche dans le jardin aux simples, dans les scriptoriums, dans les cloîtres et les chœurs d'églises. Ni les affres du cœur ni les tourments du corps ne lui avaient été épargnés. Mère Hildegarde avait la réputation d'être dure et autoritaire. C'est qu'elle ne pouvait, en ces choses du quotidien, s'offrir le luxe de la douceur. Elle sentait le temps se rétrécir et la vie s'échapper. Elle avait encore tant à faire.

J'ai eu le privilège de fréquenter l'autre Hildegarde plusieurs semaines durant, pendant les mois de juin et juillet de l'an mille cent soixante-dix, alors que nous voyagions en Souabe. Nous étions une compagnie d'une vingtaine, comptant cinq sœurs de la communauté et leurs servantes, ainsi qu'une demi-douzaine de frères lais chargés de notre protection. Avec Mariana, nous veillions au bien-être de notre chère abbesse, redoutant l'heure de cette expédition tant elle s'était montrée sèche et autoritaire avant notre départ. Mais à peine avions-nous accosté à Spire, deux jours seulement après notre départ du Saint-Rupert, que nous la découvrîmes changée. Jusqu'à son visage nous parut transformé comme si, jusqu'à ce jour, nous ne l'avions distinguée qu'au travers d'un épais brouillard et que celui-ci venait de se dissiper.

Chacun de nous demeure pour toujours ce qu'il a été. Mais il est plus ou moins facile de distinguer, derrière les traits d'une vieillarde, l'air qu'elle avait lorsqu'elle était jeune fille, ou son sourire de petit enfant.

Des chevaux de bât et des mulets nous attendaient au port, et nous attelâmes une charrette pour porter notre mère fatiguée de marcher. Je ne la vis jamais assise dedans. Hildegarde allait au-devant de notre troupe, en éclaireuse, ou quelque part derrière sur le chemin, étudiant les bas-côtés, s'attardant sur l'activité d'insectes minuscules, grattant une mousse, cueillant un caillou. Elle avançait aussi vite que chacun de nous, et chantait. Nous connaissions son don pour la musique et son art subtil de la composition, mais ignorions sa passion moins noble pour les chants populaires, les airs de nautoniers et de charbonniers, ceux du glanage, ceux de la traite.

Hildegarde écourta notre première étape à Hirsau, remarquable village peuplé de frères convers et entièrement au service de son monastère. Le temps d'un sermon en chaire, de longs entretiens avec l'abbé, de déambulations pensives autour du lac, elle redevint la femme autoritaire et sèche qui régnait sur le Rupertsberg. Bien qu'hébergés jusqu'à la Saint-Martin, nous repartîmes quatre jours seulement après notre arrivée.

Le temps restait clair et chaud. Nous marchions jusqu'à sexte, puis nous arrêtions dans des lieux ombragés pour ne reprendre la route qu'après l'office de none. En fin de journée, les nuages s'accumulaient, les moucherons dansaient plus près de la terre et les oiseaux volaient bas. Des orages claquaient, brutaux, suivis d'averses torrentielles. Mère Hildegarde, trempée de pied en cap, riait sous la mitraille des gouttes, tête renversée, bouche ouverte, comme une enfant de cinq ans.

Un jour particulièrement chaud, nous avons fait halte auprès d'un torrent sombre. Après avoir fait boire les animaux, les hommes allèrent se cacher dans les bois pour se dévêtir et se rincer. Quand ils revinrent, trempés et réjouis, certaines sœurs parmi les plus hardies demandèrent à l'abbesse permission de les imiter. Hildegarde accueillit leur requête avec bienveillance, et les laissa entrer dans l'eau jusqu'à la taille. Je revois ces femmes à la peau dorée, aux joues roses, aux cheveux dénoués, leurs chemises prises dans le courant. Le soleil étincelait sur les reliefs de l'eau. Les araignées aux longues pattes couraient dans les trous d'ombre. Après avoir longtemps hésité, Hildegarde ôta ses chaussures puis, soulevant sa robe à deux mains, descendit sur l'étroite plage de galets pour baigner ses pieds dans l'eau fraîche.

Il y eut de belles veillées autour de feux allumés pour nous dans les prés derrière des presbytères. Notre mère abbesse nous décrivit, dans une langue simple et directe, quelques-unes de ses visions merveilleuses, et nous vîmes s'élever dans le crépitement des flammes les cercles d'or, les astres, les trônes, les tours, et tout cela montait vers les cieux avec la fumée grise avant de se disperser dans les doux vents de nuit. Hildegarde nous parla de Jutta, qui avait été sa maîtresse, et de Richardis, son élève favorite. Elle nous dit la souffrance, la joie et la souffrance à nouveau.

Cinq jours avant les calendes d'août, Hildegarde tomba malade. Nous nous hâtâmes vers le monastère de Zwiefalten où nous parvînmes sans que sa condition s'améliorât. Nous renonçâmes alors à aller plus avant et prîmes le chemin du retour. Ce devait être son tout dernier voyage.

Ainsi parle Bertha, servante de Hildegarde au Saint-Rupert.

Cunon parle.

Hildegarde était impitoyable. Dure comme aucune femme et aucun être humain.

Quinze années se sont écoulées entre ma prise de fonction à l'abbaye Saint-Disibod et son départ pour le Rupertsberg. Pendant trois lustres, nous avons partagé l'autorité sur la colline du Disibodenberg et, si je présidais aux destinées des moines, c'était Hildegarde qui gardait et guidait le troupeau de ses nonnes. Aussi, mieux que quiconque, je peux témoigner de l'absence complète de mesure qui la caractérisait. Je l'ai connue jeune et déjà inflexible. L'avancée en âge n'a fait que crisper ses positions. Puis le pape est venu, et lui a donné raison sur tout. De ce jour, il fut tout à fait impossible de lui faire changer le moindre avis.

Ne me jugez pas trop rapidement. J'ai toujours loué les qualités de Hildegarde. Du premier jour, j'ai su reconnaître en elle la droiture de l'âme et l'autorité qui la qualifiaient, plus que toute autre, à la charge de magistra. J'ai défendu sa passion pour la musique, j'ai protégé ses recherches botaniques. J'ai octroyé aux femmes du Saint-Disibod des libertés peu communes pour des religieuses suivant la règle de saint Benoît. Contrairement à nombre de mes frères, je n'ai jamais non plus douté de la véracité de ses visions.

Elle nous en parla aussitôt après qu'elle eut succédé à Jutta de Sponheim à la tête de la communauté des sœurs, mais des rumeurs à ce sujet couraient depuis des années. Les longues maladies dont elle souffrait étaient source d'inquiétudes récurrentes, on craignait la contagion ou bien lisait dans ses spasmes les stigmates d'un châtiment divin. Volmar, le plus proche ami de Hildegarde, avait laissé entendre que ses longues périodes d'intolérance à la lumière et au bruit offraient en contrepartie accès à des pouvoirs merveilleux. Mais jusqu'au jour où elle vint nous confesser ses expériences, nous n'avions jamais remarqué chez elle aucune aptitude surnaturelle.

Je ne m'estimais pas compétent pour juger de la véracité de ses révélations et le lui avouai sans fard.

D'autres, plus élevés que moi dans l'ordre de l'Église, se déclarèrent tout aussi impuissants. Il fallut l'opinion du très savant Bernard de Clairvaux, appuyée par celle du Saint-Père et d'un collège de sages, pour trancher la question. Mais Hildegarde n'avait pas attendu leur aval pour se mettre au travail. Afin de l'assister dans la rédaction d'un livre de visions, elle ne réquisitionna pas moins de dix religieux des deux sexes, qu'elle chargea de la soulager de ses corvées ordinaires, de préparer les peaux et les encres, de fourbir son latin, d'illustrer les scènes les plus fortes. Aucune critique ni sollicitation ne pouvaient lui être adressées sans qu'elle ne s'en offusque, s'emporte ou se mure dans le silence et la claustration.

Ensuite, lorsque par les efforts conjugués de toute la communauté nous eûmes convenablement avancé dans la rédaction de son livre, et que sa réputation commença d'attirer vers nous de nouveaux donateurs et pèlerins, Hildegarde décida de nous abandonner. Elle acheta des terres à proximité de la ville de Bingen et, usant de son influence auprès de l'archevêché de Cologne, manœuvra jusqu'à en obtenir la haute protection. Elle ordonna ensuite aux vierges et veuves du Saint-Disibod de préparer leurs bagages pour la suivre dans son aventure. À celles qui étaient réticentes à quitter leur maison, Hildegarde répliqua qu'elles ne pourraient y demeurer une fois qu'elle en serait partie, et leur intima à toutes de se trouver un nouveau couvent. Enfin elle exigea, en audience, d'emmener avec elle Volmar en qualité de prieur et de confesseur.

Il ne manquait, à l'énorme *Scivias*, que quelques pages pour qu'il fût achevé. Pour en avoir parcouru de longs extraits, et en avoir suivi la conception pas à pas, je tenais ce livre pour un ouvrage important. Plus que celle de Hildegarde, la présence de cette somme de révélations entre les murs du Saint-Disibod était vitale pour l'abbaye. Nous avions suivi sans rechigner, des années durant, les ordres les plus arbitraires de notre abbesse, sachant que tout refus ou tentative de négociation auraient pour conséquence de terribles éclats, manifestation de son caractère intraitable et violent. Mais cette fois, cependant, après en avoir débattu avec mes frères, nous tranchâmes contre sa décision. Bingen était à un jour et demi de route en pays sauvage, hors de l'influence de notre monastère. À l'inverse, le domaine du Disibodenberg était encore vaste. Si c'était à plus d'indépendance que Hildegarde aspirait, elle pouvait aussi bien bâtir un couvent de sœurs sur le flanc adverse de la montagne et y vivre dans l'ignorance complète de nos destinées.

Sa réaction était prévisible : elle tomba terriblement malade et l'on ne put plus tirer d'elle un mot, ni un geste d'assentiment. Après avoir envoyé des lettres coléreuses à chacun de ses protecteurs, Hildegarde se consacra pleinement à sa souffrance. Elle cessa de se nourrir, de dormir, de bouger. Allongée sur sa couche, les yeux écarquillés et la mâchoire serrée, elle attendit que nous cédions. Nous ne cédâmes pas.

Puis notre frère Arnold, que j'avais envoyé à la confluence de la Nahe et du Rhin annuler les achats de terre effectués par la magistra, fut à son tour la proie d'une terrible affection. Sa langue gonfla si bien qu'il ne put plus clore la bouche. Par gestes, il indiqua aux citadins qui le recueillirent qu'il souhaitait être porté dans les ruines de l'église jadis consacrée à saint Rupert. Parvenu là, il recouvra la santé et, de retour au Disibodenberg, s'était converti aux vues de la malade.

Je tentai, à de nombreuses reprises, de convaincre notre sœur de se nourrir à nouveau. Je ne désirais pas qu'elle nous quitte, mais souhaitais moins encore être cause de sa mort. Sous mes doigts, son corps était maigre et froid, rigide, terriblement lourd. J'usai de toutes mes forces sur un seul de ses bras sans parvenir à le faire bouger. Aussi, au terme de plusieurs mois et alors que l'abbesse allait s'affaiblissant, nous nous pliâmes une fois encore à l'une de ses absurdes décisions. Nous lui accordâmes le droit de partir et elle guérit dans les dix jours.

Ne me parlez pas de la douceur des femmes : j'ai connu Hildegarde avant qu'on ne la nomme de Bingen.

Ainsi parle Cunon, abbé du Disibodenberg.

Béatrice parle.

Je me souviens surtout des silences. Du fait que notre magistra presque jamais ne nous adressait la parole. Il y avait les prédications, bien sûr, les chants qu'elle nous enseignait, les prières qu'il lui arrivait de diriger. Mais lorsque nous étions dans les ateliers, les cuisines ou au-dehors, elle ne prononçait jamais que les quelques mots indispensables à la bonne marche du travail. Hildegarde ne se confiait pas, n'avait nul besoin de poser des questions. Elle devinait les choses et savait par avance ce que nous désirions.

On la disait dotée de pouvoirs, et je suis certaine qu'elle en possédait de grands. Mais c'étaient uniquement des dons qui s'épanouissent dans la quiétude, la lenteur et l'obscurité. Dans l'immobilité plutôt que dans le mouvement. En cela nous nous entendions parfaitement.

L'année de la fondation du couvent Saint-Gisilbert d'Eibingen, j'avais achevé de copier dans un seul codex l'ensemble des visions de son *Scivias*. Ç'avait été un très long ouvrage, qui m'avait occupée deux hivers entiers et toute une belle saison. Des serviteurs m'avaient assistée à la préparation des pages et des outils, mais j'avais refusé de déléguer à quiconque le tracé des lettrines et des ornements, et moins encore partagé la copie du texte lui-même.

Une fois la table de travail apprêtée, je renvoyais toute personne encore dans la cellule et attendais que les bruits de pas se soient mêlés aux autres sons de la vie du couvent, un murmure indistinct qui ressemble aux souffles de l'homme qui dort. Jusqu'à midi, la lumière tombait droit par la fenêtre, et je pouvais voir, lorsque je levais la tête, le ciel par-dessus la colline. Le reste de l'univers se réduisait à la pâleur du vélin, au noir bleuté des encres et aux enseignements de mon abbesse. Derrière moi, le monde disparaissait, avalé par les ténèbres.

Hildegarde avait vu. Au cours de ses crises, allongée dans le noir, elle avait été confrontée à des images stupéfiantes. Des animaux parlants et des monstres composites, des montagnes, des mers, des bâtisses cyclopéennes. Et elle avait entendu la voix de l'Esprit saint, qui commentait pour elle tout ce qu'elle découvrait, et rendait ses visions intelligibles et sensées. Ce qui paraissait d'abord mystérieux et opaque devenait transparent et beau. À la frayeur succédait la compréhension. L'intelligence supplantait l'émerveillement.

Quand cela s'arrêtait, quand les fatigues du corps et de l'esprit desserraient leur emprise, Hildegarde retranscrivait en mots son expérience. Avec l'aide de Volmar et celle de Richardis, pendant des années, elle compila ces enseignements dans un livre unique qu'elle intitula *Scivias*. Connais les voies. J'ai réfléchi à ce titre tandis que j'œuvrais à l'établissement de l'édition définitive et, à mesure que j'avançais dans mon travail, il me parut de plus en plus comme une consigne, un conseil précédant un départ en voyage. Des chemins partent d'ici et s'enfoncent vers l'inconnu. Il ne nous suffit pas de savoir qu'ils existent : Hildegarde nous somme de partir les arpenter.

Tandis que la magistra travaillait à ce premier livre, elle ne cessa pour autant d'avoir des visions. Celles-ci furent collectées dans un deuxième ouvrage, le *Livre des mérites de la vie,* qu'elle acheva au moment où je finissais le *Scivias.* Chacun de ces recueils l'occupa dix années. Et, bien qu'âgée alors de soixante-sept ans, elle entama aussitôt la rédaction d'un troisième volume.

Voici ce que je souhaitais dire de ma tâche : elle est un prolongement de la sienne, qui elle-même n'est que la suite d'une œuvre plus ancienne et plus vaste, que l'on appelle le monde. Rien ne procède de rien. Nous ne faisons, comme les petits enfants, que répéter des mots, pour en tirer bonheur, jusqu'à parvenir à en comprendre certains. J'ai redit ce que disait Hildegarde et Hildegarde a répété ce que disait l'Esprit. L'Esprit, lui, n'a fait que décrire les visions, et ces visions n'ont été que des miroirs divins, offrant de brefs reflets de la nature même de l'univers.

Le *Scivias* que j'ai achevé en mille cent soixante-cinq est le même que celui qu'a établi Richardis en mille cent cinquante et un : à cela j'ai consacré mon énergie, mon temps et mon amour. Il est le même, également, que celui auquel rêvait Hildegarde en mille cent quarante-huit, lorsqu'elle en copiait les premiers fragments pour les soumettre au pape Eugène III. Et il est le même, encore, que celui qu'elle devina en mille cent quarante et un, lorsque la voix du Ciel lui ordonna : proclame ces merveilles, écris les choses que tu as ainsi apprises et dis-les. Le *Scivias* que j'ai copié est le *Scivias* que j'ai lu. Celui que vous lisez est celui que j'ai copié.

Dans le noir et le silence de la nuit, les chemins que nous parcourons se dessinent pour nous. Que celui qui possède les oreilles attentives de l'intelligence intérieure, que celui-là, dans l'ardent amour du miroir que je suis, aspire à mes paroles et les écrive dans le secret de son âme.

Ainsi parle Béatrice, vierge consacrée du couvent Saint-Rupert de Bingen.

Siward parle.

J'arrivais de Cologne et me rendais à Metz. Après avoir doublé ces falaises abruptes que les gens du pays disent hantées par les âmes des amants malheureux, nous quittâmes le Rhin pour nous engager dans la Nahe. Nous allions lentement tant le courant était fort, la rivière enflée par la fonte des neiges, et eûmes tout le loisir ainsi d'admirer la solidité rustique du couvent neuf bâti à l'intersection des deux cours d'eau. Nous arrivâmes à Odernheim à la fin du jour et montâmes le Disibodenberg escortés par les derniers rayons du soleil. Mon voyage, émaillé de prêches, avait pour objectif l'étude de volumes de sciences naturelles rares dispersés dans les abbayes de l'empire. À Brême et à Utrecht, j'avais déniché des traités précieux, certains oubliés ou inconnus, que j'avais fait copier et porter à l'évêché d'Uppsala. J'espérais trouver au Saint-Disibod cet ouvrage de gynécologie qu'ont écrit au commencement du siècle les moines de l'abbaye de Marbach, dont je n'avais pu connaître jusqu'alors que des fragments et des commentaires.

Le père Helenger, qui présidait alors aux destinées des moines, me reçut fort courtoisement. Il me libéra l'accès à ses bibliothèques, dans lesquelles je découvris quelques textes de moyenne importance que je fis copier incontinent. Il me parla surtout en abondance de la mère Hildegarde, cette ancienne magistra de l'abbaye féminine qui, sous l'autorité de son prédécesseur, avait quitté la communauté pour fonder ce couvent sans homme que nous avions doublé en remontant le fleuve. Il parut rapidement que Helenger considérait comme regrettable qu'une personne si fameuse, célébrée pour ses dons de guérisseuse et ses visions véridiques commentées jusqu'en Sorbonne et en Terre sainte, ne fût plus affiliée à son abbaye. Il me fit le portrait d'une femme dure, autoritaire, manipulatrice, et possédant un tel pouvoir politique que les hommes étaient contraints de se rendre tôt ou tard à ses vues. Il acheva de me convaincre de revenir sur mes pas en m'informant que l'abbesse venait de mettre la dernière main à une somme scientifique sur la nature, les affections et leurs remèdes, que ses sœurs du Saint-Rupert avaient pour tâche de mettre au propre.

Hildegarde était absente lorsque je rejoignis son couvent. Avec une dizaine de vierges et de veuves, elle était partie prêcher dans les villes des alentours contre la simonie des prêtres et les pratiques manichéennes, pour une réconciliation de l'empire avec Rome, et une préparation des âmes en vue du Jugement dernier. Je pus cependant accéder à son *Causæ et curæ* dont les grandes planches en couleur m'émerveillèrent. Il me semblait que le seul livre auquel on l'aurait pu comparer était l'*Hortus deliciarum* que l'abbesse Herrade dirigeait au couvent Sainte-Odile, par la force des couleurs et la sûreté des tracés. Je pus également m'entretenir à plusieurs reprises avec des religieuses du Rupertsberg, qui attestèrent de nombre de guérisons miraculeuses effectuées par leur mère et par le biais d'eau bénie de sa main, ou de l'apposition d'une tresse de ses cheveux coupés.

Deux histoires me parurent plus particulièrement révélatrices des pouvoirs de cette abbesse, prompte à soulager les maux spécifiques de son sexe. Sœur Odilia et sœur Hedwig évoquèrent le cas de Lutgarde de Trèves, demoiselle en proie à une passion amoureuse dont l'objet était tel jeune homme fort attirant. La jeune fille, sous garde étroite et ne pouvant espérer soulager ses désirs auprès de celui qui les avait fait naître, vivait dans de grands tourments et souffrait de dérangements pénibles. Ayant lu la supplique que les parents lui adressaient, et après avoir prié Dieu et pleuré de compassion, Hildegarde bénit le pain de sa propre table et le fit porter à la jeune fille. Aussitôt que celle-ci en eut mangé, ses ardeurs s'apaisèrent et la passion en elle s'éteignit.

On me parla également de dame Sybille, femme mariée de la ville de Lausanne, qui vint implorer l'aide de Hildegarde par le biais d'un messager. Pour faire cesser les longues hémorragies qui grevaient sa santé à la suite d'une naissance, l'abbesse renvoya un phylactère à porter contre le cœur et contre l'ombilic, dont les applications la soulagèrent en peu de jours. On me permit de recopier le texte de cette bénédiction, dictée à Hildegarde par l'Esprit saint.

Par le sang d'Adam la mort est venue. Par le sang du Christ la mort est vaincue.

Par ce même sang je t'ordonne, ô sang humain, de contenir tes flots.

Hildegarde avait une connaissance étendue de la nature et des femmes et, pour être demeurée vierge, n'en a pas moins composé d'intéressants ouvrages sur le plaisir des épouses, la force des semences, l'alliance fertile des chaleurs et des caractères, et les différentes étapes de l'engendrement. Je restai deux journées encore dans la région, espérant voir l'abbesse revenir et avoir l'honneur d'un entretien. Mais la saison avançait et, ne pouvant retarder plus avant la poursuite de mon voyage, je dus quitter Bingen sans avoir pu rencontrer son âme la plus fameuse autrement que par le biais des textes, des dessins et des témoignages enthousiastes apportés par les femmes consacrées qui partageaient sa vie.

Ainsi parle Siward d'Uppsala, évêque danois versé dans les sciences naturelles.

Bertrade parle.

Il y avait des mouches et le maire était saoul. Nous écoutions les cris emplir la maison. C'était deux jours avant la Saint-Martin d'été, un temps de libellules, de chaleurs lourdes et d'orages de fin d'après-midi. L'épouse de mon maître était dans les douleurs depuis la veille au soir. Sa mère et deux de ses tantes, une sage-femme, plusieurs servantes restaient entassées dans l'alcôve. D'elles on n'entendait presque rien, des litanies d'encouragement, des ordres précis lancés à notre adresse de derrière le rideau. C'étaient les hurlements de la femme en couches qui faisaient trembler les meubles. Et le mari, à table, geignait en écho avant de replonger dans sa chopine. Chaque fois que requise, j'allais remplir le cruchon à la cave, ou bien chercher de l'eau pour la parturiente, ou remettre un chaudron sur le poêle. Des draps souillés s'entassaient dans le couloir, d'abord rouges et poisseux, rapidement brun sombre à mesure qu'ils séchaient. Et malgré des volets tenus fermés pour garder la fraîcheur, les mouches pullulaient, attirées par l'odeur. Le maire pleurait sans bruit, il buvait. Le travail de sa femme durait depuis trop longtemps pour que l'enfant naisse vivant. Il craignait de la perdre aussi. Une nouvelle série de cris le faisait convulser sur sa chaise, comme si un lézard s'était glissé dans son habit. Nous ne pouvions qu'attendre.

Un peu avant sexte, dame Gertrude sortit de la chambre et vint s'asseoir à la table du maire. Elle avait la mine défaite, se frottait le visage comme pour remettre sa figure à l'endroit. But du vin pour se rafraîchir et regarda un long moment autour d'elle sans parler. Puis elle sembla m'apercevoir et dit : tu sais où se trouve le nouveau couvent, sur l'autre rive de la rivière ? Je lui dis que oui. Les grands cris avaient cessé dans la chambre et je n'aimais pas ce nouveau silence. Je dis que oui une seconde fois. Vas-y, soupira-t-elle. Va voir les sœurs qui y vivent. Dis-leur que nous avons besoin d'aide. Dis-leur que sans elles dame Bela va mourir. Qu'elle est l'épouse du bourgmestre de Bingen. Dis-leur. Gertrude ne finit pas sa phrase, mais je me levai, fis une révérence, et la seule chose que je trouvai pour rassurer le maire hébété fut : je cours vite, ne vous en faites pas.

C'est vrai, je cours vite. Je suis plus rapide que toutes les filles et tous les garçons de mon âge. Je vais plus vite et plus loin que la plupart des chiens, je poursuis les lièvres et les chevreuils. Il n'y avait pas de barque, alors, sur la Nahe, et le chemin du couvent passait par la porte du haut, la route d'Alzey et le vieux pont romain. Une course d'une demi-lieue. J'ai jeté mes sabots dans un coin, remonté ma jupe et fait un nœud dedans, puis j'ai serré mon capuchon sous le menton et bondi dans la chaleur de la mi-journée. Les voisins qui attendaient devant leur porte avec inquiétude me virent à peine passer. Des poules s'envolèrent, leurs petits me suivirent sur une rue. Un garde se rangea pour me laisser filer. L'air était clair et brûlant, mes pieds foulaient les flaques sèches. Je fermais yeux et bouche pour traverser les nuées de moucherons. Je courais sur le bas-côté plutôt que sur les pavés disjoints de la route. Et puis le bois. Et puis le pont. La Nahe fraîche et verte, les clapotis des saumons. C'était un jour pour naître, pas pour mourir en couches. La sueur coulait dans mes yeux, l'air me brûlait le ventre, mais j'étais soulagée d'être là, de faire quelque chose d'autre qu'attendre.

Le chantier du couvent semblait désert quand j'arrivai. Je vis d'abord les arbres, abattus et élagués, puis les tas de remblai et les trous étayés à la hâte. D'énormes pierres en tas livrées de la carrière s'accumulaient de part et d'autre du chemin. Les dortoirs des nonnes étaient encore en planches nues, adossées aux moellons de vieilles ruines. Seule l'église avait ses murs en dur. Je ne voyais toujours personne. Les bruits provenaient uniquement du lieu saint, aussi, retenant le cri qui montait en moi, je ralentis ma course en tâchant d'apaiser les battements de mon cœur. C'était l'heure de l'office et ce que j'entendais était un chant. Je ne fis qu'entrouvrir la porte, encore hésitante, refrénant mes halètements, tendant l'oreille pour saisir les complexités du cantique. Mais celui-ci s'interrompit presque aussitôt tandis qu'une voix forte m'interpellait : ma fille, il ne faut pas rester sur le seuil. Joins-toi à nous ou bien clos cette porte et attends que nous sortions. C'était Hildegarde. On ne savait pas encore vraiment qui elle était mais bien des histoires circulaient sur elle. Cette première fois, elle me parut brusque et autoritaire.

Je dis pourquoi j'étais venue, débraillée, couverte de poussière. Le prêtre avait interrompu le rituel et toutes les femmes me regardaient, debout dans la petite église. Une fois que j'eus parlé, Hildegarde se tourna vers l'une d'elles, qui était à peine plus âgée que moi et semblait sérieuse, et lui dit : Hiltrude, va chercher des ciseaux. Et à moi : tu vas rapporter ceci à ta maîtresse, que tu ceindras autour de son ventre. Que toute la maison se recueille en prières et que la parturiente remette sa vie entre les mains du Seigneur. Hildegarde défit la broche qui tenait son chignon et, une fois Hiltrude revenue, coupa une longue mèche de ses cheveux qu'elle me tendit. Maintenant, va, dit-elle. Retourne jusqu'aux tiens et porte-leur ce viatique.

À moins d'être étranger à la région, vous connaissez la tresse magique de Hildegarde. Comment elle a soigné des femmes enceintes à Bingen et des démentes à Staudernheim. Ce que vous ignorez sans doute, c'est que c'est moi qui en ai noué les brins, tout en me pressant sur le chemin du retour. Moi qui les ai façonnés en cordelette puis en ceinture avec la sueur de mes paumes et la poussière de la route, prenant bien garde de ne pas en laisser tomber un fil.

Dame Bela semblait sans connaissance quand je revins, mais les prières et la tresse lui rendirent assez de force pour donner le jour à son enfant. Elle vécut pour le voir naître et, tous, nous fûmes stupéfaits d'entendre le nouveau-né crier. Il vivait et fut baptisé Herman. Et depuis l'année de sa naissance, le bourgmestre de Bingen offre au Saint-Rupert la moitié ou plus du vin nécessaire à la célébration des offices divins.

Ainsi parle Bertrade, jeune servante de la maison du bourgmestre de Bingen.

Élisabeth parle.

De Hildegarde du Rupertsberg, je n'aurais rien su dire. Rien qui approchât la vérité, en tout cas. Rien qui ait pu rendre justice à sa bonté, à sa prévenance. Qui était cette femme ? Je ne le savais pas. Ce qu'elle était, je le comprenais moins encore.

Des années durant, le monde n'avait été pour moi que mystère et source de terreur. J'étais souvent extirpée de moi-même, emportée dans des transes et confrontée aux puissances spirituelles sous leur forme incarnée. Je parlais avec les âmes par-delà la mort. Je voyageais au travers des Cieux et de l'Enfer. Et chaque fois que cela m'arrivait, je retournais au monde plus fragile, plus usée, plus malade d'avoir été confrontée à ces au-delà.

Alors que j'étais déjà femme faite, j'eus l'audace d'écrire à Hildegarde, ma sœur dans la foi, en espérant qu'elle pourrait apporter quelques réponses. Cette vierge consacrée vivait dans un couvent à quelques lieues du mien. Elle avait réputation d'être une femme remarquable, à la fois prophétesse et magistra. Gérante éclairée de sa communauté et porteuse de visions complexes et pleines de sens.

Hildegarde avait entendu parler de mon cas et prit à cœur de me guider. Une partie de moi se convainquit qu'elle le faisait par bienveillance et charité chrétienne. Une autre savait que la jalousie guidait bien plus sûrement sa main lorsqu'elle m'exhortait à la modestie, m'accusait de pécher par orgueil, me recommandait de cesser toute pénitence.

Et il y avait pire, encore. Plus cette femme docte s'efforçait de me faire entendre raison, moins je saisissais ce qu'elle cherchait à me dire.

J'aurais aimé croire à ses paroles d'apaisement et j'entendais clairement ce qu'elle cherchait à m'inculquer : l'autorité de l'Église, le repos de la chair, la joie de l'âme dans le respect de la règle. Mais ces propos étaient, dans mon cas, dramatiquement banals et inconsistants. Sans impact et sans relation avec ma vie au quotidien.

De mes yeux, j'ai vu le Paradis.

Avec mes oreilles, j'ai entendu le chant des anges.

Je n'étais ni une personne de bonté, ni une femme de foi. Rien de solide n'étayait mon jugement. Ce que je pensais à un moment, je cessais de le croire à un autre. Lorsque je revenais de mes absences, il m'arrivait d'être convaincue d'habiter un corps qui n'avait jamais été mien. Chaque transe me changeait peut-être du tout au tout. La mémoire des choses et des gens me faisait défaut.

Ma propre pensée ne cessait de sombrer.

À propos de Hildegarde, voici la question qui me faisait le plus peur. Je l'ai rarement formulée ainsi, et certainement pas à voix haute. Comment le même Dieu pouvait-Il présider à mes transes et à ses enseignements ? Si c'était réellement l'Esprit qui, par cette abbesse, me pressait de rompre le jeûne et de dénouer mon cilice, comment les puissances qui me ravissaient pouvaient-elles m'ordonner l'inverse ?

Y avait-il donc des chemins si différents vers les Cieux ?

L'une de nous deux n'était-elle pas victime d'une supercherie de l'Ennemi ?

Hildegarde mentait-elle en prétendant accéder à des visions divines et parler par la voix de l'Esprit ?

En toute chose, cette femme m'était supérieure, mais je ne pouvais remettre en cause la puissance de mes propres ravissements.

Hildegarde ordonnait : ne sois rien d'autre qu'un réceptacle. Laisse le Seigneur parler par ta bouche mais ne parle pas pour Lui. Ne t'affronte pas à Lui. Ne Le rencontre pas.

Que pouvais-je lui répondre ? Je me suis entretenue avec le Christ et la Vierge Marie. Les anges m'ont révélé certains des plus grands mystères du Ciel. J'ai entendu gronder en mon sein la voix immense du Seigneur et Il ne m'a rien caché de Ses voies.

Pouvais-je choisir la modestie ? Pouvais-je revenir dans le monde pour y vivre ?

À ma décharge, je n'ai pas choisi cette élection. De ma vie, je n'en ai retiré que des souffrances.

Que n'aurais-je donné pour être libre d'obéir aux injonctions de Hildegarde ! Cesser de martyriser ma chair. Cesser d'aller, tremblante, à la rencontre des puissances. Être délivrée des rapts, des hallucinations, des cauchemars. Vivre en harmonie avec le Ciel et connaître la paix.

Mais ce n'était pas imaginable. Ce n'était pas la vie que je menais. Et si mon frère Eckbert tomba souvent d'accord avec Hildegarde, je ne pus poursuivre ma correspondance avec elle beaucoup plus avant.

C'était comme si nous étions toutes deux sur le Rhin, elle debout sur la berge, moi assise dans un fragile esquif, et que nous cherchions à nous parler tandis que j'étais emportée au loin. Nos mots, petit à petit, perdaient tout sens. Le fleuve grondait, le vent entre nous emportait les paroles. La colère de Hildegarde à mon endroit grandissait en même temps que son impatience. Mais il n'y avait rien qu'elle eût pu faire pour me retenir.

Après notre mort à toutes deux, nous nous retrouverons dans la cité céleste. Nos vies seront derrière nous, dépliées et lisibles, et nous pourrons les comparer. Il n'y aura plus de sang, plus de crampes ni de tuméfactions. Il n'y aura plus de peur. Nous parlerons la même langue, alors, et une lumière unique nous baignera l'une et l'autre.

Ainsi parle Élisabeth, visionnaire et vierge consacrée de l'abbaye de Schönau.

Odilia parle.

Jusqu'à sa quatrième année, Hildegarde fut une enfant solide et paisible. Elle avait excellent appétit et buvait, indifféremment, le lait de mon sein et celui de la vache. Sa peau était pâle et rosissait facilement. Elle dormait longtemps et profondément. Ses pleurs étaient rares. Sa voix ne portait pas. Dès qu'elle a été capable de se déplacer, son attention s'est portée sur les animaux. La compagnie des enfants ne l'intéressait que peu et elle passait le plus clair de son temps avec la chienne et ses chiots, avec les chèvres ou avec les porcelets. Elle mit très longtemps à parler et ne prononça ses premiers mots que longtemps après avoir appris à se faire comprendre des bêtes. Elle grognait et rauquait, se trémoussait et aboyait.

Comme cela ne me dérangeait pas dans mon ouvrage, je ne dis rien de tout ceci à dame Mechtilde, sa mère. Je craignais qu'elle ne m'en retire la garde, ou qu'elle ne me fasse reproche d'élever sa dernière-née comme le petit d'un animal.

Le premier mot que dit Hildegarde fut le mot vert. De son doigt, la petite pointait les herbes, les plantes, la robe de laine que portait la servante, et répétait : vert. Nous avons mis longtemps à comprendre qu'elle ne désignait pas des choses mais leur couleur. Peu après, elle eut sa première crise. Elle devint, alors, l'objet de tous nos soins.

L'enfant calme et contemplative se changea en menace permanente. D'une heure à l'autre, elle pouvait passer du silence recueilli aux hurlements déments et de la paix du corps aux convulsions les plus violentes. Elle paraissait, dans ces moments, la proie d'un pouvoir supérieur, et souffrait de spasmes terribles dont la violence était orientée vers son propre corps. Hildegarde ne blessait personne, si ce n'était elle-même. Ses vociférations n'avaient ni but ni objet. C'étaient des cris de panique et de douleur, la réaction d'un corps chétif à d'invisibles assauts.

Il fallut en avertir ses parents. Ceux-ci vinrent nous trouver, avec deux des grandes sœurs, et nous évoquâmes ensemble l'idée d'emmener la petite à Mayence pour des soins. Hildegarde jouait au sol avec son chiot préféré tandis que nous évoquions les prières et pèlerinages qu'il faudrait accomplir pour apaiser son âme. Nous ignorions qu'elle écoutait et la croyions incapable de saisir la teneur de nos propos, aussi fûmes-nous stupéfaits de l'entendre déclarer : je ne suis pas malade et ne souhaite pas guérir. Il fut convenu, après cela, que nous nous efforcerions de soulager ses douleurs sans insister sur leur cause. Hildegarde oubliait souvent qu'elle avait fait une crise. Elle refusait d'en parler avec nous. De même qu'elle semblait ignorer l'importance de ces moments, nous apprîmes à vivre avec, saison après saison.

Elle disait parfois des choses mystérieuses, inconvenantes ou clairvoyantes. Posait des questions trop précises ou trop intelligentes pour son âge. Mais aussitôt qu'elle s'était rendu compte de son impair, elle changeait de conversation ou refusait de nous répondre. Comment sais-tu cela ? Où as-tu appris ce mot ? Hildegarde ne voulait pas être distinguée des autres enfants. Si l'on insistait, elle se murait dans un silence paniqué.

Nous allions, deux fois l'an, à la grande messe de l'église d'Alzey. La petite aimait ce lieu, avec sa nef immense et sombre et son chœur de voix mixtes. Elle branlait de la tête au rythme des hymnes et articulait, sans un son, les syllabes chantées. Elle aimait, par-dessus tout, le grand dragon empaillé pendu au plafond, qui jetait sur l'assistance son ombre déchiquetée. Elle contemplait la bête jusqu'au dernier moment et peinait, en repartant, à détourner le regard. Le ventre était d'écailles blanches et brillantes comme des dents.

Je me souviens de l'unique fois où Hildegarde mentionna une de ses visions. Elle allait sur ses six ans, n'avait eu aucune absence depuis plusieurs semaines et était de fort bonne humeur. Nous étions à la traite et elle surveillait de plus petits qu'elle qui jouaient dans la paille. Le lait qu'elle buvait à même le seau maculait son menton. Quel joli veau, dit-elle, avec sa tache beige, on dirait qu'il te regarde. Je m'interrompis et je levai la tête. Il n'y avait dans l'étable que des vaches laitières et une génisse allongée, grosse d'un petit à naître. Quel veau ? demandai-je doucement pour ne pas la brusquer. Celui-ci. Celui avec la tache sur l'œil. Et elle pointa le ventre lourd de la bête gravide.

La vache mit bas à la lune suivante et j'insistai pour fendre moi-même la poche. Dans la lumière de la lanterne, le nouveau-né tourna son museau vers moi, les paupières encore collées. Une tache beige peignait tout le côté droit de sa tête.

Hildegarde resta sous ma garde jusqu'à ses sept ans, âge auquel elle retourna vivre quelque temps dans sa famille. Les crises étaient alors devenues plus espacées et plus longues. Elles semblaient moins violentes, quoique aussi épuisantes. La petite ne parlait plus qu'après avoir bien réfléchi, et évitait le plus souvent de répondre aux questions. Elle ne semblait heureuse que dans le silence de la contemplation, en promenade et en compagnie des animaux.

À huit ans elle fut donnée à l'Église et partit pour Sponheim. Je ne la revis plus.

Ainsi parle Odilia de Bermersheim, nourrice de Hildegarde.

Jutta parle.

Nous étions trois et deux dans la cellule : trois corps de femmes pour deux âmes seulement.

L'abbesse, comme moi, s'était appelée Jutta. Elle était morte à l'heure que lui avait révélée saint Oswald : le onzième jour précédant les calendes de janvier, pendant les vigiles de nuit. Jutta de Sponheim avait trente-sept ans et, depuis vingt années, honorait le Ciel de sa vie de recluse. Elle était une grande sœur pour moi. Elle était une petite mère.

Ma Jutta avait traversé vingt et un jours d'agonie. Au dernier matin, elle avait fait venir l'abbé Cunon pour recevoir de lui le viatique. Après avoir communié une ultime fois, elle s'était levée et avait dit d'une voix nette : voici mes ordres, suivez-les scrupuleusement car ce seront les derniers. Voici ce que vous ferez pour m'obéir pas à pas.

Que l'on me fasse lecture du récit de la Passion du Christ.

Que ceux qui sont venus pour me voir prient sans cesser.

Que l'on apporte le voile de ma consécration et qu'on le place derrière ma tête.

Que l'on m'allonge sur un matelas de crin et de cendres.

Que l'on m'entoure sans me pleurer : je m'en vais vers le Créateur.

Que l'on appelle tous mes frères et qu'ils chantent la litanie au-dessus de moi.

Que l'on me fortifie, enfin, du signe de la croix.

Et tout fut fait comme la magistra l'entendait.

Ma Jutta était de haute naissance et de grande qualité. Sa probité était parfaite et sa parole rare. Elle était un modèle pour nous toutes, et chacun dans l'abbaye Saint-Disibod l'aimait d'un amour de dilection. Lorsque enfin les frères se penchèrent sur son corps fragile, lorsqu'ils eurent fait sur son front et sur sa poitrine le signe de la croix, Jutta de Sponheim rendit son âme.

Sœur Hildegarde fit alors sortir de la cellule les hommes endeuillés, les femmes, les serviteurs et les frères lais. Et, selon des vœux formulés de son vivant, nous nous retrouvâmes seules avec la dépouille de ma Jutta. L'autre Jutta. La grande.

Nous étions toutes trois dans la cellule, dont les murs gardaient les traces de la présence vivante de notre amie : deux vives, une morte. Jutta avait passé ici, sans jamais sortir, l'essentiel de nos vingt années au Disibodenberg. Nous avions été admises ensemble dans le couvent. Nous avions été éduquées ensemble dans le village de Sponheim. Trois petites filles. Trois vierges. Trois moniales.

Nous restâmes de part et d'autre du corps de Jutta. Avant d'entrer dans les fièvres terminales, elle avait dit et répété qu'il ne fallait pas laisser un homme l'approcher après sa mort. Personne d'autre que nous ne devait l'apprêter. Aucun œil étranger se poser sur ses chairs. La peau était très blanche dans le faible éclairage des veilleuses. Mon visage baigné de larmes. De l'autre côté de la couche, Hildegarde contemplait notre amie sans laisser paraître d'émotion.

Elle est belle, dit-elle enfin. Même comme ça. Même vide. Jutta a toujours eu ce privilège.

Elle s'agenouilla ensuite et tira vers elle le baquet qui racla contre la dalle. Ensuite, elle redressa la morte pour tirer la robe par-dessus sa tête.

Le corps de Jutta de Sponheim était d'un blanc neigeux et luminescent. Il était marqué d'ecchymoses et de griffures, de traces de ses pénitences, de signes de sa maladie. Je me suis souvenue des minuscules points rouges qui couvraient son ventre et le haut de ses cuisses, un automne où nous avions joué dans des foins mal séchés. J'avais onze ans, Hildegarde six, Jutta treize.

Hildegarde nettoya le corps de notre amie. Plongea et essora les linges avec vigueur. Manipula les membres pour laver dans les replis. Pas un mot, pas une prière ne franchissait ses lèvres. J'aurais aimé pouvoir parler. Dire quelque chose de nous, de ce que nous avions été l'une pour l'autre, de ce que nous avions perdu.

Nous étions trois dans la pièce et je me sentais terriblement seule.

Aide-moi, ordonna Hildegarde, et je m'approchai pour retourner Jutta. En retenant la hanche pour qu'elle vienne reposer doucement, ma main glissa sur l'acier du cilice. L'outil était large comme une main, fixé par trois pointes dans le flanc, et la chair autour avait tant gonflé qu'elle s'était refermée, incluant pour toujours les torturantes épines.

Notre magistra avait choisi la voie de la réclusion, de la privation, de la douleur. Elle avait choisi le chemin ardu de la perfection. Je contemplai, sans comprendre, ces dernières traces de sa dévotion. Ces derniers signes de son existence.

Hildegarde continua de bassiner la peau phosphorescente tandis que le corps commençait d'exhaler l'odeur de sainteté.

C'était celle des premiers beaux jours après un long hiver, le retour des fragrances simples, le soleil sur les herbes, l'air humide, la rivière et les habits mouillés. Celle des peaux et des haleines, celle de l'animal repu. C'était aussi l'odeur insaisissable du vent, de la pierre chaude, de l'écorce sèche tombée au sol.

Jutta de Sponheim ne voulait pas de la solitude d'une terre consacrée. Elle souhaitait les pas des vivants au-dessus d'elle, jour après jour. Aussi la mîmes-nous à gésir sous la salle capitulaire où elle reposa dix ans, avant que les manifestations de sa présence ne deviennent trop distrayantes pour les frères de l'abbaye.

Ainsi parle Jutta de Bickelheim, vierge consacrée du couvent Saint-Disibod.

Gottfried parle.

La mort de Hildegarde lui avait été annoncée par des visions et, des mois durant, la sainte femme attendit le jour de remettre son âme entre les mains du Seigneur. Elle fit ses adieux aux choses de la terre. Soutenue par ses sœurs, elle gravit la colline du Saint-Gisilbert pour, dans la nef de l'église, diriger une dernière fois le chœur de son couvent. Elle traversa le Rhin et parcourut la ville de Bingen, qui l'avait vue arriver trente années auparavant, et dans laquelle elle avait accompli tant de bienfaits et de guérisons miraculeuses. Les habitants s'empressèrent pour la voir encore, toucher un pan de son habit, recueillir une parole. Il était difficile de croire que Hildegarde avait fêté quatre-vingt-un ans. Il était plus difficile encore d'accepter qu'elle vivait ses derniers instants. Arrivée au bord de la Nahe, elle monta dans la barque de la nautonière, qui avait repris la profession à la mort de son père, et rejoignit le couvent Saint-Rupert. Elle visita le cloître et les ateliers, les champs au-dehors, les vignes, puis marcha jusqu'à la lisière des bois. Elle parcourut les carrés du cimetière, ceux des jardins aux pigments et aux aromates. Elle salua ses chiens. Enfin, elle se para de vêtements de fête et, épuisée par la longue marche, s'installa dans sa cellule pour y attendre l'heure dernière.

Nous fûmes nombreux à venir la visiter, l'un après l'autre afin de ne pas l'éprouver. Quand mon tour vint, je la trouvai allongée, les yeux clos, presque à bout de forces. En plus de l'admiration que je portais aux pouvoirs dont le Ciel l'avait parée, j'étais lié à cette femme par une profonde amitié. J'éprouvais à son égard la plus grande des humilités et m'efforçais, autant que possible, de faciliter ses travaux. La mort de Volmar, puis l'interdiction de chanter par les prélats de Mayence l'avaient épuisée. Et, bien qu'elle n'en eût révélé la date à quiconque, notre mère savait depuis des années que sa vie prendrait fin en cet an mille cent soixante-dix-neuf de l'Incarnation, le seizième jour précédant les ides d'octobre.

Ne sachant pas si elle m'entendait, je m'agenouillai à son chevet et dis : vous avez eu une vie exemplaire, ma sœur. Parce que vous avez su en faire des ouvrages achevés, votre travail sur terre perdurera. Vos visions éclaireront les âmes pour les siècles à venir et jusqu'au jour du Jugement dernier. Vos chants résonneront sous les voûtes des couvents du monde. Vos remèdes soigneront des hommes et des femmes dont les aïeux ne sont pas encore nés. Et plus encore, ma sœur, l'histoire de votre vie, de votre dévouement, de votre sacrifice et de votre gloire servira d'exemple à l'humanité et fera de vous une porte toujours ouverte vers le Ciel. Je tremblais en prononçant ces mots, qui osaient dire ce que je ne m'étais pas permis de penser et sortaient de ma bouche comme malgré moi. Pendant le long silence qui suivit, j'espérais que Hildegarde ne m'avait pas entendu, qu'elle s'était endormie ou qu'elle avait perdu conscience.

Gottfried, me répondit-elle enfin, ne te fais pas tant de soucis. Ce que tu dis est peut-être vrai et peut-être faux, et cela n'a aucune importance. Ce qui importe est ceci : je meurs. Ma vie sur terre est achevée. Parce que toutes les réponses me seront apportées par l'Esprit, je ne découvrirai ni n'apprendrai plus rien par le biais de mon corps. Je n'aurai plus à construire par moi-même, et n'accomplirai rien par l'effort de mon bras, de ma main, de mon cœur ou de ma prière. C'est là ce qui me navre, alors que vient la dernière heure. Je n'ai jamais été qu'au commencement de mon travail. Il y avait tant à faire. Tant de gens à soigner et d'études à mener, tant de paroles à transmettre. Il y avait tant d'âmes, encore, à secourir. Il y avait tant de choses à agencer, à comprendre. Quarante années durant, je me suis tenue dans le silence et l'humilité, et quarante années de visions ont passé à travers moi et ont été perdues. J'ai beaucoup fait, dis-tu. C'est que tu ignores la quantité de choses que j'ai négligé de faire. Il m'aura manqué dix ans, vingt, pour devenir moins ignorante. Il m'aura manqué cinquante années, un siècle avant de commencer à comprendre. Mais il est trop tard. Nous nous contenterons toujours de ce qui est. Maintenant je m'en vais.

Sainte Hildegarde rendit son âme peu avant vêpres. Le jour déclinait sur le pays et, dans le ciel clair du crépuscule, deux arcs apparurent dans la nue, traversant de part en part la totalité du ciel. Ils étaient pâles et lumineux, plus longs que ceux qui se dessinent après la pluie et dépourvus de couleur. L'un allait du nord au sud, l'autre de l'est à l'ouest, et ils se croisaient juste au-dessus de la colline du Rupertsberg. Nous sortîmes pour observer le phénomène, sachant que cela avait à voir avec la mort de l'abbesse, tandis que les ténèbres allaient croissant dans le monastère. Les chemins célestes s'élargirent jusqu'à tracer de vastes routes. À leur coïncidence, la luminosité se fit plus forte, et une sorte d'énorme lune baigna les cimes serrées des pins d'une clarté lactescente. Enfin, à notre émerveillement, une croix apparut au centre de cet orbe, rouge et nette et comme tracée avec du sang. Des dizaines de halos surgirent ensuite à travers le ciel, portant chacun en eux une croix semblable, et ce fut comme si le ciel était devenu une page d'écriture, comme si une main divine y marquait l'instant du passage d'une âme aimée de ce monde jusqu'à l'autre. Les signes, lentement, glissèrent dans la nue, convergeant vers le sommet du Rupertsberg. Et quand le phénomène prit fin, la nuit était complète. Nous dûmes allumer les lanternes pour retrouver le chemin de nos demeures.

Ainsi parle Gottfried, abbé du Disibodenberg.

Jutta parle.

Sept années durant, le visage de Hildegarde a été pour moi le miroir de la totalité du monde. J'avais fait sceller la porte derrière moi. Après que j'eus communié une dernière fois, l'évêque Otton, à la tête du lit où je mimais la mort, prononça mon oraison funèbre. J'avais dix-sept ans et descendais vive au tombeau, consacrée, cloîtrée, recluse et préservée du siècle dans le couvent neuf, bâti dans l'enceinte de l'abbaye bénédictine du Disibodenberg.

Par ma naissance et mon éducation, j'avais été promue magistra de la vingtaine de sœurs réunies sur le mont. Le plus souvent, je m'acquittais de cette tâche à travers la grille percée dans le haut de la porte. Je m'asseyais sur le banc de prière et, par l'échange de quelques phrases murmurées, m'efforçais de résoudre les dilemmes moraux, de trancher les querelles de personnes. Je reconnaissais les sœurs à leurs pas dans le couloir et devinais, à leurs intonations, si elles venaient pour des questions pratiques, théologiques ou bien intimes.

Hildegarde était la seule à qui je laissais passer le seuil, deux ou trois fois dans le cours de chaque année. Ses visites étaient source de joie et de grands désarrois. Dans les temps qui les séparaient, je vivais dans un univers étroit d'idées et de visions. Mon monde était plat et indistinct, simplifié comme un croquis de trois traits en marge d'un parchemin. Mais il suffisait que mon amie entre dans ma cellule pour que ces tracés noirs et abstraits se colorent et se gonflent à nouveau. En même temps qu'elle, revenaient les bonheurs et les peines, les cris de la communauté, le froissement du vent dans les branches, la course des chiens désentravés dans les brumes du matin, derrière un lièvre paniqué, jusqu'à la lisière des bois.

Les joues de Hildegarde étaient roses l'hiver et brunes l'été. Ses yeux noirs débordaient de ce qu'ils avaient vu et retenu pour me le rapporter. Ma sœur grandissait en âge, devenait pleinement femme, forcissait aux travaux, se construisait en compagnie des moines. Elle reflétait le monde et je pouvais me voir au centre de ce dessin. La vie qu'elle renvoyait me silhouettait en creux : blanche, faible, malade, agenouillée dans le noir, la chair blessée, l'âme étrillée par l'effort. Que tu es belle, Jutta, me disait Hildegarde entre deux récits futiles ; telle sœur nouvellement arrivée était plus poilue qu'un vieil homme, telle vieille inspirée avait vu saint Disibod à l'est du monastère, errant dans les bois, privé de tout habit. Et puis elle se pressait contre moi et posait la tête entre mes seins comme elle le faisait jadis, lorsque nous étions enfants, soulignant la proximité et la distance de cette époque enfuie, où tout était pareil et pourtant différent.

Hildegarde croissait en taille, en force et en sagesse. Son esprit était phénoménal. Son goût pour la vie intarissable. Elle n'avait jamais été sauvage ou convulsive mais, le temps passant, sa calme détermination à tirer un sens de chaque chose prenait forme et devenait un projet, sinon sensé, du moins à sa portée. Elle parlait de ce qu'elle étudiait, dehors dans le monde et à l'intérieur d'elle-même, dans ses crises qui la saisissaient depuis qu'elle était en nourrice. Elle disait son espoir d'un jour parvenir à saisir, d'un jour savoir articuler l'un avec l'autre, et tout tenir enfin dans ses mains de femme, dans ses petites mains humaines.

Nous vivions ainsi l'une avec l'autre, l'une sans l'autre. Elle était mes sens et j'étais sa raison. Nous attendions les fêtes qu'étaient nos retrouvailles et nous nous séparions dans la joie et l'amertume mêlées. Cela dura ainsi, à l'identique, sept années durant, jusqu'à ce que Hildegarde s'entiche de Volmar et qu'elle le charge d'une part de ses secrets, de ses projets. La rancœur, la jalousie et l'envie ne me sont pas étrangères. Ce changement a agité en moi ces mauvais sentiments, et d'autres moins élevés encore. Mais j'ai pu, dans l'ascèse et le silence de ma réclusion, en prendre la mesure juste et comprendre que ce qui se produisait pour nous était la conséquence de nos choix à toutes deux.

Hildegarde était appelée à vivre au-delà de moi. Où elle s'aventurait, je ne pouvais aller. Je n'aurais jamais été pour elle qu'une voix susurrante, forclose dans les ténèbres, une flamme vacillante dans la grotte du monde, une veilleuse pour les mondes au-delà. Je ne pouvais ni précéder ni suivre cette femme, qui était ma sœur en religion et ma sœur en affection, la personne dont j'avais été la plus proche depuis mon âge tendre et qui resterait mon double au terme de nos jours. Volmar, de ce qu'elle m'en disait, était tout ce que je ne pouvais être : sceptique et rationnel, naïf un peu, capable de reconnaître ses erreurs et lent à s'enthousiasmer. Il lui était profondément attaché, déjà, et elle à lui.

Avant qu'elle ne me quitte, qu'elle ne m'enferme derrière elle, je disais à Hildegarde : prends-moi dans tes bras, serre-moi, saisis-moi comme si tu étais mon frère, que je sente la tendresse, l'énergie et la puissance de ce monde que j'ai abandonné, que je puisse imaginer Volmar et deviner la vie qui s'écoule au-dehors, la vie qui m'échappe un peu plus à chaque mois que je passe ici. Et elle le faisait, bien sûr, en tremblant d'émotion, parce que ses bras ne tenaient plus rien, déjà, plus rien qui ait encore la moindre importance.

Ainsi parle Jutta de Sponheim, magistra de la communauté du Disibodenberg.

Otton parle.

Au printemps de l'an mille cent treize de l'Incarnation, quelques jours après Pâques, je me rendis au Disibodenberg pour y consacrer dans la foi une demi-douzaine de femmes sous la règle de saint Benoît. Le monastère s'était développé avec la construction d'un bâtiment pour les moniales. À la tête de cette communauté était établie Jutta, la jeune fille du comte de Sponheim, et celle-ci, de même que quelques vierges et veuves, venait s'ajouter au nombre des bénédictines rattachées au lieu de prière.

Des établissements semblables se créaient partout dans le pays, offrant aux femmes pieuses une alternative à la vie du siècle. Les mérites de l'existence cénobitique commençaient à s'étendre aux personnes du sexe faible, de même qu'aux nobles, aux miséreux, aux travailleurs. À Hirsau, en Franconie, un village entier s'était joint à la communauté de frères. Depuis Clairvaux, Bernard œuvrait à la plus vaste des réformes monastiques. C'était un temps de grands changements.

À Cologne, on exhumait les reliques des onze mille vierges jadis menées par sainte Ursule : centaines d'os jaunis dans les fossés de fondations du nouveau mur d'enceinte. À Paris, le docte Abélard enseignait les idées d'Aristote. À Jérusalem, les nobles croisés consolidaient les royaumes chrétiens d'Orient. Le pape et l'Empereur poursuivaient leurs guerres dans les pays d'Italie, des factions politiques s'affrontaient à travers tout l'empire autour de la question des investitures.

Je me rendis au village d'Odernheim, à la confluence des rivières Nahe et Glan, puis gravis le mont Saint-Disibod, qui est une grande colline toute recouverte de hêtres. La fête avait été préparée avec soin, le cloître de l'abbaye était paré de fleurs et de rameaux. L'encens qui brûlait avait des odeurs suaves. Les femmes de la communauté portaient leurs plus belles robes et les voix vibraient de ferveur. Les voiles que je posais sur leurs cheveux étaient du tissu le plus blanc.

Il y avait cinq vierges et six veuves. Des premières, je peux me souvenir de chaque nom et des traits du visage. Deux d'entre elles se nommaient Jutta, l'une Hedwig, l'une Tuta et la dernière Hildegarde. La plus âgée des filles avait dix-sept ans, la plus jeune onze. Les deux Jutta et Hildegarde se connaissaient bien, pour avoir été élevées ensemble dans la ville de Sponheim. Le jour de leur consécration marquait également celui de leur séparation. Après avoir reçu le voile, Jutta de Sponheim alla s'allonger dans le chœur, où eut lieu sa mise au tombeau. Nous chantâmes. Je lui administrai l'extrême-onction. Puis nous la portâmes dans la cellule où elle vivrait pour toujours en recluse et refermâmes la porte derrière elle.

Il y eut encore des chants, puis nous sortîmes de l'église et nous installâmes sous les arbres. C'était un très beau mois d'avril. On avait préparé de quoi manger et boire en abondance. L'occasion était joyeuse. Je m'assis à table et profitai du calme du jour. Je revois la scène. Les brocs et les verres. Les assiettes et les plats. Les serviteurs portant les viandes. Mon valet, plié en deux, offrant un bout de couenne à un chien du couvent. Un moineau rouge et vert, ventre énorme, tête minuscule, piquant avec prudence des miettes invisibles entre les pieds d'un tabouret.

Je revois le moine mince et timide qui regarde Hildegarde. Je revois Hildegarde, nonnette de douze ans, les joues rosies par le vin, la tête penchée, perdue dans ses pensées mais consciente, en même temps, du regard que Volmar pose sur elle. La détresse de cette fille est immense, tout comme son incompréhension. Cette fête est impossible, qui mêle à parts égales le deuil et la naissance, l'emprisonnement et la libération, la fin d'une époque et le début d'une autre. Ce qui constituait l'ordre du monde est cul par-dessus tête. Le lien de sororité vient de se dissoudre dans celui de la communauté et l'univers, soudain, ouvre sur l'infini.

Voilà où nous en étions, en ce temps, en ce lieu. Et si nous sommes capables de saisir tout ce qui se déroule autour de nous, si nous pouvons décrire les odeurs et les lumières, si nous parvenons, par un effort de la mémoire, à nous souvenir de comment nous en sommes arrivés là, à reconstruire par l'imagination le chemin immense, à travers les siècles de nos généalogies, qui nous a conduits jusqu'à ce point, nous demeurons naïfs et tout à fait ignorants de ce qui va advenir. Et aucun de nous, aucun des cinquante, des cent personnages de cette scène, ne peut croire qu'il sera à nouveau dans les mémoires des hommes des centaines et des centaines d'années plus tard. Aucun de nous ne peut concevoir qu'il existera à nouveau, fugitivement, comme aperçu du coin de l'œil, par le truchement de la présence, en ce jour et en ce lieu, d'un unique membre de l'assemblée. Et aucun de nous, surtout, ne peut deviner que cet agent de la mémoire n'est ni moi-même, évêque de la cité de Bamberg, ni Burchard le vieil abbé du Saint-Disibod, ni même Jutta, fille aînée du comte de Sponheim et principal objet de cette célébration, mais bien la petite Hildegarde, adolescente timide, mutique, en bout de table, dont la vie sera l'objet d'innombrables livres après sa mort, d'un procès en canonisation ainsi que d'une enquête de l'Inquisition, et une source d'émerveillement renouvelé, siècle après siècle et au-delà de tout ce que la pensée humaine peut embrasser.

Ainsi parle Otton, évêque de Bamberg.

Sur la sépulture de Hildegarde, les prodiges se multiplièrent, et si les noms des miraculés ne furent pas tous retenus, ni toutes les affections dont ils avaient souffert, la tombe de la sainte resta réputée pour ses vertus souveraines sur les possédés et les épileptiques, les femmes en proie aux fièvres récurrentes. Il suffisait de s'y rendre et de prononcer à voix haute le nom de la sainte pour se trouver délivré. Les démons jaillissaient de tous les orifices en fumées fétides et sombres, les corbeaux criaient des noms secrets, et ces miracles durèrent trente années pleines.

On se souvint que, de son vivant, Hildegarde avait démasqué une sœur qui, vêtue en homme, vivait dans le monde et se faisait passer pour clerc, en maculant de charbon un visage de grande beauté. Le jour où la sainte croisa le chemin de cette travestie, elle l'appela de son nom de baptême, qui était Gertrude, et lui enjoignit de s'amender : reviens à une meilleure attitude, lui dit-elle, car pour toi je ne compte pas une année de plus. Elle signifiait par là que Gertrude devait redevenir femme et moniale, et qu'elle ne verrait pas le terme de l'année en cours, ce qui s'avéra véridique.

On se souvint que Hildegarde avait béni le fer rouge utilisé pour l'ordalie d'une femme accusée du meurtre de son époux, de façon à ce qu'il puisse la toucher sans laisser la moindre trace de brûlure.

On se souvint du cierge allumé sur la tombe de Hildegarde, qui brûla sans s'épuiser tout un jour, toute une nuit et tout le matin suivant, jusqu'à la célébration de la messe.

On se souvint des trois livres de visions écrits de sa main, le *Scivias*, le *Livre des mérites de la vie*, le *Livre des œuvres divines*, et des ouvrages pratiques qu'elle composa également, le *Livre d'explications des Évangiles*, la correspondance, le livre médicinal des *Causes et des Remèdes*, le recueil de chants, le lexique de la langue inconnue, et sa *Vita* par elle-même collationnée. Les livres de visions véridiques furent portés à Paris et étudiés par les maîtres de la scolastique, qui y lurent la trace de l'Esprit, et les savants furent unanimes pour dire que les mots qui y étaient portés étaient de nature divine et non humaine.

On se souvint que, sur sa tombe, guérirent Otton du château de Sonnenburg, qui était un épileptique, ainsi que le charpentier anonyme du château de Boppard, qui était mentalement retardé. Guérit, en ce même lieu, une femme mariée de Büdesheim agitée par le démon. Un fou y fut porté dans une boîte, poings et pieds liés, et il se trouva délivré par l'apposition de la tresse de Hildegarde. Albrad, de la paroisse de Daniel, y fut également libérée de sa possession.

On se souvint de Henry de Nierstein, adorateur du démon, qui offrait chaque année à l'Ennemi des victimes en sacrifice. Ce furent d'abord les animaux qu'il capturait, puis les chiens du voisinage, puis ses propres enfants, qu'il immola un à un. Lorsqu'il chercha à s'en prendre à son épouse, celle-ci vint trouver Hildegarde. La sainte arracha trois de ses propres cheveux, qu'elle mêla à ceux de la pauvre femme avant de la renvoyer chez elle. Le jour où son mari voulut l'offrir au diable, le Trompeur réagit avec fureur. Traître ! cria-t-il au sorcier qui l'invoquait, je ne peux rien faire de cette femme, qui est sous la protection de Hildegarde ! Le mari tenta de se débarrasser du talisman : il arracha les habits de son épouse et la plongea dans un bain froid. Mais il ne découvrit rien sur elle, et le démon, impatient, finit par lui briser le cou.

Chaque année, le dix-sept septembre, qui est le jour anniversaire de la mort de Hildegarde, des milliers de personnes s'empressaient sur le lieu de sa sépulture pour témoigner de leur ferveur et assister à de nouveaux miracles. Ils se firent si nombreux, trente années après l'inhumation, que la nouvelle magistra du Saint-Rupert pria pour que la sainte cesse d'accomplir ces miracles, afin que la tranquillité nécessaire à la vie consacrée puisse revenir au sein du monastère.

La tresse magique de Hildegarde fut recueillie par Wilhelm, archidiacre de Trèves, qui en fit une relique. Il la rangea dans un sac de soie, qu'il rangea dans une boîte de bois, au centre de l'autel de l'église de Dalevingen. Quand le lieu de culte brûla par accident, tout ce qui était sur la Sainte Table partit en fumée. La boîte se consuma entièrement mais on retrouva intacts, dans les décombres, la pochette de soie et son contenu merveilleux.

On se souvint que Christian, évêque de Mayence, entendit des voix résonner dans les cloches du Saint-Rupert. À toutes les sœurs réunies, il confia ce qu'il avait entendu sur le chemin qui menait au monastère.

Pasteur, voici le temps du deuil ! Fuis tant que tu es en vie !

Et à ces mots, qui s'adressaient à lui, s'en entremêlaient d'autres, d'une tonalité plus douce. Ils portaient ce message de Hildegarde, qui est un appel pour nous tous, au-delà de la mort.

L'heure du départ est arrivée ! chantaient les cloches.

Il est temps de quitter ce monde confus !

Car le langage, ainsi, poursuit son œuvre, alors même que se sont éteints les derniers échos des dernières voix humaines.

## *Le Légendaire*

Notre terre est couverte de bois et cousue de rivières, elle est moussue et grise, chargée de toutes les pluies d'automne et, quand le givre la recouvre, elle crisse et étincelle. Notre terre est enserrée de montagnes vieilles, couvertes de pins serrés et noirs. Entre les marais de notre terre et les bras morts des fleuves, entre les falaises et les forêts effondrées, des hommes ont établi des pays, ils ont planté du blé, enclos des pâtures et posé des collets, ont bâti des moutiers. Sur la peau de notre terre, les hommes ont attrapé le lièvre et domestiqué le bœuf, ils ont mis le mors au poulain. Ils ont bâti des places fortes. Ils ont tué le dragon. Notre terre est striée de routes, de voies et de sentes. Elle est percée de jours, de raccourcis, de contre-allées. Elle regorge de culs-de-sac et de chausse-trappes. Ses chemins, la nuit, se réagencent. Notre terre, toujours refaite, n'a ni commencement ni fin. Notre terre est composée d'histoires. Celles que les mères des hommes inventent pour leurs petits. Celles que les pères des hommes répètent tous ensemble. Celles des ancêtres. Celles qui rappellent des choses qui furent ou annoncent ce qui sera à nouveau. Celles, aussi, qui n'ont pour autre vocation que de résonner sous les voûtes et de se perdre dans le plein vent.

Le Rhin en deux ouvre notre terre. Il est l'un des deux fleuves sans nom du Paradis dont parlent les Écritures. Il est le Jourdain, dans lequel le Christ est baptisé. Lorsque le soleil descend derrière les saules et les roseaux, les flots du fleuve se parent d'or et d'écarlate. Les nixes et les ondines, enfin au repos, laissent son cours s'aplanir. Sa surface se fait miroir, se fait vitre, et le pêcheur attardé sur la barque, à présent immobile, voit qu'y brillent dans la vase les pierres et les bijoux, la vaisselle ornementée, les objets féeriques, et tout cet or maudit : le trésor de la Chute.

Ce soir, dans la mère des nuits et avant que l'étoile du matin ne poigne à l'orient, je redirai l'histoire, ce récit unique, qui est celui d'un homme, de trois hommes et de mille. C'est l'histoire des femmes, de toutes celles de notre terre, et l'histoire des enfants, des animaux et des plantes qui parlent, l'histoire de celles et de ceux qui resteront sans voix. Nous dirons cette nuit le récit de la terre, tel que la tradition nous l'a transmis, tel que nous l'inventons, tel qu'il se fabrique nouvellement chaque fois que vous l'entendez. Son action se passe ici même, sur notre terre, en un temps si lointain qu'il semble parfois ne jamais avoir eu lieu.

Le baruch d'Orient règne sur Baghdad. Il est le roi des rois, cruel mais sage et tyran sans mesure.

Sa barbe est immense et son port magnifique. Ses colères impitoyables s'enracinent en terreau de justice. Pour défendre les portes de son empire, le baruch a mandé sur les marches le meilleur de ses vassaux : Attila, fléau de Dieu. Partout où il va, Attila est épaulé de Bléda, son frère, et ces païens à eux deux ont plus de valeur guerrière que la totalité des combattants pieux de l'Occident. Sur un mouvement d'humeur, ils pourraient réduire en poudre noire les derniers des pays chrétiens. Leurs villes sont faites de tentes, qu'ils dressent là où leur appétit les mène. Les récoltes, sur nos terres, sont maigres et les hivers sont longs. Nos comtes, confus, ne cessent de s'affronter pour des querelles minuscules. Les derniers des hommes d'armes avancent comme à tâtons. La foi faiblit. La lumière fait défaut.

Écoutez la complainte éternelle que porte partout le vent. Nos vierges en chœur y pleurent leur liberté perdue, les jeux, les rires, les cheveux dépeignés de leur enfance. Nos épouses y regrettent leurs beaux premiers amants par leurs maris battus, écartés ou occis. Devenues mères, elles donnent le sein, elles bercent nos petits : si celui-ci ne meurt pas, il trahira à son tour, partira lui aussi. Les veuves y pleurent encore les mauvais époux morts, en deuil jusqu'au tombeau, et les trop vieilles y grincent, y bredouillent quand tout le monde est parti, qu'il ne reste plus qu'elles pour porter ces souvenirs que nul ne veut entendre.

Voyez ma peau ridée et jaune, fleurie de taches noires. Voyez mes yeux laiteux et ma bouche sans dents, mes oreilles aux lobes bas tout couverts de poils noirs. Voyez mon crâne lisse comme l'os entre ces mèches éparses de cheveux raides et gris. Mes articulations sont figées, ma tête reste penchée. Entendez la voix qui halète et qui se brise. Dans la mort, tous s'en sont allés et, seule en ma tanière, je persiste. Seule, dans la nuit immense, dans cette histoire que je raconte. Cela commence, bien entendu, par une heureuse naissance et finit dans le sang, la rage, la démence. Écoutez-moi.

Le bon roi Gahmuret, juste mais ignorant des paroles du Christ, parcourt l'univers pour se mettre au service du plus puissant des maîtres. Le baruch d'Orient, prenant acte de sa valeur guerrière, le fait combattre sous sa bannière et le promeut au rang de conseiller. À la cour de Baghdad, le blond Gahmuret connaît la noire Belacane, qui est reine et qui est belle, à l'image de l'épouse parfaite du Cantique des cantiques. De cette femme, il obtient un premier fils, qu'il nomme Feirefiz. L'enfant, à demi noir et à demi blanc, est élevé loin de la lumière du Seigneur, dans les croyances obscures de ces terres lointaines. Un jour, Gahmuret surprend le baruch occupé à conjurer le diable, et comprend que son maître n'est pas le plus grand sur la face de la terre. Il quitte alors Baghdad, y laissant ses hommes, son épouse et son fils, pour prêter à son tour allégeance à l'Ennemi en personne. Mais alors qu'il cherche à rencontrer le Trompeur pour lui jurer fidélité, un ermite consulté au sommet d'une montagne lui révèle qu'une puissance encore supérieure règne sur le monde et que

Son pouvoir terrifie jusqu'à Satan lui-même. Se fiant à la parole du saint homme et suivant ses conseils, Gahmuret se rend jusqu'à l'église souterraine creusée dans la montagne et s'y fait baptiser, en son âge mûr, remettant le service de ses armes entre les mains de notre Seigneur Jésus-Christ. C'est en champion chrétien qu'il revient ensuite sur ses terres de naissance, où il épouse la brune Herzeloyde. Herzeloyde lui donne un second fils, qui naît paré de toutes les vertus de la guerre et du cœur. Gahmuret le baptise du nom de Parzival, lui donne pour emblème la colombe et pour héritage un casque de gemmes magiques, qui rend invincible sur la lice comme sur le champ de bataille.

À la même heure du même jour de la même année, naît à Vérone le prince Théodoric. Théodoric est le premier fils du premier fils du monarque légitime et, à ce titre, pourrait en toute justice prétendre au pouvoir et aux armes. Son oncle, cependant, le sombre Ermanaric, s'est arrogé ces prérogatives à la veille de sa naissance, fomentant le dessein de maintenir Vérone sous la coupe de ses propres descendants. Voyant qu'il déploie mille ruses pour se débarrasser de Théodoric dès sa prime enfance, la mère du petit, dont le nom, comme celui de nombreuses femmes à travers les âges, n'a pas été retenu, est contrainte d'assurer sa protection en lui donnant le diable pour parrain. On dit que, peu avant le baptême en l'Église de Dieu, le démon est venu se pencher sur le berceau, et a noué avec le bambin un pacte pour toujours secret. Sa vie durant et jusqu'au jour de sa mort, Théodoric garde l'étonnante habitude de cracher flammes et étincelles lorsque la colère le submerge. Cette force insufflée lui permet aussi de survivre aux complots de son oncle qui, par manigances et bêtises, mène à la mort ses propres enfants et héritiers. Lorsque Théodoric est âgé de treize ans, le méchant homme monte un dernier stratagème pour le faire arrêter et exécuter par des citoyens de sa propre ville. Cette rouerie échoue grâce à l'intervention de Hildebrand, le maître d'armes du palais, qui prévient l'adolescent et s'enfuit avec lui pour le préserver du lynchage. Nuit et jour, ils chevauchent tous deux jusqu'aux limites de l'empire, jusqu'aux terres tenues par le farouche Attila. À défaut de suzerain, les deux hommes se mettent au service du roi hun. En ces lieux éloignés, Théodoric de Vérone prend le nom que la chronique lui connaît et devient, pour la postérité, le fougueux chevalier Dietrich von Bern.

Un troisième héros naît sous cette même étoile, en ce même monde et de parents irréprochables. On dit de Siegmund et de Sieglinde qu'ils travaillent la terre et élèvent du bétail, qu'ils vivent dans une maison bien bâtie, fraîche en été, douce en hiver. L'un et l'autre sont de caractère égal, d'une grande mansuétude pour leurs gens, d'une grande douceur à l'égard de leurs bêtes. Leur jeune âge est demeuré stérile et ce n'est qu'au mitan de leur vie qu'ils engendrent un descendant, un garçon qu'ils nomment Siegfried. Siegfried grandit dans la joie et l'insouciance. Il vit dans la forêt voisine comme un animal sauvage et à la ville comme un petit citadin. Chaque dimanche, il se rend à Santen, où il aide ses parents et les gens de sa maison à vendre les fruits, les légumes, le lait et les œufs. Quand les cloches des églises sonnent, il passe sur leurs parvis sans y prêter attention mais, après le marché, part s'aventurer seul, de longues heures, sur les berges du fleuve. Il peut rester longtemps immobile, à contempler les remous immenses, à traquer son propre reflet dans la profondeur des eaux vertes. Siegfried grandit en force, en vaillance et en beauté. L'âge du départ venu, il quitte la clairière où il est né, fait ses adieux à ses parents et s'en va en suivant le cours de l'eau. Il sait qu'il lui faut vivre les aventures qui l'attendent en aval.

D'autres petits garçons voient le jour en ce temps, bien sûr, dont nous n'avons retenu ni le nom ni la vie. De nombreuses filles, aussi, que Siegfried, Dietrich ou Parzival rencontreront sur leur route. Les chemins, sans se croiser, sinuent. Les jeunes gens sont devenus des hommes. Écoutez.

Parzival est très beau. Sa peau est de marbre, son visage doux et sérieux, ses cheveux longs et dorés, son corps endurci par le métier des armes. Lorsqu'il coiffe le casque étincelant que lui a offert Gahmuret, son père, les coups de son épée factice deviennent si puissants qu'ils tranchent par le milieu les mannequins de quintaine, jetant tout alentour éclisses de bois et bourre de laine. Pendant l'essentiel de son enfance, Parzival vit seul avec sa mère, dans le château que le roi a bâti dans un vallon fortifié. Afin d'expier les péchés de sa vie orientale, Gahmuret s'est retiré entre les murs d'un monastère, où il mène une existence de silence et de prière. L'enfant grandit ainsi sans autre compagnie que celle de la brune Herzeloyde, femme parfaite épargnée du vice, qui lui prodigue une éducation en tout point conforme à ses vertus. C'est cependant au contact de la méchanceté, des traîtrises et de la fourberie qu'un caractère peut se forger. Aussi, lorsque le temps vient pour le superbe jeune homme de partir à l'aventure, est-il encore très ignorant des choses du monde, et court-il de terribles périls du fait de sa naïveté.

Parzival monte un cheval à la robe et aux crins blancs. Blancs également sont ses gants, et blanche la tunique sur laquelle Herzeloyde a cousu au fil d'or la colombe de son blason. Il porte d'un côté le heaume magique de Gahmuret, croché à sa ceinture, et de l'autre l'épée offerte par le baruch de Baghdad à son père le jour de son adoubement. Le soleil baigne le vallon de l'enfance. Les herbes bleues ploient dans le vent du matin. Parzival fend au pas de sa monture la prairie dans laquelle il a si souvent joué. Les sauterelles bondissent au-devant et les papillons, un instant dérangés, se dispersent avant de revenir se poser à l'exact même endroit. Dans le sillage des sabots, tête basse, Herzeloyde suit son fils jusqu'à la rivière, jusqu'au pont qui la franchit et marque les limites du domaine. Relève ton front, ma mère, ordonne le jeune homme quand ils y sont rendus. Bien que penché sur sa selle, il domine la dame de toute la stature de son cheval. Herzeloyde, de la manche, essuie les larmes qui coulent sur ses joues et, se composant un sourire, ose enfin regarder son enfant. Parzival, nimbé par le soleil, dessine une ombre dans le contre-jour aveuglant. Une peur terrible s'empare du cœur de la reine. N'ayez crainte, ma mère, dit la silhouette noire, la magie de mon père me rend invincible, et les vertus que vous m'avez prodiguées me préservent de tout écart. Le monde au-delà est à moi, entièrement. Écoute, Parzival, supplie Herzeloyde. Entends une dernière fois les conseils de ta mère. Il y a, au-delà du pont, des lieux appelés églises. Ce sont des bâtisses remarquables, comme tu n'as jamais vu de pareilles. Leurs murs sont ornés et elles contiennent les plus grandes richesses du monde. Chaque fois que tu en rencontreras une, détourne-toi de ton chemin et entre y rendre hommage au pouvoir qui y siège. M'as-tu bien entendue ? Ne craignez pas pour moi, mère, répète Parzival. J'irai dans chacune de ces dites églises, et mettrai ma force au service de ceux qui s'y trouvent. Les deux restent un instant encore immobiles et sans parler, puis le garçon tire les rênes, son cheval fait volte-face, les sabots frappent contre les traverses de bois. Parzival s'en va et ne voit pas que sa mère, de l'autre côté du ru, s'est effondrée, qu'elle gît sans connaissance sur un tapis d'herbes, de pâquerettes et de coquelicots froissés.

Parzival traverse un bois. Trouve des camps de bûcherons, des huttes de chasse, des pistes de gibier. En suivant la piste fraîche d'une harde de sangliers, il finit par rencontrer un chemin, qui le mène à une route pavée. Le soir n'est pas encore là qu'il débouche sur une clairière immense, au centre de laquelle est plantée la tente d'un prince. Regarde, fait le jeune homme à son cheval, à qui il a pris l'habitude de parler. As-tu déjà vu pareille chose ? Les murs de la demeure tremblent dans le vent. Ils sont verts et ornés de gemmes. Des drapeaux aux armes inconnues flottent aux coins, et la porte est surmontée de deux roses rouges aux tiges entremêlées. Ce ne peut être là qu'une de ces églises dont ma mère m'a parlé. Le naïf Parzival fait halte, met pied à terre et, laissant sa monture libre de vaguer, s'empresse dans la tente pour y tenir la parole donnée le matin même. Une dame repose sur une couche, à demi endormie. Elle a les cheveux rouges et déliés, sa peau est pâle, couverte de taches de rousseur. Dans le sommeil, le drap qui la couvrait a glissé et le chevalier reste figé, comme frappé par la foudre, découvrant pour la première fois le spectacle d'une femme nue. L'instant suivant, il s'est glissé à ses côtés. La dormeuse s'éveille en sursaut et, à toutes forces, cherche à le repousser. Ne dites rien, intime Parzival. Et comme la dame fait mine de crier, qu'elle se débat vivement pour sortir du lit, pour s'échapper, il plaque une main sur sa bouche et, de l'autre, la maintient allongée sous lui. C'est une promesse, continue Parzival, une promesse que j'ai faite à ma mère. Plus tard, le chevalier abandonne la dame atone, recroquevillée dans un coin de tente, au plus loin de lui. Il se sent las et calme, heureux de son aventure. Il veut à présent poursuivre son chemin, trouver un endroit sûr où passer la nuit qui approche. Vous ne savez pas qui je suis, menace la dame tandis qu'il s'en va.

Vous ne connaîtrez plus jamais la paix. Mon mari vous trouvera et vous tuera. Parzival se retourne et rit aux éclats. Son cheval l'attend dehors, impatient.

À la cour d'Attila, Dietrich von Bern complète son éducation guerrière. Du maître d'armes Hildebrand, qui l'a suivi dans son exil, il apprend les règles de la joute, le maniement de l'épée, de la hache, de la lance, de l'écu, ainsi que les principaux commandements de la chevalerie errante. En compagnie des Huns, il s'initie au combat au couteau et à mains nues, à l'art de se fondre dans la nuit et de se mouvoir sans bruit, et à monter les chevaux à cru sans que ceux-ci vous démontent ou bronchent. Dietrich est un garçon imposant, aux sourcils épais, à la barbe drue, à l'air perpétuellement courroucé. Des éclairs courent dans ses grands yeux noirs et, face à lui, nul homme, quelle que soit sa valeur sur le champ de bataille, n'ose émettre de critique tant il est susceptible et colérique. Dans son dos, cependant, les langues vont bon train, et Dietrich est sujet de raillerie à la cour d'Attila, à cause de sa naïveté et de son ignorance des choses de la vie. Un jour qu'il surprend une conversation dont le sens lui échappe, il traque dans tout le campement les jeunes Huns médisants, soufflant après eux de courtes gerbes de flammes. Ensuite, il court trouver Hildebrand et lui demande : sais-tu pourquoi les soldats d'Attila se permettent de médire de moi, héritier de la couronne de Vérone et filleul du diable ? Vous devez vous tromper, mon maître, nie le vieux guerrier, les Huns ont toujours fait preuve à votre égard du plus grand des respects. Que signifie, alors, le mot de puceau que je les entends répéter ? Le maître d'armes détourne la tête pour ne pas que son élève le voie sourire. Eh bien ? s'impatiente Dietrich. Je crois, répond-il prudemment, qu'ils veulent dire par là que vous manquez d'expérience. D'expérience ? Vous avez encore à connaître certains aspects de ce monde. Eh bien, allons-y, en ce cas, gronde le chevalier. Allons, et que j'apprenne tout ce qu'il y a à savoir.

C'est ainsi que Dietrich von Bern et Hildebrand se retrouvent sur les routes, à la recherche d'aventures à même d'éduquer un roi. Ils défont en chemin quantité de serpents vieux, de monstres forestiers, d'esprits des montagnes : ainsi sont vaincus la guivre de Milan et le dragon de Wasmes, en Hainaut. Ils délivrent nombre de princesses, tenues prisonnières par de maléfiques sorciers dans des dédales souterrains, ils éliminent des ogres. Des nains tentent en vain de les tromper à coups de sortilèges et d'objets magiques. Dans les montagnes du Tyrol aux pentes escarpées, aux roches lisses et dressées plus haut que l'œil peut voir, jusqu'à se perdre dans les nuages, ils rencontrent et tuent le couple de géants Grim et Hilde. Ces deux créatures coiffent les pins et vont à demi nus. Ils sont d'une laideur repoussante et d'une impiété à leur mesure : un régime de chair humaine leur donne une force colossale. Le combat dure trois jours et trois nuits pleines, jusqu'à ce que, par ruse, Hildebrand parvienne à les attirer au bord d'un abîme où Dietrich les précipite par une grêle de rochers. Les guerriers, ensuite, prennent possession des trésors accumulés par les monstres au fil des siècles dans leur nid d'aigle, et Dietrich y choisit pour lui-même le casque Hildigrimr et l'épée Naglringr, deux objets remarquables et légendaires. Quand, au terme de ses aventures, Dietrich revient ainsi paré chez Attila, il ne comprend pas que les rires reprennent dans son dos, tant il a fait d'efforts pour mieux connaître le monde et s'améliorer en toute chose. Il continue un temps de courir derrière ceux qui se gaussent, jusqu'à ce que Bléda, frère du roi des Huns et seul guerrier à pouvoir être comparé au légendaire Attila, convoque ses gens pour leur annoncer que la guerre a été déclarée contre Gunther, roi des Burgondes, et que leur armée doit aussitôt se mettre en ordre de marche.

De nos trois chevaliers, Siegfried est celui qui s'en va le plus loin. Il descend le Rhin immense, sur une berge puis sur l'autre, franchissant des ponts à demi écroulés, pataugeant dans des marécages grouillants de libellules, ou payant un écot à quelque passeur sans âge sur une barque de planches. Au fil du fleuve, le jeune guerrier croise et apprend à aimer les êtres merveilleux qui peuplent son cours antique : hommes serpents, enfants têtards, femmes poissons. Il délivre certaines de ces créatures de filets des pêcheurs, prévient les anciens du passage de grandes nefs. En retour, les ondins partagent avec lui leurs repas, leurs jeux et leurs légendes et, une nuit de tempête, le sauvent d'une crue subite. Siegfried suit le cours de l'eau jusqu'à l'endroit où elle se mêle à celle de la mer océane. Il ne s'attarde pas dans le port, mais affrète un bateau pour poursuivre son voyage par-delà l'horizon. Ses aventures le mènent d'île en île, de royaume en royaume : il double des caps aux rochers magnétiques, aborde des pays où le matin ne vient jamais éclaircir la nuit, visite des forêts où ne poussent que des arbres de pierre, dépasse les falaises d'argent du pays d'Isenstein. Plus haut encore, son navire croise sur des flots blancs comme du lait. Le vent tombe. Rien ne bouge, il n'y a alentour que de gros récifs noirs, qui paraissent flotter et rouler dans les vagues. Siegfried met les rames. Il se sait près du but. Une terre se dessine, des montagnes piquées dans les flots crayeux, les sommets auréolés de lumière et surmontés de lourds panaches de fumée. Siegfried accoste sans trembler. Il sait qu'il est arrivé. Qu'il foule de ses bottes les terres des Niebelungen.

Ce royaume perdu est le plus vieux de l'univers. L'ancienne humanité y vit, contrefaite et laborieuse, si persévérante dans sa longévité qu'on la croirait immortelle. Ce sont des nains aux yeux entièrement noirs, sans pupilles, et à la peau translucide à force d'évoluer dans les ténèbres comme nous autres en plein jour. Ils ont excavé des cités géantes dans les flancs mêmes des volcans où, depuis les temps du Déluge, ils ont accumulé le trésor le plus colossal qui se puisse imaginer, sur lequel ils veillent jalousement. Deux maîtres tout-puissants règnent sur ce petit peuple : le sorcier Alberich, père du fourbe Hagen, et Fafnir, le dragon du tilleul. Par sa force et sa ruse, en trois jours, Siegfried les défait tous les deux.

Il prétend d'abord se mettre au service d'Alberich. Le roi des nains le reçoit dans sa forge magique, d'où sortent tous les objets enchantés du monde. Prétextant sa grande ignorance, le chevalier obtient de l'orgueilleux monarque tous les renseignements dont il a besoin pour surprendre Fafnir dans sa grotte. Si tu le veux, propose-t-il ensuite, je peux te débarrasser de ton rival. Tu régneras alors sans partage sur les Niebelungen, et leur trésor sera tout à toi. Et quel sera ton bénéfice, en retour ? s'enquiert le forgeron, suspicieux. J'aurai pour récompense un objet choisi dans ta réserve. Alberich accepte et Siegfried se glisse dans la tanière de Fafnir. Le dragon du tilleul est le plus grand ver qui ait jamais existé. Plongé dans le sommeil, plié cent fois sur lui-même, il emplit la caverne de ses écailles, de ses griffes, de son haleine soufrée. Le chevalier se couche, sa face contre la terre, et, très patiemment, pouce après pouce, sans le moindre bruit, rampe dans la direction du monstre. Il s'obstine ainsi des jours durant, faisant taire les crampes, la lassitude et la terreur. Il s'immisce petit à petit dans les villosités de Fafnir, se glisse entre ses pattes et sous sa queue, passe juste devant sa gueule et jusque sous ses yeux clos aux paupières tremblantes. Siegfried rampe encore, s'insère sous le ventre de la bête, là où l'armure d'écailles ne la protège plus. Parvenu là, enfin, il se retourne sur le dos, dégaine son épée et crie : debout, Fafnir, éveille-toi, je suis ta mort. Et le dragon, tiré de songes fumeux, ouvre ses yeux jaune d'or, grimace, tourne la tête sans apercevoir quiconque et, anneau après anneau, entreprend, dans un froissement de peau, de se déplier tout entier. Siegfried demeure immobile. Il ne respire pas, il se retient de trembler, craignant à chaque instant de se voir découvert, de finir broyé sous les énormes pattes de la bête en furie. Il attend que le bruit s'amplifie, que sonne la pulse de tambour ; il attend que passe, au-dessus de lui, le gros cœur de Fafnir, pour y planter l'épée et le tuer d'un coup.

Le sang qui gicle est froid et brun, épais comme un sirop. À son contact, la peau de Siegfried durcit et épaissit. Voyant cela, le guerrier se déshabille pour s'y baigner entier. Il n'a pas vu qu'une feuille du tilleul de Fafnir s'est posée sur son épaule, et qu'à cet endroit le sang du dragon ne le protégera jamais. J'ai défait ton ennemi, annonce-t-il ensuite à Alberich, qui croyait le chevalier occis depuis longtemps. Le Tarnhelm est à moi. Que dis-tu ? Tu m'as promis en récompense l'objet de mon choix. Pour prix de ma victoire je demande le Tarnhelm en jouissance. Le nain sorcier, forcé de tenir parole, lui remet le heaume des métamorphoses. Siegfried aussitôt le revêt et, prenant l'apparence d'Alberich, il réunit les Niebelungen pour leur annoncer ceci : mon règne s'achève aujourd'hui, en même temps que prend fin votre esclavage. Le chevalier Siegfried sera votre nouveau maître, et celui-ci vous délie de toute obligation. Votre dernière tâche sera de charger sur son vaisseau le trésor que vous teniez au secret. C'est de cette façon que Siegfried, en son jeune âge, conquit le pays des Niebelungen, s'appropria le trésor et devint invincible grâce au sang du dragon, avant de s'en retourner chez lui porteur du heaume Tarnhelm et de l'épée Balmüng.

Ce sont les Burgondes, en ce temps-là, qui règnent sur la Franconie. Le roi Gunther et ses frères, Gernot et Gisheler, dirigent depuis leur capitale de Worms plusieurs centaines des plus vaillants chevaliers de la chrétienté. Leur sœur, la rousse Kriemhild, est la plus belle des femmes du royaume. Elle demeure dans un monastère sur une île du Rhin, autour duquel pousse une roseraie remarquable par sa taille : ce lieu où la princesse vit recluse a pour nom jardin des Roses. Cherchant à s'employer, Siegfried se rend à la suite d'autres chevaliers à Worms, où il entend vanter les charmes de la belle. Une nuit, il traverse le fleuve à la nage mais n'ose franchir le jardin plein d'épines, et patiente sous la fenêtre jusqu'à apercevoir Kriemhild. Aussitôt, nous dit l'histoire, son cœur est saisi de passion : dans le bref instant que dure la vision, il lui semble même que la dame lui retourne un regard. Dès le lendemain, Siegfried prête allégeance à Gunther, espérant approcher de sa sœur. Il ignore que Hagen, fils du nain Alberich, compte au nombre des chevaliers adoubés en même temps que lui, et que celui-ci est prêt à tout pour venger son père et reprendre la jouissance du trésor dérobé.

Par sa valeur, Siegfried se rend vite indispensable à Gunther, Gernot et Gisheler, devenant en mérite le premier de leurs chevaliers. De retour d'une campagne triomphale contre les Saxons, il ose demander au roi la main de sa sœur Kriemhild. Pour toi, mon ami, je veux bien consentir, répond sans fard Gunther. Mais j'aimerais auparavant que tu m'assistes dans une dernière expédition. La farouche Brünnhilde, reine guerrière du royaume d'Isenstein, a juré de n'épouser qu'un homme capable de la surpasser en force. Mon âme brûle de passion pour elle, mais je crains de ne pas être capable de la battre, et me voir défait par une femme serait trop humiliant. Siegfried, qui a jadis voyagé jusque sous les falaises de l'île de Brünnhilde, assure Gunther qu'il pourra bientôt l'épouser. Le voyage se déroule sans encombre, l'ambassade est reçue avec déférence à la cour de la reine. Le jour marqué de la compétition, Siegfried annonce à son suzerain : cachez-vous dans votre suite et laissez-moi faire. Puis, s'étant donné, par la grâce du Tarnhelm, la semblance de Gunther, il défait à trois reprises la sauvage Brünnhilde : au lancer de rocher, à la course à pied, à la lutte. Les adversaires roulent contre les galets de la plage, sous les cris de Nordiques à demi nus. Siegfried peine, car il cherche à vaincre sans se compromettre. Brünnhilde l'enserre, l'écrase, il se démène en retour, s'esquive puis revient pour la plaquer contre le sol. Un peu de sang coule du front blanc de la reine, elle sourit. Mon maître, lui dit-elle. Plus tard, Siegfried retire le casque et s'esquive, laissant Gunther cueillir le fruit de la victoire. Dès leur retour à Worms, deux noces sont célébrées. Celles de Gunther et de Brünnhilde. Celles de Siegfried et de Kriemhild. Hagen le fourbe est toujours là, dans l'ombre, à quelques pas seulement de la nouvelle reine.

D'où vient, lui glisse le fils du sorcier, que le roi traite un vassal plus largement qu'un de ses frères ? C'est qu'il est à présent l'époux de sa sœur, répond Brünnhilde sans s'émouvoir. Alors d'où vient que celle-ci vous parle avec hauteur et comme votre maîtresse ? Serait-ce que ce serait elle, et non vous, la reine des Burgondes ? Serait-ce que l'étranger Siegfried chercherait à s'approprier vos terres ainsi que tous vos biens ? Brünnhilde est femme de raison ; elle fait taire Hagen, mais ne peut empêcher ses mots d'agir comme un vinaigre. Petit à petit, le doute s'instille et un soir, alors qu'elle rejoint la couche de son époux, au lieu de s'allonger pour recevoir son hommage, elle se jette à sa tête et, à toutes forces, le plaque contre le tapis. Gunther se débat en pure perte, son épouse est trop forte. Pris de panique, le roi frappe à la paroi pour appeler Siegfried dans la chambre voisine. Son vassal, en chemise, accourt pour trouver les amants à la lutte, portés de-ci de-là par les enthousiasmes furieux de Brünnhilde. Le temps est trop court pour quérir le Tarnhelm, alors, sans plus réfléchir, le chevalier souffle les chandelles avant d'être aperçu, se jette dans le combat et, contrefaisant la voix de son suzerain, murmure à l'oreille de la dame : laissez-moi calmer vos ardeurs. Puis, la saisissant à bras-le-corps, il la traîne sur le lit, où il la maintient en une ferme étreinte, le temps pour Gunther de reprendre ses esprits. Mon amour, soupire Brünnhilde, enfin je retrouve l'homme qui m'a vaincue en mon île. Plus jamais je ne douterai de toi. Ensuite, Siegfried, épuisé, retourne dans sa chambre, pour se glisser aux côtés de Kriemhild qui feint d'être endormie. Dans le noir et dans sa confusion, il n'a pas réalisé que l'anneau de la reine était passé sur son doigt. Qu'as-tu donc là ? lui demande sa femme, lorsqu'un rayon de jour vient faire briller la pierre. C'est un présent, ment Siegfried. Une surprise que je te réservais. Les portes s'ouvrent en grand. Gunther, triomphant, entre dans la pièce, il claironne : les Huns sont à nos portes. Nous nous battrons, mille contre mille.

Les affaires d'hommes chassent les affaires de femmes. Ivresse des charges. Choc des armes. Violence des injures. Cabrement des destriers. Les combattants roulent dans les herbes et prient pour leur vie. Ils achèvent, d'un coup de dague, leurs ennemis défaits. Vivre entre garçons, laisser cours libre aux passions les plus basses, purger dans la violence les chaos domestiques. Deux armées marchent l'une vers l'autre. Elles se rencontrent à Ravenne.

Gunther, Gernot et Gisheler commandent aux Burgondes venus du Rhin. Hagen les accompagne, ainsi qu'un chevalier du nom de Hadubrand, Goth valeureux qui a dû fuir Vérone. Mon père nous a abandonnés, moi et ma mère, alors que je n'étais encore qu'un enfant, explique celui-ci. J'ai appris le métier de la guerre auprès du tyran de la ville, mais celui-ci a trahi ma confiance et me voilà errant.

Prenez-moi pour maître et je saurai prouver ma valeur. Le roi Gunther se tourne vers Siegfried pour, comme en toute chose, requérir son avis, mais Siegfried n'est plus nulle part en vue. Vous ne le saviez pas ? susurre Hagen. Votre ami nous a quittés il y a déjà deux nuits. Il a dit avoir des affaires à régler. Croyez-vous qu'il soit rentré à Worms auprès de son épouse ? qu'il ait pu y rejoindre la vôtre ? Du gant, le roi Gunther balaie ce soupçon puis, vers Hadubrand, il tranche : tu es le bienvenu. Si tu es vaillant, ta place est assurément à nos côtés.

Par l'autre part du monde se rapprochent les Huns. À leur tête chevauchent Attila et Bléda, les deux plus grands guerriers que la terre ait portés. Sous leurs couleurs servent également Dietrich von Bern, le héros du Danube, héritier du trône de Vérone, ainsi que son maître d'armes, le vieil Hildebrand. À mesure qu'ils retrouvent des terres jadis abandonnées, les deux hommes sont saisis de nostalgie. Te souviens-tu, fait Dietrich, de la couleur des murs de notre ville, de l'odeur de ses rues après les averses d'été, du goût de ces beignets que l'on servait dans l'échoppe de la porte nord ? J'y avais une famille, répond Hildebrand, évoquant le passé pour la première fois depuis toutes ces années. J'y ai laissé une épouse et un fils encore au sein pour partir avec vous. J'ignore tout de ce qu'ils sont devenus. Dietrich a forci, grandi, mûri. S'il n'est guère plus savant, il a gagné en résolution. Menons cette guerre aux côtés d'Attila, dit-il, et puis rentrons chez nous avec autant de combattants que nous en pourrons recruter. Nous démettrons mon oncle

Ermanaric, tu retrouveras ta famille et, avec l'aide de tes bons conseils, je régnerai sur Vérone dans la justice et dans la dignité.

Les armées sont face à face, équitables en nombre sur le pré lissé de vent. Les gonfanons claquent. Les équipements bruissent. Les trompes de cuivre sonnent. Un ordre d'attaque est crié, un autre lui répond. Les lances s'abaissent. C'est toujours le même spectacle. Le même sang, la même moelle qui gicle. Des centaines d'hommes tombent, se navrent, roulent à bas, blessés, et meurent : des gens sans visage ni histoire. La mêlée des flèches, des masses, des crocs, des épées et des poignards. La masse des corps liés par le massacre. Gernot au duel avec Attila. Gisheler contre Bléda. Dietrich von Bern, Naglringr au poing, se fraie un chemin jusqu'au drapeau adverse, où il poursuit, dans la mêlée, le roi Gunther qui cherche à s'échapper. Hagen veut s'interposer : d'un seul coup de son épée, Dietrich l'envoie à une demi-lieue du champ de la bataille. Siegfried, s'inquiète le roi devant cet ennemi sans pareil, où es-tu alors que j'ai tant besoin de toi ?

Siegfried n'est pas là. Il n'est pas non plus à Worms, comme l'insinue Hagen. Par la grâce de la baguette runique prélevée dans son trésor, il parcourt en trois bonds la distance qui le sépare du pays des Niebelungen. Le voilà qui paraît soudain, au cœur de la montagne, dans la forge d'Alberich. Que se passe-t-il ? demande-t-il au nain, le faisant sursauter. Qu'es-tu en train de manigancer ? Mais rien, mon nouveau maître. Je croyais que vous saviez. Que je savais quoi ? Vous n'avez donc jamais ouï parler de la malédiction ? Fafnir avait pour charge de garder le trésor des Niebelungen de la cupidité des hommes. L'or reposait ici, au terme du monde, afin d'éviter le déchaînement des malheurs qui accompagne sa possession. Celui qui se l'approprie, quelle que soit sa valeur, court à sa perte. Siegfried lève la main pour frapper le sorcier puis se ravise. L'instant d'après, il a de nouveau disparu.

À Ravenne la lutte se poursuit, terrible et équitable. Les morts, de part et d'autre, s'entassent avec régularité. Le vieil Hildebrand défait trois Burgondes d'un moulinet de son épée, remonte en selle, se hausse sur ses éperons, cherche Dietrich des yeux. Il croit apercevoir son maître dans le camp ennemi, s'élance dans sa direction, voit trop tard la lance qui arrive par son côté. L'arme le poinçonne au flanc et le jette à terre, où son assaillant, sautant de sa propre monture, descend l'affronter au corps-à-corps. Leurs lames se heurtent, charge, parade, esquive, fracas de l'acier, garde contre garde. Hildebrand a l'expérience pour lui et Hadubrand la fougue de sa jeunesse. Un coup fait voler le heaume du vieil homme, un autre celui du garçon. Les épées une fois encore se lèvent. Lames nues au-dessus des fronts nus. Les visages révélés, bien sûr, sont les mêmes : mêmes yeux, même tour de bouche, même pli de farouche courage. Le père et le fils se reconnaissent pour ce qu'ils sont et leurs armes tremblent dans leurs mains soudain affaiblies de surprise et d'émotion. Un nouveau son de trompette marque la retraite, le terme de l'affrontement. Il n'y a pas de vainqueur. Aucun chef n'est mort.

La paix se signe sur de beaux parchemins à lettrines. On se réconcilie autour d'un gigantesque banquet. Il y a des grillades et des chansons, des animaux savants, des jeux guerriers. Saoul, on se redit les péripéties de la bataille. Hildebrand et Hadubrand sont portés en triomphe, le père et le fils, héros de la réconciliation, victoire de la filiation, de la vie sur la guerre. Bien sûr, les milliers de soldats défaits, estropiés ou tués, appartenaient aussi bien à un foyer, à un village, à un pays. Ils avaient chacun une mère qui restera inconsolable. Ils avaient chacun des frères et des sœurs, des épouses, des enfants, qui comptaient sur leur solde et sur la force de leur amour. Le tumulte de l'épopée rend sourd aux drames de l'histoire : dans le récit de nos guerres, ceux-là n'avaient pas de nom.

Parzival ne participe pas à cette grande bataille, mais peut-être son demi-frère Feirefiz y a-t-il combattu sous les couleurs des Huns, fidèle soldat du baruch de Baghdad, et brave quoique païen. Peut-être le guerrier noir et blanc parcourt-il le champ où gisent les morts et les vivants, les uns harcelés de corbeaux, les autres assommés de vins doux, sa bannière flottant derrière lui dans le vent du soir, échiquetée d'argent et de sable, s'interrogeant sur la destinée des hommes et la marche du temps. Parzival, le blond guerrier parfait, est aussi loin de là qu'il est possible d'imaginer. Il célèbre, en son château, son mariage avec la princesse franche

Condwiramurs de Pelrapeire, qu'il a délivrée d'un siège tenu par trois mille ennemis. Parzival a accompli ce haut fait sans aide, armé de son seul courage, de son heaume magique et des préceptes de la chevalerie. Depuis son aventure sous la tente, il a connu nombre d'épisodes peu glorieux. Face au chevalier rouge, qui l'a par mégarde bousculé, il perd toute mesure : après une courte lutte durant laquelle il ne ménage aucune feintise, Parzival l'achève à l'arme de jet, comme s'il s'était agi d'un pourceau, avant de lui dérober armes et argent, puis d'abandonner son corps sans songer à lui donner sépulture. Parzival a certes des vertus, mais celles-ci demeurent en friche, faute d'avoir connu un maître, des règles et une éducation chrétienne.

Son chemin, c'est heureux, croise bientôt celui de Gurnemanz, qui se charge de lui enseigner quelques préceptes. Rendu pour la première fois en une véritable église, le bel homme demeure stupéfait de la splendeur des lieux et de la paix qui y règne. Il fait retraite dans un monastère jusqu'au dimanche de Pâques, date à laquelle il demande et obtient le baptême. Gurnemanz le forme aux cinq vertus du chevalier : la merci de l'ennemi, la foi sans questionnement, le respect des femmes, l'humilité face à Dieu, la charité envers les hommes. Animé de ces sentiments élevés, Parzival poursuit dans le monde une carrière d'aventurier errant. La nuit de ses noces avec la princesse Condwiramurs, alors qu'il a décidé de s'établir pour toujours au château de Pelrapeire et de régner sur ce pays avec justice, il est éveillé par une vision terrible. Une femme en robe rouge se dresse au pied du lit, tenant dans ses bras le corps décapité d'un jeune homme. Mon nom est Sigune, lui dit-elle, et je ne connaîtrai de repos tant que vous n'aurez pas vengé mon frère. Parzival ne se souvient pas avoir jamais vu cette dame et est incapable de reconnaître le mort sans tête pour l'une de ses victimes. Il passe le reste de la nuit en éveil sur son lit. Dès le lendemain, il fait ses adieux à sa jeune épousée. Je n'en ai pas terminé, dit-il. Quelque chose m'attend encore sur la route.

C'est ainsi, à la poursuite d'un rêve ou hanté par lui, qu'il découvre le château de Montsalvat. La forteresse est bâtie sur une île, en plein milieu d'un lac, lui-même sis au cœur d'un massif montagneux abrupt et desséché. Les murs sont blancs, lisses comme du marbre d'Italie, et les drapeaux ramenés des hampes comme si les occupants menaient grand deuil. Le pont pour entrer n'est jamais abaissé. Parzival parvient en vue dans la deuxième moitié du jour et descend jusqu'au rivage pour se renseigner. Qui vit là, demande-t-il, et comment y parvenir ? À son appel, une très jeune dame sort de la cabane de branchages érigée sur la berge par des pêcheurs. Elle a les cheveux et les yeux couleur argent et marche pieds nus dans la boue noire. Le roi Amfortas règne sur Montsalvat, répond-elle. Il reçoit peu de visiteurs. Mon nom est Parzival, répond Parzival. Je suis chevalier chrétien et seigneur de Pelrapeire, je vais sur mon chemin depuis des mois et rêve d'une table où manger, d'un lit où m'allonger. La pauvresse, un temps, reste sans parler, comme si elle le jaugeait, puis répond avec un sourire : je peux vous faire traverser dans ma barque, mais il vous faudra tout abandonner ici. Votre monture et votre épée. Votre armure, votre heaume. Vos habits. Je ne peux cependant me présenter nu devant le roi, s'indigne Parzival. Je vous prêterai une chemise de mon frère. Je vis seule ici et n'en ai pas l'usage. Le soir monte du lac. L'air rafraîchit vite. On entend sauter un gros poisson. Des lanternes, comme de menues étoiles, s'allument aux meurtrières de Montsalvat. Très bien, acquiesce Parzival. Je vous laisse mes biens en garde. Consentirez-vous à me dire votre nom ? On m'appelle Répanse de Schoye, lui dit la fille, avec une révérence. Je vous attends depuis très longtemps.

La barque glisse sur les eaux de nuit sans qu'il soit besoin de ramer. Les pics noirs, autour du lac, closent une muraille immense. Nu sous un habit de chanvre, Parzival frissonne. On accoste, la coque racle contre le sable épais. Le chevalier descend à terre et marche jusqu'à la grand'porte, qui s'ouvre seule à son approche. Les salles de Montsalvat sont immenses. Malgré les torches de résine placées de loin en loin, les plafonds se perdent dans l'obscurité. Les dalles sont froides sous les pieds du chevalier, qui avance au hasard, sans oser appeler. Parzival monte des escaliers. Descend d'interminables vestibules. Au détour d'un couloir, il croise une procession. Ce sont sept moines, vêtus de noir, le capuchon baissé : trois devant, trois derrière. Au milieu, le septième tient à pleines mains une lance de bataille, du fer dressé de laquelle jaillit continûment un sang frais et carmin. Le sang coule le long de la hampe, baigne les mains du porteur, éclabousse le devant de sa robe pour, sur le sol, laisser de larges flaques et des traînées de pas. Parzival, stupéfait, laisse passer la lance sans articuler un mot. Plus loin des feux brûlent : trois foyers dans trois grandes cheminées. L'odeur est celle du bois d'aloès. C'est la chambre royale. Un lit est dressé au centre, orné de toutes les pierres du monde, couvert de la peau d'un serpent gigantesque. Au centre, plié sur lui-même, le roi pêcheur agonise. Il se nomme Amfortas et meurt d'une infection des testicules.

Amfortas est hideux, vieux, difforme. L'odeur de sa blessure est insoutenable : c'est celle de la chair qui pourrit, du péché et de l'abjection. Les souffrances du roi sont inconcevables, et Parzival, à son chevet, ne trouve pas le premier mot pour se présenter. Il baisse la tête, met un genou à terre, et ne relève les yeux que lorsque entre le Graal. La pierre passe, de sa droite à sa gauche, par le milieu de la pièce. Elle est verte comme une fougère, son eau est parfaite, elle luit sur le plateau d'or que porte à bout de bras la reine de Montsalvat : cheveux blancs, yeux gris pâle, Répanse de Schoye dans une robe couleur de ciel. Parzival, bouche bée, regarde le miracle qui point, qui grandit et s'approche. Un instant, la hideur d'Amfortas est éclipsée par l'aura verte du Graal. Puis, aussitôt après, tout s'efface. La reine disparaît, le trésor avec elle. Le chevalier n'a rien fait pour les retenir à lui.

Parzival se relève, prend congé sans mot dire

du pathétique malade. Dans une pièce voisine l'attendent un dîner, un lit. Parzival mange puis se couche. Le jour le retrouve sur la rive du lac, hors de Montsalvat, tout armé, tout habillé. Le château semble plus lointain que la veille, à demi aboli par les brumes. La cabane de pêcheur est vide. Le chevalier, hébété encore, tourne bride et, sur le chemin abrupt qui redescend, manque de tomber dans un précipice. Sigune est là, pour la seconde fois, au milieu de la sente. Le cheval se cabre, le chevalier se tient à toutes forces, des pierres roulent dans l'abîme. La dame vêtue de rouge demeure sans broncher, berçant sur ses genoux le corps étêté de son frère. Que fais-tu encore ici ? Pourquoi me tourmentes-tu ? Tu es un imbécile ! rétorque la vision. En présence du Graal tu restes silencieux ? Il aurait suffi d'une question, d'une seule, pour lever la malédiction d'Amfortas. Le roi aurait guéri, Montsalvat serait revenu dans le monde, le Graal aurait été révélé à tous les hommes. Et toi tu demeures bouche béante, stupide, à ne songer qu'à ton dîner, à ton repos. Tu mérites tous les malheurs que tu subis. Je suis désolé, se repent Parzival, je vais revenir sur mes pas et tout recommencer. Aide-moi plutôt à venger mon frère, répond Sigune, ou bien je viendrai te tourmenter encore et encore, jusqu'à te faire perdre ce qui reste de ta raison. Le chevalier n'écoute plus. Il se précipite, une nouvelle fois, en sens inverse. Monte la pente, gravit le chemin perdu dans les hauteurs, grimpe, se hisse, débouche en haut du col. La vue embrasse le monde entier mais ici-bas, nulle part il ne semble exister de lac, et nulle part d'île en son milieu, et moins encore de château féé aux murs hauts et blancs de neige.

Après la bataille de Ravenne, les rois enterrent leurs morts, repartent sur leurs terres. Une nuit entière et le matin suivant, Hadubrand et Hildebrand conversent. Le père raconte comment il a quitté Vérone avec le prince Théodoric, comment ce dernier est devenu Dietrich à la cour d'Attila. Il dit la douceur des pays du Danube, la beauté des collines, le goût des pistaches grillées, l'odeur des prairies jaunes dans les aubes d'automne. Il raconte les voyages aux côtés de son maître, les monstres qu'ils ont défaits, les enchantements, les ours, les serpents. Le fils, en retour, dit le désarroi de sa mère, la dureté de son éducation, les casernes de Vérone, la cruauté d'Ermanaric, sa folie meurtrière. Le vieux monarque, sans héritier, sans espoir ni allié, consacre les dernières années de sa vie à la fortification de la cité et la constitution d'une garnison d'élite. Il a forclos Vérone, jadis lumineuse et riante, pour en faire une citadelle inexpugnable, où les habitants, sans cesse pressés par la garde, courent d'un point à un autre en attendant l'imaginaire assaut. Ermanaric mourra bientôt, le rassure Hadubrand. Il n'est plus loin le temps où la vieillesse, le vice et l'excès de médecine auront raison de lui. Ton Dietrich pourra alors réclamer la couronne. Après ce qu'il a enduré, le peuple lui fera le meilleur des accueils. Viens avec nous chez Attila, suggère Hildebrand. Nous vivrons là-bas ensemble, tu seras, pour Dietrich, un jeune compagnon. Je ne le peux pas, décline Hadubrand. J'ai prêté allégeance au roi burgonde. Je repars pour Worms. Mais nous nous reverrons bientôt. C'est, dans la bouche de Hadubrand, la promesse de tenir vivants des liens de filiation nouvellement tissés. Aux oreilles du destin, telles déclarations prennent cependant souvent un tour bien plus funeste.

Vous souvenez-vous de l'anneau de Brünnhilde, qu'une nuit, auprès d'elle, Siegfried ravit par mégarde ? Il l'a offert à sa femme, la rousse Kriemhild, qui en apprécie l'éclat et le porte à son doigt. La première fois qu'elle le voit, la reine demande : chère sœur, d'où tenez-vous ce bijou qui étincelle à votre annulaire ? Mon époux me l'a donné, six mois après nos noces, en gage de fidélité et témoignage du lien qui nous unit. Une idée me vient, poursuit Brünnhilde, devinant peu à peu comment on l'a jouée : organisons, en l'honneur de votre mari, de grandes joutes à Worms. Nous y convierons l'élite de la chevalerie afin que, face à chaque adversaire, il prouve sa supériorité inspirée par votre amour. C'est une belle idée, Brünnhilde, ma sœur. Je ne savais pas que vous appréciiez Siegfried à ce point. Si le projet vous sied, reprenez-le à votre compte. Inutile de lui dire que je l'ai suggéré. Alors Kriemhild, émue par la bonté et l'abnégation de cette femme qu'elle a, jusqu'alors, considérée avec méfiance, tombe dans ses bras et la remercie avec force baisers. La fête est ainsi planifiée, les invitations envoyées. Le château de Worms est paré pour l'occasion. Dix jours avant la venue des premiers compétiteurs, le jardin des

Roses de la princesse Kriemhild connaît une incroyable floraison.

La chevalerie entière se rend au tournoi de Worms, et si Parzival, une fois encore, en est le seul absent, c'est qu'il demeure perdu dans quelque montagne lointaine, à la recherche d'une trace de Montsalvat. Tous les autres répondent à l'appel : les morveux et les chenus, les braves et les tremblants, les noirauds et les blonds, les Francs, les Normands, les Bretons vassaux d'Arthur, les sombres fils de Rome, et les champions poilus des peuplades lointaines. Des milliers de destriers et des milliers d'épées, tous dotés de noms propres et d'histoires singulières. Des milliers d'écus aux couleurs de leurs champions et autant d'écuyers, cinq fois plus de suivants. Montés sur leurs éperons comme coqs sur une barrière, ils défilent à la tribune où se pressent les dames de Worms, voilettes au vent. Les mouchoirs pleuvent sur le pré, ramassés d'un moulinet de lance et rendus immaculés aux pucelles rougissantes. Les mille guerriers à la parade se chauffent les sangs, impatients d'en découdre sous les regards des femmes. La dernière d'entre elles, la plus lointaine, est par surcroît la plus charmante. C'est elle que tous désirent, en premier chef. On ne distingue presque rien de ses traits, pourtant : deux yeux émeraude, une carnation laiteuse, des bras fins, une gorge menue. Les traits de Kriemhild sont presque entièrement dissimulés par un voile de gaze verte. C'est Brünnhilde, encore, qui a eu cette idée. Que Siegfried prouve son ardeur, ses mérites. Qu'il vainque, par amour pour sa femme, tous les guerriers de la terre. Et tandis qu'ils avancent, l'un à la suite de l'autre, jetant vers Kriemhild les vœux de la passion la plus courtoise, la plus profonde, un funeste pressentiment vient ternir la joie orgueilleuse de la princesse. Le dernier à la saluer va tête nue ; il a le poil brun et dru, un nez fort, l'air revêche, et lorsqu'il lui sourit elle croit voir des flammes s'allumer dans ses yeux. Dietrich von Bern n'est venu à Worms que pour l'ivresse de la compétition, voilà qu'il découvre une raison nouvelle d'emporter ce tournoi. Hildebrand, dans le public, observe avec crainte la métamorphose de son prince. Dieu nous vienne en aide, murmure-t-il à l'adresse de son fils, debout à ses côtés. On dirait que Dietrich est tombé amoureux.

Au terme d'une semaine de joute, sur les mille prétendants, ne demeurent, vous le saviez, que Siegfried et Dietrich. Le premier est invincible, la peau durcie par le sang du dragon du tilleul. Le second est filleul du diable et galvanisé par un sentiment d'autant plus violent qu'il lui est inconnu. Les guerriers fixent en secret les termes d'un duel final : vendredi, au point du jour, dans le jardin des Roses. On se battra au premier sang. La princesse seule en sera spectatrice, privilège d'être motif et prix du combat. Siegfried n'a rien perçu de la manigance, n'a participé au tournoi que pour complaire à son suzerain. Depuis des mois, il est occupé à se défaire de la malédiction de l'or des nains. Chaque nuit, quittant magiquement le lit conjugal, il se rend dans les grottes de Forêt-Noire où son trésor est dissimulé, pour se charger d'autant de richesses qu'il peut en porter et courir les jeter au plus profond du Rhin. Par crainte que l'or maudit ne soit un jour retrouvé, Siegfried n'a pu demander aucune assistance, ni parler de son projet à qui que ce soit. Aussi, chaque matin revient-il plus fatigué que la veille, et chaque nuit repart-il poursuivre cette tâche harassante, qui prend une année entière tant sont fabuleuses les richesses des Niebelungen. Le jour du duel avec Dietrich, il n'est de retour à Worms qu'une heure avant le lever du soleil. Kriemhild feint de dormir dans le grand lit commun. Siegfried rince son visage dans le bol de toilette, change d'habit, se cherche du regard dans le tain du miroir. Puis il embrasse sa femme sur le front, ramasse son épée et s'en va risquer sa vie sans raison. Il est si épuisé qu'il n'a pas vu que son arme a été remplacée. Que Hagen, profitant de son absence, a substitué à Balmüng une lame d'entraînement au fer mal trempé.

Voici l'aube d'été. L'air est doux. Dietrich attend depuis des heures, déjà, Naglringr hors du fourreau. Le feu de la passion brûle dans ses veines et sa bouche fume un peu. Le soleil point en rouge, détourant sa silhouette contre le ciel sanglant. Voici qu'arrive Siegfried, le dos un peu voûté, les yeux baissés, l'air las. Salut, fait-il à l'adresse de son adversaire. Il regarde alentour, cherche des yeux la princesse au voile vert, pour l'honneur de laquelle il combat ce matin. Les roses aux longues tiges balancent mollement. Salut, répond Dietrich, qui poursuit dans un même souffle : n'essaie pas de te défendre, sinon je te tuerai. Cette femme est à moi. D'un geste du poignet, il coupe la tête d'une fleur dont les pétales s'éparpillent et s'envolent, écarlates. Nous allons voir ça, rétorque Siegfried. La dame arrive à son tour. Elle est vêtue de vert. Sa robe et sa cape flottent. Ses cheveux dénoués sont d'un roux flamboyant. Le visage dénudé, elle semble plus belle encore aux yeux du prétendant. Siegfried cligne des yeux : il croit avoir rêvé. Pare au tout dernier moment un premier coup furieux. Kriemhild, fait Siegfried, en reculant d'un pas. Dans son poing ne reste déjà que le moignon de son arme brisée. Défends-moi, mon époux. Le vent du matin cueille et disperse les mots murmurés. Dietrich charge, c'est un sanglier furieux, il charge encore. Siegfried, arc-bouté, recule sous ses assauts. Ses bottes piétinent les fleurs, les cassent, les arrachent. Naglringr trace des sillons noirs dans la terre éventrée. Le prince pare de ses bras, de ses mains, il couvre son visage, et la lame de Dietrich glisse sur son cuir invincible, dérape sur la peau nue. Siegfried trébuche, l'ennemi lui tombe dessus. Nez contre nez, corps contre corps. De courtes flammes bleues viennent lécher les lèvres de Siegfried. Cesse de te défendre, crache Dietrich, rage froide, désir fou. Cesse de te débattre, je l'ai dit, sinon je te tuerai. Siegfried essaie de se libérer encore, les reins bloqués sous la masse, il s'agite sans espoir. De la garde de l'épée, on lui cogne le front à toutes forces : une fois, deux fois. Trois fois. Les impacts l'étourdissent, l'aveuglent. Il voit la lame magique monter, s'abaisser après avoir percé le ciel. Kriemhild ne distingue plus son mari roulé dans un massif; penchée vers lui elle pleure. Saigne ! crie maintenant Dietrich, rouant de coups de poing le visage de son rival, l'haleine roussissant les cils de Siegfried qui tente en vain de s'échapper. Saigne ! Les chocs sur la face empêchent de penser. Il est tellement, tellement fatigué. Approche-toi, râle enfin Siegfried pour signifier sa reddition. Les coups cessent. Dietrich se penche. Je te retrouverai, susurre le prince. Et, tandis qu'il dit ces mots, une goutte de sang coule hors de ses lèvres : il s'est cisaillé la langue avec ses propres dents. Dietrich fronce les sourcils, interdit, quand un crachat lourd s'écrase au milieu de son front. Il l'essuie, étudie calmement sang et glaire sur ses doigts. Puis se redresse, le visage illuminé, alors que le jour se lève pleinement, tirant aux trois protagonistes des ombres gigantesques. Siegfried reste couché dans son lit de fleurs chiffonnées. Il ne veut rien savoir de ce qui va suivre. Contre le ciel, les pétales se dispersent, neige écarlate, papillons de juillet.

Je m'arrête ici de raconter un peu. Me sers un verre de vin claret pour me baigner la voix. La mère des nuits est profonde. Elle est douce et épaisse ainsi qu'un édredon. Je tourne la bûche dans l'âtre et souffle sur la braise. Qui se soucie de Kriemhild, de ce qu'elle peut désirer ? Qui souffre avec Brünnhilde, trompée, ravie, déchue de son pouvoir ? Ce sont des histoires d'hommes que je raconte ici. La mère abandonnée. La femme prise. La veuve désespérée.

Attendons encore avant d'y retourner. Écoutons

le feu qui pétille, le vent faisant jouer les vieux gonds des volets. Rien ne presse. Le drame, depuis longtemps, est noué. Buvons un peu encore et puis tendons l'oreille. Entendez-vous les sabots qui approchent ? le piaffement du cheval frissonnant dans la neige ? Voilà qu'on frappe à ma porte. Inutile de m'apprêter : rien dans mon apparence ne peut être mis en valeur. J'ouvre à mon visiteur.

C'est Parzival. Il entre dans la cabane. Tout en blanc, du bas comme du haut. Il tape ses pieds pour faire tomber la neige, secoue sa cape. De l'eau et de la boue s'épandent sur mon seuil. Le chevalier se dévêt, s'approche du foyer, frotte sa barbe qui a poussé, s'étire et fait craquer ses mains. Bonsoir, dit-il enfin. Il fait un temps affreux. J'ai marché une année durant, continue-t-il. J'ai traversé nombre de pays et de saisons sans retrouver une trace du château de Montsalvat. J'ai rêvé chaque nuit du Graal, du roi à l'agonie, de la reine pêcheuse. J'ai eu la nostalgie de mon propre château et de ma propre épouse, quittée dès le lendemain de nos noces. J'ai prié à tous les carrefours et vaincu chaque péril qui surgissait sur la route. Je suis fort las. Auriez-vous quelque chose pour réchauffer mon cœur ? Le chevalier est magnifique avec ses prunelles d'eau claire, ses rides de sagesse toutes neuves au coin des yeux. Il ne m'a pas vue, encore, et je l'étudie sans pudeur en finissant mon verre. Ensuite je me glisse dans les ombres qui dansent, me coule auprès de lui.

Pour réchauffer ton cœur ? commencé-je. Es-tu bien sûr que ce soit cela qui importe à présent ? Il cherche l'origine de la voix qui siffle et qui grince.

Se penche et me découvre tout comme vous me voyez. Minuscule, tassée, écrasée, édentée, le crâne nu, l'œil jaune, usée jusqu'à la trame. Qui… qui êtes-vous ? bégaie-t-il, tremblant soudain malgré le feu, reculant malgré lui.

Je suis la voix qui parle dans la nuit. Je suis toutes les histoires du monde. Je suis Cundrie, la sorcière, et tu vas rester ici le temps d'entendre ce que j'ai à te dire.

Tu as failli à Montsalvat. Le monde aurait guéri si tu avais prononcé les bonnes paroles.

Je… je sais déjà cela.

Amfortas est ton oncle, tu ne l'as pas reconnu. Répanse de Schoye est ta cousine, tu ne l'as pas reconnue.

Pardon. Ça n'a pas d'importance. Je vais continuer de chercher. Je retournerai au château du Graal.

Tais-toi, imbécile ! Lorsque tu es parti, ta mère a manqué mourir. Elle ignore encore si tu vis ou bien si tu es mort, et n'existe que dans l'attente d'une réponse. Ton épouse ne règne pas dans son propre pays, ses vassaux ont pris prétexte de ton absence pour faillir à leurs obligations. Quant à l'époux de la femme que tu as violée, il est à ta recherche. Il te trouvera bientôt, et te tuera.

En chaque chose, tu as échoué.

Parzival ne répond rien. Il serre les poings, la mâchoire. Plus tard, sans ajouter un mot, il tourne les talons et s'en va de chez moi. Je m'offre encore un peu de vin. Ne demeure du passage de ce héros de légende que quelques souillures sur le pas de ma porte. La mère des nuits est encore longue.

Maintenant qu'il est parti, je peux reprendre mon récit.

Nous sommes de retour à Worms, au palais du roi Gunther, dans une salle immense ornée de hauts vitraux, de grandes tentures et de beaux tapis. Deux femmes, sur le banc sculpté, conversent à voix basse. Brünnhilde, ma sœur, comme je suis malheureuse. Qu'y a-t-il, belle Kriemhild ? Mon mari est parti, il a quitté la cour. Il cherche par monts et vaux mon amant d'un jour et promet de le tuer. Il ignore tout de sa force ; j'ai été dans les bras de Dietrich, je sais qu'il est puissant. Brünnhilde pose une main sur l'épaule de sa belle-sœur. Siegfried est le plus grand des guerriers, lui dit-elle. Lorsqu'il est armé de Balmüng, nul ne peut lui tenir tête. Il s'est de plus baigné dans le sang du dragon et son corps est couvert d'une corne increvable. Ne crains rien pour sa vie : il vaincra et reviendra. Kriemhild plante des yeux tristes dans ceux de Brünnhilde. Elle hésite à parler ; elle parle pourtant. Ce n'est pas tout à fait vrai, avoue-t-elle. À un point de son dos, il existe une faiblesse, là où une feuille de tilleul s'est naguère posée. Siegfried n'est pas immortel. Et s'il meurt dans sa quête, ce sera par ma faute.

La neige continue de tomber. Le monde est blanc et vide. Il n'y a plus de chemins. Plus le moindre signe. Parzival a revêtu le casque de Gahmuret qui rend aveugle et fort. Il avance au hasard. Dans son dos, à la hampe, une colombe palpite. Depuis l'autre côté, son adversaire s'avance, portant sur son écu les couleurs de sa dame : deux roses rouges croisées sur fond de sinople. Son visage est couvert par l'acier du Tarnhelm, Balmüng luit à son côté. Il grimpe au pas le flanc de la colline. S'arrête face au chevalier errant. Parzival reconnaît le blason qui ornait la tente qu'il prit jadis pour une église. Cundrie avait raison, se dit-il, et voici déjà ma mort. Abaissant sa lance, il pique alors des deux vers son ennemi. Siegfried l'attend, le reçoit, l'encaisse. Le choc les arrache de selle, les envoie rouler dans la poudreuse. Ils peinent, sur le dos, à dégainer leurs lames. Se relèvent, pour frapper au même moment précis, épée contre épée, fil contre fil. Leurs casques magiques se heurtent et étincellent. Leurs capes, leurs tuniques blanches se confondent avec la neige que leurs gestes soulèvent. On ignore qui est qui. Siegfried et Parzival se battent pour leur vie sans prononcer un mot. Sans traîtrise ni feinte, en chevaliers qu'ils sont. Le combat est admirable mais leurs montures, indifférentes, soufflent sans le regarder, elles tapent du sabot pour ne pas geler sur place. Et cela dure longtemps, jusqu'au petit matin. Jusqu'à ce que les combattants, vaincus par la fatigue, s'effondrent en même temps dans la neige tassée. Alors, dos contre dos, fumant après l'effort, ils reprennent leur souffle comme de vieux camarades.

J'ai commis envers ta femme un crime irréparable, dit enfin Parzival. J'étais ignare, alors, et n'ai compris mes torts que des années plus tard. Sache, si cela peut y changer quelque chose, qu'elle n'est en rien complice de ce qui s'est produit. Elle ne voulait pas de moi, ce que j'ai obtenu, je l'ai pris par la force. Son honneur parfait demeure sans tache. L'innocence est le pendant de la culpabilité, je suis quant à moi impardonnable. Je ne te demande pas de m'excuser et si tu souhaites ma vie pour repayer l'affront, je te l'offre volontiers. Mais laisse-moi seulement, pour la grâce de Dieu, achever ma mission. Je sais un endroit où tout doit se résoudre, ne me manque qu'un peu de force et de courage pour le rejoindre. Fais-moi merci cette nuit et je me rendrai à toi demain. Siegfried regarde le ciel, les nuages qui passent à toute vitesse devant les mille étoiles. Tu peux aller, dit-il. Je ne peux rien y faire. Il lève un bras las et, du bout de son gant, caresse dans la nue la pâle Voie lactée. Je croyais m'être délivré du trésor maléfique, mais l'or maudit est partout. Il est au-dessus et au-dedans de nous. Vis ta vie. Disparais. Alberich avait raison : il n'y a nulle part désormais où je puisse me cacher.

C'est la dernière fois que Siegfried croise l'un de ses pairs. Sa carrière de chevalier est terminée. Bientôt, par la perfidie d'une femme et la naïveté d'une autre, il se videra sans se battre du plus gros de son sang. Cela même ne le surprendra pas. Il s'est fait une raison. Quelques mots du nain sorcier, plus sûrement que n'importe quel adversaire, plus violemment que n'importe quelle armée, ont abattu le héros. Qu'importe que la malédiction n'ait jamais existé. Ce qui compte, c'est le crédit qu'on peut lui accorder. Siegfried s'est dépouillé en vain de toute richesse et de tout pouvoir. Il va mourir et d'autres, moins héroïques, vivront.

Dietrich von Bern et Hildebrand reprennent

leur vie d'errance. Revenu de Worms champion, le chevalier a gagné en prestige. On tâte son biceps, dans le camp d'Attila, on jauge sa stature. Les Huns l'estiment grandi, au moins deux pouces par la hauteur et un par la largeur. Dietrich redit ses combats cinq fois, dix, jusqu'à lasser. Hildebrand prend des nouvelles du monde. À Vérone, l'agonie d'Ermanaric s'éternise. De nouveaux monstres hantent le Tyrol. On y retourne, clame Dietrich au vieux guerrier, on poursuit notre voie d'errance et de batailles. Et les voilà bientôt debout sur la moraine d'un glacier, leurs chevaux abandonnés à l'agonie, les jambes brisées par des pierriers mal sûrs, sur les talons d'un être haut comme une cathédrale et hérissé des centaines d'arbres poussant à même sa peau. Rien au-dessous d'eux que le vide, les nuages noirs et le sol escamoté. Rien au-dessus que le ciel, où tournent des charognards lents s'apprêtant au festin. Hildebrand trébuche à chaque pas, Dietrich bouillonne, des étincelles giclent de ses oreilles. Vasolt, le géant, se nourrit de jeunes filles qu'il prend dans les maisons des hautes vallées. Il est le fils de Grim et de Hilde, ces monstres que nos aventuriers ont naguère vaincus. Vasolt court dans la pente, s'élance vers le sommet, Dietrich le suit de près, derrière eux le maître d'armes peine. Il glisse une fois encore, un rocher se disjoint, la pente, sous lui, s'effrite. Dégringole. Ne te retourne pas ! crie-t-il à son élève qui ne lui jette qu'un œil. Le vieux reste en équilibre sur un éperon rocheux, en surplomb d'un dévers colossal. Les vautours s'approchent. Crachant une gerbe de flammes, Dietrich reprend la poursuite. Sur la crête, Vasolt acculé ralentit enfin. Le chevalier plante Naglringr jusqu'à la garde dans l'arrière de son pied, prend appui sur son arme et se met à grimper. Marche après marche, coup après coup, il se fraie ainsi un chemin jusqu'à l'épaule du géant, traversant le pays abrupt de son dos, les vallons, les bois baignés de cascades qui coulent le long de ses flancs. Je suis Dietrich von Bern, crie-t-il à l'orée de la grotte qui forme son oreille. J'ai tué Hilde et Grim, qui étaient tes parents et les plus grands géants que la terre ait portés. Tu ne survivras pas au feu de ma colère. Soumets-toi, plutôt, libère tes prisonnières, amende-toi, fais-toi chrétien ou péris. Vous devinez ce qui advient ensuite : les montagnards retrouvent leurs pucelles, Vasolt se change en montagne du piémont tyrolien, Dietrich reprend sa route. Hildebrand, égaré dans la bataille, le précède de quelques jours. Le bouillant chevalier marche seul, il songe à ses exploits. Et entre, sans y prêter garde, dans la forêt d'automne.

Parzival s'y rend aussi, pour le combat qui doit les opposer. Le jour qui suit sa rencontre avec Siegfried, afin de remercier le Ciel d'être toujours en vie, il se rend dans la première abbaye qu'il trouve sur son chemin. Il y mène plusieurs mois l'existence pieuse des moines, œuvrant aux mêmes tâches, partageant leurs repas et leurs prières dans la nuit. Le Vendredi saint, après avoir confessé ses péchés, il communie au corps du Christ. Vous ne pouvez demeurer en notre compagnie, le prévient le père abbé. Vous avez une tâche à accomplir dans le monde. Il est de mon devoir de retrouver le Graal, accorde Parzival, et de retrouver ma mère pour l'assurer de mon amour et la mettre à l'abri derrière les murs de mon château. À peine a-t-il quitté le havre qu'il découvre, dans un fossé du bord de la route, les corps morts de deux jeunes gens. Celui de l'homme n'a pas de tête. La femme porte une robe rouge, elle est morte sans desserrer la tendre étreinte qui la liait à lui. Parzival met pied à terre, s'agenouille aux côtés de Sigune et de son frère, et prie pour leur salut. Puis, à l'aide de son épée, il creuse dans le sous-bois deux tombes de bonne taille où il les couche au repos. Pour le vent seul, il chuchote de maigres mots d'adieu. Deux pousses vertes se tirent alors de la terre noire, fraîchement tassée. Parzival sait que plus jamais la malheureuse ne viendra le tourmenter de ses augures. Il remonte sur son cheval et entre à son tour au bois d'automne.

Tout est orange et brun, doré dans la lumière. Dietrich et Parzival vont sur la même sente, chacun dans son sens. Ni l'un ni l'autre ne regardent où le chemin les mène. Ils pensent à leurs exploits, à leur destin sublime, à la gloire qui attend. L'héritier de Vérone est obnubilé par le trône. Le champion de Montsalvat obsédé par le Graal. Parzival n'aperçoit Dietrich qu'au moment où les chevaux se cabrent. Hors de ma route, intime-t-il, tandis que les mêmes mots sortent, comme en écho, de la bouche de Dietrich. Recule, essaie-t-il, et Dietrich lui intime la même chose. Je suis le plus grand chevalier du monde, continuent-ils, l'autre disant en même temps chacun des mots que l'un prononce. Cesse ce jeu infantile ! ordonne Dietrich à Parzival, Parzival à Dietrich. Il suffit, concluent-ils. Défends-toi. Et le combat commence, furieux, impitoyable. Les feuilles des arbres tremblent, elles tombent à chaque souffle puis pleuvent au ralenti, se posent tout autour dans un froissement doux. Les animaux sauvages approchent pour admirer. Dietrich est si furieux que seul Hildebrand pourrait maintenant apaiser sa rage. Hildebrand n'est pas là. Parzival, mieux instruit, devrait cesser de lui-même ; mais le casque de Gahmuret le rend puissant et bête. Alors les deux s'affrontent, comme des chiens affolés, ils se cognent, se bousculent, se crient les mêmes menaces, éructent les mêmes insultes. Deux frères jumeaux, deux reflets dans un miroir, sans espérance pour l'un ou l'autre de vaincre jamais. Du plat de son épée, Parzival fait voler le casque de Dietrich. Du pommeau de la sienne, Dietrich arrache le heaume de Parzival. Alors, l'enchantement se lève. Le vent s'apaise. Les guerriers baissent leur garde et les bêtes se dispersent, disparaissent en trois bonds. Dietrich et Parzival se reconnaissent pour pairs. Quelle absurdité, disent-ils à voix basse, l'un pour l'autre et pour eux-mêmes. Songe que nous avons failli nous occire mutuellement. Ils se saluent d'un geste symétrique et, faisant écart, se cèdent la route. Ils poursuivent ensuite leur chemin, sortent de la forêt orange et vont vivre, séparément, les dernières aventures que leur destin réserve.

Voilà pour les trois héros, les trois destinées des trois chevaliers, incapables de se croiser sans se battre, ni de triompher d'une façon ou d'une autre. Siegfried, Dietrich, Parzival s'acharnent dans l'échec, ils répètent leurs erreurs. Ils n'apprennent qu'à grand-peine et bien trop lentement. Leurs actions sont lourdes de conséquences sur les gens, sur le monde. Afin de mener ce qu'ils croient être une vie remarquable, ils saccagent, ils brisent. Ils prient parfois, font pénitence, et se voient pardonnés. Ils ne conçoivent pas la portée de ce qu'ils mettent en branle. Ils ignorent le chaos qu'ils engendrent. L'âge des chevaliers s'achève et celui qui s'ouvre maintenant n'a pas encore de nom.

Siegfried part, des jours durant, sans armes ni écuyer, se perdre dans les landes. Il déserte la cour, la compagnie du roi, l'entretien de sa femme. Le mal gagne en lui et le ronge : il voit le vice caché derrière chaque action, la mort au travail dans l'enfant à peine né. Les mots les plus simples se chargent d'échos funestes, les paroles les meilleures deviennent mesquinerie. Rien de ce qui fait la vie ne l'intéresse plus. Gloriole, tyrannie, vanité. Ses repas ont goût de fiel, ses embrassades la froideur du linceul. Voilà pour le travail de l'or maudit. Siegfried en a conscience. Il court à travers bois, ne parle qu'à la biche, qu'au sanglier, qu'au lièvre. Il dort à même le sol, erre dans les terres désolées. Au héron il demande : que dois-je faire ? Comment puis-je continuer ? L'oiseau le jauge un temps, hoche la tête, change de patte d'appui. Siegfried a dix-huit ans et son histoire s'achève. Il me reste encore deux pièces du trésor maléfique, songe-t-il un matin. J'ai Balmüng, l'épée magique, garante de mes victoires. Et j'ai le heaume Tarnhelm, gage de ma liberté. S'il n'est pas déjà trop tard, il faut que je m'en débarrasse. Mais, cette résolution prise, Siegfried ne peut s'empêcher de solliciter le casque une fois dernière. Kriemhild la rousse se rend malade d'inquiétude, raisonne-t-il, s'aveuglant à dessein. Si je parviens à comprendre ce qui lui fait tant de peine, sans doute pourrai-je alléger le fardeau de cette souffrance. C'est décidé : je vais mettre le Tarnhelm et me rendre invisible pour, auprès d'elle, passer la matinée. J'irai ensuite au fleuve et me délivrerai des derniers objets du trésor de Fafnir.

Il trouve son épouse en compagnie de la reine et de Hagen. Tous trois sont allés marcher dans le dédale de ronces par-delà le jardin, là où personne ne peut les suivre ou les surprendre. La princesse rousse au teint fragile, la reine blonde aux épaules larges et l'homme fin au poil brun échangent en chuchotant, leurs têtes proches les unes des autres. Un courant d'air les suit, sans forme ni couleur. Siegfried est en danger, murmure Kriemhild. Avant de m'épouser et de venir à Worms, il a conquis des fiefs aux confins de ce monde. Il a fait siennes les richesses de ces terres et, sans en parler à quiconque, les a dissimulées pour ne pas attiser l'envie. L'existence de ce trésor met sa vie en péril. De quoi serait capable un homme cupide qui en aurait connaissance ? N'ayez crainte, répond Hagen, frottant sa barbe mince. Quand bien même on viendrait à le savoir posséder tant de merveilles, Siegfried est le chevalier le plus vaillant du monde. Jamais il ne parlerait. N'est-il pas invincible ? A-t-il jamais été défait ? Une rougeur fugace teinte les joues de Kriemhild. Brünnhilde lui prend le bras, l'amène au plus profond du labyrinthe. Ton mari, je le crois, a besoin de notre aide. Il a perdu le goût du commerce des hommes. Gunther, mon époux, le sollicite en vain pour gérer le pays. Il ne fait que courir par monts et vaux, aboyer avec les dogues. Armons une expédition pour lui. Organisons une chasse. Partons traquer le lion dans les montagnes noires. Peut-être n'a-t-il besoin que d'un peu de sauvagerie pour raviver ses sangs. Une chasse, ma sœur ? Mais tu n'entends donc pas ? Je te dis qu'il est en péril et tu comptes le livrer à un danger plus grand ? Siegfried a des points faibles. Il peut être tué. Ils avancent encore un peu, en silence. Hagen feint de réfléchir. Autour d'eux, les murs d'épines se sont encore approchés. Ils parviennent à la salle centrale, au petit banc, à la fontaine sèche. Brünnhilde m'a parlé de la feuille de tilleul, finit par avouer le fils du sorcier. Si vous cousez sur son habit une croix à l'endroit précis de la faiblesse, je m'assurerai de toujours le protéger de mon corps. Organisons cette chasse, renchérit Brünnhilde. Ne pensez plus à ce trésor que personne n'a vu. Nous allons rendre à Siegfried le goût de vivre en homme.

Au bord du Rhin énorme, le soir même, le héros se recueille. Le cours d'eau est opaque. Rien ne brille dans les fonds. Quand il noie le Tarnhelm, le heaume coule aussitôt ; le fleuve s'est à peine entrouvert, aucune trace ne demeure. Siegfried dégaine Balmüng, hésite, reprend son épée. Il a peur, un petit peu. Peur de souffrir à l'heure où la mort le prendra. Peur de mourir lâchement, de supplier son assassin. Avoir une lame qui bat sa jambe à chaque pas le rassure. Une fois le soleil tout à fait disparu, il fait demi-tour et reprend le chemin du château de Gunther. Au dos de sa tunique, sous son omoplate gauche, une croix de fil rouge est cousue à gros points.

La chasse est une entreprise de centaines de guerriers, de destriers, de pages, d'écuyers et de chiens. Dix jours de voyage en remontant le fleuve. La traversée en bac sur des flots impétueux. La marche dans la plaine jusqu'aux flancs bleus de l'Odenwald. On traque et tue une ourse avec ses deux petits. Grimpe à fond de vallée tout le long d'un ruisseau. Les olifants résonnent, les bêtes sauvages détalent. Du haut des cols on s'émerveille de la petitesse du monde en contrebas. Siegfried participe aux traques, aux battues, aux mises à mort. Il mange le foie cru d'un cerf à bois de corail. Suit trois journées durant la piste d'un lion blanc. Rit aux plaisanteries de Gunther, de Gernot, de Gisheler. Hagen, le fourbe Hagen, n'est jamais loin de lui, quelques pas en retrait, et son œil brille de haine et de jubilation contenues. Siegfried joue son rôle. Il se lève chaque jour sans être sûr de connaître un nouveau soir. Feint de prendre plaisir à cette aventure organisée pour lui. Il songe à son épouse Kriemhild, qu'il n'a eu le temps ni de connaître ni de comprendre, à la façon dont ses succès ont accouché de sa perte, au lien secret qui unit les triomphes aux défaites.

À la dernière veillée, le roi fait donner un festin en plein bois. Des feux immenses sont dressés pour rôtir les viandes. On met en perce des tonneaux de vins épicés, entonne des chants de guerre, danse autour des foyers les danses des chasseurs de naguère, qui imitent les animaux dans leurs gestes et leurs cris. Puis on mange d'abondance, boit jusqu'à tituber. L'assiette de Siegfried n'est jamais vide, sa coupe se remplit comme par magie. Hagen veille à ce que le héros ait toujours la bouche pleine. Une ronde furieuse l'entraîne à travers la clairière. Il ne se rassied que pour manger encore un peu. Se rince le gosier d'une longue lichée. Le sel, les graisses, les épices brûlent sa bouche. Il veut se saisir d'un broc d'eau mais celui-ci s'échappe. On vient le chercher pour une nouvelle danse. Siegfried titube jusqu'à un seau mais, avant qu'il n'y parvienne, le récipient est renversé d'un coup de pied malheureux. Encore un peu de viande, encore du vin. La soif se fait insupportable. Nulle part, semble-t-il, il n'y a plus d'eau claire. Ne reste que le ruisseau, à peine en contrebas. Siegfried doit se défendre pour ne pas se voir ravi par une sarabande de plus, non, non, fait-il, pas maintenant, je reviens, et il s'éloigne du cercle de lumière, s'enfonce dans le sous-bois, repousse à tâtons les branchages, se guide au bruit de la source. Trois pas derrière lui, Hagen le suit, son épieu à la main.

Siegfried défait sa ceinture. Il laisse tomber Balmüng, met un genou à terre. Se penche pour piéger une gorgée dans le creux de sa main, l'eau dégouline contre son menton. Peste, fait-il, en se baissant plus bas, en s'allongeant à plat ventre. Le ru sent la terre humide, la glaise. Siegfried plonge son visage dans le flot et boit. Hagen le regarde. Il a écarté du pied la lame magique. Sur la hampe de son arme propre ses mains s'ouvrent et se ferment. Il ne ressent aucune presse, il attend qu'en lui se fasse le calme du veneur. Son ennemi continue de s'abreuver, à chaque goulée le dos se soulève, et puis la tête reparaît enfin, mèche mouillée contre la joue, Siegfried inspire profondément, les yeux dans le vague. Hagen n'attend pas qu'il replonge, il frappe à toutes forces et en visant la croix. Le pieu perce au travers de l'habit, s'enfonce dans le dos presque jusqu'au bout. Du sang gicle dans le ruisseau, par la bouche et le nez. Hagen recule d'un pas, désarmé, terrifié soudain de voir que Siegfried vit encore. Le héros se redresse, assis d'abord, puis à genoux. Il cherche Balmüng des mains. Deux paumes de bois aigu lui sortent du poitrail, le trou est gros comme le poing. Siegfried ne trouve qu'une branche qu'il saisit et, en un seul mouvement, soulève puis abat contre la face de Hagen : le bout de bois éclate, manque d'arracher la joue, l'œil du fils du sorcier. Ç'aurait été une lame, songe-t-il, j'aurais été tranché en deux. Il palpe son visage, sans savoir si le sang qu'il étale est le sien ou celui de sa victime. Après son dernier effort, Siegfried se laisse aller dans l'herbe rare. Il ne bouge presque plus. Râle un peu. Ça fait très mal, et puis c'est terminé. Hagen attend. Il écoute les bruits de la cour, à peine plus loin, sa propre respiration qui va en s'apaisant. Il doit maintenant prévenir Gunther. Le prince Siegfried est mort. Le traître crache entre ses bottes et retourne à la fête.

Trois jours de battue dans l'Odenwald. La recherche vaine des brigands, assassins de Siegfried, que Hagen dit avoir mis en fuite. Cinq jours de procession jusqu'à Santen. Le radeau couvert de fleurs où gît le prince, son épée sur le ventre. Les nixes et les ondines suivent de loin le dernier voyage de leur ami. Et puis la colonne immense, venue de Worms pour la cérémonie funèbre. Le petit village natal, au bord du Rhin, n'a jamais vu tant de richesses. Mille valets, mille dames d'honneur pour Kriemhild seule, au centre du tableau. Voilée une fois encore, mais de noir cette fois, et voilée pour toujours. Le bûcher est très haut, entièrement de bois blanc. Les parents penchent la tête, éreintés de douleur. Gunther se frappe le torse, il crie son désespoir : c'était mon seul ami. Brünnhilde le maintient debout, cherche à tempérer ses gestes. Le prêtre boute ensuite le feu. Les flammes montent. La dépouille se consume. Cela dure un après-midi entier. En même temps que le soir, arrive une tempête. L'assemblée court se mettre à l'abri de la pluie pour parler. Partager des souvenirs. Percer des barriques de vin et délayer les larmes. Les cendres sifflent, pestent, s'éteignent sous la pluie. Seules sont restées, à la toute fin, la veuve et cinq de ses suivantes. Kriemhild approche du foyer encore chaud. Tout a brûlé, en apparence. Rien ne demeure. Alors, sans craindre les brûlures, la dame plonge un bras ganté dans les braises encore rouges et retire du chaos de charbons la lame intacte. L'arme magique des Niebelungen, l'épée Balmüng, survivant à son maître. Siegfried a été assassiné, dit simplement Kriemhild, et ses bourreaux périront.

Treize années passent. La paix règne chez les Burgondes. Gunther a promu Hagen conseiller. La farouche Brünnhilde règne sur la domesticité. La sœur du roi, Kriemhild, s'est retirée sur son île au beau milieu du Rhin, avec pour seule compagnie les nuages qu'elle contemple par sa fenêtre et les roses écarlates qui poussent sous son palais. La veuve ne quitte pas le deuil. Il lui semble parfois que le monde entier, sauf elle, a oublié Siegfried. Cela fait des années qu'elle ne parle plus à son aîné. La dernière fois qu'elle l'a fait elle a demandé : le trésor, qu'en avez-vous fait ? L'or de mon mari ? Et Gunther l'a regardée avec douceur et condescendance, comme si elle était tout à fait folle. Je ne sais pas de quel trésor tu parles, ma sœur. Kriemhild s'en est alors retournée jusqu'à son ermitage et le roi a fait sortir Hagen, qui assistait à l'entretien de derrière une tenture, et celui-ci a déclaré : méfiez-vous d'elle, Gunther. Kriemhild nous blâme pour la mort de son époux et sa colère n'est pas près de tarir.

Puis vient le moment où meurt de maladie l'épouse d'Attila. Le roi hun en est très affecté. Quand Dietrich von Bern vient le voir sous sa tente, il le trouve pâle, amaigri et fébrile. Vous ne devriez pas demeurer abattu, dit-il. Venez avec Hildebrand et moi lors de notre prochaine aventure. Il y aura des nains et des géants, des dragons. Ce genre de monstres m'ennuie, rétorque Attila. Je n'aime que les femmes. Il y en aura aussi, promet Dietrich, qui enchaîne sur le récit de son duel dans le jardin des Roses. L'intérêt du guerrier est soudain en éveil. Décris-moi encore cette dame, cette Kriemhild. Et c'est de cette façon qu'Attila s'informe de l'existence de la veuve de Siegfried, et qu'il se résout sur la foi des descriptions de Dietrich à la demander en mariage. Il faut, pour transmettre son offre, un messager fiable. Attila choisit Feirefiz, le bras droit du baruch. Pour la première fois, le chevalier païen laisse la vallée du Danube pour rejoindre celle du Rhin. Parvenu à Worms, il présente l'offre du roi à la future épouse, avant d'aller à la cour en parler à son frère. J'y consens, dit aussitôt Kriemhild, à condition que mon époux m'accueille chez lui, et que tous ses soldats me prêtent allégeance. Eh bien, hésite Gunther, il me semble que c'est une bonne chose. Refusez ! éructe Hagen. Retenez-la ! Ne voyez-vous pas que vous armez son bras ? Vous viendrez à la noce, promet Kriemhild à tous. Elle sera célébrée au printemps, dans le camp de mon mari. Et Feirefiz repart porter la bonne nouvelle.

C'est sur le chemin du retour, dans une terre inculte de marais et de brumes, qu'il rencontre Parzival. Ce dernier, de long temps, avance tête nue : il a choisi la lucidité sur la force, aussi ne se trompe-t-il pas sur les intentions du chevalier. Chevauchons de concert, propose-t-il. Ce pays est dangereux, ne prenons pas le risque de nous perdre. Ensemble nous courrons moins de risques que séparément. Ils restent pourtant pris dans ce lieu pendant quarante jours. Le ciel, la terre et l'eau se confondent tout à fait. Le soleil peine à percer dans les brumes et les traces de pas s'effacent, les poteaux plantés gîtent, s'effondrent. La terre molle avale tous les signes. Chaque jour ils cheminent jusqu'à la venue de la nuit, puis allument des feux de tourbe et s'accompagnent dans le sommeil en se racontant leur vie. Ils commencent à rebours, remontant vers l'enfance. Le dernier soir, Parzival et Feirefiz prononcent chacun le nom de Gahmuret leur père, et se tombent dans les bras. Le lendemain, à l'aube, les frères sortent du dédale. File accomplir ton devoir, dit Parzival au carrefour où ils se séparent, puis viens me retrouver. Je l'ignorais jusqu'alors, mais je sais désormais que tu es la clé de Montsalvat. Nos retrouvailles et ta conversion achèveront de sceller la paix sur cette terre. Puis ils s'embrassent longuement, les deux moitiés parfaites : le blond et le brun, le chrétien et le Maure, la colombe et l'échiquier. Attila, impatient, attend son messager depuis des mois, au bout de sa vallée. Kriemhild est en chemin, lui crie Feirefiz, de loin. Alors le chef de guerre, fléau de Dieu et soldat sanguinaire, se tourne vers Bléda, son frère, et déclare : que l'on ne songe plus qu'à la fête, ce jour se lève sur un temps de grande joie.

Kriemhild le rejoint aux premiers froids d'automne. Une tente lui est réservée à l'extérieur du camp. Attila n'a baisé ses mains qu'au travers de ses gants mais a su jauger, d'un seul coup d'œil, que Dietrich n'avait en rien exagéré sa beauté. Nos noces seront célébrées après les fêtes de Pâques, annonce Kriemhild au païen. Il faut laisser le temps à toute la cour de Worms de venir jusqu'à nous. Tout ce que vous désirez, ma reine, je le mets à vos pieds. Il y a une grande colère dans le port et la voix de la veuve, et Attila aime ça plus que de raison. Kriemhild, déjà, lui a tourné la tête. Elle porte à sa ceinture, comme un homme, l'épée.

Il faut deux saisons aux Burgondes pour arriver au camp des Huns. Partie de Worms après la Toussaint, leur expédition est émaillée d'incidents qui semblent autant de funestes présages. Chaque nouveau jour du long voyage, Hagen tente de raisonner le roi Gunther, de le convaincre de tourner bride. Laissons passer l'année, suggère-t-il d'abord, pour voir quelles relations nous pouvons établir avec votre nouveau beau-frère. Puis, découvrant son seigneur sourd à l'argument : Kriemhild nous a quittés le cœur plein de tristesse, nous trouver à sa noce ne fera que raviver le souvenir de son mari défunt. Et enfin, tandis que la compagnie, malgré les obstacles, s'enfonce en pays étranger : votre sœur nous tient pour responsables de la mort de Siegfried, nous courons à notre perte. Les éléments semblent abonder dans le sens de Hagen. Des blizzards et des crues, des éboulements, des orages, de grands feux de forêt les déroutent ou les retardent. Au moment de passer le Rhin pour en quitter les berges, les Burgondes sont arrêtés dix jours sans trouver de navire. La veille de la traversée, des créatures du fleuve à la peau visqueuse, aux yeux noirs, aux oreilles fendues comme des ouïes viennent les avertir. Les barques seront là demain pour vous emmener. Il est encore temps de renoncer à votre expédition. Pour nombre d'entre vous le passage sera sans retour. Il ne sera pas dit, répond Gunther d'une voix forte, de façon à ce que tout le monde entende bien, que nous avons eu peur de signes et de présages comme de vieilles femmes. Nous irons chez cet Attila, nous le marierons à notre Kriemhild. Nous trinquerons avec lui et chanterons ses hymnes, puis nous rentrerons joyeux jusqu'en notre pays. Qu'à l'heure de célébrer les noces, il n'y ait place dans nos cœurs ni pour la peur ni pour le reproche. Le lendemain, la dernière barque du convoi, prise dans un tourbillon, se brise contre un rocher et coule à pic.

Kriemhild apprend le métier des armes auprès du vieil Hildebrand. Elle se présente grimée en homme pour les premières leçons mais renonce ensuite, percée à jour. Je connais cette lame, dit Dietrich, qui l'observe, et je connais ce parfum. Le chevalier lui tient lieu de partenaire pour les jeux d'entraînement et participe, quand il le peut, à la formation de la dame. Kriemhild est rapide, ses coups sont puissants quoique désordonnés. Dietrich, bientôt débordé par la fougue de sa partenaire, préfère s'en retourner jouer aux dés, boire du vin, filer à travers champs et redresser des torts. Quelques jours après le dégel, tandis que les premières fleurs s'ouvrent dans l'étendue des champs boueux, le guerrier voit arriver la colonne de trois cents cavaliers burgondes, éreintés par la route. Ils sont usés et sales, affamés, meurtris. Épuisés par des nuits sans sommeil, passées à repousser l'assaut de bêtes sauvages. Gunther reconnaît le chevalier des joutes de Worms et fait sonner les trompes en son honneur. Enfin, dit-il, enfin nous voilà en compagnie amie. Puis, contemplant le pays gris et monotone qui s'étire en toutes directions : c'est donc en ces terres que vivra désormais ma sœur. Soyez les bienvenus, répond Dietrich. Nous n'attendions que vous pour commencer la fête.

Il fait encore froid dans ce pays, en cette saison. Je vois des feux immenses, des centaines de lanternes. Des fours creusés dans la colline. Des estrades de bois pour les danses. Des musiciens, des conteurs venus du monde entier. On a tapissé les sols de peaux de mouton beiges. Je vois des jeux entre hommes, des compagnies de femmes plaisantant en deux langues. Je vois des palabres, des révérences, des démonstrations d'amitié d'abord guindées, puis de plus en plus sincères. De tous les visiteurs, Brünnhilde, reine des pays glacés, est la plus à son aise ; pour la première fois depuis que Gunther la connaît, elle lui paraît joyeuse. Les préparatifs vont crescendo. Des prêtres arrivent. Après la cérémonie, les agapes commenceront et dureront une semaine. Seule Kriemhild n'est nulle part en vue. Elle a requis de rester seule dans la tente d'Attila, un palais de toile sombre où brûlent deux encensoirs. Sa robe de soie rouge repose sur la couche nuptiale. C'est toujours vêtue de noir qu'elle commande à Feirefiz, le plus loyal des chevaliers du camp, d'aller quérir Gunther. Fais-le venir ici, dit-elle, et garde-le en ma compagnie, quoi qu'il te dise. Il se peut qu'il te faille utiliser la force pour cela. Le guerrier noir et blanc sort de la tente, obéissant, inquiet. Il cherche le roi burgonde dans la foule animée, l'aperçoit avec ses frères Gernot et Gisheler, en train d'écouter les aventures d'Attila et Bléda. Feirefiz s'apprête à les interrompre lorsqu'une femme le saisit par le bras. N'obéissez pas, lui intime-t-elle d'une voix ferme. Elle est blonde et rose, et sa poigne est puissante. Cela n'a rien à voir avec votre histoire. Abandonnez Kriemhild, laissez Gunther en paix, partez dès ce soir retrouver Parzival. Et Feirefiz baisse la tête, sans savoir d'où lui vient la certitude que Brünnhilde lui dit vrai. Il s'extrait de la cohue, s'éloigne de la foule, monte sur son cheval et quitte la vallée sans un regard en arrière.

Dans la tente, Kriemhild s'impatiente. Gunther ne vient pas. Elle mande deux autres chevaliers, qui eux aussi renoncent à mi-course. La dernière personne qu'elle envoie est Dietrich von Bern et, un instant plus tard, par son entremise, le roi burgonde est là. Le prince de Vérone reste pour garder la porte. Il n'y a personne d'autre. Les sons du dehors ne parviennent qu'étouffés. Kriemhild est debout. Elle n'a pas eu un mot de salutation à l'adresse de son frère, et les premières paroles qui sortent de sa bouche sont : j'exige que tu me rendes le trésor de Siegfried. L'or des Niebelungen repose au fond des flots. Gunther, bien sûr, ne le sait pas. Il n'y a pas d'issue.

Gernot et Gisheler s'inquiètent de ne pas voir revenir le roi mais, dès qu'ils approchent de la tente d'Attila, Dietrich les renvoie. Quand les deux frères vont quérir le chef des barbares pour son intercession, celui-ci donne raison à sa future épouse. Les heures passent. Gunther ne reparaît pas et les Burgondes commencent à s'inquiéter. Bléda, chargé de les rassurer, doit bientôt les contenir. Hagen prévient les guerriers de se tenir alertes. Au milieu de la nuit, les invités et leurs hôtes sont à couteaux tirés. Dans la tente, Gunther pleure. Tu es folle, ma pauvre sœur, je ne peux rien pour toi. Ce trésor dont tu parles, je ne l'ai jamais vu. Hildebrand arrive et Dietrich le laisse entrer. C'est la guerre, annonce le maître d'armes. Gernot et Gisheler ont assassiné Bléda. Attila a vengé son frère en les tuant tous deux. Nos nations sont à la lutte et un sang noir souille les nappes du festin. Rendez-vous à la raison, ma dame, réconciliez-vous avec votre frère, sortez tous deux pour mettre un terme à ce massacre. Un long silence suit. C'est étrange à quel point on n'entend rien, d'ici. À quel point on peut rester sourd aux hurlements, de rage comme de douleur. Les yeux de Kriemhild sont froids et lointains. Hagen, dit-elle seulement. Ce traître doit savoir. File, ordonne Hildebrand à Dietrich. Va chercher l'homme dont elle parle, ou bien il ne restera demain plus un témoin pour rapporter ce qui se passe ici.

Le chevalier dégaine Naglringr et plonge dans la bataille. Les Burgondes sont comme fous, galvanisés par les mois de route et de pressentiments. Les Huns, saisis par la surprise, enragés par la trahison, rendent coup pour coup et rivalisent de cruauté. Tout est renversé, brisé, sali. Il n'y a plus ni pensée ni humanité. Dietrich taille, il avance, il avance et il taille. Hagen rit comme un fou, il pleure en même temps, son plastron maculé de cervelle et de bris d'os, son visage constellé de gouttelettes écarlates. Dietrich le prend aux cheveux et le traîne derrière lui. La lune en surplomb, presque pleine, est terne comme un sou. La mort, la folie poursuivent leur folle ronde, des hommes tombent, vengeance, honneur, furie, les membres disloqués, les crânes ouverts, les gorges percées, Dietrich écarte un pan du tissu et jette Hagen au centre de la tente. Le fils d'Alberich se laisse rouler au sol pour, nez contre terre, continuer de se tordre de rire. Où est le trésor ? répète Kriemhild. Je ne peux vous répondre, j'ai prêté un serment, répond Hagen entre deux éclats, sans montrer son visage. J'ai juré de ne rien révéler de ce secret tant que vivrait encore un roi burgonde. Qu'à cela ne tienne, rétorque Kriemhild, tirant Balmüng de son fourreau : la tête de Gunther vient rouler à ses pieds. Te voilà délivré de ta promesse. Parle, maintenant.

L'encens capiteux brûle, les flammes papillonnent. La guerre est une rumeur contenue au-dehors. Du cou du roi Gunther le sang gicle, de moins en moins fort. Hagen glousse, au milieu de la mare de sang qui croît. Il n'y a pas de trésor, finit-il par avouer. Il n'y a jamais eu d'or. Seulement des jeux de lumière dans les gemmes qui tapissent une grotte. Seulement les reflets du couchant dans les remous d'un fleuve. Il n'y a pas de magie. Pas de pouvoir occulte. Pas de malédiction. Il n'y a que des mots, des mensonges, des secrets. Ce qu'a caché Gunther par fierté, ce que Siegfried a tu par loyauté, les menaces creuses d'Alberich. Hagen se tait. Il a l'air dément à patauger dans sa flaque, un sourire cloué aux lèvres, le regard absent. Kriemhild se penche et articule : ce n'est pas suffisant, Hagen. Tout ne peut pas finir ainsi. Hélas, répond l'autre, et ce sont ses derniers mots. L'épée des Niebelungen entre dans sa poitrine et fend en deux son cœur. Le voilà qui choit à son tour, replié sur la lame. C'est ici, à la fin du carnage, que la dernière pièce du trésor de Fafnir repose, pour l'éternité.

Ne restent de vivants, dans la tente d'Attila, que Hildebrand, Dietrich et la princesse folle, la rousse Kriemhild, désormais tout à fait vengée. Tous ces grands guerriers morts, articule le chevalier. Le roi Gunther. Son lieutenant. Ses frères. Son demi-frère. Une maison entière, toute une lignée éteinte. Et c'est votre faute. Kriemhild n'a rien à répondre. Le vieux maître d'armes, sans bruit, s'éclipse : il va chercher Hadubrand, son fils, parmi les vivants ou bien les morts. Il va, s'il le peut, quitter en sa compagnie un pays pris de folie, et marcher jusqu'au matin, construire plus tard une cabane de branchages pour s'y reposer un peu. Le vieillard rabat la porte de toile derrière lui. Comprenez-moi, s'excuse déjà Dietrich, mais je ne peux pas vous laisser clore cette histoire. Naglringr brille à peine. L'arme est levée dans le plus grand silence. Kriemhild, de toute façon, n'a rien à ajouter. Ce récit, elle le sait, ne sera jamais le sien. Brave chevalier pourfendeur de géants, de monstres, de sorciers. Il n'y a pas si longtemps, tu te battais pour l'éclat de ces yeux verts. Peut-être que ce que tu accomplis là n'est pas quelque chose de si différent ? L'épée retombe. Kriemhild meurt.

Un peu de nuit, encore. Le ciel est à peine moins noir derrière les pins serrés. Permettez que je m'étire et bâille.

Nous pouvons rester ensemble quelques instants de plus. Continuer de parler, même si l'histoire est achevée. Je me rince la bouche, les dents et le gosier. Je suis contente que vous soyez toujours là, que ma laideur ne vous ait pas fait fuir, que vous ayez écouté jusqu'au bout cette histoire que vous connaissiez par cœur. La vieille Cundrie a besoin d'artifices pour capter l'attention et pour la conserver. Mon corps est trop difforme, ma face trop contrefaite pour que quiconque s'y reconnaisse. Je n'attire plus ni sympathie ni compassion. J'effraie, je fais fuir. Je ne suis pas censée vivre. Mais ce n'est pas ça que vous voulez savoir. Vous voulez connaître la destinée de ceux qui ont survécu. Comme Kriemhild, vous ne voulez pas croire que l'histoire se termine ainsi.

Voici, donc. Après avoir déserté le campement d'Attila, Feirefiz se range à la foi chrétienne, comme il en a fait la promesse à Parzival. Ensemble, les deux frères trouvent le chemin de Montsalvat. Face au roi pêcheur et à cette pierre verte qui est le Graal, ils posent la question capable de soulager le monde. Alors Amfortas guérit, la vérité éclate et l'univers s'apaise. L'un des frères, à moins que ce ne soient les deux, ou qu'ils n'aient jamais formé, depuis le début, qu'une personne unique dotée de deux visages, consacre l'éternité de sa vie immortelle à veiller sur le trésor de Montsalvat, qui est une promesse cachée et la garantie du soulagement de toute douleur. Parzival ne retourne jamais au château de Pelrapeire où l'attend son épouse, ni au domaine de son enfance où Herzeloyde, sa mère, meurt sans l'avoir revu.

Après la sanglante nuit de noces, Dietrich von Bern s'en va poursuivre sa vie d'errance. Des monstres, des princesses, des trésors. La compagnie et la sagesse du vieil Hildebrand lui manquent pour toujours. Siegfried mort, Parzival devenu éternel, Dietrich devient le dernier des héros véritables : celui qui ne grandit pas, qui n'apprend rien, qui ne devient jamais adulte. Dietrich est cet enfant arrêté, chevauchant sans fatigue dans le pays des rêves, dépourvu de culpabilité comme de morale. Il attend le jour toujours repoussé du décès de son oncle, cette mort d'Ermanaric qui rendra vacant le trône de Vérone. Dietrich, alors, pourra devenir Théodoric à nouveau, se laisser pousser une barbe, rentrer à la maison et régner enfin, comme un homme, comme un père. Hildebrand deviendra son conseiller et Hadubrand son double, Naglringr pendra au mur derrière le trône en souvenir d'une vie d'aventures. Pour les héros, enfin, la paix dans le vieil âge.

Les oiseaux se réveillent et chantent pour attirer le jour. Je me tire hors de ma bicoque, titube jusqu'aux premiers arbres, retrousse mes jupes pour pisser à leur pied. L'urine éclabousse les racines et fume dans le matin glacé. Voyez comme elle roule contre la terre durcie, le petit ruisseau qu'elle forme, qui coule entre mes jambes. Ces chevaliers plus proches de leurs montures que de leur épouse. Ces jeunes gens dormant contre une épée à laquelle ils ont tous donné un nom. Toujours par les chemins. Jamais dans leur demeure. Comme des brins qui se croisent, se décroisent, et ne savent se nouer. Je me relève, hume longuement l'air froid. La mère des nuits est achevée. Je vais vous rendre votre liberté.

Par quelque bout que je prenne ces histoires, je n'y vois que des épouses et des mères abandonnées, des veuves, des orphelins. Je vois Brünnhilde, reine souveraine, soumise par la force et la ruse, emmenée en terre étrangère, accusée de tous les maux. Je vois Kriemhild, la femme dont on abuse, que l'on offre en mariage, dont on fait, à sa guise, le trophée d'un tournoi. La femme qu'on manipule pour tuer le mari, la veuve parfaite dès lors qu'elle reste cloîtrée. Son moment de liberté est impitoyablement condamné. Quel formidable crime lorsqu'elle tue Gunther ! Et quand Dietrich l'achève, quel acte de justice !

Pardonnez-moi, je suis fort vieille et laide, je ne devrais pas, je sais, continuer de parler. Je hante pourtant vos contes et surgis sur la route des héros pour m'adresser à eux sans fard ni politesse. Ce que je dis est vrai mais ils ne le comprennent pas. Vos enfants ont peur de moi, ils redoutent de me voir apparaître. Voyez ce sein tari, ce ventre à jamais sec. Ni fille, ni veuve, ni mère. Je suis Cundrie, la sorcière édentée, je suis le caillou dans la chaussure, le biais dans le moyeu de la roue.

J'éteins les trognons de chandelles en rentrant dans mon antre et repousse la porte à la face du jour qui point. Le monde est à nous tous mais cette nuit qui s'achève à présent est ma nuit.

## *Mayence*

Comme chaque matin, l'enfant monte l'escalier étroit, un colimaçon serré qui mène jusqu'à la chambre haute puis, de là, l'échelle pour les combles, où il grimpe sur le bahut et le tabouret juché au-dessus, se hisse sur la pointe des pieds et, se retenant d'une main à la voûte de pierre, tend un bras pour faire jouer le loquet du volet, pour le repousser d'une pichenette et apercevoir un instant le ciel au-dessus de la montagne ainsi que, avant qu'il ne retombe, le cercle vigilant des corbeaux qui tournent autour du Kyffhaüser depuis aussi longtemps que la mémoire remonte, et qui continueront de le faire jusqu'au premier jour, éternel, de la fin des temps. L'enfant n'a pas besoin de s'y prendre à deux fois, les oiseaux sont bien là. Il redescend alors prudemment, étape par étape, le tabouret, le bahut, la grande échelle, l'escalier sombre, retraverse la grande salle avec ses porte-flambeaux vides, ses tapisseries noircies de suie, blanchies par l'obscurité, ses tapis desséchés qui craquent sous les semelles, puis descend encore, vers le cœur de la montagne, les volées de grandes marches de pierre, larges à laisser passer cinq personnes de front. Toutes les portes restent ouvertes dans le palais souterrain. Personne n'entre ni ne sort, et seul l'enfant connaît ses couloirs et ses salles de bal, ses cuisines, ses chambres, ses caves et ses passages secrets. Les battants de l'huis double de la salle du trône sont couverts de toiles d'araignées, de poussière prise, de minuscules œufs d'insectes.

L'enfant est obligé d'approcher très près de l'Empereur, qui voit mal dans la pénombre, ses yeux à demi ouverts seulement, et qu'un temps infini de silence a rendu peu attentif aux bruits. Alors ? demande-t-il quand il se rend enfin compte d'une présence à ses côtés. Les oiseaux sont toujours là, répond l'enfant, comme chaque matin. L'Empereur, toujours immobile, reste sans parler un long moment. Demain, conclut-il. Sa voix a toujours la même intonation. L'enfant croit parfois y déceler de l'espoir, de l'impatience ou du fatalisme. Parfois ce n'est qu'une suite de sons sans signification, une imprécation magique. Chaque jour, l'Empereur attend le lendemain.

Il est assis sur un trône de bois féé, vieux et hiératique. Sa barbe rousse, qui n'a cessé de pousser, lui tombe sur le torse et, de là, s'étire à travers le marbre de la table et pend de l'autre côté. Depuis tous ces siècles, l'Empereur demeure sans bouger. Il est l'Endkaiser, celui qui vient au terme de l'histoire, et il attend la venue de l'Antéchrist, annoncée par la disparition des corbeaux au-dessus du Kyffhaüser. Alors le bon maître, le monarque blond, héritier de

Charlemagne et réconciliateur de l'Allemagne, ressurgira de son palais chthonien. Alors l'humanité le reconnaîtra pour qui il est, sauveur de la chrétienté et unificateur des mondes. Et la Création parviendra à son terme et, tous, nous serons jugés selon nos mérites et nos fautes. En attendant ce moment, ce demain qui ne peut qu'advenir un jour, Frédéric Hohenstaufen, roi de Germanie, d'Italie et de Bourgogne, patiente pour nous dans sa stase attentive.

Frédéric Barberousse a soixante-huit ans quand, parti pour l'Orient sauver le royaume du Ciel de la ruine et défier le champion des Sarrasins, il se noie dans le Selif. Tu te souviens du cours bourbeux de la rivière, enflée par les averses d'été, de la forêt qui pousse sur ses rives, des montagnes non loin. Pour la première fois depuis des semaines, les colonnes de la troisième croisade sont en pays ami. Les chrétiens de Petite-Arménie se sont portés volontaires pour lui servir de guide et d'escorte. L'Empereur se devêt pour entrer dans les flots jusqu'à la taille. Il converse avec un écuyer qui l'a suivi à l'eau, quelques pas en retrait. Le courant est fort, le lit du Selif couvert de gros cailloux. Ils avancent en titubant, comme pris de boisson. Tu n'entends pas ce qu'ils se disent. Barberousse sourit largement, tu imagines le contact de l'eau fraîche après la longue journée de marche et te laisses aller en arrière contre un gros galet tiède, les jambes lourdes, le dos douloureux. Un cri. Tu relèves la tête. L'Empereur a disparu. L'écuyer court, appelle, il s'agite et éclabousse, ralenti par les eaux, on croirait un de ces cauchemars où tout mouvement de fuite est empêché par une sorte de poix. Tu es à nouveau sur pied, des hommes se jettent dans le fleuve, un cheval forcé à l'eau renâcle. L'Empereur reparaît dix brasses en aval, sa tête seulement, et cette fois c'est sa voix qui crie un ordre, terrifié et incompréhensible. Tu crois entendre Dieu dedans. Par Dieu. Mon Dieu. Quand on parvient, plus tard, à repêcher son corps, à le tirer sur la grève, il a depuis longtemps cessé de s'agiter. Frédéric Barberousse, dit-on, est mort noyé dans le Selif. Il n'est qu'assoupi, dit-on, et règne pour toujours sous la montagne du Kyffhaüser. Quatre années avant son départ pour la croisade, six avant sa disparition, il donne à Mayence la plus grande fête de l'histoire de la chevalerie. Trois jours de joutes, de libations et de poésie, pour célébrer l'adoubement de ses fils Henri et Frédéric. Les seigneurs de toutes les parties de l'empire s'y pressent, Allemands, Bourguignons, Italiens. Les chevaliers errants, les nobles mercenaires, les clercs, les musiciens itinérants accourent du monde entier pour profiter de l'aubaine. Tu y es plusieurs jours à l'avance, alors que la ville est encore tout entière à ses préparatifs.

Quatre lieues de champs, de bosquets, de maisons éparses séparent les murs de Mayence du château d'Ingelheim, et chaque toise de cette terre est aménagée pour l'accueil et le divertissement des hôtes. Les gens de la région sont réquisitionnés pour bâtir des abris, dresser des tréteaux, mesurer et damer les lices des tournois. Les paysans de villages rivaux, ne se croisant d'ordinaire qu'aux jours de grandes foires, œuvrent ensemble à l'érection de hauts mâts en bois. Les pêcheurs délaissent leurs barques, nouées en grappe sous les saules du Rhin, et usent leurs outils à façonner des bancs, des tables, des broches à rôtir. Et chaque soir, ces ouvriers à la tâche rejoignent des camps de tentes, des maisons de fortune ou les arbres sous lesquels ils dorment à la belle étoile. Accueillis par les valets impériaux, les visiteurs de prestige s'installent au petit bonheur dans les champs non semés. Cela ressemble aux mouvements d'une campagne qui n'aurait pas pour but de finir en bataille, une ambassade à laquelle auraient été conviés les femmes, les enfants et les vassaux. Les victuailles convergent par toutes les routes, de toutes les contrées. Les petites gens en voyage fraient avec les locaux, les seigneurs boivent entre eux sur des coffres ornés de nappes bleues. Les porchers de Toscane, de Lotharingie et de Saxe se saoulent tous ensemble sans pouvoir bien s'entendre, tandis qu'on continue de s'affairer partout, tant il demeure à accomplir, de tentes à dresser, d'arbres à décorer, de bêtes à rôtir, de latrines à creuser. Tu erres, deux jours durant, dans cette douce folie, qui ressemble par trop à celle de la guerre mais qui est, pour cette fois, entièrement pacifique. Deux cuisinières se mangent le nez pour les yeux doux d'un valet encore niais. Un palefrenier pris de boisson s'éventre une nuit contre les armes de son seigneur. Tu cherches dans la foule les trouvères de France, réputés les plus drôles. Le soir qui précède l'ouverture des fêtes, tu rencontres Heinrich von Veldeke, qui te présente à Guiot de Provins, et vous restez tous trois près d'une réserve de vin, à rire et déclamer des vers, à boire comme des soiffards, à parodier Ovide et Térence et Tibulle, et à dire du mal de tout ce que l'empire compte d'hommes d'Église, de chefs de guerre ou d'intendants de fiefs.

Heinrich porte les cheveux longs, la barbe fine, ses yeux sont gris-bleu et injectés de sang. Il a une peau de petit enfant fragile, marquée d'un atlas de tavelures et de cicatrices. Son allemand est teinté de flamand, qu'il rime avec une virtuosité folle. C'est un génie à nul autre pareil, calme d'apparence, mais brûlant d'un puissant feu intérieur. Si les plaisanteries jaillissent de sa bouche en cascade, tu ne le vois jamais sourire à une seule de ses propres saillies. Il peut être redoutablement vexant et, lorsqu'il a choisi d'abattre son adversaire, ses répliques blessent plus sûrement que n'importe quelle lame. Heinrich est clerc, et a étudié suffisamment de théologie pour haïr d'un même mouvement tous ceux qui consacrent leur vie à la foi. Ce sont ses critiques acerbes de la simonie des archevêques qui lui valent les faveurs de Barberousse, mais pas plus qu'eux les moines ou les templiers ne trouvent grâce à ses yeux. Il est, en résumé, le plus grand poète de cour au monde. Au terme de cette nuit formidable, il te semble pourtant que Guiot le dépasse par de nombreux aspects. Comme Heinrich, l'homme doit avoir trente-cinq ans. Comme lui, il néglige de se coiffer. La ressemblance s'arrête là : autant le Hollandais est mince, autant le Bourguignon est gras. Et si le nez du second peine à atteindre le torse du premier, Guiot compense sa petite taille par une faconde torrentielle ; volubile, enthousiaste, bruyant souvent et de compagnie toujours dangereuse. Sa pensée déborde de sa bouche, qui n'hésite jamais à dauber à voix haute tel homme d'armes faisant le beau passant à portée d'ouïe. Guiot a, par surcroît, une mémoire phénoménale et comme accidentelle, pouvant redire mot à mot la chanson que vous venez d'improviser ou réciter à la file des milliers de vers sans erreur, en trois ou quatre langues. Il connaît par cœur l'intégralité des romans de Chrétien de Troyes et des centaines de balades provençales. Ses passages préférés sont de loin les plus grivois. Guiot est un porc fait homme, Heinrich un diable fielleux. Ils sont la meilleure des compagnies que tu puisses imaginer.

La nuit est claire, badigeonnée de lune, le vin de Lotharingie coule sans discontinuer du tonneau rondelet contre lequel Guiot se vautre. Deux lamproies de rivière pliées au fond d'un bol cuisent sur le feu mourant. Les braises font à peine un peu de rouge, et dans le sang qui bout, les bulles montent et crèvent avec des bruits mouillés. Les deux poètes ont cessé de chanter et de se chamailler, ils respirent avec bruit, comme on soupire, et boivent à petites lampées. De temps en temps, sur le sentier qui s'est tracé de lui-même au travers du pré, une compagnie passe, discrète ou bien bruyante, chaleureuse ou fuyante. Plus loin encore, à peine visible entre les arbres de la berge, le Rhin s'étale en grand tissu froissé. Avez-vous déjà goûté les escargots de Cologne ? demande Heinrich, se dressant sur un coude. Par douzaines et à pleine bouche, rétorque Guiot. Tu parles bien de ces escargots juteux qui laissent des poils entre les dents ? Le Hollandais continue comme s'il n'avait rien entendu. On les fait avec de la farine et du lait, de l'œuf, du levain de boulanger, du miel et de la poudre d'amande. Heinrich te regarde depuis l'autre côté du foyer. L'histoire qu'il va raconter est pour toi, Guiot le sait, qui se lève, grogne et se déboutonne en s'éloignant. Seuls les pâtissiers juifs connaissent les secrets de ce biscuit, pas plus grand que la main ouverte, mais au goût si fin que celui qui s'y risque ne peut jamais l'oublier. C'est comme tomber brutalement amoureux.

J'habite Cologne depuis l'automne, continue-t-il, et voilà le dégel qui vient. Je me hasarde pour la première fois sur les marchés où l'on vend ces douceurs. J'en achète un, un autre le lendemain, un troisième le jour d'après. Ils sont dorés dehors, pâles et gonflés à l'intérieur, la croûte semble ferme mais cède aussitôt sous la dent, et la mie est tiède, encore, de son passage au four. Je me rends chaque matin au même étal, où officient deux femmes. La mère est grande, sévère, bien mise mais glaciale. La fille a treize ou quatorze ans et est la grâce même. Depuis mon arrivée en ville je n'ai connu que des compagnies de débauche, amantes délurées, gitons, femmes à vendre, bourgeois encoquinés. À mon quatrième escargot, la passion me dévore. Cela dure une semaine, puis deux. Je ne m'attarde pas, m'éloigne aussitôt le gâteau en main pour, dans une impasse voisine, le dévorer en anticipant les délices à venir. À force de persévérance, je finis par attirer l'attention de ma belle. Te l'ai-je bien dépeinte ? Elle est brune et fine, la gorge bien développée, les joues rouges. Ses yeux sont souvent baissés mais son sourire jamais très loin. Elle a des lèvres beiges, ses mains tremblent un peu quand elle me tend les pièces de ma monnaie. Un jour que la mère est occupée plus loin, je lui glisse quelques mots, un compliment tourné, une plaisanterie, je ne sais plus. Le lendemain, je découvre un plan dessiné au fusain sur le papier d'emballage, une heure de rendez-vous. Au jour déclinant, ma petite juive m'attend au pied du pont.

Nous allons marcher sur les quais près du fleuve. Nous parlons, moi surtout, et regardons les cygnets ébouriffés s'extraire d'un nid sous le ponton en ruine. Elle est si frêle dans mes longs bras. Me promet que nous nous reverrons. Et nous nous revoyons. Chaque matin, je la croise, feins de ne pas la connaître. Je ne parviens pas à me lasser de son escargot de Cologne. Chaque nuit, encapuchonné, je me glisse dans le ghetto où vivent ces gens-là. Même dans les ténèbres, je sais sans trébucher le chemin de venelles, l'escalier extérieur, la porte qu'il ne faut pas ouvrir en entier pour éviter qu'elle grince, la galerie couverte, la fenêtre entrebâillée. Elle m'attend dans son lit d'enfant au rideau baissé, où nous nous retrouvons, sans un bruit pour ne pas éveiller les frères et les sœurs qui partagent sa chambre. Je ne te dirai rien de nos ébats, je te sais d'esprit trop fin pour t'intéresser à de telles grivoiseries. Sache seulement qu'à force de rencontres et de plaisirs partagés, il advient ce qui arrive en pareil cas. La fille me supplie de la retrouver derrière la cathédrale pour parler, je m'y rends, elle est en larmes. Je suis finie, dit-elle. Dès qu'ils comprendront, mes parents me tueront. J'aime mieux me jeter tout de suite à l'eau et que cela se termine. Je la calme, je l'apaise. À grand renfort de mots et de caresses, je la convaincs d'adopter une autre ligne de conduite. Prétends que tu es toujours vierge, lui dis-je. Que tu ne sais rien des hommes et ignores comment cela a pu se produire. La seule personne qui t'ait approchée était un ange. Il est venu te ravir une nuit et t'a annoncé que tu donnerais naissance au Messie que votre peuple attend. Qui le croira ? renifle-t-elle. Tout le monde, si tu y mets un peu du tien. Essaie. Et je la quitte, bien décidé à prendre mes distances pour les temps à venir. L'été avance, l'automne arrive. Les escargots me manquent un peu mais les risques sont grands. Voilà qu'en ville on commence à parler de la venue d'un Messie des juifs annoncé par toutes sortes de signes, et d'une vierge enceinte, d'un grand miracle à venir. J'aperçois mon amie un matin, rayonnante, le ventre rond, escortée par ses frères, attirant des regards chargés d'envie et d'admiration. Les mois passent. Le jour de l'accouchement approche.

À ce moment du récit, deux énormes molosses bondissent hors de la nuit, coupent votre petit cercle, renversent votre tambouille qui sèche en sifflant dans les braises, disparaissent en haletant.

Guiot les suit, à pas lourds, en riant. La juive de Cologne ! Tu es obligé de raconter cette histoire avec tant de détails ? Elle ne tient que pour sa chute, tu sais, précise-t-il à ton adresse et en se rasseyant. D'où viennent ces molosses ? demande Heinrich. Du campement de quelque seigneur de Saxe. Je me suis attrapé les pieds dans leur laisse et j'ai pris pitié de leur captivité. Est-ce qu'ils n'ont pas l'air plus heureux comme cela ? À l'aide de deux bâtons, Guiot de Provins retire des cendres une lamproie et la secoue pour la refroidir. Ensuite, tête en arrière, il la fait descendre entre ses dents, jusqu'à en tenir un tronçon de belle taille qu'il sectionne proprement. Les dogues passent leur vie derrière des lapins qui les fuient, commente Heinrich sur un ton de philosophe. Que ne sommes-nous prêts à faire pour un petit ramonage de terrier ? La plupart d'entre vous sont des chiens, rebondit Guiot, retirant de sa bouche les arêtes longues et translucides. D'autres, comme moi, des écureuils. D'autres encore des éléphants. Les éléphants ont trop d'os et pas assez de chair pour vivre autrement que dans la chasteté. On dit qu'ils détestent s'accoupler. Triste vie que celle des éléphantes, soupire Guiot. Un nuage passe devant la lune. Le feu est à présent presque éteint. La conversation ralentit, à voix de plus en plus basses. Tu remontes ton manteau au-dessous de la bouche et te laisses bercer par les considérations de plus en plus techniques qu'échangent les deux larrons. Sais-tu que cet endroit précis qui apporte le plaisir à la femme a été décrit par des savants arabes comme une luette du bas ? Est-ce si surprenant qu'elles parlent tant, si elles sont en fait dotées de deux bouches ? Les sages ont des idées mais ne savent pas ce dont ils parlent. Combien de fois as-tu entendu professer qu'il ne fallait pas que la femme couvre l'homme, sous peine de blessures, de fractures de son membre ou de descente par le vit de sperme féminin qui affaiblit la constitution ? Si ç'avait été le cas, je n'aurais pas survécu à la puberté. Il n'y a pas de sperme féminin, mon ami. C'est le sang menstruel qui caille, au contact de la moelle liquide de l'homme. Les chiens, au loin, repassent en aboyant et tu te rends compte que tu es en train de t'endormir. Comment se termine l'histoire de la juive de Cologne ? voudrais-tu demander, malgré l'engourdissement qui te gagne. Il paraît qu'il est venu pour la fête, chuchote encore Heinrich von Veldeke. Qu'il est sorti de sa retraite mais ne veut pas qu'on l'importune. Je saurai le trouver, répond Guiot de Provins. L'as-tu seulement déjà vu ? Je l'ai entendu, je l'ai répété, je l'ai chanté et parodié. Inutile de savoir à quoi il ressemble. Je le reconnaîtrai. Ensuite c'est le matin, tes compagnons sont partis, tu frissonnes sous une cape trempée de rosée, ton cœur cogne dans la cage de ta tête, tu as terriblement envie de pisser.

C'est le premier jour de la fête. Les cloches sonnent et se répondent d'une rive à l'autre du Rhin. Des gens passent en groupes bruyants, dans un sens puis un autre. Des musiciens s'accordent et jouent en marchant. Des comtes adolescents surgissent sur des destriers lancés au grand galop. Cinq gueux, pieds nus, portent une immense guirlande de papier, en prenant bien garde que ses replis ne viennent pas frotter l'herbe mouillée. Tu erres dans la foule bigarrée et joyeuse. Le soleil monte, dissout les dernières brumes et te réchauffe un peu. La nausée du réveil ne te quitte qu'au moment où tu acceptes de boire la chope qu'une matrone te tend avec insistance. Elle glousse : garde le pot, il paraît que tu en auras l'usage. Le vin est affreusement aigre mais agit aussitôt. Tu descends la berge jusqu'à tremper tes pieds dans l'eau, observes les jolis cœurs qui promènent leurs belles dans des barques toutes emplies de fleurs. Le monde est à la fête, les trompes sonnent en aval, ce sont des tournois qui commencent. Tu grattes la terre meuble pour y trouver de petits cailloux que tu jettes ensuite machinalement dans l'eau et sursautes quand les fourrés, juste à tes côtés, se prennent à trembler, à enfler. Un bras surgit, une main qui s'arrime à la branche et tire du buisson la face hideuse de l'homme qui y était à dormir. Le poil est blanc sale, clairsemé, la peau rubiconde, trois dents se perdent dans une mâchoire d'où émanent des remugles de cuve à vinaigre. Tu t'écartes pour laisser sortir le monstre, qui tâtonne en direction de ta cruche, la saisit puis la vide. Il est à demi nu, le torse hirsute comme peu de bêtes, et sa culotte tombée aux cuisses révèle des pudenda grises et roses qu'il gratte vigoureusement avant de les ranger dans un pan d'habit. Merci pour ce nouveau jour, éructe-t-il ensuite, après un long et grave râle de satisfaction. Me voilà éveillé et me voilà vivant. Du soleil. Du vin. Des amis. L'homme se laisse aller en arrière, son ventre roule, la peau joue sur tout son corps comme une vessie dégonflée. Il a l'allure d'un guerrier mal vieilli, dont les muscles auraient brusquement fondu. Quel âge as-tu ? demandes-tu sans y réfléchir. Quelle question. Ça ne se compte pas. Je n'étais déjà plus un jeune homme lors du couronnement sanglant de Barberousse à Rome. Tu y étais ? Il bâille, chasse de la main des mouches inexistantes. Comment tu t'appelles ? Oh, geint-il, mais quel ennui, quel ennui ! Écoute : si tu promets de ne plus poser de question stupide et de garder tes lèvres bien closes pendant le temps que ça prendra, je te raconterai l'histoire de la révolte de la Cité léonine dans ses détails les plus scabreux, et la fin abominable d'Arnaud de Brescia, qui fut pendu, brûlé puis jeté dans le Tibre contre la volonté de la foule. Tu opines. Puis, comme rien ne se passe, tu hésites à approuver à nouveau à voix haute. Le vieux gît dans les herbes, les yeux fermés, la bouche ouverte. Aucun son ne sort de son gosier. En ce cas, essaies-tu. Oh, la barbe, coupe-t-il aussitôt, va nous chercher à boire, tu ne t'attends quand même pas à ce que je discoure à jeun ? Et quelque chose de plus fin que ta piquette, si tu peux. Allez. Presse-toi. On n'a pas la journée.

Le chemin remonte vers les murs de Mayence. Des campements sont dressés sur les terrains les moins pentus. Près d'un ensemble de tentes, un goitreux supervise le jeu d'une dizaine d'enfançons. Le plus jeune, yeux bandés, poursuit les camarades qui l'appellent, et frappe l'air au hasard d'un bâton grand comme lui. Tu esquives un coup et te glisses à travers la marmaille jusqu'à une sorte de cantine où tu négocies auprès d'un très jeune homme une cruche de vin frais. Tu t'apprêtes à partir en sens inverse, les bras chargés, lorsqu'on crochète ton coude droit. Le récipient tangue, t'éclabousse, tu manques de piétiner un petit tombé entre tes jambes, pivotes pour découvrir Guiot de Provins, tout sourire, qui s'exclame : je ne me trompais pas, c'est bien toi ! Suis-moi, vite. Puisque tu aimes les histoires, il faut que tu rencontres quelqu'un. Et avant que tu n'aies pu protester, le gros poète t'a guidé jusqu'à une toile où il assied ton cul contre une marche de bois. Sur le banc en vis-à-vis est installée la plus étonnante des femmes. Menue, la face osseuse, les cheveux coupés aux oreilles, la poitrine aplatie par une tunique écrue, elle est occupée à assembler les empennages et les fers sur des traits d'arbalètes. Élysa ! fait Guiot, un peu trop fort, il faut que tu redises ton histoire depuis le commencement. Et, vers toi : je suis sûr que tu n'as jamais entendu telle affaire. La nommée Élysa lève les yeux de son œuvre pour pouvoir te jauger. Ça ne dure qu'un instant et, au tour que prend sa bouche, tu devines avoir failli à son test. Je nais à Strasbourg, recommence-t-elle d'une voix monocorde, la cinquième fille d'une famille de huit enfants. Comme son père avant lui, mon père était verrier. Il siégeait aux réunions des maîtres, au titre de sa corporation. Nous vivions au cœur de la ville, à deux rues du chantier de la grande cathédrale. Tout me destinait, ainsi, à devenir l'épouse d'un commerçant aisé, d'un artisan ou d'un cadet de noblesse, mais une suite d'événements extraordinaires a fini par tracer pour moi une destinée tout autre. Jamais la petite fille de six ans qui jouait sous les établis familiaux n'aurait reconnu pour elle-même cette arbalétrière émérite que je devins dans les armées de Barberousse, ni pu croire aux prouesses que j'accomplis lors de la terrible bataille de Legnano. Peu après mon septième anniversaire

Arrête, l'interrompt Guiot, ça ne va pas du tout. Personne ne doute que ta vie a été une superbe aventure, mais ce n'est pas cette histoire-là que nous venons entendre. Il faut, pour satisfaire nos goûts experts, bien plus que la confession d'une soldate aux seins plats. Dis-nous plutôt ce qui advint de la cour de Henri V, lorsqu'il vint à Rouffach célébrer sa première Pâque en tant qu'empereur. Élysa cesse un instant de poncer pour jauger, de l'index, les barbelures de son carreau. Comme tu voudras, Guiot. Mais ce sera la seule histoire, alors, et je serai déliée de toute obligation. Comme tu le voudras, ma douce ; cette unique histoire et ta dette est apurée. Le poète s'approche, lèvres tendues comme pour un baiser. La pointe du trait l'arrête en éraflant son nez. Le manège cesse, le silence retombe, tu aimerais connaître un moyen de t'esquiver avec le vin, de retourner au bord de l'eau avant que le vieux n'ait disparu, ou changé d'avis. Mais voilà que la femme recommence à parler.

Ça se passe à Rouffach, dans un pays du piémont des Vosges, entre Bâle et Strasbourg. Dans cette ville, depuis près d'un siècle, les femmes ont droit de préséance dans l'église. Sans qu'aucun homme ne puisse rien y redire, ce sont elles qui siègent à la droite de la nef, et cela depuis le printemps de l'an mille cent six. Henri V vient de succéder à son père sur le trône de l'empire, au terme d'une guerre qu'il lui a faite de longues années durant. Cette lutte pour le pouvoir a été épuisante, l'un et l'autre jouant d'alliances avec les familles nobles, les barons et les archevêques. Chacun d'eux en a appelé au pape. Chacun a excommunié l'autre. Un long temps, le prélat de Strasbourg a soutenu le père, de sorte que la cour du fils triomphant, en visite sur ses terres, se croit autorisée à quelques irrévérences. Si l'archevêque a su changer de camp à la dernière minute, les souvenirs de ses amitiés passées restent vifs. Et puis, le pays autour de Rouffach est riche et très fertile. Le carême terminé, chacun aimerait, pour quelques jours, mener la bonne vie. Le jeune Henri, sa famille, ses amis, ses chevaliers et vassaux s'installent donc dans le schloss d'Isenbourg pour un temps indéterminé, réquisitionnant pour eux seuls le meilleur des ressources, viandes et fromages, miel et boissons, qu'ils consomment sans compter ou même gâchent pour le plaisir. Leur bombance dure depuis six jours, depuis dix, depuis douze. Des soldats ivres fouillent caves et greniers à la recherche de nouvelles denrées à soustraire. La réquisition ressemble de plus en plus à un pillage, mais les paysans de Rouffach gardent le profil bas. Comme les épidémies, comme les gelées, les soldats finissent toujours par s'en aller. Et cela se poursuit donc, jusqu'au deuxième dimanche après leur arrivée, quand l'intendant de l'Empereur appuyé de gens d'armes arrache une pucelle du bras de sa maman et, malgré ses cris, l'entraîne jusqu'au château. Les deux femmes se rendaient à la messe, la stupeur est immense. Les villageois, choqués, se retrouvent sur la place. Cela ne peut pas durer ! entend-on crier par les rues. Qui sera la suivante ? Votre sœur ? Votre fille ? Que les hommes montent au château et sauvent cette malheureuse. Vous n'y songez pas, rétorquent les peureux. C'est le monarque du Saint Empire et il fait ici sa loi. Ce sont ses barons, ses chevaliers. Nous serions éventrés avant même d'avoir franchi la porte. Si vous n'avez pas les tripes de défendre les vôtres, rétorque la mère de la victime, alors nous nous l'aurons. Nous nous rendrons là-haut armées de broches de cuisine, de tisonniers, de fers et de quenouilles, et nous prendrons le schloss, et nous sauverons ma fille et sa vertu. Et ainsi, à la grande stupéfaction des maris, toutes les femmes de Rouffach s'arment des instruments de leur sexe, et montent sans trembler jusqu'au repaire de Henri V. Le garde, refusant de laisser passer les furies, est transpercé en trois endroits. La porte est démolie, les soldats navrés et roués, et les hommes du village, contraints par les circonstances, entrent à la suite de leurs épouses pour leur prêter main-forte. Les défenseurs, surpris en pleines agapes, sont étranglés, égorgés ou bien battus à mort. La garde, en grande panique, s'enfuit par les fenêtres, et ceux qui ne courent pas assez vite sont rattrapés, jetés au sol et piétinés. Chevaliers, écuyers et valets se débandent en moins de temps qu'il ne faut pour le dire, et l'Empereur lui-même s'esquive honteusement, enfourche le premier cheval à sa portée et cavale sans se retourner jusqu'à la ville de Colmar où il trouve bientôt asile. Le peuple recouvre la jeune captive et une partie des biens stockés par les noceurs. Mieux encore, dans la chambre impériale, Henri a laissé derrière lui la totalité des regalia : la couronne, le manteau, le sceptre de Charlemagne et le fer de la lance de Longin, insignes de pouvoir absolu sur toutes les âmes de l'empire. Le soir même, les femmes de Rouffach en procession portent ce butin de guerre jusqu'à l'autel de l'église Notre-Dame, où il demeure dix jours durant, le temps que durent fêtes et prières pour remercier le Ciel d'avoir délivré la ville des envahisseurs. L'archevêque négocie ensuite auprès des mères et des épouses la restitution des reliques impériales, en échange du droit de préséance en l'église du village. Henri V, venu en personne reprendre ses biens, prononce au sortir de la messe un discours d'apaisement, garantissant à tous protection éternelle.

Guiot écoute l'histoire avec beaucoup d'attention, les yeux fermés, un sourire réjoui sur les lèvres. Moralité ? demande-t-il. Six mois plus tard, l'Empereur revient avec une garnison entière et fait exécuter un habitant de Rouffach sur deux, homme, femme et enfant indifféremment, puis met à bas les maisons et boute le feu aux ruines. Le Bourguignon glousse : voilà un homme fidèle à sa mémoire, sinon à sa parole. Élysa l'ignore, se tourne vers toi et, toujours sans sourire, conclut :

Henri V a continué d'intriguer et de trahir, d'abuser de la confiance des siens. Il s'est fâché avec les prélats ainsi qu'avec le pape de Rome au sujet des investitures. Il a avivé une dispute qui dut attendre cent ans et l'arrivée sur le trône d'un Hohenstaufen pour être résolue. Dans ses campagnes guerrières en pays toscan, il s'est allié à une dame remarquable nommée Mathilde, dont les faits d'armes et de diplomatie sont chantés jusqu'à nos jours. Mathilde de Toscane régnait seule sur ses terres, elle montait à cheval comme un homme et, en temps de guerre, revêtait l'armure et prenait la tête de ses soldats. Sa piété était immense, tout comme son influence politique. Mathilde. L'arbalétrière se tait, malgré un geste d'encouragement de son voisin. C'est là une autre histoire, Guiot, et celle-ci tu ne l'auras pas gratuitement. Allez, conclut-elle, rangeant les carreaux apprêtés dans leur étui. Vous avez assez traîné ici.

Tu repars vers le fleuve, emportant la boisson, une miche de pain et un quart de fromage. Le soleil a monté dans le ciel, l'air est plus chaud, plus sec. À Guiot de Provins, qui te suit à la trace, tu dis qu'un horrible satyre quasi nu t'a promis de te raconter l'histoire de la chute de Rome en échange d'assez de vin. Et puis, te souvenant de la soirée de la veille, tu demandes : l'histoire de la juive de Cologne, tu la connais, n'est-ce pas ? Est-ce que tu pourrais m'en dire la chute ? Bien sûr. Bien sûr que je le pourrais. La jeune fille enceinte, le clerc roublard, toute la communauté qui attend l'arrivée du Messie. C'est d'un drôle. Eh bien quoi ? insistes-tu. Guiot rit de sa feintise. Non, non, tu dois laisser à mon confrère le soin de la finir. C'est comme un vœu monastique, un serment chevaleresque. Les uns n'ont pas le droit d'empiéter sur les histoires des autres. De la couille ! réplique une voix, aboyée depuis les herbes de la berge. De la grosse couille veinée, confrère ! Le vieux, toujours vautré à la même place, vous écoutait venir. On ne fait jamais que finir les récits d'autrui, ou les recommencer. Vers toi : si c'est des histoires que tu veux, tu ferais bien de choisir tes compagnons avec meilleur soin. Donne ça. Et il arrache la cruche de tes mains pour y boire une lampée qui lui déborde sur le menton, l'éclabousse amplement. Guiot reste goguenard sous l'affront, poings sur les hanches, bedaine en avant, sûr de ses mérites et de sa réputation ; son nom est célèbre à travers toute l'Europe. Puis-je savoir quel artiste de valeur me dispense ainsi ses leçons de poésie ? Et quelle importance ? réplique l'autre. Je n'ai aucune envie de te parler. Les carpes sont une meilleure compagnie. Laisse-nous. Le Bourguignon s'assied à vos côtés dans l'herbe, reprend la boisson pour, à son tour, s'y rincer le groin. Tu es aussi laid qu'on le prétend, finit-il par dire, et au moins deux fois plus méchant. C'est un grand honneur que celui de te rencontrer enfin. Je suis Guiot de Provins. Un frisson court dans les poils du vieux, qui se roule sur le côté pour mieux voir. Guiot ? Le Kyot ? Celui de Perceval ? Le Bourguignon roucoule, modeste pour de faux : Perceval est à Chrétien de Troyes, je me suis contenté de broder des

Mais l'autre ne lui permet pas de finir et déclame

vivement : laissez-moi caresser ses seins, me faire semblable aux dieux, et laissez donc ma main inspirée par les Cieux poursuivre sa route courbe, s'aventurer plus bas, délaisser sa poitrine pour lui toucher le ventre. Sa voix s'est faite suave, insinuante, et les mots tombent de sa bouche édentée avec un poids inattendu. Quelle douce récompense et quelles joies intenses que ces heures passées auprès de ma Flora ! Et Guiot d'enchaîner : sous sa gorge menue ses flancs plats étrécissent jusqu'aux hanches parfaites, et sa chair sans défaut frémit dessous mes doigts, le nombril, gracieux, vient couronner un ventre qui, plus bas, s'arrondit, s'adoucit et se renfle. Quelle douce récompense et quelles joies intenses que ces heures passées auprès de ma Flora ! Ainsi tu connais Pierre de Blois, sourit le vieux. Seulement ses chansons. Il est le meilleur, coupe l'autre, le meilleur d'entre nous. Les deux compères, réalisant que tu es toujours là, te font passer le broc. Pardonne-nous, fait le vieux. Des histoires de métier. Et le gros Bourguignon, ravi du tour que prend sa journée : laisse que je te présente notre grand maître à tous. Le plus fou des chansonniers vivants, le plus paillard, le plus dangereux des goliards. Dépourvu de nom à lui, sa réputation le précède où il va, ainsi qu'un grade qu'il est seul à pouvoir clamer sien. Barberousse a requis ses services, il compose sans effort des hymnes en hexamètres, ses *Confessions* sont l'ultime art poétique des amants de la vie ; Renaud de Dassel, le démoniaque chancelier d'Italie, l'a eu pour protégé. Voici donc, sous tes yeux, dans la gloire de sa maturité et la misère de sa déchéance, celui que le monde connaît sous le titre d'Archipoète. Un rot sonore dudit marque la fin du trait. Et maintenant les présentations faites, mangeons un bout, buvons un coup et contons un brin, si le cœur vous en dit.

Ma mémoire dégueule d'histoires vécues et imaginées, et les unes aux autres, sans grâce ni terme, se mélangent. N'attendez rien de moi d'inventé, ni rien de véridique. C'est comme cela que les récits se créent. Guiot opine. Quel dommage que Heinrich ne soit pas là. Il vous cherche partout depuis que la rumeur laisse entendre que vous êtes aux fêtes. Vous déjeunez sans trop parler. Puis, comme le soleil grimpe et tape de plus en plus fort, vous vous installez un peu plus loin, à l'abri de gros arbres. Allez, relance le Bourguignon. Ne te fais pas prier. Tu sais bien que je n'aurais pas l'audace de prendre le tour. Fort bien, opine l'Archipoète. Cela se passe en Italie, l'année où Barberousse part pour Rome se faire sacrer empereur. Je fais partie du voyage, vagabond et clerc, âgé de quarante années déjà, vécues dans une intensité telle que je ne rêve pas poursuivre bien longtemps sur cette terre. Je me suis persuadé, aussi, d'avoir assez vu de choses pour ne plus être surpris. Sur ces deux points je me trompe lourdement. La vie ne fait jamais que commencer, jusqu'à l'instant où elle s'arrête. Écoutez plutôt.

Je déteste les prêtres, daube les moines, chie sur les ermites. Les ducs, princes, chevaliers et autres aînés de famille, je ne les fréquente que pour leurs belles épouses : étiolées dans l'ombre froide des châteaux qu'ils délaissent, elles offrent gîte et couvert au bon clerc de passage, en échange d'un entretien soigneux de leurs foyers éteints. Les marchands m'horripilent, les précepteurs me dégoûtent. Je hais les armateurs, les notables, les merciers. Mais au-delà, sans doute, je déteste l'armée, qui cumule en un même lieu tous les défauts des précédents : foi aveugle, fatuité, goût du sang, avidité et ambition. Je ne connais rien de pire que de voyager au sein d'une expédition militaire. Discipline et bêtise y confinent au sublime. Les déplacements sont d'une lenteur exaspérante. Les rations de vin chiches. Les femmes laides ou bien mariées, ou bien mariées et laides, et l'époux chevauchant non loin, lame sous la main, pressé d'en découdre. La nourriture est exécrable. Les campements grouillent de puces. Si votre couche en est, par erreur, dépourvue, c'est la tête pleine de poux que vous vous réveillerez. Il fait trop chaud ou bien trop froid, et toujours trop humide. Les joueurs de trompe vous cassent les oreilles. Et je ne parle même pas des désagréments qu'apportent les combats. Rien ne m'attire dans l'idée d'accompagner en Italie les troupes de Frédéric Hohenstaufen, nouvel empereur à la barbe roussâtre, lorsque celui-ci se décide enfin à tenir une promesse faite par son prédécesseur : descendre à Rome aider le pape, en échange de son couronnement en Saint-Pierre. Nombre de tavernes m'ouvrent leurs portes, nombre de femmes m'ouvrent leurs draps. Des milliers d'autres chemins sont tracés pour moi sous la nue. Mais il y a des lions, à Roncaglia, des perroquets et des autruches, et ça je ne l'aurais raté pour rien au monde.

Soyons francs : ces bestiaux puent et chient tout autant que les autres. Les autruches ont le crâne pelé et l'air stupide d'abbés surpris en pleine sieste. Les perroquets sont des pigeons infernaux, bariolés comme des blasons et furieux du soir au matin. S'ils se voient ou s'entendent d'une cage à une autre, ils se précipitent sur les barreaux jusqu'à s'ouvrir le crâne, hurlant comme sous l'empire du démon. Quant au monarque des animaux, figure universelle du pouvoir, de l'orgueil, de la superbe, ce n'est qu'un gros chien mou roulé dans un tapis, la queue en goupillon et la barbe grasse remontant jusque derrière ses oreilles. Le lion bâille. Il tourne dans sa cage. Joue avec la carcasse d'un mouton, la repousse. Ses geôliers génois le titillent, tentent de le faire bouger, grogner, se redresser un peu. Le gros roi jaune s'en fout. C'est comme s'il comprenait qu'on le donne en spectacle. Rien de cela ne l'intéresse. Et moi, c'est pour ça que j'ai quitté Flora ? les cuisses blanches de Flora ? les seins blancs de Flora ? Trois mois qu'on est en route et on a déjà essuyé des pluies de flèches, des attaques isolées, on a louvoyé dans la constellation des villes du nord de l'Italie, on a serré les fesses et les rangs jusqu'à trouver asile dans la cité de Roncaglia, où des ambassadeurs attendent le futur empereur. Frédéric jette à peine un œil aux monstres exotiques, va s'asseoir à la table pour causer stratégie. Il a un bon gros pain sur la planche, mais à part lui et quelques-uns de ses lieutenants parmi les moins épais, tout le monde s'ennuie ferme. Les chevaliers ne vivent que pour faire craquer des crânes et sectionner des membres. Cette longue réunion est un avant-goût de l'Enfer. Et pire encore pour moi, qui n'aime ni le bras de fer, ni le pisse-en-bock. Les soldes sont trop maigres pour que les cartes aient un attrait quelconque. Je m'étiole, songe à la désertion. Et c'est ainsi que je finis par faire ami-ami avec le vieil Otton.

Otton de Freising est l'oncle de Frédéric, son conseiller, son biographe ces temps-ci. Il est surtout le seul lettré de l'expédition, si de la famille des lettrés, comme moi, tu exclus ceux qui ne lisent que le latin et ne parlent qu'en citations de la Règle. Otton a un unique sourcil, énorme et hérissé, une haleine répugnante et l'air si sérieux que le lait caille à son approche. Mais c'est aussi un homme de goût, qui connaît Plaute et Virgile, qui joue aux échecs et apprécie l'art des trouvères. Otton est surpris de découvrir le diamant que je suis dans la boue spirituelle de l'armée du neveu. On passe un peu de temps ensemble, et puis de plus en plus. C'est ainsi que le voyage me devient moins pénible. Je vous épargne les aventures guerrières, qui n'intéressent personne sinon ceux qui y meurent sans avoir su pourquoi. Quelques cents crèvent à Asti, à Chieri. Quand Tortone part en torche, ils sont d'autres milliers. Qui se souvient de ces villes ? Ce n'est que du petit ouvrage, un peu de bricolage en suivant le chemin. Lombards et Génois plaident pour un soutien de Frédéric : ils voudraient voir Milan, la rivale, en poussière. Frédéric, prudent, ne dit ni oui ni non. Le pape attend à Rome, il a un sacre au feu. Bousiller au passage quelques alliés de Milan coûte beaucoup moins cher et ne porte pas à conséquence. Je marche avec la troupe, dors parmi la piétaille. Quand les sièges sont mis devant les villes, je traîne un peu des pieds, m'esquive par les chemins, découvre des villages. Les tavernes sont différentes en chaque pays du monde mais, croyez-moi, les choses qu'on y trouve étrangement semblables. Et puis, pour la cantine, de plus en plus souvent, je m'invite à la table de l'évêque de Freising. C'est mieux que la marmite commune et la conversation y est moins monotone. On m'y présente au roi, à son cousin Henri, à toutes sortes de puissants qui, pris de boisson, sont aussi abrutis et vulgaires que vous tous. Je les fais rire, quoique leur humour m'échappe, ils me prient de revenir. Mes lâchetés militaires me sont toutes pardonnées. Je regarde de loin des batailles qui ne sont pas les miennes : vue du surplomb abrité d'une colline, la guerre reste tout de même un réjouissant spectacle.

On descend dans la Botte, s'approche de la capitale du monde, où le pape a, en ce temps, bien des soucis à se faire. Si le Saint-Siège envoie, depuis dix ans, toujours le même message, c'est sans doute que celui-ci contient une part de vrai. Rome est incontrôlable, personne n'y règne plus. Presque cinq ans de rang, le pape a vécu réfugié en France, suivant les bons conseils de Bernard de Clairvaux. Un prédicateur enflammé du nom d'Arnaud de Brescia a poussé la Ville sainte à la révolte contre tous les pouvoirs. Pas de pape, pas d'empereur et peu de patriciens. Rome à la merci du seul peuple romain. Qui se constitue en république, en cité libre. Il faut la mort d'Anastase, l'élection d'un cardinal anglais à sa place, un interdit de dix jours sur les messes et la menace d'une intervention sicilienne pour que la ville consente enfin à expulser Arnaud, et se plier à quelques règles d'élémentaire obéissance. Autant dire que rien n'est gagné. Au Latran, Adrien IV est cerné de toutes parts. La commune presse à l'intérieur, la Sicile arrive par le sud. Et Frédéric fond sur lui, avec une armée de cinq mille hommes, qui n'hésite pas à faire le crochet pour raser un comté. L'Allemand dit ne venir là que pour la seule onction impériale, mais vient-il en ami ? Adrien, inquiet, envoie pli sur pli au roi qui approche. Otton nous en fait lecture au terme des repas, chacun y va de son bon mot, rien n'est fait en retour pour rassurer le pape. On s'arrête à Pavie le temps d'un petit banquet, Frédéric se fait poser sur le crâne la couronne des rois lombards. Elle n'est faite que de fer, c'est une répétition. On passe ensuite le Pô. Voilà déjà le printemps. Rome est en vue et je me réjouis d'enfin découvrir cette ville. Tant de beautés y ont éclos. À Bologne, les sénateurs qui gèrent la république viennent à la rencontre de Frédéric. Tout ça est très courtois, très docte, et au terme de longues heures de palabres nous ne sommes plus que deux membres de l'expédition allemande à nous intéresser aux exposés de Guido de Sasso : moi et Otton de Freising. Ces gens sont délicieux et naïfs, j'ose d'autant moins contredire leurs espoirs que l'oncle du roi me l'a expressément interdit. Quelques semaines plus tard : nouvelle ambassade du pape. Qui requiert, cette fois, un gage de notre alliance. Le prédicateur ennemi, Arnaud de Brescia, a trouvé refuge à quelques lieues de notre camp, chez les comtes Aldobrandeschi. Est-ce que ça dérangerait qu'on aille le leur reprendre et qu'on vienne le livrer à la police romaine ? Otton me fait venir à sa tente pour évoquer cette offre. Vous allez y satisfaire ? demandé-je, avant d'ajouter naïvement : je serais curieux de voir à quoi ressemble ce bonhomme, que l'Église redoute tant. Eh bien, vas-y alors. Prends vingt hommes et leur suite et cueille pour Adrien cet Arnaud de Brescia. Et quoi ensuite ? Tu étais pressé de te rendre jusqu'à Rome, non ? Tu n'auras qu'à l'escorter toi-même jusqu'aux États de l'Église. Bien entendu j'accepte, scellant ainsi mon destin ; celui de mener à la mort un homme remarquable qui, au fil des jours qui nous séparent du but de notre voyage, me devient aussi cher que le plus proche de mes amis.

L'Archipoète se lève, s'étire en craquant, s'éloigne pour uriner. Quelques pas, seulement, pour vous faire profiter du fracas de grêlons et des grognements d'aise. Guiot sourit, l'air niais, ses pieds nus dans une flaque de soleil, sa face dans l'ombre piquetée. Tu te penches vers lui et, à voix basse, pour ne pas être entendu du vieux, demandes : comment un homme pareil a-t-il pu se joindre à la grande armée de Barberousse ? et l'archevêque Otton se laisser approcher de lui ? Le Bourguignon te jette un œil incrédule, puis glousse. Votre conteur revient. Il y a des gens qui prétendent que tout a été fait en double, lors de la

Création. Le jour et la nuit, l'homme et la femme, ce genre de balivernes. J'ai vu brûler un paquet de dualistes dans le royaume de France, certains plus intelligents que moi. S'ils ne me semblaient faire grand mal à vivre selon leurs croyances, je ne répéterais pas trop fort ce genre de bêtises face à un tribunal, qui n'aime rien tant que mener au bûcher ceux dont les opinions divergent. Les cathares disent que Dieu est double et on en fait du charbon. Maître Abélard qu'il y en a trois et on le châtre pour l'exemple. Peut-être que si j'en clame cinq ou sept, on se contentera de me bastonner, et pour dix ou vingt on finira par me prendre en pitié. Où en étais-je ? Arnaud de Brescia, souffle Guiot de Provins. C'est exact. Découvrir Arnaud au château de Tintinnano, c'est rencontrer mon double : voilà où je voulais en venir. Ni mon jumeau ni mon frère, mais une sorte de reflet inverse, une empreinte de moi-même, en creux, dans de la neige. Arnaud de Brescia est mince et ascétique, il est moine, il est puceau, il ne mange ni ne boit. Il n'a au cœur que le bien-être d'autrui et le goût du sacrifice. Il devrait être d'un ennui total, d'une intolérance violente, tout de bois sec et de pierre lisse. Au contraire, c'est un feu crépitant, une force en mouvement. Il me ravit. Lorsque je le rencontre, il ne lui reste que quelques jours à vivre. Nous mettons ce temps à profit de la meilleure des manières : en devisant, du matin jusqu'au soir, échangeant sur tous les sujets qui ont de l'importance, la vie, la liberté, la bonne compagnie. Quand nous venons le soustraire à l'hospitalité des comtes italiens, ceux-ci ne font pas montre de trop de résistance. À la porte, les chevaliers de mon escorte grognent, bavent comme chiens sauvages, quêtant une occasion de déchaîner leur violence. Le prédicateur qui a semé le trouble à Brescia, à Paris, à Zurich, en Bohême et jusque dans la ville de Rome n'a aucune intention de résister à son arrestation. M'a-t-il, lui aussi, reconnu pour un frère ? Je vous suis, me dit-il, alors que nous ne parlons que depuis quelques instants. Une semaine de route nous sépare de Rome. Cela sera suffisant pour que nous fassions connaissance. Que vous me disiez votre vie et que vous puissiez tout savoir de la mienne. Voilà comment je suis devenu le dernier confident d'Arnaud de Brescia, le religieux le plus honni de son temps, l'ennemi intime de tous les calotins et de tous les prélats, pourfendeur des corrompus, des concubins, des simoniaques. Et ami des pauvres, en retour, des réprouvés et des lépreux, qui continuent de faire vivre sa pensée dans l'Europe tout entière en poignardant les puissants et couvrant de merde les abbés enrichis, en souillant leurs soieries, en brûlant leurs palais.

Pas de paix sans justice, insiste Arnaud, durant ces longues, ces belles journées de route. La campagne italienne est d'une beauté, d'une richesse sans pareilles. Nous chevauchons en tête de cortège, suivis à quelques pas par deux écuyers jeunes et laids : j'ai réussi à convaincre nos chevaliers de ne pas tenir le moine entravé, vantant leurs propres mérites, leur habileté à la chasse. Quel besoin de ligoter un prisonnier que l'on peut rattraper sans peine contre quelque amusement ? Douces collines, beaux vallons, herbe grasse, ruisseaux chantants ; un paradis terrestre. On comprend Romulus et on comprend Énée. Arnaud de Brescia, qui connaît les décors et ne se laisse pas facilement dérouter dans sa pensée, poursuit : il faut trouver de nouvelles façons de faire. La corruption du clergé et les péchés répétés des prélats sont rendus possibles par l'organisation même de notre Église. L'homme est faillible et faible. Comment espérer que ceux qui établissent les règles le fassent de manière équitable et sans s'octroyer de passe-droits ? Être fidèle à l'Évangile, cela veut dire lutter contre toutes les injustices. Dénoncer le péché à chaque niveau, au sein de chaque cercle. Réfléchir ensemble à des manières nouvelles de gouverner les corps comme les âmes. J'ai fait écrire à Frédéric Hohenstaufen ce que je crois être la vérité sur Rome : que la ville n'est habitée ni par le pape, ni par l'empereur d'Allemagne, mais par les Romains eux-mêmes, et que ceux-ci doivent avoir le contrôle de leur destinée, non pas isolément, mais tous ensemble. Sais-tu quelle réponse nous avons obtenue de ton roi ? Aucune. Et Arnaud, sur sa mule, fronce les sourcils, contrarié pour de vrai. Moi je ne lui réponds rien, et certainement pas qu'Otton nous a fait lecture de cette fameuse lettre, un soir en Lombardie, et que nous nous en sommes répété les passages les plus grandiloquents en riant comme des perdus, et riant encore de la naïveté et de l'enthousiasme de la requête. Cher Empereur, nous ne reconnaissons pas ton autorité, merci de nous laisser libres, et si le pape s'en mêle explique-lui bien que c'est nous qui avons raison. La feuille passe de mains en mains et nous rions, rions encore. Évoquer cette scène avec Arnaud de Brescia n'aurait en rien remonté son moral. Et pourtant, continue-t-il ce même jour, pourtant nous avons failli l'emporter. Il s'en est fallu de peu que nos idées ne renversent la table. Que le clergé ne soit forcé de prendre en compte la poussée populaire, que l'Église ne soit acculée à la réforme. Peut-être as-tu entendu parler du concile de Sens et de ce qui s'y est produit. Dans tous les cas, l'histoire que l'on t'a baillée n'était certainement qu'un terne reflet de la vérité des faits. Il nous reste une journée avant que n'apparaissent les premiers villages des dépendances de Rome. Cela devrait suffire pour te faire mesurer à quel point nous sommes passés près d'un changement radical, combien la frontière est mince entre ordre corrompu et ordre véridique, et fin le fil qui sépare la vérité du mensonge.

À l'aube de mes quarante ans, raconte Arnaud de Brescia, je suis chassé de ma ville natale par les partisans de l'archevêque Manfred et un décret du pape Innocent II. Les seigneurs qui avaient accepté de me soutenir pour faire destituer l'archevêque simoniaque ont brusquement changé de camp. Afin de sauver ma tête, j'abandonne à mon tour le peuple de Brescia. Ceux qui se revendiquaient de mes prêches sont poursuivis, harcelés, emprisonnés. Mes livres, mes pamphlets jetés au feu. Je voyage de nuit pour dérouter les assassins à mes trousses, et trouve asile en France, où je me réfugie auprès de mon ancien maître, le très sage Abélard. C'est en sa compagnie que je passe les années qui suivent, dans un oratoire minuscule que nous avons bâti de nos mains au bord de l'Arduzon. Nous y vivons selon les préceptes de l'Évangile, dans un grand dénuement, au service de nos frères nécessiteux et dans une intense joie intellectuelle. Abélard est, sans conteste, l'esprit le plus affûté du siècle, et ses positions théologiques, pour difficiles qu'elles soient à appréhender, sont immensément fertiles et réjouissantes. Prônant le libre arbitre, l'exercice de la raison, la nécessité de l'accumulation des connaissances et de l'analyse des commandements bibliques, il est presque en désaccord sur tous les points avec la ligne que défend Bernard de Clairvaux. Mais malgré la haine que lui voue cet abbé, et peut-être aussi un peu grâce à elle, la pensée d'Abélard continue de se répandre à travers l'univers. Protégé par Thibaut de Champagne, mon maître poursuit ses travaux dans la simplicité de sa retraite. Ensemble, nous écrivons des livres, nous formons des théologiens de passage, nous recevons les étudiants pauvres de Paris. Bernard, bien sûr, est cent fois plus influent qu'Abélard. Non content d'avoir l'oreille des papes et des rois, de prêcher les croisades, de définir les dogmes appuyés sur des visions véridiques, il souhaite que toute conception divergente soit expurgée des écoles, des couvents et des églises. Ses outils habituels sont la persécution et la manipulation. Des années durant nous subissons sans mot dire ses assauts, insultes et injustices.

Un soir, finalement, je vais trouver mon maître et lui dis : Bernard a le pouvoir temporel. Semblable à l'évêque corrompu qui succombe au péché parce qu'il se croit au-dessus des critiques, il contraint sa pensée et l'empêche de s'envoler. Vous qui êtes dénué de tout bien matériel, votre réflexion est libre. Bernard sait tout cela. Il sait que vous vous tenez du côté de la raison et, pour cela même, cherche à vous museler. Mais l'autoriser à rester dans son erreur, n'est-ce pas également l'encourager dans le péché ? Que demandes-tu, Arnaud ? Que veux-tu que je fasse ? Le temps me semble venu de vous confronter à lui, publiquement. De le convoquer et, une bonne fois, de débattre de doctrine. Il faut le forcer dans ses retranchements, dénoncer ses sophismes et mettre au jour ses simplifications. Vous ne pouvez que triompher de lui dans une joute d'intellects. Abélard ne dit ni oui ni non, mais à la Pentecôte suivante, Henri Sanglier, archevêque de Sens, fait savoir qu'il procédera au jour de l'octave à une ostension solennelle des reliques de la cathédrale. Bernard de Clairvaux y tiendra ensuite un concile, au cours duquel il examinera dix-neuf propositions tirées de l'œuvre d'Abélard, en présence de l'intéressé. La nouvelle se répand, et tout ce que le pays compte de clercs et de puissants se presse pour y assister. Les évêques des archidiocèses de Sens et de Reims, les comtes de Champagne et de Nevers, les abbés des plus grands monastères, et jusqu'au roi de France Louis VII convergent vers cette ville. Le soir de l'ostension, quelques heures avant que ne s'ouvre la réunion, Bernard offre un dîner pour rallier à sa cause les prélats assemblés. L'abbé de Clairvaux, tout le monde s'en rend compte, craint la confrontation. Abélard, déjà jugé, déjà condamné pour hérésie à Soissons huit années plus tôt, déjà mutilé à Paris pour trahison de serment, n'a rien à perdre qu'une réputation déjà écornée. Bernard, lui, joue son existence entière.

Je n'assiste pas au dîner, mais au milieu de la nuit, Alvise, évêque d'Arras, qui est un proche, vient nous rapporter ce qui s'y déroule. Dans la cellule d'Abélard, avec Hyacinthe Bobone, prieur au Latran lui aussi fidèle aux idées de mon maître, nous préparons une présentation synthétique et exacte de ses thèses. Cet exposé n'aura pas lieu, révèle le nouvel arrivant. Bernard a procédé à un résumé grossier de la pensée d'Abélard, quelques lignes qu'il fait lire à voix tonitruante aux invités. Le vin coule à flots et ces idées aberrantes, mal formulées, déformées, sont répétées à l'envi jusqu'à ne plus vouloir rien dire. En même temps que la saoulerie, la colère enfle chez les prélats. Il n'y aura pas d'exposé d'idées, répète Alvise, mais un procès à charge. Un procès en public, auquel assisteront des centaines de gens du peuple et des milliers d'autres, massés sur le parvis. Souvenez-vous de Soissons, où vous avez failli finir lynché. Rien ne fait plus plaisir à l'ignorant que de se payer un clerc, un savant marqué du sceau de l'hérésie. Il te faut fuir, dès cette nuit. L'évêque d'Arras, presque aussitôt, se retire. Sa lampe le précède, disparaît dans la nuit. Deux petites coupelles d'huile seulement nous éclairent encore. Abélard paraît vieux, le visage sculpté d'ombres. Le silence revient et pèse. Bernard se fourvoie, dit enfin mon maître. Intellectuellement. Spirituellement. Et pire encore : il le sait. Quel homme de foi étoufferait une vérité, simplement parce qu'elle a été prononcée par quelqu'un d'autre que lui ? Il va falloir, pour son salut, qu'il affronte ses erreurs. Je ne m'enfuirai pas. Je passe cette dernière nuit sans trouver le sommeil. Le procès commence le jour suivant, après tierce sonnée.

J'ai faim, s'interrompt l'Archipoète. J'ai froid, j'ai la bouche sèche. J'ai besoin de jeux, de pain, de grillades et de je ne sais quoi d'autre. Assez parlé pour aujourd'hui. Faites ce que vous voulez, moi je m'en vais. Et il se lève, brosse ses nippes pour en faire tomber les brins d'herbe collés, s'ébroue comme un chien hors de l'eau. Et la suite de l'histoire ? demandes-tu. Quand est-ce que tu la racontes ? C'est comme ça que ça s'est passé pour moi, rétorque le conteur. Arnaud n'arrêtait pas de s'interrompre, de faire des digressions, de revenir sur des choses trop lointaines ou trop compliquées. Estime-toi heureux que j'aie fait profession de dire des histoires, et que tu n'aies pas été obligé de subir l'ahanement appliqué et confus de ce vieux prédicateur. Sans compter que, dans la petite troupe qui nous escortait jusqu'à Rome, étaient deux chevaliers, nés sans le savoir d'un même père mais de mères différentes, et qu'ils ne cessaient de se disputer. Ce qui donna lieu à une nouvelle interruption dans l'histoire du concile de Sens, lorsqu'il s'avéra qu'ils avaient tous deux prêté serment à une même dame du comté de Saxe et qu'ils prirent les armes l'un contre l'autre pour résoudre ce conflit. Cela eut lieu à peine à l'écart de la via Francigena, mais me voilà reparti à causer alors que j'avais juré que c'était terminé pour aujourd'hui. Je me tais. Vous ne saurez rien de plus. Égayez-vous, chantez, baisez damoiselle ou damoiseau, plus de labeur jusqu'à demain. Laissez les aventures courir dans votre tête, n'y songez plus. Le bon empereur Barberousse vous convie à la fête. Ne me suivez pas. Adieu.

L'après-midi a passé lentement sur le Rhin. Le vieux s'éloigne, toujours un peu de biais. Le soleil s'est caché et le ciel, très clair, entièrement bleu, se dégrade jusqu'à la ligne beige des collines en amont. Deux étoiles très brillantes apparaissent puis, sur terre, les tout premiers flambeaux. La musique. Des chevaux silencieux passent à l'orée du bois. Alors ? demandes-tu à Guiot, qui est resté sans bouger, mâchant une herbe longue dont le toupet balance. Est-ce que tout ça est vrai ? Est-ce qu'il a connu Arnaud de Brescia, et Otton de Freising, et l'Empereur ? L'Archipoète, répond le Bourguignon après avoir réfléchi un instant, doit son surnom à Renaud de Dassel. Une fonction pour seule identité, le désignant comme poète de cour. Chien fidèle du plus proche conseiller de Barberousse, l'archevêque de Cologne, l'archichancelier d'Italie. Et, non, Renaud n'occupait pas encore ces fonctions au moment du voyage à Rome. L'Archipoète est arrivé à la cour à la suite de l'impératrice

Béatrice, dont il était un protégé en Bourgogne. Et cela s'est passé l'année qui a suivi le retour de Frédéric en Allemagne. Lorsque l'Archipoète a vu l'Empereur pour la première fois, il portait certainement un tout autre nom. Comment l'appelaient les trouvères qu'il fréquentait dans sa jeunesse ? Pourquoi avoir changé d'identité ? Et pourquoi prétendre aujourd'hui avoir participé à la première campagne d'Italie ? Tu connais la réponse, bien sûr. Guiot se tait, se lève à son tour, s'apprête à te laisser sur un nouveau mystère, encore une explication en suspens. Mais, à ta grande surprise, voilà qu'il te tend la main pour t'aider à te remettre sur pied et qu'il conclut : parce que nos vies à tous ne sont que des histoires, un mélange de vécu, de souvenirs, de songes, de témoignages et d'inventions. Parce que lorsqu'il raconte ces épisodes brodés pour ton plaisir, au fur et à mesure, il n'est pas plus honnête ni plus menteur que s'il s'agenouillait face à un prêtre pour une confession. Il sait, comme moi, comme toi, la valeur des récits : tout à la fois immense et insignifiante, à l'exacte mesure de celle que lui accordent son public, sa rêverie, sa confiance, son imagination. Vous marchez dans la nuit qui est venue vers des groupes formés, des artistes qui jonglent avec des cannes en feu, un âne qui épelle son nom dans la poussière, des joueurs de tambour, des joueurs de fifre. Je vais te dire encore une chose, la dernière pour cette nuit. L'Archipoète a eu pour mentor un des plus grands conteurs de tous les temps, le maître d'Orléans qu'on appelait Primat. Le haut fait de gloire de Primat eut lieu lors d'un concours, bien avant le temps de ta naissance, où les plus fins versificateurs faisaient assaut de virtuosité. L'exercice consistait à résumer en deux vers certaines scènes de la Bible. Primat y excella. Sais-tu quel passage il choisit de ramasser ? Tu l'ignores et le lui dis. Tous. Toute la Sainte Bible, en deux hexamètres. Et quels sont ces vers ? À ce moment, bien sûr, au lieu de te répondre, Guiot te salue de la main et entre dans la foule, dans le cercle de lumière. Son visage se mêle aux faces souriantes, aux faces ravies par le spectacle de danseurs travestis, et tu t'approches à ton tour pour frotter tes épaules aux épaules d'inconnus, pour te perdre, pour mieux voir. La nuit est jeune et la fête ne fait que commencer.

Le lendemain, tu t'éveilles là où tu as fait ta couche. Les gens alentour sont endormis encore, roulés les uns contre les autres, protégés par des couvertures tendues entre les branches de deux grands cerisiers. Tous sont lombards, venus aux joutes défendre l'honneur de la ville de Pavie. Vous n'avez pas parlé de guerres, mais bien bu et couru, joué sans mise, erré de groupe en groupe, et vous êtes amusés à surgir de l'ombre pour effrayer les couples qui se formaient et s'isolaient. Le bruit a couru que l'Empereur, sans couronne ni insigne, circulait parmi les invités, partageant la bière et les opinions de qui voulait bien trinquer avec lui. Vous l'avez cherché, avez donné le nom de Frédéric à tous les barbus que vous croisiez, celui de Béatrice à toutes les femmes blondes. À un moment, te semble-t-il, vous avez dansé en ligne, puis en cercle. Tu te lèves et vas jusqu'au fleuve pour te débarbouiller. Des nuages sont venus au cours de la nuit, qui se dissiperont avec le soleil. Il est encore bien tôt. Tu vérifies ton barda, les quelques sous toujours dans ta bourse, et retournes sur tes pas chercher ton bâton. Mayence est à moins de deux lieues, et tu n'as pas encore vu la ville. Même en traînant en route, tu y seras avant sexte. Mais à peine as-tu rejoint la route d'Ingelheim qu'un homme t'interpelle : Heinrich von Veldeke, plus cireux que jamais, plus maladif et énergique. Ses yeux brillent, son corps tremble comme sous l'effet d'une fièvre. Il te demande la permission de te suivre, ce que tu acceptes à condition qu'il achève enfin son histoire de juive de Cologne. Sais-tu avec qui j'ai passé la journée d'hier ? continues-tu, imprudemment. Et comme le Hollandais ne devine pas, tu redis les heures passées en compagnie de Guiot et de l'Archipoète. Heinrich veut tout savoir et tu prends plaisir à tout lui raconter, même si tu oublies de nombreux passages, en réécris quelques autres et raccourcis de beaucoup les tours et détours pris par le conteur. Le chemin passe vite. Vous ne prêtez que peu d'attention aux autres voyageurs, très nombreux sur la route, aux charrettes, aux convois et pèlerins. Vous êtes aux portes de la ville quand tu en arrives au concile de Sens, à Abélard, à ses thèses.

La pensée d'Abélard a été condamnée, dit Heinrich, lorsque tu te tais enfin. Vous passez sous l'arche de la tour. Les portes de Mayence grandes ouvertes sont ornées de fanions et de fleurs en bouquets. Les fantassins ne semblent là que pour empêcher les bousculades dans le passage rendu étroit par la cohue dans les deux sens. Il disait pourtant quelque chose de très vrai, poursuit Heinrich, tandis que vous vous esquivez par une rue latérale, sortant du fleuve humain qui roule jusqu'à la cathédrale. Pour lui, les herbes et les pierres n'ont aucune vertu de guérison. Ceux qui leur en accordent le font sous l'inspiration mensongère du démon. Cette leçon, prétend-il, lui vient de la simple observation, et de l'exercice pondéré de sa raison. Mais c'est une posture inacceptable pour nombre de savants à travers la chrétienté, qui accréditent les travaux de botanistes. Sur ce point, ils ont le soutien des Pères de l'Église, d'Augustin en particulier. Je me tiens moi-même du côté d'Abélard, poursuit Heinrich. Des pierres, bon sang. Des graviers pour la fièvre tierce, des galets pour la parturition. Il te prend le bras, te mène comme au hasard par un lacis de ruelles de plus en plus étroites. Ce que dit Abélard, et que Bernard de Clairvaux ne peut entendre, est ceci : tout en suivant saint Paul, on peut ne jamais renier Aristote. Ce que Bernard feint d'entendre est cela : au nom d'Aristote, il est nécessaire de renier saint Paul. En une seule soirée, l'abbé de Clairvaux a convaincu les juges du concile que son adversaire, plus encore qu'un hérétique, était un idiot et un vicieux. Rien n'est plus facile à déformer que la pensée d'un homme que l'on méprise. Sais-tu comment il résume la théologie d'Abélard ? Proposition trois : au Père la toute-puissance, au Fils une certaine puissance, au Saint-Esprit aucune puissance. Heinrich te pousse, te presse, te force dans des passages raides et puants, rendus plus étroits encore par les rivières brunes qui s'y épanchent. Ne t'offusque pas, poursuit ton guide, qui frappe à présent, contre le bois noir d'une porte basse, une suite de coups qui pourraient bien former un code. J'ai suivi une leçon au cloître Notre-Dame pour dix leçons en tavernes, lieux que les étudiants de Paris fréquentent avec la même aisance. Abélard a dans les deux lieux crédit équivalent. Ce qui manque à Cîteaux, c'est la compagnie des femmes, des gueux et des pipeurs de dés. Ce qui manque à Bernard, au fond, comme à tous ses semblables, c'est une occasion de prendre un peu de plaisir à bien vivre.

Et la porte s'ouvre alors, et une vieillarde aux paupières cachetées par la conjonctivite vous mène à travers une cour, où des peaux à tanner macèrent dans leur saumure. Un pas de recul suffit à percevoir ce que nous sommes, s'emballe Heinrich. De gros sacs mous et pleins de merde, roulés de-ci delà par nos passions, et au fond desquels brille, enfouie, la gemme minuscule de notre âme immortelle. Est-ce que cela ne suffit pas à s'en payer une bonne ? Vous montez l'escalier en bois qui court au flanc de la maison haute, traversez un séchoir vide, montez encore, entrez dans l'habitation d'une ou de plusieurs familles, les conversations y cessent, une dizaine d'yeux d'enfants vous suivent à travers une chambre, vous passez dans une cuisine où des femmes de tous âges s'affairent, sortez de l'autre côté, grimpez le dernier colimaçon. Trois tables minuscules sur un balcon exigu, des figures sculptées dans le bois de la balustrade qui court autour et, sous vous, en toutes directions, cinq étages plus bas, le Rhin, la foule, l'activité frénétique. Heinrich tire un tabouret pour s'installer à l'aise, te fait signe de prendre place. Deux bols sont montés jusqu'à vous, un tonnelet de bière douce, des tranches de pain rassis sautées avec de la graisse de bœuf et des petits oignons. Tu passes à ton tour les jambes par les claires-voies du garde-fou, installé entre ciel et terre au-dessus de la cohue de ce beau jour de fête. Ton regard embrasse des quartiers tout entiers en un paysage de toits, de clochers, de pigeonniers, toute la carte dépliée du monde vu d'en haut, ses rues, ses carrefours où les hommes circulent comme des fourmis rendues folles, aussi petits, aussi silencieux qu'elles. Vous buvez et mangez au sommet de la maison des tanneurs, indifférents aux bouffées infectes que le vent rabat parfois, satisfaits de votre sort. Alors, demandes-tu, la juive ?

Le terme de la grossesse approche, raconte Heinrich qui s'étire et qui bâille, se bascule en arrière pour scruter les nuages comme s'il y distinguait d'obscures écritures. Les habitants du ghetto, chaque matin, chaque midi, chaque soir, passent devant la demeure. Ils chuchotent et ils prient, se questionnent les uns les autres, finissent par trouver un témoin qui a pu y entrer, la fille est toujours grosse, ce n'est pas aujourd'hui. Quand la nouvelle se répand que le travail a commencé, trois rabbins de la communauté accourent, pressés chacun d'assister à l'avènement du Messie. Ils se rencontrent sur le seuil, se disputent le droit d'entrer le premier. Les vieilles de la famille tranchent le différend : interdiction à tout homme d'avancer plus loin que la cour. Les sages se résolvent à patienter, tantôt assis sur un banc, tantôt déambulant dans le carré réduit, et devisant encore, s'enthousiasmant, pleurant d'allégresse. On entend les geignements puis, bientôt, les cris de douleur de la jeune fille. De la rue enfle une autre rumeur, celle de la foule des chrétiens de Cologne, qui crie : Dieu soit loué dans toutes Ses œuvres ! Et : Hosanna au plus haut des Cieux ! Et, à mesure que le cortège approche des frontières du quartier juif, ces chants vont s'amplifiant, comme les trompes de l'escorte guerrière qui l'accompagne. Du toit d'une des maisons, perchés comme nous le sommes maintenant, les gens du ghetto aperçoivent un cortège, dont la traîne envahit toutes les rues adjacentes. Il est entré par la porte sud et, de paroisse en paroisse, a agrégé les croyants de la cité, les menant en large tour jusqu'au parvis de la cathédrale. À la proue de ce vaisseau humain, portée par six prêtres et six soldats, la châsse d'or et d'ivoire conçue par saint Eustorge étincelle. Elle contient les restes des rois magiciens Gaspard, Melchior et Balthazar. Les trois monarques qui, suivant des signes du Ciel, ont accouru des trois termes du monde pour être les premiers à découvrir le Christ et Lui prêter allégeance. Leurs restes, recueillis par sainte Hélène, mère de Constantin, étaient tenus jusqu'à ce jour par la ville de Milan.

Le conquérant de ce trésor est Renaud de

Dassel, qui chevauche juste derrière la châsse ouvragée, visage fermé, bonnet en main. Renaud ne chante pas. Il ne crie pas victoire. Son front est plissé par la contrariété. Sa mâchoire serrée et son air grave découragent jusqu'aux vivats qui lui seraient adressés. Après des années de campagne, de sièges, de destructions, l'archichancelier offre à son diocèse les plus précieuses des reliques, jusqu'alors gardées par la plus orgueilleuse des cités italiennes. C'est un jour de triomphe mais également, pour le guerrier, un jour pesant de funestes révélations. Regarde mieux. Habitue tes yeux au grouillement de la foule. Distingue à leur mise les gens de robe des gens d'épée. Trie les bourgeois de Cologne des clercs, les gueux des ermites. Vois qui marche avec qui, qui lutte, qui pousse pour s'approcher du reliquaire. Qui entretient, sans un geste ni un mot, des liens secrets avec Renaud. Ce moine, oui. Quelques pas en arrière. Maigre, osseux et les cheveux huileux. Il n'a pas l'air de grand-chose et pourtant Eckbert de Schönau est abbé influent. Ses sermons font autorité, ainsi que les retranscriptions des révélations de sa sœur, la magistra Élisabeth. Tu as déjà aperçu cet homme, il me semble. C'est un ami, un proche de l'archichancelier. Ils ont jadis étudié dans les mêmes écoles de Worms et de Paris. L'un s'est enfermé dans le silence d'une vie de contemplation, l'autre est devenu le bras droit, l'éminence grise de Barberousse. Ils se sont retrouvés, ce matin même, aux portes de Cologne, parce que Renaud y avait convoqué Eckbert. Je t'en prie, lui avait-il écrit, rejoins ma compagnie dès que tu le pourras. Depuis que j'ai quitté Milan, des songes terribles me poursuivent. Tu as l'habitude de démêler le sens des visions les plus confuses. Au nom de notre amitié ancienne, retrouve-moi, apporte tes lumières. Eckbert obtempère, et la première chose qu'il enseigne à Renaud, avant même d'avoir entendu son témoignage, est que sa sœur vient de décéder. Élisabeth de Schönau, la plus grande visionnaire de ce temps, a rendu l'âme la semaine précédente, au terme d'une longue, d'une terrible agonie. La vie de ta sœur a été en tout point exemplaire, mais chaque nouveau jour était pour elle une immense souffrance. La voilà qui demeure dans la lumière, c'est sans doute pour le mieux. Eckbert n'a rien à répondre à ce genre de banalités. Il a sacrifié sa carrière pour veiller sur la malade. Sans Élisabeth, aujourd'hui, il occuperait peut-être la place de Renaud. Il aurait la haute main sur un tiers de l'empire et la moitié des églises d'Allemagne. Je suis venu jusqu'ici pour t'aider, dit-il, avec un hochement de tête d'approbation, presque de soumission. Dis-moi ce qui te préoccupe.

Heinrich von Veldeke se tait, il te regarde, regarde à travers toi. Cet homme est pâle et rouge et ses yeux sont humides. Dès qu'il cesse de parler, il redevient un drôle de type maladif et nerveux dont tu t'écarterais si tu le croisais par hasard. Le silence qu'il a laissé ici n'est, tu t'en doutes, qu'une provocation de plus. Il veut que tu le relances, que tu l'incites à poursuivre ou bien que tu le supplies de revenir à l'histoire de la juive qu'il délaisse si grossièrement. Mais tu ne lui donneras pas ce plaisir. Sans dire un mot, tu te penches, attrapes dans l'assiette le dernier bout de pain, te le fourres dans la bouche. Quelle belle journée, soupire Heinrich au bout d'un temps très long. Mais regarde ces nuages, par-delà les collines. Je ne serais pas surpris qu'il se mette à pleuvoir. Ça suffit ! lâches-tu à bout de patience. La suite ! Ton compagnon joue la surprise avec une fausseté insupportable, puis sourit. Descends nous chercher encore un peu de bière. Ce tonneau est à sec, et comme c'est moi qui ai parlé jusque-là, il n'est pas difficile de voir qui l'a vidé. Alors, aussi vite que tu le peux, tu files à la cuisine, que tu trouves emplie de femmes et de jeunes filles. La conversation, très animée, cesse à l'instant où tu passes la tête par l'ouverture. Tout va comme vous voulez ? demande une blonde au cou gonflé, occupée à emplir des moules à gâteau avec une pâte épaisse. Puis, à sa voisine : Heinrich le soiffard s'est trouvé une nouvelle victime. Il vous raconte l'histoire de la juive de Worms, pas vrai ? Une fille de dix ou onze ans, longue et très maigre, un tissu bleu noué autour du crâne, te prend le tonnelet des mains pour aller le remplir. De Cologne, crois-tu bon de corriger. Ah. Pourquoi pas de Constantinople, tant qu'il y est. Savez-vous comment l'histoire se termine ? Le récipient te revient, lourd et frais dans tes bras. La petite te sourit. Quand t'en auras assez de tous leurs bavardages, viens nous rejoindre. Nous nous réunissons à vêpres et disons les histoires secrètes que les hommes n'ont pas le droit d'entendre. Un coup de cuillère en bois sur sa fesse, sonore mais sans brutalité, l'empêche de t'en dire plus. Et tu es à peine de retour sur le balcon que ton compagnon se reprend à causer.

Il faut quinze mois à Barberousse pour faire tomber Milan. Plus d'une année de siège, de machines de guerre, de tunnels. Plus d'une année de pillage des contrées alentour, de patience et de découragement. Sur les conseils de Renaud de Dassel, l'Empereur a renvoyé dans la cité certains fuyards capturés, après leur avoir fait arracher les yeux. Sur les conseils de Renaud de Dassel, il en a lié d'autres aux grandes tours d'assaut, comme boucliers vivants contre les archers milanais. Et ces braves gens, énucléés en vain, témoignent à travers la ville assiégée de la barbarie de l'Empereur. Et ces gens honnêtes, attachés aux machines, crient à leurs propres frères : transpercez-nous de flèches ! Ne craignez pas pour nous ! Sauvez Milan en notre nom ! Il faut ainsi quinze mois pour pénétrer la ville, là où six jours suffisent à la réduire en miettes. Quand une poignée d'affamés finit par en rendre les clés, la porte est à peine ouverte que des messagers sont envoyés dans toute la région. Milan est défaite. Que chaque ennemi de l'orgueilleuse accoure. Tous ceux qui ont un grief à son encontre, un différend à régler, une dette à solder sont les bienvenus. Que chacun apporte des sacs et des outils, afin que pas une pierre ne reste posée sur l'autre. Au soir du premier jour, ils sont des milliers à s'affairer, tandis que les Milanais fuient en tous sens, comme des guêpes dont on a crevé le nid. Au soir du deuxième jour, la pluie qui tombe éteint le gros des incendies, et Milan se change en carrière à ciel ouvert. Moins d'une semaine est nécessaire à sa disparition. Seuls quelques lieux sacrés sont laissés intouchés. Lorsque Renaud revient, deux ans plus tard, pour prendre possession des reliques, rien encore n'a été rebâti. Milan est faite de bois et de toiles, tassée en quartiers d'activités, régie par l'arbitraire de bandes armées rivales. Les rues sont des fossés entre les tas d'ordures et l'on y crève aussi bien de la faim qu'au plus fort du grand siège. L'expédition allemande traverse cette désolation les armes à la main, prête à verser le sang pour accaparer les derniers biens de la ville dépouillée. Mais il n'y a plus, ici, aucune force pour résister. Les Milanais ont perdu jusqu'à leur orgueil et c'est sans un cri, sans un geste de protestation qu'ils laissent à Renaud le soin de sortir les dépouilles des sarcophages des saints. Voyant l'ennemi arriver, le prêtre chargé de la garde des reliques est allé jusqu'à se donner la mort : étranglé, il pendouille à une poutre de la sacristie. Malgré les ordres, aucun soldat n'ose approcher son corps, encore moins le toucher, et il reste là, à osciller, tandis que l'on exhume l'incomparable trésor.

Quelques semaines plus tard, au col du Saint-Gothard, Renaud de Dassel n'arrive pas à dormir. La nuit est claire et, à cette altitude, les étoiles si proches qu'on croirait les gauler avec un simple bâton. Chevaliers et soldats enroulés dans leurs couvertures ronflent comme des enfants. Près des feux, les veilleurs improvisent à mi-voix des chansons à deux rimes. Les chevaux s'ébrouent dans le sommeil, un rapace de nuit passe dans un souffle. Soudain, une lumière frappe la face de l'archichancelier, l'aveugle un bref instant. La flamme d'une lanterne, de deux, de trois. Tendue chacune au bout de la main gantée d'un homme barbu, au manteau poussiéreux, au dos un peu voûté. Belle nuit, dit la voix grave du premier voyageur. Nous cherchons un homme, dit la deuxième. Nous cherchons un roi. Renaud s'assied sur sa couche et se frotte les yeux. L'éclat des lampes dessine un cercle qui abolit le reste du monde, révèle les riches habits des trois voyageurs, leurs parures précieuses et, sur leurs têtes, les couronnes de pierreries. Nous te connaissons, dit Gaspard. Tu es l'envoyé d'un grand monarque, dit Melchior. Nous avons des choses à te révéler, dit Balthazar. Vous êtes un songe, réplique l'archevêque. Une vision délirante. Je ne veux rien apprendre de vous. Les Rois mages hochent leur tête avec tristesse et compassion, comme un père le ferait face aux bêtises d'un petit enfant. Il ne t'est pas donné de choisir ce que tu dois savoir et ce que tu dois ignorer, fait l'un. Tout ce que tu es, toutes tes paroles et tous tes actes, est écrit de longue date, continue l'autre. Voici, donc, ce que nous sommes venus t'enseigner, poursuit le troisième. Et ce que les Rois mages révèlent ce soir-là, Renaud de Dassel le répète, aussi précisément qu'il le peut, à son ami Eckbert de Schönau, qui est un homme savant et sage, et qui a pris l'habitude, des années durant, de démêler et d'éclaircir les visions les plus brutales, les plus obscures au chevet de sa sœur. Tu es l'antépénultième : celui qui vient avant celui qui vient avant le dernier. Voilà le seul rôle que tu joueras jamais dans l'histoire. Le monde se réjouira des guerres que tu perdras, de ta maladie et de ta mort. Pour mémoire, tu n'auras dans les siècles qu'opprobre et que détestation. Mais n'aie crainte, il ne te reste plus longtemps à attendre. L'archichancelier tremble en répétant ces mots, et il est étrange de le voir ainsi démuni. L'homme qui désigne les papes et préside aux destinées de l'empire, Renaud de Dassel, l'archichancelier, bronzé à la haine de ses pairs comme de ses subalternes. L'homme qui jouit de sa légende noire, le bourreau de Milan, l'ennemi de la ligue, le capitaine de l'Antéchrist. Eckbert se penche vers lui sans oser le toucher, il a peur d'une réaction brusque ou, pire encore, d'un abandon sentimental, d'une crise de larmes, d'un effondrement. Les figures qui t'ont rendu visite sont trois des quatre cavaliers de l'Apocalypse. Ils ont pour noms guerre, pestilence et mort. Ce qu'ils t'ont dit se réalisera peut-être, et peut-être pas. Ce qui importe est ce qu'ils annoncent. Le temps est à son terme. L'Antéchrist arrive. Peut-être est-il, déjà, ce Barberousse. Aussi, prie pour ton salut et prépare ton âme à la vie éternelle.

De ce jour, dit-on, Renaud de Dassel connut une vie sans péché et sans joie. Il cessa de prendre plaisir à l'existence pour vivre dans la crainte et l'attente. Trois ans plus tard, presque jour pour jour, la malaria le rattrapa dans la campagne romaine, au cours de quelque manœuvre militaire, et il mourut très peu de temps après l'avoir contractée. À mesure que la nouvelle se répandait dans l'empire, des lumières s'allumaient aux fenêtres et dans les chapelles en signe de gratitude, et des cierges de remerciement au Seigneur se multiplièrent partout, tant était grand le nombre des ennemis de cet homme, et de ceux à qui il avait causé du tort. Renaud de Dassel fut un homme remarquable par sa cruauté guerrière et politique, et le mentor éclairé, le généreux mécène d'un des plus grands conteurs de l'histoire du monde, l'Archipoète, dont nul ne connaît les traits exacts mais qui pourrait aussi bien, ma foi, être le sac à vin que tu dis avoir rencontré hier avec Guiot. Guiot ! crie maintenant Heinrich von Veldeke, bondissant de son tabouret pour se pencher vers la rue, agitant en tous sens ses longs bras, ignorant les craquements inquiétants des poutres du balcon. Oh, Guiot ! beugle-t-il encore, à l'adresse d'un petit groupe de passants arrêtés, nez en l'air, puis, vers toi : il faut que j'y aille. Je te raconterai le reste plus tard. Le Hollandais s'arrête dans sa fuite, jauge le tonnelet, puis l'échelle, estime finalement le premier trop lourd pour l'accompagner sur la seconde, te salue derechef d'un mouvement de menton et disparaît enfin, comme gobé par la trappe. Tu te ressers à boire, te penches à ton tour par-dessus le rebord. Les piétons sont trop petits, là en bas, trop serrés pour que tu distingues quelqu'un ressemblant à Guiot, ou même à Heinrich, qui doit à présent avoir rejoint la rue.

Tu restes un peu au calme, à boire, à profiter de la vue. La ville en fête, les fanions et les fleurs. Les toits raides aux tuiles rouges et vertes, disposées en vagues, en pointes, en cibles. Les clochers de bois et d'or, les flèches aiguisées, les girouettes. De gros nuages gavés de soleil, aveuglants d'un côté, éteints de l'autre, passent à la file dans le miroir du Rhin, lente queue leu leu. Tu bois encore, jusqu'au trop-plein de ta vessie, finis par redescendre. La fille est la dernière à être restée en cuisine, elle te pointe un recoin, le seau d'aisance, et quand tu en as terminé te dit : on va pouvoir y aller. Prends cette tunique pour couvrir tes habits et un voile pour ta tête. Lorsque nous y serons, il faudra que tu fasses tout ce que je t'ordonne sans discuter et, quoi qu'il arrive, que tu ne prononces jamais un mot. Tout devrait se passer pour le mieux. Et tu me diras la fin de l'histoire de la juive ? demandes-tu. Si tu veux. Mais j'ai peur que, dans ma bouche, la chute soit moins savoureuse que dans celle de tes amis. Ce n'est pas une très bonne histoire. Tu en entendras d'autres, là où nous allons, et d'une nature telle que tu ne pourrais les avoir connues ailleurs. Avant de passer, à la suite de la gamine, dans une chambre au plafond bas, tu abandonnes sur un coin de table une poignée de pièces en paiement. Des habits en vrac débordent de coffres laissés ouverts. L'enfant te prend des mains le grand fichu que tu peines à faire tenir, le plie, le passe derrière ta nuque, puis au-dessus de ton crâne, l'ajuste, le noue enfin. Recule d'un pas pour jauger du résultat. Ça devrait faire l'affaire. Puis, à la suite de son trottinement, tu pars dans l'autre sens à travers la maison, les escaliers, la cour et les ruelles, jusqu'à retrouver les rues de Mayence, ses chants de joie, ses rumeurs relayées et criées, l'Impératrice est là, Béatrice, Béatrice, et tu peines, dans la cohue, à contrer les mouvements de foule, et à chaque instant la petite main qui te tracte manque d'échapper à ta prise, vous tournez dans une perpendiculaire, une rue raide et sombre en pente vers le fleuve avec, de temps en temps, une marche pour casser la descente. Dis-le-moi tout de même, plaides-tu, raconte. Très bien, consent l'enfant, tu l'auras voulu. Mais après, plus un mot : nous y voilà presque. Et effectivement, à peine sur le quai, vous pénétrez dans un établissement trapu dont la porte peinte ouvre derrière la cale sèche de grands navires marchands. Une quinzaine de femmes, les cheveux et bras nus, se tiennent autour de la margelle d'un lavoir. C'est à peine si, entre-temps, la fille a eu le temps de te glisser : l'enfant de la juive naît. C'est une fille. La communauté, furieuse, immole le nouveau-né, bannit la mère. La supercherie est éventée mais le clerc n'est jamais inquiété. Il a tout loisir de se vanter de son exploit, jusqu'à lui donner le statut d'une plaisanterie commune. Tu voulais savoir. Tu sais.

Assieds-toi, enchaîne ta guide. Tous les yeux sont posés sur toi mais tu n'oses pas encore étudier en retour, et t'installes sur un coin de pierre froide. Le silence se prolonge un peu, finalement brisé par la voix grave d'une femme petite et grasse. Abélard aime Héloïse, dit-elle. Non parce qu'elle est belle ou parce qu'elle est noble, mais parce que son esprit est aiguisé, qu'elle ne connaît pas la timidité et que son latin est pur. Il l'aime parce que seule, parmi tous ses élèves, elle ne lui montre aucun signe d'admiration. Qu'elle ne s'amuse pas de ses grivoiseries et qu'elle questionne son enseignement. La dame qui raconte prend le temps de fixer, l'une après l'autre, toutes les femmes réunies, et tu finis par lui rendre bravement son regard, trop doux pour un visage si sévère. La lumière dans la halle est filtrée par plusieurs voiles de draps mis à sécher. Une odeur de saponaire et de charbon flotte dans l'air humide. Des marmites bouillent au coin, sur de longs poêles de briques vernies, la vapeur soulevant de temps en temps les couvercles, qui retombent alors avec des bruits de bouteilles que l'on choque. Vous écoutez l'histoire, une ou deux femmes debout, les autres assises au bord du bassin, sur des paniers ou bien des draps pliés à même les dalles. Deux jeunes filles peignent et coiffent une dame qui pourrait être leur mère. La conteuse écarte ses mains, paumes ouvertes, comme pour y soupeser quelque trésor fragile, et poursuit : Paris. La plus sombre, la plus crasseuse et la plus folle ville du monde. Paris est tassée sur son île, embrassée par le fleuve, et tout y est accolé, le marché, le port, le quartier juif et les maisons marchandes, les cabarets, l'église, le collège de Notre-Dame. Les maisons se grimpent les unes sur les autres, riches et pauvres confondues, les pèlerins logent avec les mécréants comme l'agneau et le lion. Certaines rues sont si étroites que deux personnes n'y passent pas de front, et le caractère des Parisiens est si mauvais que chaque rencontre est la promesse d'un affrontement. C'est à Paris qu'enseignent les plus grands esprits, hommes d'Église, de science ou des deux. Et le plus notable de ces savants est certainement ce Pierre Abélard, qui applique la logique d'Aristote aux questions spirituelles, dans une science nouvelle qu'il nomme théologie. De fameux prélats ont suivi ses cours, archevêques britanniques ou allemands, certains même sont devenus papes. Abélard chante, il court les tavernes. Bien que d'aspect quelconque, âgé, ridé et prématurément chauve, il exploite chaque pouce de hauteur de son estrade pour assurer son ascendant sur le troupeau des élèves. Comme sa place de professeur est liée à un statut de chanoine du chapitre de Notre-Dame, il ne peut se compromettre dans des liaisons sérieuses. Ses amours de religieux sont consommées dans les fossés, les faubourgs, auprès d'hommes à louer. Abélard jouit de l'admiration de ses élèves, du prestige de son statut et de petits écarts dont il prend bien garde qu'ils ne menacent jamais sa situation.

Et puis voici Héloïse. Héloïse est orpheline. Le chanoine Fulbert, son oncle et tuteur, l'a placée, enfant, au grand couvent d'Argenteuil. Elle y a appris ce qui convient à une fille de son rang, en plus du trivium et du quadrivium, et pour les choses de l'esprit s'est montrée plus douée que toutes les autres pensionnaires. Mémoire parfaite, raison impeccable, ajoutant à ces deux vertus un goût pour le savoir, une curiosité et un désir peu communs. À ses quinze ans, Fulbert consent à la tirer du cloître pour qu'elle suive, à Paris même, les enseignements de l'école nouvelle. Héloïse se trouve bien dans le monde, s'ouvre à des disciplines et des pensées hétérodoxes. Au premier cours d'Abélard auquel elle assiste, elle reste stupéfaite de l'arrogance et du brio de sa rhétorique. À deux reprises, elle se lève pour contester un raisonnement et à deux reprises le maître la rassied d'un trait d'esprit, sans jamais répondre sur le fond. Les temps suivants, Abélard s'arrange pour la croiser hors de la classe, seul à seule. Ils échangent ainsi, dans un corridor, leurs premiers mots intimes. Elle a quinze ans de moins que lui et s'agace de ses postures de coq, s'embarrasse de son manque de conduite : c'est de sa passion à lui, sans doute, qu'elle tombe d'abord amoureuse. L'incendie s'est allumé d'un coup, certainement, et dévore tout. Héloïse connaît ce que les femmes doivent savoir de l'amour avec les hommes. C'est elle qui prend l'initiative, dès le premier jour ou peu de temps après, et ce qu'elle aime par-dessus tout c'est tenir Abélard entre ses bras, entre ses jambes. Ne plus être, le temps que cela dure, l'élève, l'amie ou la rivale. Ne plus être une femme, au fond, mais devenir l'amant lui-même : abolir la frontière des peaux qui se frottent, ne faire qu'un, s'oublier et ravir l'autre. Héloïse est forte et saine, elle est intelligente, résolue. Elle est, pour Abélard, la plus belle des femmes qui puisse exister. Dans les tavernes qu'il continue de fréquenter, il improvise des chants passionnés à destination d'une dame jamais nommée. Des histoires triomphales, versifiées en simple romane et qui, reprises de bouche en bouche, font bientôt le tour de toute la capitale : mots d'amour universels au service des romances de ceux qui les redisent, chemineaux et bouviers, cardeuses, fileuses, vendeuses de fleurs.

Héloïse prétend avoir appris tout ce qu'école peut offrir, ne plus désirer de leçons que de Pierre Abélard. Plutôt que de retourner au cloître, où l'attend la seule vie pensable pour une femme de sa condition, elle convainc son oncle Fulbert de la garder chez lui une année de plus, pour pouvoir suivre les leçons particulières du maître de théologie. Le prélat est ravi d'apprendre que cet éminent professeur est prêt à accorder cette faveur, en échange seulement du gîte et du couvert. Fulbert vit à deux pas de Notre-Dame, Abélard emménage chez lui avec son serviteur. La chambre est au bout d'un long couloir étroit, la maison, un monde nouveau à explorer pour leurs amours, pièce à pièce, jusque dans les couloirs, jusque dans le lit de leur hôte. C'est là qu'un jour il les surprend enlacés, comme Mars et Vénus. Incrédule d'abord, stupéfait, puis furieux, Fulbert tourne les talons pour chercher main-forte. Fuyons, piaille Abélard. Pour aller où ? Je suis chez moi. Fuyons, te dis-je, et comme Héloïse fait mine de résister, il l'attrape par le bras, la tire dans l'escalier. En un instant, le grand savant a entrevu les conséquences du scandale. La perte de son poste, la ruine de sa réputation, la condamnation de sa pensée à l'aune de ses vices. Et puis, si la famille d'Héloïse les réclame : ses yeux, coupables d'avoir vu et désiré la vierge, et ses génitoires, coupables de l'avoir profanée. Avant que Fulbert ne soit de retour avec des forts à bras, la garde ou un notaire pour constater le crime, le savant s'enfuit avec sa maîtresse, loue des chevaux, sort de la ville. Il enlève Héloïse pour l'installer en Bretagne, dans la ville du Pallet d'où est originaire sa famille. À pareille distance, malgré ses réseaux d'influence, Fulbert ne peut rien contre lui. La négociation commence. À chaque menace physique proférée, Pierre Abélard réplique par de possibles représailles sur le corps d'Héloïse. Elle est sa compagne, son élève, l'objet de sa passion. Elle est désormais, par surcroît, son otage et sa victime.

On découvre, au Pallet, qu'Héloïse est enceinte. Un petit garçon naît bientôt, absurdement fripé et rouge. Abélard lui choisit le prénom d'Astrolabe et le confie à la garde de ses sœurs. La main de l'homoncule, quand elle agrippe le petit doigt de sa mère, se clôt comme un étau. Si vous nous laissez revenir à Paris, écrit le savant au chanoine, j'épouserai Héloïse. Nous vivrons comme mari et femme, comme parents du petit. Il attend une réponse de Fulbert pour faire part de ce plan à sa compagne, qui en reste atterrée. Est-il donc si naïf ? Croit-il un seul instant que le tuteur tiendra promesse ? qu'Abélard pourra retourner enseigner les subtilités de la foi à Notre-Dame après en avoir dévoyé une élève ? Il le faudra pourtant, gémit l'amant. Ma philosophie le réclame. Je ne peux demeurer longtemps loin du centre du savoir. Héloïse regarde le bonhomme qui tremble et se lamente, plus vulnérable, plus piteux que son propre fils, plus puissant que lui sur son âme. De tous les caprices d'enfants, ceux des maris sont les plus violents, et leurs conséquences les plus terribles. Épouse-moi, sanglote-t-il encore, le nez entre ses seins, je t'en supplie, accepte de devenir ma femme. Et, comme si cela avait le moindre sens, comme si cela pouvait adoucir ou dénouer la situation, il ajoute dans un souffle : je t'aime. Ils se marient un midi, sur la route de Paris. Le sacrement est prononcé sous l'autorité du Seigneur, l'acte établi en présence de deux témoins, puis les époux reprennent la route dans l'heure, ils ne se parlent pas. Héloïse a deviné depuis longtemps ce qu'Abélard n'ose s'avouer. Qu'il ne se résoudra jamais à une vie de famille, qu'il place son bonheur trop haut pour le tempérer à celui d'autrui, qu'il aime autant la chair de son épouse qu'il en redoute l'esprit, et que cette union devant Dieu scelle, en réalité, le début de leur séparation. Ils arrivent chez Fulbert au milieu de la nuit. L'accueil est sans chaleur. Abélard doit produire les écritures avant d'être autorisé à franchir le seuil de l'immeuble. On les installe dans une chambre à lit unique et froid. La nuit de noces est furieuse ; Héloïse sait comment prendre du plaisir, que son amant soit ou non dans de bonnes dispositions. Plus tard, elle croit l'entendre sangloter dans son sommeil. Le lendemain, à l'école, les élèves se pressent pour retrouver le maître après huit mois d'absence. Est-ce vrai, ce que l'on dit ? que toutes ces chansons d'amour étaient pour Héloïse ? qu'elle et vous avez été unis dans le plus grand secret ?

Mettez toujours les rumeurs à l'épreuve, réplique le savant. Étudiez leur logique, faites preuve d'esprit critique. Ce n'est pas parce que cent bouches répètent cent fois un fait que celui-ci en devient plus vrai. Et il enchaîne sur quelques syllogismes de son cher Aristote. Héloïse l'attend la journée tout entière, enfermée chez son oncle, incapable d'affronter le monde avec le même détachement, le même déni de ce qui s'est produit. Abélard lui revient de belle humeur. Il lui dit simplement : tu retournes au couvent, avant de lui faire revêtir la tenue des sœurs d'Argenteuil, à l'exception du voile qui ne peut être mis qu'après prononciation des vœux. À leur arrivée au cloître, il répond à la sœur portière qui le questionne : je suis son professeur. À la mère supérieure qui les convoque, il dit : c'est un bruit sans fondement, elle et moi n'avons jamais été mariés. Leurs adieux ont lieu dans le réfectoire. On les a laissés seuls, la pièce est encore vide, la lumière grise en fin d'après-midi. Héloïse pousse Abélard contre le mur, baisse ses braies et le prend sur une table récemment desservie. Ce n'est pas Dieu que je veux, lui dit-elle, quand elle le tient en elle, c'est toi, depuis le premier jour. Seulement toi. Je sais dix manières dont nous pourrions être heureux, reprend-elle, plus tard. Mais tu ne m'écoutes pas. Et c'est vrai : Abélard n'écoute pas. Il caresse le ventre de son épouse et, déjà, songe à des choses lointaines.

Fulbert pouvait pardonner la trahison d'Abélard, l'enlèvement de la nièce, le chantage qui avait suivi. Il pouvait se prêter à la conciliation et donner son accord pour un mariage secret. Mais l'entrée au couvent d'Héloïse est l'affront de trop. Comme si le philosophe, aussitôt conforté dans sa position, s'arrogeait le droit de revenir sur sa parole. Abélard, quant à lui, s'est convaincu que le tuteur n'avait jamais eu l'intention de pardonner, qu'il n'attendait, pour agir, que son retour à Paris et de savoir sa nièce en sécurité. Quelques nuits plus tard, Abélard est réveillé en sursaut, maintenu couché dans son propre lit. Un homme s'est allongé sur lui, tandis qu'un autre, par-derrière, force entre ses dents une décoction amère. Le soporifique empêche le savant de se mouvoir pendant l'opération, mais ne lui fait pas perdre les sens. Il reconnaît ses agresseurs : le serviteur que Fulbert a attaché à son service et un étudiant en médecine qu'il a déjà vu pratiquer publiquement le même type d'opération. On soulève sa tunique, révèle l'entrejambe, ficelle une cordelette autour de ses bourses pour éviter les épanchements de sang. La douleur est très brève. Abélard n'y songe pas, occupé à graver dans sa mémoire les traits de ses bourreaux. Si jamais ils me prennent les yeux, songe-t-il, je saurai les décrire et les faire retrouver. Mais Fulbert n'a exigé que la paire de ses couilles et, une fois le paquet sanglant déposé sur l'oreiller, après avoir essuyé leurs mains dans les draps conjugaux, les deux s'en vont sans avoir dit un mot. Quinze jours plus tard, l'un comme l'autre sont retrouvés castrés et énucléés. L'étudiant saigne à en mourir, le serviteur finit mendiant. Abélard quitte Paris pour toujours. Consacré moine à son tour, il entreprend une correspondance fiévreuse avec son Héloïse. J'estimais être le seul philosophe du monde, lui écrit-il. La vie conjugale m'aurait crucifié.

Quand la femme qui raconte s'arrête pour te regarder, tu réalises que le voile qui dissimulait tes cheveux a glissé pendant son récit. Dans une autre histoire, ces deux-là auraient pu être heureux, continue-t-elle. Le savant et sa savante, élevant des enfants dans un esprit de sagesse et de foi, ouvrant la voie à des générations heureuses. Les amours d'Héloïse et d'Abélard auraient pu être charnelles et spirituelles, accomplies dans la concorde et dans l'échange. Il n'y aurait eu aucune de ces chansons ni de ces rumeurs, aucune de ces lettres déchirantes de l'une à l'un, de l'un à l'autre. Héloïse et Abélard ne seraient pas devenus les héros de cette geste mythique, celle de la trahison, de la violence et des atermoiements. Ils auraient vécu heureux. Il n'y aurait pas eu d'histoire. Qu'en penses-tu ? La dernière tirade t'était bien destinée. Après un instant de réflexion, tu réponds : je me demande ce qu'est devenu le petit Astrolabe. Ce qu'on lui a dit de ses origines, de ses parents. L'autre hausse les épaules. Astrolabe est mort, très certainement, ou est devenu moine. La fille de la maison des tanneurs prend ta main et la serre pour que tu cesses de parler. Une matrone à l'énorme poitrine se lève et dit : je crois qu'il est l'heure, maintenant. Allons. Assez parlé pour nous. Et, l'une après l'autre, dans un désordre paisible, les femmes sortent du lavoir.

Le soir est venu sur Mayence en brun et en

safran. Le soleil a pris la netteté blafarde des midis de plein hiver et peint à votre groupe des ombres squelettiques. Toutes vont parlant doucement, tu ne saisis que des bribes, quelques mots, des allusions à des choses que tu ne connais pas, des rires étouffés. Toutes avancent d'un pas presque couru, enthousiaste, vif, toutes savent où elles se rendent. Tu as à nouveau perdu ta petite guide, la cherches un peu, finis par te prendre au jeu, par te laisser mener, porter à travers rues, de place en placette. La ville s'anime au lieu de s'engourdir. Des fêtes sont prévues toute cette nuit. Tu entends les chants, les cris qui se répondent, les roulements lointains des tambours. Une première étoile point entre les pans des toits. Vous débouchez sur le parvis de Saint-Alban. Près des tréteaux dressés, encore inoccupés, des hommes grimés déambulent en ânonnant leur texte. Le décor, mal déplié, représente une crèche. L'acteur qui joue Marie s'essuie le crâne, la perruque à la main. Sans hésiter, sans ralentir, votre groupe grimpe les trois marches de bois et s'installe, au coude à coude, sur la scène surélevée. On te pousse par-derrière, te tire par-devant, te voilà parmi les femmes, au-dessus de badauds encore indifférents, des comédiens surpris tardant à s'indigner. La cloche sonne à l'église derrière vous, des pétales de fleurs jaunes et roses jonchent les pavés clairs, des pains chauds, en tas, passent dans une charrette à bras. Puis une voix s'élève de votre groupe, une deuxième, une troisième. Je suis celle que personne n'entend, dit la voix. Je n'ai ni nom ni autorité. Voici ma vérité. Et ainsi, dans la nuit qui avance, à la surprise des habitants de Mayence, le chœur des femmes déroule son histoire, sans que l'une d'elles s'avance ou sorte du groupe, sans qu'une parole singulière recouvre celle de l'autre.

Je suis Trota de Salerne. On dit que je suis mariée avec Platearius, le médecin. On dit que je suis une des plus belles femmes de mon temps. Pourquoi, selon vous, ces précisions ? Qui connaîtrait le nom de Platearius s'il n'avait été mon époux ? Qui évoquerait son aspect physique à lui, ou celui des autres professeurs de Salerne, qui ne furent pas, comme moi, des femmes ? Dans cette ville du sud de l'Italie, nous avons pris pour tâche de réunir tous les savoirs médicaux du monde. Nous copions pour les étudier les textes latins et grecs, nous étudions les traditions juives et faisons traduire les codex arabes. Nous recueillons patiemment les savoirs que les femmes se passent de vive voix depuis la naissance du monde, et les fixons par écrit. En fondant l'école de médecine, les hommes de Salerne cherchent à rabattre sous l'autorité de Galien et d'Hippocrate les connaissances jusqu'alors seulement partagées par les sages-femmes. Ce n'est pas, croyez-le bien, parce qu'ils s'intéressent aux affections de notre sexe. C'est bien plutôt qu'ils cherchent à tracer une frontière entre connaissance légitime et pratiques traditionnelles, à distinguer sans coup férir la médecine de la magie, la connaissance des hommes des hypothèses des femmes. Mais je suis là, pourtant, et presque malgré eux : j'exerce, je soigne à leurs côtés. J'accompagne les parturientes, je recouds les tissus déchirés par les accouchements. J'enseigne à mes élèves les soins propres à leur sexe, j'encourage mes patientes à se découvrir et se connaître. Je suis chirurgienne, savante, professeur de médecine, compétente au point que mes pairs font croire, parfois, que je n'existe pas. Que c'est un homme qui a écrit mes traités, un homme qui a pratiqué mes césariennes. Qu'un homme est l'auteur de mon livre de cosmétique et de secrets de beauté, d'épilation, de blanchiment des dents, de teinture des lèvres. Personne n'est dupe, cependant, parce que aucun médecin homme ne s'est jamais intéressé avant moi aux spécificités des femmes. Aucun n'a étudié les menstrues, dont ils s'écartent avec dégoût, pourtant révélatrices et signes de notre santé. Aucun ne s'est penché sur la stérilité des couples avec assez d'équanimité pour avouer qu'elle est tout aussi souvent le fait des hommes. Aucun ne s'est préoccupé des douleurs de l'accouchement, considérées comme légitimes, mais qui peuvent être circonvenues par la poudre d'opium. Moi, Trota de Salerne, j'ai enseigné dans la plus prestigieuse des écoles de médecine de l'univers. J'ai écrit quatre livres, qui tous ont traversé l'Europe. J'ai fait avancer la science. Morte il y a moins de cent ans, parce que ma grande préoccupation a été la santé des femmes, personne ne se souvient de moi.

Les passants se rassemblent devant la scène, empêchant les acteurs du mystère de nous en expulser. Ils se sont arrêtés par curiosité d'abord, un vague sourire aux lèvres, attendant quelque farce. Vous êtes au-dessus d'eux d'à peine quelques coudées, mais c'est de haut que vous voyez leurs expressions changer. Curiosité et doute, impatience, colère, surprise, joie parfois. Vos voix se succèdent, les phrases commencées dans une bouche se poursuivent dans celle d'à côté et, toi-même, dans le flot, tu as parfois l'impression que cette parole qui vibre sort de ton propre gosier.

Je suis Hrotsvita de Gandersheim, reprenez-vous un peu plus fort. Je suis chanoinesse en Basse-Saxe au temps où Bérenger règne sur le Saint Empire. Je suis écrivaine, poétesse, dramaturge. Pour la première fois depuis la chute de Rome, un auteur, en Occident, produit des textes de comédie. Cet auteur est une religieuse. Cet auteur est une femme. Avec violence, je rejette la faiblesse que l'on associe à mon sexe, et sollicite du Seigneur la force et la perspicacité universelle. J'écris trois livres de vies de saints, plusieurs grands récits historiques et des pièces de théâtre si remarquables qu'il est difficile pour mes pairs de les passer sous silence. Aux légendes célèbres, je mêle une part d'astuce et d'invention. Je redis l'histoire de Théophile, l'évêque d'Adana, qui fit un pacte avec le diable pour obtenir charges et honneurs, et qui, trente jours durant, fut contraint de jeûner et prier, de s'humilier aux pieds de la Vierge Marie pour obtenir l'annulation de ce contrat. Je raconte l'histoire de Dulcitius, le gouverneur de Thessalonique, qui réduisit pour son confort et son plaisir trois jeunes sœurs en esclavage, mais qui, par enchantement, finit par confondre ses victimes avec les ustensiles de sa vaste cuisine. Tandis que ses prisonnières s'échappaient, elles laissèrent derrière elles le patricien à trébucher, à se cogner, à se blesser en étreignant avec vigueur les bouilloires sur le feu, en baisant ses casseroles, en embrassant ses fourneaux. Ceux qui rirent en lisant ces histoires prétendirent que le nom de l'auteur n'était pas le bon. Que Hrotsvita devait être un pseudonyme, derrière lequel se cachaient un ou plusieurs hommes bien nés. J'ai pourtant écrit, de ma propre main, toutes ces histoires, ainsi que celle de Constance, fille de Constantin. J'ai pourtant écrit la vie d'Agnès. J'ai parlé pour ces femmes et ma parole m'a été prise.

Je suis Thiota, clames-tu, rompant le court silence qui suit, et aussitôt tu doutes, ne sais plus si c'est toi qui parles, avant d'entendre la voix qui poursuit à ta droite, à ta gauche. Je suis Thiota, je suis prophétesse et me tiens ici même, parmi vous. Le groupe de badauds est devenu une petite foule, une assemblée d'hommes et de femmes murmurant ou râlant, s'offusquant, s'esclaffant, et votre parole commune doit se faire plus puissante pour recouvrir leur bruit : je suis présente ici, exactement, sur le parvis de cette église Saint-Alban de Mayence, il y a deux cent cinquante ans. Dix années durant, j'ai parcouru le royaume alaman pour révéler ce que j'avais appris de mes visions. J'ai été transportée à travers les sphères, j'ai vu par-delà l'illusion du temps. J'ai entrevu la fin de ce monde, le visage de l'Antéchrist, le terme même de la Création. J'ai décrit tous les tableaux et répété toutes les paroles devant nombre de savants de l'Église, j'ai passé des semaines à attendre une audience. J'ai accepté de me faire examiner par des docteurs, j'ai répondu à toutes les questions, même les plus absurdes. Puis, comme le clergé refusait toujours de m'entendre, comme une urgence intérieure me dévorait, je me suis adressée au peuple. J'ai dressé dans cette ville de Mayence une estrade, du haut de laquelle j'ai harangué la foule. Ouvrez les yeux, ai-je dit. Tous ces péchés commis jour après jour dans l'ignorance, dans l'indifférence, vous seront décomptés. Une délégation d'évêques est venue pour me faire taire. On m'a enfermée, on m'a torturée, puis on est allé proclamer ce terrible mensonge : Thiota n'a rien vu. Elle a menti, pour vous faire peur. Vous n'avez rien à craindre, parce que ces prétendues révélations sont l'invention d'un homme, d'un affabulateur, d'un auteur de théâtre. Thiota, depuis le début, n'agit que pour l'argent. Pour ne pas être lynchée j'ai dû fuir la ville de Mayence, et suis morte sur mon secret, mon message et mon appel. Je suis Thiota la prophétesse et Hrotsvita la poétesse, je suis Trota la savante et toutes les femmes anonymes. Ce que je redis ce soir, encore et malgré vous, ne pourra jamais être tu.

La rumeur de la foule crève alors en fureur, un frisson violent saisit les gens. Rictus de haine, de stupeur. Les premiers projectiles frappent l'estrade, une poignée de terre arrachée vole près de ton visage. Ta voisine serre ton bras brièvement, puis te tire en arrière. C'est le signal. Par tous les côtés de l'estrade, votre groupe se disperse. Les foulards sont arrachés, certains habits s'envolent et, en un instant, l'entité à voix unique qui haranguait si fièrement se trouve disloquée. Tu ne sais pas où sont tes sœurs, tu ne reconnais personne et c'est comme si, disparaissant, l'objet de la hargne dissolvait la colère. Les gens ulcérés l'instant d'avant ont repris leur air badin. L'illusion dissipée, leurs faces animales sont à nouveau humaines. Une chanson est lancée puis reprise, des rires éclatent, les acteurs du mystère prennent place sur les planches. La nuit est là et tu t'éloignes de la place, avec encore au ventre un nœud de peur et d'enthousiasme, l'impression d'avoir un instant été autre part qu'en toi-même. Tu obliques par une rue peu passante, très mal éclairée. Une bourrasque de vent fait voler les poussières et les odeurs d'excréments.

Mayence est aux jeux, aux folies, aux excès. Attachés l'un à l'autre sur une mule boiteuse, un couple de jeunes gens figure Frédéric et Béatrice. Couverts de louanges et de baisers, ils boivent devant chaque porte les verres qu'on force entre leurs dents. Quand la monture lève la queue pour chier, des facétieux s'empressent de ramasser le crottin pour en canarder les passants. Tu les suis un moment, t'amusant de la farce, plaignant les enfants ivres incarnant le couple impérial, puis bifurques pour écouter une femme qui joue du psaltérion. Ses doigts sont sans chair et il lui en manque deux, les mélodies sont grêles. Tu restes jusqu'à ce que la musicienne te remarque et les notes te poursuivent tandis que tu t'éloignes, et tu crois encore les entendre en parvenant aux quais, où des bandes en capuches courent d'étranges charivaris. La lune se cache. Ne brillent soudain plus, sur terre, que les lumières des hommes, les lampes, les lanternes, les feux dans les maisons, qui peignent aux façades des milliers d'yeux de hiboux. En quête de compagnie et d'un lieu où coucher quand le sommeil viendra, tu entres dans une taverne bondée et te presses contre les buveurs. Un bout-rimé est lancé, repris, retravaillé sans cesse, et quand on le croit épuisé, une bouche énorme s'ouvre ailleurs dans la pièce pour reprendre le jeu d'une voix avinée, suivie de rires tonitruants. Tu te fraies un chemin à coups de coude, espérant rejoindre une table, un tabouret ou un tonneau. On te pousse en retour, t'écrase les pieds, les fronts luisent de sueur, il fait beaucoup trop chaud et tu es presque parvenu à tes fins lorsqu'une patte poilue se plante dans ton épaule, t'arrache en arrière. Te voilà donc, postillonne l'Archipoète entre ses trois chicots, on a une histoire à finir, toi et moi. Le prétendu roi des poètes est si saoul qu'il peine à tenir ses deux paupières ouvertes. Il n'entend pas ta réponse dans le brol, te force à recrier : on en était à Abélard ! Abélard à Sens, Arnaud de Brescia à ses côtés et Hyacinthe Bobone ! La barbe ! hurle un voisin, qui cherche à vous séparer. On ne s'entend plus ! beugle un autre. Là là là ! Paie-moi à boire, reprend l'Archipoète à ton endroit. Ouais, renchérit un autre, paie-moi à boire. À boire ! Les mouvements de foule reprennent, approximativement centripètes. Croyant remonter le flux, tu retournes peu à peu à ton point de départ, à la porte d'entrée, en direction de laquelle pousse une bande de six fêtards, dont trois qui ne tiennent déjà plus sur leurs pieds. La taverne te recrache et, à ta suite, le vieux satyre, plus débraillé que la veille, si c'est encore possible. La chemise est perdue pour de bon et des sacs de toile emballent ses pieds. Il sourit, prend ta main, t'emmène plus loin. Comment as-tu fait pour te passer de moi si longtemps ? s'enquiert-il. L'angoisse ne te taraudait-elle pas ? Puis, défaisant le voile encore noué autour de ton cou, il se le passe sur les épaules en arguant : le temps fraîchit, suis-moi, on va trouver un endroit où finir notre histoire.

Tu le suis. Il te parle. Vous franchissez les portes et passez les faubourgs. Dans la campagne, les arbres grognent en gonflant, la terre craque sous les assauts du vent, puis tout se tait un instant, pour reprendre mêmement. Vous marchez dans la nuit et la tempête qui se lève. Rome est en vue, dit le conteur. Arnaud de Brescia et moi chevauchons en tête, ignorant à dessein les préoccupations de notre escorte. L'hérétique est mon prisonnier, mon invité, mon nouveau meilleur ami. Il croit en sa mission, en la nécessité de réformer l'Église, d'inventer de nouvelles formes politiques, pour Rome et pour le monde. Pendant près de dix ans, il a gouverné de fait la Cité éternelle, non comme un monarque mais comme un conseiller. Son crédit auprès du peuple était tel qu'il aurait pu prendre le Vatican ou se faire couronner empereur à son tour. Je le lui suggère, il sourit avec indulgence. Nous avons perdu, à Sens, non à cause d'erreurs théologiques, mais parce que nous refusions de recourir à la violence. La voie de Bernard était la plus rapide. Ce fut celle d'Adrien IV, quand il choisit de frapper Rome d'interdit pour le temps où je demeurais en ville, forçant mes proches à me livrer. Mais chaque fois ces décisions furent l'aveu de faiblesses insurmontables, les constats d'un échec. Quand tu me remettras demain au préfet de Rome, continue-t-il, il me jettera au cachot. Selon la direction du vent et l'humeur des princes, il se peut qu'il m'élargisse ou qu'il me passe en jugement. Dans tous les cas, ne jamais avoir fait usage que de parole jouera en ma faveur. Le pouvoir dont je dispose tient tout entier dans mes idées, et celles-ci je les ai partagées depuis toujours. Ceux qui s'en réclament sont impossibles à dénombrer. Je n'ai jamais régné, car il aurait fallu pour cela que je cesse mon travail de transformation. Que je m'arrête à une étape intermédiaire pour appliquer des règles dont j'aurais su l'imperfection. Que je devienne le contraire de ce que je suis : sûr de moi, dogmatique, univoque. Je pourrais parler en ta faveur auprès de Barberousse, dis-je, sans être bien sûr d'en avoir la capacité. Je pourrais le convaincre de te prendre sous sa protection. C'est une offre généreuse, mais quand bien même ton Frédéric accepterait, je ne pourrais devenir valet de cour, pas même de celle-là. Mon destin m'attend au bout de cette route. Il est, depuis le tout début, lié au devenir de Rome. Et, d'un geste, il me désigne cette ligne rose et grise dans le lointain, ce premier signe tangible de la ville sublime, où une mort certaine l'attend dans quelques jours.

Et avec le même geste, dans la nuit franconienne gagnée par la tempête, l'Archipoète peint pour toi l'Italie tout entière, les vallées fertiles et les lacs poissonneux, les arbres lourds de fruits, les carrières de marbre, d'albâtre et de porphyre, les glacières et les mines, d'or, d'argent, de fer, il te fait deviner Rome par ses campagnes et par ses villages, il peuple les routes de convois, de visages, d'une foule exotique qu'il habille et colore, et sur les pas des portes il met des enfants morveux, à la fois semblables à ceux que tu connais et subtilement différents puis, en peintre et dramaturge, il pose par-là-dessus un ciel et un climat, fait résonner des bruits et monter des odeurs, passe d'une saynète à l'autre, un détail escamote un détail, et bien que le froid te gagne avec les premières gouttes lourdes jetées par les bourrasques, bien qu'il n'y ait, en réalité, autour de toi, que la nuit et la violence des éléments, les premiers éclairs qui craquent contre la voûte, tu te sens tout autant aux côtés du conteur, plus jeune alors et bien plus beau, chevauchant en compagnie d'Arnaud de Brescia, ce bonhomme sec et sage, résigné à affronter un destin dramatique, rassuré par la paix qu'il irradie, et tournant la tête de droite et de gauche tu te grises de la beauté, de la richesse de ce pays, dont l'empire parle comme d'une terre de légende, sans parvenir à croire que Rome existe réellement, qu'elle n'est ni merveilleuse ni inaccessible, et tu sursautes quand ton compagnon se fige sur sa monture, bouche close soudain, long soupir et, suivant son regard, tu découvres à ton tour les soldats à pied mandatés par Pierre Vico, préfet de la ville, prévenus de votre approche par les éclaireurs de Frédéric Barberousse, et Arnaud de Brescia démonte, te laissant le soin de ses rênes, à bientôt, te dit-il, merci pour le bout de chemin, puis, à l'adresse des soldats qui pointent une lance vers vous, je ne suis pas armé et ne renâclerai pas à vous suivre, et à peine a-t-il prononcé ces mots que, d'un coup, le ciel se fend au-dessus de vos têtes, toute l'eau du monde s'engouffre par une brèche, vient s'écraser dans un grondement de géhenne, effaçant Rome, ravalant le récit, vous jetant dans l'herbe traître, devenue soudain glissante, à courir à la recherche d'un lieu où vous protéger du crible dur des gouttes. Il n'y a pas d'histoire, reprend l'Archipoète, tassé contre toi et un nombre indistinct de gros mastiffs trempés, hommes et bêtes mêlés sous l'abri sommaire d'une charrette renversée, il n'y a que des paroles, que des mots qui ne parlent jamais que de moi et qui, à ton oreille, ne parlent jamais que de toi. Les récits ne sont que des signes morts. Le vent hulule, les chiens grognent. As-tu revu Arnaud de Brescia ? insistes-tu. Une explosion blanche suivie de la traînée d'un feu grégeois déchire l'air et t'écrase les tympans. Ton compagnon répond quelque chose qui se perd dans la surdité qui suit. Quoi ?

Personne ne le revoit, répète-t-il. Jamais. Puis, comme le calme revient un peu et, avec lui, le grondement de la pluie : Frédéric a besoin du pape pour son couronnement à Saint-Pierre, et le pape a besoin de tenir sa ville pour accéder à la basilique. Dans la nuit qui précède l'entrée de Barberousse dans Rome, le cardinal Monticelli guide un millier de ses guerriers dans le dédale des rues pour restaurer l'ordre civil. Pierre Vico juge et condamne à mort Arnaud de Brescia sans l'autoriser un instant à sortir du cachot. Mon ami est pendu sur l'heure et son corps jeté au bûcher dans la cour de la forteresse. Mais il n'a pas plus tôt été exécuté que des rumeurs de sa mort sourdent de la geôle et courent de place en place. Des Romains en chemise descendent dans la rue, outils, couteaux en main. Des fenêtres, les épouses leur crient de ne pas s'en prendre aux chevaliers allemands, si blonds, si beaux dans leurs armures de fer. Des groupes d'insurgés se forment, guidés par les fumées que dégage le foyer funéraire. Des militaires sortent de la préfecture pour en tenir la porte, lames au clair. Vico, entendant croître les clameurs, panique. Le cadavre d'Arnaud brûle mal dans les mauvaises flammes. Il en fait débiter les membres toujours intacts puis, alors que l'huis s'éclabousse du sang de ses gardiens, qu'il menace de craquer sous les boutoirs des révoltés, il fait empaqueter les morceaux du rebelle et, par un souterrain, les exfiltre hors du bastion. La dépouille du prédicateur est jetée dans le Tibre comme ordure de cuisine, de façon à ce que rien ne puisse tenir lieu de reliques à ses partisans. Quand ceux-ci forcent enfin la porte, ils ne trouvent qu'un tas de bois fumant et un préfet patelin assurant ignorer où a fui leur mentor. Des éclairs continuent de ponctuer le récit de l'Archipoète, des roulements de tonnerre en aval, au-delà d'Ingelheim. L'averse qui crépite finit d'infiltrer les planches de votre abri et bientôt un, puis deux, puis une multitude de filets glacés s'écoulent entre les jointures pour retremper vos habits déjà gorgés. Ton conteur te mène au-dehors pour, dans la tourmente, reprendre la route du palais et des campements.

Lorsque l'aube vient enfin, poursuit-il au-dessus du bruit du vent, Barberousse défile dans Rome entre deux rangs de guerriers. Le pape Adrien suit un chemin voisin, pareillement gardé. La cérémonie est raccourcie le plus possible, la couronne de l'empire posée en hâte sur le chef de Frédéric. Les Allemands, dans l'église, hurlent leur triomphe et on ressort de Rome pour le banquet de fête. Midi n'a pas sonné que les insurgés ont déjà repris le contrôle de la ville. Le pape demande à ses hôtes de les mater pour son compte. Nous, nous buvons, nous chantons, feignons de ne pas l'entendre. Mais vers tierce, les rebelles se piquent de traverser le Tibre pour nous chasser de leurs faubourgs. Pierre Vico les attend sur les ponts avec ses soldats et, tandis que la plupart des nôtres s'allongent pour la sieste, Henri le Lion décide de se joindre à eux avec quelques hommes afin de se dégourdir l'épée. C'est un joli massacre. Frédéric Hohenstaufen est maître, ici aussi. Ce n'est donc que ça, Rome ? plaisante notre Empereur, tandis que sous ses yeux la ville de Néron brûle. Barberousse a obtenu du pape ce qu'il était venu chercher. La politique locale ne l'a jamais intéressé, les grandes cités lombardes le soucient bien plutôt. Il n'est pas un rêveur et certainement pas

Au secours !

L'Archipoète se tait quand une compagnie débraillée surgit dans un éclair. Dizaine d'hommes, de femmes et d'enfants défigurés, précédés de silhouettes qui agitent les bras. À l'aide, hurlent-elles. Tout s'est effondré. Et vous percevez alors les membres démis, le sang dans les blessures. Parvenez en courant à l'abri de rondins : deux niveaux de couchage, un toit de fougères et d'écorce, une cinquantaine de voyageurs. Un tilleul centenaire, foudroyé, s'est abattu au beau milieu et a tout écrasé sous lui. Éclair, éclair encore. Tu te souviens avoir vu, il y a quelques jours à peine, les hommes du pays monter ces structures de fortune pour tous les visiteurs. Tu vois maintenant un colosse à demi nu, la main gauche en bouillie, défoncer à la cognée les traverses de bois patiemment assemblées. Des gens, par dizaines, pris dans le fouillis de branches et de poutres, certains criant, d'autres priant dans des patois obscurs. Sans atermoyer, dans le trou de boue qu'est devenue la clairière, à tâtons, illuminés par les éclats brefs de l'orage qui s'éloigne, vous vous mettez aussi à l'œuvre pour tâcher de les dégager avant qu'ils n'expirent. Les heures passent, vous êtes de plus en plus nombreux, de plus en plus épuisés, à soulever les morceaux enfin débités de l'arbre gigantesque. L'orage se calme sans que vous vous en rendiez compte et, à peine avant l'aube, les chevaliers et les charrettes, les prêtres, les médecins mandés par l'Empereur arrivent enfin. Vous avez extrait et couché sur leur dernier lit cinq hommes, huit femmes, deux enfants, et rabattu sur chaque visage un pan de leur habit. L'Archipoète, comme toi, a trimé jusqu'à l'épuisement. Vous n'avez plus rien à vous dire. Le matin vient, froid, humide, il fume. Te voyant couvert de sang, ignorant qu'il ne s'agit pas du tien, on te propose une place dans un convoi pour Ingelheim. Tu acceptes sans y penser ; ta fatigue, tout à coup, est si grande que tu ne sais plus bien si tu vis encore ou non. Les blessés sont allongés dans le foin à tes côtés. Vous êtes à peine en route que le sommeil te submerge.

Pas de rêve ni de temps qui passe. Tu te réveilles au sec, matelas de bourre dure, couverture de laine rêche. Un homme est à tes côtés, dont tu ne perçois d'abord que la voix, lente, un peu essoufflée. Tu n'as pas de blessure visible, dit-elle. Juste besoin d'un lit. M'entend-on ? La scène te rappelle certains matins d'été, pendant les semaines de moisson, quand on peut dormir au-delà du lever du soleil et qu'on lutte pour garder les yeux clos, retenir un peu du sommeil qui s'en va. Tes paupières papillonnent, tu devines l'homme assis à la tête de ton couchage, il a le front haut, dégagé par la calvitie, une barbe filasse et lacunaire et, sur le visage, un masque de rides serrées. Tu refermes aussitôt les yeux, ne retenant que le rouge et le noir. L'autre n'a pas l'air pressé de te quitter, il reste encore, en silence, tousse, puis commence. Mener des guerres, signer des traités ; faire des compromis et réconcilier des ennemis anciens : on peut faire tout ceci. On peut débattre longtemps, parler, écouter et trouver dans les positions adverses une voie pour la conciliation. On peut tirer les armes, aligner les soldats, mettre un siège. On peut exécuter un chef avec de grands artifices, prendre sa tête, sa femme, ses biens, ses organes génitaux. On peut réunir les meilleurs livres et les plus grands clercs, les prélats les plus sages, y consacrer toute sa vie et toute son énergie, dans la veille et dans le sommeil, tous ses espoirs, toutes ses prières. Le monde est ainsi fait, pourtant, que rien jamais ne se dénoue. L'empire que je remettrai bientôt entre les mains de mes fils est unifié et apaisé. La concorde règne entre les guelfes et les gibelins, les traités signés avec la papauté sont solides, tout comme ceux établis avec les cités-États de Lombardie. Les Siciliens, par alliance de sang, sont maintenant nos proches. Je n'ai plus d'autre guerre à gagner que celle de la foi, l'affrontement contre la Bête qui menace Jérusalem, et j'irai en Orient si le Ciel le commande. Mais il demeure, pourtant, un nœud indénouable. Celui des terres mathildéennes. Celui du souvenir de Canossa. L'homme soupire à nouveau, se tait, et cela dure assez longtemps pour que tu puisses rouvrir les yeux, le découvrir assis, immobile, perdu dans la contemplation de ses deux mains ouvertes. L'homme est tassé et frêle, insignifiant, mais ses habits sont, tu le remarques à présent, de la meilleure facture. Je vous écoute, chuchotes-tu. Alors, sans un regard, comme s'il ne s'adressait qu'à lui-même, qu'aux murs de la chambre de ce palais d'Ingelheim où les blessés de la nuit ont été réunis pour recevoir les soins, Barberousse, empereur des Romains, te raconte le commencement de l'histoire.

Mathilde de Toscane est morte quelques années avant que je ne vienne au monde, en un âge plus avancé que le mien aujourd'hui. Mon père me l'a dépeinte comme une femme d'une taille et d'une force remarquables, se parant de l'armure tout comme ses chevaliers et montant sans frémir les plus fougueux destriers de guerre. À l'heure de la bataille, Mathilde dirige les manœuvres depuis le champ même, le gonfanon au vent, commandante et stratège, exaltant le courage de ses troupes. Elle manie la lance, l'épée et la dague, elle est d'une piété exemplaire, d'une rouerie avérée. Son seul défaut, dit-on, est d'avoir toujours été l'alliée des papes contre l'Empereur. Cela se passe il y a plus d'un siècle, sous le règne de Henri IV, dans le pontificat de Grégoire VII. Quand son père vient à mourir, le petit Henri n'a que six ans et son pouvoir est mince. Rome ne cesse de promouvoir des réformes de l'Église afin de renforcer le pouvoir de ses clercs. Les charges locales, jusqu'alors, étaient de la responsabilité de l'Empereur, qui pouvait investir ses prélats et nommer ses évêques. Profitant de la faillite du pouvoir impérial, le pape s'arroge le droit d'investiture et décrète, à peine plus tard, la supériorité des clercs sur les laïcs. Cela revient à poser sa propre autorité au-dessus de celle de l'Empereur, à instituer l'Église comme maîtresse de toutes les seigneuries. Les positions, tant religieuses que politiques, deviennent inconciliables et mènent à des guerres sanglantes divisant jusqu'aux familles de l'empire, en menacent la stabilité. À Worms, Henri IV, enfin en possession de ses pouvoirs, dépose le pape Grégoire VII. Quelques jours plus tard, Rome excommunie l'Empereur. Chaque abbaye, chaque église se fait relais de l'événement. Tous les habitants du monde se souviennent de ce temps tragique, où ils ont vu la terre s'ouvrir sous leurs pieds pour les avaler entiers. Les principes qui régissent l'univers, d'un coup, ont cessé de s'accorder. Et le peuple est pris à partie. Vers qui porter sa loyauté ? Qui croire ? Pour qui se battre, pour qui mourir ? Les différends se font si violents entre les familles que l'Empereur, afin de se préserver d'une guerre civile, accepte de revenir sur ses positions.

Nous voilà à Canossa, poursuit l'homme à ton chevet. Nous sommes au plus froid de l'hiver. La neige, tombée en abondance pendant des jours, a gelé, et forme un dallage blanc plus dur que la pierre. Canossa est une forteresse de Mathilde, au cœur de la Toscane. Depuis le début du conflit, la princesse est du côté du pape Grégoire, son vieil ami. Elle a fait savoir qu'elle cédait, par testament, tous ses biens aux États de l'Église. Mais Mathilde a, par ailleurs, été l'épouse de Welf de Bavière, le principal prétendant au trône si Henri venait à être renversé. D'un geste du poing, l'Empereur arrête son escorte, avant de se défaire de son épée, de son manteau et de ses bottes. Le pont est abaissé sur les douves gelées. Seul, les pieds nus dans la neige, Henri traverse les dernières toises qui le séparent de la forteresse ennemie. Le symbole est puissant. Plus qu'une reddition, moins qu'une humiliation, c'est un geste politique courageux et d'une grande intelligence. Henri reconnaît sa défaite, il plie devant le pape, rachète la paix pour l'intérieur de ses terres et prépare son héritage. Canossa aurait pu être le plus beau geste de cette querelle, l'assurance d'une stabilité nouvelle. Mais son fils héritier, Henri V, se retourne bientôt contre le père et réduit à néant tout effort de continuité dynastique. Mathilde est derrière ce retournement, qui s'est rapprochée sur la fin de sa vie du très jeune homme, qu'elle a dressé contre son géniteur. Et, pour mieux sceller cette trahison, la vieille louve n'a pas hésité à lui promettre à son tour la jouissance des terres offertes à la papauté. Avant que Henri V ne puisse succéder à Henri IV, bien des violences et des folies sont commises. Le fils attend que le père soit mort et refroidi avant de faire lever son excommunication, d'œuvrer à sa réintégration dans les chroniques, dans l'histoire. Mais le clou des terres mathildéennes reste planté. Des pays légitimement clamés, de nos jours, par l'empire comme par le pape. Deux écrits existent, irréfutables, inconciliables. Mathilde était une amazone, une guerrière féroce et une politicienne redoutable. Elle, qui a su faire marcher l'Empereur pieds nus, a semé dans notre jardin une graine de discorde qui, cent ans plus tard, a crû en arbre gigantesque et impossible à déraciner. J'ai su unifier l'empire, malgré ses déchirements. J'ai signé avec tous mes ennemis des accords durables, j'ai mis fin à un conflit avec Rome vieux d'un siècle et demi. Mais je n'ai pas réussi à lever la malédiction de Mathilde et, à présent que la fin de mon règne vient, je m'inquiète pour Henri et je m'inquiète pour Frédéric.

Il dit ces derniers mots en se levant, lisse du plat de la main le devant de son habit, fait mine de s'en aller. Quand tu te dresses sur ton chevet, l'homme ne t'accorde aucune attention. C'est comme s'il avait parlé du fond d'un profond sommeil et que son rêve, tout à coup, le rappelait ailleurs. Te tirant de sous la couverture pour le suivre, tu réalises soudain que tu es sans habits, et le temps de prendre à la volée quelques nippes à tes voisins de chambrée, le temps de t'en couvrir, le barbu a disparu dans le couloir. Un valet vient en sens inverse, portant deux seaux d'eau chaude. Qui était cet homme qui vient de partir ? lui demandes-tu. Était-ce bien l'Empereur, était-ce Barberousse lui-même qui est venu me parler ? Le jouvenceau te regarde, l'air niais, et tu tournes les talons avant d'entendre sa réponse qui tarde à venir et que tu devines incrédule voire franchement consternée. Descendant puis remontant le couloir, tu ne retrouves plus trace de ton dernier conteur. Tu passes par une salle de banquet que l'on apprête. Les portes donnent sur une cour ratissée de frais. Des femmes accroupies nouent d'interminables guirlandes roses et rouges. Le palais de Frédéric est ouvert en grand. Les gardes, assis dans l'herbe, jouent aux dés dans un casque.

Tu sors. Le ciel est blanc et vide comme une page grattée, rendu à sa virginité par les violences de la nuit. Les gens que tu croises ont le visage ouvert, les yeux brillants et tous te semblent beaux dans le soleil, innocents et inconséquents. Ce que tu as vu cette nuit n'est plus qu'un souvenir. Quelques heures seulement ont passé, le jour a dispersé les ténèbres et te voilà déjà qui peines à retrouver l'intonation exacte des cris qui te glaçaient le sang, les teintes, les formes de ces corps écrasés sous le bois. Les passants te saluent d'un sourire, d'un hochement de tête ou d'un mot à peine articulé. La plupart ont des traits exotiques, des accents étrangers. L'herbe autour d'Ingelheim est d'un vert profond et brillant, sinople d'héraldique, elle caresse tes mollets nus. Le Paradis baigné de lumière doit avoir quelque chose du soleil de ce matin. Sans bien savoir où tu vas, tu marches à contre-courant des groupes qui se forment, qui convergent en une petite foule aux abords du palais, étrangers réunis pour la conclusion des festivités de Pentecôte, une joute, peut-être, un spectacle certainement, et de grandes agapes au cours desquelles les chiens des écuyers eux-mêmes mangeront de la viande jusqu'à n'en plus pouvoir. Ah tu es là, toi ! clame un gros bonhomme soudain apparu au milieu du chemin. Guiot de Provins, plus replet et plus rouge que jamais. Son haleine pue l'ail, le rance, le vin de nuit. Qu'est devenu Abélard ? lui demandes-tu aussitôt. Que s'est-il passé à Sens ? Comment Bernard a-t-il remporté le duel ? Qui était Renaud de Dassel ? Et qui Élysa l'arbalétrière ? Qui Primat d'Orléans ? La juive de Cologne était-elle la juive de Worms ? Pourquoi ne terminez-vous jamais

Guiot plaque une main sur ta bouche pour te

faire taire et fronce les sourcils, feignant le sérieux du maître d'école. Il n'y a plus de temps pour ça, réplique-t-il, lorsqu'il s'est assuré que tu ne parlerais plus. La fête court à son terme. Le soleil vers le zénith. Midi sera à peine passé que les visiteurs, un à un, s'en iront. Le pays se videra et il ne restera plus, derrière nous, que quelques os pour les oiseaux, des brocs abandonnés et des prés incultes tant ils auront été piétinés. Plus d'histoires patiemment déroulées mais des jeux brefs, du vin vidé, des baisers cueillis à la volée. Plus de récits de la vie des autres mais ta vie à toi, sans distance, sans commentaire ni réécriture, dans le passage fugace de chaque instant qui fuit. Tout ce qui ne t'a pas été dit, tu pourras l'inventer tout à l'heure. Maintenant, viens. Suis-moi. Et, à son tour, le Bourguignon essaie de t'entraîner. Cette fois, pourtant, tu lui retires ton bras avec un geste sec et, sans rien lui dire, tournes le dos et t'éloignes en sens inverse. Sans doute te regarde-t-il partir un temps, puis hausse-t-il les épaules pour reprendre sa route et, quelques pas plus loin, t'oublier pour de bon. Peut-être conservera-t-il une image de toi et peut-être une de tes questions reviendra-t-elle le travailler un jour, dans quelques mois ou bien quelques années. Cela non plus tu ne le sauras jamais. Tu ne regardes pas en arrière. Tu marches droit au fleuve.

Le Rhin est incolore, sa surface étincelle et ses miroitements, seuls, indiquent que de l'eau coule. C'est l'eau des grands glaciers bleus et des sources souterraines, celle de toutes les averses de ce monde, mêlée à elle-même, labile, insaisissable, elle roule, se précipite sans y songer vers des contrées inconnaissables. Vers l'au-delà de l'horizon. La mer océane. Tu t'assieds sur la berge, ôtes tes souliers, plonges tes pieds nus dans le flot frais. Le temps qui passe est une caresse. Ne songes plus à rien.

À sa grande table de marbre, l'Endkaiser se tourne avec lenteur vers l'enfant qui revient. La clarté est chiche. Nous sommes sous la terre, hors du temps, dans la forteresse du Kyffhaüser. Alors ? demande le dernier des empereurs. Les oiseaux ? Est-ce qu'ils sont toujours là ?

## *Apocalypse*

Personne, et pas mieux moi que quiconque, ne peut prédire quand la fin sera sur nous. Il est écrit dans l'Évangile que le jour du Seigneur arrivera comme un voleur dans la nuit : l'Éternel seul connaît l'heure du Jugement, et c'est un secret qu'il n'a confié à aucun de Ses anges ni aucun de Ses prophètes. Celui qui est Éternité contemple l'histoire entière, déroulée sous Ses yeux, et chaque moment qui fait la trame du temps est pour Lui aussi réel, aussi présent que celui qui le précède ou que celui qui le suit. Ce que je sais, quant à moi, ce que je peux voir avec mes yeux mortels et concevoir dans mon esprit faillible, c'est que le jour arrive à son terme. Le soleil entame sa descente et ses rayons s'émoussent. Les ombres, en noircissant, se multiplient. Des poussières étincelantes dansent au-dessus de ma page et dessinent dans l'espace les rais obliques tirés de la fenêtre. Le soir vient, puis le crépuscule, puis la nuit. Sans rupture, inexorablement, les forces vitales se retirent. Les fleurs ferment leurs corolles, détournent leurs faces du ciel. Les animaux se pressent vers leurs abris. L'homme suspend son ouvrage, pose son outil, allume de maigres feux. Le soleil perd en chaleur, seul le ciel conserve un signe des lumières enfuies, nuages d'ors, de rouges et de violets. On lève la tête, cherche un sens, le cœur se serre. Qu'espérer de la nuit qui arrive, sinon un matin neuf, semblable au précédent ? Qui ignore que le jour à venir finira comme celui qui s'en va ? C'est à vêpres que l'homme suit le diable jusqu'au fleuve pour s'y noyer. Quand la lumière décline, qu'il noue la corde à la poutre pour se pendre par le cou.

Dans la journée du monde, le Christ vient à none et, par sa Passion, prend sur Lui tous les péchés. Il meurt, Il ressuscite, Il annonce le terme tout proche de ce temps. Depuis l'heure de Sa Résurrection, nous ne faisons que progresser vers les ténèbres. Nous constatons, jour après jour, le déclin de la viridité. La sève vive de l'univers quitte plantes et animaux. Les carences engendrent des espèces neuves, affaiblies et débiles. La foi parvient à court de son énergie. La vérité vacille et flanche sous les coups du mensonge. Le mâle se découvre si faible que c'est à la femme que revient la tâche de prophétiser. Ce temps que nous vivons est froid, un âge humide, obscur, dans lequel nous évoluons à tâtons, craignant à chaque instant d'y perdre notre chemin. L'Église est attaquée, les vertus malmenées. L'empire est en péril. Les humains pleurent, ils se tordent les mains et disent : mourir ne nous est rien, mais que cessent ces souffrances qui sont pires que la mort ! Quand donc viendra la nuit ? Le Seigneur seul le sait.

Lucifer est le plus beau de Ses anges. Pour s'être cru Son égal, il a été jeté dans les Enfers. Et dès ce moment-là, qui a lieu à l'aube du temps, avant que n'aient été créés le ciel ou la terre, le Seigneur sait de quelle manière tout finira, par quels biais et quels épisodes. De même que la graine donne la plante et la plante donne le fruit, de même les premiers mots d'une histoire portent en eux la continuation du récit et ainsi jusqu'à sa conclusion. J'ai vu le dessin qu'ont fait les sœurs du Hohenbourg, sur la montagne Sainte-Odile, qui représente l'Ennemi en majesté, du temps d'avant sa Chute. Elles l'ont peint superbe, par la grâce de leur inspiration, et lui ont prêté une apparence digne du Roi des rois. Il faut convoquer tout son savoir et toute son imagination pour deviner derrière ses boucles de cheveux blonds les cornes caprines, qui sont ses attributs réels. Mais n'oubliez jamais ceci : rien en ce monde n'existe qui ne procède du Seigneur. Ainsi, la peinture du Mal d'avant le Mal n'est belle que parce que le Très-Haut le permet, et Lucifer n'est puissant que par Sa volonté. L'Ennemi est dégradé mais son orgueil demeure intact. Monarque d'un royaume de bannis, il continue de se croire aussi puissant que son Maître, et cette conviction nourrit sa haine. Il a tout le temps du monde pour fomenter vengeance à sa mesure. Le plan du Malin se réalisera au moment où cessera l'histoire des hommes.

De la venue du Christ jusqu'aux jours que nous vivons présentement, l'Empire romain a régné sur l'univers. Mais les conflits ont usé cet empire, qui a perdu de sa superbe, désormais morcelé et affaibli en querelles. Son effondrement ultime marquera le commencement de la séquence finale. Voici le dernier des empereurs qui monte sur le trône. Son nom, ainsi que la sibylle l'enseigne, commence par un C. Peut-être est-ce Constantin et peut-être Carolus, le roi franc. Peut-être aussi ce C est-il la première lettre de son nom secret, écho au C du Christ. Au cours de son règne, cet Endkaiser réalise des œuvres inimaginables. Il défait ou convainc chacun de ses adversaires. Il fait cesser les guerres, régner l'équité et la justice. Les juifs, à son instigation, se tournent vers la vraie foi. Et tandis que cet ultime monarque avance vers ses vieux jours, songeant à sa succession, à l'avenir de son œuvre, les signes vont en se multipliant. Après trois ans et demi de réticence et d'atermoiement, l'Empereur est dessillé par une lumière éclatante et, couvrant sa tête de cendres, accepte enfin la tâche qui lui incombe. À pied et sans escorte, apportant avec lui les insignes du pouvoir, il marche jusqu'à la ville sainte de Jérusalem. Parvenu au sommet du mont des Oliviers, il dépose dans la poussière le sceptre et la couronne des empereurs romains. Alors une ombre recouvre le soleil, un vent glacé se lève pour souffler par bourrasques, et l'homme qui régnait sur la chrétienté se remet sur ses pieds, il s'en va, l'époque des rois mortels est achevée.

Le monde entier est alors saisi d'inquiétude. Des pierres brûlantes pleuvent des cieux. Les bêtes s'expriment avec des cris humains. Les étoiles se réagencent. Dans la lune et dans les cours d'eau, dans les éléments mêmes qui constituent la fabrique de l'univers, des prophéties terribles se donnent à lire. Le sol se révulse sous les pas de celui qui arrive. Vêtu d'une simple tunique blanche, le voilà qui gravit à son tour la colline du martyre. Ses cheveux sont d'or bouclé. Il écarte les bras, ouvre la bouche et commence à prêcher. Sur l'une des pages du *Jardin des délices*, l'inestimable encyclopédie des sœurs du Hohenbourg, j'ai découvert une vision des dédales infernaux. Je vais vous la décrire, registre après registre et du haut jusqu'en bas.

Une série de cavernes enflammées. Des personnages nus, pris dans des flammes que leurs corps alimentent. L'un s'ouvre l'estomac avec une lame, contemple sans ciller le sang gicler de la béance. Deux hommes se caressent, languides et embrassés, une femme aux seins pendants se touche les cheveux, tandis que des vers roses, rouges, bleus, grouillent sur eux tous et leur sucent la peau. Des démons noirs torturent une série de pendus, pris aux pieds et au cou, bras et jambes noués, et leur arrachent les poils. Un diablotin oisif, sur leur corde commune, fait de la balançoire. Deux dames en robe de noce : l'une dévore un enfant, l'autre cherche à fuir l'estoc des piques de diables. Trois hommes tourmentés, un qu'on essorille, l'autre navré à la fourche et léchant un crapaud, le troisième monté comme un baudet et les mains emplies d'un or brûlant qu'on verse. Des diables bourrant leurs chaudrons de juifs à chapeaux pointus, de mauvais chevaliers en armes. Autour encore, des grappes de damnés reluquent, depuis leurs alcôves de douleur personnelle. On hurle et on s'agite, on se consume, on s'amuse, on jouit du spectacle de la souffrance des autres. Tout en bas, un moine égaré se laisse mener aux pieds du maître des lieux, foulant le dos d'un homme allongé sur le sol, le ventre gonflé à force d'avaler des pièces de monnaie rouge roulant en abondance d'une corne maléfique. Enfin, il y a Satan. Son trône est un monstre à deux têtes, entre le loup et le porc, occupé à avaler un damné tout entier, ses quatre pattes griffues broyant des faces affolées de terreur. Les poils de l'Ennemi sont tissés de flammes. Sa barbe et ses cheveux sont brûlants, écarlates. Un halo l'environne, enchaîné à son cou. Sur ses genoux, dans une étreinte tendre, griffue et paternelle, un enfant nu sourit. De part et d'autre de cet homoncule rose, comme imprimé sur le torse de son noir géniteur, on lit en deux parties le mot αντι et, plus loin, χρτ.

Daniel et Ézéchiel, Jean le Voyant, la sibylle Tiburtine, Méthode, Adson de Montier-en-Der, Alcuin et les poètes de cour de l'impératrice Béatrice : tous ont parlé de cet être, qui est l'inverse du Christ et qui vient juste avant le Jugement dernier. Il est surnommé homicide fou, fils de la perdition, très méchant trompeur. Nous le connaissons aussi sous le nom d'Antéchrist. J'ignore si, dans ses visions véridiques, Hildegarde de Bermersheim aperçut jamais cet être dans une forme incarnée. Le don de la magistra du Rupertsberg reposait sur des métaphores et des représentations visuelles de concepts idéaux. L'éternité avait pour elle la forme de cercles, les parties du temps étaient des quadrants de couleurs et les étapes de l'histoire des animaux fabuleux. L'homme nu qu'elle faisait peindre au sein d'espaces abstraits et mouvants, parfois liquides, pulsant comme des organes, n'était aucun des personnages de l'histoire, mais un signe de l'amour, de l'équilibre et de la volonté de Dieu. Hildegarde voyait en tableaux symboliques, élucidés ensuite par l'exégèse qu'en faisait l'Esprit. De ces visions naissaient des récits, brefs éclaircissements sur les voies du Seigneur qui, compilés en livres, pouvaient tracer une esquisse de ce qu'annonçait l'avenir.

À la mort de la visionnaire, ce sont ces fragments qui connurent la plus grande postérité. Gebeno, prieur de l'abbaye cistercienne d'Eberbach, apprit la venue prochaine de l'Antéchrist de la bouche d'un moine calabrais. Pour préparer le monde aux malheurs à venir, il se tourna vers les œuvres de Hildegarde et, mêlant à la dernière vision du *Scivias* la dernière vision du *Livre des œuvres divines*, il constitua la trame dramatique d'une compilation apocalyptique. Son *Miroir des temps futurs*, ou *Pentachronon*, connut un succès immense dans la région, rayonna bien au-delà. La source principale de cette œuvre est toujours citée : Hildegarde de Bingen, véritable visionnaire. Le procès en canonisation de l'abbesse n'avait pas débuté, mais on lui accordait déjà souvent le titre de sainte. Alors, ignorant que celle-ci ne fut jamais extatique, qu'elle ne connut ni les transes ni le ravissement, et qu'elle nia toujours être capable de prédire les événements futurs, le peuple, se fiant aux opinions des clercs, fit d'elle une prophétesse, une pythonisse.

Pour raconter la vie et la destinée de l'Antéchrist, il convient, selon Hildegarde, de commencer par parler de sa mère. Celle-ci n'a ni nom ni apparence dans ses récits, qui préfèrent les figures abstraites pour mieux tirer les morales, pointer les affinités et nouer les comparaisons. On peut imaginer cette femme de la façon que l'on souhaite, telle taille, telle corpulence, telle couleur de poil, tel caractère. C'est une très jeune fille lorsque commence l'histoire, issue d'une famille éduquée et riche. Elle n'est marquée d'aucun signe particulier et je ne la crois ni faible ni forte, mais d'une banalité totale, aucunement destinée, en apparence, à accoucher de la Bête de la fin des temps. Sans doute l'Ennemi la choisit-elle au hasard. Il commence par la visiter dans ses rêves et ses songeries d'éveil, lui insufflant, en deçà de sa conscience, des velléités d'indépendance. Le monde n'est pas à ta taille, lui dit-il. Ce hameau, ce village, cette cité sont trop étroits. Personne ne te comprend parmi tes amis, ni au sein de ta famille. Ta destinée est ailleurs, lève-toi, quitte ton foyer, ne te retourne pas. Tu es attendue. La jeune fille s'étonne d'abord de ces pensées nouvelles, mais comme cela dure et cela se répète, elle s'en accommode et finit par les faire siennes. Lorsqu'elle prend la décision de fuir, elle n'est plus capable de distinguer les pensées qui lui sont propres de celles que lui souffle le Malin. Elle part donc, seule sur la route et pourtant protégée. Trois pas en arrière, la puissance maléfique l'accompagne. Mille jours durant, pieds nus, elle marche sans connaître ni fatigue ni souffrance, sans rencontrer d'obstacle. Elle couche le soir au bord des routes, après avoir avalé des repas apparus par magie. Ce n'est qu'en arrivant à destination qu'elle réalise où ses pas l'ont menée. La plaine est rouge et semée d'os, le ciel couvert de suie. Des portes monumentales, hérissées de pointes, donnent sur les rues d'une ville immense, sans morale ni dieu véritable. À la vue du spectacle des habitants, s'adonnant sans vergogne à tous les vices connus, la jeune fille est prise de panique. Elle s'arrête, fait un pas en arrière, un autre, un troisième. Heurte quelqu'un, se retourne et se fige. L'ange se tient là, irradiant de beauté, qui lui dit : ne t'en retourne pas déjà. Tu n'as rien à craindre de ce lieu. Je suis Samaël et serai ton guide dans l'antique cité de Babylone.

L'Antéchrist est un être de chair : il naît de la semence d'un homme, du sperme d'une femme et de leur jouissance conjointe. Suivant les pas de celui qu'elle prend pour un envoyé du Ciel, la femme innocente découvre les mœurs babyloniennes et s'initie, jour après jour, à leurs péchés. Elle ment et vole, sacrifie aux idoles, commet le parjure et le meurtre. Chacun de ces actes est accompli avec la meilleure des volontés et dans le désir sincère de satisfaire la créature céleste pour, à travers elle, complaire à Dieu. Lorsque Samaël l'engage à se commettre dans la fornication, c'est avec un petit nombre de personnes, et une ardeur religieuse qui lui procure un plaisir angélique. C'est à cette condition seule qu'elle peut concevoir un enfant humain et ignorer qui en est le père. Une fois gravide, elle cesse toute fréquentation impudique et clame qu'elle n'a jamais connu d'homme, que la vie qu'elle porte est d'origine miraculeuse. Satan souffle sur l'embryon, emplissant la matrice d'un esprit diabolique. L'Ennemi est présent au jour de l'accouchement, au chevet du lit immense, immaculé, dans un palais du bord de l'Euphrate. Plus tard, il accompagne la mère et le fils dans les cités de Bethsaïde et de Corozaïm, pour que l'enfant y soit éduqué par les sorciers. Initié dès l'âge tendre à tous les arts maléfiques, il développe d'immenses pouvoirs. Les gens qui le rencontrent sont subjugués par sa beauté, son intelligence et sa puissance. Cet enfant est sans père, répète sa maman. À six ans, il aime se confronter aux adultes, les défier par des énigmes, se battre avec eux au cours de duels magiques. Il est un adversaire redoutable, vicieux et sans pitié. À huit ans, son orgueil ne connaît plus de limite. À onze ans, pour la première fois, il clame en public, sur le parvis d'une cathédrale : je suis le sauveur de ce monde. La foule, incrédule, attend un signe du Ciel en réaction à ce blasphème, et le visage de l'enfant, par le biais de sa propre magie, se met à luire, comme si sa tête éclipsait un astre, et les premiers des crédules se convertissent à sa foi.

Cela se passe dans le temps que nous avons dit, celui du terme ultime de l'Empire romain. Un âge d'accomplissement et d'angoisse, semblable à celui qui se répète chaque soir à l'heure où le soleil se couche. Viennent la nuit, les ténèbres, le froid, les bruits sans origine, les rêves effrayants ou malséants. Le dernier monarque humain remet entre les mains du Christ les outils du règne terrestre, et voilà qu'aussitôt un successeur s'empresse. Serviteur, messager et héraut de Satan, l'Antéchrist est la réalisation du plan fomenté au Commencement. Suivez-moi, prêche le très méchant trompeur, parvenu en haut du mont des Oliviers. Devenez mes fidèles et vos péchés vous seront remis. Il n'y a personne encore pour l'entendre, personne pour répondre, seulement l'écho de sa voix sonnant contre les rochers blancs. Satisfait de sa position, l'Antéchrist ramasse des pierres de belle taille pour, au sommet de l'éminence, se construire un trône à sa mesure. Ses pieds foulent la terre sèche, à l'endroit même où notre Seigneur Jésus-Christ a marché pour la dernière fois à l'heure de l'Ascension. Et quand il a fini d'ériger le siège de son pouvoir, l'homicide fou coince son sexe entre deux pierres aiguës et procède, dans la solitude, à sa propre circoncision.

Il faut trois ans et demi à l'Antéchrist pour subjuguer le monde et rallier l'humanité sous sa bannière. Pour arriver à ses fins, il use de ses trois armes : la promesse, la magie et la menace. La Bête de malheur réduit en servitude tous les puissants de la terre. Sa pérégrination autour du monde, qu'il entame seul, les pieds nus et vêtu d'un unique pan de tissu, s'achève dans une débauche de luxe, de ferveur, de corruption. Il voyage sur un palanquin d'or hissé à dos d'éléphant. Mille hommes et femmes dansent sans trêve autour de lui, mille fidèles répètent son nom en litanie. Mille tambours accompagnent le choc de chacun de ses pas. Mille enfants lui sont sacrifiés au lever de chaque jour. Il est l'idole vivante des Babyloniens, il est Baal, il est Mammon, il est le veau d'or, et le dieu faux des Sadducéens. Son cortège tourne par l'univers, jusqu'aux terres du prêtre Jean, où il abat les murailles qui tenaient prisonnières les tribus de Gog et de Magog. Ces monstres noirs reconnaissent l'Antéchrist pour maître et lui prêtent allégeance. Dans la cacophonie qui précède l'avancée de son convoi, les cœurs des hommes enflent et leur raison s'égare. Les animaux fuient, la nature se révulse. Le règne du Mal, partout, progresse.

Aux cupides, l'envoyé de Satan dispense des biens en abondance, de l'argent et de l'or, de la terre à perte de vue, des soieries, des jeunes gens, des destriers, des armes, de la nourriture fine. Ses ressources sont infinies et, pour la masse des gens simples, souvent avaricieux, la satisfaction des appétits terrestres vaut le sacrifice de leur âme. Certains rois parmi les plus grands se laissent, eux, subjuguer par la pure puissance du Mal : habitués, par l'exercice de leur propre pouvoir, à valoriser la force, il leur paraît juste de se ranger sous la plus haute des bannières. Pauvres et démunis sont plus difficiles à circonvenir, acceptant les dons mais refusant, au nom de l'incertitude de l'avenir, de rien offrir d'irréversible en retour. Sur ceux-là, les manifestations magiques sont bien plus efficaces.

Élevé par des magiciens noirs, doté de ressources immenses par l'esprit de l'Ennemi, l'Antéchrist réalise des prodiges innombrables. Il fait surgir des arbres qui verdissent et fleurissent sur un seul geste de main. Comme Simon le Mage, il décolle en plein prêche et reste cloué dans les airs, au-dessus de la foule. D'un mot il obscurcit le jour, d'un cri déclenche des tempêtes. Il fait choir du ciel la grêle, la pierre, les flammes et des milliers d'animaux impurs. On le voit, à plus d'une reprise, inverser le cours des fleuves et faire remonter, à travers une ville encore réticente à l'adorer, l'entièreté des flots souillés par ses commerces, ses industries, ses ordures et ses excréments. Il assèche des lacs, laissant à leur place d'immenses cratères boueux, dans la glaise desquels des millions des poissons meurent suffoqués dans des spasmes humides. Il arase des montagnes, il décime du bétail et fait pourrir des grains. Il soigne ensuite ceux-là qu'il a rendus malades, ressuscite les morts qu'il a lui-même tués, redonne vie aux cadavres bleuis des pourrissoirs, remet en mouvement des charognes putréfiées. À ses plus fidèles serviteurs, qui sont au nombre de treize fois treize, il enseigne quelques rudiments des arts occultes et leur donne accès à une parodie de son propre pouvoir. Ces magiciens sont capables de transformer les choses aux yeux d'autrui, d'intervertir les apparences, sans changer pour autant leur nature profonde. Telle est la limite de la magie démoniaque, qui ne peut modifier la vérité de la création de Dieu, mais uniquement ses aspects. Si après tous ces efforts certains hommes inspirés, emplis de la vraie foi, lui résistent toujours, l'Antéchrist les met à mort après les avoir torturés.

Sûr de sa victoire, désormais que son nom est connu à travers toutes les parties du monde et que l'humanité est acquise à ses voies, le très méchant trompeur commence à se moquer du Christ. Son voyage de prêche achevé, il s'est réinstallé dans une Jérusalem neuve et sanglante, impie. Chaque matin, au balcon de son palais, il prêche pour la foule venue l'adorer. Suivez-moi, clame-t-il, et vous vivrez pour l'éternité. Tous vos péchés vous sont remis : ceux que vous avez commis jadis comme ceux que vous commettrez à compter de ce jour. Il n'est nul besoin de se contraindre, nul mérite à faire pénitence. L'orgueil seul est votre force vitale. Sous mon règne, chacun de vous devient un dieu. En entendant ces propos, malgré la force de l'emprise du Mal sur le monde, certains sursautent et s'insurgent. Qui es-tu pour remettre nos péchés ? clame une première gorge, que l'on fait taire en y coulant du plomb fondu. Qui te donne ce droit d'octroyer tel pouvoir ? interroge un autre, que l'on démembre en place publique. Quel est ton nom véritable et que viens-tu faire ici ? s'acharne un enfançon jusque dans les flammes du bûcher qui le consume. Et pour autant de martyrs, il y a cent ou mille personnes qui pensent la même chose, dans le secret de leur âme.

Alors l'Antéchrist reprend la parole et dit : j'entends vos doutes. Ce que j'ai accompli depuis que je suis venu vous sauver ne vous a pas suffi. Vous ne croyez pas encore entièrement aux jouissances du monde et aux pouvoirs de la magie, vous questionnez ma place, au-dessus de celle de Jésus-Christ. Aussi, voyez comment je prouverai ma légitimité. Vous m'entourerez de ce linceul et me percerez de cette épée jusqu'à ce que le linge soit gorgé de mon sang, jusqu'à ce que mon corps devienne raide et froid et que ma mort ne fasse aucun doute. Pendant trois jours, vous veillerez sur ma dépouille et, au terme de ce temps, je reviendrai à la vie. Un silence s'ensuit. Les hommes demeurent immobiles. Le très méchant trompeur redit, deux fois encore, ce qu'il convient de faire, avant que l'on consente à obéir. Drapé du linge mortuaire, l'Antéchrist se livre à la violence de la foule. Les premiers à oser lever la lame contre lui sont ses treize fois treize magiciens, puis d'autres se portent volontaires. Deux heures durant, son corps est meurtri et malmené, percé, si bien qu'il n'est plus possible, à la fin, d'y distinguer forme humaine. La veillée commence. Trois jours et trois nuits d'attente, d'inquiétude, d'espoir, pour certains, que l'épisode prenne fin, que le monstre ne revienne jamais, que tout ceci n'ait été qu'un long, qu'un éprouvant cauchemar. Les tout derniers chrétiens sont là, et quelques juifs incrédules aux côtés des serviteurs du Mal, mais le spectateur le plus attentif, depuis les hauteurs du palais, n'est autre que l'Antéchrist lui-même, dissimulé aux regards, attendant de revenir duper son monde. Il a, par prestidigitation, substitué un bouc à son corps livré au sacrifice. Trois jours après l'holocauste, il retourne par le même biais dans le drap raidi par le sang séché. Son corps nu est intact, vierge de toute blessure. Me voici de retour, dit-il, simplement. Gloire ! Gloire ! crient les derniers convertis. Tu es vraiment celui que tu dis être ! Et le sourire du monstre est large et radieux. Que mon règne terrestre commence, conclut-il.

Par ses exhortations, ses prières et ses sacrifices, le fils de perdition réveille les anciens monstres qui sommeillent dans les entrailles du monde. De sous la ville de Babylone s'extrait le Béhémoth, et sa tête, large et laide, arrache à la cité les pyramides païennes pour les arborer entre ses cornes à la façon d'une couronne, et ses huit pattes aux ergots noirs se posent l'une après l'autre, écrasant aveuglément troupeaux et villages. De la mer immense surgit le Léviathan ; usant de ses nageoires comme de pattes atrophiées, le serpent aquatique se prend à ramper sur les continents, les écailles de son ventre ponçant collines et forêts dans des hurlements de forge et une débauche d'escarbilles. Du mont Ararat, ouvert comme une coquille, s'extrait le ver antique aux ailes membraneuses, aux yeux aveugles, à la peau visqueuse, et le dragon traverse les cieux comme une tempête, faisant pleuvoir et grêler, abattant les oiseaux et détruisant par son souffle brûlant tout ce qui grouille sur terre. Et sur ces trois bêtes inconcevables, sur ces géants uniques imaginés par Dieu pour être sans pareil, l'Antéchrist pose des harnachements à ses couleurs et, choisissant chaque jour laquelle aura sa préférence, comme un chevalier sa monture favorite, il va par les quatre directions se faire adorer et semer la destruction. Partout le vice, l'égoïsme et le péché l'accueillent, et il récompense ses fidèles par plus de douleur et d'injustice encore. Les derniers des croyants vivent dans la clandestinité et la terreur. Ils doivent mentir chaque jour, feindre la conversion. Leurs messes sont célébrées dans des caves, des clairières éloignées, des souterrains. Ceux qu'on surprend dans ces actes pieux sont dénoncés et torturés avant d'être mis à mort. Les petits infidèles rient de leurs cris de souffrance tandis que leurs parents dévorent leurs dépouilles encore chaudes.

Alors Lucifer, sous la forme d'un ange, descend sur terre rencontrer son serviteur, qui est par tout aspect comme son propre fils. Et l'Antéchrist, le voyant, se couche dans la poussière pour lui baiser les pieds. Le temps est venu, lui dit Satan, de professer mon message véritable. Depuis le temps de la Chute jusqu'à ce jour, j'ai ruminé en moi un livre des récits et morales convenant à l'humanité nouvelle. Cette écriture n'a été conçue en aucune langue déjà existante, moi seul ai forgé ce langage en mon sein pour te le révéler à présent. Copie ce que je dirai et transmets ces enseignements à tes serviteurs, tes prêtres, tes fidèles, afin de pousser les hommes à ignorer leur Créateur et se détourner de Son amour. Obéissant à la voix du Trompeur comme il le ferait à celle de son propre père, l'homicide fou rédige la somme diabolique, qui expose l'ensemble des aspirations et des biais du démon. Par ce livre, qui compte plus de six cents pages et mille milliers de blasphèmes, il enseigne aux hommes à renier leur baptême et leur nom chrétien, à adopter la magie et à s'adorer eux-mêmes. Et voyant l'ouvrage achevé, avec ses lettrines, ses dessins à l'or fin, sa reliure en peau humaine, Satan jubile et se réjouit, tant il a longuement rêvé de ce moment. Son orgueil est tel qu'il oublie qu'aucun des mots insufflés à son copiste ne vient réellement de lui, et que cette langue créée pour se libérer de celle qu'articulèrent en Éden la première femme et le premier homme n'a d'autre origine que la source de toute création. De même que la vie et le pouvoir de Lucifer viennent de Dieu, de même il ne peut exister d'idiome qui ne procède directement du Verbe. Et cette Bible inverse, que l'ange déchu tient pour assez puissante pour combattre la foi, est en réalité semblable au hochet entre les mains du nouveau-né, qu'il branle de droite et de gauche en faisant des bruits de bouche et se croyant, couché dans le berceau, souverain d'un royaume à sa propre mesure.

Mais entendant les prêtres prêcher cette foi nouvelle à l'aide d'un nouveau livre, les tout derniers chrétiens perdent ce qui leur restait d'espoir. Ils pleurent et se tordent les mains et supplient le Ciel d'intercéder pour eux. Alors, dans une partie lointaine du monde, Dieu fait revenir les prophètes Hénoch et Élie, qu'Il avait conservés par-devers Lui en attendant ces âges sombres d'avant la fin des temps. Et tous ceux qui croisent le chemin de ces étranges pèlerins s'émerveillent et se ressaisissent. C'est que, dans la stase où ils ont patienté toutes ces années, leur corps n'a cessé de vieillir, et quand ils reviennent à nouveau sur terre, c'est sous la forme de vieillards incroyablement usés. Leurs cheveux et leur barbe sont du blanc de l'ivoire, et ils doivent les nouer plusieurs fois pour qu'ils ne balaient pas la poussière. Ils marchent courbés en trois sur leur bâton, leurs voix ne sont que murmures et chacune de leurs paroles, pour qui prête attention, pour qui sait les entendre, est un baume sans pareil pour l'âme. Ils reprennent leur message prophétique là où ils l'avaient laissé, et c'est comme écouter un chapitre nouveau ajouté à la Bible. Durant trois ans et demi, les témoins parcourent ainsi les ruines de notre monde, d'un foyer de haine à l'autre, à travers les déserts et la désolation, ne dormant jamais, ne se nourrissant que tous les quarante jours. Et les chrétiens qui vivent dissimulés parmi les ennemis reprennent courage, se réunissent et chantent leurs louanges. Les agents du Mal, troublés par la recrudescence du vrai culte, par les rumeurs sur les tribulations des deux prophètes, préviennent l'Antéchrist de cet étrange revers. Ils trouvent le monarque infernal assis sur son trône, désœuvré et las, ne sachant plus où investir sa puissance. Juché sur l'un de ses monstres familiers, il ne lui faut guère plus d'une journée pour retrouver Hénoch et Élie. Les deux vieillards se reposent, assis sur une pierre, au bord d'une grande route. L'homicide fou hésite à mettre pied à terre et leur adresser une parole, les questionner, peut-être, ou seulement se moquer d'eux. Mais ni l'un ni l'autre n'ont relevé la tête quand le ciel s'est ouvert, quand le sol a tremblé. Ils sont chenus, fripés, insignifiants. Il n'y a pas de combat. La Bête les écrabouille, d'un geste négligent. On cherche en vain leurs corps qui se sont évanouis. L'Antéchrist bâille, tire sur les rênes et retourne s'enfermer dans son palais écarlate.

Dans l'ancienne Jérusalem, sur le mont des Oliviers, un tas d'immondices a commencé de croître. Élevé, d'abord, à la taille d'une maison, il grandit jour à jour comme un champignon méphitique, absorbant petit à petit des quartiers tout entiers. La population qui n'a pas encore fui est saisie de terreur, et tous les habitants de la terre qui ont joui des règles des faux prêtres se remettent à craindre pour leur salut. Et voici que l'antique serpent se manifeste pour la dernière fois ici-bas. Aux pieds de la tour d'ordures qui monte à l'assaut du ciel, Satan clame : par ce fils qui est mien, je vais maintenant mener un combat plus grand que jadis dans les Cieux. Par lui, j'accomplirai ma volonté entière. Me voici invincible, je serai bientôt le vainqueur absolu. Et l'Antéchrist se dévêt de ses habits pour, nu comme au premier jour, entreprendre son ascension. Le sommet de la montagne immonde perce le ciel, se perd dans le tourbillon des nuées. Un chemin en spirale en gravit tous les degrés. À mesure que le champion s'élève, le soleil décline par-delà l'horizon. Le froid croît. Les hommes poussent des hurlements de terreur, ils se griffent le visage.

Au premier tiers de la hauteur, le fils de perdition rencontre l'archange Michel. Tu n'iras pas plus haut, déclare le gardien, superbe dans son armure, brandissant l'épée de flamme. Et la lutte, en effet, est brève, le serpent siffle, se tord sous le talon de l'ange, sa violence ne peut rien contre la puissance divine, mais le voilà qui supplie : pitié, j'ai compris ma défaite, épargne-moi, laisse-moi redescendre, j'irai réparer le tort que j'ai causé et pousserai à nouveau l'humanité dans la vraie voie. Michel desserre son emprise, laisse l'Ennemi se relever, lequel sitôt sur pied se remet à courir vers le sommet, riant de la naïveté d'un adversaire si facilement dupé.

Au deuxième tiers de la hauteur, le chemin devient étroit et coupant, tapissé de tessons et de débris de forge. Le très méchant trompeur s'arrête face à notre Seigneur Jésus-Christ. Tu n'iras pas plus haut, dit-Il, Son visage radieux, du sang coulant des blessures de Ses mains et de Ses pieds. Et en effet l'Antéchrist, bien que rassemblant en un seul assaut la totalité de sa puissance magique, ne parvient pas à Le faire reculer d'un seul pouce. Alors, tombant face contre terre, il se met à geindre et supplie : pitié, j'ai compris ma défaite, épargne-moi, laisse-moi. Et le Christ l'interrompt : il est inutile de chercher à Me tromper, tu sais comme Moi que tu n'as pas le pouvoir de faire passer le temps à rebours, pas plus que celui de guérir les plaies que tu as infectées. Dépasse-Moi si tu le souhaites, Je ne t'en empêcherai pas. Je ne suis là que pour te prévenir. Alors l'homicide fou, sans oser regarder le visage ni croiser les yeux du Fils de l'homme, se relève et poursuit en hâte son chemin.

La nuit est complète, le froid insupportable. Une lumière faible, sans chaleur, brille au-delà du sommet. La voie est si mince que l'Antéchrist peine à poser un pied devant l'autre. Il ne reste que trois voltes, il y est presque, deux, puis une dernière. Le monde sous lui est déplié et lisible, complet comme une carte parfaite. Il suffirait de tendre la main au-dessus de sa tête pour toucher la surface lisse de la mer d'en haut. Tout est accompli, dit alors une voix sans bouche ni origine. Ce qui a commencé avec la Chute est maintenant à son terme. Tu n'iras pas plus haut. Et, avant que l'Antéchrist n'ait pu prononcer le premier mot, esquissé le premier geste, le Verbe s'est saisi de lui et l'a précipité au sol, contre lequel il s'écrase à la stupéfaction des hommes dans une giclée de poix et de puanteur.

Les magiciens s'empressent au lieu de l'impact. Le corps s'est disloqué sous le choc, le crâne a éclaté, et ce qui reste du visage est exsangue, blanc comme un masque. Juifs et chrétiens s'approchent à leur tour, se massent autour du cratère, attendant que les organes se reforment, que les tissus se ressoudent. Que la puissante créature qui régnait sur le monde ressuscite une fois encore et revienne s'asseoir sur son trône d'obsidienne. Les hommes continuent de scruter le cadavre, tandis que derrière eux, sans un bruit, la Babel d'ordures croule, s'effondre et se disperse, emportée par le vent vif. Ils restent là trois jours, certains à veiller, d'autres à dormir, assis, couchés, sans bouger ni mot dire. Le soleil se lève, traverse le ciel et disparaît à l'horizon. Le sang et les humeurs sèchent, les peaux se recroquevillent. Nul insecte, nul oiseau charognard n'ose approcher du cadavre. Au troisième matin, ce qui reste du monstre semble fait de vieux parchemin. Rien n'a bronché ni cillé, la narine est restée immobile, et tous comprennent alors que le règne du Menteur est achevé et l'œuvre de Dieu accomplie. L'humanité entière, dans ce monde qu'elle a ruiné avec méthode et jubilation, tombe à genoux ou à plat ventre et, face contre terre, s'humilie et demande pardon.

Chacun sait désormais que la fin des temps est là. Que, de la même façon que le Seigneur a créé le monde à partir du néant, Il le défera pour que tout y retourne, et que le temps qui s'étire entre ces deux moments, rassemblant aux yeux des hommes la totalité de ce qui existe, passe pour Lui comme une seule respiration, un seul battement de cœur, un seul clin de paupière. Il n'y a, pour l'Éternel, ni commencement ni fin. Tout coïncide en Lui, dans un présent sans durée. Les événements se confondent, se superposent. Les causes et les conséquences ne sont que des histoires que l'homme se raconte. Dieu seul possède l'intelligence du monde.

Il fait tout à fait nuit, maintenant. Le vent qui passe par l'entrebâillement de ma fenêtre est humide et froid. Il amène les odeurs de la berge, glaise épaisse, roseaux pourrissants. En tendant l'oreille, je peux entendre une grenouille coasser au ras de l'eau et son chant aigu est presque un zonzonnement de moustique. Je cherche une chandelle, que j'allume près de ma page pour éclairer l'ouvrage, et je demeure tout ce temps sans parler, sans articuler à voix basse les phrases que je prévois d'écrire, sans vérifier, par ma bouche, leur forme, leur sonorité. Le printemps est là, me dis-je, et le monde entier le sait, bien que les nuits soient aussi fraîches que la semaine passée. Les plantes, les animaux, les pierres et les astres, les hommes vibrent à l'unisson. Ils s'accordent, ils avancent. Cette saison qui arrive vient aussi par mes os, par mes nerfs et ma moelle. Elle fleurit sur ma peau, halète dans mon souffle, exulte dans ma voix. Quelque chose passe en nous qui se produit aussi au-dehors, et lorsque nous parvenons à saisir cette vérité fugace, nous pouvons la transmettre, des uns aux autres, comme un don de joie. C'est une forme figée de vie, une émotion arrêtée pour être contemplée et redite. C'est une viridité, verdeur incoercible, qui nous lie à ce monde et nous rend présents à tout ce qui existe. J'ai tellement mal, Seigneur. Mon côté droit n'est que douleur, du bout de mes doigts jusqu'au coccyx, et des éclairs blancs brouillent ma vue à chaque nouveau spasme. Une sœur passe devant la porte de ma cellule. Ses sandales approchent, s'éloignent, les perles de son chapelet battent contre sa cuisse. La grenouille ne chante plus. Je reprends la plume. Ma main est une ombre qui danse sur la page.

Le Seigneur laisse passer plus de quarante jours après la mort de l'Antéchrist, laissant à l'humanité ce temps pour faire pénitence, pour reconnaître ses erreurs et abjurer la foi placée dans le Trompeur. Quarante jours pour que chacun remette ses péchés entre les mains du Créateur et se réconcilie avec les autres. Ce sont de belles scènes, vides de décor, emplies d'humains affligés : des vieux, des enfants, des parents tentant de se parler malgré les larmes. Il y a beaucoup de silences et de corps embrassés. Et puis des gens seuls, également, assis ou prostrés, agenouillés, mains jointes dans la prière, isolés, mortifiant les chairs, hurlant. Cela dure quarante jours, au moins. Au-delà, nul n'est plus capable de compter, de prédire. Le Jugement vient dans la nuit sans signe avant-coureur et tout ce qui est, soudainement, cesse d'être. La phrase dite est interrompue, la caresse sur les cheveux de l'ancêtre, la tétée du nourrisson. La fin commence ainsi.

De la terre tout entière surgissent les os intacts de chaque humain mort depuis le commencement des temps. Même dispersés, même enfouis depuis des millénaires, ils se trouvent et s'agencent, pour reformer les squelettes sur lesquels reviennent les chairs vives. Tous les hommes et toutes les femmes ayant vécu en ce monde, les gueux et les rois, les criminels, les saints, les enfants mort-nés, les chevaliers, les savants, les prophètes, les monstres ressuscitent dans l'intégrité de leur corps, quel que soit le nombre des années écoulées depuis leur décès. Et c'est merveille de voir leur nombre et leur variété, assemblés là par le hasard de leur dispersion ou par affinité, les familles, les lignées entières, des derniers jours jusqu'aux temps adamiques. Et selon le jugement des péchés, prononcé à l'heure de leur mort, tous ces corps sont marqués : les bons brillent d'une lumière interne, illuminés par l'éclair d'or, les mauvais sont ternis, noircis de l'ombre qui les suit où qu'ils aillent. Il ne s'écoule pas un instant. Nul n'a le loisir de parler à quiconque. Seule existe la sensation d'une foule immense, à laquelle chacun participe, dans laquelle chacun est fondu. Le Fils de l'homme paraît au beau milieu des cieux, avec son chœur d'anges, son trône de flammes. C'est l'agonie du temps et c'est insoutenable. Cela ressemble aux spasmes qui nous saisissent au moment de la mort du corps, au terme des longues agonies. Une convulsion, un écrasement. La disparition de ce qui nous meut. L'humanité, ressuscitée dans sa chair, connaît une dernière fois cette violence. Puis, dans un seul mouvement, les bons sont récompensés, les mauvais annihilés, et l'univers s'immobilise. Tout élément s'apaise. L'air sans mouvement, la terre sans fracture. Le feu sans fumée, l'eau sans vague ni clapot. Les astres parent le ciel comme des décorations, la lune, le soleil, les étoiles coexistent. Ce n'est plus la nuit mais le jour. Et tout est terminé.

J'aime cette image : les corps célestes figés dans l'espace, astres dorés, points minuscules, orbes de planètes, queues de comètes, tout ça sur un fond de ciel infini en dégradés de bleu sombre. On dirait un panneau peint de palais épiscopal, une voûte d'église, une enluminure de manuscrit précieux. Le jour et la nuit en un seul endroit, le cosmos en harmonie, l'apaisement des teintes. Ce n'est ni une vision ni une révélation, mais un produit de l'imagination. Quelque chose que je construis pour pouvoir le peindre, le contempler et en avoir connaissance au-delà de moi. Des dizaines de sœurs travaillent à la copie de mon livre et, pour chacune de mes visions, dessinent de grandes planches où tout est présenté en détail et en couleur. Sur certaines d'entre elles, elles me représentent dans un coin, abbesse en robe brune, coiffe blanche, voile noir, assise à la table de travail. Je lève la tête vers le sujet de ma vision et l'Esprit, parfois, descend sur moi en cascade de flammes. Parfois aussi Volmar se tient à mes côtés, parfois la douce Richardis. Je caresse les tablettes de cire que je vais bientôt emplir, petite, discrète, attentive. Rien de ce qui se déroule ne doit m'échapper. Il me faut tout dire de ce que je vois et entends, tout décrire de ce que je ressens.

Il y a plusieurs cercles entourés d'autres cercles, ils sont carmin et nuit, gris bleuté et argent, parés de crustacés, de cerfs et de lions. Depuis le centre du dessin, un homme immense et nu ouvre ses bras, parfaitement inscrit dans plusieurs orbes d'eau calme, d'air igné, de terre rouge. Le tout est encore pris dans une roue de feu, dotée de bras et de pieds, d'une robe brodée, d'une tête aux yeux doux. Cet être à la peau rouge contient tout le cosmos et l'humain en son milieu. Le visage a des cheveux et une barbe gris, un nez fin, l'air sérieux. Ses pupilles portent de côté, au-delà de la page, de façon à ce que nos yeux ne risquent pas de se perdre dans les siens. À minuscules coups de pinceau, plus clairs ici, plus sombres là, on lui a fait des rides sévères, une bouche un peu pincée, des fils blancs sur les tempes. Je contemple cette image, qui est celle de Dieu le Père et qui, dans le même temps, est le portrait d'un vieillard beau et digne et tout à fait humain, et je ne peux que rendre grâce pour ce travail admirable effectué par les femmes du Rupertsberg. Les visions sont mon lot, mais c'est Volmar qui m'aide à en trouver les mots, et ces sœurs qui les illustrent à leur manière, mobilisant à ce labeur toutes leurs qualités et tous leurs défauts, leurs compétences, leurs lacunes, et leurs humeurs du moment et les choses qu'elles ont vues, leurs souvenirs, et tout ce qu'elles ont oublié, et tout ce dont elles rêvent. Je regarde une fois encore les dessins, disposés sur ma table de travail : les ors brillent dans la palpitation de la chandelle, craquelés ici et là par les froissements du parchemin. Ces visions qui sont venues par moi me sont déjà lointaines, mystérieuses et riches, et belles parce que étrangères. Nul ne sait dire ce qui s'est produit, mais quelques traces témoignent que ce n'était pas un rêve, et ces signes perdurent, ils passent, ils traversent le temps.

Souffler la bougie. Allonger ce corps las. Laisser venir les songes. Les jours ne sont pas si nombreux qui nous séparent du terme. Chacun d'eux, pourtant, est infini.

Pour leur travail sur le manuscrit, ma reconnaissance va à Laurent Kloetzer, Laurence Moulinier et Marjolaine Chevallier, ma grand-mère.

Ce roman a bénéficié d'une bourse d'écriture du Centre national du livre, et d'une résidence de la région Île-de-France à la librairie Charybde.

Strasbourg, mars 2012 – novembre 2017.

## DU MÊME AUTEUR

*Aux Éditions Gallimard*

LE CASSE DU CONTINUUM (Folio SF n° 479)

LA PANSE (Folio SF n° 569)

THECEL (Folio SF n° 655)

*Aux Éditions ActuSF*

PHILIP K. DICK GOES TO HOLLYWOOD

*Aux Éditions La Volte*

ROUGE GUEULE DE BOIS

LE DIABLE EST AU PIANO

HILDEGARDE (Folio n° 7208)

*Aux Éditions Rivages*

L'AUTRE CÔTÉ

HÉCTOR

*Aux Éditions Dis Voir*

TRESSES, SOUVENIRS DU NARRATOCÈNE (en collaboration avec Denis Vierge et Hervé Le Guyader)

*Aux Éditions DYSTOPIA*

SUR LE FLEUVE (en collaboration avec Jacques Mucchielli)

YIRMINADINGRAD

YAMA LOKA TERMINUS (en collaboration avec Jacques Mucchielli)

BARA YOGOÏ (en collaboration avec Jacques Mucchielli et Stéphane Perger)

TADJÉLÉ (en collaboration avec Jacques Mucchielli, Laurent Kloetzer et Stephane Perger)

LES CAHIERS DU LABYRINTHE - REDUX

*Aux Éditions Scylla*

LA BALLADE DE GIN & BOBI ET AUTRES RÉCITS DE POINT DU JOUR (en collaboration avec Stéphane Perger)

*Aux Éditions Les Règles de la nuit*

TWIN PEAKS, 90210

# COLLECTION FOLIO

*Dernières parutions*

6933. Nelly Alard — *La vie que tu t'étais imaginée*
6934. Sophie Chauveau — *La fabrique des pervers*
6935. Cecil Scott Forester — *L'heureux retour*
6936. Cecil Scott Forester — *Un vaisseau de ligne*
6937. Cecil Scott Forester — *Pavillon haut*
6938. Pam Jenoff — *La parade des enfants perdus*
6939. Maylis de Kerangal — *Ni fleurs ni couronnes* suivi de *Sous la cendre*
6940. Michèle Lesbre — *Rendez-vous à Parme*
6941. Akira Mizubayashi — *Âme brisée*
6942. Arto Paasilinna — *Adam & Eve*
6943. Leïla Slimani — *Le pays des autres*
6944. Zadie Smith — *Indices*
6945. Cesare Pavese — *La plage*
6946. Rabindranath Tagore — *À quatre voix*
6947. Jean de La Fontaine — *Les Amours de Psyché et de Cupidon* précédé d'*Adonis* et du *Songe de Vaux*
6948. Bartabas — *D'un cheval l'autre*
6949. Tonino Benacquista — *Toutes les histoires d'amour ont été racontées, sauf une*
6950. François Cavanna — *Crève, Ducon !*
6951. René Frégni — *Dernier arrêt avant l'automne*
6952. Violaine Huisman — *Rose désert*
6953. Alexandre Labruffe — *Chroniques d'une station-service*
6954. Franck Maubert — *Avec Bacon*
6955. Claire Messud — *Avant le bouleversement du monde*
6956. Olivier Rolin — *Extérieur monde*
6957. Karina Sainz Borgo — *La fille de l'Espagnole*
6958. Julie Wolkenstein — *Et toujours en été*

| | |
|---|---|
| 6959. James Fenimore Cooper | *Le Corsaire Rouge* |
| 6960. Jean-Baptiste Andrea | *Cent millions d'années et un jour* |
| 6961. Nino Haratischwili | *La huitième vie* |
| 6962. Fabrice Humbert | *Le monde n'existe pas* |
| 6963. Karl Ove Knausgaard | *Fin de combat. Mon combat - Livre VI* |
| 6964. Rebecca Lighieri | *Il est des hommes qui se perdront toujours* |
| 6965. Ian McEwan | *Une machine comme moi* |
| 6966. Alexandre Postel | *Un automne de Flaubert* |
| 6967. Anne Serre | *Au cœur d'un été tout en or* |
| 6968. Sylvain Tesson | *La panthère des neiges* |
| 6969. Maurice Leblanc | *Arsène Lupin, gentleman-cambrioleur* |
| 6970. Nathacha Appanah | *Le ciel par-dessus le toit* |
| 6971. Pierre Assouline | *Tu seras un homme, mon fils* |
| 6972. Maylis Besserie | *Le tiers temps* |
| 6973. Marie Darrieussecq | *La mer à l'envers* |
| 6974. Marie Gauthier | *Court vêtue* |
| 6975. Iegor Gran | *Les services compétents* |
| 6976. Patrick Modiano | *Encre sympathique* |
| 6977. Christophe Ono-dit-Biot et Adel Abdessemed | *Nuit espagnole* |
| 6978. Regina Porter | *Ce que l'on sème* |
| 6979. Yasmina Reza | *Anne-Marie la beauté* |
| 6980. Anne Sinclair | *La rafle des notables* |
| 6981. Maurice Leblanc | *Arsène Lupin contre Herlock Sholmès* |
| 6982. George Orwell | *La Ferme des animaux* |
| 6983. Jean-Pierre Siméon | *Petit éloge de la poésie* |
| 6984. Amos Oz | *Ne dis pas la nuit* |
| 6985. Belinda Cannone | *Petit éloge de l'embrassement* |
| 6986. Christian Bobin | *Pierre,* |
| 6987. Claire Castillon | *Marche blanche* |
| 6988. Christelle Dabos | *La Passe-miroir, Livre IV. La tempête des échos* |
| 6989. Hans Fallada | *Le cauchemar* |

6990. Pauline Guéna — *18.3. Une année à la PJ*
6991. Anna Hope — *Nos espérances*
6992. Elizabeth Jane Howard — *Étés anglais. La saga des Cazalet I*
6993. J.M.G. Le Clézio — *Alma*
6994. Irène Némirovsky — *L'ennemie*
6995. Marc Pautrel — *L'éternel printemps*
6996. Lucie Rico — *Le chant du poulet sous vide*
6997. Abdourahman A. Waberi — *Pourquoi tu danses quand tu marches ?*
6998. Sei Shônagon — *Choses qui rendent heureux* et autres notes de chevet
6999. Paul Valéry — *L'homme et la coquille* et autres textes
7000. Tracy Chevalier — *La brodeuse de Winchester*
7001. Collectif — *Contes du Chat noir*
7002. Edmond et Jules de Goncourt — *Journal*
7003. Collectif — *À nous la Terre !*
7004. Dave Eggers — *Le moine de Moka*
7005. Alain Finkielkraut — *À la première personne*
7007. C. E. Morgan — *Tous les vivants*
7008. Jean d'Ormesson — *Un hosanna sans fin*
7009. Amos Oz — *Connaître une femme*
7010. Olivia Rosenthal — *Éloge des bâtards*
7011. Collectif — *Écrire Marseille.* 15 grands auteurs célèbrent la cité phocéenne
7012. Fédor Dostoïevski — *Les Nuits blanches*
7013. Marguerite Abouet et Clément Oubrerie — *Aya de Yopougon 5*
7014. Marguerite Abouet et Clément Oubrerie — *Aya de Yopougon 6*
7015. Élisa Shua Dusapin — *Vladivostok Circus*
7016. David Foenkinos — *La famille Martin*
7017. Pierre Jourde — *Pays perdu*
7018. Patrick Lapeyre — *Paula ou personne*

| | | |
|---|---|---|
| 7019. | Albane Linÿer | *J'ai des idées pour détruire ton ego* |
| 7020. | Marie Nimier | *Le Palais des Orties* |
| 7021. | Daniel Pennac | *La loi du rêveur* |
| 7022. | Philip Pullman | *La Communauté des esprits. La trilogie de la Poussière II* |
| 7023. | Robert Seethaler | *Le Champ* |
| 7024. | Jón Kalman Stefánsson | *Lumière d'été, puis vient la nuit* |
| 7025. | Gabrielle Filteau-Chiba | *Encabanée* |
| 7026. | George Orwell | *Pourquoi j'écris* et autres textes politiques |
| 7027. | Ivan Tourguéniev | *Le Journal d'un homme de trop* |
| 7028. | Henry Céard | *Une belle journée* |
| 7029. | Mohammed Aïssaoui | *Les funambules* |
| 7030. | Julian Barnes | *L'homme en rouge* |
| 7031. | Gaëlle Bélem | *Un monstre est là, derrière la porte* |
| 7032. | Olivier Chantraine | *De beaux restes* |
| 7033. | Elena Ferrante | *La vie mensongère des adultes* |
| 7034. | Marie-Hélène Lafon | *Histoire du fils* |
| 7035. | Marie-Hélène Lafon | *Mo* |
| 7036. | Carole Martinez | *Les roses fauves* |
| 7037. | Laurine Roux | *Le Sanctuaire* |
| 7038. | Dai Sijie | *Les caves du Potala* |
| 7039. | Adèle Van Reeth | *La vie ordinaire* |
| 7040. | Antoine Wauters | *Nos mères* |
| 7041. | Alain | *Connais-toi* et autres fragments |
| 7042. | Françoise de Graffigny | *Lettres d'une Péruvienne* |
| 7043. | Antoine de Saint-Exupéry | *Lettres à l'inconnue* suivi de *Choix de lettres dessinées* |
| 7044. | Pauline Baer de Perignon | *La collection disparue* |
| 7045. | Collectif | *Le Cantique des cantiques. L'Ecclésiaste* |
| 7046. | Jessie Burton | *Les secrets de ma mère* |

7047. Stéphanie Coste *Le passeur*
7048. Carole Fives *Térébenthine*
7049. Luc-Michel Fouassier *Les pantoufles*
7050. Franz-Olivier Giesbert *Dernier été*
7051. Julia Kerninon *Liv Maria*
7052. Bruno Le Maire *L'ange et la bête. Mémoires provisoires*
7053. Philippe Sollers *Légende*
7054. Mamen Sánchez *La gitane aux yeux bleus*
7055. Jean-Marie Rouart *La construction d'un coupable.* À paraître
7056. Laurence Sterne *Voyage sentimental en France et en Italie*
7057. Nicolas de Condorcet *Conseils à sa fille* et autres textes
7058. Jack Kerouac *La grande traversée de l'Ouest en bus* et autres textes beat
7059. Albert Camus *« Cher Monsieur Germain,... »* Lettres et extraits
7060. Philippe Sollers *Agent secret*
7061. Jacky Durand *Marguerite*
7062. Gianfranco Calligarich *Le dernier été en ville*
7063. Iliana Holguín Teodorescu *Aller avec la chance*
7064. Tommaso Melilli *L'écume des pâtes*
7065. John Muir *Un été dans la Sierra*
7066. Patrice Jean *La poursuite de l'idéal*
7067. Laura Kasischke *Un oiseau blanc dans le blizzard*
7068. Scholastique Mukasonga *Kibogo est monté au ciel*
7069. Éric Reinhardt *Comédies françaises*
7070. Jean Rolin *Le pont de Bezons*
7071. Jean-Christophe Rufin *Le flambeur de la Caspienne. Les énigmes d'Aurel le Consul*
7072. Agathe Saint-Maur *De sel et de fumée*
7073. Leïla Slimani *Le parfum des fleurs la nuit*

| | | |
|---|---|---|
| 7074. | Bénédicte Belpois | *Saint Jacques* |
| 7075. | Jean-Philippe Blondel | *Un si petit monde* |
| 7076. | Caterina Bonvicini | *Les femmes de* |
| 7077. | Olivier Bourdeaut | *Florida* |
| 7078. | Anna Burns | *Milkman* |
| 7079. | Fabrice Caro | *Broadway* |
| 7080. | Cecil Scott Forester | *Le seigneur de la mer. Capitaine Hornblower* |
| 7081. | Cecil Scott Forester | *Lord Hornblower. Capitaine Hornblower* |
| 7082. | Camille Laurens | *Fille* |
| 7083. | Étienne de Montety | *La grande épreuve* |
| 7084. | Thomas Snégaroff | *Putzi. Le pianiste d'Hitler* |
| 7085. | Gilbert Sinoué | *L'île du Couchant* |
| 7086. | Federico García Lorca | *Aube d'été* et autres impressions et paysages |
| 7087. | Franz Kafka | *Blumfeld, un célibataire plus très jeune* et autres textes |
| 7088. | Georges Navel | *En faisant les foins* et autres travaux |
| 7089. | Robert Louis Stevenson | *Voyage avec un âne dans les Cévennes* |
| 7090. | H. G. Wells | *L'Homme invisible* |
| 7091. | Simone de Beauvoir | *La longue marche* |
| 7092. | Tahar Ben Jelloun | *Le miel et l'amertume* |
| 7093. | Shane Haddad | *Toni tout court* |
| 7094. | Jean Hatzfeld | *Là où tout se tait* |
| 7095. | Nathalie Kuperman | *On était des poissons* |
| 7096. | Hervé Le Tellier | *L'anomalie* |
| 7097. | Pascal Quignard | *L'homme aux trois lettres* |
| 7098. | Marie Sizun | *La maison de Bretagne* |
| 7099. | Bruno de Stabenrath | *L'ami impossible. Une jeunesse avec Xavier Dupont de Ligonnès* |
| 7100. | Pajtim Statovci | *La traversée* |
| 7101. | Graham Swift | *Le grand jeu* |
| 7102. | Charles Dickens | *L'Ami commun* |
| 7103. | Pierric Bailly | *Le roman de Jim* |

7104. François Bégaudeau — *Un enlèvement*
7105. Rachel Cusk — *Contour. Contour – Transit – Kudos*
7106. Éric Fottorino — *Marina A*
7107. Roy Jacobsen — *Les yeux du Rigel*
7108. Maria Pourchet — *Avancer*
7109. Sylvain Prudhomme — *Les orages*
7110. Ruta Sepetys — *Hôtel Castellana*
7111. Delphine de Vigan — *Les enfants sont rois*
7112. Ocean Vuong — *Un bref instant de splendeur*
7113. Huysmans — *À Rebours*
7114. Abigail Assor — *Aussi riche que le roi*
7115. Aurélien Bellanger — *Téléréalité*
7116. Emmanuel Carrère — *Yoga*
7117. Thierry Laget — *Proust, prix Goncourt. Une émeute littéraire*
7118. Marie NDiaye — *La vengeance m'appartient*
7119. Pierre Nora — *Jeunesse*
7120. Julie Otsuka — *Certaines n'avaient jamais vu la mer*
7121. Yasmina Reza — *Serge*
7122. Zadie Smith — *Grand Union*
7123. Chantal Thomas — *De sable et de neige*
7124. Pef — *Petit éloge de l'aéroplane*
7125. Grégoire Polet — *Petit éloge de la Belgique*
7126. Collectif — *Proust-Monde. Quand les écrivains étrangers lisent Proust*
7127. Victor Hugo — *Carnets d'amour à Juliette Drouet*
7128. Blaise Cendrars — *Trop c'est trop*
7129. Jonathan Coe — *Mr Wilder et moi*
7130. Jean-Paul Didierlaurent — *Malamute*
7131. Shilpi Somaya Gowda — *« La famille »*
7132. Elizabeth Jane Howard — *À rude épreuve. La saga des Cazalet II*
7133. Hédi Kaddour — *La nuit des orateurs*
7134. Jean-Marie Laclavetine — *La vie des morts*

| | | |
|---|---|---|
| 7135. | Camille Laurens | *La trilogie des mots* |
| 7136. | J.M.G. Le Clézio | *Le flot de la poésie continuera de couler* |
| 7137. | Ryoko Sekiguchi | *961 heures à Beyrouth (et 321 plats qui les accompagnent)* |
| 7138. | Patti Smith | *L'année du singe* |
| 7139. | George R. Stewart | *La Terre demeure* |
| 7140. | Mario Vargas Llosa | *L'appel de la tribu* |
| 7141. | Louis Guilloux | *O.K., Joe !* |
| 7142. | Virginia Woolf | *Flush* |
| 7143. | Sénèque | *Tragédies complètes* |
| 7144. | François Garde | *Roi par effraction* |
| 7145. | Dominique Bona | *Divine Jacqueline* |
| 7146. | Collectif | *SOS Méditerranée* |
| 7147. | Régis Debray | *D'un siècle l'autre* |
| 7148. | Erri De Luca | *Impossible* |
| 7149. | Philippe Labro | *J'irais nager dans plus de rivières* |
| 7150. | Mathieu Lindon | *Hervelino* |
| 7151. | Amos Oz | *Les terres du chacal* |
| 7152. | Philip Roth | *Les faits. Autobiographie d'un romancier* |
| 7153. | Roberto Saviano | *Le contraire de la mort* |
| 7154. | Kerwin Spire | *Monsieur Romain Gary. Consul général de France* |
| 7155. | Graham Swift | *La dernière tournée* |
| 7156. | Ferdinand von Schirach | *Sanction* |
| 7157. | Sempé | *Garder le cap* |
| 7158. | Rabindranath Tagore | *Par les nuées de Shrâvana* et autres poèmes |
| 7159. | Urabe Kenkô et Kamo no Chômei | *Cahiers de l'ermitage* |
| 7160. | David Foenkinos | *Numéro deux* |
| 7161. | Geneviève Damas | *Bluebird* |
| 7162. | Josephine Hart | *Dangereuse* |
| 7163. | Lilia Hassaine | *Soleil amer* |
| 7164. | Hervé Le Tellier | *Moi et François Mitterrand* |
| 7165. | Ludmila Oulitskaïa | *Ce n'était que la peste* |
| 7166. | Daniel Pennac | *Le cas Malaussène I Ils m'ont menti* |

| | | |
|---|---|---|
| 7167. | Giuseppe Santoliquido | *L'été sans retour* |
| 7168. | Isabelle Sorente | *La femme et l'oiseau* |
| 7169. | Jón Kalman Stefánsson | *Ton absence n'est que ténèbres* |
| 7170. | Delphine de Vigan | *Jours sans faim* |
| 7171. | Ralph Waldo Emerson | *La Nature* |
| 7172. | Henry David Thoreau | *Sept jours sur le fleuve* |
| 7173. | Honoré de Balzac | *Pierrette* |
| 7174. | Karen Blixen | *Ehrengarde* |
| 7175. | Paul Éluard | *L'amour la poésie* |
| 7176. | Franz Kafka | *Lettre au père* |
| 7177. | Jules Verne | *Le Rayon vert* |
| 7178. | George Eliot | *Silas Marner. Le tisserand de Raveloe* |
| 7179. | Gerbrand Bakker | *Parce que les fleurs sont blanches* |
| 7180. | Christophe Boltanski | *Les vies de Jacob* |
| 7181. | Benoît Duteurtre | *Ma vie extraordinaire* |
| 7182. | Akwaeke Emezi | *Eau douce* |
| 7183. | Kazuo Ishiguro | *Klara et le Soleil* |
| 7184. | Nadeije Laneyrie-Dagen | *L'étoile brisée* |
| 7185. | Karine Tuil | *La décision* |
| 7186. | Bernhard Schlink | *Couleurs de l'adieu* |
| 7187. | Gabrielle Filteau-Chiba | *Sauvagines* |
| 7188. | Antoine Wauters | *Mahmoud ou la montée des eaux* |
| 7189. | Guillaume Aubin | *L'arbre de colère* |
| 7190. | Isabelle Aupy | *L'homme qui n'aimait plus les chats* |
| 7191. | Jean-Baptiste Del Amo | *Le fils de l'homme* |
| 7192. | Astrid Eliard | *Les bourgeoises* |
| 7193. | Camille Goudeau | *Les chats éraflés* |
| 7194. | Alexis Jenni | *La beauté dure toujours* |
| 7195. | Edgar Morin | *Réveillons-nous !* |
| 7196. | Marie Richeux | *Sages femmes* |
| 7197. | Kawai Strong Washburn | *Au temps des requins et des sauveurs* |
| 7198. | Christèle Wurmser | *Même les anges* |
| 7199. | Alix de Saint-André | *57 rue de Babylone, Paris 7e* |
| 7200. | Nathacha Appanah | *Rien ne t'appartient* |

*Tous les papiers utilisés pour les ouvrages*
*des collections Folio sont certifiés*
*et proviennent de forêts gérées durablement.*

*Composition IGS-CP à L'Isle-d'Espagnac (16)*
*Impression Grafica Veneta*
*à Trebaseleghe, le 31 août 2023*
*Dépôt légal : août 2023*
*1er dépôt légal dans la collection : mars 2023*

ISBN 978-2-07-297613-1 / Imprimé en Italie

**623015**